L. R
HUBB

BATTLEFIELD EARTH
KAMPF UM DIE ERDE
BAND 1

EINE SAGA AUS DEM JAHR 3000

New York Times und
Sunday Times Bestseller

Über 32 Wochen auf U.S. Bestseller-Listen
Bereits über 6.000.000 Exemplare verkauft
In 21 Sprachen übersetzt

Literaturpreise: Saturn Award [Academy of Science Fiction, Fantasy & Horror Films]
Tetradramma D'Oro (Italien) und der Gutenberg-Preis (Frankreich)

„Wenn Ihnen *Star Wars* gefallen hat, dann werden Sie dieses Buch lieben."
PHANTASTISCHE ZEITEN

„Nach den vielen Romanen der ‚New Wave' ist es ein Vergnügen, wieder ein Werk im Sinne des ‚Golden Age der SF' zu lesen."
CLARK DARLTON
PERRY RHODAN AUTOR

„Stellen Sie sich eine Mischung aus *Jäger des verlorenen Schatzes* und *Star Wars* vor und Sie haben *Battlefield Earth*."
EVENING POST LANCASHIRE

„Hubbard zieht in seinem Roman alle Register seines Könnens und bringt sich dadurch auf eine Ebene mit Robert A. Heinlein und A.E. van Vogt."
SAGITTARIUS

„*Battlefield Earth* ist Unterhaltung erster Klasse. L. Ron Hubbard bestätigt wieder einmal, dass er einer der ganz großen Meister der Spannung ist."
DAVE WOLVERTON
AUTOR VON „STAR WARS, THE COURTSHIP OF PRINCESS LEIA"

„Eine sagenhafte Geschichte."
ROBERT A. HEINLEIN

„...ein Meister des Abenteuers."
ANNE MCCAFFREY

„Ein Science Fiction-Werk von knisternder Spannung."
RUHR NACHRICHTEN

„Science Fiction pur. Man wird noch Jahrzehnte darüber sprechen. ...ein Meisterwerk."
A.E. VAN VOGT

„Es ist *Rocky, Indiana Jones, Star Wars, Flash Gordon* und *Kampfstern Galactica* in einem – und noch mehr."
BUFFALO EVENING NEWS

„Dieses Buch hat alles: Spannung, Pathos, Politik, Krieg, Humor, Diplomatie und intergalaktische Finanzen."
PUBLISHERS WEEKLY

„Denken Sie an *Star Wars, Die Jäger des verlorenen Schatzes*, nehmen Sie den Triumph von *Rocky I, Rocky II* und Rocky III, und Sie haben die Lebendigkeit, den Stil und den Glanz von *Battlefield Earth* erfasst."
BALTIMORE SUN

„Gute Weltraumoper im alten Stil, wie Buck Rogers, in einem soliden Comeback."
NEW YORK NEWSDAY

„Ich las es [Battlefield Earth] in einem Stück durch."

FREDERIK POHL

„In jeder Weise eine großartige Novelle, ein wahres Publikationsereignis."

SUN NEWS

„...ein wahnsinniges Weltraumabenteuer..."

PORTSMOUTH NEWS CENTRE

„...ein umfassender Blick auf die Torheiten von Zivilisationen inmitten furioser Action und unwiderstehlicher Unterhaltung."

RICHMOND TIMES

„Es gibt nur einen Weg, es [Battlefield Earth] zu beschreiben: einfach magisch."

MUNCIE STAR

„Wenn Sie die Art schneller, atemloser Action wie im *Jäger des verlorenen Schatzes* mögen, dann ist dies das Buch für Sie. Man kann nicht aufhören."

ROCKY MOUNTAIN NEWS

„...es geht schnell los und lässt niemals nach."

ATLANTA JOURNAL CONSTITUTION

„Eine Blockbuster-Weltraumgeschichte."

DARTFORD GUARDIAN

„Nur wenige Bücher können als wirklich unterhaltend beschrieben werden. Aber dies ist eines davon. Es ist ein glanzvolles Spiel mit allen Elementen einer jeder guten Story, die Sie jemals gelesen haben."

GRIMSBY TELEGRAPH

„Eine schlagkräftige Abenteuer-Geschichte."

THE BORDER WATCH

„...es ist eine aufweckende und aufrichtende Erzählung, eine Saga des Kampfes und Triumphes des Menschen."

MORNING ADVOCATE

„Ein wahres Fest..."

LEEDS EVENING POST

„Ein Epos von einem Science Fiction-Abenteuer, die fesselnde Geschichte reißt Verstand und Phantasie mit sich."

SANTA ANA REGISTER

„...ein fester Bestandteil der *New York Times* Bestsellerliste."

NEW CASTLE NEWS

UNTER DEN VIELEN KLASSISCHEN WERKEN VON L. RON HUBBARD

AUF DEUTSCH ERHÄLTLICH

Band 1: Battlefield Earth – Kampf um die Erde

Band 2: Battlefield Earth – Kampf um die Erde

Das Grauen

Die Serie der MISSION ERDE

Band 1: Die Verschwörer planen

Band 2: Der Anfang vom Untergang

Band 3: Der Feind im Innern

Band 4: Eine bizarre Affäre

Band 5: Vermächtnis aus Angst

Band 6: Tödlich verrückt

Band 7: Drang zur Vergeltung

Band 8: Das Verhängnis

Band 9: Das Böse triumphiert

In Kürze Band 10: Der verdammte Planet

ERHÄLTLICH AUF ENGLISCH:

Ai! Pedrito!—When Intelligence Goes Wrong

A Very Strange Trip

The Automagic Horse

Buckskin Brigades

Final Blackout

Ole Doc Methuselah

Slaves of Sleep & The Masters of Sleep

Typewriter in the Sky

L. RON HUBBARD

BATTLEFIELD EARTH

KAMPF UM DIE ERDE

BAND 1

EINE SAGA AUS DEM JAHR 3000

L. RON HUBBARD

BATTLEFIELD EARTH

KAMPF UM DIE ERDE

BAND 1

EINE SAGA AUS DEM JAHR 3000

NEW ERA® PUBLICATIONS DEUTSCHLAND GMBH

Herausgegeben von:
NEW ERA Publications Deutschland GmbH
Hittfelder Kirchweg 5a
D-21220 Seevetal-Maschen

Lizenz durch die Muttergesellschaft
NEW ERA® Publications International ApS
Store Kongensgade 55, DK-1264 Kopenhagen, Dänemark

BATTLEFIELD EARTH - KAMPF UM DIE ERDE - BAND 1
Originaltitel: BATTLEFIELD EARTH: A SAGA OF THE YEAR 3000

2. Deutsche Taschenbuchausgabe

Übersetzt von Lisa Jota und Klaus Eff für
NEW ERA Publications International Aps

ISBN: 3-929284-29-4

Druck in Schottland

Dieses neue Buch ist Robert A. Heinlein, A.E. van Vogt, John W. Campbell Jr. und all denen* gewidmet, die in den 30er und 40er Jahren, dem Goldenen Zeitalter der Science-fiction und der Fantasy, mit dazu beigetragen haben, daß diese beiden Genres heute so beliebt und anerkannt sind.

*Zu den Starautoren dieser Zeit gehören unter anderem: Forrest J. Ackerman, Poul Anderson, Isaac Asimov, Harry Bates, Eando Bender, Alfred Bester, James Blish, Robert Bloch, Nelson Bond, Anthony Boucher, Leigh Brackett, Ray Bradbury, Fredric Brown, Arthur J. Burks, Edgar Rice Burroughs, Karel Čapek, E.J. Carnell, Cleve Cartmill, Arthur C. Clarke, Hal Clement, Groff Conklin, Ray Cummings, L. Sprague de Camp, Lester del Rey, August Derleth, Ralph Milne Farley, Hugo Gernsback, Mary Gnaedinger, H.L. Gold, Edmond Hamilton, Robert E. Howard, E. Mayne Hull, Aldous Huxley, Malcolm Jameson, David H. Keller, Otis Adelbert Kline, C.M. Kornbluth, Henry Kuttner, Fritz Leiber, Murray Leinster, Willy Ley, Frank Belknap Long, H.P. Lovecraft, R.W. Lowndes, J. Francis McComas, Laurence Manning, Leo Margulies, Judith Merril, Sam Merwin Jr., P. Schuyler Miller, C.L. »Northwest Smith« Moore, Alden H. Norton, George Orwell, Raymond A. Palmer, Frederik Pohl, Fletcher Pratt, E. Hoffman Price, Ed Earl Repp, Ross Rocklynne, Eric Frank Russell, Nathan Schachner, Idris Seabright (Margaret St.Clair), Clifford D. Simak, C.A. Smith, E.E. »Doc« Smith, Olaf Stapledon, Theodore Sturgeon, John Taine, William F. Temple, F. Orlin Tremaine, Wilson Tucker, Jack Vance, Donald Wandrei, Stanley G. Weinbaum, Manly Wade Wellman, H.G. Wells, Jack Williamson, Russell Winterbotham, Donald A. Wollheim, Farnsworth Wright, S. Fowler Wright, Philip Wylie, John Wyndham, Arthur Leo Zagat; was sie geschrieben haben, jeder einzelne von ihnen, sollte man noch einmal lesen. Und ich will bei meiner Widmung auch nicht die Illustratoren ihrer Bücher vergessen.

Einführung

Kürzlich erlebte ich eine Zeit, in der ich wenig zu tun hatte. Für einen Mann wie mich, der sich ein Leben lang an Jahre pausenloser Arbeit gewöhnt hat, war das ein gänzlich unbekanntes Gefühl. Und so kam ich auf den Gedanken, zum Zeitvertreib einen Roman zu schreiben: einen Science-fiction-Roman reinster Machart.

In den stürmischen Jahren zwischen 1930 und 1950 war ich ein professioneller Schriftsteller; nicht nur, weil das der Beruf war, von dem ich lebte, sondern auch, weil ich dadurch Studien finanzieren wollte, an denen mir viel gelegen war. Damals gab es nur wenige Agenturen, die unabhängige Autoren unterstützten. Was auch immer Sie über den wirtschaftlichen Aufschwung unter Roosevelt gehört haben, ich sage Ihnen, es waren harte Jahre. Entweder hatte man Erfolg, oder man verhungerte. Man wurde Spitzenautor, oder man endete in der Gosse. Man mußte sich anstrengen, etwas Gutes zustande zu bringen, oder man brachte es zu gar nichts. Es war eine Zeit, die jedem das Äußerste abverlangte.

Ich habe viele Leute sagen hören: »Er war ein Science-fiction-Autor«, und es war oft genug ein geringschätziger Unterton herauszuhören. Dadurch ist mir überhaupt erst klar geworden, daß nur wenige begriffen haben, welche Bedeutung Science-fiction für uns alle auf diesem Planeten Erde gehabt hat.

Ich habe gerade einige Standardwerke gelesen, in denen der Versuch unternommen wird, Science-fiction zu definieren und die Spuren ihrer Entwicklung zu verfolgen. So zahlreich auf diesem Gebiet die Experten sind, so widersprüchlich sind die Meinungen. Science-fiction hat die wohl am festesten gefügte Leserschaft, die es überhaupt gibt; wahrscheinlich existiert kein anderes Genre, das sich einer so treuen Anhängerschar erfreut. Leute, die Science-fiction mögen, werden als »Fans« bezeichnet; weltweit steht diese Literaturgattung in hohem Ansehen.

Autoren – und das trifft sogar auf Science-fiction-Autoren zu – haben selber nur selten etwas über das Wesen der »SF« zu Papier gebracht. Es muß wohl daran liegen, daß sie zu intensiv damit beschäftigt sind, Science-fiction zu schreiben, als daß sie noch Zeit hätten, sie zu beschreiben. Aber es gibt zahlreiche Experten für diese Literaturgattung – solche, die davon begeistert sind, und solche, die ihr ablehnend gegenüberstehen, und sie alle haben Interessantes dazu auszusagen.

Dennoch, sowohl über das Genre als auch über seine Autoren bestehen viele falsche Vorstellungen. Wenn also einer sagt, er nehme sich vor, ein Werk zu schreiben, das Science-fiction reinster Machart sei, dann tut er gut daran, auch zu erklären, auf welche Definition er sich stützt.

Vielleicht ist es am besten, auf das Jahr 1938 zurückzugreifen, und zwar auf den Tag, an dem ich mich zum ersten Mal auf dieses literarische Feld begeben habe. Es war der Tag, an dem ich John W. Campbell Jr. kennenlernte; ein Tag in den allerersten Anfängen einer Ära, die später als das Goldene Zeitalter der Science-fiction bekannt wurde. Ich war völlig unerfahren auf diesem Gebiet, und, ehrlich gesagt, ich hatte eine etwas skeptische Einstellung dazu. Ich war nicht freiwillig zu dem Treffen gegangen, sondern man hatte mich dazu aufgefordert: Zwei Leute, die zu den ganz großen Tieren im *Street and Smith Verlag* gehörten, hatten mich in das weitläufige alte Gebäude an der Seventh Avenue im staubigen, schmutzigen, alten New York gerufen; der eine hieß Black und der andere F. Orlin Tremaine. Zusammen mit mir war ein anderer Schriftsteller hinbestellt, Arthur J. Burks. Wenn damals die Leute, die in einem Verlag etwas zu sagen hatten - namentlich in einem so altbekannten und renommierten Verlag wie *Street and Smith*, einen Schriftsteller zu einem Gespräch »einluden«, dann war das so ähnlich wie eine Audienz beim König oder wie eine Vorladung bei Gericht. Man erschien, und man saß da ganz brav, und man redete, wenn man dazu aufgefordert wurde.

Wir beide, Arthur J. Burks und ich, waren bereits Spitzenautoren auf anderen Gebieten. Nach der *A.B. Dick - Liste*, in der für Verlage die Werbewirksamkeit von Autoren festgestellt wurde, war es so, daß unsere Namen auf dem Titelblatt einer Zeitschrift die Auflage in die Höhe schnellen ließen; das war so ähnlich, wie man es heutzutage von den Einschaltquoten im Fernsehen kennt.

Die beiden Verlagsmanager kamen schnell zur Sache. Sie hatten vor kurzem eine Zeitschrift mit dem Titel *Astounding Science Fiction* auf den Markt gebracht, oder vielmehr: sie hatten sie erworben. Andere Verlage brachten ähnliche Zeitschriften heraus, aber bei *Street and Smith* war man nicht ganz glücklich mit dem eigenen Magazin, weil es hauptsächlich Artikel über Roboter und moderne Technik enthielt. Die beiden Manager waren alte Hasen im Geschäft, und sie wußten, daß man Geschichten bringen muß, in denen lebendige Menschen handeln. Mal ganz von der *A.B. Dick-Liste* abgesehen, hatten die beiden uns geholt, weil wir in dem Ruf standen,

Menschen aus Fleisch und Blut beschreiben zu können. Es war ihnen bekannt, daß wir gut beschäftigte Autoren mit anderen Verpflichtungen waren. Aber ob wir denn nicht so freundlich wären, auch mal Science-fiction zu schreiben? Wir signalisierten unsere Bereitschaft.

Sie riefen John W. Campbell Jr. herein, den Herausgeber der Zeitschrift. Er sah sich ein wenig verblüfft zwei Autoren gegenüber, die Abenteuerromane schrieben. Nun mochte es schon sein, daß solche Autoren die ungekrönten Könige auf dem Gebiet der Unterhaltungsliteratur waren und für ihr Genre eine große Anhängerschar hatten, aber sie waren eben keineswegs Science-fiction-Autoren. Kurzum, er war nicht einverstanden. Der Hauptgrund für ihn war, daß Spitzenautoren hohe Honorare verlangten und damit das Budget belasteten, das man ihm für die Zeitschrift zugestanden hatte. Aber es kam noch dazu, daß er eben seine eigenen Vorstellungen darüber hatte, wie Science-fiction sein müsse.

Campbell, der bis zu seinem Tode im Jahre 1971 als heimlicher Zar über das ganze Gebiet der SF herrschte, war ein imposanter Mann, der am Massachusetts Institute of Technology Physik als Hauptfach belegt und an der Duke University den Grad eines Bachelors of Sciences erworben hatte. Er stellte sich vor, geeignete Beiträge für sein Magazin dadurch zu bekommen, daß er sie von Professoren naturwissenschaftlicher Fachrichtungen schreiben ließ und anschließend für eine Veröffentlichung überarbeitete. Das mag ein wenig unkonventionell sein, aber genau so verfuhr er. Um die Seiten zu füllen, schrieb sogar er, der über beachtliche Erfahrung als Autor verfügte, Beiträge für sein eigenes Magazin.

Die Verlagsmanager mußten Campbell geradezu durch Anweisung zwingen, das, was wir für ihn schrieben, zu kaufen und zu drucken. So bekam er künftig Geschichten, in denen handelnde Menschen vorkamen, also etwas, was seine bis dahin ausschließliche Aneinanderreihung von Beiträgen über moderne Technik auflockerte und belebte.

Ich kann nicht sagen, wie viele Autoren zu ähnlichen Gesprächen gerufen wurden; ich weiß es einfach nicht. Um Campbells Verdiensten gerecht zu werden, kann man annehmen, daß er sie später selbst entdeckt hat. Er war ein wahrer Könner und eine große Begabung, jede andere Einschätzung würde ihm nicht gerecht. Jeder von den Autoren, die er damals während des Goldenen Zeitalters um sich geschart hat, wird das bestätigen. Campbell konnte zuhören, seine Anregungen führten immer dazu, daß etwas besser wurde, und die kleinen Handlungsgeflechte, die er ersann, waren wirkliche Meisterstücke. Er verdiente das Ansehen, das er sich erwarb und sein Leben lang erhielt, der führende Herausgeber und die treibende Kraft auf dem Gebiet der Science-fiction zu sein und ihr überhaupt erst den Respekt verschafft zu haben, den man ihr später entgegenbrachte. *Krieg der Sterne*, bis heute der Kassenschlager aller Zeiten unter den Science-fiction-Filmen (und nur von der Fortsetzung noch übertroffen), wäre nicht entstanden, wenn nicht Campbell der Science-fiction zu dem Ansehen verholfen hätte, das sie heute genießt. Und mehr noch: Campbells Rolle dabei, unsere Gesellschaft ins Raumfahrt-Zeitalter zu führen, war keineswegs gering.

Man muß schon selber mit Campbell gearbeitet haben, um zu wissen, wie mannigfach sein Bemühen war, die Dinge voranzutreiben, und was er eigentlich unter »Science-fiction« verstand. Ich habe keine überlieferte Aussage von ihm zur Hand, auf die ich mich stützen und mit der ich ihn zitieren könnte; ich muß mich darauf beschränken, meine persönliche Erfahrung über sein Bemühen wiederzugeben. Wir sind im Laufe der Zeit Freunde geworden. In unseren unzähligen Gesprächen, die wir irgendwo beim Essen führten oder in seinem Büro oder an Wochenenden bei ihm zu Hause (wo man immer die fürsorgliche Hand seiner Frau Doña spürte), ging es um Geschichten und um ihren wissenschaftlichen Hintergrund. Es wäre eine unzulässige Vereinfachung, sagen zu wollen, daß Campbell Science-fiction schlichtweg mit Prophezeiungen gleichgesetzt hätte. Er hatte eine viel klarere Vorstellung davon.

Nur etwa ein Zehntel der Geschichten, die ich geschrieben habe, hatten etwas mit Science-fiction und Fantasy zu tun. Ich war das, was man einen „Schnellschreiber" nennt, und der Markt für Science-fiction wäre gar nicht groß genug gewesen, um all das aufzunehmen, was ich schreiben konnte. Zunächst hatte ich mir, während der acht Jahre vor dem Gespräch mit *Street and Smith*, einen Namen mit Veröffentlichungen anderer Art gemacht.

Ich will mich nicht zu sehr darüber verbreiten, aber Campbell hielt die meisten Geschichten, die ich ihm ablieferte, nicht für Science-fiction, sondern für Fantasy, und das ist, genau betrachtet, etwas ganz anderes. Einige meiner Geschichten veröffentlichte er ausdrücklich als Science-fiction, darunter auch *Final Blackout*, um nur eine von vielen zu nennen. Ich konnte mich bei meiner Arbeit durchaus auf naturwissenschaftliche Grundkenntnisse stützen, und ich hatte sogar, was Raketentechnik und Flüssigkeitsantrieb betraf, ein wenig Pionierarbeit geleistet. Aber was mich damals wirklich faszinierte, waren Studien über den wissenschaftlichen Erkenntnisstand der Menschen in der Vergangenheit, weil ich herausfinden wollte, ob und wodurch ihnen jemals Bahnbrechendes gelungen war. Diese Frage und meine Vorliebe für die alten Erzählungen, die man heute unter dem Titel *Tausendundeine Nacht* kennt, brachten mich dazu, tatsächlich ein bißchen so zu schreiben, daß man meine Geschichten dem Genre Fantasy zuordnen konnte. Um diese Geschichten unterzubringen, gründete Campbell eine andere Zeitschrift, das Magazin *Unknown*. Die Zeitschrift behauptete sich auf dem Markt, solange ich Romane für sie schrieb. Aber dann kam der Krieg, und ich mußte, wie viele andere, fort und *Unknown* hielt sich, soweit ich weiß, nur ungefähr drei Jahre. Es war nicht leicht, Romane und Geschichten von dieser Art aufzutreiben, und diese spezielle Richtung war auch nicht gerade Campbells Stärke.

Wenn man also jemandem klarmachen will, daß Science-fiction ein spezieller Zweig der Fantasy ist und deutlich von ihr abgegrenzt werden kann, dann befindet man sich unglücklicherweise im Widerspruch zu einer heute allgemein anerkannten Festlegung der Begriffe; es ist ein Zeichen der Zeit, die Genres miteinander zu vermischen. Ich stelle dasselbe bei der Musik fest; da werden auch die unterschiedlichsten Formen zu einem Brei zusammengemengt. Oder man nehme den Tanz: Da werden so viele Stilarten ineinander verwoben und zu einem einzigen »Tanz« verbunden, daß ich mich fragen muß, ob die Choreographen überhaupt noch die Möglichkeiten unterschiedlicher Ausdrucksformen beim Tanz kennen. Die vorherrschende Meinung ist heutzutage, daß etwas Neues nur noch aus dem *Widerstreit* entstehen könne. Vielleicht läßt sich das auf den Philosophen Hegel zurückführen, aber ich gebe doch zu bedenken, daß er auch gesagt hat, Kriege seien um des geistigen Heiles der Menschen willen nötig, und anderen Unsinn. Wenn alle neuen Ideen nicht anders entstehen können als dadurch, daß man schon bestehende Ideen im Widerstreit zueinander sieht, dann muß man konsequenterweise auch die Möglichkeit leugnen, daß zuvor nie gedachte Ideen überhaupt geschaffen werden können.

Also, was ist denn nun unter Science-fiction *reinster Machart* zu verstehen?

Nimmt man es ganz wörtlich, dann muß Science-fiction etwas mit dem Zeitalter der *science*, der Naturwissenschaften zu tun haben. Aber auf die Gefahr hin, daß ich einen Aufschrei des Widerspruchs hervorlocke (ein Risiko, das ich mein ganzes Leben lang eingegangen bin; wobei es mich, wenn ich dann wirklich Widerspruch geerntet habe, nicht weiter gekümmert, sondern nur veranlaßt hat, unbeirrt meinen Weg zu gehen und meine Arbeit zu tun), also, auf diese Gefahr hin will ich ein paar Dinge klarstellen:

Science-fiction kommt durchaus nicht im Gefolge wissenschaftlichen Fortschritts oder epochemachender Entdeckungen daher. Sie ist vielmehr der voraneilende geistige Bote dessen, was möglich ist. Sie liefert das gedankliche Vorbild zu dem, was irgend jemand in der Zukunft leisten wird. Dennoch hat sie nichts mit Prophezeiung zu tun. Sie ist wie ein Traum, und wie dieser kommt sie vor der Morgendämmerung, in der dann der Erfinder oder der Wissenschaftler erwacht und sich über seine Bücher beugt oder in sein Laboratorium eilt und sich mit der Frage beschäftigt, ob sich der Traum in reale Wissenschaft verwandeln läßt.

Über die Frage, ob dies oder jenes nun wirklich Science-fiction gewesen sei, läßt sich endlos debattieren: Man kann zurückgehen bis zu Lukian, zweites Jahrhundert nach Christi Geburt, oder zu Johannes Kepler (1571-1630), der nicht nur die moderne dynamische Astronomie begründete, sondern auch das Buch *Somnium* verfaßte, in dem ein imaginärer Raumflug zum Mond beschrieben wird; oder zu Mary Shelley und ihrem *Frankenstein* – zu Poe oder Verne oder Wells.

Versuchen wir es doch einmal mit einem Beispiel: Ein Mann erfindet einen Schneebesen. Später schreibt ein Schriftsteller eine Geschichte, in der ein Schneebesen vorkommt. Was er da schreibt, ist natürlich keine Science-fiction. Aber man kann das Beispiel ein wenig verändern: Ein Mann beschreibt in einer Geschichte einen Metallgegenstand, der bei schneller Drehung Eischnee schlagen kann, wobei wir natürlich von der Annahme ausgehen müssen, daß es ein derartiges Werkzeug noch nie gegeben hat. Also hat er Science-fiction geschrieben. Und irgend jemand anders liest irgendwann - vielleicht eine Woche, vielleicht hundert Jahre später - diese Geschichte und sagt sich: »Ja, doch, es könnte sein, daß so etwas funktioniert.« Dabei spielt es keine Rolle, ob es wirklich möglich ist, daß zwei Metallgebilde, die sich gegeneinander drehen, Eischnee schlagen können oder ob jemand so etwas erfunden hat oder ob wir heute noch auf den Schneebesen warten müßten; wie auch immer, der Mann hat Science-fiction geschrieben.

Was versteht man unter »fiction«? Der Begriff hat zwei völlig unterschiedliche Bedeutungen. Ein Literaturprofessor definiert »fiction« als »eine literarische Arbeit, deren Inhalt auf schöpferischer Imagination beruht und sich nicht notwendigerweise auf Fakten gründen muß; Werke dieser Art bilden eine eigene Literaturgattung, die Gestaltungsformen sind Romane, Kurzgeschichten und Schauspiele«. Das Wort kommt aus dem Lateinischen, von *fictio*, was »Ausgestaltung«, »Erfindung« bedeutet, von *fictum*, dem Partizip Perfekt des Verbs *fingere*, und das heißt »bilden«, »gestalten«, »formen«.

Wenn man aber nun das Wort »science« hinzufügt, also die Verbindung »Science-fiction« erhält, dann bekommt das Wort »fiction«

eine doppelte Bedeutung: Erstens sagt es aus, daß die in der Geschichte verwendeten wissenschaftlichen und technischen Beschreibungen mindestens teilweise fiktiv sind. Zweitens gilt aber auch, daß jede Art von Geschichten auf Fiktion, auf freier Erfindung beruht. Der *American Heritage Dictionary of the English Language* definiert Science-fiction als »Erzählung, in der naturwissenschaftliche Erfindungen oder Weiterentwicklungen einen wesentlichen Bestandteil der Handlung oder des Hintergrunds abgeben; besonders gilt dies für fiktive Erzählungen, die auf eine Vorhersage künftiger Möglichkeiten der Naturwissenschaft gegründet sind«.

Gestützt auf die Definition des Lexikons und in der Erinnerung an zahlreiche Diskussionen mit Campbell und mit meinen damaligen Kollegen von der schreibenden Zunft, möchte ich also sagen, daß Science-fiction etwas mit dem materiellen Kosmos und mit den Naturwissenschaften zu tun hat; was durchaus auch volkswirtschaftliche, soziologische, medizinische und andere Wissenschaften einschließt, denn sie alle haben ihre Grundlage in materieller Substanz.

Aber was ist dann Fantasy?

Wenn es sich dabei lediglich um den Ausdruck lebhafter Einbildungskraft handelte, dann müßte man viele Volkswirtschaftler, Ministerialbeamte und ähnliche Berufszweige den professionellen Autoren zurechnen! Würde man den Begriff »Fantasy« als Erfindungsgabe charakterisieren, so könnte man mit dem gleichen Recht etwa eine komplette Bibliothek als »Wörtersammlung« bezeichnen. Das wäre zu vereinfachend, zu allgemein gefaßt.

Heutzutage ist vieles von dem, was einfach dazugehört, um »Fantasy« zu einem für jedermann verständlichen Begriff des Fiktiven zu machen, in der Hektik unseres Lebens untergegangen. Das, was ich meine, findet man kaum noch in einem Nachschlagewerk, zum Beispiel: Spiritismus, Mythologie, Magie, Weissagung, das Übernatürliche. Nichts davon hat wirklich etwas zu tun mit dem Universum, so wie es für uns erklärbar ist. Aber das bedeutet nicht unbedingt, daß an diesen Gebieten nie etwas dran war oder sie nicht in Zukunft zu neuer Bedeutung gelangen könnten. Es bedeutet lediglich, daß die Menschen sich derzeit in einem materialistischen Rauschzustand befinden.

Der Großteil der Gebiete, die ich erwähnt habe, besteht aus falschen Informationen, aber wahrscheinlich wird es niemals möglich sein, *alle* solchen Phänomene zu erklären. In erster Linie ist uns das gewaltige Wissen, das darin verborgen war, deshalb verlorengegangen, weil es eine lange Kette von Fortschritten in den naturwissenschaftlichen Erkenntnissen gegeben hat. Ich bemerke allerdings, daß unsere moderne Naturwissenschaft immer dann, wenn sie glaubt, sie sei in allen Fragen den Dingen umfassend auf den Grund gekommen, tatsächlich zu irgendeinem Ursprung unseres Wissens zurückkehrt (und ihn manchmal bereitwillig aufnimmt), zum Beispiel zu den Mythen des altägyptischen Kulturraums, nach denen der Mensch aus dem Schlamm entstanden ist. Ich will damit nichts weiter sagen, als daß es eine ganze Klasse von Phänomenen gibt, die wir nicht dem materiellen Bereich zuordnen können. Sie sind ihrem Wesen nach nicht materiell, und sie passen nicht in unser Bild des Universums. Wie falsch auch manche von den alten Vorstellungen gewesen sein mögen, so bleibt doch zu fragen, ob sie nicht zumindest in Teilen auch für uns Gültigkeit haben könnten. Man müßte sich sehr eingehend damit beschäftigen, um all das enthaltene Wissen, die Annahmen und die Glaubensvorstellungen in ihrem Zusammenhang zu ergründen. Ich will niemandem Anlaß zu der Behauptung geben, daß ich an all diese Dinge glaubte, sondern lediglich darauf hinweisen, daß es noch eine andere Sphäre gibt – neben einem gläubigen und oft sogar allzu naiven Materialismus.

Fantasy, als literarischer Begriff, ist im Lexikon definiert als »geschriebene oder in dramatische Form umgesetzte Dichtung, zu deren Charakteristika phantastische oder übernatürliche Elemente gehören«. Auch diese Definition erscheint mir zu eng.

Als Fantasy könnte man jede Art von Prosa bezeichnen, die Elemente wie Spiritismus, Mythologie, Magie, Wahrsagung, Übernatürliches und so weiter aufgreift. In *Tausendundeine Nacht* sind Erzählungen, Legenden und Märchen aus zahlreichen Ländern und Kulturkreisen gesammelt – nicht nur aus Arabien, wie manche glauben. Das Buch ist eine wahre Fundgrube all dessen, was in den Bereich des Phantastischen gehört.

Vermengt man Science-fiction und Fantasy, dann hat man es nicht mehr mit einem in sich geschlossenen Genre zu tun; für den Kenner sind das zwei völlig eigenständige Gattungen. Ich bemerke allerdings gegenwärtig eine Tendenz, die beiden miteinander zu vermischen und das Ergebnis verschämt als »phantastische Erzählung« zu bezeichnen. Dabei vertragen sich Science-fiction und Fantasy gar nicht einmal besonders gut miteinander: Science-fiction erfordert, wenn sie glaubwürdig erscheinen soll, ein unerläßliches Maß an Plausibilität; bei Fantasy dagegen sind überhaupt keine Grenzen gesetzt. Ein Autor, der Science-fiction schreibt, muß mit viel Umsicht ans Werk gehen; Fantasy zu schreiben, ist nichts anderes als Herumschlendern im Garten der Ideen und Einfälle. (In einem Fantasy-Roman steht der Held waffenlos da, und – simsalabim

– schon hält er ein Zauberschwert in der Hand.) Das heißt nun keineswegs, daß ein Genre besser wäre als das andere; für jemanden, der von Berufs wegen damit zu tun hat, sind sie einfach grundverschieden.

Aber da ist noch ein anderer Punkt: Science-fiction hatte immer, namentlich im Goldenen Zeitalter, von dem ich sprach, eine Aufgabe zu erfüllen. Natürlich kann ich mich nicht einfach zum Sprecher für meine Freunde aus der damaligen Zeit erklären, aber aus meinen Gesprächen mit Campbell und aus vielen Fachsimpeleien mit Kollegen habe ich den festen Eindruck gewonnen, daß sie damals alle ihre Arbeit als eine Art geistiger Wegbereitung verstanden haben, ausgerichtet auf das Ziel, den Menschen zum Schritt ins All zu ermutigen.

Anfangs galt Science-fiction in Fachkreisen als eine Art Stiefkind der Literatur. Weitaus mehr ins Gewicht fiel jedoch, daß die Naturwissenschaften selbst weder angemessen beachtet noch aus staatlichen Mitteln subventioniert wurden, wie es recht und billig gewesen wäre. Aber da muß eben schon ein starkes öffentliches Interesse laut werden, bevor die Politiker das Geld locker machen, das nun einmal notwendig ist, um einer Sache den richtigen Auftrieb zu geben.

Es waren lauter hervorragende Schriftsteller, die Campbell um sich geschart hatte; unbestrittene Spitzenautoren gehörten dazu. Sie haben die literarische Qualität dieses Genres gesteigert, und sie haben dafür gesorgt, daß seine Popularitätskurve steil anstieg.

Ich erinnere mich, daß ich – kurz nach Anbruch des Goldenen Zeitalters – einen Besuch bei der naturwissenschaftlichen Fakultät einer größeren Universität gemacht habe. Ich wollte für meine eigenen Studien einiges über die Zellenlehre nachschlagen. Ich wurde zuvorkommend empfangen und wollte mich gerade in das Nachschlageverzeichnis vertiefen, als ich bemerkte, daß der Raum sich immer mehr füllte. Es waren beileibe nicht alles Studenten, nein, auch Professoren und Assistenten. Es sprach sich wie ein Lauffeuer herum, wer in der biologischen Abteilung zu Gast war, und ehe ich mich's recht versah, stand ein Haufen Leute um mich herum, alle mit strahlenden Gesichtern, und ich hatte eine Menge Hände zu schütteln. Und was wollten sie von mir? Wissen, was ich von dieser oder jener Story hielt, ob ich in letzter Zeit mit dem einen oder anderen Schriftsteller zusammengetroffen sei und wie es denn dem guten alten Campbell ginge.

Sie hatten eine eigene Literaturgattung – Science-fiction!

Und sie waren stolz darauf.

Eine Zeitlang, und zwar vor Ausbruch und während des Zweiten Weltkrieges, stand ich in ziemlich enger Verbindung mit der neuen

Generation der Naturwissenschaftler, mit eben jenen Männern, die die Bombe bauten und die Grundlagen für den Raketenbau legten. Alle miteinander waren alte Hasen in Sachen Science-fiction, und viele von denen, die als besonders engagierte Wissenschaftler galten, schrieben nebenher Science-fiction.

1945 fand ein Treffen statt, an dem einige verdienstvolle Wissenschaftler, eine Reihe von Freunden der Science-fiction und auch ich teilnahmen. Als Ort der Zusammenkunft hatte man das Haus meines guten alten Freundes, des unvergleichlichen Bob Heinlein, gewählt. Und worüber wurde gesprochen? Über die Frage, wie man den Menschen ins All bringen könne, und zwar schnell genug, um die Erde in Zukunft vor Kriegen zu bewahren. Und die Männer, die da zusammengekommen waren, konnten sich bei der Regierung Gehör und Einfluß verschaffen, um ihre Pläne in die Tat umzusetzen! Heute sind wir fast soweit. Den Wissenschaftlern ist es bereits gelungen, den Menschen ins All zu bringen, und eine Zeitlang geschah das sogar in enger Zusammenarbeit mit den Russen.

Man kann nicht einfach gutgläubig vor sich hin leben und annehmen, daß alles, was da geschieht, auf Zufall beruht, daß immer nur ein Ereignis dem anderen folgt, daß alles seine natürliche Ordnung hat und daß schließlich alles schon irgendwie ins rechte Lot komme. Das ist keine wissenschaftliche Denkweise, das ist Fatalismus, Kismet-Glaube, das führt uns zurück ins Märchenland. Nein, die Dinge entwickeln sich nach Plänen, die wir selbst aufstellen müssen. Das Goldene Zeitalter der Science-fiction, das mit Campbell und *Astounding Science Fiction* begann, hat das Interesse einer breiten Leserschaft so stark geweckt, daß es mit dazu beitrug, dem Menschen den Schritt ins All zu ermöglichen. Heutzutage äußern namhafte Wissenschaftler dieselben Gedanken, die wir schon in unserer Männerrunde vor so vielen Jahren ausgetauscht haben.

Campbell gelang das, was er sich vorgenommen hatte. Es ging aufwärts mit ihm, solange er seine erste Frau und ein paar gute Freunde an seiner Seite hatte, die ihn nicht vergessen ließen, daß die Wissenschaft dem Menschen dienen muß und daß es keinen Sinn hat, ausgeklügelte Technik ins All zu schießen, nur um des technischen Fortschritts willen, und auch daran, daß es im All keinen einzigen lohnenden Zielpunkt gibt, wenn die Mission nicht in irgendeiner Weise dem Wohl des Menschen dient. Es ging aufwärts mit ihm, weil er ein brillanter Könner war und ein großartiger Herausgeber von bewunderungswürdiger Geduld. Doch als sich 1949 seine erste Frau, Doña, von ihm trennte, um George O. Smith zu heiraten, fehlte ihm die wichtigste kritische Stimme, die dafür gesorgt hatte, daß nicht Technik, sondern Menschen im Vordergrund jeder Geschichte standen. Und als er dann auch noch sein altes Autorenteam verlor, ging es mit seiner Zeitschrift bergab. Deren Umbenennung in *Analog* setzte den Schlußpunkt unter die Ära Campbell. Aber das Goldene Zeitalter hatte den Höhenflug der Science-fiction begründet, und – so betrachtet – hatte Campbell eben doch gewonnen.

Als ich an diesem Roman zu arbeiten begann, habe ich mir vorgenommen, Science-fiction reinster Machart zu schreiben, und zwar nicht in der alten Tradition. Formen und Stil des Schreibens haben sich verändert, also mußte ich mich umstellen, mir moderne Stilmittel und Aufbautechnik zulegen. Um deutlich zu machen, daß es nicht von einer bestimmten Art der Handlung abhängt, ob ein Roman der Science-fiction-Gattung zuzurechnen ist, habe ich in diesem Buch praktisch alle erdenklichen Formen verwandt, in denen man eine Geschichte schreiben kann: So ist es ein Kriminal-, ein Spionage-, ein Abenteuer-, ein Wildwest-, ein Liebesroman, ganz nach Belieben. Alles, nur kein Fantasy-Roman; dessen Stilelemente kommen hier nicht vor. Der Begriff »Science« schließt auch Volkswirtschaftslehre und Soziologie und Medizin ein, soweit diese Wissenschaften in Beziehung zum Bereich des Materiellen stehen. Also kommen sie auch in diesem Buch vor.

Wenn man für Zeitschriften schreibt, wird man (mit Rücksicht auf das Format der Ausgabe) von den Herausgebern dazu angehalten, einen bestimmten Seiten- oder Zeilenumfang nicht zu überschreiten. Mir hat das nie Schwierigkeiten gemacht, man lernt das mit wachsender Erfahrung. Aber diesmal habe ich mir vorgenommen, nichts auszusparen und die Geschichte so laufen zu lassen, wie sie läuft, solange sie Tempo behält. Vielleicht habe ich es damit fertiggebracht, den größten Science-fiction-Roman zu schreiben, den es jemals gab, jedenfalls dem Umfang nach. Es bleibt den Experten überlassen – und sie werden in Scharen auftreten –, genau zu ermitteln, ob das tatsächlich zutrifft.

Einige meiner Leser mag es verwundern, daß ich meine eigenen ernsthaften Arbeitsgebiete nicht mit in dieses Buch verwoben habe. Das bedeutet nicht etwa, daß ich Abstand davon nehmen wollte, sondern lediglich, daß ich mich diesmal ganz in meiner Rolle als Schriftsteller gefühlt habe und daß ich niemandem den Eindruck vermitteln wollte, mir wäre an einer Werbeaktion gelegen für die Dinge, mit denen ich mich neben meiner Tätigkeit als Schriftsteller beschäftige.

Es wird auch Leute geben, die dieses Buch sehen und sagen: »Na bitte! Er ist eben doch ein Science-fiction-Autor, das haben wir ja immer gesagt!« Gut, als einer aus der Gruppe der Schriftsteller, die dem Menschen Wegbereiter für seine ersten Schritte ins All waren, bin ich sehr stolz darauf, auch als Science-fiction-Autor bekannt zu sein. Wir haben Satelliten da draußen herumschwirren, der Mensch ist auf dem Mond spazierengegangen, Sonden sind unterwegs zu fernen Planeten, oder etwa nicht? Jemand mußte den Traum träumen, und es waren viele nötig, wie zum Beispiel die Schriftsteller aus dem Goldenen Zeitalter und ihre Nachfolger, um das Interesse einer Millionenschar zu wecken, damit der Traum schließlich wahr werden konnte.

Ich hoffe, daß Ihnen der Roman gefallen wird. Unter allen meinen Romanen ist es der einzige, den ich geschrieben habe, um mir selbst ein Vergnügen zu bereiten. Mit diesem Roman feiere ich zugleich mein fünfzigjähriges Jubiläum als Schriftsteller, meine goldene Hochzeit mit der Muse. Fünfzig Jahre in diesem Metier – von 1930 bis 1980.

Und als alter Profi versichere ich, daß es sich um Science-fiction *reinster Machart* handelt. Nicht um Fantasy. Streng nach den Spielregeln, die für dieses Genre gelten. Die Naturwissenschaften sind für den Menschen da. Und für Science-fiction gilt dasselbe.

Alles fertig?
In die Startlöcher!
Und los geht's!

L. Ron Hubbard

Oktober 1980

Teil I

1

»Die Spezies Mensch ist vom Aussterben bedroht«, sagte Terl.

Er sagte es in Stille hinein, die zur abendlichen Atmosphäre im Kasino der Intergalaktischen Rohstoff Company gehörte. Der hohe, streng gegliederte Raum war in gedämpftes Licht gehüllt, auf den Wänden lag mattschwarzer metallischer Schimmer. Oben an der Decke, auf den Schnittpunkten der Stahlträger, kräuselte sich Silberglanz: der Widerschein des einzigen kümmerlichen Mondes, den die Erde hatte und der zudem in dieser Spätsommernacht nur halb voll am Himmel stand.

In dieser Umgebung hatte Terls Bemerkung ungefähr dieselbe Wirkung, als wäre er plötzlich mit einem splitternackten Showgirl ins Kasino geplatzt.

Die Chamco-Brüder unterbrachen ihr Spiel am Laser-Killer, ihre behaarten Pranken schienen mitten in der Bewegung auf den breiten Abschußtasten erstarrt zu sein. Char verzog das Gesicht zu einer verdutzten Grimasse, bei der sich die wulstigen Wangenknochen so hoch schoben, daß sie die gelben Augen fast ganz verdeckten. Sogar das Serviermädchen gaffte zu ihnen herüber.

Terl hob die großen bernsteinfarbenen Augen von dem dicken Buch, das er in den schaufelgroßen Pranken hielt. Er sah sie alle der Reihe nach an. Es machte ihm Spaß, daß er sie so aufgestört sah. Wenn einer sich für zehn Jahre* in so eine gottverlassene Außenstation am Rand einer unbedeutenden Galaxis verpflichtet hat, wird er für jede Abwechslung im Einerlei des Alltags dankbar, sogar für die bescheidenste.

Er gab seiner Stimme einen sonoren, belehrenden Klang, als er den Gedanken zum zweiten Mal aussprach: »Die Spezies Mensch ist vom Aussterben bedroht.«

Char fixierte ihn unfreundlich. »Was, in drei Teufels Namen, lesen Sie denn da?«

*Bei Zeit-, Entfernungs- und Gewichtsangaben werden in diesem Buch einheitlich die auf der Erde üblichen Begriffe verwendet; die verschiedenen bei den Psychlos gebräuchlichen Maß- und Gewichtsangaben könnten verwirrend wirken. *Der Übersetzer*

Der gereizte Unterton ließ Terl kalt. Zugegeben, Char gehörte zu den leitenden Angestellten. Aber von der Sorte gab es viele, und Terl war immerhin der Sicherheitschef in dieser Station. »Ich habe nichts vorgelesen, ich habe laut gedacht.«

»Von nichts kommt nichts«, knurrte Char vor sich hin. »Was ist das für ein Buch?«

Terl hielt es hoch und zeigte Char den Einband: Geologisches Handbuch der Bodenschätze und Rohstoffe, Band XVII. Wie gewöhnlich, wenn man es mit einem sogenannten Handbuch zu tun hat, handelte es sich um einen besonders dicken Wälzer. Aber man hatte für den Druck ein spezielles Material verwendet, federleicht, besonders auf einem Planeten mit geringer Schwerkraft, wie es die Erde ist. Die Leute, denen das eingefallen war, verstanden etwas von ihrem Handwerk. Solche Herstellungsmethoden zahlen sich schon bei den Fracht- und Versandkosten aus.

»Du meine Güte«, sagte Char geringschätzig, »der Schmöker ist doch bestimmt zwei- bis dreihundert Jahre alt! Wenn Sie Ihre Nase unbedingt in Bücher stecken müssen... Mir ist da eine hochaktuelle Chefsache auf den Schreibtisch geflattert, und darin können Sie nachlesen, daß wir bei den Bauxitlieferungen mit fünfunddreißig Frachtladungen im Rückstand sind!«

Die Chamco-Brüder verständigten sich mit einem Blick, der so viel hieß wie: Kümmern wir uns lieber wieder um unser Spiel und darum, wie viele von den zappeligen kleinen Eintagsfliegen noch im Kasten herumschwirren und wie viele wir schon abgemurkst haben. Aber bereits Terls nächste Bemerkung ließ sie wieder aufhorchen.

»Mir ist heute auch was auf den Schreibtisch geflattert, und zwar eine Funkbildmeldung von einem unserer ferngelenkten Aufklärer. Daraus sehe ich, daß dort oben...« Seine Pranke beschrieb einen Bogen in Richtung auf das Bergmassiv im Westen, dessen Konturen sich hart gegen das Mondlicht abzeichneten. »... daß dort oben, im Tal unterhalb des Gipfels, nur noch sage und schreibe fünfunddreißig Menschen leben.«

»Na und?« fragte Char.

Terl verfiel wieder in seinen belehrenden Ton. »Ich schmökere ja nicht nur zum Vergnügen in diesen alten Büchern herum. Früher haben Hunderte dort gelebt, allein in diesem einen Tal. Und auf dem ganzen Planeten sind es Tausende und Abertausende gewesen.«

»Sie müssen nicht alles glauben, was Ihnen schwarz auf weiß serviert wird«, sagte Char mit gespielter Langeweile. »Bei meiner letzten Dienstreise, und zwar nach Arkturus IV ...«

Terl hielt ihm das Buch unter die Nase. »Das ist nicht nur irgendein Schmöker! Ich hab das Buch aus der Bibliothek der Abteilung für Kultur und Völkerkunde, und das ist eine offizielle Abteilung der Intergalaktischen Rohstoff Company.«

Der größere der Chamco-Brüder ließ seine Wangenknochen rollen. »So was gibt's auch? Wußte ich noch gar nicht.«

»Man hat die Abteilung vor mehr als einem Jahrhundert aufgelöst«, sagte Char naserümpfend. »Glatte Geldverschwendung. Die Burschen verzapften einen Haufen Mist, über ökologische Einflußfaktoren und solchen Kram.« Er wuchtete seinen massigen Körper herum und sah Terl lauernd an. »Sagen Sie mal, irre ich mich, oder wollen Sie uns schön langsam auf etwas Bestimmtes vorbereiten? Läuft das etwa darauf hinaus, daß Sie einen kleinen Sonderurlaub brauchen? Passen Sie bloß auf! Ich ahne schon, was da am Ende auf mich zukommt: ein ganzer Stapel von Anforderungen für Atemgeräte und Erkundungsfahrzeuge und was weiß ich alles. Aber das sage ich Ihnen: Von meinen Leuten stelle ich keinen ab!«

»Nun machen Sie mal halblang! Ich habe nur darauf hingewiesen, daß die Spezies Mensch ...«

»Ich hab gehört, was Sie gesagt haben. Aber jetzt werde ich Ihnen was sagen. Sie haben Ihren Job, weil Sie der richtige Mann dafür sind und weil man erwartet, daß Sie sich um Ihre Arbeit kümmern. Um Ihre Arbeit, und nicht um irgendwelche intellektuellen Spielereien! Mir machen Sie nichts vor! Sie suchen nur einen Vorwand für einen Jagdausflug. Aber Sie müssen doch selber zugeben: Welcher Psychlo, der seine fünf Sinne beisammen hat, käme denn auf die Idee, ausgerechnet auf dieses Kroppzeug Jagd zu machen?«

Der kleinere der Chamco-Brüder grinste. »Warum nicht? Das wär doch mal was anderes, als immer nur zu buddeln und zu baggern. Bei 'ner Jagd gibt's immer 'ne Menge Spaß.«

Char ging wie ein gereizter Stier auf ihn los. »Spaß? Bei einer Jagd auf diese Subjekte? Haben Sie schon mal eines davon gesehen?« Der Fußboden ächzte, als Char sich hochstemmte und schließlich schwankend auf die Füße kam. »Bis hierhin gehen die mir, bloß bis hierhin!« Er hielt seine Pranke in Höhe seines Gürtels. »Schmutzigweiß sind sie wie ... wie Schnecken, und genauso nackt, wenn man mal von den paar Büscheln absieht, die sie auf dem Kopf haben. Klappergestelle sind das, die brechen einem glatt durch, wenn man sie in die Jagdtasche stopfen will. Die sind so schwach auf der Brust ...« Er griff nach dem schweren Humpen mit Kerbango. »Hier! So was hochstemmen, und schon heben die sich einen Bruch!« Er kippte den Kerbango auf einen Zug herunter und schüttelte sich. »Übrigens, essen kann man das Kroppzeug auch nicht.«

»Haben Sie denn schon mal einen Menschen gesehen?« fragte

der größere der Chamco-Brüder.

Char ließ sich mit Wucht auf seinen Stuhl fallen und reichte dem Serviermädchen den leeren Humpen. »Nein. Jedenfalls kein lebendes Exemplar«, gab er zu. »Aber ich hab eine Menge darüber gehört, und unten in den Schächten hab ich mir Knochenfunde angesehen.«

Ungerührt von Chars leidenschaftlichem Ausbruch, sagte Terl: »Es gab Tausende von ihnen. Viele Tausende. Überall.«

Halb in einen Rülpser hinein murmelte Char: »Muß einen ja nicht wundern, wenn sie aussterben. Sie atmen dieses Gemisch aus Sauerstoff und Stickstoff. Tödliches Zeug, das.«

Der kleinere der Chamco-Brüder nickte. »Mir ist gestern die Atemmaske ein Stück aufgerissen. Ungefähr 'ne halbe Minute lang oder so hab ich gedacht, ich überleb's nicht. Mann, da toben sich ganze Lichtgewitter in deinem Kopf aus! Wirklich, ein tödliches Zeug. Ich zähl die Tage, bis ich endlich wieder heim kann. Wieder mal ohne Schutzanzug und Atemmaske rumlaufen. Wieder mal spüren, was eine richtige Schwerkraft ist, die einem auch was abverlangt. Wieder mal die Natur in satten Purpurfarben sehen, und nicht nur dieses ewige grüne Einerlei. Als ich klein war, hat mein Paps immer zu mir gesagt: Wenn ich nicht lernen würde, mich wie ein ordentlicher Psychlo zu benehmen, und wenn ich nicht ›Sir‹ zu den Leuten sage, die am Drücker sitzen, dann würde ich eines Tages am Arsch der Welt landen. Und er hat recht gehabt, genau da bin ich gelandet.« Er nahm die Pranken von den Abschußtasten des Laser-Killers. »He, Bruderherz, du bist dran.«

Char lehnte sich zurück und sah Terl durchdringend an.

»Nun sagen Sie mal ehrlich: Haben Sie tatsächlich vor, auf Menschenjagd zu gehen?

Terl grub die klauenartigen Fingernägel in den Bucheinband. »Ich glaube, Sie haben noch nicht begriffen, worum es wirklich geht«, sagte er nachdenklich. »Mit diesen Wesen hat es irgendwann mal etwas Besonderes auf sich gehabt. Hier in dem Buch steht, daß es überall, auf allen Kontinenten, große Urbanisationen gab, bevor wir kamen. Sie hatten Flugmaschinen und Schiffe. Mehr noch, sie waren gerade dabei, die ersten Schritte in den Weltraum zu tun.«

»Woher wollen Sie wissen, daß das nicht eine andere Spezies war? Zum Beispiel eine verschollene Kolonie der Psychlos?«

»Nein, das auf keinen Fall. Psychlos können diese Luft gar nicht atmen. Es waren Menschen, unsere Wissenschaftler bestätigen das. Und wissen Sie auch, was in unseren eigenen Geschichtsbüchern darüber steht, wie wir hierher gekommen sind?«

»Na?« machte Char.

»Die Menschen haben offenbar so eine Art Sonde losgeschickt, mit allen Angaben über ihren Lebensraum, mit Abbildungen von Menschen und so weiter. Einer unserer Fernaufklärer hat das Ding abgefangen. Und ... wissen Sie was?«

»Na?« machte Char noch einmal.

»Die Sonde bestand aus einem äußerst seltenen Metall von geradezu unschätzbarem Wert. Und tatsächlich, unsere Bosse haben der Regierung von Psychlo sechzig Milliarden Galaktische Währungseinheiten hingeblättert, für den vollen Zugang zu den Informationen und für die Schürfrechte. So sind wir ins Geschäft gekommen. Alles, was uns noch zu tun blieb, war der Durchbruch durch die Erdatmosphäre.«

»Kommen Sie mir doch nicht damit! Das sind doch Klatschgeschichten aus der Welt der Großindustrie und der Hochfinanz. Ich war schon auf allen möglichen Planeten bei der Rohstoffausbeutung dabei, und überall, wirklich überall, hat man solche Geschichten erzählt.« Er verzog das Gesicht zu einem übertriebenen Gähnen. »Das liegt dann immer Hunderte, wenn nicht gar Tausende von Jahren zurück. Ist Ihnen das noch nicht aufgefallen? Wenn die Presse- und Informationsstelle solche Geschichten in Umlauf bringt, dann spielen sie immer in der finstersten Vergangenheit, und keiner kann den Wahrheitsgehalt nachprüfen.«

»Na gut«, sagte Terl, »ich werde jedenfalls losziehen und eines von diesen Wesen einfangen.«

»Aber nicht mit meinen Leuten und nicht mit meiner Ausrüstung!«

Terl hievte sich vom Stuhl hoch. Der Fußboden knarrte unter seinem Gewicht, als er zur Tür ging.

»Sie jagen einem Phantom nach!« rief ihm Char hinterher. »Sie sind verbohrt und stur!«

Die Chamco-Brüder vertieften sich wieder in ihr Spiel und die fesselnde Aufgabe, mit Laserstrahlen auf Eintagsfliegen zu zielen, die aufgeregt in dem Glaskasten herumschwirrten, in dem sie eingeschlossen waren. Jeder Treffer verwandelte eine Fliege in ein Rauchwölkchen. Puff ... eine nach der anderen.

Char starrte auf die Tür. Der Sicherheitschef war ein Narr. Er mußte wissen, daß es für einen Psychlo völlig unmöglich war, in die Berge hinaufzusteigen. Die ganze Gegend dort oben war von tödlichem Uran verseucht.

Terls polternde Schritte hallten von den Metallwänden des Verbindungsganges wider, der zu seinen Büro- und Wohnräumen führte.

Er hielt sich durchaus nicht für einen Narren. Im Gegenteil, er hatte wie immer alles sorgfältig durchdacht. Er hatte ihnen was zu reden gegeben, und so würden sie keine unbequemen Fragen mehr stellen, wenn er daran ging, seine heimlichen Pläne in die Tat umzusetzen. Pläne, mit denen er es zu Wohlstand und Einfluß bringen wollte. Und wenn alles klappte, würde er diesem verfluchten Planeten endlich den Rücken kehren können.

Dieses Wesen Mensch ... das war die perfekte Lösung für sein Problem. Erst mal brauchte er nur eines davon, die anderen würde er dann nach und nach bekommen. Sein persönlicher Feldzug hatte begonnen. Und gar nicht mal so schlecht, schien ihm.

Als er sich schlafen legte, begleitete ihn hinüber in seine Träume der schöne Gedanke, daß er doch eigentlich ein schlauer Bursche wäre.

2

Dunkle Sturmwolken trieben von Westen heran, drifteten an den mit Schnee- und Eisresten bedeckten Berggipfeln auseinander, gaben kurz den Blick auf einen blauen Himmel frei und ballten sich wieder zusammen.

Ein Tag, wie geschaffen für ein Begräbnis. Aber weit und breit kein Anzeichen, daß jemand Vorbereitungen dafür traf.

Jonnie Goodboy Tyler stand neben seinem Hengst oben auf der Bergweide und schaute düster hinunter auf das Dorf mit seinen weit verstreuten, verfallenen Hütten.

Sein Vater war gestorben, und er mußte beerdigt werden, wie es sich gehörte. Schließlich hatten ihn ja nicht die roten Blattern dahingerafft – oder irgendeine andere Krankheit, bei der man sich anstecken konnte. Ach was. Die Knochen waren ihm weggeschrumpft, das war alles. Also gab es keinen Grund, ihn nicht so zu beerdigen, wie es Sitte und Brauch verlangten. Aber es sah nicht so aus, als ob irgend jemand sich darum kümmern wollte.

Im Morgengrauen war Jonnie aufgestanden. Es war ihm klar geworden, daß er sich nicht mehr länger in seiner Trauer vergraben und hinter seinem Kummer verstecken durfte. Es gab eine Menge zu tun, und was zu tun war, mußte Jonnie selber tun. Er hatte Windsplitter gerufen, das schnellste unter all seinen Pferden, ihm das Zaumzeug aus Ochsenleder angelegt und sich auf den Weg in die tiefer gelegenen Ebenen gemacht, allen Gefahren zum Trotz, die unterwegs in Schluchten und Hohlwegen lauern mochten. Es war harte Sattelarbeit gewesen, aber schließlich hatte er fünf wilde Rinder hinauf auf die Bergweide treiben können. Er hatte das Tier ausgewählt, das ihm am besten im Futter zu stehen schien, es erschlagen und seiner Tante gesagt, sie möge sich um das Feuer kümmern und für einen guten Braten sorgen.

Tante Ellen hatte keine große Lust gezeigt, sich nach seinen Anweisungen zu richten, sondern vor sich hin gebrummelt, daß ihr ausgerechnet das schärfste Steinmesser zerbrochen wäre, so daß sie nicht wüßte, wie sie das Fleisch häuten und schneiden sollte. Und außerdem hätte ein gewisser Jemand sich in letzter Zeit keinen Deut darum geschert, ob denn überhaupt genügend Feuerholz da wäre.

Jonnie Goodboy hatte nur dagestanden und stumm zu ihr hinuntergeschaut: ein junger Bursche von zwanzig Jahren, gesund, kräftig und braungebrannt, und zudem einer, der es gewöhnt ist, daß die anderen zu ihm aufschauen müssen. Er hatte gar nichts zu ihr gesagt, nur einfach dagestanden, sich den Wind durchs strohblonde Haar wehen lassen und seine stahlblauen Augen unverwandt auf sie gerichtet. Das war schon genug gewesen. Tante Ellen war losgezogen, hatte auf einmal doch genug Holz gefunden und war schließlich auch mit einem stumpferen Steinmesser zurechtgekommen.

Von der Bergweide aus sah er, wie sie da unten am rauchenden Feuer hantierte und das Fleisch so drehte, daß es schön langsam und gleichmäßig briet.

Aber sonst tut sich nicht viel im Dorf, dachte er. Eigentlich gar nichts. Es ist nicht so, wie es bei einem Begräbnis ...

Das letzte große Begräbnis, an das er sich erinnern konnte, hatte es damals, vor ungefähr fünfzehn Jahren, für Bürgermeister Smith gegeben. Gedränge und Ansprachen am Grab, anschließend ein Festmahl, und am Schluß hatten sie alle im Mondlicht getanzt. Sie hatten den Bürgermeister in eine tiefe Grube gelegt und ihn mit Erde zugedeckt. Das war die Erinnerung, die Jonnie mit seiner Vorstellung von einem ordentlichen Begräbnis verband. Sie war noch jetzt in ihm wach, nach so vielen Jahren und obwohl sonst nichts mehr geblieben war, woran die Erinnerungen sich festhalten konnten, nicht einmal die beiden gekreuzten Hölzer, die man dem Bürgermeister damals aufs Grab gestellt hatte.

Später war alles anders geworden. Sie hatten ihre Toten einfach in die tiefe Felsschlucht unterhalb des Wasserreservoirs geworfen und es den Coyoten überlassen, auf ihre Weise ein Fest zu feiern. Aber das würde diesmal nicht passieren. Nicht mit seinem Vater!

Er gab sich einen Ruck. All das Grübeln brachte ihn nicht weiter. Mit einer einzigen wirbelnden Bewegung schwang er sich auf

Windsplitters Rücken und trieb den Hengst mit bloßen Fersen an.

Er erreichte die verfallenen Hütten am Ortsrand. Jedes Jahr sackten sie ein bißchen mehr in sich zusammen. Jahrelang hatten die Dorfbewohner sich ihr Bauholz aus diesen verlassenen Hütten geholt. Aber was jetzt noch an Balken dort übriggeblieben war, hing so morsch und verrottet herunter, daß man es kaum noch als Feuerholz verwenden konnte.

Windsplitter suchte sich seinen Weg selber, ruhig und bedächtig. Hier war früher einmal die alte Dorfstraße gewesen. Jetzt war alles von Unkraut überwuchert, und überall lagen Abfälle herum.

Plötzlich spitzte der Hengst die Ohren und begann nervös zu tänzeln. Von irgendwoher aus einer Bergschlucht heulte ein Wolf. Er hatte wohl das frische Blut gewittert – und das Fleisch, das über dem Feuer briet. Jonnie nahm die schwere Keule vom Gürtel und schloß die Faust um den glatten Griff. Wölfe, so nahe am Dorf! Noch vor zehn Jahren wäre das undenkbar gewesen. Aber sie waren eben nur noch eine kleine Gruppe, die hier lebte, und ihre Zahl schrumpfte von Jahr zu Jahr mehr. Es war vielleicht ein bißchen übertrieben, wenn es in den alten Sagen hieß, daß irgendwann vor langer Zeit tausend Menschen hier in diesem Tal gelebt hatten. Aber selbst wenn es nur ein paar hundert gewesen waren ...

An Nahrung hätte es nicht gefehlt. In den Ebenen, wo man die Hufe der Mustangherden donnern hörte, gab es genug herrenlose Rinder und Schweine. Und das Wild in den Wäldern. Und die Gemsen und Bergziegen. Die Bäche und die Schneeschmelze bescherten ihnen Wasser im Überfluß. Und auf den Rodeflächen wäre Gemüse gediehen, wenn es nur jemand angebaut hätte.

Nein, an der Sorge um das tägliche Brot konnte es nicht liegen. Es mußte einen anderen Grund geben.

Die Tiere erhielten ihre Art, sie vermehrten sich sogar. Aber die Menschen nicht. Die Waagschale zwischen neugeborenem und dahinsterbendem alten Leben hatte sich längst zugunsten des Todes geneigt. Und wenn Kinder geboren wurden, dann kam es oft genug vor, daß sie nur ein Auge hatten – oder einen Buckel oder verkrüppelte Arme. Man mußte sie aussetzen, irgendwann in einer dunklen, kalten Nacht. Man mußte es tun. Monster wollte keiner um sich haben. Die Angst vor Monstern beherrschte das ganze Leben.

Vielleicht liegt es an diesem Tal? fragte er sich. Vielleicht ist es ein verfluchtes Tal?

Eine ähnliche Frage hatte er einmal als siebenjähriger Knirps seinem Vater gestellt, und sein Vater hatte mit seltsam bedrückter Stimme geantwortet: »In den alten Sagen wird uns erzählt, daß früher auch in anderen Tälern Menschen gelebt haben. Du wirst heute vergeblich nach ihnen suchen. Aber hier in unserem Tal haben wenigstens ein paar überlebt.«

Jonnie hatte sich mit der Antwort nicht zufriedengegeben. »Und was ist mit den Ebenen? Da, wo die Rinderherden weiden? Warum können wir nicht dort leben?« Jonnie war immer ein Quälgeist gewesen, ein Naseweis, einer, der den Dingen auf den Grund gehen wollte und sich nicht mit der erstbesten Antwort abspeisen ließ.

Sein Vater hatte nur die Achseln gezuckt. »Da gibt's kein Holz. Wir könnten keine Hütten bauen.«

Auch davon hatte sich Jonnie nicht überzeugen lassen. »Muß denn eine Hütte unbedingt aus Holz gebaut werden? Ich wette, ich könnte auch was anderes finden.«

Sein Vater hatte sich neben ihn gekauert und ihm übers Haar gestrichen, mit einer Geste, die unendliche Geduld verriet. »Du bist ein braver Junge, Jonnie. Deine Mutter und ich, wir lieben dich sehr. Aber ... glaub mir, Junge, es gibt nichts, was dich vor den Monstern schützen könnte.«

Monster, immer wieder Monster! Solange Jonnie zurückdenken konnte, hatten die Erwachsenen von ihnen geredet, aber Jonnie hatte noch nie eines gesehen. Gut, wenn die alten Leute unbedingt an Monster glauben wollten, dann taten sie's eben. Ihm sollte es egal sein.

All diese Erinnerungen an seinen Vater ... Jetzt waren ihm zu guter Letzt auch noch die Augen feucht geworden. Das hatte er nun davon.

Der Hengst stieg so plötzlich, daß er Jonnie um ein Haar abgeworfen hätte. Aus einer Hütte heraus war ein Rudel fetter Ratten gehuscht und hatte Windsplitters Hufe gestreift.

Das kommt vom Träumen! schalt Jonnie sich. Er zügelte Windsplitter, trieb ihn an und jagte die alte Dorfstraße hinunter, das letzte Wegstück bis zum Gemeindehaus.

3

Chrissie stand dort, und wie gewöhnlich hing ihr die kleine Schwester am Rockzipfel.

Jonnie Goodboy tat so, als hätte er Chrissie nicht bemerkt. Er hielt den Blick starr auf das alte Gebäude gerichtet, das einzige im Dorf mit einem Steinfundament, das Haus, in dem früher die Gemeindeverwaltung eingerichtet war. Jemand hatte ihm mal erzählt, es stünde schon seit tausend Jahren dort, und so sah es auch aus. Das Dach hatten sie wer weiß wie viele Male neu gedeckt, und trotzdem hing der Dachstuhl schon wieder krumm durch wie ein Eselsrücken. Vom ersten Stock an war das Gebälk wurmstichig. Die eingeschlagenen Fenster erinnerten an die leeren Augenhöhlen in einem Totenschädel. Generationen von Dorfbewohnern hatten den Gehsteig schief getreten auf ihrem Weg zum Gemeindehaus, ob sie nun als Bittsteller gekommen waren oder als Kläger oder als Beschuldigte.

»Pastor Staffor ist drin«, rief ihm Chrissie zu.

Sie war ein hübsches schlankes Mädchen, um die Achtzehn. Ihre großen schwarzen Augen bildeten einen reizvollen Kontrast zu ihrem strohblonden Haar. Das Rehleder, das sie sich um die Hüften geschlungen hatte, war ein wenig knapp ausgefallen, es ließ die Brüste frei und reichte ihr gerade bis zu den Schenkeln.

»Stimmt es, daß es ein richtiges Begräbnis geben wird?« fragte Pattie, und dabei strahlte sie Jonnie mit großen glänzenden Augen an, auch darin unverkennbar das Ebenbild ihrer älteren Schwester.

Jonnie glitt geschmeidig von Windsplitters Rücken, und statt ihr zu antworten, warf er Pattie den Zügel zu. Windsplitter halten zu dürfen, Jonnies Hengst, das war etwas nach Patties Herzen! Dafür verzichtete sie sogar darauf, sich bei Chrissie anzukuscheln. Für eine Siebenjährige, die ohne Eltern und ohne richtiges Zuhause aufwachsen mußte, war einer wie Jonnie natürlich ein Idol.

Jonnie ging achtlos an Chrissie vorbei, die ihm die Hand hinstreckte, und betrat das Amtsgebäude. Dort fand er Pastor Staffor schnarchend auf einem Heuhaufen ausgestreckt, ein paar Fliegen schwirrten ihm um den offenen Mund. Neben dem modrigen Lager waren Bündel von Narrenkraut auf Steinen ausgebreitet. Jonnie stieß Staffor mit dem Fuß an.

Der Pastor hatte schon bessere Tage gesehen. Früher war er eine stattliche Erscheinung gewesen, er hatte Würde ausgestrahlt. Aber das war damals gewesen, ehe er angefangen hatte, Narrenkraut zu kauen, was er natürlich, wie er immer wieder betonte, nur tat, um seine Zahnschmerzen zu lindern. Und was war aus ihm geworden? Abgemagert war er, wie ausgedörrt. Er hatte kaum noch einen Zahn im Mund. Und er war voller Hader und Harm.

Als Jonnies Fußspitzen ihn zum zweiten Mal berührten, schreckte Staffor hoch und rieb sich die Augen. Doch dann sah er, daß es Jonnie war, nur Jonnie Goodboy Tyler, und er ließ sich schläfrig zurückfallen.

»Stehen Sie auf«, verlangte Jonnie.

»So seid ihr jungen Leute!« murrte der Pastor vor sich hin. »Kein

Respekt mehr vor der älteren Generation. Überall und nirgendwo sein, sich mit Mädchen rumtreiben, von allem die besten Bissen wegschnappen wollen, sonst habt ihr nichts im Sinn.«

»Stehen Sie auf. Sie werden bei einem Begräbnis gebraucht.«

Staffor schnaufte. »Begräbnis?«

»Ja. Mit einem Festmahl und mit Reden und mit Tanz.«

»Wer ist denn gestorben?«

»Das wissen Sie genau. Sie waren ja noch bei ihm, als es zu Ende ging.«

»Ah ... ich weiß wieder. Dein Vater. Ein guter Mann, wirklich. Dein Vater, also. Das heißt, falls er dein Vater war.«

Jonnie stand lässig da. Aber er trug ein Pumafell, und er hatte das Tier mit eigener Hand erschlagen. Und an seinem Handgelenk baumelte eine Keule. Und es sah so aus, als könnte die Keule im nächsten Augenblick in Jonnies Faust liegen, wenn er es nur wollte.

Staffor kam es auf einmal so vor, als ginge von diesem jungen Mann etwas Bedrohliches aus. Er setzte sich rasch auf. »Nimm's mir nicht übel, Jonnie. Es ist nur ... Die Verhältnisse sind heutzutage ziemlich verworren. Insgesamt waren es im Laufe der Zeit drei Männer, mit denen deine Mutter gelebt hat, weißt du, und richtige Eheschließungen, ich meine, in aller Form ...«

Jonnie sagte: »Sie sollten jetzt aufstehen.«

Staffor suchte Halt an einer alten knarrenden Bank und stemmte sich hoch. Er zog sich das Hirschfell über, das er immer trug und dem man ansah, daß er es schon viel zu lange getragen hatte, und er band sich einen Gürtel aus geflochtenem Gras um. »Mein Gedächtnis läßt mich immer mehr im Stich. Früher hättest du mich alles mögliche fragen können. Alte Sagen, Hochzeitsdaten, wann einer einen Jagdunfall hatte, alles hab ich gewußt. Sogar in den Familienstreitigkeiten hab ich mich ausgekannt. Aber heute ...« Sein Blick schweifte ab, auf der Suche nach frischem Narrenkraut.

»Heute vormittag, noch vor der Mittagshitze, werden Sie das ganze Dorf auf dem Friedhof zusammenrufen«, wies Jonnie ihn an. »Und Sie werden ...«

»Augenblick mal. Wer wird die Grube ausheben? Für ein richtiges Begräbnis braucht man eine Grube.«

»Ich werde sie ausheben.«

Staffor hatte frisches Narrenkraut gefunden, er zermahlte es im Mund. »Ah, gut«, mümmelte er, »ich bin schon zufrieden, wenn die Arbeit nicht an der Gemeinde hängenbleibt. Und hast du nicht was von einem Festmahl gesagt? Wer kümmert sich darum?«

»Das ist alles schon geregelt.«

Staffor nickte, doch dann fiel ihm noch etwas ein: »Und die

Leute? Wer sorgt dafür, daß sie zum Friedhof kommen?«

»Ich werde Pattie darum bitten.«

Der Pastor schaute ihn vorwurfsvoll an. »Ja, dann ... Ich sehe nichts, worum ich mich zu kümmern hätte. Warum hast du mich überhaupt geweckt?« Er ließ sich wieder auf den schmuddeligen Heuhaufen fallen und verfolgte Jonnie mit mißmutigen Blicken, bis er den Raum verlassen hatte.

4

Jonnie Goodboy saß mit angezogenen Knien da und starrte in die letzte Glut des Feuers, in dessen Schein sie getanzt hatten.

Chrissie lag bäuchlings neben ihm und vertrieb sich die Zeit, indem sie mit ihren schneeweißen Zähnen Kerne aus einer Sonnenblume zupfte, und jedesmal, wenn sie zu Jonnie hochschaute, wurde ihre Verwirrung ein wenig größer. Sie hatte ihn noch nie mit Tränen in den Augen gesehen, nicht einmal, als er ein kleiner Junge gewesen war. Er hatte sehr an seinem Vater gehangen, das wußte sie. Aber Jonnie, der immer so selbstsicher und beherrscht wirkte, fast ein wenig von oben herab ...

Ob er überhaupt etwas für sie empfand, so wie sie für ihn? Sie wünschte es sich so sehr. Ihrer eigenen Gefühle war sie ganz sicher: Wenn Jonnie je etwas zugestoßen wäre ... Sie hätte sich über die Felsklippen in den Abgrund gestürzt, in denselben Abgrund, in den sie bisweilen wilde Rinder trieben, wenn es darum ging, sie schnell und ohne viel Mühe zu töten. Ein Leben ohne Jonnie wäre nicht lebenswert gewesen. Sie hätte es nicht ertragen können.

Ob Jonnies Tränen am Ende etwas mit ihr zu tun hatten? Irgend etwas mußten sie doch bedeuten.

Pattie kannte solche Sorgen nicht. Sie hatte beim Braten kräftig zugelangt, und erst recht bei den wilden Erdbeeren. Und dann, als der Tanz begonnen hatte, war sie mit ein paar anderen herumgehüpft, und immer, wenn sie sich eine Weile ausgetobt hatte, war sie zurückgekommen und hatte noch mehr in sich hineingestopft. Kein Wunder, daß sie jetzt wie ein Murmeltier schlief.

Jonnie machte sich Vorwürfe. Immer wieder hatte er versucht, seinem Vater klarzumachen, daß irgend etwas mit diesem Tal nicht in Ordnung sein konnte. Es war eben nicht gleichgültig, wo man lebte. Jonnie war sich darin immer sicher gewesen, und er war es noch. Warum hatten unten in den weiten Ebenen die Schweine ihre

Ferkel und die Pferde ihre Fohlen und die Kühe ihre Kälber, immer wieder und so viele wie eh und je? Warum gab es da oben in den Bergregionen jedes Jahr mehr Wölfe und Coyoten und Pumas und Vögel? Und warum wurden sie, die Menschen, die hier lebten, eine immer kleinere Schar?

Den Dorfbewohnern hatte die Begräbnisfeier gefallen, vor allem wohl auch deshalb, weil Jonnie und eine Handvoll Leute ihnen das abgenommen hatten, was nun mal an Arbeit mit einem Begräbnis verbunden war.

Aber Jonnie hatte die Feier nicht gefallen. Nichts war so gewesen, wie es hätte sein müssen.

Als die Sonne den richtigen Stand erreicht hatte, hell genug, aber noch nicht zu hoch, waren sie alle auf dem Hügel über dem Dorf zusammengekommen, da, wo früher einmal der Friedhof gewesen sein sollte. Es gab zwar nichts mehr, woran man erkennen konnte, daß es hier tatsächlich Gräber gegeben hatte. Andererseits, es konnte der alte Friedhof sein ... Jonnie war beim Graben auf Knochen gestoßen, vielleicht auf die Reste eines menschlichen Skeletts.

Von den Dorfbewohnern waren nur zwei Dutzend gekommen. Die anderen hatten sich zu schwach gefühlt, waren deshalb zu Hause geblieben und hatten gebeten, man möge ihen etwas vom Braten mitbringen. Und die gekommen waren, hatten eine Weile herumlungern und auf Pastor Staffor warten müssen. Pattie war zum Gemeindehaus gelaufen und hatte ihn wieder wachgerüttelt. Und dann hatte es auch noch eine Diskussion darüber gegeben, wie eine Grabstelle eigentlich aussehen müßte.

Jonnie hatte sie als Rechteck ausgehoben, er wollte den Toten liegend hineinbetten. Aber Staffor behauptete, ein Grab müsse immer senkrecht von oben nach unten ausgehoben werden, das sei auf die Dauer die einzige Möglichkeit, genügend Tote auf dem Friedhof unterzubringen. Und als Jonnie darauf hingewiesen hatte, daß es doch genügend Platz gäbe, zumal ja neuerdings sowieso keine Beerdigungen mehr stattfänden, war Staffor ihm vor allen Leuten über den Mund gefahren.

»Du weißt natürlich wieder alles besser! Als wir noch halbwegs so etwas wie einen Gemeinderat hatten, da stand alle naslang irgendwelcher Unfug, den du angestellt hast, auf der Tagesordnung. Weißt du nicht mehr, wie du auf den Gebirgskamm gestiegen bist und eine Ziege getötet hast? Hast du vergessen, wie du oben am Gipfel in einen Schneesturm geraten bist? Und uns hast du weismachen wollen, es wäre ganz einfach gewesen, den Rückweg zu finden: nur immer geradewegs bergab. Ja, ja, du hast schon immer zu den Neunmalklugen gehört! Aber Gräber werden nun mal senkrecht gegraben, basta!«

Zu guter Letzt hatten sie seinen Vater doch liegend in die Erde gebettet. Die Sonne stand einfach schon zu hoch und brannte zu unbarmherzig nieder, als daß einer Lust gehabt hätte, die ganze Arbeit noch einmal zu machen.

Eigentlich hatte Jonnie für das Begräbnis ganz andere Pläne gehabt. Aber er hatte sich natürlich gehütet, das offen auszusprechen. Er hätte einen Sturm der Entrüstung damit entfacht.

Was er sich nämlich wirklich gewünscht hätte ... Er hätte seinen Vater gern in der Gruft der alten Götter beigesetzt, hoch dort oben, im Felsenmeer am Ende des düsteren Cañons, in einer öden, geröllbedeckten Seitenschlucht, gar nicht weit vom höchsten Gipfel. Als Jonnie zwölf Jahre alt gewesen war ...

Damals hatte er sich dorthin verirrt, ganz zufällig. Er wollte ein Pony bewegen und ritt ohne festes Ziel los. Der Weg aufwärts durch den Cañon war bequem und verleitete ihn dazu, meilenweit zu reiten. Bis dann plötzlich wie aus dem Nichts riesige Tore vor ihm auftauchten. Tore aus Metall, schon ganz mit Rost überzogen. Und sie lagen so versteckt, daß man sie weder vom Cañon noch von oben, von den Felsklippen, entdecken konnte. Riesig ragten sie auf. Schier endlos hoch.

Jonnie stieg vom Pony, kletterte über Geröll und stand da und starrte. Er schlug einen Bogen nach links, einen nach rechts, er kam zurück, stand wieder vor den Toren und starrte sie wieder an. Er brauchte eine Weile und mußte all seinen Mut zusammennehmen, bis er es schließlich fertigbrachte, ganz nahe heranzugehen.

Aber so sehr er sich auch dagegenstemmte, er konnte die Tore ... Ja, inzwischen war er sicher, daß es Tore sein mußten. Er konnte sie nicht öffnen. Zwölf Jahre war er alt, und weder seine Kraft noch das Gewicht, das er einsetzen konnte, reichten aus. Da mochte er seine Schulter noch so angestrengt gegen die Metallfläche stemmen.

Plötzlich entdeckte er etwas, das so aussah, als wäre es zum Öffnen bestimmt. Eine Klinke – oder so etwas. Er probierte es aus, aber das Ding fiel ihm runter und hätte um ein Haar seinen Fuß getroffen. Er gab nicht auf. Er bückte sich nach der Klinke und probierte sie an einer anderen Stelle aus, da, wo ein schmaler Spalt war. Und tatsächlich, nach einiger Zeit hatte er Erfolg. Aber dann ...

Himmel, was für ein schauerliches Ächzen! Jonnie sträubten sich die Haare. Er ließ das Ding, mit dem er herumhantierte, schleunigst fallen, rannte zum Pony und saß auf.

Aber im gleichen Augenblick ließ die Angst auch schon wieder nach. Dieses fürchterliche Geräusch ... Vielleicht hatte das gar nichts mit Monstern zu tun? Sondern nur mit verrosteten Türangeln?

Ja, natürlich, es mußten die Türangeln sein. Die hatten so schauerlich geknarrt.

Jonnie ging zur Tür zurück und probierte die Klinke noch einmal aus. Spaltbreit stand die Tür schon offen. Ein grauenhafter Geruch kam von innen.

Ein schmaler Lichtschein fiel in die Gruft, und Jonnie spähte hinein. Da führte eine lange Treppenflucht abwärts, mit mächtigen Stufen. Aber ... o Schreck!

Überall auf den Stufen lagen Knochen. Menschliche Skelette. Kreuz und quer durcheinander, so wie sie hingestürzt waren. Tuchfetzen. Reste von Bekleidungsstücken, wie Jonnie sie nie zuvor gesehen hatte. Und glänzende Metallstücke lagen da. Sie mußten von irgendwoher zwischen die Knochen gefallen sein.

Das war zuviel. Er rannte noch einmal weg. Aber diesmal kam er nicht bis zum Pony. Denn auf einmal wurde ihm klar: Er brauchte einen Beweis dafür, daß es diese Gruft überhaupt gab und daß er hier gewesen war.

Er mußte sich selber Mut machen. Er spürte, wie seine Nerven vibrierten, als er schließlich doch hineinging und eines von den glänzenden Metallstücken aufhob. Es war hübsch geformt und zeigte einen Vogel mit ausgebreiteten Schwingen, und der Vogel hielt Pfeile in seinen Fängen.

Im nächsten Augenblick dachte er, das Herz müßte ihm stehenbleiben: Der Schädel, von dem er das Abzeichen genommen hatte ... Es kam ihm so vor, als glotzten ihn die leeren Augenhöhlen noch einmal böse an. Und dann kippte der Schädel zur Seite und löste sich vor Jonnies Augen in Staub auf.

Jonnie jagte das Pony in einem wilden Ritt zum Dorf zurück. Es war mit weißem Schaum bedeckt, als er ankam.

Geschlagene zwei Tage lang behielt Jonnie alles für sich. Er grübelte darüber nach, wie und wo er die Fragen loswerden könnte, die ihm auf der Seele brannten. Denn er hatte seine Erfahrungen gemacht und wußte, daß man mit neugierigen Fragen nicht vorsichtig genug sein kann.

Damals lebte Bürgermeister Duncan noch. Eines Abends saß Jonnie neben dem hochgewachsenen, schwergewichtigen Mann, der gerade Unmengen Wildbret verdrückt hatte und zufrieden vor sich hin brummelte. Die Gelegenheit war günstig.

»Da gibt es doch diese große Gruft ...« fing Jonnie an.

»Was ist los?«

»Ich meine, am Ende des Cañons, da ist doch so eine Stelle, an die man früher die Toten gebracht hat.«

»Wovon redest du?«

Jonnie kramte das Abzeichen aus glänzendem Metall hervor und zeigte es dem Bürgermeister.

Duncan besah sich das Abzeichen. Er drehte es hin und her, und dann wiegte er den Kopf, nachdenklich und ratlos.

Blitzschnell wie ein Raubvogel schoß auf einmal Pastor Staffors Hand quer über die Feuerstelle und grapschte nach dem Abzeichen.

Und dann folgte eine Unterhaltung zwischen Duncan und Staffor, an der Jonnie keine rechte Freude hatte. Da war die Rede von kleinen Jungen, die sich mit Vorliebe dort herumtrieben, wo sie überhaupt nichts zu suchen hätten. Und davon, daß die Bengel gefälligst die Ohren spitzen und zuhören sollten, wenn die alten Sagen erzählt wurden. Und daß ein Dreikäsehoch nicht immer wieder und überall seine Nase reinstecken sollte.

Trotzdem, Bürgermeister Duncan war selber neugierig gewesen, und er hatte Pastor Staffor keine Ruhe gelassen, bis dieser schließlich mit einer von den Geschichten herausrückte, von denen niemand recht wußte, was Wahrheit und was dazuerfunden war.

»Eine Gruft der alten Götter ... Seit Menschengedenken ist niemand dort gewesen, von einem gewissen vorwitzigen Lümmel mal abgesehen. Aber es soll so eine Stätte gegeben haben. Mein Urgroßvater hat mir noch zu seinen Lebzeiten davon erzählt. Vor Jahr und Tag muß es wohl so gewesen sein, daß die Götter in diese Berge kamen und ihre Toten hier in großen Höhlen beisetzten. Wenn die Blitze zuckten, oben bei den Gipfeln, das war ein Zeichen dafür, daß sie wieder gekommen waren, um einen von den Großen von jenseits der weiten Wasser zur Ruhe zu betten.

Einstmals sind sie Tausende und Abertausende gewesen, und sie haben in riesigen Dörfern gelebt, hundertmal so groß wie unser Dorf. Die Dörfer lagen alle im Osten. Es soll sogar, wenn man von hier geradewegs nach Osten geht, noch die Überreste von einem geben, in dem Tausende gelebt haben. In einer flachen Gegend ... natürlich, ein paar Hügel wird es wohl auch dort gegeben haben. Und wenn einer von den Großen gestorben war, dann brachten ihn die anderen zur Gruft der alten Götter.«

Pastor Staffor drehte das Abzeichen in seiner Hand. »So eines wie dies hier, das trugen die Großen an ihrer Stirn, wenn sie zur letzten Ruhe gelegt wurden. So, und damit genug. Nur eines noch: Es ist ein ehernes Gesetz, daß niemand dorthin gehen und sich jeder lieber fern von diesem Platz halten sollte, besonders kleine Lausejungen.«

So war das damals gewesen. Pastor Staffor hatte das Abzeichen eingesteckt, und damit war es für Jonnie auf Nimmerwiedersehen verschwunden. Na ja, Pastor Staffor war eben ein frommer Mann, und alles, was mit Frömmigkeit zu tun hatte, gehörte zu seinem Geschäft. Und wenn er meinte, das Abzeichen wäre so etwas, dann ließ er es eben in seiner Tasche verschwinden.

Da oben hätte er seinen Vater beisetzen sollen, in dieser Gruft der Götter. Er war nie dorthin zurückgekehrt, aber immer, wenn er die Blitze um die Gipfel zucken sah, hatte er daran denken müssen. Hätte er doch seinen Vater dort zur Ruhe gebettet!

»Quält dich etwas?« fragte Chrissie.

Jonnie fuhr aus seinen Träumen hoch und sah sie an. Der Widerschein des verglimmenden Feuers malte rötlichen Schimmer auf ihr Haar und ließ ihre dunklen Augen funkeln.

»Es war meine Schuld«, murmelte Jonnie vor sich hin.

Chrissie schüttelte lächelnd den Kopf. Es gab nichts, woran Jonnie schuld sein konnte.

»Doch, es war meine Schuld«, wiederholte er. »Irgend etwas stimmt nicht mit dem Tal, in dem wir leben. Die Knochen ... Im letzten Jahr sind die Knochen meines Vaters zerbröckelt wie bei den Skeletten in der Gruft der Götter.«

»In der Gruft der – was?« Ach, es war ihr egal. Wenn er irgendeinen Unsinn schwatzen wollte, ihr sollte es recht sein. Hauptsache, er redete mit ihr.

»Dort hätte ich ihn beisetzen sollen. Er war einer von den Großen. Er hat mich so vieles gelehrt ... wie man Strohgürtel säumt ... wie man einem Puma auflauert und sich duckt und dann zur Seite ausweicht und ihn im Sprung erschlägt ... Weißt du, Pumas können nämlich ihre Bewegung nicht mehr verändern, wenn sie zum Sprung angesetzt haben ... Und wie man ein Fell in Streifen schneidet ... all das.«

»Jonnie, du hast dir nichts vorzuwerfen.«

»Es war ein unwürdiges Begräbnis.«

»Es war das einzige, das ich überhaupt je erlebt habe.«

»Aber es war eben kein gutes. Staffor hat keine richtige Grabpredigt gehalten.«

»Er hat was gesagt. Ich hab nicht zugehört, weil ich geholfen habe, Erdbeeren zu suchen. Aber er hat was gesagt. War's was Böses?«

»Nein. Es hat nur überhaupt nicht hingepaßt.«

»Was hat er denn geredet?«

»Ach, die alte Leier über Gottes Zorn. Das hat jeder wer weiß wie oft gehört. Ich kann's schon auswendig.«

»Sag's mal.«

Zuerst schnaufte er ungeduldig auf. Aber dann ... wenn sie's nun mal unbedingt hören wollte. Ihm würde es guttun, seinem Herzen

Luft zu machen.

»Und es kam der Tag, da der Herr erzürnte. Und ein Ärgernis waren ihm Hurerei und Müßiggang in seinem Volke. Und er gebot den Wolken, daß sie sich am Himmel ballten und niederfuhren auf das ganze Land. Und der Zorn des Herrn traf neunundneunzig von hundert und ließ ihren Odem verlöschen. Und Verwüstung lag über dem Land, und die Menschen wurden heimgesucht von Seuchen und Krankheiten, und die Gottlosen wurden dahingerafft. Und all dies geschah, damit das Böse vertilgt wurde und nur die Gottesfürchtigen und die Gerechten, die wahren Kinder des Herrn, auf der Erde zurückblieben. Doch die Erde war verwüstet und getränkt mit Blut. Und der Herr wollte sein Werk vollenden und stellte das Menschengeschlecht abermals auf die Probe. Er ließ Monster über die Menschen kommen, vor denen sie sich auf den Höhen verbergen mußten. Und siehe, die Monster suchten sie zu verschlingen, und die Zahl der Lebenden schrumpfte dahin. Die aber, denen das Leben geblieben war, durften sich in Wahrheit die Auserwählten nennen, die Gesegneten, an denen der Herr sein Wohlgefallen hatte. Aaaa-men!«

»Ach, das meinst du. Schön hast du's hergesagt, Jonnie.«

»Es war meine Schuld«, murmelte Jonnie mürrisch. »Ich hätte dafür sorgen müssen, daß mein Vater auf mich hört. Irgend etwas stimmt nicht mit diesem Tal. Ich weiß, wenn er auf mich gehört hätte und wir woandershin gezogen wären, würde er noch leben. Ich fühl's in meinem Herzen.«

»Woanders? Wo denn?«

»Da unten, da gibt's die weiten Ebenen. Du brauchst Wochen, um von einem Ende zum anderen zu reiten. Und es heißt, früher hätten Menschen dort unten gewohnt, in einem großem Dorf.«

»O nein, Jonnie ... die Monster!«

»Ich hab noch nie eines gesehen.«

»Aber du hast diese funkelnden, lodernden Dinger gesehen, die alle paar Tage über uns wegfliegen.«

»Ach, die da ... Sonne und Mond fliegen auch über uns weg. Und die Sterne. Und denk nur an die Sternschnuppen.«

Chrissie war auf einmal von Angst erfüllt. »Jonnie, hast du irgend etwas Bestimmtes vor?«

»Allerdings. Beim ersten Tageslicht werde ich losreiten. Ich will herausfinden, ob es wirklich so ein gewaltig großes Dorf in den Ebenen gegeben hat.«

Er war fest entschlossen, das sah sie ihm an. Sie hatte das Gefühl, als hielte eine Faust ihr Herz umklammert. Sie kam sich vor wie hinabgestoßen in grenzenlose Finsternis.

»Jonnie, bitte!«

»Nein, ich werde gehen.«

»Dann möchte ich mit dir gehen.«

»Du?« Ihm fiel etwas ein, was sie schnell wieder von ihrer Idee abbringen würde. »Du bleibst hier. Es kann sein, daß ich ein ganzes Jahr unterwegs bin.«

Ihr Blick war von Tränen verschleiert. »Aber was wird aus mir, wenn du nicht zurückkommst?«

»Ich werde zurückkommen.«

»Wenn du in einem Jahr nicht wieder hier bist, dann komme ich dich suchen.«

Er runzelte die Stirn. Wollte sie ihn unter Druck setzen? Eine kleine Erpressung?

»Siehst du die Sterne dort oben? Wenn sie nächstes Jahr wieder an derselben Stelle stehen und du nicht zurückgekommen bist, dann werde ich mich auf den Weg machen und dich suchen.«

»Du würdest in den Ebenen umkommen. Die wilden Rinder und Schweine ...«

»Trotzdem. Ich schwöre es dir.«

»Du denkst doch wohl nicht, daß ich dich einfach im Stich lasse und nicht heimkomme?«

»Du hast gehört, was ich tun werde. Und ich werde es wahr machen.«

5

Der aufschimmernde Tag goß blaßrotes Licht über den Gipfeln aus. Der Morgen versprach einen wundervollen Tag.

Jonnie kümmerte sich um Dancer, sein Packpferd; er war bei den letzten Handgriffen. Windsplitter trieb sich in der Nähe herum, knabberte hier und da an einem Grasbüschel und behielt Jonnie im Auge. Irgend etwas wurde hier vorbereitet, und da wollte Windsplitter dabeisein.

Ein paar Rauchschwaden wehten zu Jonnie herüber, von der Hütte der Jimson-Familie. Seltsam, daß es dort so früh am Morgen schon was zu brutzeln gab? Ach so. Gestern, beim Fest, als überall Knochen und Fleischreste herumlagen, hatte ein Rudel streunender Hunde zu balgen begonnen, und auf einmal war ein erbitterter Kampf daraus geworden, und am Schluß hatte einer der Hunde tot dagelegen. Deshalb also das Feuer bei den Jimsons. Offenbar hatten sie wenigstens heute mal genug Fleisch im Topf.

Jonnie konzentrierte sich auf seine Arbeit. Er durfte nichts vergessen, nicht die kleinste Kleinigkeit. Von Chrissie und Pattie, die dort drüben standen und ihm still zusahen, durfte er sich jetzt nicht ablenken lassen.

Auch Brown Limper, Pastor Staffors Sohn, trieb sich herum, ein bißchen im Hintergrund. An sich hätte man ihn gleich bei der Geburt töten müssen, weil er einen Klumpfuß hatte. Aber die Staffors hatten lange auf ein Kind gewartet. Und schließlich war Staffor nicht irgendwer, sondern der Pastor. Und Pastor zu sein, das zählte doppelt, seitdem sie keinen Bürgermeister mehr hatten.

Jonnie und Brown Limper mochten einander nicht besonders. Beim Tanz nach der Begräbnisfeier hatte Brown abseits gesessen und sich mit spöttischen Bemerkungen über alles lustig gemacht: über den Tanz, natürlich, über das Begräbnis, über das Fleisch, über die Erdbeeren. Und dann war ihm die freche Bemerkung über Jonnies Vater herausgerutscht: »Mit seinen Knochen war nie viel los, ein einziges klappriges Durcheinander.« Jonnie hatte ihm einen Schlag mit der flachen Hand versetzt. Und sich anschließend geschämt. Einen Krüppel zu schlagen!

Und da stand nun Brown Limper, krumm und finster, auf der Wange noch von Jonnies Schlag gezeichnet, und man sah es ihm an, daß er Jonnie alles Unglück der Welt wünschte. Zwei andere Halbwüchsige seiner Altersgruppe – zwei von den fünfen, die es im ganzen Dorf überhaupt nur gab – schlenderten heran und fragten Brown, was denn hier los wäre, was Jonnies Vorbereitungen zu bedeuten hätten. Brown zuckte nur die Achseln.

Jonnie vertiefte sich wieder in seine Arbeit. Vielleicht nahm er zuviel mit, aber er konnte ja im voraus nicht wissen, was ihm unterwegs alles bevorstand. Niemand hätte ihm das sagen können.

Er hatte dem Packpferd zwei Säcke aus Rehbockfell übergeworfen und sie mit Seilen verzurrt, so daß auf jeder Seite ein Sack hing, prallvoll und schwer. Feuersteine, Rattennester als Zunder, bündelweise geschnittene Riemen, ein paar scharfkantige Felssplitter, die als Schneidewerkzeug unentbehrlich waren und die man eben nicht überall fand, drei zusätzliche Keulen, eine davon schwer genug, um notfalls einen Bären damit zu erschlagen, einige warme Felle, die nicht allzusehr stanken, und ein paar Stücke Rehleder, das alles hatte er eingepackt.

Es wurde Zeit. Er nahm keine Notiz davon, daß Chrissie inzwischen dicht neben ihm stand. Er hoffte, sie würde nicht wieder mit demselben Thema anfangen.

Ihn unter Druck setzen, das war's, was sie gewollt hatte, ganz klar. Und das konnte er nicht leiden. Wenn sie gesagt hätte, sie würde sich das Leben nehmen, falls er nicht zurückkäme, na schön, so was redeten Mädchen eben daher. Aber ihm anzudrohen, daß sie in einem Jahr losziehen und ihn suchen würde, das war etwas ganz anderes. Damit wollte sie ihn zur Vorsicht zwingen. So eine Art Erpressung. Er würde schon auf sich aufpassen. Es war ja nicht so, daß er blindlings in jede Gefahr hineinstolpern wollte. Wenn er sich aber vorstellte, daß Chrissie da hinunterging und nie mehr zurückkam ... daß sie aufgespießt oder niedergetrampelt oder gar von einem Raubtier verschlungen würde ... Er hätte sich ein Leben lang Vorwürfe machen müssen.

Also hatte sie genau das erreicht, was sie erreichen wollte: Sie hatte ihn gezwungen, um jeden Preis vorsichtig zu sein.

Sie hielt ihm etwas hin. Zwei Gegenstände. Der eine war aus Knochen geschnitzt ... eine große Nadel mit einem richtigen Öhr. Und der andere war eine Lederahle. Schon gebraucht, aber in gutem Zustand, durchaus nicht wertlos.

»Das hat Mama gehört«, sagte Chrissie.

»Ich hab dich nicht darum gebeten.«

»Aber ich geb's dir trotzdem.«

»Ich werd's nicht gebrauchen können.«

»Und wie willst du neue Kleidung nähen, wenn die alte nichts mehr taugt?« Ihre Stimme klang weinerlich.

Es waren immer mehr Leute zusammengekommen. Eine Szene, einen Gefühlsausbruch wollte Jonnie jetzt wirklich nicht erleben. Er nahm ihr Nadel und Ahle aus der Hand, öffnete den Sattelsack und warf beides hinein.

Jonnie drehte sich zu Chrissie um und sah sie an. Sie kam ihm blaß und verstört vor. So, als hätte sie nicht geschlafen. Seinetwegen, weil er weggehen wollte. Das alles konnte nichts an seinem Entschluß ändern.

Und dann sah er Brown Limper, wie er mit Petie Thommso schwatzte und irgend etwas hinter vorgehaltener Hand tuschelte.

Jonnies Gesicht straffte sich. Er riß Chrissie an sich und küßte sie wild. Und nun rannen ihr erst recht die Tränen über die Wangen. Es war so, als hätte Jonnie eine Schleuse geöffnet.

»Hör zu«, ermahnte er sie, »komm mir nicht nach!«

Sie rang nach Fassung. »Wenn du in einem Jahr nicht zurück bist, werde ich es doch tun. Bei allen Göttern dieser Berge!«

Eine kurze Weile nur hielt er ihren Blick mit den Augen fest. Dann schnippte er nach Windsplitter, der Hengst kam angetrabt, und Jonnie sprang auf. Er griff nach dem Zügel des Packpferdes.

»Meine anderen vier Pferde kannst du haben«, sagte er zu

Chrissie. »Aber denk dran, sie sind eingeritten und zu schade dafür, einfach abgeschlachtet zu werden.« Und einen Atemzug später fügte er hinzu: »Es sei denn, du müßtest im Winter hungern.«

Einen Augenblick lang klammerte Chrissie sich an Jonnies Bein fest, dann sprang sie zurück und kauerte sich zusammen.

Jonnie trieb Windsplitter mit den Fersen an. Es war soweit. Diesmal würde es kein stürmischer Ritt werden, frei hinaus in irgendein Abenteuer. Diesmal war es ein Aufbruch in unbekanntes Land. So etwas mußte man behutsam und vorsichtig angehen. Da hatte Chrissie ganz recht.

Ehe er durch den Engpaß ritt, schaute er sich um. Ungefähr fünfzehn Leute standen dort oben beim Dorf, schweigend und starr, wie eben Leute dastehen, die keine großen Hoffnungen mehr haben. Mit einem kräftigen Fersendruck ließ er Windsplitter steigen. Er hob grüßend die Hand. Und auf einmal winkten sie ihm alle lebhaft zu, er spürte ihre Zuneigung.

Jonnie ritt in den dunklen Cañon hinein. Er folgte dem Pfad, der abwärts führte, zu den weiten, unerforschten Ebenen.

Die kleine Gruppe vor dem Dorf löste sich auf. Nur Chrissie stand immer noch da, mit der heißen, törichten Hoffnung, er könnte plötzlich wieder dort unten auftauchen und zurückkommen zu ihr.

Pattie zupfte Chrissie am Rocksaum. »Kommt er wieder?«

Chrissies Augen blickten starr. Ihre Stimme war nur ein Hauch. »Leb wohl, Jonnie, leb wohl.«

6

Terl rülpste laut. Nach dem Knigge seiner Rasse galt dies als höfliche Methode, um jemanden auf sich aufmerksam zu machen. Aber hier, in der Werkstatt der Transportabteilung, ging der Rülpser im Rattern und Aufheulen der Maschinen unter. Zzt wandte sich jedenfalls nur um so geschäftiger seiner Arbeit zu. Als Transportchef im Rohstoffcamp 16 hatte er sowieso nicht viel für diese Sicherheitsleute übrig. Die hatten ja immer was zu schnüffeln, ob nun ein Antriebsrad gebrochen war oder ein Fahrzeug nicht rechtzeitig zurückgemeldet wurde oder ein paar Energiebatterien fehlten, immer.

In der Halle standen drei Unfallfahrzeuge, die repariert werden mußten. Eines davon hatte es besonders schlimm erwischt, überall auf der Innenausstattung sah man noch die getrockneten Spuren von grünem Psychloblut. Die Roboterbohrer, die von einer Laufkatze an der Decke herabhingen, fraßen sich mit hell kreischendem Lärm ins Metall, sooft und wo immer es in ihrem Programm festgelegt war. Drehbänke kreisten, Greifarme schwangen herum, Transmissionsriemen dröhnten.

Terl beobachtete, wie Zzt mit geschickten Pranken kleine, konzentrisch angeordnete Scheiben an einer Hochgeschwindigkeitsturbine abbaute. Er paßte genau auf, ob er nicht wenigstens die Spur eines Zitterns an Zzts Klauen bemerken könnte. Aber da zitterte nichts, überhaupt nicht. Was schade war. Denn ein Zittern wäre ein Zeichen der Beunruhigung gewesen, und Beunruhigung ließ immer auf ein schlechtes Gewissen schließen. Und wenn jemand ein schlechtes Gewissen hat, erleichtert das die Arbeit eines Sicherheitschefs erheblich.

Zzt war mit dem Ausbau fertig und warf die letzte Ringscheibe auf die Werkbank. Seine gelben Augen verengten sich, als er Terl ansah. »Na, was habe ich diesmal verbockt?«

Terl kam ein Stück näher, ließ den Blick durch die Halle schweifen und fragte: »Wo ist Ihr Instandsetzungspersonal?«

»Wir sind fünfzehn Mechaniker, wenn alle da sind. Aber die Leute sind im Laufe des letzten Monats alle zur Außenmontage abkommandiert worden. Das wissen Sie genausogut wie ich. Also, kommen Sie schon, warum sind Sie hier?«

Als Sicherheitschef hatte Terl gelernt, daß es nichts einbrachte, allzu direkt auf ein Ziel loszugehen. Wenn er geradeheraus einen Aufklärungsflugkörper verlangt hätte, einen von der Sorte, die man selber steuern konnte, dann hätte ihn der Transportchef nach der Dringlichkeitsorder gefragt. Und weil Terl ihm so etwas nicht vorzeigen konnte, hätte Zzt ihn kühl abblitzen lassen. Eine Dringlichkeitsorder für einen Sicherheitsfall, so was kam auf diesem öden Planeten nicht vor. Niemals. Die Intergalaktische Rohstoff Company operierte hier schon seit Jahrhunderten, und es hatte noch keinen einzigen Sicherheitsfall gegeben, kein noch so unbedeutendes Vorkommnis. Unter Sicherheitsaspekten war das der langweiligste Platz, den man sich vorstellen konnte. Kein Wunder, daß Terls Job hier nicht gerade in hohem Ansehen stand. Wenn man ein Vorkommnis wollte, dann mußte man es mit List und Tücke selber arrangieren.

»Ich bin seit drei Wochen hinter einer heißen Spur her«, sagte Terl. »Es geht um Sabotage gegen den Fahrzeugpark.« Er lehnte seinen bulligen Körper gegen eines der Wracks.

»Müssen Sie sich unbedingt an dem Aufklärer ausruhen? Sie verbiegen ja das Leitwerk!«

Terl fand, daß es wohl besser wäre, friedlich zu bleiben. Also kam er herüber zur Werkbank, an der Zzt arbeitete, und ließ sich auf einen Schemel fallen. »Unter uns, Zzt, mir geht da eine Idee durch den Kopf, wie wir zusätzliches Personal für den Außendienst kriegen könnten. Ich bin noch an der Sache dran. Aber ich brauche, wenn ich weiterkommen will, einen Aufklärer, so einen zur manuellen Steuerung.«

Zzts Wangenknochen schoben sich zu einem Wulst zusammen. Er zog auch für sich einen Schemel heran und ließ seine zehn Zentner auf das ächzende Möbelstück fallen.

»Auf diesem Planeten ... « Terl beugte sich vor, um ganz deutlich zu machen, daß es sich um eine vertrauliche Mitteilung handelte. »Auf diesem Planeten gab es früher einmal so eine Art von denkenden Wesen.«

»Mhm«, machte Zzt argwöhnisch, »was für Wesen?«

»Menschen.«

Zzt versuchte, in Terls Gesicht zu lesen. Sicherheitsoffiziere standen nicht gerade in dem Ruf, besonders viel Humor zu haben. Manchmal lockten sie einen ganz schön aufs Glatteis, und wenn man ihnen auf den Leim kroch, hatte man urplötzlich eine Disziplinarmeldung am Hals. Aber Zzt konnte sich nicht helfen, seine Mundknochen verzogen sich wie von alleine und spreizten sich gegen seinen Willen, und dann blubberte es aus ihm heraus, er lachte Terl ins Gesicht. Als es ihm endlich gelungen war, sich zu beherrschen, ging er rasch zur Werkbank zurück und nahm seine Arbeit wieder auf.

Über die Schulter fragte er: »Liegt sonst noch was an?«

Das läuft nicht so, wie es laufen soll, dachte Terl. Das hatte er nun von seiner Offenheit! So durfte man eben gar nicht erst anfangen, wenn es um Sicherheitsfragen ging.

»Diese Spur, hinter der ich her bin ...«, begann Terl von neuem. »Dieser Verdacht, daß Sabotageakte geplant werden ...« Er guckte sich vorsichtig um. »Höherenorts könnte man der Sache erhebliche Bedeutung beimessen.«

Der Schraubenschlüssel glitt Zzt aus den Pranken und fiel klirrend auf die Werkbank. Der Transportchef stand da und starrte vor sich hin. Man sah ihm an, daß er angestrengt nachdachte.

»Nun sagen Sie schon, was wollen Sie wirklich?« fragte er schließlich.

»Einen Aufklärer. Für fünf oder sechs Tage.«

Zzt nahm das Klemmbrett mit den Einsatzplänen von der Wand. Er konnte geradezu hören, wie die Ungeduld in Terl kribbelte.

»Sehen Sie diese Übersicht für die Fahrzeugeinsätze?« fragte Zzt und hielt Terl das Klemmbrett unter die Nase.

»Freilich.«

»Dann sehen Sie ja wohl auch, daß der Einsatzplan sechs ferngelenkte Aufklärer für die Sicherheitsabteilung vorsieht.«

»Natürlich.«

Zzt blätterte die abgehefteten Pläne durch. »So geht das Monat für Monat weiter. Jahrelang. Ach, was sage ich! Jahrzehntelang!«

»Das ist nun mal meine Aufgabe«, sagte Terl ungerührt. »Erkundung, Vermessung und Überwachung eines Rohstoffplaneten.«

»Was gibt's denn hier noch zu erkunden? Die Rohstoffvorkommen sind längst erkundet und auf Ergiebigkeit abgeschätzt, lange bevor's uns beide überhaupt gab. Und sonst gibt's hier nur noch Säugetiere. Diese Luftatmer.«

»Es könnte ja mal eine feindliche Landung stattfinden.«

»Ausgerechnet hier?« spottete Zzt. »Unsere Weltall-Sonden würden jede feindliche Annäherung Lichtjahre vor einer Landung ausmachen. Terl, diese Aufklärungsflugkörper ... Wissen Sie überhaupt, wie aufwendig die Dinger sind? Ich weiß es, ich muß sie nämlich betanken und ausrüsten und durchchecken. Und uns beiden ist ja wohl klar, daß in der Company geschäftliche Interessen mehr zählen als alles andere. Aber ... na schön, ich werd Ihnen was sagen ...«

Terl wartete. Er war sicher, daß Zzt jetzt mit einem Angebot herausrückte.

»Reden wir nicht mehr von den Aufklärern, und ich stelle Ihnen dafür ein Landfahrzeug zur Verfügung. Für begrenzte Zeit. Eine Carette.«

Terl lachte schrill auf. Die Carette war ein uraltes Vehikel, mit einem Rad vorn und zwei kurzen Gleisketten hinten.

Zzt merkte selber, daß er damit nicht ankam. »Sagen wir: ein Landfahrzeug ohne Zeitlimit.«

Terl schlenderte hinüber zu dem Wrack, dessen Sitze voller grüner Blutflecke waren. »Ich frage mich, ob dieser Unfall nicht vielleicht etwas mit einem Werkstattfehler zu tun hatte.«

Zzt verzog keine Miene. Zuviel Kerbango während der Dienstzeit, das war die Unfallursache gewesen.

Trotzdem machte er ein neues Angebot. »Einen ferngelenkten Aufklärer, programmiert für einen Überflug im Monat. Und zusätzlich ein Landfahrzeug zu Ihrer ständigen Verfügung.«

Terl sah sich die anderen Wracks an. Das war nun alles totes Kapital. Und da wollte dieser Zzt ihm etwas über Aufwand und Geschäftsinteressen erzählen!

»Gut, das mit dem ferngelenkten Aufklärer ist in Ordnung. Programmiert für einen Überflug pro Monat. Von mir aus. Aber der Überflug muß den gesamten Planeten abdecken. Und was das Landfahrzeug betrifft: einverstanden. Aber ich will ein gepanzertes Fahrzeug mit Bordwaffen. Und zur ständigen Verfügung. Und es gibt keine Diskussionen über Munition, Treibstoff und Atemgeräte.«

Zzt holte Formblätter aus der Schublade und füllte sie aus. Dann schob er die Papiere zu Terl hinüber. Während Terl unterschrieb, ging ihm durch den Kopf, daß es gar nichts schaden könnte, den Transportchef mal unter die Lupe zu nehmen. Vielleicht hatte er was mit Unterschlagungen bei den Erzfunden zu tun.

Zzt nahm die Papiere an sich und kramte im Wandbord nach der Codekarte, ohne die man ein Fahrzeug nicht in Betrieb nehmen konnte. Es war die Karte für das älteste und heruntergekommenste Fahrzeug, das in der Werkstatthalle stand und verstaubte. Er packte ein Kuponheft für Munition dazu, eines für Atemgas und eines für Treibstoff.

Falls je einer auf die Idee kam, seine Nase in die Einsatzunterlagen zu stecken, würde er nichts Verdächtiges entdecken. Zzt hatte die Auftrags- und Ausgabedaten sorgfältig frisiert.

Zzt hatte keine Ahnung, worum es wirklich ging. Wie hätte er auf die Idee kommen sollen, daß das, was sie eben ausgehandelt hatten, für die Zukunft dieses Planeten entscheidend sein sollte? Und daß es durchaus nicht zum Vorteil der Intergalaktischen Rohstoff Company war. Gewitter brauen sich mitunter unbemerkt zusammen, und manchmal sogar über einem mächtigen Konzern.

Terl ging zu dem Fahrzeug hinüber. Ein gepanzerter Erdaufklärer mit leichter Bewaffnung, Typ Mark II.

Zzt beobachtete ihn. Seltsam, was die Bosse sich manchmal für abenteuerliche Lügen einfallen ließen, bloß damit sie gut ausgerüstet auf die Jagd gehen konnten! Töten, darauf waren sie alle aus. Und leider auch darauf, ihm die Fahrzeuge zu ramponieren. Und er konnte dann sehen, wie er die Karren wieder in Ordnung brachte.

Meine Güte, was für eine abenteuerliche Geschichte hatte Terl ihm erzählt! Menschen ... Ausgerechnet Menschen sollten denkende Wesen sein! Lachend ging er wieder an die Arbeit.

7

Jonnie Goodboy Tyler galoppierte auf freier Bahn durch ein weites, wogendes Meer aus Gras. Windsplitter stürmte ungestüm vorwärts, und sogar das Packpferd Dancer schien vom Übermut angesteckt zu sein.

Was für ein Tag! Strahlend blauer Himmel, und der Wind wehte ihnen eine kühlende Brise entgegen.

Seit zwei Tagen war Jonnie unterwegs. Aus dem Gebirge herunter, dann durch die Hügellandschaft, die allmählich in die Ebene überging, in eine endlos weite Ebene, weiter, als Jonnie es sich je vorgestellt hatte. Noch konnte er die Gipfel hinter sich sehen. Sie und die Sonne wiesen ihm den Weg und gaben ihm das sichere Gefühl, daß er seinen Heimweg finden würde, wann immer er es wollte.

Sicherheit, ja, das war überhaupt das beherrschende Gefühl. Gewiß, da waren die wilden Rinderherden, unüberschaubar große Herden, aber daran war er von Kindesbeinen an gewöhnt. Ein paar Wölfe. Pah, was waren schon Wölfe? Kein Bär, kein Puma, überhaupt nichts, was Gefahr bedeutet hätte. Warum, zum Teufel, mußten sie sich da oben in den Bergen verkriechen?

Wegen der Monster?

Ach, was denn für Monster! Alles nur Ammenmärchen.

Nicht einmal diesen glänzenden Zylinder mit dem Feuerschweif hatte er hier unten in der Ebene gesehen. Oben in den Bergen flog er alle paar Tage über sie weg, immer von West nach Ost, so regelmäßig, wie alle Himmelskörper ihre Bahn ziehen. Aber hier ... keine Spur von diesem Zylinder. Nicht ein einziges Mal hatte er ihn gesehen, seitdem er unterwegs war.

Zuversicht, das war's, was Jonnie empfand. So stark, daß sie schon gefährlich nahe an Übermut grenzte. Der erste Nasenstüber ließ nicht lange auf sich warten. Und er hatte etwas mit Schweinen zu tun.

Schweine sind an sich eine leichte Jagdbeute, und ein kleiner Frischling ist genau die richtige Portion fürs Abendessen. Man muß nur flink genug sein und sich vor Überraschungsangriffen der Keiler hüten.

Da vorn, leicht zu erkennen im Vorabendlicht, trieb sich eine stattliche Wildschweinherde herum. Große und kleine, doch alle wunderschön fett.

Jonnie saß ab. Der Wind stand ungünstig. Wenn er geradewegs

auf die Herde losgegangen wäre, hätte sie Witterung aufnehmen können. Geduckt und lautlos schlug er einen weiten Bogen, bis er die richtige Ausgangsposition erreicht hatte, gegen den Wind. Das Gras stand hüfthoch. Jonnie faßte die Keule fester.

Es waren ein paar Dutzend Schweine, die dort herumschnüffelten, alle mit der Schnauze dicht über dem Erdboden. In der Senke, in der sie grunzend wühlten, sammelte sich wahrscheinlich während der Regenmonate Wasser. Sicher gab es dort halbverfaulte Wurzeln.

In geduckter Haltung, so daß er immer im Gras verborgen blieb, ging Jonnie los. Schritt für Schritt kam er näher heran. Nur wenige Meter trennten ihn noch von den Schweinen, die am Rand der Herde wühlten und schnüffelten. Vorsichtig schob er sich höher, nur gerade so weit, daß er über die Grashalme weg sehen konnte. Da war ein niedlicher kleiner Quieker, nicht weiter als drei Armlängen von ihm entfernt, eine leichte Beute.

»Tut mir leid, aber es geht um mein Abendessen«, schnaufte er und schlug dem Frischling die Keule auf den Schädel, treffsicher und tödlich. Ein letzter gellender Schrei, dann war alles vorüber.

Das heißt, nur der erste Teil des Abenteuers war beendet. Der Todesschrei des Schweinchens schreckte das Rudel hoch, in wilder Flucht jagte es los, direkt auf Jonnies Pferde zu. So weit, so gut.

Aber der zweite Teil des Abenteuers stand Jonnie noch bevor.

Im hohen Gras verborgen, nur einen Sprung weit hinter Jonnies Rücken, hatte ein zentnerschwerer Keiler gelegen, sattgefressen und schläfrig. Er kam hoch, sah den Gegner und griff ohne Zögern an.

Für Jonnie war es, als hätte ihn eine Lawine getroffen. Er wurde von den Beinen gerissen. Ein wahres Trommelfeuer von Stößen folgte, einer so schnell nach dem anderen, daß er sie gar nicht zählen konnte.

Er versuchte sich wegzudrehen. Aber über ihm und neben ihm und um ihn herum schien es nichts mehr zu geben als diesen mächtigen Keiler und sein wütendes Grunzen. Jonnie spürte, wie der Bursche mit seinen Hauern und Zähnen nach ihm suchte.

Es ging ums Überleben. Jonnie mußte schneller sein als der Keiler und den Angriffen ausweichen. Er drehte und wälzte sich. In seinen Ohren vermischte sich das Dröhnen des eigenen Herzschlags mit dem wilden Quieken des Wildschweins.

Noch eine verzweifelte Drehung. Und dann sah Jonnie seine Chance.

Beim letzten Ansturm war der Keiler an ihm vorbeigeschossen. Und Jonnie zögerte keine Sekunde, nun selber anzugreifen. Er warf sich von hinten über den Koloß, schlang ihm die Arme um den wulstigen Nacken und drückte zu. Der Keiler bockte wie ein Wildpferd. Aber Jonnie ließ nicht locker. Er spannte die Muskeln noch mehr an und hielt den Würgegriff, bis ihm die Kräfte erlahmten. Der Keiler, schon halb benommen, versuchte mit letzter Energie, aus der Umklammerung freizukommen.

Jonnie ließ rasch los, sprang zurück und suchte Deckung im Gras. Das Tier rang immer noch nach Luft, kam torkelnd auf die Beine, konnte aber keinen Gegner ausmachen und trottete davon.

Jonnie schlich aus seinem Versteck hervor und holte sich die Beute, das Jungtier, nicht ohne den Keiler, der schon ein Stück weit weg war, vorsichtig im Auge zu behalten. Der führte zwar immer wieder mit bockigen Ausfällen nach links und rechts kleine Scheinangriffe durch, aber ein lohnendes Ziel für seine Wut fand er immer noch nicht. Und so folgte er schließlich im Zuckeltrab dem geflüchteten Rudel, immer der breiten Spur nach, die den Fluchtweg im Gras markierte.

Jonnie konnte das Rudel nicht mehr sehen, so weit waren die Wildschweine schon.

Aber da war auch ... Da war auch weit und breit nichts mehr von den Pferden zu sehen! Von seinen Pferden!

Da stand er nun, mit dem Frischling, aber ohne einen einzigen seiner scharfen Steine, die er zum Schlachten gebraucht hätte, und ohne Feuerstein und Zunder ... Alles war weg.

Er war überzeugt, daß ihn die Hauer des Keilers ganz schön erwischt hatten. Aber als er nachschaute und sich abtastete, stellte er fest, daß er unverletzt geblieben war. Ein paar schmerzhafte Stellen vom ersten Zusammenprall und vom anschließenden Sturz, mehr hatte er nicht abgekriegt. Na, dann ... Es hätte wahrhaftig schlimmer kommen können.

Am liebsten hätte er sich selber irgendwohin getreten, wo genügend Platz für so einen Tritt war! Er schämte sich. Wie hatte ihm so etwas überhaupt passieren können! Nun mußte er sich auf die Suche machen, und zwar am besten auch der breiten Spur nach, die das Wildschweinrudel auf seiner Flucht ins Gras getrampelt hatte. Nach einer Weile schöpfte er Hoffnung und begann, nach den Pferden zu pfeifen. Sie würden ja wohl nicht in wilder Panik davongerannt sein, immer vor dem stampfenden Rudel her. Wahrscheinlicher war, daß sie seitwärts ausgewichen waren.

Als es gerade zu dämmern begann, entdeckte er Windsplitter, der seelenruhig vor sich hin graste. Der Hengst schaute auf, als wollte er na-wo-hast-du-denn-gesteckt sagen, und dann kam er gemächlich zu Jonnie herüber und stieß ihn mit dem Maul an; das war eben seine Art, Wiedersehensfreude auszudrücken.

Zehn Minuten später fand Jonnie schließlich auch Dancer, zum Glück war von der Ausrüstung nichts verlorengegangen. Er ritt ein Stück weit den Weg zurück, den sie gekommen waren, bis zu einer Quelle, und schlug dort sein Lager auf.

Dann flocht er sich einen Gürtel mit einem Beutel daran, und in den hinein packte er ein wenig Zunder, einen Feuerstein und ein paar Steinmesser. Er band einen stärkeren Riemen um die Keule und befestigte sie am Gürtel. Es würde ihm nicht passieren, daß er in dieser unermeßlich weiten Ebene zum zweiten Mal mit leeren Händen dastand, bestimmt nicht!

In dieser Nacht träumte er von Chrissie. Aber es waren Alpträume: Wildschweine, die sich auf sie stürzten ... Bären, die über sie herfielen ... Die donnernden Hufe einer Pferdeherde, die sie zermalmten ... Und er schwebte wie ein Geist hilflos in irgendwelchen Höhen und konnte für Chrissies Rettung keinen Finger rühren.

8

Dieses angeblich riesige Dorf, wo Tausende gelebt haben sollten, war offenbar wieder nur ein Mythos, so wie die Sache mit den Monstern. Aber gut, er würde es trotzdem suchen.

Im Zwielicht des erwachenden Tages zog Jonnie weiter nach Osten. Das Aussehen der Ebene veränderte sich. Es gab ein paar Dinge, die er vorher nicht gesehen hatte, zum Beispiel diese Erdhügel ... Jonnie bog ein Stück von seinem Weg ab, der ihn direkt der Sonne entgegenführte, weil er sich einen von den Hügeln näher anschauen wollte.

Er hielt den Hengst an, stützte sich auf Windsplitters Hals ab und nahm das, was da vor ihm aus dem Boden aufwuchs, in Augenschein.

Wenn es ein Hügel war, dann nur ein ziemlich kleiner. Und er hatte seitlich eine Aushöhlung. Viereckig. Und mit Gras war er bedeckt, mit Gras und Unkraut. Merkwürdig, es sah doch aus wie eine Fensteröffnung. Eine Laune der Natur?

Er glitt vom Pferd, ging näher heran und dann einmal drumherum. Er maß es nach Schrittlängen aus. Das Ding war fünfunddreißig Schritte lang und zehn Schritte breit. Aha. Vielleicht war der ganze Hügel ein Viereck?

Er brach von einem alten zersplitterten Pfosten ein Stück ab, ging zu dem Viereck, das wie ein Fenster aussah, und schabte mit dem Holzstück die Grasnarbe weg. Merkwürdig, das, worin er herumstocherte, kam ihm nicht wie Erde vor, sondern eher wie zerbröselter Schutt. Als er die Grasbüschel am unteren Rand des Vierecks entfernt hatte, konnte er hineinschauen.

Der Hügel war innen hohl.

Die Sache kam ihm nicht geheuer vor. Aber die Pferde blieben ruhig. Ringsum rührte sich nichts. Nichts deutete auf irgendeine lauernde Gefahr hin.

Er beugte sich vor und kroch in den Hügel hinein.

Teufel auch, das Viereck biß ihn!

Er erstarrte und guckte verdutzt auf sein Handgelenk. Es blutete. Kein tiefer Schnitt. Aber daß es überhaupt verletzt war, erschreckte ihn, denn er konnte sich das nicht erklären. Vorsichtig untersuchte er das Viereck.

Es hatte Zähne.

Das heißt, so etwas, was aussah wie Zähne. Sie glänzten matt und schimmerten in mehreren Farben. Und es gab sie an allen vier Kanten. Einen von den Zähnen zog er heraus, das ging ganz einfach. Er nahm ein kurzes Riemenstück vom Gürtel, rieb es am Zahn entlang und war gespannt, was passieren würde.

Ein Wunder. Der Zahn schnitt den Riemen glatt durch. Schneller als das beste Steinmesser.

Erfreut dachte er: Mann, hab ich ein Glück! Mit größter Vorsicht – denn die Dinger bissen ja, wie er am eigenen Leibe erfahren hatte – zog er die Zahnsplitter heraus, kleine und große, und stapelte sie sauber aufeinander. Er brachte sie zum Packpferd und wickelte sie in Rehleder. Was für ein Fund! Die Dinger eigneten sich vorzüglich zum Schneiden und Häuten und Schaben. Es mußte sich um eine besondere Art Stein handeln. Oder ... ja, das war auch möglich: Der Buckel war ein Tierschädel, von einer ausgestorbenen Tierart, und die Dinger waren die Überbleibsel der Zähne. Großartig!

Als er sie alle – bis auf einen hübschen kleinen, den er in seine Gürteltasche steckte – im Packzeug untergebracht hatte, ging er zum Hügel zurück und machte sich erneut daran, ins Innere zu kriechen.

Ein plötzliches Flattern ließ ihn beinahe zu Tode erschrecken. Aber dann stellte sich heraus, daß es nur ein Vogel war, der in der Höhle sein Nest hatte und sich nun flügelschlagend durchs Viereck davonmachte. Nicht weit vom Hügel ließ er sich nieder und zwitscherte erbost.

Jonnie tastete sich durchs Halbdunkel vorwärts. Viel gab es hier ohnehin nicht zu finden, vom Rost mal abgesehen. Aber früher mußte es irgend etwas in der Höhle gegeben haben, das sah er am aufgehäuften Rost und an den Spuren, die auf den Mauern ...

Mauern? Tatsächlich, es gab Mauern. Sie bestanden aus einer rauhen Gesteinsart und waren sehr gleichmäßig aus großen viereckigen Blöcken zusammengefügt.

Mauern. Richtige Mauern.

Tiere richten keine Mauern auf. Kein Tier kann das.

Und Tiere benutzten auch nicht so etwas wie diese ... diese Platte, die einmal Bestandteil von ... tja, Bestandteil von irgend etwas gewesen war, was jetzt zu rötlichem Staub zerfallen war. Im Staub lagen kreisrunde Scheiben ungefähr dreimal so groß wie ein Daumennagel. Und ganz unten schaute eine Scheibe heraus, die besonders glänzte. Jonnie hob sie auf und drehte sie um.

Es verschlug ihm den Atem.

Er tastete sich zum Fenster, ans Licht. Da war kein Irrtum möglich.

Der große Vogel mit den ausgebreiteten Schwingen und den gebündelten Pfeilen in seinen Fängen.

Dasselbe Zeichen wie in der Gruft. Da hielt er es nun in der Hand. Das Rätsel war gelöst.

Als seine erste Aufregung sich gelegt hatte, stieg er durchs Fenster nach draußen, um Windsplitter zu zeigen, was er gefunden hatte. »Schau dir das an! Es war ein Haus der Götter. Hier haben sie gewohnt und auf die Großen gewartet, die sie hinaufbringen wollten in die Gruft.«

Windsplitter kaute in aller Ruhe sein Maulvoll Gras zu Ende. Und dann mahnte er Jonnie mit einem freundschaftlichen Stups vor die Brust, daß es Zeit war zu gehen.

Jonnie verwahrte die Scheibe in seiner Gürteltasche. Gut, dieses große Dorf existierte offenbar nicht, aber so viel stand fest: Es gab hier unten in der Ebene eine Menge zu entdecken. Mauern, das mußte man sich mal vorstellen! Diese Götter hatten Mauern aufgerichtet!

Immer noch saß in der Nähe schimpfend und zeternd der Vogel, den Jonnie gestört und vertrieben hatte. Erst als der kleine Zug sich endlich in Bewegung setzte, hörte er zu krakeelen auf und flog in die Ruine zurück.

9

Terl war so glücklich wie ein Psychlobaby, das gerade seine Tagesration hochprozentigen Kerbango getrunken hat. Alles hatte ein bißchen lange gedauert, und der Tag war nicht mehr ganz taufrisch, aber immerhin, jetzt konnte es losgehen.

Er steuerte den Erdaufklärer Mark II von der Werkstattrampe hinunter und durch die Luftschleuse ins Freie. Es gab da so ein albernes Warnschild am Armaturenbrett, genau vor dem Fahrersitz:

> Achtung! Fahrzeug stets gefechtsbereit halten! Trotz atembarer Atmosphäre müssen Atemmaske und Atemtank stets getragen werden! Einsatz des Fahrzeugs für private Zwecke und ohne Gefechtsorder strikt verboten!
>
> gezeichnet: Szot
> Stabschef der Politischen Abteilung
> Intergalaktische Rohstoff Company

Terl mußte über das Schild grinsen. Wo es keine politischen Offiziere gab ... und auf einem Planeten, auf dem keine Politik gemacht wurde, brauchte man die Burschen nicht ... und wo es keine Gefechte zu führen gab, da bestimmte der Sicherheitschef, was erlaubt war und was nicht. Allein die Tatsache, daß es im Fahrzeugpark auf diesem Planeten überhaupt so einen Kampfwagen gab, zeigte schon, daß es sich um einen uralten Schlitten handeln mußte. Das kam eben dabei heraus, wenn man stur daran festhielt, für alle möglichen Planeten mit völlig unterschiedlichen Bedingungen einheitliche Ausrüstungspläne aufzustellen. Diese Büroheinis auf dem Planeten 1 in der Galaxis 1 hatten keine Ahnung, was sie eigentlich anrichteten, wenn sie endlos lange Weisungen und Richtlinien für die entlegensten Außenstationen des Wirtschaftsimperiums schrieben. Terl warf die Atemmaske und die Atemgasflasche auf den Richtschützenplatz. So war es viel angenehmer! Dankbar für die Erleichterung fuhr er sich mit der Pranke übers schwielige Gesicht.

Spaß machte das, und wie! Der alte Karren lief wie geschmiert. Klein und geduckt, nicht länger als neun und nicht höher als drei Meter, glitt er wie ein Wiesel über den Boden. Die Konstrukteure hatten eine Menge blitzgescheiter Ideen hineingepackt. So prallte zum Beispiel jedes feindliche Geschoß an der Panzerung ab. Schußsichere Sehschlitze sorgten für tadellose Beobachtungsmöglichkeiten. Die Mündungen der Bordbewaffnung lagen geschützt in Stahlmulden. Die Innenausstattung war zwar schon ein bißchen abgewetzt und stellenweise gerissen, aber der Purpurton war bildschön.

Terl war in Hochstimmung. Der Vorrat an Energiebatterien und Atemgas reichte für fünf Tage, und hinten waren fünf von den Zehn-Pfund-Rationen gelagert, für jeden Tag eine. Er hatte in seinem Büro gründlich aufgeräumt, allen überflüssigen Aktenkram in den Papierkorb geworfen und vor allem nichts Neues mehr angefangen, schon gar nichts mit dem Stempel »Dringend«. Und dann hatte er einen von diesen Bildrecordern geklaut, neueste Ausführung, mit Strahlenanalysator. Man konnte die Dinger auch großartig für Filmaufnahmen verwenden.

Und der wichtigste Punkt, natürlich: Es war endlich soweit, er war unterwegs!

Eine willkommene Abwechslung für jemanden, der Sicherheitschef spielen mußte auf einem Planeten, auf dem es keine Sicherheitsfälle zu bearbeiten gab. Und das hieß auch: auf einem Planeten, auf dem es für einen ehrgeizigen Sicherheitsoffizier praktisch keine Gelegenheit gab, sich zu bewähren und für eine Beförderung ins Gespräch zu bringen.

Damals, als sie ihn auf die Erde abkommandiert hatten ... das war ein Schlag ins Gesicht gewesen! Er hatte sich gefragt, was er denn angestellt, wen er denn beleidigt, wem um Himmels willen er auf den Zehen herumgetrampelt hatte? Man hatte ihm versichert, daß davon gar keine Rede sein könne. Nein, hatte man ihm erklärt, mit seinen 39 sei er doch noch ein junger Bursche, gemessen an den 190 Jahren durchschnittlicher Lebenserwartung eines Psychlos. Man hatte betont, daß nur sehr wenige in so jugendlichem Alter Sicherheitschef werden könnten. Und daß er einer von diesen wenigen war, würde in seiner Personalakte vermerkt. Und wenn seine Kommandierungszeit abgelaufen sei ... na, dann würde man weiter sehen. Die Bonbons, zum Beispiel die Posten auf den Planeten, auf denen man ohne Geräteausrüstung atmen konnte, die würden natürlich immer an lebensältere Psychlos verteilt.

Er hatte sich durch den Schmus von Anfang an nicht täuschen lassen. Um diesen Posten als Sicherheitschef auf der Erde hatte sich nämlich keiner, aber auch wirklich keiner gerissen. Und Terl konnte sich schon vorstellen, wie irgendwann in ein paar Jahren das Personalgespräch mit ihm ablaufen würde.

»Letzte Verwendung?«

»Erde.«

»Wie bitte?«

»Erde – dritter Planet einer Randsonne, Untergalaxis 16.«

»Aha. Und – äh – hatten Sie besondere Voraussetzungen für diesen Posten?«

»Das steht alles in der Personalakte.«

»Tatsächlich? Da finde ich aber gar nichts.«

»Das muß da stehen. Lassen Sie mich mal sehen.«

»Ausgeschlossen. Sie wissen doch, die Akten werden vertraulich behandelt.«

Und dann das Ende mit Schrecken: »Kollege Terl, zufällig haben wir gerade eine offene Stelle auf einem anderen Planeten einer Randsonne zu besetzen, in der Galaxis 32. Schön ruhig dort. Keine Eingeborenen. Und ... übrigens, überhaupt keine Atmosphäre.«

Oder es kam noch schlimmer: »Kollege Terl, die Aktien der Intergalaktischen ... na, Sie werden sicher davon gehört haben, daß der Börsenkurs in letzter Zeit etwas gefallen ist, und daher sind wir zu gewissen Rationalisierungsmaßnahmen gezwungen. Ich fürchte ... nun ja, Ihre letzte Beurteilung ist nicht so, daß wir den Anstellungsvertrag verlängern möchten. Im Augenblick jedenfalls nicht. Bitte rufen Sie uns nicht an. Wir setzen uns zu gegebener Zeit mit Ihnen in Verbindung.«

Ein paar Schriebe, in denen so etwas angedeutet wurde, lagen bei ihm schon rum. Vor einem Monat hatte er die Mitteilung erhalten, daß seine Kommandierungszeit auf der Erde verlängert würde. Über den Zeitpunkt der Rückbeorderung war keine Silbe gesagt. Manchmal beschlich ihn ein Angstgefühl, er hatte dann Schreckensvisionen, in denen er einen 190 Jahre alten Terl herumtattern sah, immer noch auf demselben Planeten, längst von Freunden und Verwandten vergessen, mit keiner anderen Zukunftsaussicht als der, seine Tage in grenzenlosem Stumpfsinn zu beenden und schließlich in einer schmalen Grabfurche zu landen. Und auf dem Planeten 1, Galaxis 1, strich ein Angestellter, der die Akten auf dem neuesten Stand halten mußte und sich um Gesichter und persönliche Schicksale keinen Deut scherte, ihn von der Belegschaftsliste.

Angesichts solcher düsterer Zukunftsaussichten mußte er handeln. Entschlossen und energisch.

Es gab nämlich auch schönere Tagträume. In diesen Träumen

wartete Terl in einer riesigen Empfangshalle. Uniformiertes Personal stand dienstbeflissen herum. Und da wurde getuschelt. »Wer is'n das?« Und der andere: »Der? Kennst du den nicht? Das ist doch Terl.« Türen schwangen auf. »Der Präsident der Company möchte Ihnen persönlich seine Anerkennung aussprechen. Bitte, Sir, wenn Sie mir folgen wollen ...«

Nach den offiziellen Unterlagen mußte es nördlich von hier einen alten Highway geben. Terl schaltete die automatische Steuerung ein und breitete die Karte aus. Er fand den Highway, eine schnurgerade Linie in Ost-West-Richtung. Nach Westen, also genau dahin, wo er hinwollte. Die Fahrbahn war vermutlich nicht mehr im besten Zustand, vielleicht so überwachsen, daß man sie kaum noch ausmachen konnte. Aber mit tiefen Schlaglöchern und Querrillen rechnete er nicht. Und das wichtigste war, daß die Straße in die Berge führte. Terl hatte sein Zielgebiet auf der Karte eingekreist: eine Bergwiese.

Aha, der Highway lag schon vor ihm.

Beim Versuch, auf manuelle Steuerung zurückzuschalten, verhedderte er sich in den Armaturen, der Erdaufklärer begann zu schlingern. Er hatte seit seiner Ausbildungszeit im Sicherheitszentrum nie wieder so ein Ding gelenkt. Das Fahrzeug schoß den Straßendamm hoch, rutschte, als Terl das Gas losließ und die Bremse trat, ebenso plötzlich wieder nach unten und blieb mit einem Ruck qualmspuckend stehen, mitten auf dem Highway. Es war eine ziemlich holperige Methode gewesen, den Erdaufklärer zum Halten zu bringen. Zugegeben. Aber so schlecht war's nun auch wieder nicht. Er würde das Ding schon noch in den Griff kriegen.

Er legte die Maske an und schnallte den Atemgastank um. Als er den Dekompressionsschalter drückte, strömte das Atemgas aus dem Fahrzeuginnern in die Vorratskammern zurück. Sekundenlang entstand ein Vakuum. Es schmerzte ein wenig an den Ohrenknochen. Aber im nächsten Augenblick war schon alles vorbei, zischend strömte die Außenluft in die Kabine.

Terl drückte den Lukendeckel auf. Das ganze Fahrzeug begann zu schwanken, als er sich hochstemmte und auf den Sitz stellte. Der Wind schlug ihm – da, wo die Atemmaske ihn nicht schützte – kalt ins Gesicht.

Er hielt Ausschau, und was er dabei sah, ließ seine Abneigung gegen diesen Planeten nur noch größer werden. Da war nichts als weites, leeres Land. Der Wind rauschte durchs Gras. Es gab kein anderes Geräusch. Nur Stille, öde Stille. Daß dann auf einmal irgendwo in der Ferne ein Vogelruf erklang, machte nur um so deutlicher, wie lastend die Stille vorher gewesen war.

Und dann die Farben auf diesem Planeten! Die Erde: lohfarben und braun. Das Gras und ein paar vereinzelte Büsche: grün. Der Himmel: durchdringendes Blau mit weißen Wolkentupfen. Was für ein fremdartiges Land! Weit und breit keine Purpurfarbe! Zu Hause auf dem Planeten 1 würde das bestimmt niemand glauben wollen.

Zu Hause ... Das brachte ihn auf eine Idee. Er tauchte ins Fahrzeuginnere und holte den Bildrecorder. Mit einem weiten Schwenk im Halbkreis nahm er die Landschaft auf. Von diesem Film wollte er seinen Leuten daheim eine Kopie schicken. Wenn er ihnen nur erzählte, was für ein Alptraum von einem Planeten das war, dann machte das keinen Eindruck. Aber wenn sie sich mit eigenen Augen davon überzeugen konnten ... Vielleicht empfanden sie dann so etwas wie Mitleid mit ihm.

»Da seht ihr, was ich tagtäglich ertragen muß!« sagte er ins Mikrofon des Recorders. Es hörte sich, weil er die Atemmaske trug, ziemlich kläglich an.

Halt mal! Da gab's ja doch etwas Purpurfarbenes! Die Berge, die genau im Westen aufragten, schimmerten in einem Hauch von Purpur. Er legte den Bildrecorder weg. Und es ging ihm durch den Kopf, daß es eigentlich doch nicht ganz so unerträglich sein könnte, hier auf der Erde. Und daß er jetzt auch verstehen könnte, warum die letzten Menschen dort oben lebten, eben dort, wo alles purpurfarben war. Und es kam ihm auch der Gedanke, daß diese Menschen eben doch vielleicht so etwas wie vernunftbegabte Wesen sein könnten. Ihre Vorliebe für eine purpurfarbene Umgebung ließ darauf schließen. Bitte, er wollte keine voreiligen Schlüsse ziehen und sich allzu fest darauf verlassen. Aber ein Indiz war es allemal, und es bestärkte ihn in der Hoffnung, daß seine bislang noch nebelhaften Pläne aufgehen könnten.

Während er so nach Westen schaute, bemerkte er plötzlich, daß sich in weiter Ferne, aber noch diesseits der Berge, eine Silhouette abzeichnete, deutlich auszumachen vor dem Licht der untergehenden Sonne. Er befestigte ein Vergrößerungsobjektiv auf den Augengläsern seiner Atemmaske. Die Horizontlinie rückte näher heran. Ja, er hatte sich nicht getäuscht. Was er da sah, waren die Umrisse einer Ruinenstadt. Von der Vergänglichkeit gezeichnet. Doch die Gebäude ragten immer noch hoch auf. Und sie bedeckten eine ziemlich weite Fläche.

Er holte die Karte hoch. Sie flatterte im Wind. Aha, der alte Highway führte direkt in Westrichtung zur Ruinenstadt. Er langte noch einmal ins Fahrzeuginnere und kramte nach einem Buch, das auf der hinteren Sitzbank liegen mußte, irgendwo in dem Stapel ... Ja, er hatte es schon. Und die Seiten, die er suchte, waren mit einem

Lesezeichen markiert. Es gab da nämlich so eine Zeichnung ... Eine Skizze, vor ein paar Jahrhunderten von diesen Burschen aus der Kulturabteilung entworfen ...

Das waren die Chinkos gewesen, luftatmende Wesen, die von der Galaxis 2 stammten. Die Intergalaktische Rohstoff Company hatte sie für kulturelle Aufgaben eingesetzt, und zwar auf solchen Planeten, auf denen es dieses für Psychlos tödliche Sauerstoff-Stickstoff-Gemisch gab. Die Chinkos hatten ungefähr die Körpergröße eines Psychlos, aber sie waren spindeldürre, empfindliche Wesen. Sie gehörten zu einer der ältesten Spezies im Weltraum, und die Psychlos hatten, was sie allerdings nicht gern zugaben, von ihnen alles über Kunst, Kultur und Geisteswissenschaften gelernt. Sie waren billige Arbeitskräfte gewesen, wegen ihres geringen Körpergewichts einfach zu verfrachten, obwohl man sie natürlich unterwegs mit ihrer speziellen Atemluft versorgen mußte. Leider gab es sie nicht mehr, nicht mal in der Galaxis 2. Sie waren nämlich so leichtsinnig gewesen, etwas zu inszenieren, was sie einen »Generalstreik« nannten. Da hatte die Company sie kurzerhand vernichtet. Allerdings war das lange nach jenem Zeitpunkt gewesen, zu dem auf der Erde die Abteilung für Kultur und Völkerkunde abgeschafft worden war.

Terl hatte nie einen Chinko gesehen. Interessante Wesen. Die Burschen hatten Bilder gezeichnet wie dieses hier. Sogar in Farbe. Seltsam. Wie konnte bloß jemand auf die Idee kommen, irgend etwas zu *zeichnen*?

Er verglich die Konturen der Ruinenstadt mit der Skizze. Von ein paar Veränderungen abgesehen, an denen wohl der sprichwörtliche Zahn der Zeit schuld war, glichen sich die Bilder.

Unter der Zeichnung stand folgender Text:

»Östlich der Berge finden wir die bemerkenswert gut erhaltenen Ruinen einer von Menschen erbauten Stadt. Im menschlichen Sprachgebrauch wurde die Stadt ›Denver‹ genannt. Der städtebaulich-ästhetische Wert ist nicht so hoch einzuschätzen wie bei den Städten im mittleren oder östlichen Teil des Kontinents. Die auffallend kleinen Haustüren weisen keinen oder nur geringen Schmuck auf. Die Innenausmaße der Häuser sind winzig; man fühlt sich an Puppenhäuser erinnert. Die Architektur scheint vorwiegend am Gesichtspunkt der Zweckmäßigkeit, weniger am Anspruch künstlerischer Ausgestaltung orientiert zu sein. Es gibt drei Kathedralen, die offensichtlich dem Kult verschiedener heidnischer Gottheiten geweiht waren. Das weist darauf hin, daß es sich nicht um eine monoreligiöse Kultur gehandelt haben kann. Allerdings gibt es Anzeichen dafür, daß Priesterschaften einen hohen Einfluß auf das kulturelle Leben hatten. Es scheint so, daß eine der Gottheiten, »Bank« genannt, in besonderer und allgemeiner Verehrung gestanden hat. Durch die Abteilung für Kultur und Völkerkunde wurden einige der Bibliotheksräume versiegelt, nachdem die einzig wichtigen Werke – die mineralogischen – in den Archiven der Intergalaktischen Rohstoff Company eingelagert waren. Daß die Bausubstanz der alten Stadt in so außergewöhnlich gutem Zustand erhalten blieb, ist vermutlich dem Umstand zu verdanken, daß es weder unter den Stadtfundamenten nennenswerte Erzvorkommen gab noch bei den Gebäudekonstruktionen wertvolle Materialien in abbaulohnender Menge verwendet wurden. Auch die relativ niedrige Luftfeuchtigkeit hat viel dazu beigetragen, die Stadt vor dem Verfall zu bewahren. Die Bereitstellung von Finanzmitteln für eine weitere Restaurierung ist bereits beantragt.«

Terl lachte in sich hinein. Kein Wunder, daß man die Abteilung für Kultur und Völkerkunde auf diesem Planeten wieder aufgelöst hatte! Wenn die Burschen auch so aberwitzig waren, Gelder für den Wiederaufbau einer Menschen-Stadt anzufordern! Er konnte sich gut vorstellen, was das für ein Donnerwetter vom Direktorium gegeben hatte. Die großen Bosse hatten diesen Traumtänzern bestimmt schnell einen Strich durch die Rechnung gemacht.

Für seine Pläne konnte alles nützlich sein, vielleicht sogar die Informationen aus dem Begleittext zur Zeichnung. Aber zuerst mußte er sich mal den naheliegenden Aufgaben widmen.

Also, da war der Highway. Und er stand mitten darauf. Hier an dieser Stelle war er ungefähr dreißig Meter breit und deutlich zu erkennen. Zwar lag bis zu einem Meter hoch Sand auf der Fahrbahn, und darauf war eine feste, glatte Grasnarbe gewachsen, aber der Verlauf des Highways wurde durch Büsche an beiden Seiten genau fixiert.

In der Nähe grasten ein paar Rinder, und auch eine kleine Pferdeherde konnte Terl erkennen. Nichts, was ihn besonders interessiert hätte. Die sportliche Jagd auf solche Viecher hatte keinen Reiz, und essen konnte ein Psychlo das Fleisch sowieso nicht; alles Viehzeug mit dieser Art Stoffwechsel war ungenießbar. Ein angenehmes Gefühl, Zeit zu haben und über die Jagd nachzudenken und sogar bestens dafür ausgerüstet zu sein. Und sich den Luxus zu leisten, auf die Jagd zu verzichten! Was er ja vor allem deshalb tat, weil er höheren Zielen nachjagte.

Er rutschte hinunter auf den Fahrersitz und betätigte die Armaturen, mit denen der Lukendeckel geschlossen wurde. Das zum Atmen ungeeignete Luftgemisch wurde abgesogen, sauberes Gas strömte in die Kabine. Er nahm – zum Teufel mit den Vorschriften!

– die Atemmaske ab und warf sie auf den Richtschützensitz. Ah, diese schöne purpurfarbene Inneneinrichtung, die so wohltuend beruhigte!

Und draußen ... dieser dreimal verwünschte Planet! Nicht mal das purpurne Colorglas der Beobachtungsluken machte den Anblick erträglich.

Er warf noch mal einen Blick auf die Karte. Bis hoch in die Berge konnte er nicht fahren, wegen der Uranstrahlung, die nach den Meßergebnissen der ferngelenkten Aufklärer sehr hoch war. Aber die Fernlenkdrohnen hatten ebenso zuverlässig festgestellt, daß diese Menschendinger mitunter bis ins Vorgebirge herunterkamen, und dort lag die Strahlung unter dem kritischen Wert. Was Terl jetzt brauchte, war ein Quentchen Glück.

Seine Pläne gingen ihm wieder durch den Kopf, die wunderbaren Pläne, die Reichtum und Macht für ihn versprachen. Aus den Aufklärungsmeldungen wußte er mehr, als andere wissen konnten. Die Analyse hatte zum Beispiel ergeben, daß es da oben in den Bergen eine Goldader gab, nahezu pures Gold. Sie war durch einen Erdrutsch freigelegt worden, und zwar, wie der Zufall so spielte, erst vor einigen Jahren. Eine Goldader, die unvorstellbar reiche Ausbeute versprach und zudem beinahe offen zutage lag! Und was noch wichtiger war: eine Goldader, von der die Company absolut nichts ahnte. Denn der Erdrutsch hatte sich, wie gesagt, vor gar nicht langer Zeit ereignet, und die Intergalaktische hatte schon vor Jahrhunderten ihr Programm zur Erforschung der Rohstoffvorkommen auf der Erde abgeschlossen. Wenn Zzt vorschlug, man möge endlich auf die sowieso sinnlosen Aufklärungsflüge verzichten, dann war das ein Witz. Zum Glück ein Witz, der nicht mehr auf Terls Kosten gehen konnte.

Eine Goldader. *Seine* Goldader. Aber die Uranstrahlung in dieser Bergregion war so gewaltig, daß kein Psychlo das Gold graben konnte. Schon die geringste Strahleneinwirkung genügte, um das für einen Psychlo unverzichtbare Atemgas explodieren zu lassen.

Aber es gab ja eine Lösung für das Problem, eine geniale sogar, und genau diese Lösung war Terl eingefallen. Er brauchte nur diese Menschen, erst eines von den Dingern, dann, im Laufe der Zeit, noch ein paar mehr. Sie konnten das Gold graben. Und wenn sie dabei in der Strahlung umkamen! Irgendwie würde es ihm schon gelingen, das Gold von der Erde zum Planeten 1 zu schaffen, ihm schwebte bereits eine Möglichkeit vor. Und dann war er reich und mächtig, und die Erde konnte ihm für immer und ewig gestohlen bleiben!

Das wichtigste war natürlich, dafür zu sorgen, daß ihm niemand auf die Schliche kam. Jeder mußte glauben, daß er ganz andere Gründe für seine Unternehmungen hatte. Als Sicherheitschef besaß er einige Erfahrung darin, die Dinge so darzustellen.

Wenn er großes Glück hatte, gelang es ihm, so ein Menschenwesen irgendwo unterhalb der Bergregion zu schnappen. Er durfte sich nicht allzuviel Zeit lassen, es mußte ihm bald gelingen. Er hatte so ein unbestimmtes Gefühl, als wäre das Glück auf seiner Seite.

Heute würde ihm allerdings nicht mehr viel gelingen, weil er so spät aus Zzts Werkstatt losgekommen war. Die Sonne stand schon tief. Er würde die Nacht in der Menschenstadt verbringen, er konnte ja im Aufklärer schlafen.

Er startete und ließ den Mark II über den alten Highway gleiten.

10

Umrisse am Horizont!

Jonnie Goodboy Tyler zog die Zügel mit einem scharfen Ruck an. Windsplitter stieg auf den Hinterhufen.

Eine Linie, genau im Osten. Hügel oder Berge waren das nicht. Und es war auch nicht bloße Einbildung. Die Horizontlinie lag deutlich und klar vor ihm.

Es mußte das große Dorf sein. Und er hatte es nicht für möglich gehalten!

Gleich nachdem er das Haus der Götter verlassen hatte, war er auf einen bequemen Reiseweg gestoßen. Es schien fast so, als hätte irgendwann in der Vergangenheit ein breiter Pfad zu diesem ausgehöhlten Hügel mit dem beißenden Fenster und den Innenmauern hingeführt.

Es hatte Büsche auf beiden Seiten gegeben, zwei schnurgerade Reihen, die so aussahen, als liefen sie irgendwo in der Ferne zusammen. Unter sich hatte er Grasboden gefühlt. Beim Reiten hatte er immer ein bißchen auf die seichten Wassergräben achten müssen, die es stellenweise gab. Übrigens, wenn man an diesen Stellen nach unten schaute, schimmerte irgend etwas Grauweißes hervor. Jonnie hatte es sorgfältig untersucht. Er war abgestiegen und hatte die Grasbüschel an den Rändern der Wasserrinnen entfernt. Und er hatte den Eindruck gehabt, daß dieses grauweiße Zeug überall war, auch unter dem Gras, wo man es nicht sah. Es kam ihm so ähnlich vor wie die Innenmauern in dem ausgehöhlten Hügel. Vielleicht war es so eine Mauer aus grauer Vorzeit? Eine Mauer, die umgestürzt war und jetzt flach ... Aber nein. Dann hätte sie ja zerbrochen sein müssen.

Zu Hause, vor dem Gemeindehaus, gab es auch flache Steine, die zu einem Gehweg zusammengefügt waren. Aber wer würde schon einen Gehweg von knapp siebzig Meter Breite bauen? Und das auch noch einen Tagesritt lang! Wozu?

Dieser große Pfad hier ... Also, falls es so etwas war! Es mußte unvorstellbar lange her sein, daß ihn jemand zum letzten Mal benutzt hatte. Er führte immer geradeaus, zwischen Hügeln durch, von denen Schlamm und Erde auf den Pfad gerutscht waren, und sogar über Wasserläufe; dort war er allerdings beschädigt und an manchen Stellen eingebrochen.

Eine Weile fand Jonnie das alles aufregend und interessant, aber allmählich hatte er sich daran gewöhnt und nur noch darauf geachtet, daß Windsplitter nicht in einen von diesen Wassergräben trat.

Als er noch ein kleiner Junge war, erinnerte er sich ... Eine Familie im Dorf hatte einen Karren mit Rädern besessen, den sie benutzte, wenn sie Feuerholz holte. Und man hatte ihm erzählt, daß es einstmals viele solche Karren gegeben hatte, sogar welche, die von Pferden gezogen wurden. Na ja, wenn er sich das so überlegte ... Solche Karren hätte man hier auf diesem Graspfad durchaus benutzen können. Man wäre schnell damit vorangekommen und hätte weite Strecken zurücklegen können.

Der Nachmittag verging, und diese Linie am Horizont schien immer noch unverändert fern zu liegen. War vielleicht doch alles nur Einbildung? Vervielfachte sich in seiner Phantasie das Bild von diesem Haus der Götter, das er unterwegs gesehen hatte? Wenn eine Erinnerung stark genug ist, glaubt man manchmal, tatsächlich etwas wahrzunehmen, was es in Wirklichkeit überhaupt nicht ...

Und auf einmal war es dann doch da, das große Dorf!

Oder irrte er sich?

Vergessen waren die tückischen Wasserrinnen auf dem Pfad. Jonnie trieb Windsplitter an. In der klaren Luft kam es ihm so vor ... Er schien sich der Horizontlinie nicht sehr schnell zu nähern. Im Gegenteil, sie schien immer weiter wegzurücken.

Er hielt an. War es doch eine Sinnestäuschung? Nein, die Umrisse liefen klar nach oben und nach unten, sie waren an der höchsten Stelle schnurgerade gezogen, und es waren so viele, so unendlich viele ... Das waren keine Hügel oder Berge. Nur die Umrisse von Gebäuden konnten so regelmäßig aussehen.

Er ritt weiter, jetzt ruhiger und wieder vorsichtig. Die Aussicht darauf, dieses große Dorf womöglich erst in der Dunkelheit zu erreichen, war kein schöner Gedanke. Wer weiß, was sich dort alles herumtrieb! Geister? Götter? Menschen?

Monster?

Ach was, Monster nicht. Die gab es ja nur in Schauergeschichten. Damit konnte man Kinder erschrecken, aber nicht ihn.

Er bog da, wo der breite Pfad über einen Bach führte, vom Wege ab und schlug sein Lager auf. Er wärmte ein paar Stücke gebratenes Wildschwein auf und schnitt sie mit einem von diesen scharfen, schimmernden Dingern klein, die er aus dem Fensterrahmen gelöst hatte.

Ich hätte nie gedacht, daß irgend etwas so gut schneiden kann, wunderte er sich. Es machte das Leben ein bißchen leichter. Er mußte sogar aufpassen, sich nicht in die Finger zu schneiden.Zweimal war ihm das schon passiert, zum Glück hatte das Ding nur die Haut geritzt. Vielleicht konnte er eine von den scharfen Seiten in ein Stück Holz klemmen? Das wäre dann wie ein Handgriff ... Ja, das schien ihm gar kein schlechter Gedanke zu sein.

Nachdem er gegessen hatte, legte er mehr Holz aufs Feuer, damit ihm die Wölfe nicht zu nahe kamen. Da drüben saß ein Wolfspärchen. Mit gelblichen Augen, in denen sich der Flammenschein spiegelte, sahen die beiden hungrig zu ihm herüber.

»Haut ab!« schrie er ihnen zu. »Haut ab, wenn ihr nicht wollt, daß ich mir euer Fell hole!« Aber die Wölfe rührten sich nicht vom Fleck.

Windsplitter und Dancer, durch die Nähe der Wölfe beunruhigt, trauten sich nicht von der Feuerstelle weg. Jonnie sammelte im Bachbett ein paar faustgroße Steine auf. Es lag ihm nicht viel daran, Wölfe zu jagen, aber schließlich mußten die Pferde in Ruhe weiden können.

Er nahm einen abgenagten Wildschweinknochen, zielte und warf ihn so, daß er zwischen die Feuerstelle und die Wölfe fiel. Einer der beiden ... Meine Güte, waren das mächtige Burschen! Also, einer von beiden kam auch gleich angeschlichen, leise heulend, und dann knurrend vor Gier. Der Knochen, das war im Augenblick alles, worauf er seine Aufmerksamkeit richtete.

Jonnies Arm schnellte hoch. Der Stein traf haargenau zwischen die Augen des weiter entfernt lauernden Wolfes. Und zum zweiten Mal holte Jonnie aus. Der Wolf, der schon näher herangeschlichen war, schaffte es nicht mehr, rechtzeitig zu fliehen. Es wäre seine letzte Chance gewesen.

»So, das ist erledigt«, sagte Jonnie zu Windsplitter. Er ging los und schleifte die beiden Kadaver zur Feuerstelle. Aber es lohnte sich nicht, den toten Tieren das Fell abzuziehen, nicht in dieser Jahreszeit. Ganz davon abgesehen, daß die Viecher Zecken hatten.

»Los jetzt, holt euch euer Futter!« rief er den Pferden zu.

Er legte noch einmal Holz nach, nur so für alle Fälle, falls sich noch mehr von dem Wolfsgesindel in der Gegend herumtrieb. Dann richtete er den Schlafplatz her. Morgen ... morgen kam der entscheidende Tag.

11

Vorsichtig näherte sich Jonnie dem großen Dorf.

Er war schon vor dem ersten Tageslicht auf den Beinen gewesen. Mit der Morgenröte erreichte er die Außenbezirke. Angespannt hielt er nach allen Seiten Ausschau. Alles war so fremdartig.

Sand war auf die breiten Pfade zwischen den Gebäuden geweht, Gras wuchs dort und sogar ein paar Büsche.

Immer wenn ein Hase oder eine Ratte aus den alten Gemäuern gehuscht kam, aufgescheucht vom Hufklang und den Schritten, schreckte Jonnie zusammen. Sand und Gras dämpften zwar den Huftritt, aber in der lähmenden Stille, die über dem Dorf lag, klang jedes Geräusch doppelt laut.

Jonnie hatte nie ein Echo gehört, und als er nun auf einmal den Widerhall wahrnahm, erschreckte und verwirrte ihn das. Eine Zeitlang dachte er, da müsse wohl, ein Stück weit entfernt, irgendwo ein anderes Pferd sein. Doch dann fand er heraus, was da vor sich ging.

Er hieb die Keule, die er in der Hand hielt, gegen die andere, die an seinem Gürtel hing. Und sofort hörte er dasselbe Geräusch noch einmal, gedämpft, aus unbestimmter Ferne, als ob ihn jemand foppen wollte. Er lauschte, aber das Spiel wiederholte sich nicht von selber. Erst als er die Keulen wieder gegeneinanderschlug, hallte das Echo erneut zurück. Da wurde ihm klar, daß es kein Geräusch gab, wenn nicht er es zuerst machte.

Er sah sich um. Links und rechts von ihm ragten Gebäude auf. Hoch. Unvorstellbar hoch. Zernarbt vom Wind, ausgebleicht von Stürmen vieler Jahrhunderte, aber sie standen immer noch da, groß und gerade und eindrucksvoll. Erstaunlich. Wer konnte solche Gebäude aufgerichtet haben? Götter, vielleicht? Er schätzte ab, wie groß die Steinquader sein mochten, die in so einem Hausblock aufeinandergetürmt waren. Kein Mensch konnte aus eigener Kraft so einen gewaltigen Stein hochheben!

Jonnie hielt den Hengst an. Der breite Pfad, auf dem er sich jetzt befand, mußte irgendwann einmal einer der wichtigsten Wege des großen Dorfes gewesen sein. Stirnrunzelnd strengte er sich an zu verstehen, wie und warum das alles aufgebaut worden war. Von vielen Menschen? Aber wie hätten sie so unvorstellbar hoch hinauf Gebäude aufrichten sollen?

Der Gedanke ließ ihn nicht mehr los. Er grübelte angestrengt. Allmählich wuchs eine Vorstellung in ihm, eine Ahnung. Wenn man die Steinblöcke zu Stufen ordnete ... und wenn man ein Seil um einen von diesen Quadern schlang ... und wenn dann viele, viele Menschen zugleich daran zogen ... Stufe um Stufe aufwärts ... und wenn man dann die Stufen wieder wegräumte ... Ja, so konnten sie es gemacht haben. Eine wunderbare, schwindelerregende Vorstellung. Gefährlich mußte das gewesen sein. Aber so, nur so, konnten sie es geschafft haben.

Er fand den Gedanken, daß es nicht Götter oder Monster gewesen sein mußten, die dies alles aufgerichtet hatten, sehr befriedigend. Erleichtert setzte er seine Erkundungen fort.

Er fragte sich, ob der Pfad wohl von Bäumen gesäumt war. Wenn das so war, dann mußten es seltsame Bäume gewesen sein. Er ging in die Hocke und schaute sich einen von den Stümpfen näher an. Der war hart, mit Kerben versehen, ausgehöhlt, und er steckte tief in einer Art von Gestein, das Jonnie nicht kannte. Aus Holz war der Stumpf nicht. Nein, das war rötliches Metall, und wenn man den Rost abkratzte, kam der schwarze Untergrund zum Vorschein. Jonnie schaute den breiten Pfad hinauf und hinunter; überall standen diese Dinger, und zwar in regelmäßigen Abständen. Er konnte sich zwar nicht vorstellen, was das gewesen sein mochte, aber so viel war klar: Jemand mußte diese Stümpfe hier aufgebaut haben, genauso wie die hohen Häuser.

Die unzähligen Fenster in den Gebäuden ringsum schienen ihn mit starrem Blick zu mustern. Auf der Seite, auf die der Schein der Morgensonne fiel, spiegelte sich das Licht wider. Hier und da gab es große Flächen von genau demselben schimmernden Zeug, das er beim Hügel in der Ebene eingesammelt hatte. Nur, es war nicht klar und durchsichtig, sondern milchigblau wie die Augen alter Männer, die am Grauen Star leiden. Es gab ein paar Fenster, bei denen die Rahmen noch vollständig von diesem Zeug ausgefüllt waren, in glatten Scheiben. Jonnie begann zu verstehen, daß es irgendeine Art von Schutz gewesen sein mußte, vielleicht gegen Kälte und Hitze ... und so beschaffen, daß nur das Licht eindringen konnte. Zu Hause hatten sie auch so etwas Ähnliches, da verwendeten sie durchsichtiges Linnen oder die Magenhäute von Tieren. Aber hier im großen Dorf ... Die Leute, die das alles aufgebaut hatten, mußten eine besondere Gesteinsart oder dergleichen gekannt haben, und zwar etwas, was in großen, glatten Scheiben vorkam. Kluge Leute waren das gewesen, sehr kluge Leute.

Vor sich sah Jonnie einen offenen Torweg, der den Blick auf das dunkel gähnende Hausinnere freigab. Die Türflügel waren heruntergebrochen und lagen halb unter angewehtem Sand vergraben. Jonnie lenkte den Hengst durch das Tor und sah sich im schwachen Licht um.

Überall lagen Trümmer verstreut, verfallen und verrottet, so daß man nicht mehr erkennen konnte, was das einmal gewesen sein mochte. Es gab da, hüfthoch über dem Boden, eine Reihe von Sockeln aus weißem Stein, durch den sich blauschimmernde Adern zogen. Die Wände dahinter waren wuchtig, und in den Wänden gab es Türen mit großen Rädern aus immer noch hell glänzendem Metall. Zwei Türen standen halb, eine sogar ganz offen.

Jonnie stieg auf einen der weißen Sockel, sprang auf der anderen Seite herunter und ging vorsichtig bis zur Wand. Er spähte in die offene Türnische hinein. Da standen Regale. Und in den Regalen lagen, Häufchen neben Häufchen, kleine runde Scheiben. Die Reste von zerschlissenem und zerfasertem Sackleinen waren noch zu erkennen, in dem die Scheiben früher einmal verpackt waren. Die meisten Scheiben waren von einem stumpfgrauen Belag überzogen. Aber ein Häufchen schimmerte in glänzendem Gelb.

Jonnie nahm sich eine von den gelbschimmernden Scheiben. Sie war ungefähr so groß wie zwei Fingernägel und erstaunlich schwer. Er drehte die Scheibe um. Seine Augen wurden groß.

Wieder der Vogel! Der Vogel, der in seinen Fängen ein Bündel Pfeile hielt!

Hastig begann er in den anderen Häufchen zu wühlen, zog hier eine Scheibe heraus, dort eine ... Bei den meisten war auf einer Seite der Vogel zu sehen. Und auf der anderen Seite das Gesicht eines Menschen. Nein, verschiedene Gesichter. Gesichter verschiedener Menschen.

Gesichter von *Menschen*!

Und auf einigen Scheiben waren Frauen zu sehen. Also konnte das kein Symbol der Götter, sondern mußte ein menschliches Symbol sein. Der Vogel mit den Pfeilen hatte etwas mit Menschen zu tun.

Die Überraschung machte ihn schwindlig. Minutenlang mußte er sich gegen die Mauer lehnen. In seinem Kopf drehte sich ein Kreisel. Da waren Ideen gewesen, Vorstellungen, Versuche zu verstehen. Und auf einmal war alles zerbrochen. Er mußte es wieder neu zusammenfügen.

Das große Dorf war also von Menschenhand geschaffen. So wie

die Türen vor diesen Nischen. Dann mußten auch die Tore an der Gruft in den Bergen ... Denn es war das gleiche Material. Also mußten auch die riesigen Tore dort von Menschenhand geschaffen sein.

Die Gruft war keine Gruft der Götter. Und der ausgehöhlte Hügel in der Ebene war die Ruine eines Hauses, in dem Menschen gewohnt hatten. Menschen waren es gewesen, die all das einst errichtet hatten. Das war ihm jetzt klar.

Aber es gehörten viele, unvorstellbar viele Menschen dazu, so ein großes Dorf aufzubauen. Also mußte es wahr sein, was erzählt wurde: Tausende hatten hier gelebt.

Als er schließlich wegritt, den Torweg hinaus, fühlte er sich wie betäubt. Die Grundlagen für all das, was er bisher gedacht und geglaubt hatte, waren ihm weggerutscht. Es würde schwer werden, sich daran zu gewöhnen. Welche von den vielen Legenden beruhten auf Wahrheit und welche waren erfunden?

Da gab es die Legende vom großen Dorf. Und hier war das große Dorf. Menschen hatten es errichtet, das wußte er nun. Und Menschen hatten hier in längst vergessener Zeit gelebt.

Vielleicht war auch die andere Legende wahr, die von dem Tag, an dem der Herr erzürnte und die Menschen auslöschte? Aber vielleicht war sie auch nicht wahr? Vielleicht hatte der Herr den Wolken gar nicht geboten, sich zusammenzuballen und niederzufahren auf das Land, vielleicht war es nur ein starker Sturm gewesen?

Er sah sich um. Die Gebäude standen ja immer noch, und in einigen Fenstern waren sogar diese durchsichtigen dünnen Scheiben erhalten. Das sah alles nicht nach den Spuren eines starken Sturms aus. Es lagen aber auch keine Toten auf den Pfaden, die ein Zeugnis gewesen wären für den Zorn des Herrn. Andererseits, nach so unendlich langer Zeit ...

Und dann sah er ein Gebäude, dessen Tore fest geschlossen waren. Ein schwerer Metallriegel sicherte sie. Und metallene Scheiben waren da angebracht, wo man die Fenster vermuten mußte. Jonnie stieg ab und sah sich den Riegel, der vor dem Tor lag, genauer an.

Er mußte aus einer anderen, späteren Zeit stammen, denn er war nicht verrostet. Er war alt, aber nicht so alt wie alles andere ringsum.

Irgend jemand ... oder irgendeine Kraft ... hatte irgendwann den Sand vor dem Tor beiseitegeschoben. Es war derselbe Sand wie überall, aber irgendwann war er aufgewühlt worden.

Jonnie überlegte. Irgend etwas war anders bei diesem Gebäude. Es war gut erhalten. Jemand mußte die Metallscheiben auf den

Fenstern angebracht haben. Und es war ein anderes Metall als überall sonst im Dorf. Kein Rost. Irgend jemand hatte irgend etwas getan, und so sah das Gebäude anders aus als alle anderen.

Er saß wieder auf, um einen besseren Überblick zu haben. Wirklich, irgend etwas war anders bei diesem Gebäude. Kleinere Fenster. Und auch sonst ... Es sah irgendwie ... fest und dauerhaft aus.

Seit Tagen war Jonnie daran gewöhnt, aus neuen Eindrücken Schlußfolgerungen zu ziehen. Und so dachte er auch jetzt darüber nach, was ihm wohl die unterschiedlichen Spuren der Zeit sagen konnten. Lange, sehr lange, nachdem die Menschen dieses Dorf verlassen hatten, mußte sich jemand hier Zugang verschafft haben. Er hatte den Sand vor dem Tor weggeräumt ... sicherlich, weil er hinein- und wieder herauskommen wollte ... und dann hatte er das Tor mit einem Riegel verschlossen. Und all das mußte ebenfalls schon vor langer Zeit geschehen sein.

Neugierig musterte er die Fassade des Hauses. Eine von den metallenen Abdeckungen auf den Fenstern war locker. Das Fenster lag so hoch, daß Jonnie auf Windsplitters Rücken steigen mußte, damit er sich die Sache näher anschauen konnte. Er rüttelte an der Abdeckung, bis sie ein bißchen nachgab. Er schob den Griff seiner Keule in den Spalt, fing an zu stemmen und zu hebeln, und plötzlich sprang die Platte auf. Aber auch Windsplitter, vom plötzlichen Scheppern erschrocken, sprang auf und davon! Und da hing Jonnie nun, seine Hände krallten sich am Fenstersims fest, seine Beine baumelten in der Luft!

Er zog sich hoch. Aha, da war auch wieder so eine dünne durchsichtige Scheibe. Jonnie holte mit der Keule aus. Als er zuschlug, hallte das Klirren wie ein gellender, heller Schrei durch die Stille des Dorfes.

Eingedenk seiner schlechten Erfahrungen hielt Jonnie sich mit einer Hand fest und sammelte mit der anderen die zackigen Reste der Scheibe ein, erst die, die auf den Fenstersims gefallen waren, und dann die anderen, die noch im Holzrahmen steckten. Dann hangelte er sich durchs Fenster.

Der Raum in den er kam war so dunkel, daß er eine Weile brauchte, bis er sich orientieren konnte. Licht drang nur durch schmale Ritzen an den Abdeckplatten der anderen Fenster. Mit der Zeit gewöhnten sich seine Augen ans Dunkel, und Jonnie tastete sich vorsichtig in den langgestreckten Raum vor. Und da wurde alles gleich ein bißchen besser, denn nachdem er nun nicht mehr vor dem Fenster stand, konnte mehr Licht in den Raum fallen.

Alles war mit einem Gemisch aus Staub und Sand überzogen. Es gab Tische und noch mehr Tische und immer noch mehr Tische und Stühle und noch mehr Stühle ... du liebe Zeit, wie viele denn noch? Die Möbelstücke waren streng in geraden Reihen ausgerichtet. Aber da war noch etwas anderes, und das interessierte Jonnie viel mehr.

Überall an den Wänden standen Regale. Und nicht nur an den Wänden, manche Regale waren auch quer aufgestellt und ragten in den Raum hinein. Nach vorn waren sie durch dünne durchsichtige Scheiben geschützt. Ähnliche Scheiben wie an den Fenstern, nur sauberer. Und hinter den Scheiben lag etwas, überall, auf allen Regalen.

Jonnie ging näher heran, sehr vorsichtig. Er öffnete den Verschluß an den durchsichtigen Scheiben. Sonderbar, da standen dicke Rechtecke auf den Regalen. Ganze Reihen davon. Zuerst kam es ihm so vor, als wäre es ein zusammenhängendes Stück, aber dann fand er heraus, daß die Rechtecke aus vielen einzelnen Rechtecken bestanden. Eines davon zog er aus der Reihe.

Beinahe wäre es in seinen Händen auseinandergefallen!

Er jonglierte ungeschickt herum, versuchte es zusammenzuhalten, und schließlich gelang ihm das auch. Was für ein merkwürdiger Gegenstand! Es war so eine Art Kasten und doch wieder kein Kasten. Es hatte zwei Deckel, einen oben und einen unten. Und dazwischen war ein ganzer Packen von dünnen, nein, von unvorstellbar dünnen Scheiben, auf denen schwarze Zeichen zu sehen waren: Unmengen von winzig kleinen schwarzen Zeichen, die alle in gerader Linie standen. Unerklärlich. Und unverständlich kompliziert.

Er stellte das erste Rechteck ins Regal zurück und zog ein anderes, schmaleres heraus. Es fiel auch gleich auseinander, das heißt ... nicht ganz ... es fiel auseinander, aber dann hielt es doch.

Jonnie starrte auf das geöffnete Rechteck. Da war ein Bild!

Es schien auf geheimnisvolle Art in die Tiefe zu gehen. Aber das war nur eine Täuschung. Als er mit dem Finger prüfend über die dünne Scheibe fuhr, merkte er, daß das Bild flach war. Es zeigte einen großen roten Kreis. Viel größer als eine Erdbeere. Und runder in den Umrissen. Der Kreis hatte einen Stengel. Und daneben war ein schwarzes Zelt zu sehen mit einem Querbalken in der Mitte.

Er klappte die Scheibe um, und da war auf der nächsten Scheibe eine Biene zu sehen. Viel größer, als Bienen in Wirklichkeit sind. Aber es war eine, das stand fest. Und daneben war ein schwarzer Balken, der zwei Beulen hatte, eine über der anderen.

Ein paar Scheiben weiter fand er einen Fuchs auf dem Bild. Und daneben war eine schwarze Stange mit zwei kurzen Balken, die waagerecht nach rechts ragten.

Ein Schaudern rann Jonnie über den Rücken. Er vergaß für

einen Augenblick zu atmen. Er klappte wieder ein paar Scheiben zurück, bis zum ersten Bild. Da war das schwarze Zelt mit dem Querbalken. Weiter. Das schwarze Zeichen neben der Biene. Und weiter bis zum Fuchs. Wieder so ein schwarzes Zeichen.

Das mußte eine versteckte Bedeutung haben. Das sollte etwas ausdrücken. Aber was? Und worüber? Über Tiere? Über das Wetter?

Gut, das konnte er später immer noch herausfinden. Er stopfte das Rechteck in seine Gürteltasche. Und dann nahm er auch das andere, das er zuerst in der Hand gehalten hatte, wieder aus dem Regal und steckte es ebenfalls in die Tasche. Sachen, die irgendwie mit dem Wetter und mit Tieren zu tun hatten, waren wertvoll. Rechtecke, die etwas ausdrücken wollten! Das war ja kaum zu fassen!

Er schob die schützende Scheibe wieder vors Regal, kletterte zum Fenster hinaus, klappte, so gut es ging, die Abdeckplatte von außen zu und pfiff Windsplitter herbei.

Von nun an sah er sich mit noch mehr Aufmerksamkeit um. Er fühlte sich jetzt schon aufregend reich, aber wer weiß, was es außer den beiden Rechtecken noch an unschätzbaren Werten in dem großen Dorf gab?

Wenn er an die Leute in seiner Dorfgemeinschaft dachte ... Es gab keinen vernünftigen Grund, warum sie sich da oben in den Bergen zusammendrängen mußten. Hier hätten sie Schutz und Annehmlichkeiten gefunden. Hier gab es Feuerholz, es wuchs sogar am Rand der Pfade. Und vor allem gab es Platz in den Häusern, viel mehr Platz, als sie brauchten.

Außerdem fiel ihm nun auf, daß er sich körperlich wohler fühlte, seit er die Bergwiese hinter sich gelassen hatte. Dies hatte auch nicht ein Jahr gedauert, sondern nur ein paar Tage!

Er griff nach dem Zügel des Packpferdes, und dann ging es weiter, zuversichtlicher als vorher, freier, unbekümmerter, immer die breiten Pfade entlang, in den weiter östlich gelegenen Teil des großen Dorfes hinein.

Obwohl er sich weiterhin umschaute, alles aufmerksam betrachtete und neue Eindrücke sammelte, war er mit den Gedanken schon weit voraus: Er überlegte gerade, wie der Umzug aus den Bergen vor sich gehen sollte. Was sollte er von hier mitnehmen, um sie zu Hause davon zu überzeugen, daß sein Vorschlag gut war? Wie würde er Pastor Staffor die Idee beibringen? Wie würden sie ihr Hab und Gut transportieren? Sollten sie versuchen, Karren zu bauen? Vielleicht gab es sogar hier, im großen Dorf, ein paar Karren? Pferde würde er schon auftreiben.

Unterwegs ... diese Haufen von rotem Müll, die er von Zeit zu

Zeit am Rande des breiten Pfades gesehen hatte ... das mochten vielleicht die Überreste von Karren gewesen sein. Es war schwer, sich vorzustellen, wie sie ausgesehen hatten, weil ja wirklich kaum etwas von ihnen übriggeblieben war. Räder hatten sie wahrscheinlich gehabt, so hatte es jedenfalls ausgesehen. Und auch solche Scheiben aus durchsichtigem Stein. Aber ... Pferdekarren waren es wohl nicht gewesen, oder doch? Er mußte sich, wenn er wieder an einem solchen Müllhaufen vorbeikam, so ein Ding noch einmal genauer ansehen.

Und plötzlich entdeckte er das Insekt.

12

Da saß es. Im hellen Tageslicht. Ein Irrtum war ganz ausgeschlossen.

Fremdartig.

Bestimmt, es mußte ein Insekt sein. So sahen nur Schaben aus. Oder auch manche Käfer? Nein, Schaben. Häßlich braun. Und glattflächig.

Jonnie hatte Windsplitter gezügelt, das Packpferd war auf gleiche Höhe aufgerückt. Dieses Ding ... es saß mitten auf dem breiten Pfad. Es schien zwei geschlitzte Augen zu haben. Nichts, was diesem Ding ähnlich sah, hatte er je zu Hause in den Bergen gesehen. Auch nicht in der Ebene. Und nicht im Zentrum des großen Dorfes. Es sah ziemlich neu aus, zwar ein bißchen staubbedeckt, aber trotzdem glänzend.

Irgendwie ... Jonnie hätte auch nicht sagen können, warum ... irgendwie kam es ihm wie ein Lebewesen vor. Das war kein lebloses Metall. Das war lebendig. Und auf einmal wußte er auch, warum er das so empfand. Ein Schütteln war durch das Ding gegangen. Hinter den Schlitzaugen hatte sich etwas bewegt.

Ganz langsam, ohne hastige Bewegung, wendete er Windsplitter, zog Dancer mit und ritt in die Richtung zurück, aus der er gekommen war. Es war ihm schon aufgefallen, daß die Pfade meistens im rechten Winkel zueinander verliefen, so daß man im Geviert um eine Gebäudegruppe herumgehen und wieder an derselben Stelle herauskommen konnte.

Im Osten lag offenes Land, gar nicht so weit entfernt. Wenn er einen Seitenpfad nahm und ein paar Haken schlug und schneller war als das Insekt ... vorausgesetzt, daß es sich überhaupt bewegte ...

dann kam er in die Ebene.

Und plötzlich ein ohrenbetäubendes Dröhnen!

Schreckensbleich schaute Jonnie sich um. Das Ding schien sich ein Stück weit über den Boden zu heben. Staub wirbelte auf. Jonnie machte, daß er wegkam. Das Ding lebte wirklich!

Er spornte Windsplitter an. Sie galoppierten den Pfad hinunter. An der ersten Abzweigung vorbei. Und an der zweiten. Das Ding kam nicht mit. Es lag schon zwei Abzweigungen zurück.

Jonnie lenkte Windsplitter in einen Seitenpfad. Das Packpferd folgte dichtauf. An der nächsten Ecke bog er wieder ab. Geradeaus vor ihm lagen zwei Gebäude. Noch an denen vorbei ... und dann weg ins offene Land ... So würde er es schaffen.

Und dann war da plötzlich dieser flammende Strahl.

Das eine Gebäude vor ihm, das rechte, wurde geradezu auseinandergerissen. Der obere Teil neigte sich langsam, kippte und stürzte auf den Pfad. Eine Sperre!

Jonnie brachte Windsplitter scharf zum Stehen. Er schüttelte den Staub ab. Irgendwo hinter dem Steinschutt hörte er das Ding dröhnen. Er hielt den Atem an und lauschte. Dem Klang nach zu urteilen, veränderte das Ding seine Position. Im Augenblick schien es sich nach rechts zu verschieben. Er versuchte abzuschätzen, wie weit es entfernt sein könnte. Es bewegte sich den Parallelweg hinunter. Ungefähr auf gleicher Höhe mit ihm. Nein, jetzt war es hinter ihm.

Irgendwie war es dem Ding gelungen, den Pfad zu blockieren. Und dann war es losmarschiert, um ... ja, genau das hatte das Ding vor: Es wollte Jonnie umgehen und ihn von hinten packen.

Er saß in der Falle.

Er schätzte den Schutthaufen ab, aus dem immer noch Staub aufwölkte. Ein steiles Hindernis, gut und gern sechs bis sieben Meter hoch.

Jonnies Herz schlug wild. Aber er durfte jetzt nicht in Panik geraten. Das Vernünftigste, was er tun konnte ... Ja, er wußte die Lösung: warten, bis das Monster hinter ihm auftauchte. Und dann im Sprung über die Sperre setzen!

Er ließ Windsplitter tänzelnd rückwärts gehen, bis eine ausreichend lange Anlaufstrecke zwischen ihm und der Barrikade lag.

Das Ding kam mit röhrendem Dröhnen den Seitenpfad entlang, irgendwo hinter Jonnie. Jetzt bog es um die Ecke. Rasch warf Jonnie einen Blick zurück. Es schnaubte und spuckte Dampf.

Jonnie gab Windsplitter die Fersen. Er riß Dancer mit. Er stieß einen aufmunternden Schrei aus. Die Pferde stürmten den Schutthaufen hinauf. Überall scharfe Kanten und lockeres Gestein. Ob das gutgehen konnte?

Sie mußten sich mühen. Aber sie kamen vorwärts. Aufwärts. Dank den Göttern, daß sie sich nicht die Beine brachen! Sie waren oben ...

Mit einem schnellen Blick zurück stellte Jonnie fest, daß das Ding gerade in diesem Augenblick bis an den Rand der Barrikade rollte.

Jetzt aber los! Jonnie trieb die Pferde den Schuttberg hinunter. Steintrümmer rollten polternd abwärts. Ein Sprung, und die Pferde hatten den Pfad erreicht. Sie galoppierten los. Sie jagten immer weiter. Der donnernde Hufschlag hallte vom Boden und von den Hauswänden zurück. Ein wilder Ritt kreuz und quer über Wege und Seitenpfade am Rande des großen Dorfes.

Kam das Ding hinter ihnen her? Er konnte es nicht feststellen. Zu sehen war nichts. Und bei dem Hufgetrappel wäre das Dröhnen nicht zu hören gewesen.

Weiter, nur weiter! Die Gebäude standen schon nicht mehr so dicht. Da! Da drüben konnte Jonnie offenes Land sehen! Jetzt aber runter vom Pfad! Querfeldein! Es war ein Wettrennen um den Preis der Freiheit!

Sobald das große Dorf hinter ihnen und rings um sie freies, offenes Gelände lag, ließ Jonnie die Pferde langsamer gehen. Beide schnaubten und keuchten. Aber an Rast durften sie noch nicht denken, die Gefahr war noch nicht endgültig überwunden. Jonnie spürte das, und seine Augen suchten fortwährend den Dorfrand ab.

Plötzlich hörte er das Dröhnen wieder. Noch konnte er das Ding nicht entdecken, aber es mußte ganz in der Nähe ...

Da war es!

Es schob sich zwischen zwei Gebäuden vorwärts und rollte direkt auf ihn zu.

Er ließ die Pferde antraben.

Das Ding kam näher.

Er trieb die Pferde zum Galopp.

Das Ding kam immer noch näher. Nein, nicht nur das. Es setzte sogar zum Überholen an.

Jonnie schlug einen Haken.

Und auch das Ding bog ab. Donnerte an ihm vorbei. War schon vor ihm. Drehte sich. Und versperrte ihm den Weg!

Jonnie hielt Windsplitter an. Dieses Ding, dieses dreimal verfluchte Ding! Häßlich. Böse funkelnd. Röhrend und dröhnend.

Er machte kehrt und jagte rückwärts.

Das Ding brüllte auf. Raste sengend heiß an ihm vorbei. Hielt an. Und legte sich ihm wieder in den Weg.

Jonnies Gesicht straffte sich. Er faßte einen wilden, verzweifelten

Entschluß.

Er nahm die größte Keule vom Gürtel. Der Riemen lag fest um sein Handgelenk. Er gab das Packpferd frei. Er ritt Windsplitter an, geradewegs auf das Ding zu. Es bewegte sich nicht. Noch ungefähr dreißig, vierzig Meter trennten ihn von dem Ding. Und immer noch lag es da, ohne sich zu bewegen. Jonnies Blick heftete sich auf eines der geschlitzten Augen.

Er ließ die Keule wirbeln. Er trieb Windsplitter an. Der Hengst jagte los. In wildem Galopp stürmten sie auf das Ding zu.

Die Keule donnerte auf das Schlitzauge; die volle Wucht von Windsplitters Tempo und die ganze Wut aus Jonnies Angriff lagen in dem Schlag. Der Lärm war ohrenbetäubend.

Hinter dem Ding zügelte Jonnie den Hengst. Das Ding hatte sich nicht bewegt.

Jonnie ritt dahin zurück, wo er seinen Angriff gestartet hatte. Er wendete und bereitete sich auf einen zweiten Ansturm vor.

Dancer kam angetrottet und nahm seinen gewohnten Platz ein. Jonnie registrierte es mit einem Seitenblick, ließ aber das Ding nicht aus den Augen. Er schätzte die Entfernung ab. Und den günstigsten Winkel, aus dem er anreiten mußte. Diesmal wollte er sich das andere Schlitzauge vornehmen.

Ein Fersendruck, und Windsplitter jagte los.

Aber da spuckte das Ding eine gelbe Höllenwolke aus. Mitten zwischen seinen geschlitzten Augen blitzte sie auf. Jonnie spürte einen Schlag wie von einem Orkan. Schlimmer noch traf es Windsplitter. Pferd und Reiter wurden hochgewirbelt und hart auf die Erde geschleudert.

13

Terl sah es, aber er wußte nicht, was es war.

Er hatte die Nacht in den Außenbezirken der Menschenstadt verbracht und sich im Wagen schlafengelegt. Er besaß zwar einen Stadtplan, den die Chinkos hergestellt hatten, aber er war nicht neugierig gewesen, wo er sich genau befand.

Zur Entspannung hatte er ein paar kräftige Schlucke Kerbango gekippt, und er war eingeschlafen mit dem Vorsatz, morgen in aller Frühe aufzubrechen: durch die Stadt und hinauf in die Berge. Es wäre sinnlos, nein, es wäre sogar sträflich leichtsinnig gewesen, jetzt noch weiterzufahren, in die beginnende Dunkelheit hinein.

Noch bevor er erwachte, hatte die Morgensonne das Fahrzeug aufgeheizt. Und nun saß er da und starrte durch die Sehschlitze auf dieses seltsame Ding vor ihm auf der Straße. Er wußte nicht genau, was ihn aufgeweckt hatte; vielleicht war es das Ding da draußen gewesen, der Widerhall seiner Schritte.

Er konnte sich keinen Reim drauf machen, was er da sah. Ein Pferd ... ach was, er kannte doch Pferde, zumal immer wieder mal welche in die Abbaugruben der Minenanlage fielen. Aber ein Pferd konnte das nicht sein. Er hatte jedenfalls noch nie eines mit zwei Köpfen gesehen.

Kein Zweifel, zwei Köpfe. Einer vorn und einer in der Mitte. Und irgend so ein ähnliches Viehzeug dahinter. Nur, das hintere ... das hatte in der Mitte einen zweiten Körper ... oder so. Als ob der Kopf abgewinkelt wäre, so daß man ihn nicht sehen konnte.

Seine Augenknochen stellten sich steil. Er rutschte hinüber auf den Fahrersitz und starrte durch den gepanzerten Ausblick, noch angestrengter als vorher.

Die zwei Viecher hatten sich inzwischen gedreht. Sie bewegten sich, und zwar von ihm weg. Er startete den Mark II und folgte ihnen. Und auf einmal wurde ihm klar: Die Biester hatten längst mitgekriegt, daß er hinter ihnen her war. Er warf rasch einen Blick auf die alte Straßenkarte. Vielleicht konnte er einen Bogen um ein paar Häuserblocks schlagen und dann vor den Viechern auftauchen.

Von wegen! So schlau war das Viehzeug auch. Die beiden Pferde, oder was immer es sein mochte, bogen seitwärts ab.

Terl erkannte, daß sie in eine Sackgasse hineinliefen. Klar, daß sie noch einmal abbiegen würden, um einen Gebäudeblock herum. Irgendwie mußte er die Sache jetzt in den Griff kriegen, das war wichtig.

Schnell noch ein Blick auf den Stadtplan. Dann zielte er auf das rechts vor ihm liegende Gebäude. Eine Barrikade, das war jetzt das richtige.

Die Bewaffnung des alten Mark II war zwar nicht gerade die modernste, aber für das, was jetzt zu tun war, würde sie wohl ausreichen. Er rangierte den Erdaufklärer in Schußposition, und was ihm an Geschick und Übung fehlte, mußte er durch mehr Fummelei und Herumexperimentieren ausgleichen. Geschafft. Er drückte den Auslöseknopf.

Mit dem Ergebnis war er rundweg zufrieden. Das halbe Gebäude brach herunter. Eine Barrikade wie aus dem Lehrbuch.

Er werkelte an der Steuerung herum, setzte zurück, drehte den Mark II in Fahrtrichtung und gab Gas, die Straße entlang, wendete – aha, da waren sie ja schon! Vor dem Schutthaufen. Er hatte sie in der Falle.

Und dann rutschten ihm doch glatt die Backenknochen herunter! Die Viecher setzten über die staubumwölkte Barrikade und verschwanden. An sich konnte es ihm ja egal sein, was da passiert war. Gut, die Viecher hatten ihm eins ausgewischt. Aber das spielte keine Rolle, denn es hatte ja nichts zu tun mit der großen Aufgabe, die für heute auf seinem Programm stand.

Andererseits, er war nicht in Eile. Er konnte sich Zeit lassen. Und die Jagd war etwas, wofür es sich immer lohnte, ein bißchen Zeit zu opfern. Ein Knopfdruck, und das Weitwinkelteleskop fuhr aus, auf volle Länge, hundert Meter hoch. Die Sensoren drehten die Kameras in die richtige Richtung. Auf dem Bildschirm erschien das Beobachtungsfeld.

Triumph der Technik, da waren die Viecher! Sie bewegten sich in einem Mordstempo, immer im Zickzack um die Häuserblocks herum. Während er beobachtete, wie sie vorwärtskamen, blieb ihm Zeit fürs Frühstück. Auch für einen kleinen Schluck Kerbango zum Abschluß reichte es noch. Dann startete er den Motor und fuhr los. Das Teleskopbild wies ihm den Weg. Die Viecher waren schon draußen vor der Stadt. Aber er verlor sie nicht aus dem Blick. Er mußte nur ein bißchen herumkurven, mal hier um die Ecke, mal dort ums Geviert.

Er schlug einen Bogen, jagte an ihnen vorbei, drehte sich und versperrte ihnen den Weg. Sie machten kehrt. Na bitte, dann eben dasselbe Spiel noch einmal!

Was war das für Viehzeug? Das hintere Tier hatte den zweiten Kopf immer noch unten. Aber das vordere ... also, das sah er genau, das vordere hatte zwei Köpfe. Er nahm sich allerdings vor, darüber später im Kasino lieber nichts zu erzählen. Die anderen würden ihn sonst ganz schön auf den Arm nehmen.

Interessiert beobachtete er, wie das vordere Tier plötzlich anhielt, einen Stock aus dem Gürtel zog und auf ihn losstürmte. Sein Interesse verwandelte sich in Verblüffung. Tatsächlich, das Ding griff ihn an! Unglaublich!

Der Keulenschlag gegen den Sehschlitz dröhnte schrecklich. Es war wie ein Angriff direkt gegen Terls Ohrenknochen. Aber damit nicht genug. Da war auf einmal so ein leise pfeifendes Geräusch ...

Ein heftiges Schwindelgefühl erfaßte Terl, wie eine Woge schwappte es über ihn weg. Lichtkugeln zerbarsten in seinem Kopf. Luft! Diese verdammte Erdenluft! Zischend drang sie in die Kabine ein.

Einen Augenblick lang wußte er vor Schreck nicht, was er tun sollte. Dann fiel sein Blick auf das Schild am Armaturenbrett. Atemmaske ... stand da. Hastig griff er nach der Maske und dem Tragetank, stülpte sich die Atemmaske über und öffnete den Hahn für das Atemgas. Er inhalierte tief, und augenblicklich ließ das Schwindelgefühl nach. Drei tiefe Züge, dann hatte er die verfluchte Erdenluft aus seinen Lungen herausgepumpt.

Schnell einen Blick durch den Sehschlitz! Was machte das komische Viehzeug da draußen? Donnerwetter, es stellte sich schon wieder zum Angriff auf!

Seine Pranken fuhren hinüber zu den Abschußarmaturen. Er dachte an den gewaltigen Rückstoß beim Abfeuern und daran, daß er wegen des beschädigten Sehschlitzes kein Risiko eingehen wollte. Also stellte er den Wahlhebel auf die niedrigste Stellung: »Betäuben«. Er hoffte, das würde reichen.

Das verflixte Vieh stürmte auf ihn los. Terl drückte den Abfeuerungsknopf.

Und ob das reichte! Grell blendend schimmerte der Ionenstrom auf. Das Viehzeug wurde von den Beinen gerissen, hochgewirbelt und auf den Boden geschleudert.

Eine Weile saß er nur da und beobachtete, ob die beiden Viecher auch dort liegen blieben, wo sie zusammengebrochen waren. Gut so. Sie blieben liegen.

Seine Anspannung machte sich in einem tiefen Seufzer Luft. Die Atemmaske blähte sich, so heftig schnaufte er auf. Und dann richtete er sich verblüfft auf. Was war denn das? Die ganze Zeit über hatte er geglaubt, er habe es mit zwei vierbeinigen Viechern zu tun. Aber jetzt, da das Viehzeug am Boden lag, machte er eine neue Entdeckung.

Er stieß die Seitentür auf und kletterte hinaus. Er vergewisserte sich, daß seine Handwaffe griffbereit im Gürtel steckte. Mit wiegenden Schritten polterte er los, um seine Jagdbeute in Augenschein zu nehmen.

Drei Viecher. Oder sogar vier?

Zwei Vierbeiner, das war richtig. Von dem hinteren war irgend etwas heruntergefallen, was wie ein Bündel aussah. Vielleicht das dritte Tier? Also, bei dem vorderen Vierbeiner, bei dem er schon immer zwei Köpfe gesehen hatte ... da handelte es sich mit Sicherheit um zwei Tiere.

Da sollte nun einer draus schlau werden!

Er mußte erst mal wieder einen klaren Kopf bekommen. Diese verdammte Luft, die er abgekriegt hatte, machte ihm immer noch zu schaffen. Immer noch tanzten ein paar Sterne vor seinen Augen. Er schüttelte sich, bis das Flimmern nachließ.

Zuerst nahm er sich das weiter entfernt liegende Tier vor. Er bog das hohe Gras zur Seite. Kein Zweifel, das war ein Pferd. Klar, er wußte doch, wie ein Pferd aussieht. Was ihn vorher verwirrt hatte, war nur dieses Bündel gewesen, das auf dem Pferd ... Tja, ganz einfach. Es war Packzeug gewesen. Und jetzt lag es dort im Gras. Er trat dagegen. Nein, das war nicht lebendig. Nur Packzeug. Mit ein paar Fellen, ein paar Häuten und einem Haufen nutzlosem Kleinkram.

Ein paar Schritte weiter lag das andere Ding. Auch ein Pferd. Und auf diesem Pferd hatte sich etwas befunden, das nach rechts gefallen war.

Er suchte im Gras, bog die Halme beiseite. Schau an! Die Glücksfee hatte ihm das große Los beschert! Ein Mensch!

Der Psychlo drehte den Menschen um. Was für ein armseliger, komischer Körper! Ein paar Haare am Kopf, und sonst nur nackte Haut. Weiß mit einem braunen Schimmer. Zwei Arme. Zwei Beine.

Widerwillig gestand er sich ein, daß Char diese Wesen durchaus richtig beschrieben hatte. Char hatte recht gehabt, das sah Terl nun mit eigenen Augen. Und daß der Bursche recht gehabt hatte, ärgerte ihn.

Der Brustkasten hob und senkte sich. Zugegeben, nur ganz leicht. Aber das Ding lebte. Das alles, was hier passiert war, bedeutete für ihn eine Portion mehr Glück, als er sich selbst ausgerechnet hatte. Er hatte erreicht, was er erreichen wollte, und es war nicht einmal nötig gewesen, bis in die Berge vorzudringen.

Er hob den Menschen mit einer Pranke hoch, trug ihn zum Fahrzeug und warf ihn auf den Richtschützenplatz. In der großen Sitzschale wirkte der Mensch wie ein Winzling.

Zuerst kümmerte er sich um die Reparatur des beschädigten Sehschlitzes. Das Glas war nicht zerborsten, aber die schwere gepanzerte Scheibe war auf einer Seite ein Stück weit aus der Halterung gedrückt worden. Mit einem Spezialversiegler schaffte er es, den Schaden zu beheben. Kopfschüttelnd schaute er auf den schmächtigen Körper in der Sitzschale. Dieser Winzling hatte so einen Schaden anrichten können? Das mußte ein Zufall sein. Die Halterung war vermutlich sowieso schon brüchig gewesen. Kein Wunder bei so einer alten Schrottkiste. Aber Zzt würde sich wundern! Terl würde sich mit einem Vermerk für die Personalakte rächen. Da fand sich schon was, und wenn's das Durcheinander bei der Lagerhaltung war!

Er prüfte die anderen Halterungen und Abdichtungen, die an den Türen und an allen Sehschlitzen. Brüchig waren sie sämtlich, aber sie schienen zu halten. Auf eine Unterwasserfahrt mußte er ja nicht vorbereitet sein. Und mit weiteren Angriffen durch solche Mensch-Pferde-Dinger rechnete er auch nicht. Er stellte sich auf den Fahrersitz und suchte die Umgebung ab, bis zum Horizont. Nein, alles in Ordnung. Nichts von solchen oder ähnlichen Kreaturen zu sehen.

Er schloß den Lukendeckel und nahm seinen Platz ein. Er betätigte den Kompressions-Austausch-Schalter. Was für angenehme Geräusche! Zischend entwich die Luft aus der Kabine, und gurgelnd und blubbernd füllte Atemgas den geschlossenen Raum. In der Tageshitze war seine Atemmaske schweißnaß geworden, er konnte das Ding nicht mehr ausstehen. Ach, wenn er sich das vorstellte: ein Planet mit sauberer Gasatmosphäre, mit einer soliden Schwerkraft, mit schönen purpurfarbenen Bäumen ...

Das Menschending wand sich plötzlich in Krämpfen.

Beunruhigt beugte sich Terl zurück. Das Ding lief blau an und begann zu zucken. Das war ja nun wirklich das letzte, was er gebrauchen konnte: irgend so ein Wesen, das mitten in der Fahrzeugkabine verrückt spielte!

Hastig befestigte er seine Atemmaske, drückte noch einmal den Kompressionsknopf und öffnete, sobald es möglich war, die Seitentür. Mit einem Prankenstoß warf er das Menschending raus ins Gras.

Er saß da und beobachtete es. Er hatte Angst, seine Pläne könnten sich in Luft auflösen. Der Schlag des Betäubungsstrahls mußte dem Ding wohl mehr zugesetzt haben, als Terl vermutet hatte. Zum Teufel, waren diese Wesen empfindlich!

Er öffnete den Lukendeckel, stellte sich auf den Sitz und schaute zu den Pferden hinüber. Das eine lag genau in seinem Blickfeld. Seine Flanken hoben und senkten sich. Es atmete. Keine Spur von irgendwelchen Krämpfen. Im Gegenteil, es schien sich zu erholen. Tja, ein Pferd war eben ein Pferd, und es konnte leicht sein, daß Menschen nachhaltiger durch so einen Strahlenangriff ...

Und dann begriff er auf einmal. Das Menschending vertrug das Atemgas nicht. Die bläuliche Gesichtsfarbe verblaßte schon wieder, die Krämpfe hörten auf. Das Ding keuchte und schluckte in tiefen Zügen die Erdenluft.

Das stellte Terl allerdings vor ein Problem. Eine schöne Bescherung, wenn er auf dem ganzen Rückweg bis zur Außenstation die Atemmaske tragen mußte!

Er stieg aus und ging zu dem anderen Pferd hinüber. Es erholte sich ebenfalls. Da lagen die Packsäcke, gar nicht weit. Terl kramte darin herum und zog ein paar Riemen hervor. Er ging zurück zum Fahrzeug, hob das Menschending auf und warf es mit Schwung auf die obere Panzerabdeckung des Mark II. Er bog die Arme so zurecht, daß sie seitwärts ausgestreckt waren. Dann knotete er die einzelnen Riemen zu einem langen Strick aneinander. Das eine Ende band er dem Ding ums rechte Handgelenk. Dann zog er den ledernen Strick ... Er grunzte ein bißchen vor Anstrengung, als er das gepanzerte Fahrzeug anheben mußte ... Aber er schaffte es. Er zog den ledernen Strick unter dem Fahrzeug durch, und dann band er dem Menschending das Ende ums linke Handgelenk. Er zurrte alles schön fest. Und dann zerrte und rüttelte er an dem Wesen, um zu sehen, ob es herunterfallen könnte.

Alles klar. Er warf die Packsäcke auf den Richtschützenplatz, stieg ein, schloß Tür und Luke und sorgte dafür, daß diese vermaledeite Erdenluft hinausgepreßt wurde und endlich wieder sauberes Atemgas in die Kabine strömte.

Draußen hob eines der Pferde den Kopf. Es fing mit strampelnden Bewegungen an, wollte wohl aufstehen ... Mhm, mal abgesehen von ein paar blutunterlaufenen Stellen, die ja nach dem Betäubungsschuß nicht verwunderlich waren, schien es ganz gut in Form zu sein. Da stand zu hoffen, daß auch dieses Menschending sich erholen würde.

Terl verzog die Wangenknochen zu einem breiten Grinsen. Gar nicht so schlecht, wirklich nicht. Das ließ sich alles ganz gut an.

Er startete den Erdaufklärer, wendete und rollte los. Sein Ziel war die Außenstation.

Teil II

1

Terl war voller Tatendrang. Große Pläne spukten in seinem wulstigen Schädel.

Die alten Chinkos hatten seinerzeit eine Art Zoo unterhalten, etwas außerhalb der Station. Und die Käfige gab es immer noch, obwohl ja die Chinkos schon vor vielen Jahren ausgelöscht worden waren.

Terl dachte an einen ganz bestimmten Käfig, der ihm für sein Vorhaben besonders geeignet schien. Er hatte einen schmutziggrauen Boden, in den ein Wasserbecken eingelassen war, und vor allem war er mit schwerem Gitterwerk eingezäunt. Die Chinkos hatten damals ein paar Bären dort gehalten, angeblich zur Verhaltensforschung. Den Bären war es nie gelungen, aus dem gut gesicherten Käfig zu entkommen, sie waren in der Gefangenschaft verendet.

Terl stieß das Menschending in den Käfig. Es war immer noch halb benommen, anscheinend brauchte es ziemlich lange, um den Schock durch das Atemgas zu überwinden. Terl schätzte das Ding ab, das auf dem Boden lag, und dann den Käfig. Ja, das war genau der richtige Platz, hier konnte nicht viel passieren.

Die Gitter waren nach oben offen. Welcher Bär hätte schon über zehn Meter hohe Gitterstangen klettern können? Und die Tür hatte ein Schloß. Aber ... vielleicht mußte man die Möglichkeit einrechnen, daß dieses Menschending sich an dem Schloß zu schaffen machte. Was nicht sehr wahrscheinlich war. Aber andererseits war das Schloß eben auch nicht gerade solide.

Terl warf die Packsäcke vor den Käfig. Er hätte sonst nicht gewußt, wohin damit. Und auf den Packsäcken lag das lange Lederseil, das er aus Riemen geknüpft hatte. Das brachte ihn auf den Gedanken, daß es nicht falsch wäre, das Ding anzubinden. Er schlang den Riemen um den Hals des Menschendings, verknotete ihn mit einem einfachen Kreuzknoten und band das andere Ende an einer Gitterstange fest.

Er trat einen Schritt zurück und prüfte seine Arbeit. Bestens. Er ging und schloß die Käfigtür hinter sich. Demnächst würde er mal ein stärkeres Schloß anbringen. Für den Augenblick tat's dieses hier.

Zufrieden mit sich und mit dem, was er zuwege gebracht hatte, fuhr Terl den Mark II in die Fahrzeugabstellhalle und ging in sein Büro.

Viel Arbeit wartete nicht auf ihn. Ein paar Posteingänge. Lauter Routinesachen. Nichts, was wichtig oder dringend gewesen wäre. Er erledigte das und lehnte sich zurück. Ein stinklangweiliger Job an einem stinklangweiligen Platz. Aber er hatte die Dinge immerhin schon ins Rollen gebracht; er war einen gehörigen Schritt näher an seinem Ziel, heim auf den Planeten 1 zu kommen.

Ihm fiel ein, daß es besser sein könnte, noch mal nach draußen zu gehen und nachzusehen, wie es dem Menschending ging. Er nahm die Atemmaske, füllte eine neue Druckpatrone ein und machte sich auf den Weg durch den Bürotrakt. Zur Zeit waren viele Schreibtische unbesetzt. Nur drei Psychlo-Sachbearbeiter saßen da, über Akten gebeugt, und sie schauten nicht einmal auf, als Terl vorbeiging.

Er verließ den Gebäudekomplex. Er kam zum Käfig. Er blieb abrupt stehen. Seine Augenknochen klapperten.

Das Ding kletterte an der Tür hoch, war schon so gut wie oben!

Er ließ ein Knurren hören, stürmte los, packte das Ding und brachte es dahin, wo es hingehörte.

Es hatte den Knoten gelöst.

Terl musterte das Ding. Ganz offensichtlich hatte es Angst vor ihm. Kein Wunder. Es reichte ihm nur bis zur Gürtelschnalle und hätte, wenn's hoch kam, ein Zehntel von Terls Gewicht auf die Waage gebracht.

Er nahm den Riemen und schlang ihn dem Ding von neuem um den Hals. Jemand wie er, der sich mit der Arbeit in Minenschächten auskannte, verstand etwas von Schlingen und Knoten. Und ob. Diesmal knüpfte er einen Weiberknoten. Der würde das Ding schon in Zaum halten!

Wieder mit sich und der Welt im reinen, ging er in die Fahrzeugabstellhalle, griff sich einen Wasserschlauch und spritzte den Mark II ab. Während der Arbeit ließ er sich ein paar Pläne und Ideen durch den Kopf gehen. Sie hatten alle etwas mit diesem Menschending da draußen zu tun.

Es war keine böse Ahnung, nur eine plötzliche Laune, die ihn dazu brachte, nach draußen zu gehen und mal wieder nach dem Rechten zu sehen. Da stand das Ding! Außerhalb der Käfigtür!

Terl verstellte ihm den Weg, packte es, trug es zurück, wo es hingehörte, und starrte auf den Riemen. Das Ding hatte wieder den

Knoten gelöst, sogar den Weiberknoten!

Jetzt kam wirbelnde Bewegung in Terls Pranken. Das wäre ja noch schöner! Wieder rum um den Nacken ... Und diesmal knüpfte er einen doppelten Anglerknoten.

Das Ding guckte ihn an. Es machte komische Geräusche. Beinahe so, als ob es reden könnte.

Terl ging, schloß die Käfigtür und stellte sich versteckt so auf, daß das Ding ihn nicht sehen konnte. Nicht umsonst war er Sicherheitschef. Er suchte sich einen günstigen Beobachtungsplatz, stellte die Optik an den Augengläsern seiner Atemmaske auf »Fernbeobachtung« ein und wartete, was passieren würde.

Im Handumdrehen hatte das Ding den komplizierten doppelten Anglerknoten gelöst!

Mit wuchtigen Schritten stürmte Terl los, bevor das Menschending die Tür erreichen konnte. Er schnappte es sich und trug es in die hinterste Ecke des Käfigs. Diesmal schlang er ihm den Riemen ein paarmal um den Hals, und dann knüpfte er einen Kreuzknoten und setzte einen Weiberknoten darauf und noch – halber Schlag, zwei halbe Schlag – einen doppelten Anglerknoten obendrauf. Nicht mal ein altgedienter Takelage-Arbeiter konnte das entwirren!

Wieder legte Terl sich auf die Lauer, und zwar so weit entfernt vom Käfig, daß das Menschending ihn nicht sehen konnte. Na, was machte es jetzt?

Es langte in eine Tasche, die es umhängen hatte, nahm irgend etwas Funkelndes heraus und durchschnitt den Riemen!

Terl hetzte los, mit dröhnenden Schritten, bis in die Fahrzeugabstellhalle. Dort suchte und wühlte er sich durch Jahrzehnte von weggeworfenem und zerbrochenem Zeug, und schließlich fand er, was er brauchte: eine Plastikleine, einen Metallstreifen, ein Schweißgerät und die passende Batterie dazu.

Als er zurückkam, stand das Menschending schon wieder an der Käfigtür und war gerade dabei, die zehn Meter hohen Gitterstangen hinaufzuklettern.

Terl hatte ein gehöriges Stück Arbeit vor sich. Er formte aus dem flachen Metallstück ein Halbrund, bog es dem Ding um den Nacken und schweißte die beiden Enden zusammen. Dann schweißte er die Plastikleine am Halseisen fest – und das andere Ende an einem Metallring. Den hakte er über eine Gitterstange, aber nicht so weit unten, daß das Menschending hinlangen konnte, sondern oben, ein paar Meter über dem schmutzigen Käfigboden.

Er trat prüfend zurück. Das Ding verzog das Gesicht zu schmerzverzerrten Grimassen und versuchte, sich das Halseisen von der Haut zu halten. Sah ganz so aus, als wäre der Metallstreifen noch unangenehm heiß.

So, dachte Terl, das wird ja wohl halten.

Aber er war noch nicht fertig. Schließlich war er ja nicht umsonst Sicherheitschef. Er ging zurück in sein Büro, in die angrenzende kleine Ausrüstungskammer, holte zwei Minikameras, prüfte sie und stellte sie auf die Wellenlänge des Bildschirms in seinem Büro ein.

Draußen auf dem Gelände des ehemaligen Zoos brachte er die eine Minikamera oben an den Gitterstäben an, das Objektiv nach unten gerichtet. Die andere Kamera befestigte er außerhalb des Käfigs, so daß er ständig die Käfigtür beobachten konnte.

Das Ding stand dabei, deutete auf seinen Mund und machte komische Geräusche. Was, zum Teufel, sollte das nun wieder bedeuten?

Einerlei. Terl war mit dem Ergebnis seiner Arbeit zufrieden. An diesem Abend saß er bequem im Kasino, trank ein paar Kerbango, wich geschickt allen neugierigen Fragen aus und dachte bei sich, er habe das eigentlich alles ganz gut hingekriegt.

2

Verzweifelt starrte Jonnie Goodboy Tyler auf die Packsäcke. Da draußen lagen sie ... gar nicht so weit ... aber für ihn unerreichbar.

Die Sonne brannte vom Himmel.

Der Halskragen schmerzte auf seinem vom Schweißstrahl verbrannten Nacken.

Seine Kehle war ausgedörrt. Und Hunger hatte er auch.

In den Packsäcken, da draußen bei der Gittertür, befand sich ein Wasserbehälter aus Schweinshaut. Und auch ein Rest vom gebratenen Frischling mußte dort sein. Falls das Fleisch nicht verdorben war. Und in den Säcken waren Lederhäute, Jonnie hätte sie als Schattendach aufspannen können.

Vorhin, da hatte er natürlich nur daran gedacht, schleunigst abzuhauen. Allein der Gedanke, in einem Käfig eingesperrt zu sein, hatte ihn ganz krank gemacht. Das war schlimmer gewesen als der Durst und der Hunger.

Er verstand das alles nicht. Das letzte, woran er sich klar erinnerte, war der Augenblick, als er zum Angriff gegen das Insekt geritten und plötzlich in die Luft gewirbelt worden war. Und jetzt das hier. Nein, Moment mal ... Da war doch noch etwas gewesen ...

zwischen dem Augenblick der Betäubung und jetzt.

Er hatte sich angestrengt, wieder zu Bewußtsein zu kommen. Dabei lag er auf irgend etwas, das weich und rund war. Das mußte wohl innerhalb des Insekts gewesen sein. Neben sich hatte er irgendein riesiges Ding gesehen, ein Irgendwas. Und dann war da dieses Gefühl gewesen, als ob er Feuer einatmete. Das ganze Nervensystem hatte sich verkrampft, und er hatte zu zucken begonnen.

Und da war auch der Schimmer einer Erinnerung an etwas anderes ...

Für ein paar Sekunden war das Bewußtsein wieder aufgeflakkert. Und es war ihm so vorgekommen, als läge er festgebunden oben auf dem Insekt. Und das Insekt war durch die Ebene gerast. Und dann war er irgendwo mit dem Hinterkopf aufgeschlagen.

Und die nächste Erinnerung ... nein, das war die Gegenwart: Er war hier, in diesem Käfig.

Er fügte die Mosaiksteine seiner Erinnerung zusammen. Er hatte das Insekt getroffen, sogar verletzt, aber nicht tödlich. Es hatte ihn aufgefressen, aber wieder ausgespuckt. Und es hatte ihn schließlich in seine Höhle verschleppt.

Das Allerschlimmste aber war das Monster.

Es war eben doch wahr gewesen, er sah es jetzt ein: Er war schon immer einer von diesen Neunmalklugen gewesen. Er hatte nichts drauf gegeben, wenn die älteren Leute etwas erzählten. Das mit dem großen Dorf hatte er nicht glauben wollen, und dann war es eben doch dagewesen. Und das mit den Monstern hatte er nicht glauben wollen, und hier war nun eines.

Du liebe Zeit, der Augenblick, als er zu sich kam und das Ungetüm zum ersten Mal sah! Der Kopf hatte ihm gebrummt wie ein Kreisel. Er hatte gedacht, die Welt wäre auf einmal mit Brettern vernagelt, und so ähnlich war es ja auch, nur, daß es sich um Gitterstangen handelte. Ein Monster!

Baumlang. Drei Meter oder drei Meter fünfzig oder noch mehr. Mit einem Umfang, so mächtig wie ein alter Eichenstamm. Zwei Arme. Zwei Beine. Vor dem Gesicht hatte es irgend etwas Glänzendes. Und vom Kinn lief ein Schlauch bis zur Brust. Und hinter dem glänzenden Ding vor dem Gesicht glimmten zwei bernsteinfarbene Augen. Und wie es mit seinen Schritten den Boden erschütterte, sooft es erschien! Neun, zehn Zentner schwer? Wenn das mal reichte! Wo das Monster seinen Fuß hinsetzte, hinterließ es einen deutlichen Abdruck im Boden.

Pelz wuchs ihm auf den Pranken, und es hatte lange Krallen an den Fingern. Er war drauf gefaßt gewesen, daß es ihn auffressen würde, auf der Stelle. Statt dessen hatte es ihn angebunden wie einen Hund.

Und, was ganz merkwürdig war, das Monster mußte einen sechsten Sinn haben. Sooft es Jonnie gelungen war, sich loszubinden und halbwegs oder sogar ganz aus dem Käfig zu entkommen, war das Monster plötzlich wieder erschienen. Ganz so, als ob es ihn beobachten könnte, obwohl es gar nicht da war.

Vielleicht hatten ... diese kleinen Dinger mit dem runden Auge vorn ... Vielleicht hatten die etwas damit zu tun? Als das Monster vorhin gekommen war und die Dinger in den Klauen hielt, hatte Jonnie gedacht, es wären zusätzliche, herausnehmbare Augen. Eines hing nun im Käfig, ganz da oben, und glotzte schimmernd zu ihm herunter. Das andere war draußen festgemacht, gar nicht weit vom Käfig, an einer Hauswand.

Andererseits, das Monster hatte ihn auch schon bei jedem Fluchtversuch wieder eingefangen, ehe es die Augen aufgehängt hatte.

Wo befand er sich? Von irgendwoher drang ein ständiges dumpfes Dröhnen, ein Röhren. So ähnlich hatte auch das Insekt sich angehört. Der Gedanke, daß da noch mehr solche riesigen Biester in der Nähe wären, ließ Jonnie frieren.

Mitten im Käfig war eine steinerne Grube, nicht ganz mannstief. Ein paar Treppenstufen führten an der Seite hinunter. Auf dem Boden lag eine Menge Sand. Ein Grab? Oder ein Platz, an dem man Fleisch braten konnte? Aber er sah keine verkohlten Holzreste und auch keine Asche.

Monster. Es gab also wirklich welche.

Wenn er davorstand, reichte sein Gesicht gerade bis zu der Höhe, in der das Monster die Gürtelschnalle hatte. Gürtelschnalle? Ja, jedenfalls so ein glänzendes Ding, das den Gürtel zusammenhielt. Während er darüber nachdachte, wurde ihm auf einmal klar, daß das Monster etwas am Körper trug, was nicht seine eigene Haut war. Etwas, was rutschig glatt war und purpurrot schimmerte. Das war weder die eigene Haut des Monsters noch eine Kleidung, die man aus Tierhäuten anfertigte . Hosen, eine Jacke, einen Hemdkragen ... Das Monster trug Kleider.

Der Hemdkragen war verziert. Und eine Art Schmuck war auch auf der Gürtelschnalle angebracht. Jonnie konnte sich genau daran erinnern, er sah die Schnalle geradezu vor sich. Dieser Schmuck ... Eigentlich war es ein Bild. Es zeigte eine Fläche, auf der kleine Quader standen. Daraus ragten Schäfte senkrecht nach oben. Und aus den Schäften wiederum quollen Rauchwolken. Und die ballten sich am oberen Bildrand zu dichtem Gewölk. Diese Rauchwolken ... Irgendeine Erinnerung regte sich in ihm, wenn er sich den dichten

Rauch vorstellte. Aber er war zu hungrig und zu müde, um gründlich darüber nachzudenken.

Im Rhythmus näherkommender Schritte fing der Boden unter Jonnies Füßen zu zittern an. Er wußte, was das bedeutete.

Das Monster kam zur Käfigtür. Es brachte etwas. Es trat ein und warf ihm, ohne ihn dabei richtig anzusehen, einen kurzen Blick zu. Dann schmiß es etwas auf den schmutzigen Boden: wabbelig aussehende, feucht-faulige Strunke. Es stand da und wartete.

Jonnie guckte sich die Strunke an. Er konnte sich nicht erinnern, je etwas gesehen zu haben, was auch nur die geringste Ähnlichkeit damit gehabt hätte.

Das Monster machte Gesten. Es deutete auf die Strunke und dann auf sein Gesicht. Als das nichts half, hob es einen Strunk auf und presste ihn gegen Jonnies Mund. Dazu sagte es etwas mit kehlig rumpelnder Stimme. Es klang wie ein Befehl.

Jonnie begriff. Das Zeug sollte etwas zu essen sein.

Er biß ein Stück ab, kaute darauf herum und schluckte es.

Augenblicklich fühlte er sich sterbenselend. Sein Magen schien sich umzustülpen. Alles, was in ihm war, drängte nach oben in den Schlund. Ein unkontrollierbares Zittern überfiel ihn.

Er spie aus. Er versuchte es. Aber der Mund war ihm ausgetrocknet. Trotzdem mühte er sich mit aller Kraft darum, das Zeug aus sich herauszuwürgen, alles, jedes noch so kleine Stück davon, sogar den letzten Rest dieses entsetzlichen Säuregeschmacks.

Das Monster stand nur da und gaffte zu ihm herunter.

»Wasser!« verlangte Jonnie, sobald er seine Stimme wieder unter Kontrolle hatte. »Bitte! Wasser!« Er brauchte irgend etwas, um diesen Höllengeschmack aus seinem Mund zu waschen. Er deutete auf seine Lippen. »Wasser!« verlangte er noch einmal.

Das Monster stand immer noch da, ohne sich zu rühren. Nur die Augen ... In den geschlitzten Augen hinter dem Ding, das das Monster vor dem Gesicht trug, glomm ein unheimliches Feuer.

Jonnie zwang sich zur Beherrschung. Es war ein Fehler, Schwäche zu zeigen und um etwas zu betteln. Schließlich gab es so etwas wie Stolz. Und genau das war es, was sein Gesicht nun ausdrückte.

Das Monster beugte sich vor, prüfte das Halseisen und die Plastikleine, drehte sich um, ging hinaus, warf die Gittertür zu, drehte den Schlüssel im Schloß und verschwand.

Die Schatten wurden länger und kündeten den nahen Abend an.

Jonnie schaute hinüber zu den Packsäcken, die ganz nahe am Gitter lagen. Aber sie hätten genausogut oben auf den Gipfeln der Berge liegen können.

Er fühlte sich, als habe sich alles Elend dieser Welt über ihn ergossen. Windsplitter ... Er mußte damit rechnen, daß der Hengst tot oder zumindest schwer verletzt war. Und was nun sein eigenes Schicksal betraf ... Es sah so aus, als würde er in wenigen Tagen vor Durst oder Hunger sterben.

Das Zwielicht zeigte, daß die Nacht nicht mehr fern war.

Mit jähem Schreck fiel ihm ein, daß Chrissie versprochen hatte, ihn zu suchen, wenn er nicht zurückkäme. Sie würde nichts anderes finden als den eigenen Tod. Der Gedanke machte ihn vollkommen fertig.

Das kleine helle Auge oben an den Käfigstangen glotzte starr auf ihn herab.

3

Am folgenden Tag wühlte Terl in den seit langem unbenutzten Räumen der alten Chinkos herum.

Eine scheußliche Arbeit. Der Aufenthaltsbereich, den man seinerzeit den Chinkos zugewiesen hatte, lag außerhalb der klimatisierten, schleusengeschützten Büro- und Wohntrakte der Psychlos. Also mußte Terl eine Atemmaske tragen. Die Chinkos waren Luftatmer gewesen. Nicht genug damit, heruntergekommen war der alte Chinko-Bereich auch. Kein Wunder, nachdem ein paar hundert Jahre lang Wind und Wetter ihre Spuren hinterlassen hatten und niemand dagewesen war, der sich darum gekümmert hätte.

Bücher, ganze Reihen von Büchern an den Wänden! Und Regale und Aktenschränke, voll mit Papier. Uralte Schreibtische, wackelig und schon viel zu verrottet, als daß man noch etwas damit anfangen konnte. Ein Haufen unnützer Kram in allen Schubladen. Und alles mit einem schmierigen Staubfilm überzogen. Ein Glück, daß Terl die Atemmaske trug und nicht den ganzen Dreck schlucken mußte!

Die Chinkos waren wirklich komische Vögel gewesen! Daß die Intergalaktische Rohstoff Company sich überhaupt für sie interessiert hatte, war nichts anderes gewesen als die Reaktion auf eine Protestbewegung, die von einigen streitbaren und einflußreichen intergalaktischen Welten ausging. Kern aller Proteste war der Vorwurf, daß im Grunde jede Art von Rohstoffabbau nichts anderes als eine Störung des ökologischen Gleichgewichts der Planeten sei. Und weil die Company damals guten Profit machte und sich jeden Unfug leisten konnte, hatte irgend so ein Gehirnakrobat von Direktor im

Zentralbüro die Abteilung für Kultur und Völkerkunde ins Leben gerufen, kurz AKV genannt. Ursprünglich hatte man vermutlich vorgehabt, sie »Ökologische Abteilung« zu nennen, aber ... Nun ja, die Chinkos stellten Gemälde her, und ein paar Direktorengattinnen, die zu Hause die Hosen anhatten, betrieben ein kleines Nebengeschäft damit, daß sie die Arbeiten der Chinkos auf anderen Planeten verkaufen ließen. Und sie waren es wohl auch, die durchsetzten, daß der Name der Abteilung geändert wurde. Terl wußte das alles, denn es ereignete sich kaum etwas, ohne daß es in den Geheimakten der Sicherheitsabteilung vermerkt worden wäre.

Diese korrupten Geschäfte waren übrigens nicht der Grund für die spätere Vernichtung der Chinkos. Nein, daran war wirklich der Streik schuld gewesen. Bei Korruption auf Direktorenebene hielten sich die Sicherheitsleute lieber raus, bei einem Streik war solche vorsichtige Zurückhaltung unnötig.

Wie gesagt, daß die Chinkos hier gelebt und gearbeitet hatten, war lange her. Und so sahen die Gebäude auch aus. Was gab es denn schon auf diesem Planeten, wofür sich die Bemühungen einer Kulturabteilung gelohnt hätten? Von der eingeborenen Bevölkerung waren nur so wenige übriggeblieben, daß es nicht der Mühe wert war, sich um sie zu kümmern. Wobei anzumerken blieb, daß sich eigentlich nie jemand für die Arbeit der AKV interessiert hatte. Aber wie jede Bürokratie hatten die Chinkos emsig vor sich hin gearbeitet. Man brauchte sich bloß diese Schränke anzusehen: Hunderte von Metern Bücher, nichts als Bücher.

Terl suchte und suchte. Er öffnete ein Buch nach dem anderen und las wer weiß wie viele Inhaltsverzeichnisse durch. Er ging in die Hocke und durchstöberte die Unterschränke. Aber das einzige, was er damit erreichte, war, daß er einen ausgezeichneten Überblick über diese weitläufigen Büroräume und den Inhalt der Bücherschränke bekam. Dabei suchte er etwas ganz Einfaches, nämlich Angaben darüber, was Menschen aßen. Er fand Aufstellungen über geeignetes und ausgewogenes Futter für Bären. Sogar die Freßgewohnheiten von Bergziegen waren fein säuberlich aufgezeichnet. Und schließlich fand er ... Man konnte geradezu riechen, mit welch unnützem Aufwand an Zeit und Geld das alles geschrieben und gedruckt worden war! Also, er fand eine äußerst gelehrsam verfaßte Abhandlung über die Nahrungsaufnahme von Tieren mit der Bezeichnung »Wale«, und das Machwerk endete lächerlicherweise mit der Feststellung, daß diese Tiere vollständig ausgestorben waren.

Er fand das alles widerwärtig. Kein Wunder, daß die Company dem Treiben der AKV schließlich ein Ende gesetzt hatte. Die Burschen hatten große Töne gespuckt, eine komplette Buchdruckerei aufgebaut, einen Haufen Strom und Heizmaterial verbraucht und Geld wie mit dem Schaufelbagger zum Fenster rausgeworfen. Und heimlich hatten sie auch noch über die Psychlos gegrinst, hinter deren Rücken.

Trotzdem, ganz umsonst war Terls Mühe nicht gewesen. Er fand zum Beispiel eine alte, vergilbte Karte, und daraus sah er, daß es nicht nur die kleine Gruppe Menschen dort oben in den Bergen gab, sondern daß auch andere Restgruppen der Menschheit überlebt hatten. Zumindest nach dem Stand von damals, als die Karte gezeichnet worden war – vor ein paar hundert Jahren.

Einige lebten in einer Gegend, die von den Chinkos »Alpen« genannt wurde. In der Tat ein paar Dutzend. Ungefähr fünfzehn hatte es oben in dem Eisgürtel gegeben, den die Chinkos »Nordpol« und »Kanada« nannten. Gruppen, über deren Größe nichts ausgesagt wurde, hatten in »Schottland« und in »Skandinavien« gelebt. Und noch ein paar in einer Gegend namens »Colorado«. Ach so ...

Zum ersten Mal las er den Chinko-Namen für diese Gegend, in der die Außenstation der Intergalaktischen Rohstoff Company lag: Colorado. Er mußte grinsen, als er sich die Karte näher ansah. »Rocky Mountains« stand da. Und »Pike's Peak«. Komisches Chinko-Kauderwelsch. Die Chinkos hatten für ihre Arbeit stets die Psychlo-Sprache verwendet, und zwar peinlich genau, wie es ihre Art war. Aber eine merkwürdige Phantasie hatten sie gehabt.

Das alles nützte ihm zwar im Augenblick nichts, aber für seine Pläne war es ganz gut zu wissen, daß es anderswo noch ein paar mehr Menschen gab. Für seine nächsten Schritte mußte er die Spielregeln anwenden, die sowieso die wichtigsten waren: die typischen Spielregeln seines Sicherheitsjobs. Er würde einige von den Tricks anwenden, die ein guter Sicherheitschef beherrschen muß.

Er verließ die Gebäude, schloß die Tür hinter sich und nahm das Bild dieser nicht-psychloischen, fremden Welt in sich auf. Der Gebäudetrakt der alten Chinkos und der Zoo lagen auf einem Hügel hinter der Psychlo-Außenstation, zwischen ihr und einem anderen noch etwas höheren Hügel. Mit voller Absicht hatten sich diese arroganten Bastarde dort angesiedelt! Denn von oben hatte man einen guten Überblick nach allen Seiten. Man konnte den Erz-Umschlagplatz beobachten. Und man hatte auch das Wartefeld für die Frachttransporter im Blick. Dort schien übrigens nicht viel Betrieb zu herrschen. Es dauerte bestimmt nicht lange, bis man im Zentralbüro davon erfuhr. Und dann hagelte es Anpfiffe, selbst wenn die Lieferquoten erfüllt wurden. Hoffentlich flatterten ihm bei dieser Gelegenheit nicht zu viele Aufträge für Sicherheitsinspektionen auf den Schreibtisch.

Blauer Himmel. Gelbe Sonne. Grüne Bäume. Und Wind, der an ihm zerrte. Wind, der aus dieser schrecklichen Luft bestand, die kein Psychlo atmen konnte.

Wie er diesen Planeten haßte! Nur zähneknirschend ertrug er den Gedanken, daß er noch länger hier leben mußte. Was sollte man schon von so einer fremden Welt erwarten?

Die Sicherheitsuntersuchung über den verschwundenen Traktor, die ihm aufs Auge gedrückt worden war, hatte er abgeschlossen. Nun konnte er sich voll mit diesem Menschending beschäftigen. Und dabei würde er sich auf die altbewährten Methoden seiner Sparte stützen.

Es gab keinen anderen Weg, um endlich aus diesem Höllenloch herauszukommen.

4

Jonnie beobachtete das Monster.

Er war durstig und hungrig und ohne Hoffnung. Er fühlte sich verloren in einer Umgebung, über die er nichts wußte und von der er nichts verstand.

Das Ding kam in den Käfig. Seine Schritte ließen den Boden erbeben. Und nun stand es eine Weile da und schaute ihn an. In den Bernsteinaugen flackerte glitzerndes Licht. Und dann stapfte das Ding im Käfig umher. Es prüfte die Gitterstangen, rüttelte daran, wollte wohl feststellen, ob sie auch fest säßen. Zufrieden rumpelte es weiter, immer im Kreis herum, inspizierte ... ja, was denn? Wahrscheinlich den Schmutz, sonst gab's ja nichts zu sehen.

Dann stand es wieder da und guckte auf die Strunke, die es Jonnie zum Essen hingeworfen hatte. Jonnie hatte das Zeug mit einem Tritt in die hinterste Ecke des Käfigs befördert, weil es einen üblen, scharfen Geruch verbreitete. Das Monster zählte die Strunke. Interessant! Es konnte zählen.

Es prüfte das Halseisen und die Leine. Es nahm sich eine Menge Zeit dazu. Und dann tat es etwas sehr Merkwürdiges: Es hakte das Ende der Leine vom oberen Gitterrand los. Jonnie hielt den Atem an. Ob er jetzt an die Packsäcke rankam? Aber das Monster befestigte die Leine wieder am Gitter. Allerdings weiter unten. Und sehr nachlässig, nur mit einer Schlinge. Es verließ den Käfig, stand noch eine Weile draußen, werkelte an den Türsicherungen herum und schien, als es endlich ging, gar nicht zu bemerken, daß eine davon wieder aufsprang.

Mit schweren Schritten stapfte das Monster in Richtung auf die Gebäude davon und verschwand.

Halb benommen vor Durst und Hunger, glaubte Jonnie an eine Wahnvorstellung. Er wagte nicht zu hoffen, daß das, was er sah, wahr sein könnte. Aber es stimmte! Die Leine hing so tief, daß er sie abnehmen konnte. Und die Tür zu öffnen, das würde er wohl auch schaffen.

Er vergewisserte sich, daß das Monster wirklich gegangen war.

Dann handelte er.

Mit einem Ruck riß er die Leine vom Gitter los. Hastig wickelte er sie, damit sie nicht auf dem Boden nachschleifte und ihn behinderte, der ganzen Länge nach um seinen Körper und stopfte das Ende in den Gürtel.

Mit einem Sprung war er bei den Packsäcken.

Er riß die Verschnürung auf, mit zitternden Händen. Und schon war ein Teil seiner Hoffnung dahin: Der Wasserbeutel ... es mußte wohl bei dem heftigen Sturz passiert sein ... er war aufgeplatzt, er fühlte sich noch feucht an, aber das Wasser war ausgelaufen. Und das gebratene Fleisch ... obwohl er es zum Schutz vor der Sonne in Häute gewickelt hatte, war es verdorben. Nicht einmal jetzt wäre Jonnie so töricht gewesen, noch davon zu essen.

Die Tür ... Er mußte es wagen.

Schnell zog er eine Keule aus dem Packsack. Einen Riemen nahm er noch mit. Und er prüfte, ob Feuersteine in der Gürteltasche waren. Dann schlich er zur Tür.

Nichts zu sehen vom Monster.

Mächtige Verschlüsse waren das, schrecklich groß. Aber sie waren auch alt und brüchig. Trotzdem ging es nicht ohne ein paar Verletzungen an den Händen ab, als er in fieberhafter Eile daran herumarbeitete.

Geschafft, sie waren offen!

Er warf sich gegen die Tür.

Sekunden später hetzte er los. Durch Gebüsch. Über Schlammlöcher. Nach Nordwesten. Er blieb tief geduckt. Er nutzte jede Dekkung aus, achtete darauf, daß man ihn von den Gebäuden aus nicht sehen konnte. Trotzdem beeilte er sich.

Er mußte Wasser finden. Seine Zunge war geschwollen, die Lippen waren aufgesprungen.

Er mußte etwas zu essen finden. Er fühlte diese unwirkliche, beschwingte Verwirrung, den Vorboten des Hungertodes.

Und danach mußte er zurück in die Berge gehen. Damit nicht

Chrissie irgendwann auf den Gedanken kam, ihm zu folgen.

Fast einen Kilometer hatte er schon zurückgelegt. Er beobachtete sorgfältig das Gelände hinter sich. Nichts. Er lauschte. Nichts. Weder das Dröhnen des Insekts noch die schweren, stampfenden Schritte des Monsters.

Zwei Kilometer. Er blieb stehen und lauschte wieder. Immer noch nichts. Er schöpfte Hoffnung.

Vor sich, nicht mehr sehr weit, sah er hochwachsende Pflanzen. Das helle, saftige Grün verriet ihm, daß es dort Wasser geben mußte. Mit keuchendem Atem und ausgedörrter Kehle rannte er weiter. Und dann hatte er es geschafft.

Es gab nichts, was lieblicher aussehen konnte. Blau mit weißen Gischtkrönchen und ringsum das Grün. Das fröhliche Murmeln eines Baches am Waldrand.

Jonnie ließ sich fallen, und im nächsten Augenblick tauchte er den Kopf in das unschätzbar kostbare Wasser.

Er war vorsichtig genug, nicht zuviel auf einmal zu trinken. Er spülte den Mund aus. Und er tauchte immer wieder Kopf und Arme ins Naß. Es war ihm, als könnte die ausgedörrte Haut das Wasser aufsaugen.

Endlich war der schreckliche Geschmack dieser fauligen Strünke weg. Die Frische und Reinheit des Wassers hatten ihn weggespült.

Er trank in kleinen, sorgfältig bemessenen Schlucken. Dann ließ er sich zurückfallen, erholte sich, kam wieder zu Atem. Der Tag sah auf einmal heller aus.

Hinter ihm blieb alles ruhig. Vielleicht dauerte es Stunden, bis das Monster überhaupt merkte, daß er verschwunden war. Seine Hoffnung wuchs.

Weit im Nordwesten, ein Stück hinter der Bogenlinie, mit der die weite Ebene in den Horizont überging, lagen die Berge. Sein Zuhause.

Er nahm noch ein paar Schlucke Wasser, dann stand er auf. Jetzt mußte er sich um Nahrung kümmern.

Da drüben, stellte er mit einem Rundblick fest, auf der anderen Seite des Bachbetts, lag eine alte, baufällige Blockhütte; das Dach war völlig eingefallen. Er nahm die Keule in die Hand und zog, quer durchs Bachbett, in diese Richtung los.

Unterwegs hatte er kein Wild gesehen. Vielleicht war es in der Nähe der Gebäude ausgerottet. Aber er brauchte kein großes Stück Wild, ein Hase genügte ihm. Es war viel wichtiger, daß er sich vor Augen hielt, wie weit der Heimweg noch war, und daß er keine Zeit verlor.

Irgend etwas bewegte sich in der Hütte. Jonnie schlich lautlos weiter.

Ein Schwarm fetter Ratten kam aus der Hütte gehuscht. Er hatte schon zum Schlag ausgeholt. Er ließ die Keule sinken. Eine Ratte ... Nein, so was aß man höchstens im bittersten Winter, wenn es sonst überhaupt nichts mehr zu nagen gab.

Aber einen Hasen sah er weit und breit nicht. Und er hatte keine Zeit, lange auf die Suche zu gehen.

Er nahm einen Felsbrocken und warf ihn gegen die Hütte. Zwei Ratten kamen herausgehuscht. Er schleuderte die Keule, und sie traf hart und genau.

Im nächsten Augenblick hielt er eine tote Ratte in der Hand, ein fettes Tier. Konnte er es wagen, Feuer zu machen? Nein. Er hatte auch gar keine Zeit dafür. Aber eine rohe Ratte ... Einfach ekelhaft!

Er zog ein Stück von dem scharfen, durchsichtigen Zeug aus der Gürteltasche, ging zurück zum Bach, häutete und wusch die Ratte. Hunger hin, Hunger her, es kostete ihn eine Menge Überwindung, in das rohe Rattenfleisch zu beißen. Er spürte ein Würgen in der Kehle, als er kaute und schluckte. Immerhin, es war etwas zu essen. Er aß langsam und mit geschlossenen Augen. Er gab sich Mühe, nicht darüber nachzudenken, woran er da herumnagte. Sonst wäre ihm vielleicht doch noch übel geworden.

Danach trank er Wasser, wieder und wieder.

Er wickelte den Rest der Ratte in einen Fetzen Tierhaut und steckte das Bündel in die Gürteltasche. Mit dem Fuß schob er Sand über die Abfälle, die am Bachufer zurückgeblieben waren. Er stand auf, reckte sich und schaute zu den weit entfernten Bergen hinüber. Er atmete tief durch. Er gab sich einen Ruck. Es war wie der Befehl an sich selber, nicht mehr länger hier herumzustehen, sondern loszuziehen und den zweiten Teil des langen Weges zu wagen.

Da war ein Schwirren in der Luft. Und etwas fiel über ihn.

Er stürzte.

Es war ein Netz.

Er konnte sich nicht daraus befreien.

Je mehr er sich bemühte, desto mehr verwickelte er sich darin. Er starrte wild um sich.

Und da sah er die ganze bittere Wahrheit.

Unter den Bäumen kam das Monster heraus. Es hatte es durchaus nicht eilig. Langsam wickelte es das lose Ende des Seils auf, an dem das Netz befestigt war. Nicht der leiseste Anflug von Erregung, Ärger oder Zufriedenheit, nichts. Das Ding zog das Netz fester um Jonnie, packte sich das ganze Bündel unter den Arm und wuchtete mit schwerem Schritt los, zurück zu den Gebäuden.

5

Terl saß am Schreibtisch, stöberte ein bißchen in den Akten und fühlte sich rundherum zufrieden.

Alles lief gut, sogar bestens. Die Trickkiste eines Sicherheitschefs bewährte sich immer. Immer. Er hatte genau das herausgefunden, was er wissen wollte: Das Ding trank Wasser. Und zwar, indem es Kopf und Schultern in einen Bach oder einen Brunnen oder so etwas tauchte. Und, was noch wichtiger war, es aß rohe Ratten.

Dadurch waren eine Menge Probleme gelöst. Denn wenn es irgendeine Art von Tieren rings um den Gebäudekomplex der Psychlos gab, dann waren es Ratten.

Die alten Chinkos hätten von ihm einiges lernen können. Es war so einfach gewesen, dieses Menschending entkommen zu lassen und dabei mit einem fliegenden Sensor unter Kontrolle zu halten. Zugegeben, es war schon ein bißchen anstrengender gewesen, sich draußen im offenen Gelände zu bewegen und Tempo vorzulegen und außerdem auch noch die Atemmaske zu tragen. Dieses Menschending konnte zwar, verglichen mit einem Psychlo, nicht besonders schnell laufen. Aber etwas strapaziös war die Sache doch gewesen, und zwar vor allem eben wegen der Atemmaske, die Terl tragen mußte.

Ein Glück, daß er immer noch so geschickt ein Netz werfen konnte, obwohl er sich doch so lange nicht mehr darin geübt hatte. Ein Betäubungsgerät hatte er diesmal nicht verwenden wollen. Das Menschending war einfach zu zerbrechlich und fiel immer gleich in Krämpfe.

Na schön, nach und nach bekam er so einiges heraus.

Er fragte sich, wie viele Ratten wohl zur täglichen Ernährung für dieses Ding erforderlich sein mochten. Aber einerlei, wie viele es waren, er konnte sie da draußen leicht kriegen.

Gelangweilt schaute er sich die Meldung an, die vor ihm lag. Der als verloren gemeldete Traktor war gefunden worden. Mitsamt dem Psychlo, der ihn gesteuert hatte. Ganz unten in einem Minenschacht, in dreitausend Meter Tiefe. Die Personalverluste waren neuerdings erschreckend hoch. Im Zentralbüro würden sie aufheulen wegen der Kosten, die das alles verursachte! Aber dann ging Terl durch den

Kopf, daß die Sache ihre gute Seite hatte. Irgendwie paßte sie gar nicht so schlecht in seine Pläne.

Er sah die Akten durch, stellte fest, daß nichts mehr dabei war, was unbedingt erledigt werden mußte, und schloß den Schreibtisch ab. Schluß für heute.

Er stapfte in den Nebenraum, suchte sich das leichteste Betäubungsgerät aus, das er finden konnte, lud es und stellte den Wirkungsschalter auf »Minimum«. Er reinigte seine Atemmaske, führte eine neue Patrone ein und verließ das Gebäude.

Er war noch nicht hundert Schritte nach Norden gegangen, da sah er die erste Ratte. Mit der Treffsicherheit, für die er schon während der Ausbildungszeit berühmt gewesen war, blies er dem Tier glatt den Kopf weg, und das, obwohl die Ratte in vollem Lauf über den Boden gehuscht war.

Fünfzig Schritte weiter war die nächste Ratte dran. Sie kam aus einem Abzugskanal herausgekrochen. Als sie gerade zum Sprung angesetzt hatte, machte er sie einen Kopf kürzer. Er schätzte die Entfernung ab. Fünfundzwanzig Schritte! Tja, er war immer noch der alte Könner. Eigentlich albern, diese Dinger zu jagen. Aber ohne Geschick ging es trotzdem nicht.

Zwei. Genug für den Anfang.

Mit einem raschen Blick registrierte er, daß es wieder einmal ein Tag zum Davonlaufen war. Gelb, blau und grün. Na gut, für ihn würde das ja nicht ewig dauern. Und das war ein Gedanke, der ihn dann doch glücklich machte, als er den Hügel hinunter zum alten Zoo ging.

Terls Mundknochen zogen sich zu einem Grinsen auseinander. Da saß das Menschending, zusammengekauert im hintersten Winkel des Käfigs, und starrte ihn feindselig an. Feindselig? Ja, tatsächlich. Zum ersten Mal nahm Terl wahr, daß das Ding Gefühle hatte.

Sonst noch was?

Ja. Es saß auf seinen Packsäcken. Gestern, als es von Terl in den Käfig zurückgeschleppt worden war, hatte es blitzschnell nach den Säcken gegrapscht. Und jetzt ... saß es da und hielt zwei Bücher in der Hand. Nicht zu glauben! Wie, zum Teufel, war es denn an die Bücher gekommen? Das Halseisen, die Leine, alles saß fest. Also konnte es die Bücher nicht aus dem alten Chinko-Bereich geholt haben. Nun gut, das würde er zu gegebener Zeit untersuchen. Fürs erste zählte nur, daß das Menschending im Käfig saß.

Terl trat ein. Er grinste hinter der Maske. Er hielt die toten Ratten hoch. Dann warf er sie dem Ding zu.

Es stürzte sich keineswegs hungrig darauf. Eher sah es so aus, als wiche es davor zurück. Na schön, bei niederen Wesen gab es eben keine Dankbarkeit. Auch egal. Er war nicht daran interessiert, daß das Ding ihm Dankbarkeit entgegenbrachte.

Er schlenderte zu dem alten Wasserbecken hinüber. Es schien noch in Ordnung zu sein, ohne Bruch- und Rißstellen im Beton. Er fand die Wasserleitung, ging prüfend daran entlang, sie schien auch noch funktionstüchtig zu sein. Er ging nach draußen, suchte so lange, bis er den Wasserhahn fand, und drehte am Handrad. Da bewegte sich nichts, das Gewinde war offenbar eingerostet. Terl fürchtete, daß das Handrad eher abbrechen als nachgeben würde, wenn er alle Kraft einsetzte. In einem Lagerschuppen in der Nähe fand er Rostlöser. Er rieb das Zeug aufs Metall, ließ es eine Weile wirken, und dann probierte er es wieder. Es hatte geholfen, er konnte den Wasserhahn aufdrehen. Aber sonst passierte nichts.

Er verfolgte das alte Wassersystem bis zu einem Tank, den die Chinkos aufgestellt hatten. Einfachste Technik ohne jede Raffinesse, da konnte man wirklich nur den Kopf schütteln! Es gab da eine Pumpe. Aber die Druckpatrone war natürlich längst verbraucht. Er schraubte die Pumpe auf. Ein Glück, daß die Bosse der Intergalaktischen in ihrem Geiz nicht viel für Neuerungen übrig hatten! Dieselbe Sorte Patronen wurde immer noch verwendet. Also war es ziemlich einfach, eine neue zu besorgen und einzulegen.

Er setzte die Pumpe in Gang, aber es kam trotzdem kein Wasser. Schließlich fand er das Wasserreservoir, aus dem sie gespeist wurde. Und was stellte er fest? Die Zuleitung hing nicht im Wasser, das war alles! Mit einem Fußtritt war das Problem gelöst.

Das Wasser strömte in den Tank, und von dort lief es abwärts in das Wasserbecken im Käfig. Das Becken füllte sich schnell.

Er grinste in sich hinein. Ein alter Minenexperte weiß eben immer, wie man Wasser zum Fließen bringt. Wieder etwas, worin er sich bewiesen hatte; daß ihm nichts von seinem früheren Geschick verlorengegangen war.

Er ging zurück in den Käfig. Es konnte nicht mehr lange dauern, bis das große Wasserbecken vollgelaufen war. Das Wasser war schmutzig, und der Dreck, der sich im Becken angesammelt hatte, wurde aufgewirbelt. Immerhin, es war Wasser. Jetzt erreichte es den Beckenrand ... und nun lief es über ... floß über den Käfigboden.

Das Menschending nahm rasch seine Siebensachen und klemmte sie zwischen die Gitterstangen, um sie vor der Überschwemmung in Sicherheit zu bringen.

Terl ging hinaus und drehte den Hahn zu. Er wartete, bis der Tank vollgelaufen war, dann stellte er die Pumpe ab. Der Käfigboden war zwar im Augenblick überflutet, aber das Wasser lief seitwärts durch die Gitter ab.

Terl schlurfte hinüber zu dem Menschending, das sich an den Gitterstangen festklammerte. Es hatte die Felle, die es als Kleidung trug, hochgeschlagen und am Gürtel festgeklemmt. Um sie trocken zu halten? Dachte das Ding wirklich vorsorglich?

Soweit Terl feststellen konnte, war im Käfig alles in Ordnung. Nun wollte er sich mal mit diesen Büchern beschäftigen, die das Menschending ... Schau an! An den Büchern schien es besonders zu hängen; es hielt sie in der Hand.

Er wollte danach langen, aber das Ding drückte sie nur um so fester an sich. Ungeduldig verpaßte Terl dem Ding einen Hieb aufs Handgelenk und fing die beiden Bücher auf.

Es waren Menschenbücher.

Terl blätterte sie durch und zerbrach sich den Kopf darüber, wo das Ding die Bücher herhaben konnte. Er schob die Augenknochen zusammen und dachte angestrengt nach. Aha! fiel ihm ein, der alte Stadtplan, den die Chinkos gezeichnet hatten ... War da nicht auch eine Bücherei in der Stadt gewesen? Möglicherweise hatte das Ding in der Stadt gewohnt.

Bücher ... Gar nicht schlecht, wirklich, gar nicht schlecht! Vielleicht hatten die alten Chinkos nicht so unrecht gehabt mit der Behauptung, daß die Menschen denken und verstehen konnten. Terl konnte die Schriftzeichen in den Menschenbüchern zwar nicht lesen, aber offenbar waren es Zeichen, die zum Lesen bestimmt waren. Das eine Buch mußte wohl eine Kinderfibel gewesen sein. Das andere ... tja, das schien so eine Art Märchengeschichte zu sein. Bücher für Leseanfänger.

Die Kreatur Mensch guckte stur und verbissen weg. Natürlich hatte es keinen Zweck zu versuchen, mit dem Ding ins Gespräch zu ...

Terl brach mitten im Gedanken ab.

Das Ding *hatte* doch schon gesprochen! Jetzt fiel es ihm wieder ein. Damals hatte er das für Gebrummel und Gekreische wie von einem Tier gehalten. Aber nachträglich kam es ihm so vor, als hätten es auch Worte sein können. Das paßte ja immer besser in seine Pläne!

Also, da waren Bücher ...

Er drehte dem Menschending den Kopf herum und zwang es, ihn anzuschauen. Er deutete auf das Buch und dann auf den Kopf des Menschendings.

Kein Anzeichen dafür, daß es ihn verstanden hatte.

Terl hielt das Buch dem Ding dicht vors Gesicht. Er deutete ihm auf den Mund. Wieder guckte es ihn nur verständnislos an. Entweder wollte es nicht, oder es konnte nicht lesen.

Eine Weile gab Terl sich alle Mühe. Wenn diese Menschendinger wirklich reden und lesen konnten, dann stand seinen Plänen nichts mehr im Wege. Er hielt ihm die Seiten vors Gesicht. Nein, keine Reaktion.

Aber es *besaß* doch Bücher! Wozu, zum Teufel, wenn es nicht lesen konnte?

Aha, vielleicht wegen der Bilder? Terl zeigte dem Ding das Bild einer Biene. Und da flackerte in dessen Augen so etwas wie Wiedererkennen auf. Er zeigte ihm einen Fuchs. Wieder dieses Flackern. Er nahm das andere Buch, das mit den Buchstaben. Keine Reaktion.

Terl hatte begriffen. Er stopfte die Bücher in seine Brusttasche.

Er wußte nun, was er tun mußte. Er kannte sich bis in den letzten Winkel im alten Chinko-Bereich aus. Und dort gab es auch Tonträger mit der menschlichen Sprache. Diese Chinkos, typisch für sie! Was Menschen essen, hatten sie nicht aufgeschrieben. Aber mit der menschlichen Sprache hatten sie sich eine unvorstellbare Mühe gegeben. Kein Sinn fürs Praktische! Nur immer in höheren Sphären schweben!

Das Programm für morgen war klar. Die Dinge entwickelten sich prächtig.

Terl prüfte das Halseisen. Es saß fest. Die Leine. Die war sicher ganz hoch oben eingehakt. Alles in Ordnung. Er konnte beruhigt gehen.

6

Es war eine feuchtkalte Nacht gewesen, eine fürchterliche Nacht.

Stundenlang hatte Jonnie dort gehangen, festgeklammert an den Gitterstangen. Unten auf dem Boden war alles voll Schlamm, knöcheltief. Der Wasserstrahl hatte Dreck und Schlamm aus dem Becken aufgewühlt und schließlich, als das Wasser überlief, in den Käfig geschwemmt, zusätzlich zu dem Schmutz und dem Unrat, der schon vorher überall auf dem Boden herumgelegen hatte. Es war so, als hätte der Schmutz den Schmutz angezogen. Jonnie hatte wahrhaftig keine Lust verspürt, mitten im Matsch zu stehen oder sich gar auf den Boden zu setzen.

Schließlich, als seine Kräfte nachließen, hatte er eingesehen, daß ihm nichts anderes übrigblieb. Irgendwo mußte er ja schlafen, und einen anderen Platz als den schlammbedeckten Boden gab es nicht.

In der Vormittagssonne trocknete der Boden allmählich ab. Die beiden toten Ratten waren weggeschwemmt worden. Jonnie trauerte ihnen nicht nach.

Der Durst machte ihm wieder zu schaffen. Er fühlte sich nach den vorangegangenen Tagen sowieso schon, als lechze jede Pore nach Wasser, und je heißer die Sonne herunterbrannte, desto stärker spürte er den Mangel. Aber wenn er sich das Schmuddelwasser im Becken ansah ... vor allem jetzt, nachdem auch noch Schlamm vom Käfigboden hineingespült worden war ... Er brachte es nicht fertig, davon zu trinken.

Bedrückt hockte er da, mit dem Rücken gegen die Gitterstangen gelehnt. Und da kam das Monster.

Es blieb draußen vor der Käfigtür stehen und schaute herein. Es trug irgend etwas aus Metall in den Pranken. Es sah den Schmutz, und einen Augenblick lang glaubte Jonnie, sogar das Monster hätte begriffen, daß er ja nicht für immer in diesem Dreck herumsitzen und sich im Schlamm zum Schlafen ausstrecken könne.

Das Monster verschwand. Und gerade, als Jonnie meinte, eine Weile hätte er wohl seine Ruhe, erschien es wieder vor dem Käfig, diesmal schwer beladen. Es brachte nicht nur dieses Ding aus Metall angeschleppt, das es vorher schon in den Pranken gehalten hatte, sondern außerdem noch einen riesengroßen Stuhl und einen Tisch, der zwar auch sehr groß war, aber schon ziemlich klapperig aussah.

Jonnie hatte zuerst gedacht, der Riesenstuhl wäre für ihn bestimmt. Aber er wurde bald eines Besseren belehrt. Das Monster schleppte den Tisch herein, stellte den Stuhl daneben und nahm selber Platz. Mit einem schmatzenden Geräusch sanken die Stuhlbeine ein Stück weit im Schlamm ein.

Es zeigte auf das geheimnisvolle Metallding, das jetzt auf dem Tisch stand. Es zog die beiden Bücher aus der Tasche und warf sie auf den Tisch. Jonnie langte danach. Er hatte schon nicht mehr damit gerechnet, daß er sie je wiedersehen würde, und sie erschienen ihm wertvoller als zuvor.

Das Monster gab Jonnie einen Schlag auf die Hand, und dann ließ es durch deutliche Gesten erkennen, daß Jonnie sich jetzt nicht um die Bücher kümmern solle, sondern um das Metallding. An dessen Rückseite war ein Behälter, und darin lagen Scheiben gestapelt, jede ungefähr zweimal so groß wie ein Handteller.

Das Monster nahm eine von den Scheiben und schaute sie sich genau an. Sie hatte ein Loch in der Mitte und lauter Rillen drumherum. Das Monster legte die Scheibe oben auf das Metallding, und zwar auf einen Stab, der genau in das Loch paßte.

Jonnie ahnte nichts Gutes. Die Hand brannte ihm noch von dem

Schlag. Das Monster hatte irgend etwas vor, und Jonnie war überzeugt, daß es etwas Unheimliches, etwas Gefährliches war, etwas, vor dem er sich hüten mußte. Er hatte schon genug in der Richtung erlebt. Er mußte aufpassen, dazulernen, den richtigen Zeitpunkt abwarten und dann irgendwann entwischen, fortlaufen in die Freiheit.

Das Monster zeigte auf zwei kleine Fenster, die in die Frontseite des Metalldings eingelassen waren. Dann deutete es auf einen Hebel.

Es drückte den Hebel herunter.

Jonnie richtete sich mit einem Ruck auf. Seine Augen wurden groß und rund.

Das Ding fing an zu reden!

Glockenklar sagte es: »Gestatten Sie ...«

Das Monster zog den Hebel hoch, und das Ding hörte auf zu reden.

Jonnie wich ein Stück zurück. Aber das Monster versetzte ihm einen Schlag zwischen die Schulterblätter und trieb ihn an den Tisch zurück, so dicht heran, daß die Tischkante ihm gegen die Kehle drückte. Das Monster drohte ihm mit der Klaue.

Es zog den Hebel noch ein Stück höher, und Jonnie konnte, als er sich auf die Zehenspitzen stellte, sehen, daß die Scheibe sich rückwärts drehte.

Das Monster drückte den Hebel herunter. Und das Metallding sagte: »Gestatten Sie, daß ich mich ...« Das Monster drückte den Hebel in die mittlere Stellung, und die Maschine stand still. Es zog den Hebel ganz nach oben, und die Maschine lief wieder rückwärts.

Jonnie versuchte, unter und hinter die Maschine zu gucken. Das Ding lebte nicht, bestimmt nicht. Es hatte keine Ohren und keine Nase und keinen Mund. Das heißt, so eine Art Mund hatte es wohl doch: eine kreisrunde Öffnung, unten auf der Frontseite. Aber der Mund bewegte sich nicht. Die Worte kamen einfach so heraus. Und es waren Worte in Jonnies eigener Sprache!

Das Monster drückte den Hebel wieder herunter, und das Ding sagte: »Gestatten Sie, daß ich mich vorstelle, ich bin ...«

Und jetzt sah Jonnie im oberen Fenster ein paar merkwürdige Zeichen und im unteren Fenster ein seltsam fremdartiges Gesicht. Noch einmal zog das Monster den Hebel nach oben, so daß die Scheibe zurücklief, und dann brachte es den Hebel in die Mittelstellung. Es zeigte mit der Pranke auf Jonnie und dann auf das Metallding.

So viel hatte Jonnie schon bemerkt: Der Hebel stand in der Zentralstellung, aber es gab auch noch eine horizontale Bewegungsmöglichkeit, und da war der Hebel ganz nach links eingestellt. Jetzt drückte das Monster ihn nach rechts und dann nach unten. Im unteren Fenster erschien wieder das Gesicht, im oberen Fenster Zeichen, die jedoch anders aussahen als vorher. Und auch der Klang der Worte war fremdartig.

Das Monster brachte die Maschine zum Stillstand, rückte den Hebel auf der horizontalen Bewegungsachse in die Mitte und drückte ihn herunter. Wieder dasselbe Gesicht, aber noch einmal andere Zeichen und noch einmal ein völlig anderer Wortklang.

Das Monster schien hinter der Gesichtsverkleidung zu lachen. Es wiederholte die letzte Einstellung und zeigte auf sich. Jonnie verstand: Was er jetzt hörte, war die Monstersprache.

Plötzlich war Jonnie an der Sache brennend interessiert.

Er mußte sich strecken, weil der Tisch so hoch war, aber er schaffte es. Er langte hoch, schubste die Pranke beiseite, drückte den Hebel hoch und nach links und dann wieder herunter. Die Maschine sagte: »Gestatten Sie, daß ich mich vorstelle, ich bin Ihr Ausbilder.« Jonnie brachte den Hebel in die äußerste Stellung rechts, und die Maschine sagte wieder etwas, aber diesmal in einer unbekannten Sprache. Dann probierte er die Mittelstellung aus, und schon hörte er wieder die Monstersprache.

Das Monster schien mißtrauisch zu sein. Es wandte sich um, kam mit dem Kopf ganz dicht heran und schaute forschend in Jonnies Gesicht. Da waren sie wieder, diese flackernden Bernsteinaugen! Und dann machte das Monster eine Bewegung, die wohl Zweifel ausdrücken sollte, ganz so, als hätte es sich entschlossen, die Maschine unter den Arm zu nehmen und davonzutragen.

Jonnie drückte die riesigen Pranken beiseite und beschäftigte sich von neuem mit dem Hebel. Er stellte ihn nach links ein und brachte die Scheibe zum Drehen.

»Gestatten Sie, daß ich mich vorstelle«, sagte die Maschine, »ich bin Ihr Ausbilder, wenn Sie diese Bezeichnung nicht für eine allzu große Anmaßung halten. Was mich betrifft, so habe ich nicht die Ehre, mich zu den Psychlos zählen zu dürfen. Ich gehöre dem niederen Geschlecht der Chinkos an.« Der Kopf im unteren Fenster verbeugte sich zweimal und legte schamhaft die Hand vor die Augen.

»Mein Name ist Joga Stenko. Mein Rang ist der eines Sprachsklaven zweiter Klasse im Dezernat Sprachenkunde in der Abteilung für Kultur und Völkerkunde auf dem Planeten Erde.« Über das obere Fenster liefen in rascher Folge Zeichen, sie tauchten auf, verschwanden, wurden durch andere ersetzt.

»Ich hoffe, Sie werden es nicht für aufdringlich halten, wenn ich Sie davon in Kenntnis setze, daß dies ein Lese- und Sprachkurs in den Menschensprachen Englisch und Schwedisch ist. Mit Hilfe der linken Spur des Tonträgers können Sie Englisch einstellen, auf der rechten Spur finden Sie den jeweils gleichen Text in Schwedisch. Die mittlere Spur dient der Wiedergabe in Psychlo, der erhabenen Sprache der Eroberer.«

Die Stimme fuhr fort: »Wollen Sie bitte darauf achten, daß jeweils im oberen Bildschirm der Schreibtext zum gesprochenen Wort und im unteren Schirm eine zu Text und Schrift passende Bilddarstellung erscheinen. Bitte, schreiben Sie es meiner mangelnden Bildung zu, daß Sie nur bescheidene Ansprüche an mich stellen können. Wahre Weisheit hat ihren Sitz allein bei den Regierenden auf Psychlo und in einem der größten psychloischen Konzerne, nämlich der gewaltigen und mächtigen Intergalaktischen Rohstoff Company; möge ihr allzeit Gewinn beschieden sein.«

Jonnie drückte den Hebel in die Mittelstellung. Er atmete schwer. Die Redeweise war gespreizt, die Aussprache ein wenig seltsam, und es kamen Worte vor, die er nicht kannte. Aber dem Sinn nach verstand er sie.

Er schaute sich die Maschine näher an. Auf seiner Stirn erschien eine steile Falte, so angestrengt dachte er nach. Eine Maschine war das ... eine Maschine, nichts Lebendiges. Und das mußte wohl bedeuten, daß das Insekt auch nichts Lebendiges gewesen war.

Er sah das Monster an. Warum machte das Ding das alles? Was hatte es vor? Welche neuen Gefahren, welche neuen Leiden kamen auf Jonnie zu? In diesen Bernsteinaugen war keine Spur von Freundlichkeit zu entdecken. Es waren die gleichen Augen, wie er sie im Widerschein des Feuers bei den Wölfen gesehen hatte.

Das Monster zeigte auf die Maschine, und Jonnie drückte den Hebel nach links unten.

»Mit Ihrer gütigen Erlaubnis wollen wir uns zunächst dem Alphabet zuwenden. Bitte, achten Sie auf den oberen Schirm. Der erste Buchstabe ist A.« Jonnie sah das Zeichen.

»A – ein Selbstlaut. Der Klang kommt vor in den Worten: Gabel – Sprache – Vater. Wollen Sie freundlicherweise genau darauf achten, wie der Buchstabe geschrieben wird, damit Sie ihn wiedererkennen. Der nächste Buchstabe im Alphabet ist B. Man spricht es aus wie in B-är, B-aum, B-ogen. Bitte, achten Sie auch auf den Bildschirm ...«

Das Monster öffnete eines der Bücher, und zwar die Fibel. Es schlug die erste Seite auf und zeigte auf das A.

Jonnie hatte den Zusammenhang bereits verstanden. Sprache konnte geschrieben und gelesen werden. Und diese Maschine war dazu bestimmt, ihm das beizubringen.

Er brachte den Hebel in die Mittelstellung und drückte ihn

herunter. Da wurde ihm das Alphabet in Psychlo vorgesprochen. Das Gesicht auf dem unteren Schirm zeigte, wie man den Mund bewegen mußte, um die Laute zu formen. Er drückte den Hebel nach rechts unten. Und nun hörte er das Alphabet in ... tja, war das Schwedisch?

Das Monster stand auf. Um mehr als einen Meter überragte es Jonnie. Es zog zwei tote Ratten aus der Tasche und ließ sie vor Jonnies Nase baumeln.

Sollte das etwa eine Art Belohnung sein? Jonnie kam sich vor wie ein Hund, der dressiert wird. Er dachte nicht daran, die Ratten zu nehmen.

Das Monster deutete ein Achselzucken an. Es sagte etwas. Jonnie verstand die Worte nicht. Aber als das Monster herüberlangte, um die Maschine an sich zu nehmen, ahnte er nachträglich, was das Monster gesagt hatte. So etwas wie: »Genug gelernt für heute.«

Jonnie drückte dem Monster die Arme weg. Er stellte sich trotzig vor die Maschine und versperrte dem Monster den Weg. Er war sich darüber klar, daß das böse ausgehen konnte, wenn das Monster zuschlug. Aber er stand da.

Und das Monster stand ihm gegenüber. Es neigte den Kopf nach links. Dann nach rechts. Es ließ ein dumpfes Grollen hören. Jonnie zuckte nicht zurück. Das Monster grollte lauter ... Nein, doch nicht! Erleichtert merkte Jonnie, daß das, was er für drohende Laute gehalten hatte, grölendes Gelächter war.

Jonnies Blick fiel auf die Gürtelschnalle des Monsters. Für ihn lag sie fast in Augenhöhe. Diese Rauchwolken am Himmel ... Jonnie erinnerte sich an die alte Legende vom Ende des Menschengeschlechts ... Und das Gelächter des Monsters gellte in seinen Ohren wie schallender Hohn.

Das Monster wandte sich um und ging. Noch als es die Käfigtür verschloß, lachte es grölend.

Jonnies Gesicht zeigte Verbitterung, aber auch Entschiedenheit. Er mußte mehr Wissen erwerben. Viel mehr. Dann konnte er handeln.

Die Maschine stand immer noch auf dem Tisch.

Jonnie streckte die Hand nach dem Hebel aus.

7

Die Wärme des Sommers hatte Schmutz und Schlamm getrocknet. Am Himmel, hoch über dem Käfig, segelten weiße Wolken. Jonnie hatte keine Zeit, ihnen nachzuschauen und nachzuträumen. Seine ganze Aufmerksamkeit konzentrierte sich auf den Sprachtrainer.

Er hatte den Riesenstuhl herumgewuchtet und die Sitzfläche so mit Fellen ausgepolstert, daß er darauf hocken und sich über die Tischkante lehnen konnte, Auge in Auge mit dem alten Chinko auf dem Bildschirm, dessen höfliches Geschwafel Jonnie als widerlich empfand.

Er hatte seine Last damit, das englische Alphabet zu lernen. Aber mit dem psychloischen war es noch viel schlimmer! Wieviel einfacher war es dagegen, Wild auf der Spur zu verfolgen und sofort zu wissen, wie alt die Fährte war und was man aus ihr über das Verhalten des Wildes lesen konnte. Beim Alphabet ... nun ja, es waren auch Zeichen und Symbole, aber sie erschienen kalt und starr auf dem Schirm und waren von so verwirrender Vielfalt, daß es schwierig war, ihre Bedeutung zu erkennen.

Nach einer Woche glaubte er allmählich daran, daß er's begreifen könnte. Hoffnung wuchs in ihm. Er meinte sogar, es wäre eigentlich doch ganz einfach. B – wie die Berge, Z – wie der Zoo, K – wie der Käfer und G – wie die Gefangenschaft. Aber als er denselben Text in der Psychlo-Sprache durchging, wurden auf einmal aus den Bergen Hütten und aus dem Zoo Schaufeln und aus dem Käfer Kerbango ... ganz und gar unverständlich. Erst als er schließlich unter der säuselnden, betulichen Anleitung der Chinkos begriffen hatte, daß die Psychlo-Wörter für Berge, Zoo, Käfer und Gefangenschaft mit anderen Buchstaben begannen, wußte er, daß er hinter den Sinn des Systems gekommen war.

Er brachte es soweit, daß er sich zurücklehnen und das englische Alphabet runterrasseln konnte. Endlich schaffte er das auch mit dem psychloischen Alphabet, wobei er, zugegeben, gelegentlich noch auf den Schirm schielen mußte. Aber die Feinheiten der unterschiedlichen Aussprache beherrschte er.

Jonnie war klar, daß er nicht zuviel Zeit dafür aufwenden durfte, sonst konnte ihn die Hungerkur mit rohen Ratten geschafft haben, bevor er am Ende seines Programms angekommen war. Er fühlte sich schon halb verhungert, weil es ihn immer noch große Überwindung kostete, das rohe Zeug überhaupt herunterzuwürgen.

Das Monster kam jeden Tag und sah ihm eine Weile zu. Solange es da war, hütete Jonnie sich, den Mund aufzumachen. Er konnte sich gut vorstellen, was für komische Laute er beim Üben von sich gab. Und dieses haarsträubende Gelächter des Monsters wollte er nicht wieder herauslocken. Also verhielt er sich ruhig, solange das Ding da draußen stand und er sich beobachtet fühlte.

Er beging einen Fehler. Hinter der Maske schoben sich die Augenknochen des Monsters immer enger zusammen, es schaute immer finsterer drein. Jonnies Freude daran, das Alphabet zu beherrschen, war von kurzer Dauer. Denn eines schönen Tages kam das Monster angestürmt, riß die Käfigtür auf und brüllte herum wie ein wildes Tier. Minutenlang schrie es Jonnie an, und es holte schon mit der Pranke aus, aber Jonnie zuckte auch vor dem drohenden Schlag nicht zurück.

Und dann stellte sich heraus, daß die ausholende Bewegung gar nicht Jonnie gegolten hatte, sondern der Maschine. Das Monster riß den Hebel herunter, und zwar in eine tiefere Stellung, die Jonnie noch nicht entdeckt hatte.

Auf einmal erschienen ganz andere Bilder auf dem Schirm, und der Text, der dazu gesprochen wurde, war für Jonnie auch neu.

In Englisch sagte der alte Chinko: »Wir beginnen nun, verehrter Schüler, sofern es Ihnen beliebt, so angesprochen zu werden, mit der modernen Lehrmethode der Interdependenz-Assoziierung von Gegenständen, Symbolen und Wörtern.«

Und dann tauchten nacheinander neue Bilder auf. Erst hörte er die Aussprache des Buchstabens H, dann sah er den Buchstaben, alles langsam und verständlich. Dann kam der entsprechende Buchstabe aus dem Psychlo-Alphabet, wieder zuerst der Lautklang und dann das Schriftbild. Sprache und Bilder wurden schneller und immer schneller, und schließlich war alles zur Undeutlichkeit verwischt.

Jonnie starrte so verblüfft auf den Bildschirm, daß er gar nicht merkte, wie das Monster verschwand.

Das war etwas Neues. Er war überhaupt nicht auf den Gedanken gekommen, daß es noch andere Hebelstellungen geben könne als die, die das Monster ihm anfangs gezeigt hatte. Eine einzige Bewegung am Hebel, und auf einmal war alles anders! Na gut, wenn ein kleiner Ruck abwärts so erstaunliche Folgen hatte... was würde denn passieren, wenn er den Hebel weiter als je zuvor nach oben drückte?

Er probierte es aus.

Eine Sekunde lang hatte er das Gefühl, als müßte ihm der Kopf zerspringen!

Er brauchte einen inneren Anlauf, er mußte die Angst überwinden... und dann probierte er es noch einmal.

Wieder dieselbe Wirkung.

Es riß ihn fast vom Stuhl.

Er wich zurück, starrte das Ding mißtrauisch an.

Irgend etwas ging von der Maschine aus. Was war es?

Sonnenlicht?

Er versuchte es noch einmal und zog diesmal die Hand nicht zurück.

Er spürte Wärme.

Es kribbelte in den Händen.

Vorsorglich beugte er sich etwas zur Seite. Auf den Schirmen erschienen Bilder. Und eine Stimme sprach dazu. Aber auf wahrhaft gespenstische Weise hörte er die Stimme nicht mit den Ohren, sondern sie klang in seinem Kopf wider. »Wir fahren jetzt mit dem Alphabet fort. Sie erfahren Wahrnehmungen unterhalb Ihrer Bewußtseinsschwelle. A ... B ... C ...«

Was war das? Konnte er mit den Händen hören? Das gab es doch gar nicht! Und doch ... mit den Ohren hörte er nichts als das Zirpen einer Heuschrecke irgendwo in der Nähe.

Die Maschine strömte etwas aus, lautlos.

Er rückte ein Stück zurück. Die Wirkung wurde schwächer. Er rückte näher heran. Sofort spürte er das Kribbeln im Kopf.

»Jetzt wollen wir uns mit dem Lautklang der Psychlo-Sprache beschäftigen ...«

Jonnie wich so weit zurück, wie es ihm auf dem Stuhl eben noch möglich war. Er dachte angestrengt nach. Und schließlich begriff er, daß das, was die Maschinenstimme die »Interdependenz-Assoziierung von Gegenständen, Symbolen und Wörtern« genannt hatte, ihm den Lehrstoff sehr schnell und dann immer schneller und noch schneller vermitteln würde ... und daß er sich nicht mehr abplagen mußte, alles zu begreifen ... sondern daß er in der Lage sein würde, es in demselben Augenblick als Wissen anzuwenden, in dem er es gerade erst hörte und sah.

Aber was war mit diesem warmen Lichtstrahl, der aus der Maschine kam?

Er faßte Mut. Er beugte sich vor und suchte unter den Tonträgern einen aus, der sich offenbar mit weit fortgeschrittenem Lehrstoff befaßte. Er überwand seine Angst und drückte den Hebel energisch nach oben.

Auf einmal *wußte* er, daß die Winkel eines gleichseitigen Dreiecks gleich sind.

Er richtete sich auf. Nie hatte er sich darum gekümmert, was ein gleichseitiges Dreieck sein könnte. Oder ein Winkel. Und nun *wußte* er es.

Er kletterte vom Stuhl herunter, setzte sich auf den Boden, streckte den Finger aus und malte ein Dreieck in den Staub. Durch die Winkel zog er einen Bogen. Und er sagte, selber erstaunt darüber: »Die Winkel sind gleich.«

Was heißt das: gleich?

Ohne Unterschied im Vergleich zueinander.

Na und?

Es konnte eine Art von Wissen sein, das sich später als wertvoll erweisen mochte.

Jonnie betrachtete gedankenversunken die Maschine. Sie war in der Lage, ihn auf ganz gewöhnliche Weise zu unterrichten. Die zweite Methode war das schnelle Durchlauf-Verfahren. Und die dritte Methode ... Die Maschine konnte ihm ohne Anstrengung und ohne jeden Zeitverzug mit Hilfe eines Wärmestrahls etwas beibringen.

Plötzlich spiegelte sich auf seinem Gesicht klammheimliches Vergnügen.

Das Alphabet? Pah! Er mußte alles lernen, was es über die Zivilisation der Psychlos zu lernen gab!

Ob sich das Monster darüber klar war, warum er das tun wollte?

Das Leben wurde eine einzige Kette von Tonträgern, ganze Stapel spielte er ab. Wenn er nicht schlief, verbrachte er jede Stunde an dem Tisch. Er nahm Bilder in sich auf. Er ließ den Wärmestrahl in sich hineinfließen. Er begriff Zusammenhänge und Abhängigkeiten.

Hunger plagte ihn. Sein Schlaf war ruhelos. Alptraumbilder von toten Psychlos verwoben mit Bildern von toten Ratten, die auf fliegenden, mechanischen Rössern dahinjagten. Und die Tonträger drehten sich und drehten sich.

Aber Jonnie ließ nicht locker. In wenigen Wochen und Monaten paukte er sich ein, wozu man gewöhnlich viele Schuljahre braucht. Es gab so viel zu lernen! Er mußte alles, *alles* in seinem Kopf unterbringen! Und er hatte ein einziges Ziel vor Augen: Rache für die Vernichtung der Menschheit! Schaffte er es, schnell genug zu lernen, um sein Ziel zu erreichen?

8

Terl war mit sich und der Welt zufrieden gewesen bis zu dem Augenblick, als er die Aufforderung bekam, sich beim Planetarischen Direktor zu melden. Jetzt wartete er voller Nervosität darauf, den genauen Termin zu erfahren.

Die Wochen waren dahingeflogen. Die Wärme des Sommers ließ nach, und man spürte schon, wie der kühle Herbst näherrückte. Das Menschending machte sich ganz gut. Es schien jede Minute des Tages vor der Chinko-Maschine und über dem Sprachlehrprogramm zu verbringen.

Gesprochen hatte es allerdings bis jetzt noch nicht, wobei man jedoch bedenken mußte, daß es eben nur ein einfältiges, tierähnliches Wesen war. Es war nicht mal in der Lage gewesen, das Prinzip der beschleunigten Lehrmethode durch Interdependenz-Assoziierung zu begreifen, bis Terl ihm den Weg dazu gezeigt hatte. Es schien nicht mal genug Verstand zu besitzen, sich gerade vor das Gerät zur unmittelbaren Sinn- und Einordnungsübermittlung hinzustellen. Hatte es denn noch nicht mitgekriegt, daß es nötig war, den vollen Strahlenimpuls durch die Gehirnwindungen gehen zu lassen? Strohdumm! Bei diesem Tempo würde die Ausbildung monatelang dauern! Aber was konnte man auch von einer Kreatur erwarten, die sich von rohen Ratten ernährte!

Dennoch ... Mitunter glaubte Terl, bei seinen Besuchen im Käfig in diesen fremdartigen blauen Augen etwas Gefährliches zu entdecken. Na, wenn schon! Falls die Kreatur wirklich gefährliche Pläne im Sinn hatte, konnte er das Menschending so lange benutzen, bis Terls eigene Pläne ins Rollen gekommen waren. Und beim ersten Anzeichen dafür, daß die Dinge irgendwie aus dem Lot gerieten, war es immer noch früh genug, die Kreatur auszulöschen. Einmal kurz den Handfeuer-Killer abziehen, ratsch-bumm, keine Menschenkreatur mehr ... So einfach war das.

Ja, es war alles gut gelaufen. Wie gesagt, bis die Aufforderung kam, sich für eine Meldung beim Planetarischen Direktor bereitzuhalten. Aber seither ... So etwas konnte einen schon nervös machen. Man hörte einfach nichts darüber, was der Chef auf dem Planeten Erde herausgefunden haben mochte. Irgendein Angestellter konnte dem Alten wer weiß was über Terl erzählt haben. Aber es sickerte einfach nichts durch. Das war kein Routinevorgang, wenn der Sicherheitschef zum Direktor gerufen wurde. Denn tatsächlich war er – aufgrund ziemlich verworrener Unterstellungsverhältnisse – nicht in allen Aufgabengebieten der Planetarischen Geschäftsleitung direkt unterstellt. Das war, streng genommen, sogar ein positiver Gesichtspunkt. Es hatte schon Fälle gegeben, in denen ein Sicherheitschef für die Ablösung des Chefs auf einem Planeten gesorgt hatte, Korruptionsfälle. Dennoch, der Planetarische Direktor war nun mal der oberste Boß. Er hatte den Finger auf den Akten, auch auf den Personalakten. Also bestimmte er, ob man versetzt oder weiter in der bisherigen Position beschäftigt wurde.

Die Aufforderung hatte ihn gestern abend erreicht. Und Terl hatte dann wahrhaftig nicht mehr sehr gut geschlafen. Er hatte sich im Bett herumgewälzt, und das bevorstehende Gespräch war ihm dauernd durch den Kopf gegangen. Einmal war er aufgestanden und hatte sämtliche Sicherheitsakten durchgesucht. Es wäre ihm äußerst willkommen gewesen, wenn er, nur so für alle Fälle, irgend etwas gegen den Direktor in der Hand gehabt hätte. Er war ganz niedergeschlagen, als er nichts fand. Er fühlte sich nur dann wohl in seiner Haut, wenn er sich auf irgend etwas stützen konnte, womit sich nötigenfalls Druck ausüben ließ.

Es war geradezu eine Erleichterung, als endlich der Termin gekommen war und Terl das Büro des obersten Psychlo auf diesem Planeten betrat.

Numph, der Planetarische Direktor auf der Erde, war alt. Es ging das Gerücht, daß man ihn hierhergeschickt habe, weil der Zentrale Aufsichtsrat der Company ihn loswerden wollte. Und zwar nicht wegen irgendeines Korruptionsfalles, sondern schlichtweg wegen seiner aufgeblasenen Inkompetenz. Sie hatten ihn, so hieß es, so weit wie möglich abgeschoben. Auf einen unbedeutenden Posten, auf einen Planeten am Rand einer weit entfernten Galaxie. Genau auf den Platz, auf den man jemanden schicken konnte, wenn man ihn vergessen wollte.

Numph saß an seinem gepolsterten Schreibtisch. Sein Blick schweifte durch das hohe, gewölbte Dachfenster hinüber zum Rohstoff-Umschlagzentrum. Geistesabwesend knabberte er an der Ecke eines Aktenvorgangs herum.

Terl war auf alles gefaßt, während er nähertrat. Numphs Dienstuniform sah adrett aus. Sein Pelz, der einen kleinen Stich ins Blaue hatte, war gründlich gestriegelt und ordentlich gekämmt. Überhaupt, es gab gar nichts, was irgendwie außergewöhnlich gewirkt hätte. Mal abgesehen von Numphs leblosen, nach innen gekehrten Augen.

Numph schaute nicht auf. »Setzen Sie sich«, sagte er. Es hörte sich an, als wäre er mit seinen Gedanken ganz woanders.

»Euer Planetschaft, ich komme auf Ihre Aufforderung hin.«

Der alte Psychlo drehte sich zum Schreibtisch hin. Er sah Terl gelangweilt an. »Das versteht sich von selber.« Er hielt nicht viel von Terl, obwohl er andererseits auch keine besondere Abneigung gegen ihn empfand. Es war nur ... na ja, man erlebte das eigentlich mit allen Angestellten. Die Burschen gehörten einfach nicht zur ersten Wahl. Nicht wie in den guten alten Zeiten, auf anderen Planeten, in anderen Stellungen, mit einem besseren Stab.

»Wir machen keinen Profit mehr«, sagte Numph. Er warf die Akte auf den Schreibtisch. Zwei Kerbangokaraffen klirrten. Aber er bot nichts davon an.

»Das könnte ein Zeichen dafür sein, daß dieser Planet vollständig ausgebeutet ist«, vermutete Terl.

»Daran liegt's nicht. In tieferen Lagen ist noch eine Menge Erz zu finden, genug, um jahrzehntelang im Geschäft zu bleiben. Übrigens ist das – äh ... ein Problem für die ... Dingsda ... die Ingenieure, nicht für die Sicherheitsabteilung.«

Die Zurechtweisung machte Terl nichts aus. »Wie ich hörte, gibt es einen allgemeinen Geschäftsrückgang, in mehreren Marktbereichen der Company. Die Preisentwicklung ist rückläufig.«

»Schon möglich. Aber das ist ein Problem für die ... na, wie heißt es doch gleich? ... für die ökonomische Abteilung im Zentralbüro, nicht für die Sicherheitsabteilung hier.«

Der zweite Rüffel brachte Terl schon ein bißchen aus der Fassung. Er rutschte unruhig auf seinem Stuhl herum, das Möbelstück ächzte unter seinem Gewicht.

Numph zog den Aktenordner heran und wedelte damit herum. Er wirkte müde und erschöpft. »Es geht um die Kosten«, ließ er Terl wissen.

Terl fühlte den Boden unter seinen Füßen wieder sicherer werden. »Kosten sind eine Angelegenheit der Buchhaltung, nicht der Sicherheitsabteilung.«

Numph ließ den Blick sekundenlang auf ihm ruhen. Er war sich nicht ganz sicher, ob Terl sich gerade eine Unverschämtheit herausgenommen hatte. Er beschloß, einfach darüber hinwegzugehen. Er warf den Aktenordner auf den Schreibtisch.

»Aha, keine Angelegenheit der Sicherheitsabteilung. Und wie verhält es sich bei einem Fall von Arbeiterunruhen?«

Terl erstarrte. »Wo gibt es Arbeiterunruhen?« Davon war ihm nicht einmal gerüchteweise irgend etwas zu Ohren gekommen. Was wurde hier eigentlich gespielt? Hatte Numph etwa ein eigenes

Agentensystem, mit dessen Hilfe er Terl ausmanövrierte?

»Bis jetzt gibt es noch keine«, antwortete Numph. »Aber wenn ich bekanntgebe, daß – äh ... die Gehälter gekürzt werden und die Zulagen entfallen, dann könnte das durchaus ... gewissermaßen ... also, dann könnte es sogar Aufstände geben.«

Ein Frösteln überlief Terl. Er beugte sich vor. Das ging ihn allerdings eine Menge an, und zwar nicht nur aus Sicherheitsgründen.

Numph schob ihm den Aktenordner hin. »Es liegt an den Personalkosten! Wir haben dreitausendsiebenhundertneunzehn Angestellte auf diesem Planeten, alles mitgerechnet, die fünf Abbaustationen und die drei Forschungsstationen. Das Landefeldpersonal, die Besatzungen der Frachtflugkörper, die Leute auf dem Umschlagzentrum, alles dabei. Bei – äh ... einem Durchschnittsgehalt von dreißigtausend Galaktischen Währungseinheiten pro Jahr macht das summa summarum über hundertelf Millionen GW. Da kommen dann noch Verpflegung, Unterkunft und ... na, sagen Sie schon! ... und Atemgas dazu, jeweils rund fünfzehntausend GW, macht zusammen ... also, das können Sie sich ja selber ausrechnen. Wissen Sie, wie hoch die Gesamtsumme pro Jahr ist? Sie wissen es nicht! Aber ich weiß es. Fast einhundertachtundsechzig Millionen GW! Und dann noch die Zulagen! Und die Transportkosten! Und – und – und! Was wir erwirtschaften, verbrauchen wir. Da kann doch von ... Dingsda ... von Amortisation überhaupt keine Rede sein. Und von Gewinnen ganz zu schweigen.«

Terl hatte das schon lange geahnt. Für ihn war das immer ein Grund gewesen, seine persönlichen Pläne energisch voranzutreiben.

Er glaubte nicht, daß die Zeit schon reif dafür war, mit seinem eigenen Projekt zu beginnen. Er hatte allerdings nicht damit gerechnet, daß die mächtige, reiche Intergalaktische sich gezwungen sehen könnte, die Gehälter zu kürzen und die Zulagen auszusetzen. Weil er dadurch direkt betroffen wurde, mußte er mehr als je zuvor darauf bauen, durch seinen eigenen Plan zu Wohlstand und Einfluß zu kommen.

War jetzt der richtige Augenblick, eine neue Phase einzuleiten? Die Kreatur machte sich doch ganz gut. Vielleicht ließ sie sich für einfache Abbauarbeiten einsetzen. Man konnte sie dafür benützen, andere Menschendinger anzulocken. Ja, er hielt es für durchaus möglich, die Kreatur bei der Rohstoffgewinnung einzusetzen, wenn es vielleicht auch mit gewissen Gefahren verbunden war.

Zum Beispiel ... diese Goldader da oben auszubeuten, an der steilen, sturmumtobten Klippe ... das war natürlich eine Plackerei, und für ein paar von den Kreaturen würde der Einsatz tödlich enden. Aber wen kümmerte das schon? Zumal ja die Menschendinger in demselben Augenblick, in dem die Abbauarbeiten beendet waren, ausgelöscht werden mußten, damit das Geheimnis für immer gewahrt blieb.

Terl versuchte, das Gespräch in eine für ihn günstige Richtung zu lenken. »Wir könnten vielleicht unsere Förderleistung steigern?«

»Nein, nein und nochmals nein!« rief Numph aus. »Das ist völlig ausgeschlossen.« Er seufzte. »Die ... na, wie heißen die gleich wieder? ... die Personalressourcen sind knapp.«

Nichts hätte Terl lieber gehört. Er lockte Numph ein Stück weiter in die Falle, die er aufgebaut hatte. »Sie haben völlig recht. Entweder lösen wir das Problem, oder Arbeiteraufstände sind so gut wie unausweichlich.«

Numph nickte verdrossen.

»Bei Arbeiterunruhen ...«, fuhr Terl fort, »also, das erste, was die Arbeiter tun, ist, daß sie die höheren Angestellten auslöschen.«

Numph nickte wieder, aber diesmal flackerte Angst in seinen bernsteinfarbenen Augen auf.

»Gut, ich kümmere mich um die Sache«, sagte Terl. Es kam alles ein wenig zu früh, und er hatte eigentlich nicht vorgehabt, die Angelegenheit jetzt schon zur Sprache zu bringen. Aber der Augenblick war eben günstig. »Wenn wir in Aussicht stellen könnten, daß die Gehaltskürzungen nur vorübergehend gelten, und wenn wir kein neues Personal auf den Planeten bringen, würde die Gefahr von Aufständen erheblich verringert.«

»Das ist wahr, das ist wahr«, nuschelte Numph. »Wir bringen ja sowieso kein neues oder zusätzliches Personal auf den Planeten. Aber dafür muß die Stammbesatzung um so härter ran, das Gerät wird stärker genutzt ... na, Sie wissen ja ... ein – äh – gewisses Murren kommt da schon mal auf.«

»Das stimmt«, bestätigte Terl. Und dann wagte er den nächsten Schritt. »Was würden Sie denn sagen, wenn ich Ihnen erzähle, daß ich zur Zeit gerade an einem Projekt arbeite, mit dessen Hilfe wir die Zahl unserer Beschäftigten innerhalb von zwei Jahren halbieren könnten?«

»Ich – äh ... also, das wäre ein Wunder.«

So etwas hörte Terl gern. Klatschte einer Beifall, dann würden sie im Zentralbüro auch alle auf seiner Seite sein.

Numph war interessiert, er wollte mehr hören. Man sah es ihm an.

»Kein Psychlo ist gern auf diesem Planeten«, fuhr Terl fort. »Außerhalb der Anlagen können wir ohne Atemmaske nicht arbeiten, und ...«

»Und die Kosten für Atemgas steigen und steigen!« jammerte Numph.

»... und was wir deshalb brauchen, ist eine Mannschaft von Luftatmern, und zwar solche, die zu einfacher Maschinenarbeit in der Lage sind.«

Numph lehnte sich zurück. Er schien enttäuscht zu sein. »Falls Sie an diese ... na, wie heißen die denn noch mal? An diese – äh ... Chinkos denken, also, die sind schon vor Jahren vernichtet worden.«

»Ich darf meine Bewunderung aussprechen, wie Euer Planetschaft sich in der Geschichte unserer Company auskennen! Nein, die Chinkos meine ich nicht. Was wir brauchen, finden wir vielleicht an Ort und Stelle.«

»Wo?«

»Ich will im Augenblick noch nicht mehr darüber sagen. Aber ich melde, daß ich mit meinem Projekt Fortschritte mache und daß die Sache sehr vielversprechend aussieht.«

»Wo sind die Leute, von denen Sie reden?«

»Nun, ›Leute‹ würde ich sie nicht gerade nennen. Es gibt vernunftbegabte Wesen auf diesem Planeten.«

»Solche, die denken können? Und reden?«

»Sie sind recht geschickt in praktischen Dingen.«

Numph dachte nach. »Reden sie denn? Können Sie sich denn mit ihnen verständigen?«

»Ja, ja, sie reden«, behauptete Terl weitaus kühner, als es eigentlich nach allem, was er bis jetzt wußte, gerechtfertigt war.

»Mhm. Es gibt da – äh ... auf dem südlichen Teil des Kontinents einen Vogel, der kann auch reden. Der Direktor der Außenstation hat mir so einen geschickt. Der konnte auf Psychlo fluchen. Irgend so'n Trottel hat nicht rechtzeitig die Luftpatrone im Käfig erneuert, da ist der Vogel gestorben. Aber ...« Er runzelte die Stirn. »... so ein Vogel ist ja nicht gerade geschickt in praktischen Dingen, oder?«

»Nein, nein, ich rede ja auch nicht von einem Vogel!« unterbrach Terl das wichtigtuerische Geschwätz. »Die Dinger, von denen ich rede, sind klein, haben zwei Arme und zwei Beine ...«

»Verstehe! Affen! Terl, Sie werden mir doch nicht ernsthaft vorschlagen ...«

»Nein, keine Affen. Affen könnten ja keine Maschinen bedienen. Was ich meine, sind Menschen.«

Numph sah ihn lange an. Dann sagte er: »Von denen gibt's doch nur noch ganz wenige. Und ob die wirklich ...? Also, ich weiß nicht.«

»Sie haben recht. Man hat sie auf die Liste der vom Aussterben bedrohten Spezies gesetzt.«

»Was für eine Spezies?«

»Eine, die es in Kürze nicht mehr geben wird.«

»Aha. Mhm. Aber wenn es nur noch wenige gibt ... Ich meine, das würde doch für unser Problem – äh ... das wäre doch keine Lösung, oder?«

»Euer Planetschaft, ich will ehrlich sein, ich habe nicht gezählt, wie viele es noch gibt.«

»Seit Jahren hat niemand so ein Menschending gesehen.«

»Die Fernaufklärer haben festgestellt, daß es welche gibt. In den Bergen da oben sind vierunddreißig gezählt worden. Und auf anderen Kontinenten existieren weitaus mehr. Wenn Sie mir entsprechende Vollmachten und Möglichkeiten einräumen, habe ich Grund zu der Annahme, daß ich einige Tausend zusammenbringen könnte.«

»So, Vollmachten? Und Möglichkeiten, wie? Das bedeutet wohl Kosten?«

»Nein, durchaus nicht. Keine Kosten, jedenfalls im Endeffekt nicht. Ich bin in jeder Beziehung um Kostendämpfung bemüht. Ich habe sogar die Einsätze der ferngelenkten Aufklärungsflugkörper reduziert. Die Menschendinger vermehren sich unter günstigen Bedingungen außerordentlich schnell, und ...«

»Aber wenn doch niemand so ein Ding gesehen hat! Welche Aufgaben könnten die denn überhaupt übernehmen?«

»Maschinenarbeit außerhalb der Gebäudeanlagen. Fünfundsiebzig Prozent unseres Personals sind dadurch gebunden. Traktoren, Ladegeräte ... Lauter Arbeiten, die keine besondere Erfahrung verlangen.«

»Also, ich weiß nicht, Terl! Wenn niemand so ein Ding gesehen hat ...«

»Ich hab eines.«

»Wie?«

»Ja, ich hab eines. Und zwar hier. In den Zookäfigen in der Nähe unserer Station. Ich bin losgezogen und hab eines gefangen. War nicht einfach, aber ich hab's geschafft. Wissen Sie, ich habe schon während meiner Ausbildung als sehr guter Schütze gegolten.«

Numph ließ sich das durch den Kopf gehen. »Mhm. Ich hab so ein Gerücht gehört, daß da – äh ... in diesem Zoo, wie Sie das nennen, ein fremdartiges Tier sein soll. Einer von den leitenden Angestellten ... warten Sie mal, ich glaube, Char war es ... Der hat seine Witze darüber gemacht.«

»Wenn es um Löhne und Gewinne geht, sollte niemand Witze machen«, sagte Terl abweisend.

»Das ist wahr, sehr wahr. Char war schon immer ein Narr. Also,

Sie erproben so eine Kreatur, die uns Personal einsparen könnte? Sehr gut. Bemerkenswert, in der Tat.«

»Nun, wenn Sie mir eine Blanko-Anforderung für Transportmittel geben ...«

»Mhm, ja. Könnte ich diese Kreatur mal besichtigen? Nur mal so, um zu sehen, was sie eigentlich kann. Wissen Sie, es fallen eine Unmenge Kosten für Geräteschäden und Materialverluste an. Wenn wir das nicht alles bezahlen müßten, wären auch unsere – äh ... allgemeinen Verluste nicht so hoch. Vielleicht hätten wir gar keine Verluste. Aber bei diesen Menschendingern ... ich meine, da müssen wir ja wohl mit Maschinenschäden rechnen, nicht wahr? Und so etwas hat das Zentralbüro gar nicht gern.«

»Ich habe die Kreatur erst wenige Wochen, und es wird noch einige Zeit dauern, bis ich sie an einer Maschine ausgebildet habe. Aber ich denke, ich kann das schon ermöglichen, daß Sie sich selber mal ansehen, was die Kreatur kann.«

»Sehr gut. Dann machen Sie weiter und halten Sie mich auf dem laufenden. Sie sagen, Sie bilden das Ding aus? Sie wissen hoffentlich, daß es verboten ist, Angehörige niederer Rassen in Hüttenkunde oder in Kampfgrundsätzen auszubilden? So etwas machen Sie doch wohl nicht, oder?«

»Nein, keine Rede davon. Nur Ausbildung an der Maschine. Knöpfe drücken und Hebel ziehen und so was. Ich muß der Kreatur natürlich unsere Sprache beibringen, damit ich ihr Befehle geben kann. Ich arrangiere eine kleine Vorführung, wenn alles soweit ist. Und, was ich noch sagen wollte, wenn Sie mir jetzt die Blanko-Anforderung ...«

»Das hat Zeit, bis ich die Vorführung gesehen habe.«

Terl hatte sich vom Stuhl erhoben und die vorbereiteten Anforderungsbogen halb aus der Tasche gezogen. Er steckte sie wieder zurück. Es mußte ihm etwas anderes einfallen. Die Besprechung war ganz gut verlaufen. Er war durchaus nicht enttäuscht.

Aber dann sagte Numph etwas ... Terl kam sich vor, als hätte der Planetarische Direktor einen Kübel kaltes Wasser über ihn ausgegossen.

»Terl, ich – äh ... wirklich, ich weiß Ihre Bemühungen zu schätzen. Gerade gestern bekam ich ein Schreiben vom Zentralbüro. Es ging um die Dauer Ihrer Verpflichtungszeit hier. Man plant dort weit im voraus, Sie wissen ja ... In diesem Fall ging es darum, daß – äh ... auf dem Planeten 1 ein Sicherheitsexperte mit Erfahrung im Außendienst benötigt wurde. Ich bin sehr froh, daß ich das abgelehnt habe. Ich habe Sie für weitere zehn Jahre angefordert.«

»Ich ... Ich hatte nur noch zwei Jahre hier unten!« röchelte Terl.

»Ich weiß, ich weiß. Aber gute Sicherheitschefs sind rar. Es wird sich in Ihrer Personalakte gut machen, wenn man sieht, daß Sie gefragt sind.«

Terl schaffte es bis zur Tür. Draußen im Flur fühlte er sich hundsmiserabel. Er hatte sich selber ein Bein gestellt. Es war seine eigene Schuld, wenn er nun noch weiter auf diesem verfluchten Planeten bleiben mußte.

Mit allen anderen Plänen kam er gut voran. Oben in den Bergen lag die glitzernde Goldader. Ungefähr zwei Jahre hätte es gedauert, und er wäre, wenn auch auf nicht ganz geraden Wegen, reich gewesen. Ungefähr zwei Jahre ... das Ende seiner Kommandozeit auf der Erde wäre ein persönlicher Triumph geworden. Sogar das Menschending machte gute Fortschritte. Alles, überhaupt alles war gut gelaufen.

Und nun ... zehn weitere Jahre! Verdammter Mist, das hielt er einfach nicht aus!

Er brauchte irgend etwas, um Numph unter Druck zu setzen. Ein Druckmittel. Aber nicht irgendeines. Es mußte schon ein starkes Druckmittel sein.

9

Es war eine Explosion gewesen, laut und scharf. Ganz anders als das gewaltige Dröhnen, das wie plötzliches, dumpfes Aufbrüllen klang und, wie Jonnie inzwischen wußte, nur zu ganz bestimmten Zeiten zu hören war: jeden fünften Tag, immer um die gleiche Zeit. Ein ohrenbetäubendes Dröhnen, aber trotzdem ein Säuseln, verglichen mit dem Explosionsknall von eben.

Durchtrainiert und geschmeidig, hatte Jonnie bald herausgefunden, daß er – drüben an der Käfigecke – die Gitterstangen hinaufklettern konnte, und wenn er sich oben festklammerte, hatte er einen freien, weiten Blick über die Ebene bis zu den Bergen und hinunter zu den hochaufragenden Gebäudeanlagen der Psychlos. Verschränkte er die Beine um die Querstangen des Käfiggitters, dann konnte er sich auf seinem schwindelnd hohen Platz sogar ausruhen.

Es war Winter geworden. Schon seit einiger Zeit trugen die Berge Schneehauben. Heute war allerdings nichts davon zu sehen, alles lag verschleiert unter weißgrauen Wolken.

Östlich der Psychlo-Gebäude gab es eine merkwürdige, sehr große glatte Fläche. Ringsum waren in weiten Abständen Stangen aufgestellt, und von Stange zu Stange waren Drähte gezogen. Der Boden sah hell und glänzend aus, es mußte irgendein Metall sein. Bei dem kuppelförmigen Gebäude am südlichen Rand der Fläche herrschte reges Kommen und Gehen. Am nördlichen Rand lag ein abgegrenzter Platz, auf dem fremdartig aussehende, zylindrisch geformte Fahrzeuge standen. Sie senkten sich schwebend auf den Platz und hoben schwebend wieder ab.

Sooft sie einschwebten, wirbelte eine riesige Staubwolke auf. Dann öffneten sich die Seiten der Zylinder. Riesige Felsstücke und Gesteinsbrocken glitten heraus. Danach erhob sich das Fahrzeug wieder in die Luft und flog ruhig, ohne Flügelschlag davon, bis ins Nirgendwo hinter dem Horizont.

Das ausgeladene Material wurde auf einen breiten Riemen geschoben, der zwischen Türmen entlanglief und seine Last über die weite Fläche mit dem hellen, glänzenden Boden trug.

Tag um Tag kam Fahrzeug auf Fahrzeug. Jeweils am fünften Tag lag ein gewaltiger Berg aus Felsbrocken auf der Fläche. Und dann ereignete sich jedesmal das, was Jonnie für besonders geheimnisvoll hielt, für das größte unter allen Rätseln.

Immer zur gleichen Tageszeit, und zwar immer an jedem fünften Tag, setzte dieses Dröhnen ein. Die Felsbrocken und Gesteinsstücke schienen kurz aufzuglühen. Dann steigerte sich das Dröhnen zu einem brüllenden Laut, scharf wie ein Donnerschlag. Und auf einmal war der aufgehäufte Berg aus Fels und Gestein verschwunden.

Von allem, was sich rings um ihn ereignete, von allen Geheimnissen, die ihn umgaben und die er von seinem Platz oben in den Gitterstangen staunend verfolgte, fesselte dieses rätselhafte Geschehen seine Aufmerksamkeit am meisten.

Jedesmal verschwand der Materialberg. Aber wohin? Eben lagen Fels- und Gesteinsstücke noch da, sauber aufgetürmt. Und dann ... dieses Röhren, der aufbrüllende Lärm ... und alles war weg. Endgültig weg. Niemals fiel auch nur ein einziges Stück davon auf die Fläche zurück. Die fliegenden Dinger brachten es heran. Der breite Gürtel transportierte es weiter. Und am Schluß war es einfach verschwunden.

Jonnie hatte den Vorgang so oft beobachtet, daß er inzwischen genau den Tag, die Stunde, ja sogar fast die Minute voraussagen konnte. Er hatte alles genau verfolgt, er wußte auch, was ringsum geschah. Das hohe, kuppelartige Gebäude am Südrand der Fläche erstrahlte in hellem Licht. Die Drähte, die rings um die Fläche gezogen waren, fingen zu schwingen und zu summen an. Das scharfe, donnernd laute Geräusch ... und das rätselhafte Verschwinden des Materialberges.

Aber damit hatte das, was heute da unten geschehen war, nichts zu tun. Eine der Maschinen, die dazu da waren, Gestein auf den breiten Riemen zu schieben, war in die Luft geflogen. Jetzt wimmelte es an der Unglücksstelle von Psychlos. Ein paar kümmerten sich um den Fahrer. Jonnie konnte nicht genau sehen, was sie mit ihm machten. Andere bekämpften die Flammen, die aus der Maschine schlugen.

Diese Art Maschinen hatte vorn so etwas wie ein großes gebogenes Metallblatt, eine Art von Schaufel. Und oben war eine durchsichtige Kuppel, in der der Fahrer saß. Aber bei der Unglücksmaschine fehlte die Kuppel, offenbar war sie weggesprengt worden.

Ein niedriges, breites Fahrzeug kam angerast. Der Fahrer war herausgesprungen. Er und ein paar andere hoben den Fahrer der verunglückten Maschine in einen Korb, trugen ihn in das niedrige Fahrzeug und fuhren mit ihm davon.

Eine andere Maschine, auch so eine mit dem großen gebogenen Metallblatt, fuhr heran und drückte die ausgebrannte Maschine so weit zur Seite, daß sie nicht mehr im Wege stand. Dann übernahm diese Maschine die Aufgabe, bei der vorher die andere in die Luft geflogen war. Sie schob das Gestein auf den Riemen. Die Gruppe der Herumstehenden löste sich auf. Die Psychlos kehrten zu ihren Maschinen zurück oder verschwanden in der hohen Kuppel.

Irgendein Unfall, dachte Jonnie. Er hing noch eine Weile oben in den Gittern. Aber es ereignete sich nichts mehr.

Doch ... da war doch etwas: Die Gitterstangen fingen zu beben an. Aber das hatte keinen besonderen Grund. Jonnie wußte schon, was es bedeutete. Es war die Erschütterung von den Schritten des Psychlos, der ihn gefangenhielt. Er rutschte rasch an einer Gitterstange herunter.

Das Monster kam zur Käfigtür, öffnete sie und trat ein. Es starrte Jonnie an.

Man konnte nie wissen, was dieses Monster im nächsten Augenblick tun würde. Schien es in der einen Minute noch völlig ruhig und gelassen zu sein, dann konnte es in der nächsten schon aufgebracht herumtoben.

Im Augenblick war es ziemlich schlecht gelaunt. Mit einer wütenden Geste zeigte es auf Jonnie und dann auf die Sprachmaschine.

Jonnie atmete tief durch. Seit Monaten saß er jede Stunde, mal abgesehen von der Schlafenszeit, vor dieser Maschine und tat nichts anderes als zu arbeiten, zu arbeiten und noch mal zu arbeiten. Er hatte allerdings nie ein Wort gesprochen. Jetzt tat er es zum ersten Mal.

Er zeigte auf die Sprachmaschine und sagte in der Sprache der Psychlos: »Kaputt.«

Das Monster gaffte ihn verblüfft an. Dann ging es zur Maschine und drückte den Hebel herunter. Nichts geschah. Das Monster warf Jonnie einen bösen Blick zu, so als ob er die Maschine kaputtgemacht hätte. Dann hob es den Apparat hoch und schaute darunter. Jonnie sah das staunend, denn das Ding war schwer; er selber konnte es nicht einen einzigen Zentimeter weit auf dem Tisch verrücken.

Heute morgen war die Maschine kaputtgegangen, kurz vor der Explosion. Jonnie ging näher heran, um zu sehen, was das Monster machte. Es schob eine schmale Bodenplatte weg, ein kleiner Knopf fiel heraus. Das Monster las murmelnd ein paar Zahlen von dem Knopf ab, kippte die Maschine auf die Seite und verließ den Käfig. Nach kurzer Zeit kam es mit einem neuen Knopf wieder, schraubte ihn ein, befestigte die Bodenplatte, richtete die Maschine auf und drückte den Hebel herunter. Der Tonträger begann sich zu drehen, und die Maschine sagte: »Wir kommen nun, verehrter Schüler, zu den Rechenarten der Addition und Subtraktion ...« Das Monster stellte die Maschine ab.

Herrisch deutete es mit der Pranke auf Jonnie – und von Jonnie zur Sprachmaschine.

Jonnie widersetzte sich. »Die da kenn ich alle. Ich brauche neue Tonträger«, verlangte er, wobei er wieder psychloisch sprach.

Das Monster schaute auf die vielen Tonträger, die auf dem Tisch lagen: so viele, daß es für Hunderte von Unterrichtsstunden ausreichen mußte. Dann guckte es Jonnie an, das Gesicht hinter der Atemmaske zu einer wütenden Grimasse verzerrt. Jonnie hielt es durchaus für möglich, daß das Monster ihn quer durch den Käfig prügelte, so übelgelaunt, wie es aussah. Aber auf einmal schien das Monster seine Meinung geändert zu haben.

Es grapschte sich den Stapel und verschwand, und kurz darauf erschien es mit einem noch höheren Stapel neuer Tonträger, die es in den Speicherbehälter an der Rückseite der Maschine schob. Den ersten Tonträger legte es gleich auf. Dann deutete es noch einmal auf Jonnie – und von Jonnie zur Sprachmaschine. Es war alles klar. Jonnie sollte anfangen, und zwar sofort.

Wieder atmete Jonnie tief durch. »Menschen leben übrigens nicht von rohem Rattenfleisch und schmutzigem Wasser«, sagte er.

Das Monster hielt mitten in der Bewegung inne, wandte sich um und starrte Jonnie an. Es ließ sich auf den Stuhl sinken. Da saß es, und es tat immer noch nichts anderes, als Jonnie stumm anzustarren.

10

Was ein geeignetes Druckmittel war, erkannte Terl auf den ersten Blick.

Als erfahrener Sicherheitsoffizier wußte er, daß sein Geschäft damit stand und fiel, immer etwas in der Hand zu haben, womit er Druck ausüben konnte. Erpressung, nichts konnte ihm mehr Vorteile bringen als das. Es war die sicherste Methode, jemanden zum willfährigen Werkzeug zu machen.

Und nun war es gerade umgekehrt. Dieses Menschending dachte, es hätte ihn in der Hand.

Er saß da und beobachtete es. Ahnte es irgend etwas von Terls Plänen? Nein, natürlich nicht. Aber vielleicht ... vielleicht hätte er sich nicht ganz so auffällig jeden Tag um das Ding kümmern sollen. So mußte es ja irgendwann auf den Gedanken kommen, daß er etwas von ihm wollte.

Vielleicht hätte er auch nicht so großzügig sein sollen. Jeden Tag oder mindestens jeden zweiten Tag war er losgezogen und hatte Ratten für das Ding geschossen! Und vorher schon ... War nicht er es gewesen, der dafür gesorgt hatte, daß es Wasser bekam? Und überhaupt, was hatte er sich nicht alles einfallen lassen und an Mühen auf sich genommen, bloß um herauszufinden, was das Ding aß und trank!

Und da stellte es sich nun frech und kühn hin und erzählte ihm, daß es so etwas nicht aß! Mutig war das Ding ja, und kräftig war es auch. Das heißt ... Er schaute genauer hin. Nein, eigentlich sah es eher erbärmlich aus. Es trug nichts anderes als nur einen abgenutzten Umhang, und an so einem kalten Tag wie heute sah es natürlich ganz blau gefroren aus. Und das Wasserbecken ... Terl schaute hinüber. Es war zugefroren, der ganze Rest Schmutzwasser hatte sich in Eis verwandelt. Allerdings, was den Käfig ganz allgemein betraf ... Er starrte nicht mehr so vor Dreck wie am Anfang. Das Ding mußte sich wohl darum gekümmert und tüchtig aufgeräumt haben.

»Hör zu, Kreatur«, sagte Terl, »wenn du dir selber einen Gefallen tun willst, dann solltest du jetzt anfangen zu arbeiten.« Manchmal genügten schon ein paar drohende Worte, auch wenn nichts dahintersteckte.

»Das Winterwetter schadet der Maschine«, sagte Jonnie. »Bei Regen oder Schnee decke ich sie mit einer Tierhaut aus meinem Packzeug zu. Aber das allein genügt nicht. Die Feuchtigkeit setzt ihr zu, sie bekommt Stockflecken.«

Terl hätte beinahe laut herausgelacht. Es war einfach komisch, dieses Ding auf einmal in der Psychlo-Sprache reden zu hören. Zugegeben, da schwang ein Akzent mit, ein Chinko-Akzent. Das heißt, wie bei den Chinkos hörte es sich eigentlich nicht an. All diese Höflichkeitsphrasen, dieses »wenn-Sie-gütigst-gestatten-wollen« und »falls-Sie-es-nicht-für-eine-Anmaßung-halten«, all das fehlte. Terl hatte zwar nie persönlich einen Chinko erlebt, die Burschen waren ja alle tot. Aber er kannte eine Menge niederer Wesen, wie sie auf anderen Planeten lebten, und die waren in der Art, wie sie redeten, immer sehr um höfliche Unterwürfigkeit bemüht. Was sich ja wohl auch so gehörte!

»Hör zu, Kreatur«, sagte Terl. »Mag ja sein, daß du Worte gelernt hast. Aber was du nicht gelernt hast, ist ordentliches Benehmen. Soll ich dir das beibringen?«

Ein Schlag mit der riesigen Pranke hätte genügt, und Jonnie wäre quer durch den Käfig geflogen.

Er richtete sich gerade auf. »Ich heiße nicht „Kreatur". Mein Name ist Jonnie Goodboy Tyler.«

Terl glotzte wild. So eine Unverschämtheit! Das Ding wagte es, frech zu werden!

Er schlug zu.

Das Halseisen hätte Jonnie fast das Genick gebrochen, als die Leine seinen Sturzflug unterbrach.

Terl stolzierte zum Käfig hinaus und schmetterte die Tür hinter sich zu. Der Boden erzitterte unter seinen stampfenden Schritten. Als er die äußere Schleusentür beim Gebäudekomplex der Psychlo-Anlage erreichte, blieb er nachdenklich stehen.

Terls Augen schweiften über die grauweiße Welt. Sogar unter der Atemmaske konnte er die eisige Kälte spüren. Zum Teufel mit diesem stinkenden Planeten!

Er machte kehrt und ging zurück. Er öffnete die Tür, betrat den Käfig, hob das Menschending hoch und wischte ihm mit einer Handvoll Schnee das Blut vom Nacken. Dann stellte er es auf die Beine, genau vor den Tisch.

»Also gut«, sagte er, »mein Name ist Terl. Vergessen wir alles, was war, und fangen wir noch mal von vorne an.« Ein Druckmittel erkannte er auf den ersten Blick.

Allerdings ... und das galt für die ganze noch folgende Zeit, in der sie aufeinander angewiesen waren: Es blieb dabei, daß er Jonnie mit

›Kreatur‹ anredete, nie anders. Schließlich mußte ein Psychlo sich immer bewußt sein, daß er zur Herrenrasse gehörte. Zur großartigsten Rasse, die es im Universum gab. Und wenn man dagegen dieses Menschending sah ... Ach, du liebe Zeit.

Teil III

1

Zzt hantierte in der Werkstatt der Transportabteilung herum, zog Räder ab, baute Teile aus ... und was er auch tat, er machte einen Heidenlärm dabei.

Sobald er merkte, daß Terl in der Nähe stand, fuhr er herum und ging auf ihn los.

»Haben Sie bei diesen Gehaltskürzungen irgendwie mitgemischt?« wollte er wissen.

Terl gab sich milde. »Man sollte eher meinen, daß das die Buchhaltung war, oder etwa nicht?«

»Warum, zum Teufel, ist mir denn das Gehalt gekürzt worden?«

»Das geht doch nicht nur Ihnen so. Mein Gehalt ist ja auch gekürzt worden«, antwortete Terl.

»Man drückt mir dreimal so viel Arbeit aufs Auge, man nimmt mir die Leute weg, und jetzt zahlt man mir nur noch das halbe Gehalt!«

»Soweit ich gehört habe, sind wir hier auf diesem Planeten in die roten Zahlen gerutscht.«

»Und Zulagen werden auch nicht mehr gezahlt!« lamentierte Zzt.

Terl machte ein abweisendes Gesicht. Für Gefälligkeiten war das nicht die richtige Zeit und nicht die richtige Gelegenheit. Was er brauchte, war ein Druckmittel. Er hatte schon lange kein Glück mehr damit gehabt, irgend etwas herauszufinden, womit er jemanden unter Druck setzen konnte.

»Scheint so, als wären in der letzten Zeit eine Menge Maschinen in die Luft geflogen«, sagte er beiläufig.

Zzt blieb stehen und musterte ihn. Bei diesem Terl wußte man nie, woran man war. Und Zzt schien es, als hätte er aus der Bemerkung eine versteckte Drohung herausgehört.

»Was wollen Sie von mir?« fragte er.

»Ich bin mit einem Projekt beschäftigt, mit dem unsere Probleme auf einen Schlag zu lösen wären«, antwortete Terl. »Von heute auf morgen könnten wir wieder volles Gehalt und die alten Zulagen bekommen.«

Zzt tat so, als hätte er das gar nicht gehört. Wenn das, was ein Sicherheitschef daherredete, sich so anhörte, als wolle er einem einen Gefallen tun, dann mußte man doppelt auf der Hut sein.

»Was wollen Sie von mir?« fragte er noch einmal.

»Wenn ich mit meinem Projekt Erfolg habe, werden wir sogar mehr Gehalt bekommen. Und höhere Zulagen.«

»Sehen Sie die vielen Wracks? Ich hab 'ne Menge zu tun.«

»Ich brauche eine Zugmaschine«, sagte Terl. »Es muß keine große sein. Und ich brauch sie nur vorübergehend.«

Zzt lachte sarkastisch, es hörte sich wie ein scharfes Bellen an. »Eine Maschine? Da steht eine. Ist gestern auf dem Umschlagterminal in die Luft geflogen. Die können Sie haben.«

Das Fahrzeug sah schlimm aus. Die Explosion hatte die Sichtkuppel und einen Teil der oberen Aufbauten weggerissen. Im Innenraum war alles verkohlt, verschmorte Drähte hingen lose herum. Auf dem Armaturenbrett und an den Wänden waren die grünen Blutspuren inzwischen getrocknet.

»Was ich brauche, ist eine Zugmaschine«, wiederholte Terl. »Kein Arbeitsgerät. Ganz einfach eine Zugmaschine.«

Zzt wandte sich wieder seiner Arbeit zu. Er warf abgenommene Räder und ausgebaute Teile hinter sich. Und er warf sie so, daß ein paar davon haarscharf an Terl vorbeiflogen.

»Also, wie steht's damit?«

»Haben Sie eine Anforderung?« fragte Zzt.

»Nun, das ist so ...«

»Dachte ich mir«, sagte Zzt. Er unterbrach seine Arbeit und schaute auf. »Sie sind ganz sicher, daß Sie nichts mit den Gehaltskürzungen zu tun haben, wie?«

»Warum fragen Sie?«

»Nur so. Ich hab ein Gerücht gehört, daß Sie ein Gespräch mit dem Boß hatten.«

»Eine Routineangelegenheit. Sicherheitsfragen.«

»Ach ja. Natürlich.«

Zzt bearbeitete die verbeulten Blechteile des explodierten Fahrzeuges mit einem Hammer, um die Reste der durchsichtigen Kunststoffkuppel loszuschlagen.

Terl ging. Ein Druckmittel, das war's, was er brauchte. Aber er hatte keines in der Hand.

Trübsinnig blieb er im Verbindungsgang zwischen zwei Kuppelbauten stehen. Er war in Gedanken versunken. Es gab eine Lösung, natürlich. Und es gab auch eine weiche Stelle, bei der er nicht auf Widerstand stoßen würde. Ja, er wußte, was zu tun war. Er hatte sich entschieden.

Er ging bis zur nächsten Sprechstelle des internen Verbindungsnetzes und rief Numph an.

»Euer Planetschaft, hier ist Terl. Könnte ich in einer Stunde bei Ihnen vorsprechen? Ich müßte Ihnen etwas zeigen. Ja? Vielen Dank, Euer Planetschaft. Ja, in einer Stunde.«

Er hing auf, holte seine Atemmaske, legte sie an und ging nach draußen. Weiche Schneeflocken schwebten nieder.

Beim Käfig angekommen, ging er quer durch bis zu den Gitterstäben an der Rückseite, langte hoch und löste den Haken der Plastikleine.

Jonnie, der gerade an der Sprachmaschine gearbeitet hatte, verfolgte aufmerksam, was das Monster tat. Terl rollte die Leine auf. Es war ihm nicht entgangen, daß dieses Menschending jetzt den Stuhl benutzte, den Terl für sich selber hingestellt hatte. Eigentlich ein starkes Stück, was diese Kreatur sich herausnahm. Andererseits war das gar nicht so schlecht, nein, wirklich nicht. Das Ding hatte Ideen. Da war zum Beispiel diese Tierhaut, die es von den Gitterstäben nach unten gespannt hatte, um seinen Schlafplatz vor Schnee zu schützen ... Und die andere Haut, die es wie ein Zelt über der Maschine und dem Arbeitsplatz aufgespannt hatte ... Gar nicht schlecht.

Terl ruckte an der Leine. »Komm mit.«

»Du hast mir versprochen, dafür zu sorgen, daß ich ein Feuer anzünden kann«, erinnerte Jonnie. »Hast du dich schon um Feuerholz gekümmert?«

Terl gab keine Antwort. Er zog an der Leine und zwang Jonnie, ihm zu folgen. Er ging ohne Umweg zu den Gebäudeanlagen der alten Chinkos und stieß mit dem Stiefel die Tür auf.

Jonnie sah sich aufmerksam den Raum an, in den Terl ihn geführt hatte. Das hier, das war keine von den kuppelartigen Bauten der Psychlos. Es war ein Raum mit normaler Atemluft. Staub lag in einer dichten Schicht überall und wirbelte vom Luftzug ihrer Bewegungen auf. Papiere lagen herum. Auch Bücher. An den Wänden hingen Tabellen und Karten. Von hier mußte Terl den Tisch und den Stuhl geholt haben, denn die Möbel, die herumstanden, sahen genauso aus wie die, die das Monster in den Käfig geschleppt hatte.

Terl öffnete einen Schrank und holte eine Atemmaske und einen Preßluftbehälter heraus. Er zog Jonnie dicht zu sich heran und stülpte ihm die Maske übers Gesicht.

Jonnie schlug sie herunter. Sie war viel zu groß und völlig verstaubt. Er fand einen Tuchfetzen im Schrank, schüttelte ihn, daß die Staubwolken nur so flogen, und wischte dann die Maske sauber. Er prüfte die Maskenverschlüsse und stellte fest, daß man sie verstellen konnte.

Terl stöberte herum und brachte schließlich von irgendwoher eine Pumpe zum Vorschein. Er legte eine neue Batterie ein, schloß die Pumpe an der Preßluftflasche an und füllte die Flasche auf.

»Was ist das?« fragte Jonnie.

»Halt's Maul, Kreatur.«

»Warum sieht diese Flasche anders aus als die, die du umhängen hast?«

Terl gab keine Antwort, er pumpte weiter. Jonnie warf die Maske weg, drehte Terl abrupt den Rücken zu und setzte sich.

Terls Augen verengten sich. So eine Art von Meuterei, dachte er. Ein Druckmittel! Ein Königreich für ein Druckmittel! Aber er hatte keines.

»Na gut«, begann er widerwillig, »das ist eine Atemmaske der Chinkos. Chinkos haben Luft geatmet. Wenn du unsere Psychlo-Gebäude betrittst, mußt du die Maske tragen. Ohne Maske ... das wäre dein Tod. Meine Flaschen enthalten sauberes Atemgas, dasselbe Atemgas, das sich auch in unseren Gebäuden befindet. Genügt das? Bist du jetzt zufrieden?«

»Du kannst also nicht richtig atmen?« fragte Jonnie.

Terl beherrschte sich mühsam. »*Du* kannst nicht richtig atmen! Wir Psychlos stammen von einem vernünftigen Planeten, auf dem es sauberes Atemgas gibt. Du, Kreatur, würdest dort verrecken. Los, zieh die Maske an!«

»Müssen die Chinkos auch solche Masken anlegen, bevor sie eure Gebäude betreten?«

»Das habe ich ja schon gesagt.«

»Was sind das eigentlich für Leute, diese Chinkos?«

»*Waren*, mußt du sagen, nicht *sind*.« Terl glaubte, das Ding hätte einen grammatikalischen Fehler gemacht. Es sprach sowieso mit starkem Akzent und in viel zu hoher Stimmlage. Nicht so tief, wie sich das gehörte. Komisch.

»*Waren*? Gibt es sie denn nicht mehr?«

Terl war drauf und dran, die Kreatur barsch anzufahren und ihr zu sagen, daß sie gefälligst den Schnabel halten solle. Aber dann hatte er eine bessere Idee. Es konnte nichts schaden, das Menschending ein bißchen in Angst und Schrecken zu versetzen.

»Nein, es gibt sie nicht mehr. Die Chinkos wurden ausgerottet. Alle. Und willst du wissen, warum? Sie haben versucht zu streiken. Sie haben die Arbeit verweigert. Sie wollten nicht tun, was ihnen befohlen war.«

»Aha«, sagte Jonnie nur. Ein Stückchen neues Wissen, das er zu denen fügen konnte, die er bisher schon gesammelt hatte. Ein Stück, das genau in das Bild paßte, das er sich aus Erkenntnissen und Ahnungen zusammenreimte über die Bedeutung der Rauchwolke auf Terls Gürtelschnalle. Die Chinkos waren offenbar von einem anderen Planeten gekommen. Sie hatten, so schien es, für die Psychlos gearbeitet. Und nichts anderes als ihre Vernichtung war der Lohn dafür gewesen. Das bestätigte all seine Vermutungen über den Charakter der Psychlos.

Nachdenklich betrachtete Jonnie das Durcheinander in diesem Raum. Es mußte schon lange her sein, daß die Chinkos vernichtet worden waren.

»Siehst du diese Markierung?« fragte Terl und zeigte auf die Preßluftflasche. »Sie steht auf Eins Null Null, wenn die Flasche aufgefüllt ist, so wie jetzt. Während du das Atemgerät benutzt, geht die Nadel herunter. Paß auf, sobald sie unter die Fünf absinkt! Dann geht dir nämlich die Luft aus. Eine Füllung reicht für eine Stunde. Also, behalt immer die Markierung im Auge!«

»Meiner Meinung nach wäre es besser, wenn ich zwei Preßluftflaschen hätte und zusätzlich eine Pumpe«, sagte Jonnie.

Terl sah, daß an der Flasche Klammern waren, offensichtlich als Verbindungsklammern für eine zweite Flasche, und eine Halterung für die Pumpe war tatsächlich auch da. Er hatte sich bis jetzt nicht die Mühe gemacht, die Bedienungsanleitung durchzulesen.

»Halt's Maul, Kreatur!« schnauzte er Jonnie an. Aber dann füllte er doch eine zweite Flasche auf, klammerte sie an der ersten fest und schob die Pumpe in die Halterung. Mit derben, hart zupackenden Handgriffen stülpte er Jonnie die Maske aufs Gesicht.

»Jetzt hör mir genau zu, Kreatur! Wir gehen nun ins Hauptgebäude. Und dort werde ich ... Hast du verstanden? *Ich* werde mit einer hochgestellten Persönlichkeit sprechen, und zwar mit keinem Geringeren als Seiner Planetschaft. Du wirst gar nichts sagen, sondern genau das tun, was ich dir befehle. Verstanden, Kreatur?«

Jonnie stand stumm da. Sein Blick war, durch die Sehschlitze der Atemmaske, fest auf Terl gerichtet.

»Falls du nicht gehorchst, Kreatur, brauche ich nichts anderes zu tun, als dir die Maske vom Gesicht zu reißen. Und schon wirst du anfangen, dich zu krümmen!«

Terl konnte diesen Blick nicht leiden. Diesen unverwandten Blick aus den eisblauen Augen. Er riß heftig an der Leine.

»Los geht's, Kreatur!«

2

Numph war nervös. Er wirkte sehr unsicher, als der Sicherheitschef eintrat.

»Ein Arbeiteraufstand?« fragte er.

»Bis jetzt noch nicht«, antwortete Terl.

»Was haben Sie denn da bei sich?«

Terl zog Jonnie durch einen Ruck an der Leine nach vorn.

»Ich wollte Ihnen das Menschending zeigen.«

Numph beugte sich vor und gaffte. Ein fast nacktes, unbehaartes Wesen. Zwei Arme. Zwei Beine. Das heißt, ein bißchen Pelz war doch da, auf dem Kopf. Merkwürdige blaue Augen. Blau und kalt.

»Sorgen Sie dafür, daß es ja nicht Pipi macht!«

»Sehen Sie sich seine Hände an«, sagte Terl. »Das Ding ist außerordentlich geschickt mit ...«

»Und – äh ... wegen der Unruhen ... Sie wissen genau, daß es keine gegeben hat, ja? Die Morgenmeldungen waren nämlich heute unvollständig. Von den Außenstationen auf zwei Kontinenten habe ich keinen Bericht bekommen.«

»Nun, Euer Planetschaft, es herrscht vermutlich allgemeine Unzufriedenheit, aber von Aufständen kann noch keine Rede sein. Wenn ich Ihre Aufmerksamkeit nochmals auf diese Hände lenken darf ...«

»Ich werde sorgfältig auf die Erzfördermengen achten«, unterbrach ihn Numph. »Vielleicht lassen die Burschen einfach die Produktionszahlen sinken.«

»Das müßte nicht unbedingt ein Zeichen für bevorstehende Unruhen sein. Wir sind zu knapp an Personal. Unsere Transportabteilung hat zum Beispiel keinen Mechaniker mehr. Sie sind alle zum Außendienst abgezogen worden, um die Produktion zu steigern.«

»Mhm. Ich – äh ... habe gehört, daß zu Hause ... ich meine, auf unserm Heimatplaneten ... weitverbreitete Arbeitslosigkeit herrscht. Vielleicht sollte ich einfach Leute anfordern und bei uns die Produktionskolonnen ... Nein? Äh ... nicht?«

Terl seufzte. Dieser geschwätzige Narr! »Bei gekürzten Gehältern und ohne Zulagen und angesichts der Tatsache, daß dies hier sowieso ein scheußlicher Planet ist, werden sich vermutlich nicht viele Bewerber melden. Nun, Euer Planetschaft, zurück zu dieser Kreatur ...«

»Ja, da könnten Sie recht haben. Es wäre besser gewesen, zuerst – äh ... die Personalverstärkungen vorzunehmen und danach die Gehälter zu kürzen. Aber eine Störung des Arbeitsfriedens liegt noch nicht vor? Das wissen Sie genau?«

Terl entschloß sich zum entscheidenden Schritt. »Arbeiterunruhen werden am sichersten vermieden, wenn wir erhöhte Produktion und damit eine bessere Bilanz und damit die Rückkehr zu ungekürzten Gehältern versprechen können. Ich glaube, daß wir innerhalb eines Jahres fünfzig Prozent unseres Maschinenpersonals in den Außenstationen mit diesen Menschendingern ersetzen können.« Verdammt, kapierte der Idiot eigentlich, wovon er redete?

Numph beugte sich weit vor, halb über seinen Schreibtisch weg. »Hat das Ding auch wirklich nicht auf den Boden gepinkelt? Igittigitt, es stinkt ja fürchterlich!«

»Das kommt von den ungegerbten Häuten, die es trägt. Es hat keine normale Kleidung.«

»Ach? Könnte es denn überhaupt normale Kleidung tragen?«

»Ich denke schon, Euer Planetschaft. Aber es hat ja nur Häute. Nun habe ich aber in der Tat zufällig gerade ein paar Anforderungen bei mir ...« Er näherte sich dem Schreibtisch und legte die Bogen zur Unterschrift vor.

Ein Druckmittel! Zum Teufel, er brauchte irgendein Druckmittel! Aber er hatte nichts gegen den alten Narren in der Hand.

»Gerade vorhin habe ich hier putzen lassen, und nun muß wieder der ganze Raum gründlich gelüftet werden!« jammerte Numph. Er schaute auf die Anforderungsformulare. »Was soll ich damit?«

»Nun, wenn ich erinnern darf, Sie haben den Wunsch geäußert, sich bei einer Vorführung persönlich davon zu überzeugen, daß dieses Menschending Maschinen bedienen kann. Das eine ist eine Anforderung für ein Fahrzeug, bei den anderen handelt es sich um allgemeine Hilfsmittel.«

»Die sind ja alle mit ›Dringend‹ gestempelt?«

»Wenn wir Arbeiteraufstände verhindern wollen, kommt es darauf an, daß sich möglichst schnell überall die Aussicht auf bessere Arbeitsbedingungen herumspricht.«

»Da haben Sie nun auch wieder recht.« Numph las das Anforderungsformular sorgfältig von oben bis unten, als hätte er nicht schon Tausende davon gesehen.

Jonnie verhielt sich die ganze Zeit über ruhig. Er sah sich den Raum genau an, nahm jede Einzelheit in sich auf. Die Kuppelbauweise, die Verstrebungen, die Atemgasschleusen ... alles.

Da die Psychlos im Gebäudeinnern keine Masken trugen, hatte er zum ersten Mal Gelegenheit, ihre Gesichter zu sehen. Sie sahen fast aus wie menschliche Gesichter, allerdings hatten sie anstelle von Augenbrauen, Augenlidern und Lippen kantige Knochenpartien. Ihre Augen waren bernsteinfarben, wie bei Wölfen. Es war ihm zum ersten Mal möglich gewesen, Gefühle und Empfindungen in den Psychlo-Gesichtern zu lesen.

Auf ihrem Weg durch die Hallen und Flure, hierher zu Numph, waren sie an mehreren Psychlos vorbeigekommen. Sie hatten ihn neugierig angestarrt. Aber Jonnie war auch aufgefallen, daß sie Terl unverhohlen feindselig angesehen hatten. Offenbar hatte Terl eine besondere Aufgabe, die ihn nicht gerade allgemein beliebt machte. Aber darüber hinaus kam es Jonnie sowieso vor, als wären die Beziehungen zwischen den Psychlos ziemlich frostig.

Endlich war Numph fertig. Er schaute auf. »Und Sie glauben wirklich, daß diese Menschendinger eine Maschine bewegen können?«

»Sie haben gewünscht, daß eine Vorführung stattfindet. Dazu brauche ich ein Fahrzeug, damit ich das Ding ausbilden kann.«

»Ach? Dann ist es also noch gar nicht ausgebildet? Tja, woher wollen Sie denn dann wissen, daß das überhaupt Zweck hat?«

Verdammt! dachte Terl. Mit diesem Narren war es schlimmer, als er je geahnt hatte. Aber ... mal langsam. Irgend etwas beschäftigte Numph innerlich. Irgend etwas, worüber er nicht sprechen wollte. Ein guter Sicherheitschef mußte ein Gespür für so etwas haben, und Terl hatte dieses Gespür. Vielleicht war das der Weg zu einem Druckmittel. Wenn er herausfand, worum Numphs Gedanken kreisten, dann hatte er vielleicht etwas in der Hand, womit er ihn unter Druck setzen konnte. Er nahm sich vor, die Augen offenzuhalten und sich überall umzuhören.

»Euer Planetschaft, das Ding hat ja schließlich auch sehr rasch gelernt, eine Unterrichtsmaschine zu bedienen.«

»Unterricht? Sagten Sie ›Unterricht‹?«

»Ja, es kann jetzt in seiner eigenen Sprache lesen und schreiben, und es kann in unserer Sprache reden, lesen und schreiben.«

»Nicht möglich!«

Terl wandte sich an Jonnie. »Grüße Seine Planetschaft!«

Jonnie blickte Terl fest in die Augen. Er sagte nichts.

»Sprich endlich!« sagte Terl laut, und leise fügte er hinzu: »Oder möchtest du, daß ich dir die Maske runterreiße?«

Jonnie sagte, an Numph gewandt: »Terl möchte offenbar, daß du die Anforderungsformulare unterschreibst. Das ist die Voraussetzung dafür, daß er mit dem Maschinentraining beginnen kann. Und wenn du das angeordnet hast, dann mußt du wohl auch unterschreiben.«

Es war genauso, als hätte er gar nichts gesagt. Numph schaute zum Fenster raus, tief in Grübeleien versunken. Dann rümpfte er die Nase. »Das Ding stinkt wirklich.«

»Es verschwindet von hier, sobald Sie die Formulare abgezeichnet haben.«

»Ach ja. So, ja«, sagte Numph zerstreut. Er kritzelte seine Initialen auf die Blätter.

Terl nahm sie rasch an sich und beeilte sich, den Raum zu verlassen.

Numph reckte sich in seinem Stuhl und schaute besorgt. »Es hat nicht Pipi gemacht, oder doch?«

3

Terl hatte nicht geschlafen. Und er hatte heute schon zweimal hart um etwas kämpfen müssen. Und er war wirklich nicht in der Stimmung für eine dritte Auseinandersetzung.

Ein Tag in Grauweiß. Dichter Schnee fiel und deckte das kleine Fahrzeug zu, das verloren auf dem weiten Gelände hinter dem Zoo stand. Eine uralte Karre, verbeult und reif zum Abwracken.

Dieses Menschending da drin im Käfig ... Einfach lächerlich sah es aus, wie es auf dem riesigen Stuhl hockte.

Terl schnaubte vor sich hin. Den ersten Ärger hatte er heute wegen der Uniformanforderung gehabt. Dieser Halbtrottel in der Kleiderkammer, ein gewisser Druk, hatte doch tatsächlich behauptet, daß die Anforderung gefälscht sei. Er hatte sogar die Frechheit besessen, ihm ins Gesicht zu sagen: Gerade weil er Terl gut genug kenne, zweifle er nicht eine Sekunde daran, daß es sich um eine Fälschung handle. Schließlich war er losgezockelt und hatte die Sache durch seinen Vorgesetzten überprüfen lassen. Dann hatte er erklärt, er habe keine Uniformen in der passenden Größe, und es sei eben nicht üblich, Zwerge auszustaffieren, in der ganzen Intergalaktischen Rohstoff Company nicht. Natürlich, hatte er gesagt, grundsätzlich seien schon Uniformen da. Aber eben nur solche für reguläre Angestellte.

Schließlich hatte Terl einen Einfall gehabt. Er war zu den alten Chinko-Gebäuden hinausgegangen und hatte einen Ballen von dem blauen Stoff gefunden, den die Chinkos früher getragen hatten.

Dann hatte der Schneider Einwände gehabt. Der Stoff sei zerschlissenes Zeug, nichts als alter Plunder. Aber mehr Argumente hatte er nicht vorbringen können, und so war er endlich doch an die Arbeit gegangen. Eine Stunde hatte es gedauert, bis die Uniform für das Menschending fertig war.

Damit war noch nicht alles ausgestanden. Denn nun hatte sich plötzlich diese Kreatur geweigert, die normale Gürtelschnalle der Company zu tragen. Terl wäre am liebsten aus der Haut gefahren! Es blieb ihm nichts anderes übrig, er mußte noch einmal zum Chinko-Bereich gehen und dort herumsuchen, bis er schließlich etwas fand, was wohl mal so ein Stück Handwerksarbeit gewesen war: eine kleine goldene Schnalle, offenbar ein militärisches Ausrüstungsstück, ein Koppelschloß – oder so etwas. Es zeigte einen Adler mit Pfeilen. Das machte dann endlich Eindruck auf das Menschending. Die Augen wären ihm fast herausgefallen!

Den zweiten Ärger hatte es mit Zzt gegeben.

Zuerst wollte Zzt überhaupt nicht mit Terl reden. Dann ließ er sich dazu herab, die Anforderung wenigstens mal anzuschauen. Das Formular habe keine Registriernummer, beanstandete er. Und er wies darauf hin, daß ihn dies berechtige, in dieser Angelegenheit so zu verfahren, wie er es für richtig hielt. Im Klartext hieß das: Das einzige, was er herausrücken wollte, war die Schrottkiste, die gerade den Unfall gehabt hatte. An sich war sie reif für die Aussonderung, aber sie lief noch.

Da war das Maß voll. Terl konnte sich nicht mehr beherrschen und haute Zzt eine runter. Danach ging es rund, beinahe fünf Minuten lang: Terl schlug zu, Zzt schlug zurück. Am Schluß stolperte Terl über einen Werkzeugkasten, schlug der Länge nach hin und ging knockout.

Er nahm das Schadfahrzeug. Was hätte er auch anderes machen sollen? Er ging drumherum, prüfte die Maschine von allen Seiten, machte eine Probefahrt und lenkte sie schließlich durch die Gas-Luft-Schleuse der Werkstatthalle ins Freie.

Nun saß das Menschending auf der Maschine, und alles sah danach aus, als gäbe es schon wieder Ärger.

»Was ist das für grünes Zeug, hier auf den Sitzen, an den Wänden und auf dem Boden?« fragte Jonnie.

Die dicht fallenden Schneeflocken deckten die grünen Spuren zunächst zu, aber sobald die Feuchtigkeit die Flecken aufgelöst hatte, färbte die Schneedecke sich grün.

Zuerst antwortete Terl überhaupt nicht, aber dann ging wieder der Hang zum Sadismus mit ihm durch. »Das ist Blut«, sagte er grinsend.

»So? Es ist aber nicht rot.«

»Natürlich nicht. Psychlos haben richtiges Blut. Und das sieht grün aus. Wie denn sonst? Und nun halt die Klappe, Kreatur, ich bring dir nämlich jetzt bei ...«

»Warum ist hier am Rand der runden Öffnung alles verkohlt?« Jonnie zeigte auf den Rahmen, in dem früher die Sichtkuppel befestigt war.

Terl versetzte ihm einen Schlag, daß Jonnie fast von dem riesigen Sitz geflogen wäre, auf dem er stand. Im letzten Augenblick konnte er sich an einer Gewindestange festhalten.

Jonnie ließ nicht locker. »Ich muß das wissen. Es sieht so aus, als wäre das Ding in die Luft geflogen, weil jemand den falschen Knopf gedrückt hat. Also, welches ist denn der Knopf, den man nicht drücken darf?«

Terl seufzte. Die ganze Sache ließ sich viel komplizierter an, als er gedacht hatte. Das Menschending hatte zu kurze Arme. Vom Sitz aus kam es gar nicht ans Armaturenbrett ran. Also mußte es auf der Bodenplatte stehen. Eine Schwierigkeit, die Terl vorher nicht bedacht hatte. Und jetzt kamen auch noch diese blödsinnigen Fragen dazu!

»Da hat niemand einen falschen Knopf gedrückt. Die Maschine ist einfach in die Luft geflogen.«

»Einfach so, das gibt's nicht. Es muß doch einen Grund gegeben haben.« Und während er das noch sagte, wurde Jonnie auf einmal klar: Das war die Unfallmaschine vom Landefeld. Die Explosion, die er gehört hatte. Der Fahrer ... Er hatte selber gesehen, wie man den toten Psychlo weggetragen hatte.

Jonnie wischte den Schnee vom Sitz, ließ sich nieder und guckte trotzig vor sich hin.

»Schon gut, du eigensinnige Kreatur!« knurrte Terl. »Also, paß auf: Wenn so eine Maschine von einem Psychlo bedient wird, dann hat der Fahrer über sich eine Sichtkuppel. Das muß sein, weil die Kuppel mit Atemgas gefüllt ist. Du brauchst kein Atemgas. Also brauchst du auch keine Kuppel. Also kann auch nichts in die Luft fliegen. Kapiert?«

»Schön und gut, aber wie ist es denn überhaupt zu der Explosion gekommen? Wenn ich diese Maschine bedienen soll, muß ich das wissen.«

Terl zitterte vor Wut. Er konnte sich kaum noch beherrschen. Am liebsten hätte er ... Aber die Kreatur saß nur da und guckte an ihm vorbei.

»Hab ich doch schon alles erklärt! Die Sichtkuppel war mit Atemgas gefüllt. Die Maschine hat goldhaltiges Gestein umgeladen. Offenbar hat das Gestein Spuren von Uran enthalten. Und da muß wohl eine undichte Stelle in der Kuppel gewesen sein oder ein Riß oder was weiß denn ich ... Jedenfalls ist das Atemgas mit dem Uran in Berührung gekommen und explodiert.«

»Ur-ahn?« wiederholte Jonnie.

»Nein, du sprichst das falsch aus. Ur*an*.«

»Wie heißt das auf Englisch?«

Jetzt langte es Terl. »Wie, zum Teufel, soll *ich* das wissen?« schnauzte er Jonnie an.

Jonnie unterdrückte ein Lächeln. Uran, prägte er sich ein. Was immer das sein mochte. Es war etwas, was Atemgas zur Explosion brachte.

Und bei der Gelegenheit hatte er noch etwas herausgefunden: Terl konnte kein Englisch.

»Wozu sind die einzelnen Bedienungsknöpfe da?« fragte er.

Terl war ein bißchen besänftigt. Wenigstens blickte die unverschämte Kreatur jetzt nicht mehr demonstrativ weg!

»Also, mit diesem Knopf stoppt man die gesamte Kraftübertragung. Den merk dir besonders gut. Wenn dir irgendwas außer Kontrolle gerät, drückst du diesen Knopf. Das ist das Lenkgestänge für Linksbewegungen, und das hier ... für Rechtsbewegungen. Mit diesem Hebel steuerst du die Frontschaufel. So wird sie gehoben, so gesenkt und so zur Seite gekippt. Der rote Knopf ist dazu da, wenn man sie ganz zurückklappen will.«

Jonnie stand auf der Bodenplatte. Er reckte sich, schaute über die Motorhaube und verfolgte, was passierte, während er mit dem Hebel hantierte. Die Frontschaufel senkte sich, fuhr hoch, neigte sich zur Seite, wurde eingeklappt.

»Siehst du das Gehölz da drüben? Fahr da rüber!« wies Terl ihn an. »Ganz langsam!« Terl ging neben der Maschine her. »So, jetzt halt an! Laß die Schaufel herunter, und dann fahr langsam weiter, in einem Bogen nach rechts!«

In Terls Augen war es zwar ein kleines Fahrzeug, aber Jonnie kam es riesig vor. Der Sitz lag fast fünf Meter hoch über dem Boden. Die Schaufel maß mehr als sechs Meter in der Breite. Die Kraftanlage dröhnte. Wenn die Maschine fuhr, zitterte nicht nur das ganze Gehäuse, auch der Erdboden wurde erschüttert.

»Jetzt fang an mit Schneeschaufeln!« rief Terl. »Nimm einfach oben eine Schicht weg.«

Zuerst war es für Jonnie sehr schwierig, die Frontschaufel genau in der richtigen Höhe anzusetzen, während die Maschine vorwärtsrollte.

Terl beobachtete alles genau. Die Kreatur machte ihre Sache gut. Es ging wohl auch ohne Aufsicht. Er hatte nicht geschlafen. Und überall fühlte er noch Schmerzen von den Schwingern, die Zzt gelandet hatte. Er kletterte aufs Fahrzeug, nahm die Leine, die an Jonnies Halseisen befestigt war, wickelte sie um eine Gewindestange und band sie so weit oben fest, daß das Menschending nicht hinauflangen konnte.

Jonnie hielt die Maschine an. Er brauchte eine Verschnaufpause.

»Übrigens, warum hat Numph nicht gehört, was ich zu ihm gesagt habe?« wollte er wissen.

»Halt's Maul!« fuhr Terl ihn an.

»Ich muß das wissen. Liegt es an meinem Akzent?«

»Dein Akzent ist fürchterlich. Aber das ist nicht der Grund. Du hattest eine Atemmaske um, und Numph ist schwerhörig.« Das war eine glatte Lüge. Eine von den typischen Lügen, mit denen ein Sicherheitschef schnell bei der Hand ist.

Die Atemmaske hatte Jonnies Worte kaum gedämpft. Numph hätte sie gut verstehen können. Aber seine Gedanken waren durch irgend etwas abgelenkt. Terl wußte nicht, wodurch. Und das hatte etwas damit zu tun, daß Terl letzte Nacht nicht zum Schlafen gekommen war.

Die ganze Nacht über hatte er in den Unterlagen herumgesucht, alte Tagesmeldungen durchgesehen, längst abgeheftete Wochenberichte gelesen, die Sicherheitsakte über Numph studiert. Er mußte den Dingen auf den Grund kommen. Ein Druckmittel! Verdammt, er brauchte ein Druckmittel! Er hatte nichts gefunden, was irgendwie von Bedeutung sein konnte. Und doch mußte es etwas geben!

Er fühlte sich hundemüde. Er mußte sich unbedingt aufs Ohr legen. »Hör zu, Kreatur, ich muß jetzt ein paar Berichte schreiben. Du machst hier weiter und übst fleißig. Ich bin bald zurück.«

Er zog eine Minikamera aus der Tasche und befestigte sie – außerhalb von Jonnies Reichweite – an der hinteren Gewindestange. »Komm mir ja nicht auf dumme Ideen! Dafür fährt dieses Fahrzeug nicht schnell genug!« Sprach's und verschwand.

Eigentlich hatte er nur ein Nickerchen machen wollen. Aber dann schlief er stundenlang tief und fest, was wohl auch daran lag, daß er vorher noch ein paar kräftige Schlucke Kerbango genommen hatte. Es war fast dunkel, als er erwachte. Mit schweren, rumpelnden Schritten hastete er zum Ausbildungsplatz zurück.

Er blieb stehen und guckte sich fassungslos um. Der Schnee war vollständig weggeräumt. Aber das war's gar nicht, was ihn so verblüffte. Die Kreatur hatte mit der Maschine ein halbes Dutzend Bäume entwurzelt, auf den Hügel beim Käfig geschoben und aufgestapelt. Mehr noch: Das Menschending hatte mit der scharfen Schaufelkante die Stämme gespalten und in kurze Stücke zerhackt. Und nun saß es da in der riesigen Sitzschale, zusammengekauert, geduckt vor dem scharfen Wind, der aufgekommen war.

Terl band die Leine los, und Jonnie stand auf.

»Was soll das?« fragte Terl und zeigte auf das kleingehackte Holz.

»Feuerholz«, sagte Jonnie. »Nachdem ich jetzt losgebunden bin, werde ich einen Teil davon in den Käfig tragen.«

»Feuerholz? Wozu denn?«

»Versuch's mal so zu sehen, alter Freund: Ich hab die Hungerkur mit rohen Ratten satt.«

An diesem Abend empfand Jonnie, soweit die Umstände das überhaupt zuließen, so etwas wie Behaglichkeit. Er saß an der Feuerstelle im Käfig. Die Flammen wehrten den Eishauch des Winters ab. Die Wärme trieb ihm das Frösteln aus den Knochen. Und zum ersten Mal seit Monaten hatte er eine warme Mahlzeit gehabt.

Die neuen Kleidungsstücke waren auf Stöcken zum Trocknen aufgehängt. Jonnie saß im Schneidersitz da und kramte in der Gürteltasche. Er zog die Goldscheibe heraus, langte nach der goldenen Gürtelschnalle, die er bekommen hatte, und verglich die beiden Metallstücke. Auf beiden war dasselbe Bild des Adlers mit den Pfeilen. Und nun konnte er auch die Schrift darunter lesen.

Auf der Scheibe stand: »The United States of America«.

Auf der Gürtelschnalle stand: »The United States Air Force«.

Also waren sie vor langer Zeit eine Nation gewesen. Und es hatte Streitkräfte gegeben, was immer das genau sein mochte. Und zwar Luftstreitkräfte.

Auf den Gürtelschnallen der Psychlos gab es auch so eine Inschrift, und daraus hatte Jonnie gesehen, daß die Psychlos »Angehörige der Intergalaktischen Rohstoff Company« waren.

Auf Jonnies Gesicht lag ein grimmiges Lächeln, das Terl, wenn er es gesehen hätte, Anlaß für ein paar sorgenvolle Gedanken gewesen wäre. Jonnie ging nämlich gerade durch den Kopf, daß er von diesem Augenblick an ein Angehöriger ... nein, der einzige Angehörige der Luftstreitkräfte der Vereinigten Staaten war.

Er verwahrte die Gürtelschnalle sorgfältig unter einem zusammengerollten Kleidungsstück, das er als Kopfkissen benutzte. Und dann lag er noch lange wach und schaute in die flackernd tanzenden Flammen.

4

Ein Dreigestirn von Sonnen wärmte mit kräftigen Strahlen den mächtigen Planeten Psychlo, den »König der Galaxien«.

Der Kurier der Intergalaktischen Rohstoff Company stand wartend am Eingangsterminal auf dem Rohstoffumschlagplatz. Über ihm wölbte sich der malvenfarbene Himmel, dessen helles Violett am Horizont mit dem Purpurrot der Hügelketten verschmolz. Rings um ihn erstreckten sich, soweit das Auge reichte, rauchspuckende Fabrikationsanlagen und Energie-Pipelines, das ganze weit ausgedehnte Geflecht der Company. Auch der ständige Strom von Fahrzeugen und Maschinen auf den mehrschichtigen Verbindungsstraßen zwischen den einzelnen Gebäudekomplexen gehörte zu diesem Bild, das wie ein gewaltiges, sinnloses Chaos aussah und in dem doch jeder Bewegungsablauf strengen Gesetzen gehorchte. Im Hintergrund lagen die in Pyramiden aufragenden Umrisse der Metropole, Imperial City. In der Ferne, am Fuße der Hügelkette, gab es noch viele andere Fabrikationsanlagen. Sie gehörten zu Konzernen, die ihre Produkte in alle Galaxien lieferten.

Kann jemand sich jemals wünschen, anderswo zu leben? dachte der Kurier. Er saß rittlings auf dem kleinen Bodengleiter. Er hatte, wie das im Alltag eines Kuriers häufig vorkam, nichts anderes zu tun, als zu warten. Wer konnte denn wirklich den Wunsch verspüren, ein mühsames Leben auf irgendeinem vergessenen Planeten zu verbringen? Irgendwo, wo es kaum Schwerkraft gab, wo man Atemmasken tragen mußte, nur im Schutz der Kuppelbauten arbeiten konnte, in atemgasgefüllten Fahrzeugen herumfuhr und unter einer fremden Sonne irgendwelche Rohstoffe förderte! Und es gab Schlimmeres. Zum Beispiel, wenn man eingezogen wurde und in irgendeinen Krieg ziehen mußte, in irgendein weit entferntes galaktisches Gebiet, das einen eigentlich überhaupt nichts anging.

Also, soviel steht mal fest, dachte der Kurier, für mich wäre das nichts!

Ein schrilles Pfeifen ertönte. Das war das Warnsignal, den Eingangsterminal sofort zu räumen. Eine ganze Flotte von Schaufelbaggern, Kehrmaschinen und Saugwalzen, die mit Reinigungsarbeiten beschäftigt gewesen war, stob auseinander.

Der Kurier überprüfte, ob er selbst sich weit genug entfernt befand. In Ordnung, er stand außerhalb der Gefahrenzone.

Das Kabelgeflecht rings um den Terminal begann zu summen. Das Geräusch steigerte sich. Es wurde fast unerträglich laut und schrill. Und dann endete es plötzlich in einem donnernden Explosionsknall.

Auf der Plattform materialisierte sich Erzgestein, gewaltige Mengen. Was dort geschah, war das Ergebnis einer sekundenschnellen Teleportation quer durch die Galaxien.

Der Kurier starrte angestrengt durch das ionisierte Gasgemisch auf den Terminal. Nun schau dir das an! dachte er. Auf dem gerade teleportierten Erzgestein lag eine weiße Schicht von irgendwelchem Zeug. Er hatte das mitunter schon bei früheren Gelegenheiten gesehen, und jemand hatte ihm erzählt, das weiße Zeug werde »Schnee« genannt. Die Flocken verwandelten sich in Wassertropfen ... Wie merkwürdig mußte der Planet sein, von dem das Zeug kam! Wenn er sich das vorstellte: dort leben und arbeiten zu müssen!

Das Entwarnungs-Pfeifsignal ertönte. Der Kurier raste auf seinem Bodengleiter zum Materialisierungsplatz. Gleichzeitig mit dem Schichtführer des Eingangsterminals kam er beim neu eingetroffenen Erzhaufen an.

»Schau dir das an!« sagte der Kurier. »Schnee!«

Der Schichtführer hatte alles gesehen, was es auf einem Terminal zu sehen gab, er wußte alles, was man über teleportierte Ladungen wissen konnte, und für Grünschnäbel wie den Kurier hatte er nicht viel übrig. »Das ist Bauxit, kein Schnee.«

Er ging um den Haufen herum, fischte an der richtigen, bei jeder Anlieferung gleichen Stelle die Kassette mit der Eilpost heraus, notierte die Kassettennummer und kam zurück.

Schaufelbagger hatten inzwischen begonnen, den Erzhaufen abzuräumen. Der Schichtführer hatte es eilig. Er warf dem Kurier das Quittungsbuch zu, und während der noch abzeichnete, flog schon die Kassette hinterher.

Der Kurier jagte mit dem Bodengleiter los. Geschickt schlängelte er sich durch den Verkehr und erhöhte das Tempo. In der Zentralverwaltung der Intergalaktischen wartete man auf ihn.

Wenige Minuten später trug ein Bote die Kassette in Zafins Büro. Zafin war Untersekretär in der Abteilung für unbewohnte Planeten zweiter Ordnung. Sein Büro war nur ein kleiner, würfelförmiger Raum. Schließlich mußte die Intergalaktische Zentralverwaltung dreihunderttausend Mitarbeiter unterbringen.

Zafin war ein ehrgeiziger junger Angestellter. »Warum ist die

Kassette so naß?« fragte er.

Der Bote, der sie schon auf den Akten abstellen wollte, nahm sie rasch wieder hoch, zog ein Tuch aus der Tasche und trocknete die Kassette ab. »Sie kommt von der Erde. Scheint so, daß es dort regnet.«

»Typisch!« sagte Zafin. »Erde, sagten Sie? Wo ist das?«

Der Bote schaltete den Bildprojektor ein. Auf der Wand erschien eine Karte. Und nach einigem Suchen deutete der Bote auf einen kleinen Fleck.

Zafin machte sich nicht mal die Mühe hinzuschauen. Er hatte die Kassette geöffnet und zeichnete die Mitteilungen für einzelne Dezernate aus, die ihm unterstellt waren. Er war fast damit fertig, als ihm ein Eingang auffiel, bei dem er sich nicht aufs Abzeichnen beschränken konnte. Die Sache mußte bearbeitet werden, und das paßte ihm gar nicht.

»Eine Grünkreuz-Mitteilung, und auch noch dringend!« murmelte er.

Der Bote nahm das Schreiben und überflog es. »Es handelt sich doch lediglich um die Anforderung einer Information.«

»Mit viel zu hoher Priorität eingestuft!« schimpfte Zafin. Er nahm den Schrieb zurück. »Wir kämpfen auf drei Kriegsschauplätzen, und irgend jemand von ... von wo?«

»Von der Erde.«

»Wer ist der Absender?«

Der Bote nahm noch einmal das Schreiben. »Ein Sicherheitschef namens Terl.«

»Wie ist er beurteilt?«

Der Bote drückte einige Knöpfe auf der Schreibtischkonsole, und der Wurfschlitz an der Wand spuckte kurz darauf die Personalakte aus. Der Bote hob sie auf und überreichte sie dem Untersekretär.

»Terl ...«, murmelte Zafin. »Habe ich den Namen nicht schon mal gehört?«

Der Bote blätterte in der Personalakte. »Er hat einen Antrag auf Rückversetzung gestellt. Das war allerdings vor fünf Monaten unserer Zeitrechnung.«

»Tja, mein Gedächtnis ist wie eine Stahlfalle!« Es war herauszuhören, daß Zafin das ganz ernst meinte. »Ich vergesse nie einen Namen, nie!« Er ließ sich die Personalakte zurückgeben und sah sie durch. »Muß ein sterbenslangweiliger Platz sein, diese Erde. Und jetzt auch noch eine Eilbotschaft mit falsch eingestufter Priorität!«

Er legte die Personalakte weg. »Wo ist eigentlich diese Eilbotschaft?«

»Liegt auf Ihrem Schreibtisch.«

»Mhm«, machte Zafin, nachdem er sie noch einmal gelesen hatte. »Er bittet um Auskunft, welche Verbindungen ... Numph ... Wer ist denn das nun wieder?«

Der Bote hantierte an der Schreibtischkonsole herum, ein Bildschirm leuchtete auf, und darauf erschien die Information: »Planetarischer Direktor auf der Erde«.

»Dieser Terl bittet um Auskunft darüber, welche Verbindungen Numph zum Hauptbüro hat«, sagte Zafin.

Der Bote drückte ein paar weitere Knöpfe und las die neuen Informationen vom Bildschirm ab: »Er ist der Onkel eines gewissen Nipe. Und Nipe ist stellvertretender Direktor in der Buchhaltung für Planeten zweiter Ordnung.«

»Na schön, dann schicken Sie ihm eine entsprechende Rückantwort.«

»Terls Anfrage ist ›Vertraulich‹ eingestuft«, wandte der Bote ein.

»Na und? Dann stufen Sie eben die Rückantwort auch ›Vertraulich‹ ein!« sagte Zafin ungeduldig. Er lehnte sich zurück, drehte den Stuhl und schaute durchs Fenster auf die entfernt liegende Metropole. Der Gashauch war kühl und angenehm. Er wehte ein bißchen von Zafins Verärgerung weg.

Mit einem Ruck wandte er sich wieder dem Schreibtisch zu. »Wir wollen nicht gleich ein Disziplinarverfahren gegen diesen ... Wie war gleich der Name?«

»Terl«, antwortete der Bote.

»Richtig, Terl. Also, nicht gleich ein Disziplinarverfahren. Vermerken Sie einfach in seiner Personalakte, daß er unwichtige Vorgänge mit viel zu hoher Priorität einstuft. Der Mann ist vermutlich noch jung und ehrgeizig, und er weiß eben noch nicht richtig Bescheid mit diesen administrativen Feinheiten. Andererseits dürfen wir Eigenmächtigkeiten und Unkorrektheiten nicht einfach durchgehen lassen. Verstehen Sie das?«

Der Bote beeilte sich zu versichern, daß er das durchaus verstehe, nahm die Kassette und die Post und verließ den Raum.

Er schrieb in Terls Personalakte: »Stuft unwichtige Vorgänge mit unangemessen hoher Priorität ein. Ist jung, ehrgeizig, unerfahren. Künftig sind Schreiben von ihm unbeachtet zu lassen.« Er mußte ein bißchen grinsen bei dem Gedanken, daß die Beurteilung auch für Zafin zutreffend gewesen wäre.

In sauberer Handschrift schrieb er die Rückantwort auf Terls Informationsanforderung. Die Mühe, davon eine Kopie zu fertigen, machte er sich nicht. In ein paar Tagen ging das Schreiben mit der nächsten Teleportation zurück zur Erde.

Und so brummte das mächtige, herrschsüchtige, arrogante Imperium der Psychlos weiter vor sich hin.

5

Der Tag für die Vorführung war festgelegt. Terl hastete nervös herum und hatte eine Unmenge zu erledigen.

Er stand früh auf und übte mit der Kreatur noch einmal alle Handgriffe und alle Einzelheiten des Ablaufs. Er ließ das Menschending die Maschine vor- und zurückfahren, und nach links und nach rechts und wieder vor und wieder zurück. Er trieb das Spiel so lange, bis die Energie erschöft war. Na schön, das ließ sich leicht in Ordnung bringen.

Er zog los und suchte Zzt.

»Haben Sie eine Anforderung?« fragte Zzt. »Haben Sie nicht. Dachte ich mir.«

»Meine Güte, es geht doch nur um eine Energiebatterie!«

»Weiß ich. Aber ich muß alles abrechnen, auch die kleinste Menge.«

Terl zuckte es in den Klauen. Ein Druckmittel! Ein Druckmittel, davon hing alles ab! Aber er hatte überhaupt nichts gegen Zzt in der Hand.

Plötzlich unterbrach Zzt seine Arbeit. Die Mundknochen verzogen sich zu einem schmalen, bösen Lächeln, das Terl verdächtig vorkam.

»Mal sehen, was ich für Sie tun kann«, fing Zzt an, »ich bin Ihnen ja in gewisser Weise zu Dank verpflichtet, weil Sie auf die fünf Fernaufklärer verzichtet haben. Ich werde für Sie die Maschine durchchecken.«

Zzt zog die Atemmaske an, und Terl folgte ihm nach draußen.

Die Kreatur saß auf der Maschine, sorgfältig mit Halseisen und Leine festgebunden. Sie sah ein bißchen bläulich aus, und sie zitterte im bitterkalten Wind dieses späten Wintertages. Aber darum kümmerte Terl sich nicht.

Zzt klappte die Motorhaube hoch. »Ich will mich nur davon überzeugen, daß alles in Ordnung ist.« Seine Stimme klang doppelt gedämpft, zum einen, weil er die Atemmaske trug, zum anderen, weil er tief unten im Motorraum herumbastelte. »Eine alte Maschine.«

»Eine Maschine, die längst auf den Schrottplatz gehört!« sagte

Terl mit Nachdruck.

»Tja, wie man's nimmt«, meinte Zzt, während er weiter herumwerkelte, an Schläuchen zog und Verbindungsstecker festdrückte. »Besser als gar nichts, finden Sie nicht auch?«

Jonnie beobachtete genau, was Zzt machte. Er stand auf dem Armaturenbrett und schaute von oben zu. »Du hast den einen Draht nicht befestigt«, sagte er zu Zzt.

»Ach, wirklich?« fragte Zzt spöttisch. »Kannst du reden?«

»Das hast du ja wohl gehört.«

»Ja, ich hab was gehört. Aber was ich gehört habe, klang ziemlich unhöflich und frech.«

Terl schnaufte. »Es ist ja nur eine niedere Kreatur. Und was die Höflichkeit betrifft ... Meine Güte! Einem Mechaniker gegenüber ...«

»So, das haben wir«, sagte Zzt. Terls Bemerkung überhörte er einfach. »Es ist alles wieder in Ordnung.« Er kramte eine Energiebatterie hervor, legte sie ein und schraubte den Deckel sorgfältig wieder zu. »So, jetzt können wir mal probestarten.«

Terl langte herum und drückte den Startknopf. Die Maschine schien rund und ruhig zu laufen.

Zzt war fertig. »Wie ich gehört habe, findet heute so eine Art Vorführung statt. Ich hab noch nie gesehen, wie so eine Kreatur eine Maschine bedient. Würde es Ihnen was ausmachen, wenn ich dazukomme und mir das mit ansehe?«

Terl musterte ihn. Diese Bereitschaft zur Zusammenarbeit und dieses plötzliche Interesse, das paßte gar nicht zu Zzt. Aber er hatte nichts, womit er den Burschen unter Druck setzen konnte. Er fand einfach nichts, womit er ihn packen konnte.

»Wie Sie wollen«, sagte er kurz angebunden. »Die Vorführung beginnt in einer Stunde.«

Später hätte er sich dafür selber in den Hintern treten können. Aber im Augenblick ging ihm eben viel durch den Kopf.

»Kann ich mich irgendwo aufwärmen?« fragte Jonnie.

»Halt's Maul, Kreatur!« fuhr Terl ihn an und verschwand in Richtung der Psychlo-Gebäude.

Nervös stand er in Numphs Vorzimmer herum. Einer der Sekretäre hatte ihn angemeldet, aber bis jetzt war er noch nicht hereingebeten worden. Nach fünfundvierzig Minuten Wartezeit wurde es ihm zu dumm. Mit finsterer Miene forderte er den Sekretär auf, ihn noch einmal anzumelden. Und diesmal wurde ihm bedeutet, daß er eintreten dürfe.

Numphs Schreibtisch war leer bis auf einen Humpen mit Kerbango. Der Planetarische Direktor saß da und schaute durchs Dachfenster, tief in den Anblick des Bergpanoramas versunken. Um durch irgendein Geräusch Aufmerksamkeit zu erregen, kratzte Terl mit der Klaue über den Gürtel. Endlich drehte Numph sich um. Er bedachte ihn mit einem gelangweilten Blick.

»Die Vorführung, die Sie angeordnet haben, kann jetzt stattfinden«, sagte Terl. »Es ist alles soweit vorbereitet, Euer Planetschaft.«

»Haben wir schon eine Projektnummer festgelegt?« fragte Numph.

Terl dachte sich rasch etwas aus. »Projekt Neununddreißig A, Euer Planetschaft.«

»So? Ich dachte, das wäre die Nummer für Neueinstellungen?«

Im stillen beglückwünschte sich Terl, daß ihm das „A" eingefallen war. »Sie meinen vermutlich das Projekt Neununddreißig. Dies hier ist Neununddreißig A. Wenn es um Ersatzpersonal geht ...«

»Ah, ich verstehe. Zusätzliches Personal vom Heimatplaneten.«

»Nein, Euer Planetschaft. Sie wissen doch sicherlich noch, daß wir über eine Kreatur sprachen, die hier auf der Erde ...«

Ein Nebelschwaden vager Erinnerung schien Numph zu streifen. »Ach ja. Diese Kreatur ...«

Wenn ich bloß irgend etwas in der Hand hätte! wünschte Terl sich inbrünstig. Irgend etwas, um den alten Narren unter Druck zu setzen! Er hatte sein ganzes Büro durchgekämmt, aber nichts gefunden. Und aus dem Zentralbüro hatte man ihm lediglich mitgeteilt, daß der alte Trottel einen Neffen namens Nipe hatte und daß dieser Nipe stellvertretender Direktor der Buchhaltung für Planeten zweiter Ordnung war. Das konnte wohl nur bedeuten, daß Numph seine Stellung der persönlichen Fürsprache seines Neffen verdankte und an sich als unfähig galt. Wenigstens so viel hatte Terl herausfinden können.

Nichts deutete darauf hin, daß Numph die Absicht gehabt hätte, sich endlich vom Schreibtisch zu erheben. Terl sah schon, wie seine schönen Pläne sich in Luft auflösten. Dann blieb ihm nichts anderes übrig, als dieses verdammte Menschending auszulöschen und die ganze Geschichte zu vergessen. Und warum? Bloß, weil er kein Druckmittel in der Hand hatte! Er ließ sich nichts anmerken, aber er dachte so angestrengt über einen Ausweg nach, daß er schon das Gefühl hatte, die Hirnwindungen in seinem Kopf fingen zu glühen an.

»Tja«, sagte Numph, »ich fürchte ...«

Es ging um Bruchteile von Sekunden. Terl wußte, daß alles davon abhing. Er mußte Numph ins Wort fallen. Er mußte ihn daran hindern, den Satz, den er gerade begonnen hatte, auszusprechen. Alles andere hätte die lebenslange Verbannung auf diesen verfluchten Planeten bedeutet! Und das Wunder geschah. Terl hatte den richtigen Einfall zur richtigen Zeit.

»Haben Sie in letzter Zeit mal was von Ihrem Neffen gehört?« fragte er. Es war nur so als gesellschaftliche Floskel gemeint. Und er wollte gerade die Lüge dranhängen, daß er und Nipe sich während der Ausbildungszeit kennengelernt hätten.

Numphs Reaktion stand in keinem Verhältnis zu der harmlosen Frage. Er beugte sich mit einem Ruck vor. Es war nur eine kurze, sofort wieder beherrschte Bewegung. Aber das genügte schon.

Terl wußte, daß er auf der richtigen Spur war. Er sagte nichts. Numph schien darauf zu warten. Hatte er Angst? Er hatte zwar gerade eben das Wort »fürchten« gebraucht, aber das war eine bloße Floskel gewesen.

»Euer Planetschaft, es gibt keinen Grund, daß Sie sich vor der Kreatur fürchten müßten«, sagte er. Numph sollte ruhig glauben, daß er ihn mißverstanden hätte. »Das Menschending beißt nicht und kratzt nicht.«

Numph saß immer noch hinter dem Schreibtisch, mit flakkernden Augen, voller Unruhe.

»Wenn ich noch einmal an die Vorführung erinnern darf, Euer Planetschaft ... Es ist alles vorbereitet.«

»Ach ja. Diese Vorführung.«

»Wenn Sie die Güte haben, eine Atemmaske anzulegen und mit nach draußen zu kommen ...«

»Ja. Mhm. Ja. Natürlich.«

Der Planetarische Direktor, oberster Repräsentant der Intergalaktischen Rohstoff Company auf diesem Planeten, trank mit glucksenden Schlucken den Kerbangohumpen leer, stand auf und nahm die Atemmaske vom Wandhaken. Er ging in den Vorraum und bedeutete einigen seiner Mitarbeiter durch Zeichen, daß sie ebenfalls ihre Atemmasken nehmen und ihm folgen sollten. Unterwegs ins Freie musterte er Terl mehrmals mit zusammengekniffenen Augen. Die Blicke, die er ihm zuwarf, erinnerten ein wenig an scharfe gefährliche Pfeile.

Terl war immer noch verblüfft, aber er empfand auch ein erstes, noch zögerndes Triumphgefühl. Kein Zweifel, dem alten Burschen dampfte die Angst aus allen Poren. Die Sache kam allmählich ins Rollen, und zwar genau in die Richtung, in die Terl sie lenken wollte.

6

Jonnie saß hoch oben auf dem Frontschaufler. Schneidend kalter Wind trieb wirbelnde Schneeflocken heran. Im Nu war der ganze Platz mit einer weißen Decke überzogen.

Schwere Schritte ließen den Boden erbeben. Jonnie beobachtete aufmerksam die Gruppe, die sich ihm näherte.

Der Platz für die Vorführung war ein kleines Plateau, das sich neben dem Psychlo-Gebäude erstreckte, ein paar tausend Quadratmeter groß, aber am jenseitigen Ende begrenzt von einer scharf abfallenden Klippe über einem fast hundert Meter tiefen Abgrund. Es war genug Platz da für Arbeits- und Wendemanöver, aber man mußte aufpassen, daß man nicht zu dicht an den Abgrund heranfuhr.

Terl stampfte durch das leichte Schneetreiben auf ihn zu. Er stieg aufs Trittbrett des Frontschauflers, beugte sich vor und schob seinen großen Kopf dicht an Jonnies Gesicht heran.

»Siehst du die Leute da drüben?« fragte Terl.

Jonnie warf einen Blick hinüber. Die Gruppe hielt sich in der Nähe des Gebäudeeingangs auf, nur Zzt stand abseits, ein Stück weiter links.

»Und siehst du auch diesen Lautsprecher?« Terl hob den Handlautsprecher, den Jonnie schon von den Ausbildungsstunden an der Maschine kannte.

»Was du aber vor allem nicht übersehen darfst, ist dieser Killer!« sagte Terl und schlug mit der flachen Pranke auf die große Handfeuerwaffe, die er im Gürtelhalfter trug. »Wenn du irgend etwas falsch machst oder gar auf den Gedanken kommst, ein krummes Ding zu drehen, blas ich dich glatt von der Maschine runter. Du wirst auf der Stelle tot sein. Sehr tot. Mausetot, würde ich sagen.«

Terl langte hoch und vergewisserte sich, daß die Plastikleine fest mit dem Halseisen verschweißt war. Er wickelte sie ein paarmal um die Gewindestange und zog das Ende bis zur rückwärtigen Stoßstange, wo er es fest verknotete. Jonnie blieb nur wenig Bewegungsspielraum.

Die kleine Gruppe, die auf die Vorführung wartete, hatte Terls Anweisungen und Drohungen nicht gehört. Mit langsamen, gewichtigen Schritten kehrte Terl zu der Gruppe zurück. Er stellte sich in

Positur, einen Fuß leicht abgewinkelt, die Brust geschwellt.

»Maschine starten!« rief er quer über den Platz.

Jonnie ließ den Motor an. Er fühlte sich auf unerklärliche Weise bedrückt. Sein sechster Sinn warnte ihn. Es war dasselbe Gefühl, das er von der Jagd in den Bergen kannte: wenn man genau weiß, daß irgendwo hinter einem ein Puma lauert, und man kann ihn nicht sehen. Mit Terls Drohungen hatte das nichts zu tun. Irgend etwas anderes ... irgend etwas Unerklärliches ... Sein Blick schweifte wieder über die Gruppe Psychlos.

»Frontschaufel heben!« dröhnte Terls Stimme durch den Handlautsprecher.

Jonnie führte das Kommando aus.

»Frontschaufel senken!«

Für Jonnie war es nur ein Handgriff.

»Fang an zu schaufeln!«

Jonnie schob die Schaufel in die Schneeschicht, hob die Ladung hoch und kippte sie seitwärts ab.

»Frontschaufel einklappen!«

Jonnie tat es.

»Fahr einen Kreis!«

Jonnie fuhr an.

»Von allen Seiten Schnee auf einen Haufen schaufeln!«

Jonnie begann mit den Fahrmanövern. Schnell und sicher flogen die Hände über die Kontrollknöpfe und die Hebel. Er schob, immer wieder von verschiedenen Seiten ansetzend, Schnee an einem zentralen Punkt in der Mitte zusammen. Es war nicht einfach ein Haufen, den er da formte, er nahm sich mehr vor. Er baute eine Schneepyramide mit gleichmäßig geneigten Seiten auf, und die Spitze plattete er zu einer glatten Fläche ab. Im raschen Wechsel fuhr er vor und zurück. Das präzise geometrische Gebilde nahm Form und Gestalt an.

Er mußte nur noch eine Ladung Schnee heranschieben, und zwar von der Seite, die zur Klippe hin lag. Der Bogen, den die Maschine bei diesem Manöver zu beschreiben hatte, führte bis auf ungefähr sechzig Meter an die Felsklippe über dem Abgrund heran.

Auf einmal war da ein seltsames Geräusch, wie ein hohes Wimmern ... Es kam von vorn, vom Motorraum. Und plötzlich sprachen die Lenkhebel und Steuerknöpfe nicht mehr an. Wo er auch zog, er zog ins Leere. Welchen Knopf er auch drückte, keine Reaktion.

Der Frontschaufler geriet ins Schleudern. Er schwankte von einer Seite zur anderen.

Jonnie hämmerte auf das Armaturenbrett. Es half nicht. Die

Bedienungsknöpfe sprachen nicht an, die Kontrollsignale arbeiteten nicht mehr. Auf einmal fuhr die Frontschaufel, wie von Geisterhand gehoben, steil nach oben.

Die Maschine bewegte sich ruckweise vor, geradewegs auf den Schneeberg zu. Langsam schob sie sich hinauf. Halb hing sie auf der Plattform der Schneepyramide, halb in der Luft. Es fehlte nicht viel, und sie wäre nach hinten umgekippt. Der Schneehaufen sank in sich zusammen. Die Maschine rutschte nach vorn herunter. Dann tat sie einen Satz vorwärts, und im nächsten Augenblick drehte sie sich auf der Stelle. Sie rollte weiter.

Sie rollte ... sie rollte auf die Felsklippe zu!

Jonnie hatte zur Keule gegriffen. Er schlug ein paarmal wuchtig auf die Motorhaube. Es half nichts. Die Maschine dröhnte hochtourig weiter.

Er hämmerte auf den Armaturen herum. Kein Leuchtsignal. Keine Reaktion, als er die Bedienungsknöpfe drückte.

Jonnie warf den Kopf herum. Was war mit Terl und den Psychlos, die bei ihm standen? Dann fiel sein Blick auf Zzt, der sich abseits hielt. Das Scheusal hatte doch irgendein kleines Objekt in seinen Pranken ...

Er zerrte am Halseisen, das ihn an diese todbringende Maschine fesselte. Er zog an der Plastikleine. Sie saß fest, wie immer. Und die Klippe kam näher und näher!

Es gab eine Notbedienung für die Frontschaufel, links am Armaturenbrett, unter einem Sicherungshaken verschlossen. Jonnie versuchte mit aller Kraft, den Haken zu öffnen. Wenn es ihm gelang, die Schaufel herunterzubekommen, dann rammte sie sich vielleicht im Boden fest und hielt die Maschine auf. Aber der Haken gab nicht nach.

Mit fliegenden Fingern wühlte Jonnie in der Gürteltasche. Er zog einen Feuerstein heraus. Er klemmte ihn unter den Haken, benutzte ihn wie einen Hebel. Und der Haken sprang auf. Durch ihr eigenes Gewicht fiel die Frontschaufel herunter. Mit Schwung bohrte sie sich in den steinigen Boden. Sie blieb stecken. Ein Ruck ging durch die Maschine.

Und in diesem Augenblick gab es unter der Motorhaube eine Explosion. Rauch quoll auf. Bruchteile einer Sekunde vergingen, bis die erste Flamme hochschoß.

Nur noch wenige Meter bis zur Felsklippe. Und immer noch bewegte die Maschine sich ruckweise vor. Ganz langsam. Die festgerammte Schaufel blockierte ihre Bewegung. Aber wie lange noch?

Jonnie wirbelte herum. Da war die Gewindestange, um die Terl die Plastikleine ein paarmal geschlungen hatte. Er drückte die Leine fest aufs Metall und hieb wuchtig mit dem Feuerstein dagegen. Er hatte das früher schon ein paarmal versucht, und es war immer vergebliche Mühe gewesen. Aber jetzt, angesichts der Gefahr, mit der brennenden Maschine hundert Meter tief in den Abgrund gerissen zu werden, blieb ihm nur die Wahl, es noch einmal zu versuchen oder alle Hoffnung aufzugeben.

Er spürte die sengende Glut schon auf seinem Rücken. Er wandte sich um und sah, daß das Armaturenbrett rot glühte.

Die Frontschaufel bog sich. Es war nur noch eine Frage von Sekunden, bis sie zerbrach. Ruckweise rollte die Maschine weiter auf die Klippe zu.

Zischend und knallend zerbarsten die Instrumente. Das Blech über dem Armaturenbrett leuchtete rotglühend.

Jonnie riß die Plastikleine, soweit sie eben nachgab, zu sich heran und presste sie gegen das glühende Blech. Und, tatsächlich, sie begann zu schmelzen! Es kostete ihn alle Überwindung, nicht zurückzuzucken. Die Glut verbrannte ihm die Hände. Und auch die Tropfen, die aus der schmelzenden Plastikleine fielen, waren glühend heiß.

Stotternd ruckte die Maschine weiter. Die Schaufel war aus dem steinigen Boden herausgebrochen, sie wurde schleifend vorwärtsgedrückt, hakte sich irgendwo fest, kam wieder frei ... Im nächsten Augenblick würde sie ins Leere greifen, und dann schoß die Maschine über die Klippe.

Die Plastikleine zerriß.

Jonnie hechtete seitwärts herunter, prallte auf den Boden und rollte sich ab.

Kreischend schabte die Frontschaufel über den letzten Meter Felsgestein. Flammen schossen aus dem Motorraum. Wie von einem Katapult geschleudert, jagte die Maschine über den Rand der Klippe hinaus, ins Leere.

Irgendwo tief unten prallte sie auf einem Felsvorsprung auf, wurde herumgeschleudert, und schließlich stürzte sie in die Tiefe des Abgrunds. Sie ging in einem Flammenmeer unter.

Er kauerte sich nieder und tauchte die verbrannten Hände in den kühlenden Schnee.

7

Terl suchte Zzt.

Ein Verdacht war ihm gekommen, ein böser Verdacht. Und zwar in dem Augenblick, als die Maschine über die Felsklippe abgestürzt war und er plötzlich festgestellt hatte, daß Zzt verschwunden war.

Numph und seine Begleiter hatten sich geschüttelt vor Lachen, besonders am Schluß, als die brennende Maschine in den Abgrund kippte. Ihr Lachen hatte Terl gellend in den Ohren geschmerzt. Numph hatte kopfschüttelnd gesagt: »Da sehen Sie, wozu man diese Kreaturen gebrauchen kann! Ich wette mit Ihnen, die Dinger pinkeln einem auch auf den Boden!«

Dann waren sie auseinandergestoben, jeder zurück in sein Büro, und jetzt war Terl dabei, den Bereich der Transportabteilung zu durchsuchen. In den Tiefdecks kam er an endlosen Fahrzeugreihen vorbei. Da waren ausgemusterte Fahrzeuge: Fluggerät, Lastwagen, Arbeitsmaschinen ... Aber es gab auch nagelneue, hochwertige Fahrzeuge, die Zzt einfach nicht zum Einsatz freigegeben hatte. Jetzt erst wurde Terl klar, wie Zzt ihn hereingelegt hatte, indem er ihm die Schrottkiste, diesen alten Mark II, angedreht hatte.

Eine halbe Stunde lang suchte er vergeblich. Dann beschloß er, es noch einmal oben, in der Werkstatthalle zu versuchen. Wütend stampfte er hinein und sah sich um.

Seine Ohrenknochen waren fein genug, das leise metallische Klicken zu vernehmen. Er kannte das Geräusch. So hörte es sich an, wenn man an einem Handfeuer-Killer den Sicherungshebel umlegte.

»Bleiben Sie da stehen!« rief Zzt ihn plötzlich an. »Und lassen Sie Ihre Pranken schön vom Koppelhalfter weg!«

Terl wandte sich um. Zzt hatte die ganze Zeit über in einem dunklen Werkzeugschrank gestanden.

Terl kochte vor Wut. »Als Sie an dem Motor herumbastelten, haben Sie eine Fernbedienung eingebaut, stimmt's?«

»Nicht nur das. Auch eine ferngesteuerte Minibombe.«

Terl war fassungslos. »Und das geben Sie so einfach zu?«

»Es gibt ja keine Zeugen. Ihr Wort steht gegen meines. Sie können nichts machen.«

»Aber es war eine von Ihren eigenen Maschinen!«

»Längst abgeschrieben. Es gibt genug Maschinen.«

»Warum haben Sie das gemacht?«

»Hab ich schlau angefangen, nicht?« Er kam auf Terl zu, den Lauf des Handfeuer-Killers genau auf sein Ziel gerichtet.

»Warum, will ich wissen!«

»Sie haben veranlaßt, daß die Gehälter gekürzt und die Zulagen gestrichen wurden. Wenn Sie's nicht selber waren, dann haben Sie dafür gesorgt, daß ein anderer es getan hat.«

»Wenn es mir gelingen sollte, die Menschendinger als Maschinenpersonal einzusetzen, würden wir bald wieder Gewinne machen. Und das wäre auch Ihr Vorteil, sehen Sie das denn nicht ein?«

»Das glauben Sie.«

»Das glaube ich, weil es wahr ist!«

»Na schön, ich will's Ihnen frei heraus sagen ... Maschinen laufen nur dann, wenn wir Mechaniker uns darum kümmern. Ihre Menschendinger als Bedienungspersonal, das hätte für uns einen Haufen Schadfahrzeuge bedeutet. Sie haben ja gesehen, was heute passiert ist.«

»Da waren *Sie* es doch, der den Schaden angerichtet hat!« sagte Terl wütend. »Wenn das in Ihrer Personalakte vermerkt wird ... Ist Ihnen eigentlich klar, daß Sie dann entlassen werden?«

»Da wird nichts in meiner Personalakte vermerkt. Es gibt keine Zeugen. Sogar Numph hat gesehen, daß ich weggegangen bin, bevor die Maschine anfing, verrückt zu spielen. Er würde den Vermerk für meine Personalakte nicht weiterleiten. Übrigens haben alle die Sache sehr komisch gefunden.«

»Es gibt manches, was komisch sein kann«, knurrte Terl.

Zzt hob den Lauf der Waffe. »Warum machen Sie nicht endlich, daß Sie rauskommen? Kippen Sie sich irgendwo einen hinter die Binde!«

Ein Druckmittel! dachte Terl. Ich muß etwas finden, womit ich den Kerl unter Druck setzen kann!

Als er ging, war ihm klar, daß er es nie so nötig gebraucht hatte wie jetzt.

8

Jonnie saß wie ein Häufchen Elend im Käfig. Das Monster hatte ihn mit einem Tritt hineinbefördert und war dann verschwunden.

Es war kalt. Aber Jonnie konnte kein Feuer schlagen, weil es ihm unmöglich war, einen Feuerstein zu halten: Seine Hände waren übel zugerichtet, voller Brandwunden. Und, mal ganz davon abgesehen ... irgendwie war ihm im Augenblick gar nicht danach zumute, in allzu enge Berührung mit Feuer zu kommen.

Das Gesicht war ihm versengt, ein Teil der Haare, sogar die Augenbrauen. Die alte Chinko-Uniform mußte offenbar aus feuerfestem Material sein, sie hatte weder Brandflecken noch verschmorte Stellen. Das hatte Jonnie vor Verbrennungen am Körper bewahrt. Dem Himmel und den Chinkos Dank dafür! Diese armen Burschen, all ihr Wissen und all ihre Höflichkeit hatten sie nicht vor der Vernichtung bewahrt.

Daraus konnte man etwas lernen, und Jonnie würde sich das für alle Zeit merken: Wenn irgend jemand mit den Psychlos gut Freund sein oder mit ihnen zusammenarbeiten wollte, dann war er von Anfang an verloren.

Terl hatte, obwohl er genau wußte, daß Jonnie festgebunden war, keine Anstalten gemacht, ihn aus dem brennenden Fahrzeug zu retten. Er hätte nur seine Waffe nehmen und die Plastikleine durchschießen müssen! Aber Mitgefühl und Hilfsbereitschaft kannten die Psychlos nicht.

Jonnie fühlte, wie der Boden erbebte. Das Monster kam in den Käfig. Eine Stiefelspitze drehte ihn um. Bernsteinfarbene Schlitzaugen musterten ihn abschätzend.

»Was willst du, du hast es überlebt!« grunzte Terl vor sich hin. »Wie lange wird's dauern, bis du wieder in Ordnung bist?«

Jonnie antwortete nicht. Er sah das Monster nur stumm an.

»Du bist wirklich zu blöde«, fuhr Terl fort. »Du merkst nicht mal, wenn dir einer 'ne Fernbedienung einbaut.«

»Und was hätte ich dagegen tun sollen? Festgebunden, wie ich war?«

»Zzt, dieser Bastard, hat eine Fernbedienung im Motorraum installiert. Und eine Minibombe.«

»Und wie hätte ich das merken sollen?«

»Du hättest eben genauer hingucken müssen.«

Jonnie lächelte grimmig. »Trotz des Halseisens? Und ganz kurz festgebunden?«

»Na gut, fürs nächste Mal weißt du Bescheid. Bei der nächsten Vorführung ...«

»Es wird kein nächstes Mal geben«, unterbrach ihn Jonnie.

Terl beugte sich über ihn und sah ihn drohend an.

»Nicht unter diesen Bedingungen!« sagte Jonnie.

»Halt's Maul, Kreatur.«

»Mach mir das Halseisen los«, verlangte Jonnie. »Mein Nacken ist voller Brandwunden.«

Terl beugte sich tiefer. Aber das einzige, was ihn interessierte, war die durchgeschmorte Plastikleine. Er verließ den Käfig und kam mit einem kleinen Schweißgerät und einer aufgerollten Leine zurück. Nein, diesmal war es keine Leine. Es war dünner und aus Metall. Eine Rolle Draht. Terl brannte den Rest der alten Leine ab und schweißte den Draht am Halseisen fest. Es kümmerte ihn nicht, daß Jonnie sich unter dem heißen Flammenstrahl wand und krümmte. Terl drehte das Ende des Drahtseils zu einer Schlinge und hakte sie hoch oben an einer Käfigstange fest.

Er ging und verschloß die Käfigtür. Jonnie sah ihm nach. Und wenn es möglich gewesen wäre, jemanden mit Blicken zu töten, dann wäre das Monster in diesem Augenblick gestorben.

Jonnie fühlte sich müde und mutlos. Er wickelte sich in das schmutzige Fell eines Umhangs und legte sich auf den frisch gefallenen Schnee.

Teil IV

1

Es war ein langer, harter Winter in den Bergen. Und nun waren auch noch Lawinen niedergegangen und versperrten die Zugänge zu den Bergwiesen.

Still in sich gekehrt und mit einem Gefühl der Verlorenheit saß Chrissie im Gemeindehaus, vor dem versammelten Rat. Der Wind heulte und jaulte durch die Risse im Mauerwerk. Aus dem Feuer, das in der Mitte des Raumes brannte, stiegen beißende Rauchschwaden auf.

Pastor Staffor fehlte. Sie hatten ihn in eine Hütte gebracht. Dort lag er, sterbenskrank. Der Winter hatte ihm die letzte Lebenskraft genommen. Auf seinem Platz saß nun der ältere Jimson, ihn nannten sie jetzt ihren Pastor. Rechts von Jimson saß ein alter Mann namens Clay, und links von ihm Brown Limper Staffor. Obwohl er eigentlich viel zu jung war und ein klumpfüßiger Krüppel dazu, sah es so aus, als wäre er mittlerweile ein festes Mitglied im Gemeinderat geworden. Zuerst war er nur als Vertreter für seinen kranken Vater gekommen, aber dann einfach geblieben, und nun hatten sich wohl alle daran gewöhnt.

Das war der Gemeinderat: diese drei Männer, die auf einer alten Bank saßen.

Chrissie, die ihnen gegenübersaß, durch die Feuerstelle von ihnen getrennt, wirkte gedrückt. Vor zwei Nächten hatte sie einen schrecklichen Alptraum gehabt. Einen Traum, aus dem sie schweißgebadet hochgeschreckt war. Noch jetzt zitterte sie in der Erinnerung daran. In ihrem Traum war Jonnie im Feuer umgekommen. Er hatte ihren Namen gerufen. Sein Schrei gellte ihr jetzt noch in den Ohren.

»Das ist doch reine Narretei«, sagte Pastor Jimson zu ihr. »Da sind drei junge Männer, die dich gern heiraten wollen, und du hast einfach kein Recht, dich zu verweigern. Wir werden immer weniger hier im Dorf, dreißig sind es gerade noch, die den Winter überlebt haben. In solchen Zeiten darf man nicht nur an sich selber denken!«

Halb im Unterbewußtsein war Chrissie klar, daß er mit ihr

gesprochen hatte. Sie gab sich Mühe, sich zu erinnern, was er gesagt hatte: irgend etwas darüber, daß sie immer weniger wurden. Natürlich, da hatte er recht. Während des Winters waren zwei Kinder geboren worden. Aber zwei Kinder waren auch gestorben. Die jungen Männer hatten nur wenige Rinder aus den Ebenen herauftreiben können; die Leute im Dorf waren halb verhungert. Wenn Jonnie dagewesen wäre ...

»Im Frühjahr werde ich in die große Ebene hinuntergehen, um Jonnie zu finden«, sagte Chrissie.

Auf den Gemeinderat machte das keinen großen Eindruck. Sie hatten das schon ein paarmal von Chrissie gehört, seitdem Jonnie gegangen war.

Brown Limper schielte durch den Rauch zu ihr herüber. Um seine Lippen spielte ein spöttisches Lächeln. Er war im Rat geduldet, weil er nie viel redete, und auch, weil er, wann immer die Beratungen länger dauerten, frisches Wasser und etwas zu essen heranholte. Jetzt konnte er sich nicht mehr zurückhalten. »Jeder weiß doch, daß Jonnie längst tot ist. Es kann gar nicht anders sein. Die Monster haben ihn geholt.«

Jimson und Clay sahen ihn streng an. Brown Limper war es gewesen, der im Rat zur Sprache gebracht hatte, daß Chrissie sich weigerte, einen der jungen Männer aus dem Dorf zu heiraten. Und Clay fragte sich nun, ob der junge Staffor dabei nicht vor allem persönliche Interessen verfolgt hatte.

Chrissie versuchte, ihre Traurigkeit zu vergessen und sich auf das Gespräch zu konzentrieren. »Dann wären wenigstens seine Pferde zurückgekommen.«

»Vielleicht haben die Monster sich die auch geschnappt«, meinte Brown Limper.

»Jonnie hat nicht daran geglaubt, daß es überhaupt Monster gibt«, wandte Chrissie ein. »Er ist losgezogen, um das große Dorf zu finden, von dem unsere Legenden erzählen.«

»Oh, natürlich gibt es Monster!« rief Jimson aus. »Es ist lästerlich, wenn einer nicht glaubt, was in den Legenden erzählt wird.«

»Wenn es Monster gibt, warum kommen sie dann nicht auch hierher?« fragte Chrissie.

»Weil die Berge heilig sind«, antwortete Jimson.

Und Brown Limper meinte: »Was die Pferde betrifft ... Selbst wenn die Monster sie nicht geholt haben, konnten sie gar nicht zurückkommen, weil alle Pässe durch den hohen Schnee versperrt sind.«

Die beiden älteren Männer sahen ihn wieder streng an; ihre Blicke befahlen ihm zu schweigen.

»Chrissie«, begann Pastor Jimson auf sie einzureden, »du solltest wirklich deine Narretei vergessen und den jungen Männern erlauben, um dich zu werben. Soviel steht ja nun mal fest: Jonnie ist nicht mehr da.«

»Wenn das Jahr um ist, werde ich in die Ebene gehen.«

»Das wäre Selbstmord!« warnte Clay.

Chrissie schaute gedankenverloren ins Feuer. Die Männer wußten gar nicht, wie recht sie mit dem hatten, was sie sagten. Wenn Jonnie wirklich tot war, dann wollte auch sie nicht mehr leben. In ihren Ohren klang noch der Schrei aus dem Alptraum wider. Aber dann verhallte er, und es war ihr, als höre sie, wie Jonnie ihren Namen flüsterte.

Sie schaute auf. Eine Spur von Herausforderung lag in ihrem Blick. »Er ist nicht tot.«

Die drei Ratsmitglieder verständigten sich mit raschen Blicken. Sie hatten Chrissie nicht überzeugen können. Sie mußten es ein andermal wieder versuchen.

Sie beachteten Chrissie nicht mehr und begannen darüber zu reden, daß Pastor Staffor sich für den Fall seines Todes eine würdevolle Beerdigung gewünscht hatte. Das warf ein Menge Probleme auf; die Nahrungsmittel waren knapp, und es würde sehr schwierig sein, in dem gefrorenen Boden ein Grab auszuheben. Gewiß, er war ihr Pastor gewesen und war es, streng genommen, immer noch, und er hatte sogar viele Jahre lang das Amt des Bürgermeisters ausgeübt. Es gab keinen Zweifel, daß er eigentlich Anspruch auf eine würdige Beerdigung hatte. Aber davon allein wurden die Schwierigkeiten ja nicht geringer.

Chrissie merkte, daß sie entlassen war, und stand auf. Es war nicht nur der beißende Rauch des Feuers, der ihre Augen gerötet hatte. Sie trat aus der Tür.

Fröstelnd zog sie das Bärenfell enger um sich und schaute zum Winterhimmel hinauf. Im Frühjahr, wenn die Gestirne wieder so standen, wie sie bei Jonnies Abschied gestanden hatten, würde sie losgehen.

Der Wind war schneidend scharf. Während sie ihre klammen Hände unter das Bärenfell schob, mußte sie daran denken, daß es Jonnie gewesen war, der es ihr geschenkt hatte. Und es fiel ihr auch ein, daß sie die Zeit bis zum Frühjahr nutzen und für Jonnie neue Kleidung aus Rehleder anfertigen konnte. Es war vielleicht gut, schon frühzeitig damit anzufangen, die Packsäcke zu richten. Sie durfte nicht zulassen, daß die Leute im Dorf auch noch die beiden letzten von Jonnies Pferden schlachteten.

Vom Gipfel wehte eisiger Wind, wie eine höhnische Antwort der

Natur auf all ihre Pläne. Trotzdem, sie war entschlossen, mit den Vorbereitungen zu beginnen. Nichts würde sie aufhalten. Sie würde gehen und ihn suchen.

2

Terl war von wildem Tatendrang erfüllt. Er schlief kaum noch. Nicht einmal der Kerbango konnte ihn reizen. Nichts anderes spukte ihm im Kopf herum als der Gedanke, womöglich noch auf Jahre hinaus auf diesen verfluchten Planeten verbannt zu sein. Und wann immer er sich eine Ruhepause gönnen wollte, war es diese gräßliche Vorstellung, die ihn hochjagte und zu nur noch größerer Eile antrieb.

Ein Druckmittel haben ... das war der beherrschende Gedanke für ihn geworden. Gegen alle etwas in der Hand haben ... Aber er stand mit leeren Händen da.

Natürlich, es gab ein paar Dinge, mit denen er den einen oder anderen Angestellten unter Druck setzen konnte. Nichts Weltbewegendes, nur Kleinigkeiten. Mal ein Techtelmechtel mit einer weiblichen Mitarbeiterin. Trunkenheit im Dienst mit Unfallfolgen. Aufsässigkeit gegenüber Schichtführern. Persönliche Briefe, die unter die Geschäftspost geschmuggelt und per Teleportation abgesandt worden waren. Lauter Dinge dieser Art, nichts Großes. Nichts, womit man viel anfangen und woraus man Vorteile für sich selber ziehen konnte.

Aber es war ja noch nicht aller Tage Abend. Es gab Tausende von Psychlos, und seine Erfahrung als Sicherheitsoffizier sagte Terl, daß die Chance, doch noch Erpressungsmaterial aufzuspüren, gar nicht so gering sein konnte. Schließlich waren die Leute, die sich bei der Company bewarben, durchaus nicht alle reine Unschuldslämmer. Bei den Arbeitern für die Abbaugruben und bei den Angestellten für den einfachen Dienst in der Administration war die Auslese nicht streng. Und in einigen Fällen – und zwar gerade auf einem Planeten wie diesem, der nicht eben zu den begehrten Arbeitsplätzen gehörte – drückte die Company ein Auge zu und nahm sogar Vorbestrafte. Letzten Endes mußte Terl es sich selber als Versagen ankreiden, daß er noch nicht mehr herausgefunden hatte, was er als Druckmittel einsetzen konnte.

Dieser Numph, zum Beispiel ... Da mußte es irgend etwas geben. Er roch es geradezu, daß da etwas faul war, aber er wußte nicht, was. Es mußte etwas mit dem Neffen Nipe in der Buchhaltung des

Zentralbüros zu tun haben. Aber soviel Terl auch herumwühlte und herumschnüffelte, er fand nichts heraus. Überstürzen durfte er nichts. Es wäre riskant gewesen, einfach so zu tun, als wüßte er etwas. Wenn dann durch irgendeinen dummen Zufall klar wurde, daß er gar kein handfestes Druckmittel besaß, zerplatzte das ganze Spiel wie eine Seifenblase. Also bestand die einzige Möglichkeit darin, so behutsam vorzugehen, daß ... Ach, Unsinn! Da konnte er es auch gleich ganz lassen. Verdammter Mist, verdammter!

Und gerade jetzt, in diesen späten Wintertagen, war noch etwas dazugekommen ... Sämtliche Anfragen an das Zentralbüro auf dem Heimatplaneten blieben ohne Antwort. Nur diese eine kurze Mitteilung über Nipe hatte er bekommen, das war alles. Irgendwie kam ihm das nicht geheuer vor. Er konnte sich die Klauen wund schreiben und ein »Grünkreuz« nach dem anderen schicken und es »Dringend« stempeln, sooft er wollte, er bekam nicht mal eine Eingangsbestätigung.

Er hatte sich sogar einen Trick einfallen lassen und die angebliche Entdeckung eines geheimen Waffenlagers gemeldet. In Wirklichkeit hatte es sich nur darum gehandelt, daß eine Abbaukolonne irgendwo in einem überseeischen Kontinent ein paar bronzene Vorderlader-Kanonen ausgegraben hatte. Aber Terl hatte den Wortlaut der Meldung so geschickt abgefaßt, daß sie einerseits alarmierend wirken mußte, andererseits die ganze Geschichte auch – ohne nachteilige Folgen für ihn selber, versteht sich – als Mißverständnis erklärt werden konnte. Keinerlei Reaktion, keine Rückfragen. Wie gesagt, nicht einmal eine Eingangsbestätigung. Nichts.

Empört hatte er nachgeforscht, ob mit den Berichten aus anderen Abteilungen ähnlich verfahren wurde. Nein, davon konnte keine Rede sein. Er hatte natürlich auch die Möglichkeit erwogen, daß Numph vielleicht heimlich Terls Berichte wieder aus der Postkassette für die Teleportation nahm. Aber das war auch nicht der Fall. Er stand vor einem Rätsel.

Das Zentralbüro wußte, daß es ihn gab; wenigstens soviel war sicher. Man hatte auf Numphs Empfehlung positiv reagiert und die Verpflichtung auf weitere zehn Jahre bestätigt. Nicht nur das, von seiten der Company war sogar eine Optionsklausel für eine über diese zehn Jahre hinausgehende Verpflichtungszeit eingebracht worden. Also kannten sie ihn. Sie wußten, daß es ihn gab. Und ... die Möglichkeit, daß gegen ihn etwa ein Untersuchungsverfahren angestrengt worden wäre ... Nein, da war auch nichts im Busche. Akten dieser Art mußten über seinen Schreibtisch laufen, er hätte sie abgefangen.

So war er also vollkommen auf sich allein angewiesen. Aussicht auf irgendeine Unterstützung durch das Zentralbüro bestand nicht. Und in dieser Lage erinnerte er sich an den alten Lehrsatz im Sicherheitsgeschäft: Wenn man eine bestimmte Situation braucht, diese aber nicht von allein eintritt, dann muß man eben selber ein bißchen nachhelfen.

Jeder Bildrecorder, dessen er habhaft werden konnte, wanderte schnurstracks in sein Büro. Alle Wände waren inzwischen mit solchen Dingern gespickt. Er achtete darauf, daß die Tür zu seinem Büro stets gut verschlossen war. Und wo er auch herumlief, er hatte immer die Taschen voller Minikameras. Seine Geschicklichkeit darin, diese automatischen Spione irgendwo versteckt anzubringen, war unübertrefflich.

Gerade jetzt saß er vor dem Schirm eines Recorders und überwachte die Werkstatthalle. Er wartete darauf, daß Zzt zum Mittagessen ging. Vorsorglich hatte er sich einen Zweitschlüssel für die Halle beschafft.

Seitlich neben ihm lag die Company-Verordnung für personelle Angelegenheiten, und zwar der einundzwanzigste Band, der sich mit Sicherheitsfragen beschäftigte. Terl hatte die Seite 989 aufgeschlagen, den Artikel 34a-IV, bei dem es um ein Verzeichnis einheitlich anzuwendender Strafen ging.

In dem Artikel hieß es: »Diebstähle, insonderheit solche, welche sich zum Nachteil des Firmenvermögens oder des auf seine Vermehrung ausgerichteten Zugewinns auswirken ...«, und dann folgten fünf Seiten lang die Strafen, die in diesen Fällen anzuwenden waren, »... und insoweit Rechte der Firmenangehörigen bezüglich ihrer Einkünfte, Zulagen oder anderer persönlicher Vermögenswerte berührt werden ...«, und dann folgte eine Seite mit speziellen Erläuterungen dazu, »... Diebstahl persönlicher Vermögenswerte von Firmenangehörigen, begangen durch Firmenangehörige, ist, sofern eindeutige Beweise vorliegen, durch unverzügliche Auslöschung des Täters oder einer Gruppe von Tätern zu ahnden.«

Das war der Punkt, um den es bei Terls gegenwärtigen Aktivitäten ging. Da stand nicht etwa, daß Diebstahl nur in der Personalakte vermerkt würde. Und es war auch nichts darüber gesagt, daß erst eine Verhandlung stattfinden müsse; im Gegenteil, »unverzüglich« stand da. Die Formulierungen, auf die es ankam, waren: »sofern eindeutige Beweise vorliegen« und »durch unverzügliche Auslöschung ... zu ahnden.« Eine offizielle Auslöschungskammer gab es auf diesem Planeten nicht, aber das war kein Hinderungsgrund. Für eine Auslöschung genügte ein Handfeuer-Killer.

Noch zwei andere Klauseln in diesem Buch waren wichtig. Die eine besagte: »Alle Mitarbeiter der Company sind gleichermaßen, das heißt: ungeachtet ihres Ranges und ihrer Aufgabe, verpflichtet, diese Verordnung strikt zu befolgen.« Das galt also auch für Numph, er hatte nicht einen Pieps mehr zu sagen als andere. Und die zweite Klausel war noch wichtiger: »Die Durchsetzung aller Einzelheiten dieser Verordnung obliegt den Sicherheitsoffizieren, ihren Vertretern, Mitarbeitern und dem ihnen unterstellten Personal.« Das betraf Terl persönlich. Er war der Sicherheitsoffizier auf diesem Planeten. Und da diese Funktion auf der Erde nur durch ihn wahrgenommen wurde, war er zugleich Vertreter und Mitarbeiter und unterstelltes Personal, alles in einer Person.

Terl verfolgte Zzts Tun und Treiben nun schon ein paar Tage lang auf dem Recorder. Er wußte, wo Zzt seine schmutzige Arbeitskleidung aufbewahrte, und er hatte herausge... Moment mal! Zzt verließ die Werkstatthalle!

Terl wartete einen Augenblick, bis er sicher sein konnte, daß der Transportchef nicht womöglich irgend etwas vergessen hatte und noch einmal zurückkam. Gut, er war endgültig gegangen.

Zügig, aber ohne verräterische Eile, machte Terl sich auf den Weg zur Werkstatthalle. Er schloß mit dem Zweitschlüssel auf und ging geradewegs in den Waschraum. Er nahm einen schmutzigen Werkstattkittel und eine Arbeitsmütze vom Haken, verließ die Werkstatthalle und schloß sorgfältig hinter sich zu.

Schon seit Tagen hielt Terl auch das Zimmer des jüngeren der beiden Chamco-Brüder unter Beobachtung; es war eine wahre Meisterleistung gewesen, die Minikamera dort anzubringen. Er hatte alles herausgefunden, was er wissen wollte. Jeden Tag nach der Arbeit legte der jüngere Chamco seine Dienstkleidung ab und schlüpfte in ein bequem geschnittenes Dinner-Gewand, wie es von vielen Psychlos für die Abendstunden im Kasino bevorzugt wurde. Was aber wichtiger war: Der jüngere Chamco stopfte allabendlich sein Bargeld in ein antikes Trinkhorn, das in seinem Zimmer an der Wand hing.

Terl ließ die Objektive der Minikameras den gesamten Bereich der Außenstation absuchen. Schließlich entdeckte er den jüngeren Chamco, der offenbar gerade vom Mittagessen kam, das Gebäude verließ und in den Zubringerbus stieg, der zu Chamcos Arbeitsplatz am Teleportations-Terminal fuhr. Gut, soweit war alles klar. Terl ließ die Objektive über die Flure gleiten. Im Wohn- und Schlafbereich war, wie er vermutet hatte, jetzt während der Arbeitszeit alles leer.

Terl benutzte ein stillstehendes Recorderbild von Zzt als Vorlage und fing an, sich vor dem Spiegel zu maskieren. Er arbeitete schnell und geschickt; ein Mann im Sicherheitsgeschäft mußte viele

Fähigkeiten haben. Er zeichnete die Augenknochen nach, um sie dicker erscheinen zu lassen. Er stülpte sich besonders lange künstliche Klauen über. Er färbte den Wangenpelz rot. Er arbeitete so lange, bis er im Spiegelbild eine wahrhaft verblüffende Ähnlichkeit mit Zzt feststellen konnte.

Als er mit seiner Arbeit an der Maske fertig war, zog er den Werkstattkittel an und setzte Zzts Mütze auf.

Er nahm aus seiner eigenen Brieftasche einen Schein über fünfhundert Galaktische Währungseinheiten. Auf den oberen Rand schrieb er, schön deutlich und so groß, daß es gleich ins Auge fiel: »Alles Gute zum Abschied.« Dann kritzelte er verschiedene frei erfundene Namen auf die Banknote, überall, wo ein bißchen Platz war, und er vergaß nicht, immer wieder einen anderen Stift zu benutzen.

Er schloß ein Fernbedienungsgerät an den Bildrecorder an, mit dessen Hilfe er Chamcos Zimmer überwachte. Rasch einen Blick darauf ... Dann einen Blick in den Spiegel: Saß die Maske auch wirklich richtig? ... Und schließlich einen Blick auf den nächsten Bildrecorder, der auf die Werkstatthalle gerichtet war. Aha, Zzt war wieder da. Er bastelte an einem großen Motor herum. Nun, das würde ihn wohl eine Weile beschäftigen.

Terl hastete den Flur des Schlaftrakts hinunter. Mit einem Generalschlüssel verschaffte er sich Eintritt in das Zimmer des jüngeren Chamco-Bruders. Er durchsuchte das Trinkhorn, das an der Wand hing, und fand, wie er erwartet hatte, Geld darin. Er stopfte noch den Fünfhundert-GW-Schein dazu. Fertig! Er zog sich bis zur Tür zurück.

Dann schaltete er mit der Fernbedienung das Aufnahmegerät ein. Drüben in seinem Büro wurde jetzt aufgezeichnet, was die Minikamera hier in Chamcos Zimmer aufnahm.

Täuschend echt ahmte Terl Zzts wiegenden Gang nach. Er schlich sich bis zum Trinkhorn und zog den Fünfhunderter heraus. Verstohlen schaute er sich um: ein Abbild des leibhaftigen schlechten Gewissens. Und während er das Geld zählte, hielt er den markierten Schein so, daß er voll im Blickwinkel der Kamera lag. Schon war er wieder an der Tür, verließ den Raum und verschloß ihn von außen.

Einer der Zimmerstewards beobachtete ihn vom Ende des Flures, Terl duckte sich rasch weg.

Er kehrte in sein Büro zurück und entfernte die Maske, die er angelegt hatte. Den Fünfhunderter steckte er in die eigene Brieftasche zurück.

Später, als er auf dem Überwachungsbildschirm beobachtet

hatte, wie Zzt zum Abendessen gegangen war, brachte er den schmutzigen Werkstattkittel und die Arbeitsmütze dahin zurück, wo er sie geholt hatte, in den Waschraum neben der Werkstatthalle.

Wieder im Büro, rieb Terl sich zufrieden die Pranken.

Ein Druckmittel, endlich! Der Hebel war schon angesetzt, jetzt brauchte er ihn nur noch herunterzudrücken.

3

Es wurde ein Kasinoabend, an den die Angestellten dieser Außenstation sich noch lange erinnerten.

Nicht etwa, daß sie Terl nie zuvor betrunken gesehen hätten, aber heute ... du meine Güte! Die Stewards mußten den Kerbango kannenweise herbeischleppen, und er schluckte Humpen auf Humpen weg.

Zu Beginn des Abends hatte Terl niedergeschlagen dagesessen, und keiner hatte sich sonderlich darüber gewundert, denn falls der Sicherheitschef überhaupt jemals beliebt gewesen war, in letzter Zeit hatte er jedenfalls nicht gerade Freunde dazugewonnen. Char hatte eine Zeitlang versucht, ein Auge auf ihn zu haben, aber das half schon nichts mehr. Terl hatte sich offenbar vorgenommen, sich mal so richtig vollaufen zu lassen, und er war auf dem besten Wege dazu. Alles, wozu er sich schließlich noch aufraffte, war ein ziemlich simples Spiel mit einer Gruppe Unterabteilungs- und Dezernatsleitern: das sogenannte Prankenquetschen, bei dem es eigentlich darauf ankam, wer die kräftigeren Muskeln in der Pranke hatte, so daß der andere es nicht mehr aushalten konnte. Terl verlor Runde um Runde, er war schon so betrunken, daß er sich ohnehin kaum noch aufrecht auf dem Stuhl halten konnte.

Gerade eben hatte Terl den jüngeren der Chamco-Brüder aufs Korn genommen; er versuchte, ihn zu einem Ringwurfspiel zu überreden.

Es war ein Spiel, bei dem es üblicherweise um Geldwetten ging. Man schleuderte einen Ring an eine Wandtafel, auf der Holznägel mit Zahlen angebracht waren. Es ging darum, den Ring so zu werfen, daß er über einem Nagel hängenblieb. Sieger wurde, wer den Nagel mit der höheren Zahl traf, wobei die Sache dadurch erschwert war, daß die Holznägel mit den höheren Zahlen an den äußersten Ecken angebracht, also nur mit größerem Risiko anzupeilen waren. Jeder Spieler hatte für jede Runde nur einen Wurf, danach wurde der

Einsatz für die nächste Runde vereinbart.

Der jüngere Chamco hatte sich eigentlich nicht darauf einlassen wollen. Terl war für sein Geschick beim Ringwurfspiel bekannt. Andererseits, so sturzbetrunken, wie er war, schien er doch kein ernstzunehmender Gegner zu sein. Und so ließ Chamco sich schließlich überreden.

Sie fingen mit Wetten um zehn GW je Runde an, was im Kasino schon als hoher Einsatz galt. Chamco warf eine Neunzig, Terl brachte es nur auf eine Sechzehn.

Ausgerechnet Terl bestand darauf, den Wetteinsatz zu erhöhen, und Chamco konnte der Verlockung natürlich nicht widerstehen.

Der Ring, den der jüngere Chamco schleuderte, flog schwirrend zur Wandtafel hinüber und blieb über einem Vierer-Nagel hängen. Chamco stöhnte auf. Er mußte verlieren, es konnte gar nicht anders kommen. Dabei hatte er gerade vor kurzem beschlossen, eisern zu sparen. Denn wenn er demnächst – in ein paar Monaten war es soweit – nach Hause zurückkam, wollte er eine Frau kaufen. Um dreißig GW hatte er gewettet, das schöne Geld!

Terl vollführte die absonderlichsten Verrenkungen, legte sich den Ring zurecht, visierte ihn mit stierem Blick an und warf ihn dann urplötzlich auf die Tafel zu. Und was kam bei all dem Firlefanz heraus? Eine lumpige Drei!

Da er schon wieder gewonnen hatte, konnte Chamco nicht gut kneifen und Terl die Revanche verweigern. Terl hatte inzwischen noch ein paar Kerbango heruntergekippt. Seine Augen waren längst glasig geworden, er schien gar nicht mehr mitzukriegen, daß sich immer mehr Zuschauer um ihn und Chamco scharten. Aber er bestand darauf, den Wetteinsatz noch einmal zu erhöhen.

Auch die Umstehenden schlossen bereits Wetten ab, kaum einer setzte auf Terls Sieg, denn der torkelte nun schon vor Trunkenheit. Er galt zwar als geschickter Ringewerfer, aber das konnte jetzt keine Rolle mehr spielen. Er war so sternhagelvoll, daß er bei der Aufstellung für die nächste Runde in die falsche Richtung stierte; man mußte ihn erst herumdrehen.

Chamco schaffte die Fünfzig. Mit einer kümmerlichen Zwei war Terl geschlagen.

»Nein, Sie können doch jetzt nicht aufhören!« lallte Terl. »Der Gewinner darf nicht aufhören. Ich welle ... wette um hunnert ... hundert ... hunnert galaksche Währungs ... llnhn.«

Na schön. Die Gehälter waren um die Hälfte gekürzt und die Zulagen gestrichen. In so einer Situation hat keiner etwas dagegen, auf leichte Art Geld zu gewinnen. Also hielt der jüngere Chamco mit.

Grölend verfolgte die Runde Terls torkelnde Bemühungen. Er

verlor ein Spiel nach dem anderen. Und Chamco hatte schon stattliche vierhundertfünfzig GW eingestrichen.

Terl schwankte zur Ordonnanz hinüber und nahm sich einen neuen Humpen Kerbango vom Tablett. Noch während er schluckte, wühlte er seine Taschen durch, und schließlich fand er tatsächlich noch einen Schein, einen einzigen, und einen besonderen dazu: Er war ziemlich zerknittert und überall an den Rändern mit Unterschriften bekritzelt.

»Mein Glügges ... Glücksschein!« jammerte Terl nuschelnd; es hörte sich wie mühsam unterdrücktes Schluchzen an. Er schlurfte in die Wurfposition vor der Tafel. »Chamco zwei, nur eine verdammte kleine Wette noch, ja? Sehns ... Sehen Sie diesen Ffff ... Fünfhunnerter?«

Der jüngere Chamco sah sich den Schein an. Es war ein Abschiedsgeschenk, ganz offensichtlich, eine von den Glück-aufden-Weg-Banknoten, die Companyangestellte, wenn sie auf weit entfernte Außenstationen versetzt wurden, mitunter nach der Abschiedsparty austauschten. Man sah es an den vielen Unterschriften. Es war so üblich, daß alle Freunde und engen Mitarbeiter auf der Banknote unterschrieben, so wie bei diesem Schein.

»Ich setze meine Glüggaufnwegnote«, lallte Terl. »Aber Sie müssen versprechen, daß Sie sie nicht ausgeben. Ich will sie nämlich am nächsten ... am nächsten Zahltag wieder eintauschen, ja?« Er grinste. »Falls ich sie überhaupt verliere!«

Chamcos Augen leuchteten geldgierig. Was er bis jetzt am heutigen Abend gewonnen hatte, war so viel, wie er sonst in zwei Wochen verdiente. Ein hübscher Ausgleich für die schmerzenden Gehaltskürzungen. Natürlich, er war einverstanden. Er würde den Fünfhunderter bis zum nächsten Zahltag aufheben.

Als Sieger beim vorangegangenen Spiel stand Chamco der erste Wurf zu. Er war nie besonders gut bei diesem Spiel gewesen. Er schleuderte den Ring und ... auweia! Eine Eins. So schlecht konnte Terl gar nicht werfen, daß er nicht über diesem Ergebnis liegen mußte.

Terl starrte auf den Holznagel und den Ring. Er torkelte ein bißchen näher an die Tafel heran, beugte sich vor, stand da und glotzte stumm. Dann kam er schwankend zur Wurflinie zurück. Wieder stellte er sich falsch herum auf. Wieder mußte er erst umgedreht werden. Und dann ging's los: hoppla, mit Schwung!

Er traf die Wand. Zwei Prankenbreiten neben der Tafel mit den Holznägeln. Nichts als die Wand. Damit war er ausgeschieden.

Der Steward, unterstützt von den Chamco-Brüdern, Char und ein paar anderen, hievte Terl auf einen Servierwagen. Das Ding bog sich und ächzte und knackte, aber es ließ sich bewegen, und so rollten sie ihn im Triumphzug zu seiner Unterkunft, zogen ihm den Schlüssel aus der Tasche, schleppten ihn ins Zimmer und legten ihn auf den Fußboden. Sie hatten auch schon ein paar Kerbango mehr gebechert, als ihnen guttat. Auf dem Rückweg ins Kasino stimmten sie grölend den Trauermarsch der Psychlos an, der sich bei dieser etwas eigenwilligen Interpretation gar nicht mehr traurig, sondern eher komisch anhörte.

Sobald sie gegangen waren, kroch Terl zur Tür, schloß und verriegelte sie.

Er hatte nach dem Abendessen vorsorglich ein paar AntiKerbango-Pillen geschluckt. Jetzt mußte er nur noch dafür sorgen, daß das viele Zeug, das er geschluckt hatte, nicht länger in seinem Magen blieb. Und das tat er in der nicht gerade angenehmen, aber altbewährten Weise, indem er sich, über das Waschbecken gebeugt, eine seiner Klauen in den Hals steckte.

Danach, wieder mit sich und der Welt im Lot und im übrigen sehr zufrieden, zog er sich aus, ging zu Bett und schlief mit wundervollen Träumen ein: mit Träumen, die alle etwas mit der wundervollen Zukunft eines wundervollen Mannes namens Terl zu tun hatten.

4

Jonnie hörte, wie das Monster in den Käfig kam und die Tür hinter sich zuzog.

In den letzten paar Wochen waren Jonnies Gesicht und seine Hände geheilt. Und als er Schnee in einem Topf geschmolzen und sich im Spiegelbild des Wassers betrachtet hatte, hatte er auch festgestellt, daß ihm an den versengten Stellen die Haare nachgewachsen waren. Es gab keine Wunden an den Händen mehr, aber die Haut war da, wo Jonnie sich verbrannt hatte, noch stark gerötet.

Er hatte bis spät in die Nacht hinein am Sprachtrainer gearbeitet. Jetzt lag er, in ein Fell gewickelt, mit dem Rücken zur Tür. Und so blieb er liegen, als das Monster hereinkam.

»Dreh dich um, Kreatur!« forderte Terl ihn auf. »Schau mal, was ich dir mitgebracht habe.«

Irgend etwas in Terls Stimme klang anders als sonst. Wäre es nicht das Monster gewesen, hätte Jonnie gesagt, daß sich die Stimme freundlich und vergnügt anhörte. Er setzte sich auf.

Terl hielt vier Ratten an ihren Schwänzen hoch. Kürzlich war die ganze Rattenbrut in der Nähe der Psychlo-Gebäude ausgerottet worden, und Terl hatte dazu übergehen müssen, für Jonnie wilde Kaninchen zu schießen. Jonnie war das durchaus recht gewesen, aber jetzt hatte Terl offenbar doch noch irgendwo Ratten aufgetrieben, und er meinte anscheinend, damit hätte er Jonnie einen Gefallen getan.

Jonnie legte sich wieder hin. Terl warf die Ratten neben den Feuerplatz. Eines der Tiere war noch nicht ganz tot, wollte wegkriechen, und Terl nahm den Handfeuer-Killer aus dem Halfter und schoß der Ratte den Kopf ab.

Jonnie richtete sich wieder auf. Terl steckte die Waffe weg.

»Was mich an dir so ärgert, ist, daß du keinerlei Dankbarkeit empfindest«, sagte Terl vorwurfsvoll. »Bist du mit den Tonträgern über die Grundlagen der Elektronik fertig?«

Jonnie machte sich nicht die Mühe zu antworten. Natürlich war er fertig. Terl hatte ihm die Lektionen schon vor Wochen gebracht, zusammen mit ein paar anderen über höhere Mathematik.

»Jemand, der sich durch eine Fernbedienung hereinlegen läßt, wird es nie soweit bringen, daß er eine Maschine bedienen kann«, sagte Terl. Darauf hatte er schon ein paarmal herumgehackt, wobei er die Wahrheit einfach ein bißchen verdrehte, denn in Wirklichkeit war er ja hereingelegt worden. »Also gut, hier sind ein paar neue Lektionen. Du solltest dein Rattengehirn anstrengen, wenn du vorhast, jemals Maschinen zu bedienen, wie wir sie verwenden.«

Er warf Jonnie drei Bücher zu, eines traf ihn an der Schulter, die beiden anderen konnte er auffangen. Sie sahen sehr groß aus, aber sie waren federleicht. Jonnie sah, daß es sich um den Originaltext der Psychlos handelte, nicht um eine Übersetzung der Chinkos. Eines hieß »Kontrollsysteme, ein Grundkurs für Ingenieure«. Das zweite war eine »Lehre von den Elementen«. Und das dritte hatte den Titel »Energie und ihre Übertragung«. Jonnie brauchte die Bücher. Wissen war der Schlüssel zur Freiheit. Aber er legte sie trotzdem beiseite und schaute Terl an.

»Sieh zu, daß du das in dein Rattenhirn hineinbringst! Dann wirst du in Zukunft keine Maschine mehr über irgendeine Klippe jagen!« blaffte Terl ihn an. Dann kam er näher, setzte sich auf den Stuhl, beugte sich vor und musterte Jonnie. »Wann wirst du endlich bereit sein, wirklich mit mir zusammenzuarbeiten?«

Jonnie wußte, daß von diesem Monster eine Gefahr ausging. Es wollte irgend etwas von ihm. Und daß das Monster nicht darüber sprach, worum es ihm wirklich ging, machte die Sache nur um so bedrohlicher.

»Vielleicht werde ich nie dazu bereit sein«, antwortete Jonnie.

Terl lehnte sich zurück. »Macht nichts, Kreatur. Ich sehe übrigens, daß du dich gut von deinen Verbrennungen erholst. Dein Pelz wächst dir schon nach.« Jonnie wußte genau, daß das dem Monster in Wirklichkeit völlig egal war. Er war gespannt, worauf das Gespräch hinauslief.

»Weißt du eigentlich, Kreatur, daß du mich am ersten Tag ganz schön an der Nase herumgeführt hast?« fuhr Terl fort. »Ich dachte doch tatsächlich, du wärst eine Kreatur mit vier Beinen.« Sein Lachen hatte einen falschen Unterton. »Ich war ganz schön verblüfft, als du auf einmal in zwei Teile auseinandergefallen bist.« Er lachte wieder. Die bernsteinfarbenen Augen glitzerten verschlagen. »Seitdem frage ich mich immer wieder, was wohl aus dem Pferd geworden sein mag?«

Unwillküriich war Jonnie mit seinen Gedanken sofort bei Windsplitter, und es waren Gedanken voller Sorge. Er durfte das gar nicht erst aufkommen lassen, er mußte sich dagegen wehren.

Terl beobachtete ihn scharf. Und als er dann aufstand und zur Tür ging, dachte er bei sich: Das Pferd ... damit könnte ich ihn kriegen. Zwischen diesem Menschending und dem Pferd gibt es eine starke gefühlsmäßige Bindung.

Ein Druckmittel! Man mußte nur die schwache Stelle finden. Und wenn man dann den Hebel richtig ansetzte, war es nicht mehr schwer, seinen Vorteil daraus zu ziehen.

Terl lachte in sich hinein. »Ja, am ersten Tag hättest du mich beinahe drangekriegt. Na schön, ich verschwinde jetzt. Und du machst dich über die Bücher her, Rattenhirn!« Noch als er schon draußen stand, lachte er über seinen eigenen Witz. »Das gefällt mir: *Rattenhirn!* Das paßt zu dir!«

Jonnie sah ihm nach. Er wußte, daß er sich da verraten hatte. Und daß Terl irgend etwas vorhatte. Und daß er ihm etwas verheimlicht hatte. Aber was? Konnte es sein, daß Windsplitter noch lebte?

Es ließ Jonnie keine Ruhe. Er stand auf, fachte das Feuer an und sah die Bücher durch. Und plötzlich wurde er aufgeregt, es überfiel ihn heiß wie Fieber: Im Inhaltsverzeichnis der »Lehre von den Elementen« fand er das Stichwort *Uran*.

5

Terl war nicht im mindesten überrascht, als der jüngere Chamco zu ihm ins Büro kam.

»Was ich Ihnen sagen wollte, Terl ...«, fing Chamco an. »Also, diese Glück-auf-den-Weg-Note, Sie wissen schon ... Ich werde sie Ihnen leider nicht mehr eintauschen können.«

Terl stellte sich unwissend. »Wovon reden Sie überhaupt?«

»Sie wissen doch! Der Fünfhunderter, den Sie an mich verloren haben. Ich habe Ihnen versprochen, daß Sie ihn am nächsten Zahltag eintauschen können. Und nun komme ich, weil ich Ihnen sagen muß ...«

»Augenblick mal!« Terl zog die Brieftasche heraus und suchte darin herum. »Sie haben recht. Der Fünfhunderter fehlt.«

»Natürlich fehlt er. Sie haben ihn doch beim Ringwurfspiel verloren. Und wie ich schon sagte, haben wir vereinbart, daß Sie ihn demnächst ... also, die Sache ist so ...«

»Ach ja, so ganz dunkel kommt eine Erinnerung. Mann, war das eine Nacht! Ich nehme an, ich war ziemlich betrunken, wie? Geht's darum?«

Der jüngere Chamco war nervös. Aber Terl gab sich so aufgeschlossen und freundlich, daß er schließlich den Mut aufbrachte zu sagen: »Rundheraus, der Fünfhunderter ist weg. Gestohlen.«

Terl fuhr hoch. »Gestohlen?«

»Ja. Der Fünfhunderter und noch ein bißchen mehr. Insgesamt sechshundertfünfundsechzig GW. Wie gesagt, ausgerechnet die Glück-auf-den-Weg-Note war ...«

»Immer langsam und der Reihe nach! Wo wurde das Geld gestohlen?«

»Aus meinem Zimmer.«

Terl nahm sein offizielles Vernehmungsbuch zur Hand und fing an, Notizen zu machen. »Wann ungefähr?«

»Gestern, vermute ich. Gestern abend wollte ich mir ein bißchen Geld rausnehmen fürs Kasino, und da habe ich festgestellt, daß in meinem Trinkhorn nur noch ...«

»So, so, gestern?« Terl lehnte sich nachdenklich zurück und kaute auf dem Federhalter herum. »Sie müssen wissen, daß dies nicht der erste Diebstahl im Wohnbereich ist. Wir hatten schon zwei andere Fälle. Aber Sie haben Glück.«

»Wieso denn das?«

»Na, ganz einfach. Es ist Ihnen doch klar, daß ich für die Sicherheit im gesamten Bereich verantwortlich bin?« Terl kramte eine Weile in den Aktenordnern, die auf der Ablage hinter ihm gestapelt lagen. Chamco sollte ruhig einen Eindruck davon bekommen, wie vielbeschäftigt man als Sicherheitschef war. Endlich wandte er sich wieder um. »Eigentlich ist es eine Sache, über die ich nicht mit Ihnen sprechen sollte.« Er machte eine nachdenkliche Pause, und dann schien er sich zu einem Entschluß durchzuringen. »Kann ich mich auf Ihre Verschwiegenheit verlassen?«

»Absolut!« versicherte der jüngere Chamco.

»Der alte Numph macht sich seit einiger Zeit Sorgen über die Möglichkeit von Arbeiteraufständen.«

»Dazu hat er nach den Gehaltskürzungen auch allen Grund.«

»Na ja, und deshalb ... Ich würde ja so etwas von mir aus nie tun ... Aber Numph hat angeordnet ... Also, um es kurz zu machen, Ihr Zimmer ist gestern überwacht worden. Natürlich nicht nur Ihr Zimmer, auch einige andere.«

Das verblüffte Chamco nicht allzusehr. Es kam häufig vor, daß die Company Arbeitsbereiche und auch die Räume einzelner Mitarbeiter unter Überwachung stellte.

Terl wühlte im Durcheinander des Aktenschrankes, und zwar in dem Fach, in dem die Bänder gestapelt waren. »Ich habe sie nicht geprüft, und ich hatte es eigentlich auch gar nicht vor. Das ist doch immer dasselbe mit diesen Anordnungen vom Management. Wenn's die da oben glücklich macht ... Ah, hier haben wir es schon. Gestern, sagten Sie. Und wann?«

»Keine Ahnung.«

Terl legte das Band ein und schaltete den Bildschirm ein. »Sie haben wirklich Glück.«

»Ja, das finde ich auch.«

»Na schön, schauen Sie sich die Aufzeichnung genau an. Sie stammt natürlich aus der gesamten Überwachungszeit. Also, das sind zwei oder drei Tage. Ich stelle den »Schnellen Vorlauf« ein.«

»Halt!« rief der jüngere Chamco nach einer Weile. »Da ist etwas vorbeigehuscht.«

Terl ließ das Band ein Stück zurücklaufen. »Wahrscheinlich waren das nur Sie selbst, wie Sie hereingekommen oder hinausgegangen sind. Ich prüfe diese Bänder nie. Es würde mich zuviel Zeit kosten, und ich hab sowieso genug zu tun. Die Anordnungen in der Company ...«

»Halt! Schauen Sie sich das an!«

»Hier?« fragte Terl.

»Ja, genau. Wer ist denn das?«

Terl stellte den Bildschirm schärfer ein.

»Das ist doch Zzt!« rief Chamco aus. »Sehen Sie doch mal, was der Kerl macht! Er durchsucht mein Zimmer. Da, er hat's schon gefunden, der Lump! Sehen Sie nicht? Das ist Ihr Geldschein!«

»Unglaublich! Mann, haben Sie ein Glück gehabt, daß gerade diese Überwachungsaktion lief! He, wohin wollen Sie denn?«

Der jüngere Chamco war aufgesprungen und stand schon auf halbem Wege zur Tür. »Ich geh zur Werkstatt rüber und prügle den Schuft so lange, bis er ...«

»Nein, nicht doch!« redete Terl ihm zu. »Davon bekommen Sie das Geld auch nicht wieder.« Das stimmte sogar. Von Zzt hätte Chamco das Geld tatsächlich nicht bekommen können. Es war in einem Geheimfach unter Terls Gürtel versteckt; er hatte es sich, kurz nachdem Chamco es im Trinkhorn versteckt hatte, aus dessen Zimmer geholt. »Das ist jetzt eine offizielle Sicherheitsangelegenheit geworden, weil der Diebstahl mit Hilfe eines amtlichen Bandes während einer amtlich angeordneten Überwachungsaktion entdeckt wurde.«

Terl schlug die Company-Verordnung für personelle Angelegenheiten auf, den einundzwanzigsten Band, die Seite 989, den Artikel 34a-IV. Er zeigte Chamco die Stelle, in der es hieß: »Diebstahl persönlicher Vermögenswerte von Firmenangehörigen ...« und »... sofern eindeutige Beweise vorliegen ...« und »... ist durch unverzügliche Auslöschung des Täters ... zu ahnden.«

Der jüngere Chamco las es und war verblüfft. »Ich wußte gar nicht, daß die Bestimmungen so scharf sind.«

»Nun, jetzt wissen Sie's. Und das ist eine amtliche Verordnung. Also, kommen Sie nicht auf die Idee, auf eigene Faust Richter zu spielen.«

Terl nahm einen Handfeuer-Killer aus dem Waffenständer. »Sie wissen, wie man mit so einem Ding umgeht. Es ist geladen. Sie handeln von jetzt an als offizieller Gehilfe des Sicherheitschefs.«

Chamco war beeindruckt. Er hantierte an der Waffe herum und überprüfte, ob der Sicherungshebel richtig eingerastet war. »Sie meinen, daß ich ihn ... sogar töten darf?«

»Sie haben es selber gelesen. Es ist rechtmäßig.«

Terl nahm das Band, ein tragbares Abspielgerät und einen kleineren Bildschirm, klemmte sich die Company-Verordnung unter den Arm, schaute sich um, ob er noch irgend etwas vergessen hätte, und forderte Chamco auf: »Kommen Sie mit. Bleiben Sie dicht hinter mir und überlassen Sie es mir, zu reden.«

Sie gingen in den Unterkunftsbereich, fanden einen Steward und befragten ihn: Ja, der Steward hatte gesehen, wie Zzt aus Chamcos Zimmer gekommen war. Ja, er war sicher, er kannte Zzt vom Sehen. Er konnte sich nicht erinnern, ob es am Dreizehnten oder am Vierzehnten dieses Monats gewesen war. Aber er hatte ihn gesehen, das stand fest.

Er wurde verwarnt, kein Wort über die Sache verlauten zu lassen, weil es sich, wie Terl ihm einschärfte, um eine amtliche Untersuchung handelte, die etwas mit dem Verdacht auf die Vorbereitung von Unruhen zu tun hatte. Der Steward unterschrieb bereitwillig die Zeugenaussage. Er nahm sich vor, wirklich nicht darüber zu reden. Er hielt sowieso nicht viel von den höheren Angestellten.

Und so geschah es, daß Terl – dicht hinter ihm der jüngere Chamco mit dem Handfeuer-Killer im Anschlag – in die Werkstatthalle kam. Terl heftete eine Minikamera an die Wand und schaltete sie mit der Fernbedienung ein.

Zzt schaute von seiner Arbeit auf. Er hielt einen schweren Schraubenschlüssel in der Pranke. Er sah den Handfeuer-Killer und die ernsten Gesichter, er bekam es mit der Angst zu tun.

»Legen Sie den Schraubenschlüssel weg!« forderte Terl ihn auf. »Drehen Sie sich um und legen Sie beide Pranken da oben auf die Kettenschiene.«

Zzt versuchte es mit dem Schraubenschlüssel, aber er schleuderte ihn daneben. Terl schmetterte ihn mit einem Prankenhieb über drei Transportkarren hinweg, die in der Werkstatt herumstanden. Und der jüngere Chamco tanzte von links nach rechts und von vorn nach hinten, um endlich in Schußposition zu kommen.

Terl drückte Zzt, der am Boden lag, den Stiefel ins Genick. Er winkte Chamco zurück. Dann kniete er sich so hin, daß er Chamco die Sicht versperrte, durchsuchte Zzts Taschen und war geschickt genug, den Anschein zu erwecken, als hätte er die Geldscheine, die in Wirklichkeit im Geheimfach seines Gürtels gesteckt hatten, bei Zzt gefunden. Er reichte sie Chamco hinüber. »Ist das Ihr Geld?«

Zzt hatte sich herumgerollt. So lag er nun auf dem öl- und fettverschmierten Boden und starrte mal Terl, mal Chamco an.

Chamco zählte das Geld. »Sechshundertfünfundsechzig, ganz genau! Und die Glück-auf-den-Weg-Note ist auch dabei!« Er war außer sich.

»Sie sind Zeuge, daß ich sie ihm aus der Tasche gezogen habe?« fragte Terl.

»Natürlich«, versicherte Chamco, »hab ich gesehen.«

»Halten Sie den Fünfhunderter so, daß die Wandkamera ihn aufnehmen kann!« wies Terl den jüngeren Chamco an.

»Was geht hier eigentlich vor?« stöhnte Zzt.

»Chamco, treten Sie einen Schritt zurück und halten Sie die Waffe feuerbereit«, ordnete Terl an. Dann sah er zu, daß er selber aus der Schußlinie kam, ging zu der Werkbank, auf der er die Videoausrüstung und die Company-Verordnung abgelegt hatte, öffnete das Buch und hielt es Zzt hin. Mit ausgestreckter Klaue deutete er auf die Stelle, auf die es ankam.

Zzt war nur noch ein Nervenbündel. Er fing laut zu lesen an. Aber je weiter er kam, desto stockender wurde seine Stimme. »Auslöschen? Das hab ich nicht gewußt!«

»Unkenntnis schützt nicht vor Strafe. Wenige Angestellte kennen die Verordnung genau. Und daß Sie sie nicht gekannt haben, hat Sie möglicherweise überhaupt erst zur Tat verleitet.«

»Zu welcher Tat?« jammerte Zzt.

Terl schaltete den Bildschirm ein. Zzt starrte verwirrt und ungläubig auf das, was er sah. Er sah, wie jemand Geld stahl. Aber nicht irgend jemand. Er selber war es!

Ehe Zzt auch nur ein Wort herausbringen konnte, zeigte Terl ihm die Zeugenaussage, die der Steward unterschrieben hatte.

Chamco wurde ungeduldig. »Kann ich ihn nun endlich auslöschen?« bettelte er, legte an und entsicherte.

Terl machte eine versöhnliche Geste. »Chamco, wir wissen, daß Sie berechtigt .. nein, man kann sogar sagen – verpflichtet sind, die Exekution auszuführen.« Er warf Zzt, der wie gelähmt dastand, einen raschen Blick zu. »Zzt, kann ich mich darauf verlassen, daß Sie so etwas nie wieder tun werden?«

Zzt schüttelte den Kopf. Es war nicht als Antwort gemeint. Es zeigte nur, wie verwirrt und sprachlos er war.

Terl wandte sich an Chamco. »Sehen Sie? Nun hören Sie mal genau zu. Ich kann Ihren Ärger gut verstehen, aber wir wollen die Sache nicht zu hoch hängen. Es war das erste Mal, daß bei Zzt so etwas vorgekommen ist. Sie haben Ihr Geld zurück ... ach, übrigens, wir wollen den Fünfhunderter jetzt gleich eintauschen; ich brauche ihn für die Beweisunterlagen.«

Chamco nahm die Banknote, die Terl ihm hinhielt, und gab ihm dafür den Glück-auf-den-Weg-Schein. Terl hielt ihn vor die Kamera, schaltete sie durch Fernbedienung ein, ließ ein paar Meter Film laufen und legte den Schein dann zu den Untersuchungsakten.

»Ich werde die Untersuchung vorläufig nicht abschließen, Chamco«, sagte er. »Ich werde die Akten an einem sicheren Platz aufbewahren, und zwar so, daß sie gefunden werden, falls einem von uns beiden etwas zustößt. Dann kann der Fall jederzeit wiederaufgerollt werden. Und wir kommen bestimmt auf diesen Vorfall zurück, wenn Zzt sich irgendwann auch nur das geringste zuschulden kommen läßt.« Plötzlich verlegte er sich auf die Gesten und den Tonfall eines Bittstellers. »Zzt ist uns allen immer ein guter Kumpel gewesen. Vergessen Sie Ihre Rachegedanken!«

Chamco druckste herum. Er war rachsüchtig gewesen, doch klang die Rachsucht nun langsam ab. Terls Worte hatten ihn nachdenklich gestimmt.

Mit einem raschen Seitenblick vergewisserte sich Terl, daß Zzt sich friedlich verhielt. Er streckte Chamco die Pranke hin. »Geben Sie mir die Waffe.« Chamco tat es, und Terl sicherte sie. »Danke, Chamco. Die Company ist Ihnen verpflichtet. Sie können jetzt wieder an Ihre Arbeit gehen.«

Chamco lächelte. Dieser Terl war ein Psychlo von echtem Schrot und Korn. »Ich bin Ihnen meinerseits sehr verpflichtet, daß Sie mir mein Geld wiederbeschafft haben«, sagte er und ging.

Terl nahm die Kamera von der Wand, verstaute sie in der Schutzhülle, holte die Ausrüstung und die Aktenunterlagen von der Werkbank und ordnete alles so, daß er es als geschlossenes Paket wegtragen konnte.

Zzt stand da und versuchte, mit dem Zittern fertig zu werden, das ihn immer noch schüttelte. Er hatte das Gefühl, daß er dem Tod gerade noch einmal von der Schippe gesprungen war. In seinen Augen flackerte die nackte Angst, als er Terl ansah. Es kam ihm so vor, als sähe er nicht Terl, sondern den teuflischsten aller Teufel, den die Hölle ausspucken konnte.

»Alles klar?« fragte Terl.

Zzt setzte sich auf die Werkbank und sank in sich zusammen.

Terl wartete eine Weile, aber Zzt saß nur stumm da. »Also gut, kommen wir zum Geschäft«, sagte Terl. »Ich möchte, daß folgendes für meine Abteilung bereitgestellt wird: erstens, ein Erdaufklärer vom Typ Mark III, zur uneingeschränkten Verfügung; zweitens, zwei Kampfflugkörper, ohne Limit der Einsatzstunden; dann drei Flugkörper für Personaltransporte; dazu Betriebsstoff und Munition ohne Einzelnachweis und ... und noch ein paar Kleinigkeiten, darauf komme ich zu gegebener Zeit zurück. Es trifft sich gut, daß ich zufällig die Anforderungsformulare bei mir habe, Sie können sie gleich unterschreiben. Ach ja ... es sind ein paar Blankoformulare dabei. Sind wir uns einig?«

Zzt wehrte sich nicht, als ihm ein Federhalter in die Pranke gedrückt wurde. Ein dicker Stapel Formulare lag auf einmal auf seinen Knien. Er saß da wie ein Puppe und fing an, die Blätter zu unterschreiben, eines nach dem anderen.

Terl ließ an diesem Abend jedermann wissen, daß er sich sehr glücklich fühle und, zugegeben, vielleicht auch ein bißchen betrunken sei. Jedenfalls gewann er, gut gelaunt wie selten zuvor, sechshundertfünfzig Galaktische Währungseinheiten vom jüngeren Chamco bei einem heißen Wettkampf im Ringwurfspiel. Er gab für alle im Kasino eine Runde Kerbango aus, was nicht nur eine Geste des Gewinners, sondern zugleich ein Gute-Nacht-Gruß sein sollte. Und dann verließ er das Kasino, von Cheers und Prosit begleitet, und strebte glücklich, wenn auch mit schwerem Schritt, seinem Zimmer und dem wohlverdienten Schlaf zu.

Wieder träumte er wundervolle Träume. Diesmal handelten sie von Druckmitteln und von Hebeln, die man nur richtig ansetzen mußte, um reich zu werden, zum ungekrönten König aufzusteigen und endlich wegzukommen von diesem verfluchten Planeten.

6

Jonnie legte das Buch weg und reckte sich. Frühling lag in der Luft, es war schon mehr als nur der erste Hauch. Der Schnee war weggeschmolzen, nur an schattigen Plätzen lagen noch Reste. Die Luft war kristallklar, und der Himmel dehnte sich in reinem Blau. Er spürte, wie sich alles in ihm anspannte und zu Taten drängte. Es war schlimm genug gewesen, im Winter ein Gefangener zu sein. Jetzt, im Frühjahr, schien es ihm unerträglich.

Und dann geschah etwas, womit Jonnie in diesem Augenblick überhaupt nicht gerechnet hatte.

Draußen vor den Gittern fuhr ein Panzerfahrzeug vor, langgestreckt, in mattglänzendem Schwarz gehalten. Das Motorengeräusch war nur wie gedämpftes Brummen. Mündungen und schlitzförmige Öffnungen ließen ahnen, was für gewaltige, todbringende Waffen dahinter verborgen waren.

Der Boden bebte, als Terl ausstieg. Er gab sich betont freundlich. »Zieh dich an, Kreatur, wir machen eine kleine Fahrt.«

Jonnie trug seine Kleidung aus Rehleder.

»Nein, nein, nein«, winkte Terl ab. »Richtige Kleider, nicht diese Häute. Du stinkst mir sonst meinen Panzer voll. Übrigens, wie gefällt er dir?«

Jonnie war auf der Hut. Daß Terl ihn nach seiner Meinung fragte oder auf Bewunderung und Zustimmung aus war, kannte Jonnie nicht an ihm. »Ich bin angezogen«, sagte er.

Terl hakte das Drahtseil von der Gitterstange ab. »Na schön, streiten wir uns nicht darüber! Wenn du den Gestank aushalten kannst, kann ich's schon lange. Nimm deine Atemmaske. Ich hab keine Lust, dir zuliebe meine aufzusetzen. Wir fahren unter Atemgas. Ach ja ... nimm auch deine Keulen mit.«

Eine innere Stimme warnte Jonnie: Hier braute sich etwas zusammen. Er legte den Gürtel um und band die Tasche mit den Feuersteinen und den Glassplittern fest. Den Riemen der Keule streifte er sich übers Handgelenk.

Terl prüfte die Preßluftflaschen und stülpte Jonnie mit einer spielerisch leichten Bewegung die Atemmaske über. »Also, rein mit dir, Kreatur, steig ein! Ein tolles Fahrzeug, nicht?«

Tatsächlich, dachte Jonnie, als er in die Sitzschale auf dem Richtschützenplatz glitt. Tatsächlich, ein tolles Fahrzeug. Die Inneneinrichtung war grell purpurfarben, das Armaturenbrett schimmerte matt, und die Kontrollknöpfe leuchteten in auffallenden Farben.

»Ich hab natürlich vorher überprüft, ob keine Fernbedienung reingeschmuggelt wurde!« Terl wollte sich, während er einstieg, ausschütten vor Lachen über seinen eigenen Witz. »Du weißt sicherlich, worauf ich anspiele, Rattenhirn! Heute machen wir mal kein Feuerchen, und es gibt auch keinen Absturz über die Klippe!« Er drückte einen Knopf, die Türen glitten zu und waren luftdicht abgeschlossen. Er schaltete den Gas-Luft-Austauscher ein, in Sekundenschnelle war die Luft abgesaugt und Atemgas eingeströmt. »Verdammt, hast du dich damals blöde angestellt!« Und er wollte gar nicht aufhören zu lachen.

In rasendem Tempo bewegte der Panzer sich vorwärts, immer weiter auf die freie Ebene zu. Er schwebte ungefähr einen Meter über dem Boden dahin. Im Nu beschleunigte er auf eine Geschwindigkeit von fast dreihundert Stundenkilometern. Jonnie wurde in den Sitz gedrückt, er hatte das Gefühl, als verbiege sich ihm das Rückgrat.

Terl öffnete seine Atemmaske und warf sie zur Seite. »Du siehst die Türen dort. Faß die Schnappriegel nicht an und versuch nicht, die Tür zu öffnen, solange ich keine Maske trage. Ein schnelles Fahrzeug wie dieses würde ohne Fahrer unweigerlich verunglücken.«

Jonnie sah sich die Schnappriegel und die Knöpfe für die automatische Türöffnung nur um so genauer an. Was für eine interessante Idee ... Er beschloß, sich das gut zu merken.

»Wohin fahren wir?« fragte er.

»Och, nur so. Nur so ein bißchen rumfahren. Die Gegend ansehen.«

Jonnie bezweifelte das. Er beobachtete genau, wie Terl das Fahrzeug bediente. Die meisten Hebel und Knöpfe waren ihm jetzt schon vertraut.

Sie rasten nach Norden und dann in einem langgezogenen Bogen Richtung Südwest. Obwohl die Geschwindigkeit so hoch war, daß die Landschaft wie ein Schatten vorbeiflog, konnte Jonnie erkennen, daß sie dem Verlauf eines alten, grasüberwucherten Highways folgten. Am Sonnenstand merkte er sich, welchen Kurs sie nahmen.

Durch die mächtigen Glasplatten in den Sehschlitzen konnte er eine Ansammlung alter Gebäude auf einem freien Gelände erkennen. Hinter den Bauten ragten Berge auf. Es gab eine Reihe von merkwürdigen Anlagen und Einrichtungen, aber Jonnie konnte sich keinen Reim darauf machen, wozu sie gedient hatten.

Der Panzer fuhr langsamer und kam schließlich nicht weit vom größten der alten Gebäude zum Stehen. Es sah ziemlich heruntergekommen aus, und es wies auch Spuren starker Beschädigung auf.

Terl öffnete die im Panzer eingebaute Bar, langte nach einer kleinen Flasche Kerbango, trank sie aus, rieb schmatzend die Mundknochen aneinander und rülpste laut. Danach legte er die Atemmaske an und drückte den automatischen Türöffner. »So, Kreatur, steig aus und guck dir alles genau an.«

Jonnie nahm die Maske ab und atmete tief durch. Terl ließ das Drahtseil locker, das als Leine an Jonnies Halseisen befestigt war, so daß Jonnie aussteigen und sich umschauen konnte. Auf dem offenen Gelände gab es ein paar Schrotthaufen, wahrscheinlich die Überreste von Maschinen. Nicht weit von ihm zog sich ein Graben durch den Boden, mannstief, in Kurven und Windungen angelegt, in seinem Verlauf streckenweise kaum noch zu erkennen, weil alles von Grün überwuchert war. Das hohe Gras wiegte sich im Wind, der von den Bergen wehte.

»Was war das für ein Ort?« fragte Jonnie.

Terl stand am Mark III, den Ellbogen lümmelnd auf die Panzerung gestützt. »Kreatur, was du hier siehst, war die Hauptverteidigungsanlage dieses Planeten, damals, als er noch den Menschen gehörte.«

»Ach, wirklich?« fragte Jonnie rasch.

Terl holte aus dem Panzer eine Landschafts- und Ortsbeschreibung, die die Chinkos angefertigt hatten. Er warf Jonnie das Buch zu, eine Seite war markiert. Dort stand: »Unweit der Psychlo-Außenstation liegt eine eindrucksvolle militärische Ruine. Dreizehn Tage nach dem Angriff der Psychlos auf die Erde hat dort eine Handvoll Männer drei Stunden lang einem Panzer der Psychlos Widerstand geleistet. Die Männer verfügten nur über primitive Waffen. Es war der letzte Widerstand, auf den die Psychlos gestoßen sind.«

Jonnies Blick schweifte über das Gelände.

Terl deutete auf den Schützengraben. »Hier ist es gewesen.« Mit der Pranke beschrieb er einen Bogen entlang den Windungen und Krümmungen des Grabens. »Schau's dir an.« Er gab die Drahtseilleine ein Stück weiter frei.

Jonnie ging bis zum Schützengraben. Teile davon waren verschüttet, an anderen Abschnitten waren sogar die Steinwälle an der Vorderseite erhalten, überall wuchs hohes Gras, in dem der Wind spielte.

»Schau dir's gut an!« rief Terl ihm zu.

Jonnie stieg in den Graben. Er fand die Spuren des Kampfes, von dem die Chinkos berichtet hatten. Obwohl es so lange her war, lagen noch Reste von Waffen herum, zerfressen vom Rost. Es gab sogar noch ein paar Stoffetzen, verbrannt, zerschlissen, vermodert, kaum noch zu erkennen.

Und plötzlich sah er vor seinem geistigen Auge eine Handvoll Männer, die verzweifelt, ohne Hoffnung auf eine Zukunft, dennoch tapfer kämpften. Er blickte über die freie Fläche vor dem Schützengraben, und es war ihm, als könne er den Psychlo-Panzer sehen: wie er näherkam, zurücksetzte, wieder auf den Graben zufuhr und schließlich die Männer, die dort kämpften, mit dem Feuer seiner überlegenen Waffen vernichtete.

Jonnie atmete tief durch. Er fühlte, wie das Herz ihm schwoll, wie der Widerhall des Herzschlages in seinen Ohren klang, aber auch, wie es ihm weiter und freier in der Brust wurde.

Terl, der am Panzer herumlümmelte, fragte ungeduldig: »Na, hast du genug gesehen?«

»Warum hast du mir das gezeigt?«

Terl lachte auf, es klang durch die Atemmaske wie heiseres Gebell. »Damit du gar nicht erst auf dumme Gedanken kommst, Kreatur! Das war die Hauptverteidigungsanlage dieses Planeten, und ein Panzer, ein einziger Panzer von uns hat genügt, um den ganzen Spuk von einem Augenblick zum anderen wegzublasen. Kapiert?«

Jonnie hatte begriffen, aber nicht das, was Terl glaubte. Terl beherrschte die englische Sprache nicht, darum konnte er die immer noch deutlich erkennbare Inschrift am Hauptgebäude nicht lesen. Dort stand in großen Steinlettern: »United States Air Force Academy«.

»Also los, Kreatur, zieh deine Maske an und steig ein. Wir haben noch eine Menge vor.«

Jonnie stieg in den Panzer. Es war nicht die Hauptverteidigungsanlage gewesen, sondern eine Offiziersschule der Luftwaffe. Und diese Handvoll Männer, von der die Chinkos geschrieben hatten, das waren blutjunge Offiziersanwärter gewesen, Kadetten. Sie hatten den Mut gehabt, gegen den Panzer der Psychlos zu kämpfen, hoffnungslos unterlegen, ohne wirksame Mittel gegen eine Waffentechnik, die ihnen unbekannt war, aber sie hatten Widerstand geleistet, drei Stunden lang!

Als der Mark III anfuhr, schaute Jonnie zurück zum Schützengraben. Es waren seine Leute gewesen, Menschen! Der Gedanke nahm ihm fast den Atem. Sie hatten sich nicht feige geduckt, sie hatten gekämpft.

7

Terl fuhr geradewegs nach Norden, immer dem grasüberwucherten Betonband des alten Highways nach. Äußerlich wirkte er gelöst, fast heiter. Aber er dachte angestrengt nach. In Angst versetzen ... und ein Druckmittel haben ... Solange er kein Druckmittel besaß, mußte er um so entschiedener Angst verbreiten, und dabei, schien es ihm, war er schon ein gutes Stück weitergekommen: Diese Sache eben ... das war der Kreatur unter die Haut gegangen! Aber es blieb noch viel zu tun, bis er beide Ziele erreicht hatte: bis er dem Menschending genug Angst eingejagt und es so stark unter Druck gesetzt hatte, daß es eingeschüchtert und gebrochen war.

»Angenehm, so?« fragte Terl.

Jonnie fuhr aus seinen Tagträumen hoch. Augenblicklich fühlte er sich alarmiert. Wenn Terl ihm so kam, drohte Gefahr. So lässig und gesprächig. Er mußte auf der Hut sein.

»Wohin fahren wir?« wollte er wissen.

»Nur so eine kleine Rundfahrt im neuen Panzer. Läuft prima, nicht?«

Tatsächlich, der Panzer war ein technisches Wunderwerk. Auf einem kleinen Schild am Armaturenbrett stand: »Mehrzweck-Panzerfahrzeug Mark III, Modell: TOD ALLEN FEINDEN. Intergalaktische Rohstoff Company, Seriennummer ET-5364724354-7. Nur Energiebatterien und Atemgas von Faro verwenden!« Und darunter war ein kleines Reklameschild: »Faro – Atem und Energie des Lebens«.

»Gehört diese Firma ›Faro‹ zur Intergalaktischen?« fragte Jonnie.

Für ein paar Sekunden achtete Terl nicht auf die Straße. Mißtrauisch äugte er zu Jonnie hinüber. Dann zuckte er die Achseln. »Überanstreng dein winziges Rattenhirn nicht damit, über die Verflechtungen der Intergalaktischen Rohstoff Company nachzudenken, Kreatur. Das ist ein Konzern, der Tochterfirmen, Filialen und Außenstationen in allen Galaxien hat. Auch wenn dein Rattenhirn tausendmal so groß wäre, würdest du die Struktur und den Aufbau nicht begreifen.«

»Und alles wird von eurem Heimatplaneten aus geleitet, nicht wahr?«

»Na und? Hast du was dagegen?«

»Nein, das nicht«, sagte Jonnie ausweichend. »Ich hab mir nur gerade überlegt, daß es sehr schwierig sein muß, so eine riesige Company von einem Planeten aus zu leiten.«

»Da ist ja nicht nur die Intergalaktische. Auf Psychlo gibt es Dutzende von Konzernen derselben Größe, und sie werden alle von Psychlo aus geleitet.«

»Es muß ein großer Planet sein.«

»Groß und mächtig«, bestätigte Terl. Das würde dem Menschending nur noch mehr Respekt einflößen. »Wir Psychlos können alles vernichten, was sich uns in den Weg stellt. Und das haben wir auch immer getan. Die Zentralstellen des Imperiums brauchen nur den Befehl abzuzeichnen, und schon geht irgendwo in irgendeiner Galaxie eine ganze Spezies zum Teufel.«

»Wie zum Beispiel die Chinkos?« fragte Jonnie.

»Ja, wie die Chinkos«, antwortete Terl gelangweilt.

»Oder wie die menschliche Spezies hier auf der Erde?«

»Ja, genau!« Und auf einmal wurde Terl die Fragerei zuviel. »Genauso wird übrigens eine gewisse Rattenhirn-Kreatur zum Teufel gehen, wenn sie nicht endlich das Maul hält!«

»Vielen Dank«, sagte Jonnie.

Augenblicklich kehrte Terls gute Laune zurück. »Das hört sich schon besser an! Langsam lernst du anscheinend, was Höflichkeit ist!« Er wäre längst nicht so gut gelaunt gewesen, wenn er gemerkt hätte, daß Jonnie sich für nichts anderes bedankt hatte als für ein paar äußerst wichtige Informationen.

Eine letzte weitgeschwungene Kurve, und dann tauchten plötzlich vor ihnen die Außenbezirke der Stadt auf.

»Wo sind wir?« fragte Jonnie.

»Deine Leute haben die Stadt ›Denver‹ genannt.«

Interessant, dachte Jonnie. Das große Dorf hieß also Denver. Wenn es einen eigenen Namen gehabt hatte, dann konnte man daraus schließen, daß es noch mehr Städte gegeben haben mußte.

Er langte nach der Landschafts- und Ortsbeschreibung der Chinkos und war gerade dabei, den Abschnitt über die Bibliothek zu lesen, als der Mehrzweckpanzer anhielt.

»Gibt's hier was Besonderes zu sehen?« fragte Jonnie und schaute sich um. Sie waren am Ostrand der Stadt, ein Stück weit nach Süden hin; rings um sie lag schon offenes Gelände.

»Hab ich nicht gesagt, daß du ein Rattenhirn hast? Das ist die Stelle, wo ...« Er konnte vor Lachen kaum weiterreden. »... wo du mich angreifen wolltest! Meinen Panzer!«

Tatsächlich, Jonnie erkannte die Stelle wieder. Er schaute durch die Sehschlitze, prägte sich alles genau ein. »Und was tun wir hier?«

Terls Grinsen war eine Grimasse, obwohl das, was er zustande brachte, sicherlich der freundlichste Gesichtsausdruck war, den er überhaupt zeigen konnte. »Wir halten nach deinen Pferden Ausschau. Na, ist das nicht nett von mir?«

Jonnies Gedanken überstürzten sich. Terl hatte bestimmt mehr vor, es war wohl am besten, ruhig abzuwarten. Soweit er sehen konnte, war kein Kadaver zu entdecken. Das allein hieß noch nicht viel. Es gab hier genug wilde Tiere, die vielleicht auf ihre Art dafür gesorgt hatten, alle Spuren zu beseitigen. Er sah Terl an, und es wurde ihm klar, daß dieses Ungeheuer offenbar tatsächlich davon überzeugt war, hier draußen die Pferde oder eines der Pferde vorzufinden. Unsinn. Viel wahrscheinlicher war, daß Windsplitter eine Weile nach ihm gesucht hatte und dann nach Hause galoppiert war, immer auf die Berge zu.

»Es gibt unzählige wilde Tiere hier draußen«, sagte Jonnie. »Zwei herrenlose Pferde sind für ein paar von ihnen vielleicht eine willkommene Beute ...«

»Rattenhirn, du hast keine Ahnung, was die Technik alles möglich macht! Und was uns technische Hilfsmittel alles zeigen können! Hier, schau dir das an!« Terl ließ einen Bildschirm aufleuchten, der in die Instrumentenkonsole eingelassen war. Das Bild der unmittelbaren Umgebung erschien. Terl drehte an einem Einstellknopf, und das Bild der Landschaft wurde nun aus verschiedenen Blickwinkeln wiedergegeben.

Dann betätigte er einen anderen Schalter. Irgendwo in der oberen Panzerung war ein Geräusch zu hören, wie ein gedämpfter Detonationsknall. Durch die Glaskuppel sah Jonnie ein wirbelndes Ding, das sich dreißig, vierzig Meter hoch in die Luft schraubte. Mit einem Hebel konnte Terl regulieren, ob er das Ding höher steigen lassen oder tiefer herunterziehen wollte. Was das Wirbelding aufnahm, erschien auf dem Bildschirm.

»Da siehst du auch gleich, warum es gar keinen Zweck hat, wenn du zu fliehen versuchst«, sagte Terl. »Hier, schau dir das an!«

Er drehte einen Knopf am Bildschirm, und ein Ausschnitt der Landschaft erschien vergrößert. Dann drückte er einen Knopf mit der Aufschrift »Wärmebild-Suchautomatik«. Von diesem Augenblick an sprachen die in der Drehantenne eingebauten Kameras auf alle Objekte an, die Wärme ausstrahlten.

Eine Tierherde erschien auf dem Bildschirm, der Filmausschnitt wurde größer, dann ging das Bild wieder in die Totale über ... Andere Tiere ... wieder in der Ausschnittvergrößerung, wieder in der Totalen ... Das Bild wechselte ständig, immer wieder andere Gruppen von Tieren erschienen auf dem Schirm.

»Sieh dir's in Ruhe an und sag mir Bescheid, wenn du irgendwo deine Pferde entdeckst«, forderte Terl auf. Er lachte glucksend. »Was man nicht alles als Sicherheitschef auf der Erde machen muß! Jetzt habe ich auch noch ein Fundbüro für verlorengegangene Kreaturen, die einer anderen Kreatur gehören!« Wie immer, war er von seiner eigenen Witzigkeit überwältigt, er wollte gar nicht mehr aufhören zu lachen.

Rinderherden, immer wieder Rinderherden. Und Wölfe, kleinere, die von den nahen Bergen stammten, und große, die aus dem Norden gekommen waren. Kojoten. Und sogar eine Klapperschlange. Aber keine Pferde, weit und breit keine Pferde.

»Gut«, sagte Terl, »wir fahren einfach ein Stück nach Süden. Halt die Augen offen, Kreatur, dann wirst du deine Pferde wiederfinden.«

Sie fuhren gemächlich dahin. Jonnie behielt den Bildschirm im Auge. Die Zeit verging, aber immer noch waren nirgendwo Pferde zu sehen.

Terl wurde unruhig. Ein Druckmittel! Irgend etwas in der Hand haben! Verdammt, das Glück war heute nicht auf seiner Seite!

»Keine Pferde zu sehen«, sagte Jonnie. Und für ihn stand fest: Hätte er welche entdeckt, dann hätte er das für sich behalten.

Terl schaute schließlich selber auf den Bildschirm. Vor ihnen lag ein kleiner Hügel. Er war von Felsen bedeckt. Ringsum gab es Baumgruppen, in deren Dunkel es schattig sein mochte. Nördlich des Hügels weideten Rinder, es waren ein paar prächtige Tiere mit langen Hörnern darunter.

Gut, wenn er schon kein Druckmittel hatte, dann mußte er dem Menschending eben Angst einjagen. Der Tag würde nicht ganz verloren sein.

Terl lenkte den Panzer in eine weitgeschwungene Kurve, fuhr auf den Hügel zu und hielt unter einer Baumgruppe.

»Steig aus«, sagte er. Er legte seine Atemmaske an und drückte den automatischen Türöffner. Er warf das Drahtseil hinaus, und dann langte er in das geräumige Fach unter seinem Sitz und holte einen Handfeuer-Killer und Munition heraus.

Jonnie stand im Freien und zog seine Maske aus. Es war eine lange Fahrt gewesen, und so schloß er lieber das Ventil der Preßluftflasche, bevor er die Ausrüstung auf den Sitz legte.

Terl stellte sich am Rand der Baumgruppe auf. Hinter ihm lagen die Felsen, vor ihm die offene Ebene. »Komm her, Kreatur!« rief er Jonnie zu.

Jonnie ging hinüber, das Drahtseil schleifte über den Boden. Er legte es nicht darauf an, dem Monster einen Vorwand zu liefern, auf ihn zu schießen.

»Ich werde dir jetzt eine kleine Privatvorführung geben«, sagte Terl. »Ich habe während meiner Ausbildungszeit als Meisterschütze gegolten. Hast du jemals bemerkt, wie sauber ich den Ratten den Kopf weggeputzt habe? Und einige waren fünfzig Schritte von mir entfernt! He, Kreatur! Du hörst ja gar nicht zu!«

Nein, Jonnie hörte nicht zu. Es kam ihm so vor, als habe er einen Augenblick lang die Witterung eines Tieres aufgenommen, den scharfen, unverkennbaren Geruch ... Er suchte die Felsen ab, die hinter ihnen lagen. Dort war eine Spalte, eine Öffnung ... War es eine Höhle? Und da nahm er auch wieder den Geruch wahr.

Terl beugte sich nieder und zog so heftig am Drahtseil, daß der Ruck Jonnie fast von den Füßen gerissen hätte. Aber Jonnie schaute unverwandt auf die Höhle. Er schloß die Faust fester um die Keule.

Mit dem Geschick, das lange Übung verriet, schraubte Terl eine Aufsteckgranate auf die Mündung des Handfeuer-Killers. »Paß auf, was jetzt passiert!«

Ungefähr achtzig Schritte von ihnen entfernt, draußen auf der Ebene, graste ein halbes Dutzend Rinder. Zwei davon waren mächtige alte Bullen mit schweren Hörnern.

Terl brachte die Waffe in Anschlag und feuerte ab. Die Granate flog in geringer Höhe mit einer gekrümmten Flugbahn über die Rinder weg, schlug unmittelbar hinter den Tieren auf und detonierte mit grellem, grünem Blitz. Eine der Kühe wurde auf der Stelle von einem Splitter niedergerissen. Die anderen drängten näher zusammen und begannen zu laufen. Sie wußten nicht, von wo die Gefahr drohte. Sie rannten von der Stelle weg, an der es den Detonationsknall gegeben hatte. Also liefen sie auf Terl zu.

Terl hob die Waffe. »Wenn diese Hufe einmal zu donnern anfangen, kann es keiner überhören!« Vornweg jagten die Bullen, die Kühe folgten ihnen dicht. Der Boden erbebte. Sie kamen immer näher heran.

Terl begann zu feuern. Es waren gezielte Einzelschüsse, einer nach dem anderen, in rascher Folge.

Er schoß zuerst auf die Kühe, die in der zweiten Reihe folgten. Er zielte auf ihre Beine. Sie taumelten, brüllten vor Schmerz und stürzten zu Boden.

Er schoß dem mächtigen Bullen, der einen Meter hinter dem vorn einherjagenden zurücklag, das rechte Bein weg. Aber der andere Bulle! Im nächsten Augenblick würde er mit gesenkten Hörnern auf sie losstürmen!

Mit dem letzten Schuß brachte er den vordersten Bullen zu Fall. Das Tier brach in sich zusammen, eine blutende, zuckende Masse, nicht weiter als eine Armlänge von ihnen entfernt.

Die Tiere brüllten jämmerlich vor Schmerz. Nichts anderes als dieses entsetzliche Gebrüll war mehr zu hören.

Grinsend betrachtete Terl, was er angerichtet hatte. Jonnie sah ihn entsetzt an. Dieses Grinsen hinter der Atemmaske verriet Terls teuflische Lust daran, die Tiere leiden zu lassen. Jonnie empfand Abscheu. Terl war ... Ach ja, fiel Jonnie ein, in der Psychlo-Sprache gab es kein Wort für »Grausamkeit«.

Jonnie ging zu den Rindern. Und während er noch mit der Keule ausholte, um sie – eines nach dem anderen – von ihrer Qual zu erlösen, hörte er ein anderes Geräusch. Es war wie ein heiser rasselndes Keuchen.

Er wirbelte herum. Der Lärm der Schüsse mußte das Tier aufgeweckt haben ... Nun kam es zornig aus der Höhle ... Von hinten setzte es zum Angriff gegen Terl an ... Es war der gewaltigste Grislybär, den Jonnie je gesehen hatte.

»Hinter dir!« rief er warnend, aber sein Ruf ging im Gebrüll der Rinder unter. Terl stand immer noch grinsend da.

Im nächsten Augenblick brüllte der Bär drohend auf.

Terl zögerte keine Sekunde, er begann zu rennen. Aber es war schon zu spät.

Der Grislybär traf ihn mit einem mächtigen Prankenhieb in den Rücken. Terl schwankte. Er warf Jonnie den Handfeuer-Killer zu. Jonnie fing ihn mit der linken Hand.

Aber Jonnie traute dieser Waffe nicht mehr zu als seiner Keule. Und er hatte schon mit der Keule ausgeholt, bevor der Bär seinen zweiten Prankenhieb gegen Terl führen konnte. Die Keule traf den Grisly mitten aufs Haupt. Der Bär wankte, er schien wie betäubt.

Jonnie schlug noch einmal zu.

Der Bär holte mit der mächtigen Pranke aus, aber Jonnie unterlief den Schlag. Wieder traf die Keule den Bären mitten auf den Kopf.

Der Grisly brüllte auf. Er schlug die Keule weg, als sie sich das nächste Mal gegen ihn senkte. Der Handriemen zerriß. Jonnie faßte den Handfeuer-Killer am Lauf. Der Grisly kam auf ihn zu, beide Tatzen drohend gereckt.

Krachend schlug der Kolben der Waffe gegen das Gebiß des Bären.

Und noch ein Hieb, diesmal wieder auf den Kopf.

Der Bär riß das Maul auf, aber das Gebrüll, das er ausstoßen wollte, klang nur noch wie halb erstícktes Röcheln. Er brach zusammen.

Und er blieb liegen. Die Glieder krümmten sich im Todeskampf.

Jonnie richtete sich auf und schaute zu Terl hinüber. Der lag am Boden, aber er war bei Bewußtsein. Die Atemmaske war nicht verrutscht. Die Augen blickten starr, weit aufgerissen.

Jonnie trat ein Stück zurück. Ein Glück, daß das Drahtseil sich während des Kampfes nicht irgendwo verheddert und ihn behindert hatte. Dann schaute er sich die Waffe an. Da alle Funktionsmechanismen beschriftet waren, konnte Jonnie sehen, daß der Sicherheitshebel nicht eingerastet war. Die Waffe war scharf geladen. Der Schaft war ein bißchen zerschrammt, aber sonst hatte sie keinen Schaden gelitten.

Jonnie blickte Terl an. Und Terl sah von unten zu ihm herauf, die Pranken ballten sich zur Faust und öffneten sich wieder. Terl rechnete fest damit, daß die Kreatur auf ihn anlegen und ihn töten würde. Verstohlen schob er eine Pranke zum Faustfeuer-Killer, der im Gürtelhalfter steckte.

Jonnie bemerkte die Bewegung, aber er beachtete sie nicht. Er kehrte Terl den Rücken zu. Er legte die Waffe an und feuerte sechs Schüsse ab, mit denen er die Rinder aus ihrem Todeskampf erlöste.

Er sicherte die Waffe. Dann nahm er aus der Gürteltasche ein scharfkantiges Stück Glas, ging hinüber zu dem toten Bären und begann, ihn abzuhäuten.

Terl lag noch immer da und starrte auf Jonnie. Schließlich wurde ihm klar, daß er nichts Gescheiteres tun konnte, als nachzusehen, wie schwer es ihn erwischt hatte. Der Rücken schmerzte. Ein Riß in der Kleidung. Eine grüne Blutspur auf der rechten Pranke. Er untersuchte den Rücken, fand aber keine ernsthafte Verletzung. Er stand auf, ging zum Fahrzeug und ließ sich – bei offenen Türen – auf dem Fahrersitz nieder. Dort hockte er und starrte wieder auf Jonnie.

»Du hast hoffentlich nicht vor, diese stinkende Tierhaut mit in den Panzer zu nehmen?«

Jonnie sah von seiner Arbeit auf. »Ich binde sie außen fest.«

Als er fertig war, nahm er das Bärenfell und ging damit zu den Kühen hinüber. Er suchte sich ein junges Tier aus und schnitt, rasch und geschickt mit der Glasscherbe hantierend, die Zunge, ein Lendenstück und ein Stück von der Keule ab. Er wickelte die Fleischstücke im Bärenfell ein. Er nahm ein paar Riemen aus der Gürteltasche und befestigte das Bündel an einer Waffenhalterung oben auf dem Panzer.

Dann gab er Terl den Handfeuer-Killer zurück. »Er ist gesichert«, sagte er. Er wartete nicht auf Terls Reaktion, er war schon dabei, sich mit einem Büschel Gras zu säubern.

Terl sah ihm nachdenklich zu. Angst einjagen ... Verdammt, diese Kreatur hatte keine Angst vor ihm!

Ein Druckmittel. Er brauchte ein Druckmittel. Nichts anderes half gegen dieses Menschending.

»Steig ein, Kreatur«, sagte er. »Es ist spät geworden.«

8

Am nächsten Tag hetzte Terl wieder herum. Er bereitete sich auf ein erneutes Gespräch mit Numph vor.

Er eilte durch die Gebäude und befragte jeden, den er erwischen konnte, über Arbeiteraufstände. Er nahm die Gespräche auf und verwendete dabei ein spezielles Tonband, das er beliebig schneiden und zusammenkleben konnte. Was er sich vorgenommen hatte, war schwierig, und er mußte sein ganzes Geschick einsetzen. Die Befragungen nahmen lange Zeit in Anspruch, obwohl die einzelnen Gespräche rasch und glatt verliefen. Es lag daran, daß er so viele Gespräche führte, sowohl innerhalb der Psychlo-Gebäude, wie auch an den Arbeitsplätzen außerhalb.

Er fragte zum Beispiel: »Was ist Ihnen über die Company-Verordnungen bezüglich Arbeiterunruhen bekannt?« Die meisten Angestellten reagierten erschrocken, mindestens aber waren sie mißtrauisch. Sie stotterten herunter, was ihnen in Erinnerung geblieben war oder woran sie sich zu erinnern glaubten.

Der Sicherheitschef bohrte nach. »Sagen Sie doch mit eigenen Worten, was Sie von Arbeiteraufständen halten.« Natürlich beteuerten die Angestellten dann mit vielen »wenn« und »aber« und gewundenen Redensarten: »Also, ein Aufstand ... das ist ja ... ganz schrecklich, ist das. Die Bosse würden die Mitarbeiter scharenweise abschlachten lassen ... Also, da wäre ja keiner mehr seines Lebens sicher. Was mich persönlich betrifft, ich würde natürlich ... also, ich käme nie auf den Gedanken, einen Aufstand zu unterstützen. Da würden schlimme Elemente aktiv.«

So ging es weiter, ein Interview nach dem anderen, den ganzen Tag lang. Terl rannte herum, stülpte sich für die Gespräche draußen die Atemmaske auf, riß sie sich für die Gespräche drinnen wieder herunter. Eine Aufnahme nach der anderen. Und jedesmal am Anfang eines Gesprächs spielte Terl die Sache herunter, schüttelte lächelnd den Kopf und ließ einfließen, daß alles eine reine Routineangelegenheit sei, und überhaupt, man wisse ja, wie das mit dem Management sei und daß man eben bestimmte Anordnungen von oben hinnehmen müsse, und er, Terl, stehe jedenfalls ganz auf seiten der Angestellten. Dennoch, ein wenig beunruhigt waren sie alle, und die Befragten schworen sich, daß sie – Gehaltskürzungen hin oder her – bestimmt nie bei Unruhen irgendwelcher Art mitmachen würden.

Von Zeit zu Zeit, wenn er wieder mal in seinem Büro vorbeikam, warf Terl einen Blick auf den Bildschirm, der ihm zeigte, daß draußen im Käfig die Minikamera hoch oben an den Gitterstangen immer noch ihre stumme Wächterpflicht erfüllte. Es war ein Gemisch aus Neugier und vager Unruhe, das ihn dazu trieb, sich immer wieder davon zu überzeugen.

Die Kreatur schien heute sehr geschäftig zu sein. Sie war beim ersten Tageslicht aufgestanden. Das Menschending hatte fleißig gearbeitet, das Bärenfell sauber abgeschabt und Asche eingearbeitet. Jetzt hing das Fell, an den Gitterstangen ausgespannt, zum Trocknen da.

Dann hatte die Kreatur ein Feuer entfacht und ein sonderbares Gestell aus Ästen und Zweigen gebastelt, rund um das Feuer herum. Das Menschending hatte das Fleisch in lange, dünne Streifen geschnitten und diese auf das Holzgeflecht beim Feuer gehängt. Es hatte immer wieder Blätter von den zerhackten Bäumen auf das Feuer gelegt, so daß sich mächtig viel Rauch entwickelte, und der Rauch wehte um die Fleischstücke.

Terl verstand nicht ganz, was das alles bedeuten sollte, aber im Verlauf des heutigen Tages würde er es schon noch herausfinden. Offenbar handelte es sich um irgendein religiöses Ritual, das etwas mit dem Frühling zu tun hatte. Er hatte mal etwas darüber in den Aufzeichnungen der Chinkos gelesen. Diese Menschendinger vollführten dann Tänze und trieben anderen Unsinn. Der Rauch sollte, soweit Terl das verstanden hatte, die Seelen von Tieren, die als eine Art Brandopfer getötet wurden, zu den Göttern hinauftragen. Na ja, gestern hatten sie wahrhaftig genug Tiere getötet. Bei der

Erinnerung daran spürte Terl gleich wieder einen stechenden Schmerz im Rücken.

Er war bis gestern fest davon überzeugt gewesen, daß es auf der Erde keine Kreatur gab, die einem Psychlo ernsthaft gefährlich werden konnte. Aber der Grislybär hatte diese Überzeugung ein bißchen ins Wanken gebracht. Es war wirklich ein Riesenvieh gewesen, das bestimmt beinahe so viel wog wie Terl selber.

Bei Sonnenuntergang würde diese Kreatur im Käfig vermutlich das Feuer neu entfachen und zu tanzen anfangen oder wer weiß was für einen Unfug treiben. Terl kam zu dem Schluß, daß es jedenfalls nichts sein würde, was ihn in Gefahr brachte. Also konnte er ruhig mit seinen Befragungen fortfahren.

Den gewohnten Kasinoabend schenkte er sich heute. Und er verzichtete auch darauf, die Kreatur tanzen zu sehen. Er hatte zuviel mit den Tonbändern zu tun.

Er überarbeitete die Bänder, und er ging dabei mit dem Geschick vor, über das nur ein geschulter Sicherheitschef verfügt, und auch der nur nach langjähriger Erfahrung. Mal schnitt er einzelne Worte heraus, mal ganze Redewendungen oder Halbsätze, und er brachte das Kunststück fertig, die übriggebliebenen Gesprächsteile nahtlos miteinander zu verbinden. Auf dem Tonband, das auf diese Weise entstand, machten die Befragten Aussagen, die sie Kopf und Kragen kosten konnten.

Eine typische Antwort war zum Beispiel: »Was mich persönlich betrifft, also, ich würde einen Aufstand aktiv unterstützen. Die Mitarbeiter würden die Bosse scharenweise abschlachten.«

Es war eine Arbeit, die äußerste Gewissenhaftigkeit erforderte. Terl ließ nicht locker, bis alle Bänder fertig waren. Am Schluß überspielte er alles auf ein neues Tonband, so daß keine Schnitt- und Klebestellen mehr zu erkennen waren. Und als sich im Osten das erste Morgenrot zeigte, hatte er es geschafft. Gähnend werkelte er noch ein bißchen herum, räumte auf, vernichtete die Originale und die herausgeschnittenen Bandstücke und wartete darauf, daß es endlich Frühstückszeit würde. Und dabei ging ihm durch den Kopf, wie schade es eigentlich sei, daß er nun doch den Tanz der Kreatur verpaßt hatte.

Er fand, daß er Schlaf noch nötiger als ein gutes Frühstück brauche, und so legte er sich eine Runde aufs Ohr. Der Termin bei Numph war erst für den frühen Nachmittag angesetzt.

Sich für das Nickerchen zu entscheiden, war, wie er nachträglich feststellte, ein Fehler gewesen. So hatte er nämlich das Frühstück verpaßt – und dann auch noch das Mittagessen. Aber das wurde ihm, wie gesagt, erst später klar, und da hatte er den Schnitzer schon gemacht.

Zunächst verlief das Gespräch mit Numph recht ordentlich. Der Planetarische Direktor saß an seinem gepolsterten Schreibtisch und süffelte Kerbango, als Nachtisch zum Mittagessen. Sein Anblick war, wie gewöhnlich, das Spiegelbild seines aufgeblähten Ichs.

»Ich bringe die Ergebnisse der Untersuchung, die Sie angeordnet haben«, fing Terl an.

»Was ist los?«

»Ich habe Befragungen durchgeführt, bei den Angestellten hier in der Außenstation.«

»Aha. Und worüber haben Sie sie befragt?«

»Nun, es ging um das Thema Arbeiterunruhen.«

Numph schreckte hoch.

Terl stellte das Tonbandgerät auf den Schreibtisch und bereitete alles für die Wiedergabe vor. »Ich habe das natürlich streng vertraulich dargestellt, Euer Planetschaft. Ich habe den Mitarbeitern versichert, daß ihre Aussagen niemandem bekannt würden. Sie wissen nicht einmal, daß ich Tonbandaufnahmen angefertigt habe.«

»Sehr klug, sehr klug«, sagte Numph. Er stellte den Kerbangohumpen beiseite. »Ich bin ganz Ohrknochen.«

Terl spielte ein Tonband nach dem anderen ab. Die Wirkung war genauso, wie er es erhofft hatte. Numph wurde von Band zu Band eine Spur grauer im Gesicht. Als alle Bänder abgespielt waren, goß der Planetarische Direktor sich Kerbango nach und leerte den Humpen in einem Zug. Dann saß er da wie ein Häufchen Elend. Nur das Flackern in den Augen verriet, was in ihm vorging.

Terl dachte bei sich: Wenn ich je ein leibhaftiges schlechtes Gewissen gesehen habe, dann sehe ich es jetzt.

»Sie werden verstehen, Euer Planetschaft, warum ich alles streng vertraulich behandelt habe. Einer sollte vom anderen nicht wissen, was er wirklich denkt. Andernfalls könnte das die Leute zu Konspirationen verleiten, und dann hätten wir wirklich bald Unruhen.«

»Ja, ja.« Numph nickte.

»Nun gut«, stieß Terl nach, »ich habe diesbezüglich gewisse Papiere und Anordnungen vorbereitet.« Er legte den Stapel auf Numphs Schreibtisch. »Ganz obenauf liegt eine Weisung an mich selbst, diejenigen Maßnahmen einzuleiten, die ich als notwendig erachte, um die Sache unter Kontrolle zu halten.«

»Ja, ja«, sagte Numph und unterschrieb.

»Der zweite Vorgang ist die Anordnung, die Waffenkammern aller Außenstationen zu überprüfen und sämtliche Waffen unter Verschluß zu nehmen.«

»Ja, ja«, sagte Numph wieder und unterschrieb.

»Das nächste ist eine Weisung, die Kampfflugkörper von allen anderen Außenstationen hierher zu überführen und sie bei uns stillzulegen, es sei denn, daß ich mal welche brauche.«

»Ja, ja«, sagte Numph und unterschrieb.

Terl nahm die bereits unterschriebenen Bogen an sich und ließ den nächsten vor Numph liegen. Der starrte mit dumpfem Blick auf das Blatt.

»Und worum geht es dabei?« fragte Numph.

»Um meine Befugnis, weitere Menschendinger einzufangen und sie an Maschinen auszubilden, so daß unsere Produktion weiterlaufen kann, falls es zu Arbeitsverweigerungen oder ... oder sogar zu Ausfällen ... ich meine, zu Toten kommt.«

»Die Menschendinger ausbilden?« fragte Numph zweifelnd. »Ich glaube einfach nicht, daß das möglich ist.«

»Nun ja, Euer Planetschaft, wir beide wissen, daß es kein erfolgversprechender Weg ist. Aber gegenüber unseren Psychlo-Arbeitern ist es ein wirksames Mittel, ihnen von vornherein die Lust an Arbeitsniederlegungen zu nehmen.«

Numph war zwar immer noch nicht überzeugt, aber er unterschrieb schließlich, weil auf der Anordnung ausdrücklich vermerkt war: »Notstandsplan. Alternative Strategie der Geschäftsführung zur Vorbeugung gegen Arbeitsverweigerungen.«

Und dann unterlief Terl der Schnitzer, den er nachträglich so bitter bereuen sollte. Während er nämlich die unterschriebenen Weisungen an sich nahm, rutschte ihm heraus: »Damit eröffnen sich uns ganz neue Möglichkeiten für Personalreduzierungen.« Er hatte es kaum gesagt, als ihm schon klar wurde, daß es ein völlig unnötiger Kommentar gewesen war.

»Ach, darauf läuft es hinaus?« fragte Numph überrascht.

Terl machte die Sache nur noch schlimmer: »Ich bin sicher ... nein, ich bin ganz sicher, daß Ihr Neffe Nipe das außerordentlich begrüßen wird.«

»Was wird er begrüßen?«

»Personalreduzierungen«, antwortete Terl und begriff gar nicht, daß sein Fehler mit jedem weiteren Wort nur um so größer wurde.

Und auf einmal ahnte er Schlimmes. Numphs Miene verwandelte sich ... Es war ... wie eine Erleichterung. Als hätte er etwas begriffen, was für ihn ungeheuer wichtig war. Als wüßte er etwas darüber, wie wenig Terl wußte. Er schmunzelte zufrieden. Eine Last schien von ihm abzufallen. Vorbei war es mit dem Flackern der Angst in Numphs Augen. Sein Blick strahlte jetzt Selbstsicherheit aus.

Terl erfaßte instinktiv, daß er alles vermasselt hatte. Er hatte eine Ahnung gehabt, nicht mehr als eine Ahnung, daß alles, was ihm zu einem Druckmittel gegen Numph verholfen hätte, irgendwie mit dessen Neffen Nipe zusammenhängen mußte. Und jetzt hatte er, ohne es zu wollen, seine Karten aufgedeckt. Numph wußte, daß Terl nur geblufft hatte. Numph wußte, daß Terl nichts wußte, daß er die ganze Zeit keine Ahnung gehabt hatte, was bei Numph eigentlich faul war. Ein schwerer Patzer.

Auf einmal gab Numph sich sehr gelöst. »Nun denn, frisch an die Arbeit, walten Sie Ihres Amtes. Ich denke, wir werden keine Probleme haben.«

Draußen vor der Tür blieb Terl nachdenklich stehen. Was, zum Teufel, wäre das Druckmittel gewesen, das ihm aus den Klauen gerutscht war, ehe er's noch richtig erkannt hatte? Was war des Pudels Kern? Numph hatte auf einmal keine Angst mehr. Terl konnte sich lebhaft vorstellen, wie der Alte da drin an seinem Schreibtisch saß und vor sich hin kicherte.

Endlich raffte der Sicherheitschef sich auf. Er wischte die Vision weg, daß sich auf rätselhafte Weise dunkle Wolken über ihm zusammenbrauten. Wenn's ganz schlimm kam ... nun ja, da blieben dann eben nur noch die Menschendinger und die Pläne, die er mit ihnen hatte. Und anschließend würde er sie auslöschen. Und am liebsten ... am liebsten hätte er Numph gleich mit ausgelöscht!

Ein Druckmittel, ein Druckmittel! Er hatte keines gegen Numph. Er hatte nicht mal eines gegen die Kreatur draußen im Käfig.

Er mußte sich noch viel einfallen lassen.

9

Sogar der Umschlagplatz schien unter der Frühlingssonne zu neuem Leben erwacht. Auf dem Terminal herrschte geschäftiges, lärmendes Treiben. Gerade war ein Frachtflugkörper eingeschwebt. Mit Getöse spuckte er seine Erzladung aus, und schon kamen die Schaufelbagger, fraßen Löcher in den Gesteinshaufen und schleppten ihre Last zum Transportband. Die riesigen Containerschaufeln machten einen ohrenbetäubenden Lärm, wenn sie auf die Fläche herunterdonnerten und sich ruckweise wieder hoben, auf den Gleisketten drehten und zum Band fuhren. Gewaltige Ventilatoren bliesen den Staub, der aus dem Erzgestein aufstieg, in die Luft. Ein stetiger Strom von Erzen polterte auf die Plattform des Terminals zurück.

Inmitten dieses Infernos saß Jonnie, an der Schalttafel des Staubanalysators festgekettet, eingehüllt von Staub und schon halb taub von dem Höllenlärm, der ihn umgab.

Er hatte die Endkontrolle durchzuführen, und das hieß, daß er jedesmal, wenn ein Schaufelbagger seine Ladung auf das Transportband gekippt hatte, prüfen mußte, ob in dem Erzhaufen Spurenelemente von Uran enthalten waren. Alle paar Sekunden bliesen die Ventilatoren einen neuen Schwall Erzstaub genau in Richtung seines Arbeitsplatzes. Lärm und Staubschwaden machten ihm das Leben schon sauer genug, aber dazu kam noch die ständige Gefahr. Jonnies Aufgabe war es, das Transportband immer wieder anzuhalten, jede einzelne Teilladung einer Strahlenanalyse zu unterziehen und dabei die Meßinstrumente auf der Schalttafel sorgfältig zu beobachten. Leuchtete das purpurfarbene Kontrollicht auf, dann signalisierte das ein negatives Ergebnis der Urankontrolle; er konnte das Transportband freigeben. Falls aber das grellrote Warnlicht anzeigte, daß der Analysator Spuren von Uran gemessen hatte, dann mußte die Ladung sofort seitlich abgekippt und ein akustisches Alarmsignal ausgelöst werden.

Natürlich ließ man ihn nicht selbständig arbeiten. Der Psychlo, dem er unterstellt war, hieß Ker und hatte die Funktion eines stellvertretenden Werkmeisters. Er trug einen speziellen Schutzhelm; Jonnie hingegen bekam den ganzen Orkan von Staub und Getöse voll in die Augen und ins Gesicht.

Es war kein Zufall, daß der Sicherheitschef gerade Ker dafür ausgesucht hatte, Jonnie an den Geräten auf dem Umschlagterminal auszubilden. Terl hatte seine guten Gründe für diese Wahl.

Erstens war Ker für einen Psychlo ziemlich kleinwüchsig; er brachte es auf nicht viel mehr als zwei Meter. Zweitens war er allgemein als »das Schwatzmaul« bekannt, was freilich nicht böse gemeint war, da er immer recht amüsant plauderte. Es war ihm, so sehr er sich auch darum bemühte, nie gelungen, unter den Psychlos Freunde zu gewinnen. Drittens galt er nicht gerade als großes Kirchenlicht, manche behaupteten sogar unverblümt, er sei strohdumm, obwohl ihm andererseits niemand seine praktischen Erfahrungen mit Maschinen und Geräten absprach. An sich hätten all diese Gründe schon gereicht, Terls Wahl auf Ker fallen zu lassen: Er war genau der Typ, der in seine Pläne paßte. Aber es kam noch etwas dazu. Terl hatte ein Druckmittel gegen Ker, seitdem er ihn einmal in einer verfänglichen Situation überrascht hatte, und zwar gleich mit zwei Psychlo-Mädchen auf einmal, und das auch noch in einem Büroraum, an dessen Tür »Zutritt verboten« stand. Terl hatte das Techtelmechtel mit einem Bildrecorder festgehalten, aber keine

Meldung erstattet, und Ker und die weiblichen Angestellten fühlten sich ihm dafür sehr zu Dank verpflichtet.

Übrigens gab es da noch etwas anderes ... Ker war den Sicherheitsbehörden auf Psychlo als Gewohnheitsverbrecher bekannt. Die Verpflichtung zum Dienst auf dem Planeten Erde hatte ihn gerade noch vor dem Gefängnis bewahrt. Und Terl hatte für ihn eine Namensänderung arrangiert. Früher, bevor Terl auf die Idee gekommen war, Menschendinger für seine Pläne einzusetzen, hatte er mit dem Gedanken gespielt, ob nicht Ker ... Aber nein, für einen Psychlo wäre es ganz unmöglich gewesen, in die uranverseuchten Berge vorzudringen. Und so hatte Terl davon Abstand genommen, Ker überhaupt ins Vertrauen zu ziehen.

Ker war auf seine Art ein Original. Er quasselte gerade wieder ohne Punkt und Komma vor sich hin, was sich im Augenblick nicht ganz so nervtötend anhörte wie sonst, weil die Stimme unter dem Schutzhelm gedämpft klang. »Paß ja auf, daß dir kein einziges radioaktives Staubkorn durch die Kontrolle rutscht!« schärfte er Jonnie ein. »Kein Isotop darf bis zum Teleportationszentrum kommen, kein einziges!«

Jonnie flog ein wahrer Wirbelwind aus Staub um die Ohren. Er hatte noch nicht einmal eine Schutzbrille. Ker klopfte ihm auf die Schulter; das war das Zeichen, daß diese Ladung freigegeben war. Jonnie betätigte den Hebel, und das Transportband lief wieder ein Stück weiter.

»Was würde denn sonst passieren?« fragte Jonnie, indem er gegen den Maschinenlärm und das Gebläse der Ventilatoren anschrie.

»Habe ich dir das nicht schon gesagt? Zu Hause auf dem Planeten 1 würde es einen Riesenknall geben. Das Teleportationszentrum würde zerrissen. Und hinterher ... mein lieber Mann, die würden uns die Hölle heiß machen! Und das alles käme nur von diesem verdammten Staub. Also, paß ja auf, daß dir nichts durchrutscht, kein einziges Uranpartikel!«

»Ist so was schon mal vorgekommen?«

»Zum Teufel, nein!« rief Ker entsetzt aus. »Und das darf auch nie passieren!«

»Ein bißchen Staub wäre schon genug?«

»Mehr als genug, sag ich dir!«

»Und wie wäre es bei reinem Uran?«

»Das könnten wir gar nicht feststellen. Darauf spricht unser Analysator nicht an.«

»Gibt's dafür überhaupt keine Kontrolle?«

»Nein. Brauchen wir auch nicht. Wir verladen kein reines Uran.«

Sie kamen gut miteinander aus. Anfangs hatte Ker gedacht, diese Menschenkreatur wäre ein absonderliches Ding. Aber nun kam sie ihm freundlich vor, und Ker hatte ja sonst keine Freunde. Und die Kreatur stellte ihm Fragen, und Ker tat nichts lieber, als zu antworten. Ein Menschending, das ihm zuhörte, war ihm entschieden lieber als wer weiß wie viele Psychlos, die ihn nicht zu Wort kommen ließen. Außerdem konnte er Terl damit einen Gefallen tun, und das hatte für ihn den Vorteil, daß der Sicherheitschef keine Geschichten ans Tageslicht zerrte, die besser im dunkeln blieben.

Terl brachte das Menschending jeden Morgen zum Umschlagterminal und band es an der Maschine fest, an der es ausgebildet werden sollte. Ker war berechtigt, die Kreatur loszubinden und zu einer anderen Maschine zu bringen, aber er war streng verwarnt und eindringlich über die Konsequenzen belehrt worden, falls er Jonnie entkommen ließe. Abends holte Terl dann das Menschending wieder ab.

Der Psychlo, der regulär für die Arbeit am Staubanalysator eingeteilt war, hatte nichts dagegen einzuwenden, daß heute vormittag die Kreatur an seiner Stelle dort sitzen mußte. Es war ein äußerst gefährlicher Arbeitsplatz, auf dem schon einige Psychlos ihr Leben gelassen hatten. Normalerweise wurde eine Gefahrenzulage gezahlt, aber die war nun im Zuge der Sparmaßnahmen gestrichen worden.

Die Ladung, die der Frachtflugkörper gebracht hatte, war abgefertigt. Auf dem Transportband lief gerade der letzte Erzhaufen vorbei. Im nächsten Augenblick verebbte der Höllenlärm, träge Ruhe breitete sich aus. Der Psychlo, den Jonnie bis dahin vertreten hatte, kam zurück und kontrollierte mißtrauisch den Strahlenanalysator und die Schalttafel.

»Hat das Ding irgendwas kaputtgemacht?« fragte der Arbeiter und zeigte mit der Klaue auf Jonnie.

»Es hat bis jetzt noch nie etwas kaputtgemacht!« antwortete Ker heftig.

»So? Na, ich hab gehört, daß ihm ein Frontschaufler zu Bruch gegangen ist.«

Ker winkte ab. »Blödsinn! Der Frontschaufler war vorher schon in die Luft geflogen. Das war doch der, in dem's Waler erwischt hat.«

»Ach, der Schaufler war das? Der mit dem Riß im Schutzdach?«

»Ja«, bestätigte Ker, »genau der.«

»Und ich dachte, die Kreatur hätte ihn in die Luft gejagt.«

»Das ist nur so eine Schutzbehauptung von Zzt, damit man ihm keinen Pfusch bei der Wartung vorwirft.«

Trotzdem setzte der Psychlo-Arbeiter die Kontrolle des Strahlenanalysators fort.

»Warum bist du so unruhig?« fragte ihn Jonnie. »Glaubst wohl nicht, was Ker dir gesagt hat?«

Der Psychlo guckte verdutzt. »He! Das Ding redet ja in unserer Sprache!«

Ker versuchte es Jonnie zu erklären. »Es könnte immerhin sein, daß eine undichte Stelle in seinem Helm ist. Oder daß radioaktiver Staub auf der Schalttafel liegt.«

Jonnie wandte sich an den Psychlo-Arbeiter. »Ist dir je der Schutzhelm explodiert?«

»Verdammt, was soll das? Ich lebe doch noch, oder etwa nicht? Und so soll's auch bleiben, darum bin ich vorsichtig. Genug jetzt, mach Platz! Da schwebt schon der nächste Frachter ein.«

Ker band Jonnie los und führte ihn zu einem schattigen Platz unter einem Hochspannungsmast. »Mit der Ausbildung am Gerät hier auf dem Umschlagterminal sind wir fertig. Morgen fangen wir mit der richtigen Bergwerksarbeit an.«

Jonnie sah sich um. »Was ist das für ein Gebäude da drüben?« Er zeigte auf einen schmalen, hohen Bau, an dessen Rückseite Kühlspiralen angebracht waren.

»Das da? Das ist das Leichenschauhaus. Die Company-Verordnung schreibt vor, daß alle toten Psychlos auf den Heimatplaneten überführt werden müssen.«

Jonnie wollte es genauer wissen. »Aus Pietät? Oder mit Rücksicht auf die Familien?«

»Ach wo, Unsinn, mit Gefühlsduseleien hat das nichts zu tun. Sie haben wohl so ulkige Vorstellungen ... na ja, wenn Angehörige anderer Rassen einen toten Psychlo in die Finger bekämen, dann könnten sie unseren Organismus genau studieren ... du weißt schon, sie könnten den Stoffwechsel ausklamüsern und dann womöglich auf dumme Gedanken kommen. Außerdem ist es eine Kontrollmaßnahme, so eine Art Nasenzählen. Sie wollen nicht, daß auf den Gehaltslisten Namen von Toten geführt werden und daß ein anderer das Gehalt einstreicht. Das ist nämlich schon vorgekommen.«

»Was geschieht mit den Toten?«

»Oh, die werden hier im Leichenschauhaus eine Weile aufbewahrt und dann, wenn genügend zusammengekommen sind, nach Hause verfrachtet, durch Teleportation, genau wie alle anderen Frachtladungen. Auf dem Heimatplaneten werden sie dann beerdigt. Die Intergalaktische hat einen eigenen Friedhof auf Psychlo.«

»Das muß ein interessanter Planet sein.«

Auf Kers Gesicht erschien ein glückliches Lächeln. »Das kannst du laut sagen! Keine Schutzhelme und keine Atemmasken. Reinstes Atemgas in Hülle und Fülle, rings um dich nichts als Atemgas! Und 'ne richtig schöne Schwerkraft, nicht so wie hier. Und alles in prächtiger Purpurfarbe. Und massenhaft Weiber! Wenn ich hier rauskomme ... also, mal angenommen, Terl kriegt das so hin, daß ich weg kann ... dann nehm ich mir da oben auf Psychlo zehn Weiber auf einmal. Und dann gibt's den ganzen Tag nichts anderes als Kerbango saufen und Weiber stemmen!«

»Muß das Atemgas, das ihr hier auf der Erde braucht, von eurem Planeten geholt werden?«

»Leider, ja. Man kann es auf anderen Planeten nicht herstellen. Man braucht dazu verschiedene Elemente, die außerhalb von Psychlo kaum vorkommen.«

»Man sollte meinen, wenn ihr so viel Atemgas exportieren müßt, habt ihr bald keines mehr zu Hause.«

»Nein, so ist das nicht«, sagte Ker. »Die Elemente kommen bei uns auf Psychlo im Felsgestein und sogar im Kern des Planeten vor, und du kannst so viel wegnehmen, wie du willst, sie ersetzen sich von selber. Ach ... guck mal schnell da rüber, siehst du diese Trommelbehälter?«

Da war eine Pyramide aus riesigen Tonnen aufgebaut, die zum Teil auf die Hebebühnen großer Transportfahrzeuge verladen, zum Teil durch Gabelstapler zu dem gerade eingeschwebten Frachtflugkörper transportiert wurden.

»In solchen Trommelbehältern wird das Atemgas von Psychlo hierher teleportiert. Hier ist der Umschlagplatz für die Erde. Der Frachter bringt das Atemgas auf irgendeinen anderen Kontinent.«

»Wie viele Außenstationen habt ihr denn auf der Erde?«

»Warte mal ...« Ker kratzte sich zwischen Hals und Kragen. »Ich glaube, es sind sechzehn.«

Jonnie gab sich Mühe, seine Fragen ganz unverfänglich klingen zu lassen. »Und wo liegen die?«

Ker wollte schon die Achseln zucken, aber dann fiel ihm etwas ein. Er langte in die Tasche, zog ein paar zusammengefaltete Papiere heraus, auf deren Rückseite er sich Notizen gemacht hatte, entfaltete sie und strich sie glatt. Der oberste Bogen war der, den er gesucht hatte. Und obwohl das Blatt zerknittert und fleckig war, erkannte Jonnie auf den ersten Blick, worum es sich handelte: eine Karte des Planeten Erde! Zum ersten Mal sah Jonnie eine Karte, auf der die ganze Erde dargestellt war!

Ker zählte mit der Klaue ab. »Sag ich doch, sechzehn. Sechzehn Stationen und zwei Anlagen, 'ne ganze Menge, was?«

»Was ist eine Anlage?«

Ker zeigte auf den Hochspannungsmast. Eine ganze Kette solcher Masten lief nach Südwesten, unüberschaubar viele, die, je weiter entfernt sie waren, immer kleiner erschienen und zum Horizont hin wie winzige Punkte aussahen.

»Diese Energieleitung kommt von einem Wasserkraftwerk, ein paar hundert Kilometer von hier. Es ist ein alter Staudamm. Die Intergalaktische hat neue Maschinen installiert und das Werk wieder in Betrieb genommen. Es liefert uns die gesamte Energie, die wir hier auf der Außenstation brauchen. So ein Wasserkraftwerk, das ist eine Anlage.«

»Arbeiten dort Psychlos?«

»Nein, das läuft alles vollautomatisch. Bei der andern Anlage ... die liegt irgendwo auf einem überseeischen Südkontinent ... da ist das genauso. Alles automatisiert.«

Jonnie sah sich die Karte an. Er ließ nichts von der Erregung merken, die ihn gepackt hatte. Fünf Kontinente zählte er. Jede Außenstation war genau eingetragen.

Er langte herüber, zog einen Stift aus Kers Brusttasche und fragte: »An wie vielen Maschinen muß ich noch ausgebildet werden?«

Ker zählte in Gedanken ab. »Da sind die Gesteinsbohrer ... die Lastenaufzüge ... warte mal, das ist noch nicht alles ...«

Noch einmal langte Jonnie herüber, nahm die Karte und faltete sie. Auf der Rückseite schrieb er alle Maschinen und Einrichtungen auf, die Ker ihm nannte. Als er damit fertig war, gab er Ker den Stift zurück. Aber den Bogen Papier, auf dessen Rückseite er die Notizen gemacht hatte und dessen Vorderseite diese hochinteressante Erdkarte war, ließ er ganz beiläufig in seine Gürteltasche gleiten.

»Erzähl mir noch mehr über euren Heimatplaneten«, bat er Ker. »Der muß ganz toll sein.«

Der stellvertretende Werkmeister schwatzte drauflos, und Jonnie hörte aufmerksam zu. Alles, was er aufschnappen konnte, jede scheinbar belanglose Kleinigkeit konnte wichtig sein. Wenn er die Hand über die Gürteltasche gleiten ließ, hörte er die Karte knistern; ein angenehmeres Geräusch konnte er sich nicht vorstellen. Denn wenn er, er ganz allein, es mit dem mächtigen Imperium der Psychlos aufnehmen und die letzten Überlebenden der Menschheit befreien wollte, dann war jede Information von unschätzbarem Wert.

Der Weg zu diesem Ziel war noch weit. Um ihn herum dröhnte und röhrte es. Der Maschinenpark der Psychlos, die gewaltigen Erzladungen, die ungeheure Energie, die hier eingesetzt wurde ... Alles erinnerte ihn daran, wie unendlich weit der Weg noch war.

Teil V

1

Jonnie lag da und träumte in den Abendhimmel. Die Gestirne hatten ihre jährliche Bahn rund um die Erde fast vollendet. Noch drei Wochen, dann standen sie wieder so wie damals, als er von zu Hause losgezogen war.

Ein Schreckensbild tauchte vor ihm auf. Wenn Chrissie wirklich tat, was sie sich vorgenommen hatte ... wenn sie in die große Ebene herunterkam ... und wenn sie alle Gefahren überlebte, die dort auf sie lauerten ... dann würde sie irgendwann hier ankommen, hier, bei der Außenstation der Psychlos. Ahnungslos würde sie in ihr Verderben rennen.

Jonnie wußte, was er tun mußte. Er mußte fliehen.

Es war ein Vorhaben, das fast undurchführbar erschien. Er brauchte nur an die technischen Möglichkeiten der Psychlos zu denken, an die Überwachungsgeräte, an die fliegenden Sensoren. Der Weg in die Freiheit schien voller unüberwindbarer Hindernisse zu sein. Aber genauso unüberwindbar war die zähe Entschlossenheit, mit der Jonnie seinen Plan verfolgte.

Es wäre schon schwierig genug gewesen, wenn er nur an seine eigene Befreiung gedacht hätte. Aber das Ziel, das er sich gesetzt hatte, war viel größer. Er wollte die Macht der Psychlos brechen und der Menschheit eine neue Chance für eine bessere Zukunft verschaffen.

Und während er so wach lag, sah er im fahlen Mondlicht den Käfig in all seiner Gemeinheit. Da war er nun, am Hals festgekettet wie ein Hund, hinter Gittern gehalten, von Minikameras überwacht und mit der Erfahrung belastet, daß seine Verfolgung im selben Augenblick beginnen konnte, in dem er sich davonmachen wollte. Aber selbst wenn es sicher gewesen wäre, daß er bei einer Flucht den Tod fand, mußte er den Versuch wagen. Er lachte über sein eigenes Zaudern. Es war nicht nur ein Versuch, ein Fluchtversuch. Nein, es war mehr. Eine Eroberung. Die Rückeroberung seiner Würde.

Er wußte, was das Wichtigste war. Er mußte fliehen. Zuerst ging es um seine Freiheit. Das war die Voraussetzung dafür, daß er anderen helfen konnte.

Zwei Tage später kam ihm eine Idee, wie er es anstellen könnte. Und eigentlich hatte er die Chance zur Flucht einem von Terls eigensinningen Einfällen zu verdanken.

Terl hatte nämlich, weiß der Himmel, wie er auf den Gedanken gekommen war, darauf bestanden, daß Jonnie sich mit Elektrotechnik befassen solle. Die Gründe, die Terl für diese Notwendigkeit aufzählte, klangen nicht überzeugend: Es könne mal eine Reparatur an einer Arbeitsmaschine erforderlich werden, oder die Elektronik einer Fernbedienung könne versagen, und dann müsse Jonnie sich zu helfen wissen. Aber solange Jonnie an Maschinen ausgebildet wurde, hatte er nie gesehen, daß das Bedienungspersonal Reparaturarbeiten bei den elektrischen Installationen selbst vornahm. Wann immer da etwas nicht in Ordnung war, kam ein Spezialist aus der Elektronikabteilung auf einem Bodengleiter angebraust und kümmerte sich um die Sache.

Also mußte Terl andere Gründe haben. Gründe, die er natürlich nicht nennen wollte. Er hatte darauf bestanden, daß Jonnie diese spezielle Ausbildung bekam. Also mußte es wichtig für ihn sein. Und seine Gründe ... nicht die fadenscheinigen Vorwände, die er Jonnie gegenüber gebraucht hatte ... seine Gründe mußten irgend etwas zu tun haben mit seinem eigentlichen Ziel, mit dem, wozu er Jonnie brauchte. Was immer Terl von ihm wollte und wo immer Jonnie das tun sollte, es mußte ein Ort sein, an dem kein Spezialistenteam zur Verfügung stand.

Nun, Ker hatte sich natürlich ohne jede Diskussion Terls Anweisungen gefügt. Und so saß Jonnie nun an einer Werkbank, über Bücher und Ausbildungsgerät gebeugt, und beschäftigte sich mit Stromkreisen, Transistoren, Halbleitern und ihren Thyristoren und ... ach, mit einer Unmenge von Dingen, von denen er vorher nie etwas gehört hatte.

Die Materie machte ihm keine besonderen Schwierigkeiten, er begriff das alles schnell. Die Elektronen wanderten im elektrischen Feld in Richtung des positiven Potentials, im Magnetfeld bewegten sie sich senkrecht zu den Feldlinien. Die kleinen Drähte und Schaltelemente und Lötmetalle – all dies waren Dinge, die ihm ohne weiteres einleuchteten.

Was Jonnie zunächst verblüffte, waren die *Werkzeuge*. Es gab zum Beispiel ein Gerät, das wie ein kleines Messer mit einem riesigen Handgriff aussah. Das heißt, riesig erschien der Handgriff wohl nur für Jonnie, einem Psychlo mochten die Ausmessungen ganz normal vorkommen.

Am Ende des Handgriffs gab es einen Schalter, der für verschiedene Arbeitsgänge eingestellt werden konnte. Wählte man die obere Schalterstellung und drückte das Messer auf einen Draht, dann wurde dieser glatt und sauber durchgeschnitten. In der unteren Schalterstellung brauchte man die beiden Drahtenden nur zusammenzuhalten und leicht gegen das Messerblatt zu drücken, dann waren sie wieder zu einem Stück verbunden. So einfach war die Verbindung von zwei Metallstücken allerdings nur, wenn es sich um dieselbe Art Metall handelte. Wollte man unterschiedliche Metallarten verbinden, dann mußte man ein spezielles Bindematerial benutzen.

Ker hatte die Gewohnheit, häufig während der Arbeitszeit einen kleinen Imbiß zu sich zu nehmen, und als er wieder mal den Werkraum verließ, nutzte Jonnie die günstige Gelegenheit. Er war allein und unbeaufsichtigt, aber er war festgebunden. Also probierte er das Werkzeug, das er so besonders interessant fand, an dem Drahtseil aus, und zwar am ausgefransten Ende.

Ein Schnitt, und es fiel auseinander, sauber getrennt.

Die untere Schalterstellung ... Die beiden Drahtseilenden verschmolzen, ohne daß auch nur die geringste Spur von der Schnittstelle zurückblieb.

Jonnie brauchte gar nicht erst auszuprobieren, ob das Experiment genauso an seinem Halseisen gelingen würde. Er wußte, es würde gelingen.

Ein rascher Blick zur Tür ... Nein, Ker kam noch nicht zurück, und auch sonst war niemand zu sehen. Ein rascher Blick durch den Raum ... da drüben stand ein Werkzeugschrank, an der anderen Wand, zu weit weg für Jonnie, solange er festgebunden war.

Jonnie zerschnitt das Drahtseil zum zweiten Mal, rannte hinüber zum Werkzeugschrank und riß ihn auf. Was für ein Wirrwarr! Drähte, zerbrochene Teile, Werkzeuge ... ein einziges wüstes Durcheinander. Jonnie wühlte mit fliegenden Händen darin herum. Sekunden vergingen, Minuten, kostbare Zeit ... Und dann fand er, was er suchte, ganz hinten in der Ecke. Genau dasselbe Werkzeug: dieses Messer mit dem riesigen Handgriff.

Von fern hörte er Kers rumpelnde Schritte.

Jonnie rannte zurück zur Werkbank. Mit dem Werkzeug, das er gerade gefunden hatte, verband er die beiden Enden des Drahtseils ... Sehr gut, es funktionierte, es war also nicht irgendein altes, ausrangiertes Stück gewesen, das im Werkzeugschrank herumgelegen hatte. Jonnie versteckte es rasch in seinem Rehlederstiefel. Keine Sekunde zu früh, denn Ker kam gerade zur Tür herein.

Ker hatte nichts gemerkt. Er stellte sich neben Jonnie und schaute ihm bei der Arbeit zu. »Du machst Fortschritte«, sagte er anerkennend.

Ein fast unmerkliches Lächeln huschte über Jonnies Gesicht. »Ja, das kann man sagen. Ich mache Fortschritte.«

2

Terl zerbrach sich den Kopf über Numph. Er hatte so eine dunkle Ahnung, daß er ganz dicht dran gewesen war, Numphs Geheimnis herauszufinden. Und dann, von einem Augenblick zum anderen, hatte er alles vermasselt.

Die Sache ging ihm nicht aus dem Kopf. Er lag nächtelang wach und grübelte darüber nach.

Er brauchte ein Druckmittel gegen Numph. Und es durfte nicht irgendeines sein, er mußte den Planetarischen Direktor gehörig unter Druck setzen können. Denn die nächsten Schritte, die Terl jetzt einleiten mußte, um seine Pläne voranzutreiben, ließen sich nicht geheimhalten.

Bis jetzt war alles ganz gut gelaufen, dank der angeblichen Maßnahmen zur Vorbeugung gegen Arbeiterunruhen. Aber das war ja nur Vorgeplänkel, das brachte noch nicht viel. Schön, ein paar Kampfflugkörper waren von anderen Außenstationen hierher überführt worden. Terl hatte die Waffenkammern leer geräumt und sämtliche Waffen unter Verschluß genommen. Alle Aufklärungsflugkörper bis auf einen waren stillgelegt, und dieser eine unterlag ausschließlich Terls Verfügungsgewalt. Aber das waren eben nur die ersten Schritte gewesen. Vorbereitungen, weiter nichts.

Die Ergebnisse des letzten Aufklärungsfluges über die Berge hatten Terl allerdings in helles Entzücken versetzt. Diese wundervolle Goldader! Da war sie immer noch, unverändert. Sie lag offen da, durch nichts verdeckt, in einer engen Schlucht, ungefähr dreißig Meter unter der Gipfelplatte einer fast senkrecht aufragenden Felswand. Reines weißes Quarz, und darin überall Adern aus leuchtend gelbem Gold, an manchen Stellen sogar zu Klumpen geballt. Der Zufall hatte es so gewollt: ein Erdbeben ... ein Teil der Felswand war abgesprengt worden und in die dunkle Tiefe der Schlucht gestürzt ... der Berg hatte seine Schätze freigegeben. Irgendwann in grauer Vorzeit mußte der Vulkan, der die ganze Region überragte, reines Gold ausgespuckt und dann mit Lava zugedeckt haben. Ein perfektes Zusammenspiel der Natur, über ein paar Jahrhunderte hinweg: Erst hatten reißende Wassermassen die Schlucht in die Berge geschnitten. Dann war der Vulkan ausgebrochen. Danach war ein Teil der Felswand abgespalten worden. Der Erdrutsch ... und nun lag das Gold da.

Freilich, die Lage der Goldader war durchaus nicht günstig. Wo immer es einen Zugang gegeben hätte, machten die starken Uranvorkommen es für einen Psychlo unmöglich, die Region zu betreten. Es blieb nur der Weg über die Bergplatte, von der aber die Felswand so steil abfiel, daß man ein Arbeitsgerüst abseilen und von dort aus den Abbau vornehmen mußte. Aber das hieß, daß sie eine gewaltige Steilstrecke überwinden mußten, über einem Abgrund, der schwindelerregend tief gähnte. Der rauhe Wind in der Schlucht würde am Gerüst und seinen Verstrebungen zerren. Auf der Bergplatte gab es wenig Platz für die Ausrüstung. Wer dort arbeiten mußte, dessen Leben hing an einem seidenen Faden.

Terl brauchte nur den Teil des Goldes, der offen zutage lag. Auf einen Abbau in der Tiefe des Gesteins wollte er es nicht ankommen lassen. Es genügte das, was man mit bloßem Auge erkennen konnte. Schon das mußte mindestens eine Tonne puren Goldes sein.

Gold war rar und wurde zu hohen Preisen gehandelt. Auf dem Psychlo-Markt brachte eine Tonne Gold fast hundert Millionen Galaktische Währungseinheiten. Und wen konnte man nicht alles mit so viel Geld bestechen! Was konnte man nicht alles kaufen! Wieviel Macht würde ihm das bringen! Und wie viele Türen würde ihm das öffnen!

Er wußte schon, wie er es herausbringen würde. Er hatte einen Plan ausgearbeitet, wie er das Gold verladen, auf den Heimatplaneten transportieren, unbemerkt durch alle Kontrollen schmuggeln und unauffindbar verstecken wollte.

Er nahm sich noch einmal die Bildaufnahmen vor, die der Fernaufklärer durch Funkübertragung geliefert hatte, änderte das Datum, verfälschte geschickt die Ortsmarkierungen und versteckte die Photos in einer für jedermann uninteressanten Akte, in der verschiedene belanglose Vorgänge abgeheftet waren.

Es war alles bestens vorbereitet. Aber um wirklich zum Zuge zu kommen, brauchte er ein Druckmittel gegen Numph. Er brauchte es, um sicher zu sein, daß er Numphs Rückendeckung hatte, falls irgend etwas schiefging.

Außerdem ging es natürlich noch darum, daß die Verurteilung ... ja, genauso empfand er es! ... daß also die Verurteilung zu zehn weiteren Jahren auf der Erde rückgängig gemacht wurde. Noch ein Jahr – ein Jahr und nicht mehr – war er bereit, auf diesem verfluchten

Planeten zu verbringen.

Er brauchte ein Druckmittel. Und irgend etwas in Numphs Geschäften war nicht sauber, das stand fest. Und was es auch war, es mußte etwas mit Nipe und Nipes Stellung in der Buchhaltung des Zentralbüros zu tun haben. So weit war es Terl schon klar. Aber das eigentliche Geheimnis ... der Kern der Geschichte ... Er saß gebeugt über seinem Schreibtisch und grübelte und grübelte.

Er brauchte außerdem ein Druckmittel gegen das Menschending, und zwar ein starkes Druckmittel. Stark genug, um die Kreatur zu zwingen, das Gold dort oben in den Bergen abzubauen und ihm zu bringen. Stark genug, um die Kreatur zur Arbeit zu zwingen, auch wenn Terl nicht selber dort im uranverseuchten Gebirge sein und nach dem Rechten sehen konnte. Nun ja, die Ausbildung der Kreatur kam gut voran. Und es gab auch schon Pläne, wie Terl noch mehr Kreaturen in seine Gewalt bringen konnte. Zu gegebener Zeit würde das alles gelingen, er verließ sich ganz auf sein Glück. Und die Kreaturen würden tun, was er wollte. Irgendwie würden sie es schaffen. Und dann löschte er sie aus und nahm das Gold und machte, daß er nach Hause kam, auf den Purpurplaneten.

Die große Unbekannte in seiner Rechnung war Numph. Es genügte eine einzige Anordnung von ihm, und die Menschendinger wurden abgeschoben oder getötet. Er brauchte nur die Genehmigung zur Nutzung der Fahrzeuge und Maschinen aufzuheben. Und das war nicht einmal so unwahrscheinlich. Sobald der aufgeblasene alte Idiot merkte, daß es überhaupt keine drohenden Arbeiteraufstände gab, erklärte er womöglich Terls Blankovollmachten für ungültig. Der Schwindel mit den Arbeiterunruhen zog nicht mehr lange.

Terl sah auf die Uhr. Jetzt war genau die Zeit, in der die Teleportation stattfand. Er stand auf, nahm die Atemmaske vom Wandhaken, und ein paar Minuten später kam er auf dem Umschlagterminal an.

In diesen letzten Minuten vor der Teleportation herrschte hektisches Treiben. Maschinen dröhnten, und die Luft war voll wirbelndem Staub. Der Postkurier war schon dagewesen. Die Verschlußmappe lag zum Versand bereit.

Char kam angerannt. Terls plötzliches Auftauchen hatte ihn mitten in den letzten Vorbereitungen gestört. Er war ziemlich aufgebracht.

»Eine Sicherheitsüberprüfung«, sagte Terl. »Routinekontrolle der ausgehenden Post.« Er zeigte Char die Blankovollmacht.

»Dann machen Sie schnell!« schnauzte Char vor sich hin. »Wir haben's eilig!« Und er warf rasch einen Blick auf die Uhr.

Terl hob die Verschlußmappe auf und nahm sie mit zu dem

Wagen, mit dem er gekommen war. Er öffnete sie mit dem Generalschlüssel und zog die Postvorgänge heraus. Er war allein, niemand beobachtete ihn. Char hatte auf dem Terminal genug damit zu tun, die Arbeiter anzutreiben und aufzupassen, daß der Erzhaufen sauber aufgeschichtet wurde.

Terl stellte die Minikamera ein, die er an der Brusttasche befestigt hatte. Er überflog die Papiere, es waren Routineberichte, Tagesabrechnungen über Fördermengen und ähnliches. Er hatte solche Meldungen schon häufig überprüft, ohne Erfolg. Aber man konnte nie wissen ... Der Planetarische Direktor mußte alle Meldungen abzeichnen, und auf einigen hatte er handschriftlich Daten und Anmerkungen hinzugefügt.

Die Minikamera arbeitete mit leisem Surren. Es dauerte nicht lange, und Blatt für Blatt waren die Mitteilungen aufgenommen.

Terl schob alles in die Mappe zurück, verschloß sie und brachte sie hinüber zum Terminal.

»Na, alles in Ordnung?« fragte Char. Man merkte ihm die Erleichterung an. So eine Überprüfung kurz vor der Teleportation brachte nichts als Unruhe. Und hätte es noch Schwierigkeiten gegeben, dann wäre der ganze Zeitplan durcheinandergeraten.

»Ja, in Ordnung«, bestätigte Terl, »es ist keine Privatpost reingeschmuggelt worden. Übrigens ...« Er zeigte auf das Leichenschauhaus. »Wann werden die Toten zurückgeschickt?«

»Halbjährlich, wie gewöhnlich«, antwortete Char. »Und jetzt fahren Sie bitte Ihren Wagen weg. Wir haben heute 'ne große Ladung und sind sehr in Eile.«

Terl kehrte zu seinem Büro zurück. Obwohl er nicht daran glaubte, daß er irgend etwas finden würde, ging er die Aufnahmen an einem Bildschirm durch, eine nach der anderen, und studierte sie aufmerksam.

Ihn interessierten nur diejenigen, auf denen Numph etwas vermerkt hatte. Wer weiß, vielleicht waren geheime Mitteilungen darin verborgen, die nur Nipe in der Buchhaltung des Zentralbüros entziffern konnte. So etwas in dieser Richtung vermutete Terl. Es gab keine andere Möglichkeit, unbemerkt Verbindung mit jemandem auf dem Heimatplaneten aufzunehmen. Wenn er das herausfand und wenn ihm dann noch etwas einfiel, um das Menschending unter Druck zu setzen, dann war alles gelaufen. Dann stand nichts mehr dem Abbau des Goldes im Wege.

Er saß da bis spät in die Nacht. Er verpaßte das Abendessen. Er sah sich die Aufnahmen an, die er heute gemacht hatte, und ein paar andere von früheren Überprüfungen. Er ging sie immer wieder durch, so lange, bis ihm die Augen schwer wurden und er alles nur noch wie durch einen Schleier sah.

Hier war der Schlüssel zu Numphs Geheimnis. Irgendwo hier mußte er versteckt sein, dessen war Terl sicher.

3

Es war gar nicht so einfach, all das zusammenzubringen, was ihm auf der Flucht von Nutzen sein konnte.

Zuerst hatte Jonnie gedacht, er könne irgend etwas mit den beiden Minikameras anstellen, die den Käfig überwachten, eine von innen und eine von außen. Wenn es ihm gelang, diese Überwachung auszuschalten, dann brauchte er nur noch nachts das Halseisen aufzuschneiden; der Rest war dann nicht mehr schwierig.

Er hatte eine Menge Zeit damit verbracht, während der elektronischen Ausbildung die Minikameras genau kennenzulernen. Bei dem Typ, mit dem er es hier zu tun hatte, handelte es sich um ein ziemlich einfaches Modell. Es hatte einen kleinen Winkelspiegel, auf dem das Bild eingefangen wurde. Durch Funkimpulse wurde die Aufnahme auf ein Wiedergabeband übertragen. Das Wiedergabeband befand sich – wie übrigens auch die gesamte Energieversorgung – nicht in der Kamera, sondern im Empfängergerät, bei dem es sich gewöhnlich um einen Bildrecorder handelte. Jonnie vermutete, daß so ein Bildrecorder in Terls Büro stand.

Er versuchte, den Chinko-Sprachtrainer für seine Zwecke umzufunktionieren. Was er vorhatte, war ganz einfach: Auf dem Schirm des Sprachtrainers sollte ein Bild erscheinen, das ihn, Jonnie, im Käfig zeigte, und die Minikamera sollte dieses Bild aufnehmen und an das Empfängergerät weitergeben. Auf diese Weise würde es so aussehen, als wäre er im Käfig, auch wenn er sich in Wirklichkeit schon ganz woanders aufhielt. Die Schwierigkeit lag nur darin, daß zwei Minikameras da waren. Und sie arbeiteten aus unterschiedlichen Aufnahmewinkeln. Aber Jonnie hatte nur den einen Sprachtrainer.

Eines Tages, als Terl einen Hasen in den Käfig brachte, erwischte er Jonnie dabei, daß er gerade den Sprachtrainer auseinandergenommen hatte.

Einen Augenblick stand das Monster verblüfft da und glotzte, und dann sagte es: »Bring einer Kreatur einen Trick bei, und sie wird ihn überall ausprobieren wollen! Ich fürchte, jetzt hast du dein Spielzeug kaputtgemacht.«

Jonnie ließ sich nicht stören. Er fuhr fort, das Gerät wieder zusammenzusetzen.

»Wenn du's schaffst ... also, ich meine, wenn das Ding wieder funktioniert, kriegst du den Hasen.«

Jonnie beachtete Terl gar nicht. Als er mit seiner Bastelei fertig war und der Sprachtrainer wieder einwandfrei arbeitete, warf Terl ihm den Hasen hin.

»Treib keinen Unfug mit Geräten, die gar nicht repariert werden müssen!« sagte Terl. Und er sagte es mit einem Unterton, der so viel hieß wie ach-Gott-was-soll-ich-tauben-Ohren-predigen.

Die Lösung für eine ganz andere Schwierigkeit bot sich Jonnie dann später durch einen Glücksfall. Denn es gab ja außer den Minikameras noch diese Wärmebild-Suchgeräte, und da lag das eigentliche Problem. Nur wenn es ihm gelang, diese Spezialüberwachung auszuschalten, konnte er hoffen, in die Berge zu entkommen. Wenn er irgendeine Möglichkeit fand, die auf Körperwärme reagierenden Suchgeräte lahmzulegen, würden die Psychlos seine Spur nicht verfolgen können.

Zu der Zeit, als Jonnie all diese Möglichkeiten und Schwierigkeiten durch den Kopf gingen, wurde er gerade durch Ker am Gesteinsbohrer ausgebildet. Sie arbeiteten in einem alten Schacht, der höher lag als die Flöze, aus denen die Psychlos jetzt das Erz förderten. Es war eine alte Bruchstelle von ungefähr achtzig Metern Durchmesser. Ker hatte das Bohrgerüst bis in die Höhe einer noch abbauwürdigen Gesteinsschicht heruntergelassen und, wie es bei den Arbeiten in der Grube üblich war, unter dem Gerüst ein Netz aufgespannt, in dem abgebrochenes Erzgestein gesammelt werden konnte.

Der riesige Bohrer war für die Pranken der Psychlos geschaffen und so schwer, daß Jonnies Muskeln sich zu Wülsten anspannten, als er das Gerät hochhob. Dröhnend ratterte der Bohrer los, das rotierende Metall fraß sich ins Gestein. Und von oben gab Ker über einen Kopfhörer seine Anweisungen herunter.

»Du mußt nicht ständig Druck ausüben! Ansetzen und abheben, immer im Wechsel. Wenn du ein Stück weit hineingebohrt hast, drück den anderen Schalter, dann schlägt das Gerät die lockeren Gesteinsteile ab. Paß auf, daß du immer genau über dem Netz arbeitest. Ja, so ist es gut, mach so weiter ...«

»Heiß ist das hier! Teuflisch heiß!« schrie Jonnie über den Lärm weg. Und das war wirklich keine Übertreibung. Der Bohrer, der mit hohen Touren drehte, glühte schon, und die Steinwand warf die Hitze zurück.

»Ach du liebe Zeit, du hast ja gar keinen Hitzeschutz bekommen!«

fiel Ker ein. Er kramte in den Taschen zwischen Papieren und Essensresten und zog schließlich ein kleines Päckchen hervor. Er ließ es am Seilzug zu Jonnie hinunter.

Jonnie öffnete das Päckchen. Was hervorkam, sah wie eine Schürze mit zwei Ärmeln aus, aus hauchdünnem Material gearbeitet.

»Zieh es an!« rief Ker zu ihm herunter.

Jonnie war verblüfft, daß ein Stück von dieser Größe in so einem kleinen Päckchen gesteckt haben konnte. Die Schutzschürze war für Psychlos gearbeitet, und entsprechend lang war sie auch. In die Ärmel hätte Jonnie zweimal hineingepaßt. Er mußte den dünnen Stoff ein paarmal umschlagen und da, wo die Taillenbänder angebracht waren, einen Überwurf falten, dann paßte die Schürze einigermaßen.

Er schaltete den Bohrer wieder ein und setzte ihn an. Die Wirkung der Schutzkleidung war erstaunlich. Er spürte die Hitze überhaupt nicht mehr.

Nach einer Weile fand Ker offenbar, es sei nun genug, Jonnie habe alles gelernt, was er über den Umgang mit einem Gesteinsbohrer wissen müsse. Er zog das Bohrgerüst hoch. Jonnie legte die Schutzkleidung ab und wollte sie Ker zurückgeben.

Ker winkte ab. »Nein, nein, schmeiß das Ding weg. Das ist Verbrauchsmaterial. Die Schürzen werden schmutzig, und manchmal reißen sie auch ein. Normalerweise hat jeder Arbeiter ein halbes Dutzend bei sich. Tut mir leid, daß ich vergessen habe, dir vorhin eine zu geben. Liegt wohl daran, daß ich schon seit Jahren nichts mehr mit der Bohrarbeit zu tun gehabt habe.«

»Ich hab nur die eine«, sagte Jonnie.

»Wenn du mal wieder als Hauer vor Ort arbeitest, besorg ich dir mehr«, versprach Ker.

Jonnie verpackte die Schutzkleidung ordentlich und steckte das Bündel in die Gürteltasche. Er wäre jede Wette eingegangen, daß kein Wärmebild-Suchgerät diese Schürze durchdringen konnte. Wenn er sich im entscheidenden Augenblick die Schutzkleidung überwarf, würden die fliegenden Sensoren blind sein. Jedenfalls hoffte er das.

Ein anderes Problem hatte er schon gelöst, nämlich die Frage, wovon er sich ernähren sollte, wenn er auf der Flucht war und keine Zeit zum Jagen hatte. Das geräucherte Fleisch hielt sich lange. Er hatte genug davon, um nicht hungern zu müssen.

So trieb Jonnie die Vorbereitungen zu seiner Flucht voran, und jeden Tag kam er seinem Ziel ein Stück näher. Mitunter waren es nur Kleinigkeiten, so zum Beispiel, als er seine Rehlederstiefel reparierte, damit er während der Flucht nicht nur auf das eine noch unbeschädigte Paar angewiesen war. Mitten bei der Flickschusterei erwischte ihn eines Abends Terl.

»Du sollst doch nicht diese Schlappen tragen, habe ich dir gesagt! Haben sie dir auf der Kleiderkammer keine ordentlichen Stiefel gegeben? Na gut, ich besorg dir alte Chinko-Stiefel, die können auf deine Größe zurechtgeschnitten werden.«

Am nächsten Tag kam tatsächlich der Psychlo-Schneider zum Käfig. Nörgelnd murmelte er etwas in die Atemmaske, aber er nahm Maß an Jonnies Füßen. »Ich bin doch kein Schuhmacher!« schimpfte er, gab aber seinen Protest auf, als Terl ihm die Blankovollmacht zeigte. Er nahm dann sogar noch Maß für einen knielangen Mantel und eine Wintermütze, wobei er sich allerdings nicht die Bemerkung verkniff: »Es geht auf den Sommer zu, da braucht doch wohl niemand Winterkleidung!« Er meckerte, er schimpfte, aber er ging an die Arbeit. Es dauerte gar nicht lange, bis er mit den bestellten Sachen zur letzten Anprobe kam. »Einer spinnt immer!« murmelte er vor sich hin. »Maßkleidung für ein niederes Lebewesen, wo gibt's denn so was?«

Daß Terl sich so um ihn kümmerte, gab Jonnie zu denken. Ob das Monster etwas von Jonnies Fluchtvorbereitungen gemerkt hatte? Sorgfältig überprüfte er alles, aber er kam zu dem Schluß, daß es nichts gab, was Terls Verdacht geweckt haben konnte. Überhaupt schien Terl zur Zeit sehr beschäftigt zu sein. Irgend etwas nahm ihn so in Anspruch, daß er gar nicht merkte ... Oder verstellte er sich nur?

Das größte Problem hatte Jonnie noch nicht gelöst. Er wußte nicht mal, ob er es überhaupt je lösen konnte. Es ging um die entscheidende Frage, wie er an eine Waffe herankam.

Früher, als es noch nicht die Sicherheitsvorkehrungen wegen angeblich drohender Arbeiterunruhen gab, hatten einige der Psychlo-Arbeiter Waffen getragen: handliche, ziemlich kleine Waffen, die in einem Gürtelhalfter steckten. Wahrscheinlich hatten sie nur damit herumgespielt und Wettkampfschießen veranstaltet. Nun liefen die Psychlos ohne Waffen herum, bis auf Terl, der seinen großen Handfeuer-Killer natürlich noch trug.

Jonnie fragte sich, wieweit er Ker trauen durfte. Der »Zwerg«, wie ihn die anderen Psychlos nannten, war im allgemeinen Terl blind ergeben. Aber ein paarmal hatte er sich auch verplappert, und so war Jonnie dahintergekommen, daß Ker es mit Recht und Gesetz nicht so genau nahm. Zum Beispiel hatte er von seinen Erfolgen als Falschspieler erzählt, und auch davon, daß er – »weil die Gelegenheit günstig war«, sagte er, »und mehr so zum Spaß« – bei Goldtransporten lange Finger gemacht hatte. Und einmal hatte er einem Büromädchen der Psychlos weisgemacht, ihr Vater auf dem Heimatplaneten brauche dringend Geld, und wenn sie es ihm zu treuen Händen gebe, dann werde er es schon an die richtige Adresse weiterleiten.

Eines Tages standen sie beide herum, Jonnie und Ker, und warteten darauf, daß eine Maschine frei würde, an der Jonnie ausgebildet werden sollte. Jonnie beschloß, Ker auf die Probe zu stellen. Er besaß immer noch die beiden Münzen, die er aus dem großen Gebäude in Denver geholt hatte. Inzwischen wußte er, daß das eine ein Silberdollar und das andere eine Goldmünze war.

Er zog die Silbermünze aus der Tasche und fing an, sie wie im Spiel zwischen zwei Fingern zu drehen.

»Was hast du da?« wollte Ker wissen. Jonnie gab ihm die Münze, und Ker kratzte prüfend mit der Klaue darüber weg. »Mhm«, machte er, »früher hab ich mal auf einem der südlichen Kontinente gearbeitet und so ähnliche ausgegraben. Aber diese Münze stammt hier aus der Gegend.«

»Wie kommst du darauf?« fragte Jonnie. Er fürchtete, Ker habe die englische Inschrift lesen können.

»Weil das kein reines Silber ist«, antwortete Ker. »Ich hab richtige Silbermünzen gesehen. Das hier, das ist eine Kupferlegierung mit einem Überzug aus Nickel und Silber.« Er gab die Münze zurück, er war nicht interessiert daran.

Jonnie zog die goldgelbe Münze heraus und begann damit zu spielen. Er warf sie hoch und fing sie wieder auf.

Auf einmal schoß Kers Pranke vor und schnappte sich die Münze. Diesmal leuchtete Gier aus seinen Augen. »He! Wo hast du denn die her?« Ker hielt das Goldstück dicht vor die Augen und fuhr mit der Klaue über den Münzenrand.

Jonnie stellte sich ahnungslos. »Warum? Ist die was wert?« Er hatte Ker in die Augen gesehen und etwas entdeckt, was ihm wie Verschlagenheit vorkam.

Ker wußte, daß die Münze viertausend Galaktische Währungseinheiten wert war. So viel Gold, so viel Wert, und das alles in einer kleinen unscheinbaren Münze! Es kostete ihn Mühe, seine Gier zu verbergen, die Pranke, die die Münze hielt, nicht zittern zu lassen und ganz gelassen zu fragen: »Wo hast du die denn her?«

»Von einem Ort, den man nur unter großen Gefahren betreten kann«, antwortete Jonnie.

Jetzt konnte Ker ein leichtes Zittern nicht mehr unterdrücken. »Und da liegen noch mehr von der Sorte?« Was er in der Pranke hielt, entsprach dem Wert von drei Monatsgehältern! So viel Geld steckte in dieser kleinen Münze. Auf Psychlo konnte er damit eine Frau kaufen. Und als Angestellter der Company war er berechtigt, eine antike Münze zu besitzen, als Souvenir. Er versuchte sich zu erinnern, was in den Vorschriften stand. Wie viele Münzen durfte man als Souvenir behalten? Es gab da irgendeine Grenze, von der ab ein Fund als Eigentum der Company galt. Zehn? Fünfzehn? Natürlich, es mußte sich um echte alte Münzen handeln, nicht um irgendwelche Fälschungen, die ein geschickter Minenarbeiter hergestellt hatte.

»Der Ort, an dem die Münzen liegen, ist so gefährlich ...«, fing Jonnie wieder an. »Also, man müßte mindestens eine Waffe bei sich haben.«

Ker musterte ihn durchdringend. »He, legst du's darauf an, von mir eine Waffe zu bekommen?«

»Traust du mir so was zu?«

Ker nickte. »Allerdings!« Diese Kreatur durfte man nicht unterschätzen. Er hatte das bei der Ausbildung an allen möglichen Maschinen gemerkt. Das Menschending begriff alles viel schneller als irgendein Psychlo-Lehrling.

Ker stand eine Weile schweigend da und sah sich das Gold an. Eine Münze. Oder ein Medaillon. Na ja, was immer es gewesen sein mochte ... Er gab Jonnie das Stück Gold zurück. Aber er war noch nicht fertig mit der Sache. Das Glimmen der bernsteinfarbenen Augen verriet ihn.

Jonnie nahm die Münze. »Ich mach mir nicht viel daraus. Du weißt ja, ich kann mir nichts dafür kaufen. Darum geb ich auch nicht besonders darauf acht. Ich heb sie in einer Hohlstelle im Käfigboden auf. Wenn man reinkommt, gleich rechts hinter der Tür.«

Ker stand immer noch da und starrte vor sich hin. Er sagte nichts. Aber man konnte ihn geradezu denken sehen. Und erst Minuten später gab er sich einen Ruck. »So, ich glaube, die Maschine ist jetzt frei.«

In dieser Nacht ... und zwar genau zu der Zeit, in der Terl gewöhnlich seinen Wachgang machte und deshalb nicht den Bildschirm in seinem Büro beobachten konnte ... in dieser Nacht hörte Jonnie ein Geräusch im Käfig. Er merkte, daß jemand sich in der Nähe der Käfigtür zu schaffen machte. Er blieb liegen und stellte sich schlafend. Er wartete bis zum nächsten Morgen. Dann erst schaute er an der Hohlstelle, in der er die Münze versteckt hatte, nach, wobei er sich so hinstellte, daß er mit dem Körper den Minikameras die Sicht nahm. Tatsächlich, die Münze war verschwunden. Und was wichtiger war: Statt dessen lag in der Aushöhlung eine handliche kleine Waffe mitsamt der passenden Munition.

Jonnie besaß eine Waffe.

4

Fehlendes Wissen, das war die Hürde, die immer noch blieb.

Die Chinkos waren gute Lehrer, zugegeben. Sie verstanden etwas davon, wie man den Lehrstoff stufenweise aufbaut, und sie hatten eine Methode gefunden, ihn mit Hilfe von Tonträgern und bestimmten Strahlen im wörtlichen Sinne blitzschnell zu vermitteln. Aber im Grunde genommen hatten sie eben für die Psychlos gearbeitet und all ihr Bemühen darauf konzentriert, Psychlos zu unterrichten. Also hatten sie bestimmte Dinge weggelassen, entweder, weil jeder Psychlo das sowieso wußte, oder, weil es für Psychlos nicht von besonderem Interesse sein konnte. Für Jonnie bedeutete das, daß zwangsläufig Wissenslücken bleiben mußten.

Zum Beispiel die Sache mit dem Uran ... Aus verschiedenen Hinweisen konnte er den Schluß ziehen, daß es in den Bergen im Westen Uran geben mußte. Das deutlichste Indiz dafür war, daß die Psychlos offenbar nie den Versuch unternommen hatten, dort Erz oder andere Rohstoffe zu gewinnen. Jonnie vermutete, daß Uran auf irgendeine Weise eine tödliche Gefahr für die Psychlos war. Nicht nur der Unfall auf dem Terminal, den er beobachtet hatte, sprach dafür, es hatte noch andere Hinweise gegeben. Aber er wußte eben nicht genau, wie diese tödliche Wirkung zustande kam.

Er war geradezu bestürzt über das, was er in dem Physikbuch fand, als er das Kapitel über die Elemente las: Es gab so viele Stoffe mit einem unterschiedlichen Aufbau der Uranatome! Das machte alles noch verwirrender.

Er saß am Feuer und plagte sich ab, mal studierte er die Bücher, mal ließ er sich von der Maschine unterrichten. Und ausgerechnet in diesem Augenblick erbebte der Boden unter Terls dröhnendem Schritt. Für die Störung gab es keinen besonderen Grund, es war einfach nur die Zeit für Terls nächtliche Runde.

»Na, Kreatur, was studierst du da so eifrig?« fragte Terl, wie ein riesiger Schatten über Jonnie gebeugt.

Jonnie entschloß sich, alles auf eine Karte zu setzen und sein Glück zu versuchen. Er guckte ein paar Meter nach oben, zu Terls Atemmaske hin, und sagte: »Es geht um die Berge im Westen.«

Terl schaute mißtrauisch zu ihm herunter.

»Darüber steht kaum etwas in den Büchern«, fuhr Jonnie fort.

Terl sagte immer noch nichts. Er guckte nur lauernd und hätte zu gern gewußt, was wohl im Kopf dieser Kreatur vorging.

»Ich bin dort geboren und aufgewachsen. Und ... das mußt du doch verstehen, ich finde alle möglichen Angaben über Gebirge irgendwo auf diesem Planeten, aber kaum etwas über die Berge hier im Westen.« Er deutete zu den schneebedeckten Gipfeln hinüber, die gerade noch als Schemen im Mondlicht zu erkennen waren. »Sag mal, die Chinkos haben doch ... Haben die nicht eine Menge Bücher aus der Bibliothek in Denver weggeholt? Wohin? Sind die Bücher vielleicht hier?«

»Ach so!« Terl schnaufte verächtlich. »Du redest von Menschenbüchern.«

Trotzdem, Jonnies Interesse war Terl gar nicht so unrecht, es paßte ganz gut in seine eigenen Pläne. Er ging los und kam kurz darauf mit einem altersschwachen Tisch und einer Unmenge Bücher zurück, die er sich einfach so auf den Arm gepackt hatte und nun, ohne die geringste Sorgfalt, auf den Tisch purzeln ließ. Es waren sehr alte Bücher, die eine pfleglichere Behandlung verlangten. Aber so wie Terl mit ihnen umging ... Bei einigen riß der Buchrücken auf, andere fielen ganz auseinander.

»Da! Ich bin offenbar nichts anderes als der Diener einer niederen Kreatur! Aber – bitte, wenn's dir Spaß macht, an diesem Menschenkauderwelsch herumzukauen, dann sollst du deinen Spaß haben!« Draußen vor der Käfigtür blieb er noch einmal stehen. »Aber mach dir eines klar, Kreatur: Diese Menschenbücher sind nichts als Schund. Du wirst bestimmt nichts darin finden, was dir einen Weg zeigen würde, mit einem Psychlo fertig zu werden. Aber vielleicht ...« Er brach in Gelächter aus. »Vielleicht findest du ein paar Rezepte für die Zubereitung roher Ratten!«

Er trampelte los, zum Psychlo-Gebäude hin, und sein Lachen verlor sich in der Ferne.

Jonnie ließ die Hand über die Bücher gleiten, es war eine fast ehrfürchtige Gebärde. Und dann begann er sie durchzusehen, voller Hoffnung, daß er fände, wonach er suchte. Die meisten handelten von Bergbau und Rohstoffgewinnung. Aber dann fand er etwas ... ein Lehrbuch der Chemie. Es enthielt eine Tabelle der Elemente, und darin war für jedes Element, das Menschen gekannt hatten, das Atomgewicht angegeben.

Auf einmal kam ihm eine Ahnung, er griff nach dem Lehrbuch der Psychlos. Auch darin gab es eine Tabelle mit den Elementen und ihrem Atomgewicht. Er legte die beiden Tabellen nebeneinander. Im flackernden Licht des Feuers verglich er sie.

Sie waren unterschiedlich!

Beide Tabellen basierten offenbar auf dem Periodensystem der Elemente, bei dem die Eigenschaften der chemischen Elemente periodisch wiederkehren, wenn die Elemente nach ihrer Kernladungszahl angeordnet sind. Aber auf der Tabelle der Menschen gab es Elemente, die bei den Psychlos nicht verzeichnet waren, und umgekehrt enthielt die Tabelle der Psychlos Dutzende von Elementen, die den Menschen unbekannt gewesen waren. Es fiel Jonnie auf, daß die Psychlo-Tabelle sehr viel mehr Gase enthielt, jedoch dem Sauerstoff keine besondere Beachtung zu schenken schien.

Jonnie wußte nicht weiter. Er kam nicht so gut zurecht, wie er gehofft hatte. Zum Teil lag das daran, daß er die Abkürzungen nicht verstand. Und ein wenig wohl auch daran, daß er mehr darin geübt war, Texte in Psychlo als in Englisch zu lesen.

Radium ... ja, es war auch in der Tabelle der Psychlos aufgezählt und mit der Kernladungszahl achtundachtzig gekennzeichnet. Außerdem war erwähnt, daß es sich um ein sehr seltenes Element handele. Und es gab noch viele Elemente mit einer höheren Kernladungszahl als achtundachtzig.

Nichts hätte Jonnie deutlicher als diese unterschiedlichen Tabellen zeigen können, daß die Psychlos Wesen von einem sehr fremdartigen Planeten waren und daß sie sich ein für Menschen fremdes Bild vom Universum machten. Bei einigen Metallen stimmten die Angaben in beiden Tabellen überein. Aber insgesamt war die Anordnung unterschiedlich, und sogar die Angaben zur Atomstruktur wichen voneinander ab.

Alles in allem kam Jonnie zu der Vermutung, daß eben in beiden Tabellen nur der jeweilige Erkenntnisstand der Wissenschaft wiedergegeben sein konnte und daß sie wohl beide unvollständig waren. In seinem Kopf drehte sich alles, er gab auf. Er war ein Mann der Tat, nicht einer von diesen Denkern, wie es zum Beispiel die Chinkos gewesen waren.

Er wandte sich lieber der nächsten Frage zu, die ihn beschäftigte, auch so einer Frage von ungeheurer Bedeutung für ihn: Gab es in den Bergen ... in seinen Bergen Uranvorkommen? Und hatten die Menschen früherer Generationen dieses Uran abgebaut?

Er fand ein paar Karten und Verzeichnisse. Er war ziemlich sicher gewesen, daß es Uranbergwerke gegeben haben mußte. Aber zu seiner Überraschung fand er nur Hinweise auf stillgelegte Uranabbaustätten. Es hatte also Uranvorkommen gegeben, aber sie waren schon in der Zeit, als noch die Menschen die Erde beherrschten, ausgebeutet.

Unvorstellbar. Kein einziges, damals noch aktives Bergwerk für den Uranabbau? Nein, nirgendwo.

Und trotzdem ... Er hätte seinen Kopf darauf verwettet, daß es Uran in den Bergen geben mußte. Was für einen anderen Grund hätten die Psychlos gehabt, die Berge zu meiden? Oder ... vielleicht dachten sie nur, daß dort oben ... nein. Er war ganz sicher. Es mußte dort Uran geben.

Ein paar von den Plänen, die er geschmiedet hatte, begannen löcherig zu werden. Er spürte, wie sich ein Gefühl der Verzweiflung in ihm ausbreitete. Er fing noch einmal zu suchen an, sah ein Buch nach dem anderen durch, achtete auf jeden Hinweis, der etwas mit Uran zu tun haben konnte ...

Und auf einmal ... also, Ker hätte es so ausgedrückt: Auf einmal tappte er in sein Glück wie in ein Häufchen Hundedreck. Er hielt ein Buch über Gefahren bei der Rohstoffgewinnung in der Hand und fand ein Kapitel: »Gefahren für die Arbeiter in Grubenanlagen«. Und im Inhaltsverzeichnis stand das Stichwort: »Uran: radioaktive Strahlung«.

Während der nächsten halben Stunde arbeitete er die angegebenen Stellen durch. Und schon dabei wurde ihm klar, daß es offenbar verdammt wichtig war, einen Bleischutz zu tragen, wenn man sich irgendwo herumtrieb, wo man mit Radium, Uran oder radioaktiver Strahlung rechnen mußte. Andernfalls mußte man auf die schlimmsten Folgen gefaßt sein. Von Ausschlägen war die Rede, von Haarausfall, Verbrennungen und Leukämie ...

Und dann hieß es: Bei Personen, die radioaktiver Strahlung ausgesetzt waren, kam es zu Veränderungen der Gene und Chromosomen; Unfruchtbarkeit oder Mißbildungen beim neugeborenen Leben waren die Folge.

Das war es. Er hatte immer geahnt, daß mit seinen Leuten oben in den Bergen irgend etwas nicht stimmte. Und nun wußte er, was es war.

Deshalb wurden kaum noch Kinder geboren. Und deshalb waren die wenigen, die noch geboren wurden, häufig mit körperlichen Mißbildungen belastet.

Auch der Grund, warum so viele dort oben im Dorf in dumpfer Teilnahmslosigkeit, körperlich und seelisch träge vor sich hin lebten, war nun klar.

Und ebenso die »Blutkrankheit«, wie sie es genannt hatten ... Und daß seinem Vater die Knochen zerfallen waren ... Das alles kam von der radioaktiven Strahlung.

Alles stand in diesem Buch. Alles. Warum die Bevölkerung nicht nur stagnierte, sondern sogar abnahm ... All die Leiden und Gebrechen, die er selber beobachtet und als Schicksal der Nachbarn miterlebt hatte ... All das war in diesem Buch genau beschrieben.

Sie waren in diesem Bergtal und in ihrem Dorf radioaktiver Strahlung ausgesetzt!

Rasch nahm er wieder die Karte zur Hand, in der die Grubenanlagen und Förderstätten eingetragen waren. Nein, nichts. Nirgendwo in der näheren Umgebung des Dorfes war eine solche Anlage eingezeichnet. Nicht einmal eine, die schon damals stillgelegt gewesen wäre.

Aber es mußte sich um Radioaktivität handeln. Die Symptome waren unverkennbar.

Er verstand jetzt, warum die Psychlos sich von den Bergen fernhielten. Aber wenn es dort keine Abbauanlagen gab, woher kam dann die radioaktive Strahlung? Lag es an der Sonne? Unsinn. Die Bergziegen, die in viel höheren Regionen lebten, vermehrten sich wie eh und je. Und Jonnie hatte noch nie eine verkrüppelte Ziege gesehen.

Gut, er hatte immerhin eine Antwort gefunden, wenn es auch keine war, die ihm eindeutige Klarheit brachte. Es gab keine Abbauanlagen, von denen die Strahlung ausgehen konnte, aber es gab die Strahlung. Diese gefährliche, tödliche Strahlung.

Plötzlich ahnte er, daß die Menschen ein Mittel gehabt haben mußten, mit dessen Hilfe sie radioaktive Strahlung feststellen konnten. Vielleicht fand er auch darüber etwas in dem Buch. Er suchte, kämpfte sich durch die Seiten, und er fand, was er gesucht hatte. Es wurde »Geigerzähler« genannt, nach seinem Erfinder, einem Mann namens Geiger, dessen Geburts- und Todesdaten auch angegeben waren, aber das waren Jahreszahlen, mit denen Jonnie nichts anfangen, die er nicht einordnen konnte. Bei diesem Meßgerät, das im Buch beschrieben war, sprach eine Anzeigenadel auf Radioaktivität an. Es schien irgendwie so gewesen zu sein, daß die Radioaktivität bestimmte Gase beeinflußte.

Das schematische Diagramm, das er dazu fand, blieb ihm unverständlich, bis er eine Liste der Abkürzungen und ihrer Bedeutung entdeckte. Dann konnte er die englischen Begriffe in die Sprache der Psychlos übersetzen. Er dachte über die Frage nach, ob es ihm wohl möglich wäre, einen Geigerzähler zu bauen, und er glaubte, daß es eigentlich mit Hilfe der elektronischen Geräte und Bauteile, die im Werkraum der Psychlos zur Verfügung standen, gelingen müsse. Aber im nächsten Augenblick fiel ihm ein: Sie standen ihm ja nicht zur Verfügung! Jedenfalls nicht mehr, wenn ihm erst die Flucht geglückt war. Er wußte nicht mehr aus und ein. Er war verwirrt. Er fühlte sich wie ein Gefangener seiner eigenen widersprüchlichen Pläne und Absichten.

Endlich, in den kurzen Stunden nach Mitternacht, fiel er erschöpft in Schlaf. Alpträume schürten seine Angst. Chrissie ... zerfleischt und zerrissen von wilden Tieren. Die Menschen oben im Dorf ... dahingerafft, alle, endgültig ausgestorben. Und die Horrorwelt der Psychlos stand auf, mit gellendem Gelächter, das ihm und seiner Hilflosigkeit galt.

5

Es war gar nicht die ganze Horrorwelt der Psychlos, die er lachen hörte. Es war Terl, nur Terl.

Der Käfig war vom Morgenlicht durchflutet, als Jonnie erwachte. Terl stand an dem Tisch, den er gestern in den Käfig gebracht hatte, blätterte in den Menschenbüchern und lachte. Jonnie richtete sich auf.

»Was ist, Kreatur, bist du fertig mit den Büchern, alles gelesen?«

Jonnie ging zum Wasserbecken, an dessen Einlaß es jetzt klares, frisches Wasser gab, weil er – vor ungefähr einem Monat – Terl überredet hatte, ständig ein Rinnsal Frischwasser zulaufen zu lassen. Er wusch sich das Gesicht, das kalte Wasser machte ihn munter.

Unwillkürlich duckte er sich, als – urplötzlich, von einem Moment zum anderen – ein donnerndes Geräusch über ihm war, scharf wie ein Detonationsknall. Aber er wußte, es war nur der Aufklärungsflugkörper.

Seit einiger Zeit überflog er den Käfig täglich, immer am späten Morgen. Ker hatte ihm einiges über den Flugkörper erklärt. Er wurde eingesetzt, um neue Erzvorkommen oder Bodenaktivität zu entdecken; es war ein ferngelenktes Fluggerät, so programmiert, daß es selbständig aufklärte und fortlaufend Bildergebnisse funkte.

Sein ganzes Leben lang hatte Jonnie diese fliegenden Zylinder hoch über sich gesehen, und er hatte gedacht, es wären natürliche Himmelskörper wie Meteore oder Sonne und Mond. Aber mit diesen Zylindern, die er zu Hause in den Bergen beobachtet hatte, war alles ganz anders gewesen. Sie hatten ihn nicht so häufig überflogen, nur alle paar Tage mal, und sie hatten nicht in der Ferne gegrollt, während sie näherkamen, und beim Vorbeifliegen keinen Explosionsknall erzeugt. Dieser hier donnerte täglich über ihn weg, und zwar mit einem Höllenlärm. Ker hatte ihm das nicht genau erklären können, aber es mußte irgend etwas mit der Geschwindigkeit zu tun haben; die Dinger waren unvorstellbar schnell, so daß sie auf keinen Fall in der Luft gewendet oder angehalten werden konnten. Man konnte ihre Richtung nur beeinflussen, und so ein Ding mußte um den ganzen Planeten fliegen, um wieder zurückzukehren. So umrundete dieser, falls es derselbe war, den Planeten zum Beispiel täglich. Immer am späten Morgen erschien er über dem Käfig, und der schlimmste Augenblick war der, in dem der explosionsartige Überflug-Knall in den Ohren dröhnte.

Terl schaute rasch hinauf und tat dann so, als habe er nichts mit der Sache zu tun. Das Psychlo-Personal auf der Außenstation hielt nicht viel von dieser ständigen Überwachung aus der Luft.

Jonnie schaute immer noch zum Himmel, hinter dem ferngelenkten Flugkörper her. Die Sache berührte ihn wegen seiner Fluchtpläne. Das Ding da oben machte Aufnahmen, und das konnte Jonnie nicht gleichgültig sein.

»Warum kommt er jeden Tag?«

»Zuerst hab ich dich was gefragt!« schnauzte Terl ihn an. »Ich will wissen, ob du mit den Büchern durch bist?«

Der Aufklärungskörper war von Westen her gekommen, von den Bergen. Jetzt sah man ihn nur noch als winzigen glänzenden Punkt irgendwo weit im Osten, das Fluggeräusch drang nicht mehr bis hierher.

Jonnie bereitete sich das Frühstück zu, Fleisch und Wasser. Terl nahm achselzuckend zur Kenntnis, daß er wohl keine Antwort mehr bekommen werde, packte sich die Bücher auf den Arm und ging zur Käfigtür.

An der Tür blieb er noch einmal stehen, druckste einen Augenblick unentschlossen herum und sagte schließlich: »Wenn du wirklich so scharf drauf bist, alles mögliche über die Berge zu erfahren ... In der Bibliothek ... Du weißt schon, in dieser alten Stadt, die die Menschen Denver genannt haben ... Dort hängt eine Reliefkarte von den Bergen. Willst du sie sehen?«

Das war ein Glücksfall, auf den Jonnie nicht zu hoffen gewagt hatte. Dennoch ließ er sich nichts anmerken, er frühstückte stumm weiter. Sooft Terl besonderes Entgegenkommen zeigte, schlug bei Jonnie eine innerliche Alarmglocke an.

Auf der anderen Seite ... Es war wirklich ein unverhoffter Glücksfall. Immer wieder hatte er über eine Möglichkeit nachgegrübelt, wie er Terl dazu bringen könne, ihn im Fahrzeug mitzunehmen. Wenn ihm das gelang, war alles ganz einfach. Er brauchte nur die Tür aufzustoßen, einen Schwall Luft hereinzulassen, den Notbrems-

Schalter zu betätigen und Terl mit der Waffe in Schach zu halten. Es würde so etwas wie eine Verzweiflungstat sein, aber in seiner Lage mußte er jede Chance nutzen.

»Also, bei mir liegt keine eilige Arbeit an«, fuhr Terl fort. »Und deine Ausbildung ist fürs erste beendet. Wir könnten in die Stadt fahren. Gucken uns die Reliefkarte an. Jagen ein bißchen – oder so. Tja ... und dann könnten wir auch mal wieder schauen, ob was von deinen Pferden zu sehen ist.«

Terl, der den Tag nur so verbummeln wollte? So kannte Jonnie ihn gar nicht. Ahnte das Monster etwas?

»Ich wollte dir sowieso was zeigen«, sagte Terl. »Also, pack deine Sachen, ich bin in ungefähr einer Stunde hier, und dann machen wir eine kleine Rundfahrt. Bei der Gelegenheit kann ich gleich verschiedenes überprüfen. Sieh zu, daß du fertig bist, wenn ich zurückkomme, Kreatur!«

Jonnie war im ersten Augenblick ganz durcheinander. Das kam ein bißchen zu schnell, ein bißchen zu früh. Es warf alles über den Haufen, was er bisher geplant hatte. Aber es war andererseits wie ein Wink des Himmels. Und er durfte ja keine Zeit mehr verlieren, er mußte fliehen. Er mußte sich um das Dorf kümmern; die Leute konnten dort nicht leben, sie brauchten einen anderen, sicheren Platz. Vor allem mußte er Chrissie aufhalten, wenn sie sich anschickte, ihr Versprechen einzulösen. Nur noch zwei Wochen, dann standen die Sterne wieder so, wie sie damals gestanden hatten, als Jonnie losgezogen war. Es wurde Zeit für ihn, höchste Zeit ...

Er steckte die kleine Handfeuerwaffe in die Gürteltasche, schob den Metallschneider in den Stiefelschaft und schnürte ein Päckchen mit geräuchertem Fleisch. Er zog die Rehlederkleidung an.

Als die Stunde um war, hörte er ein Fahrzeug näherkommen. Aber als es vor dem Käfig hielt, konnte er nur fassungslos hinstarren. Er verstand nicht, was jetzt los war. Das war nicht der Panzer, nicht der Mark III, den er erwartet hatte. Es war ein Lastwagen, ein Transportfahrzeug. Genauer gesagt, ein Tieflader, wie er zum Transport der Arbeitsmaschinen benutzt wurde. Ein Luftkissenfahrzeug, wie der Panzer auch. Es konnte in wechselnder Höhe bis zu ungefähr einem Meter über dem Boden schweben. Es hatte eine mit Atemgas befüllbare Fahrerkabine und eine offene Ladefläche, die nur von Haltegittern begrenzt war.

Einen Augenblick lang war Jonnie verblüfft, ja sogar bestürzt. Aber dann sagte er sich, daß das eigentlich gut in seine Pläne paßte. Dieses Fahrzeug hatte keine Bewaffnung und kein eigenes Wärmebild-Suchgerät.

Terl stieg aus und öffnete den Käfig. »Wirf dein Zeug hinten drauf, Kreatur. Und steig gleich nach. Dein Platz ist auch auf der Ladefläche.« Er hakte das Drahtseil los, schubste Jonnie die Laderampe hinauf, zog ein Handschweißgerät aus der Tasche und befestigte das Drahtseil an der Fahrerkabine.

»So muß ich wenigstens nicht dauernd diese stinkenden Tierhäute riechen!« sagte Terl lachend, stieg in die Kabine, nahm die Atemmaske ab und startete das Fahrzeug. Und in diesem Augenblick wurde Jonnie klar, daß seine Pläne nicht aufgingen, weil er die Tür nicht aufreißen, also auch Terl nicht außer Gefecht setzen konnte.

Der Tieflader jagte dahin. Er war nicht ganz so schnell wie der Panzer, und die Fahrt mit ihm war auch längst nicht so angenehm, weil das System der Luftfederung nur bei voller Beladung einwandfrei arbeitete.

Jonnie dachte fieberhaft nach. Warum sollte das, was er sich für die Fahrt im Panzer vorgenommen hatte, hier nicht genauso klappen? Vielleicht konnte er ... irgendwie ... Mal sehen, er mußte den richtigen Zeitpunkt abwarten. Jedenfalls, die Armaturen waren genauso angeordnet wie beim Panzer, das hatte er mit einem raschen Blick festgestellt. Alle Armaturen der Psychlos bestanden aus simplen Hebeln und Knöpfen.

Ach, wenn er erst dieses Halseisen los war! Ein ganz neues Lebensgefühl würde ihm das geben! Er durfte jetzt bloß keinen Fehler machen. Dann mußte es ihm gelingen. Wieder frei sein ... endlich wieder frei sein! Er hörte den Herzschlag in den Ohren dröhnen, wild, voller Hoffnung, ungeduldig.

6

Es war ein Uhr mittags, als sie vor der Bibliothek hielten. Dumpf schlug das Fahrzeug auf dem Boden auf. Terl stieg aus, Kabine und Ladefläche schwankten unter seinem Gewicht. Er schien immer noch, genauso wie vorhin im Käfig, zum Plaudern aufgelegt, als er das Drahtseil löste.

»Hast du unterwegs was von deinen Pferden gesehen?«

»Nein, nichts«, sagte Jonnie.

»Schade, Kreatur, jammerschade. Dieser Tieflader wäre genau das richtige Transportmittel für ein Pferd. Oder für zehn Pferde, wenn's sein muß.«

Terl ging zur Tür der Bibliothek, öffnete das Schloß mit einem Werkzeug und zog Jonnie durch einen Ruck an der Leine zu sich heran.

Alles in dem Gebäude sah noch genauso aus wie damals, als Jonnie hier gewesen war. Es war, als hätten sie eine stille, staubergefüllte, aus wer weiß welchen Urzeiten stammende Gruft betreten. Terl sah sich neugierig um.

»Ha!« rief er plötzlich. »Hier bist du also gewesen, bevor ich dich erwischt habe!« Er zeigte auf die Spuren, die Jonnies Hände im Staub unter den Fenstern hinterlassen hatte, und auf die Fußspuren, die noch immer deutlich zu erkennen waren. »Geschickt hast du das gemacht. Sogar die Fensterläden hast du wieder geschlossen. Na schön, sehen wir zu, daß wir was über die Berge im Westen finden.«

Jonnie wurde bewußt, wie sehr sich seit damals alles für ihn verändert hatte. Was er seinerzeit für weiße Kleckse auf den herabhängenden Tafeln gehalten hatte, waren Buchstaben, klar und deutlich zu lesen. Er sah jetzt, daß er bei seinem ersten Besuch in der Kinderbuchabteilung gelandet war und daß über den Schränken, aus denen er Bücher ausgesucht hatte, der Hinweis »Vorschulalter« hing.

»Augenblick noch«, sagte Terl. »Wahrscheinlich weißt du nicht, wie man ein Bibliotheksregister liest. Komm her, Kreatur.« Er zerrte am Drahtseil, bis Jonnie neben ihm stand, vor einem Schrank, der in lauter kleine Schubladen unterteilt war. Er öffnete eine davon. »Von den Chinkos weiß ich, daß es für jedes Buch eine Karte gibt, eine von diesen Karten hier. Sie sind alphabetisch geordnet. Kapiert?«

Jonnie sah, daß Terl die Schublade mit dem Buchstaben Q geöffnet hatte. Die Karten waren vergilbt und stockig. »Haben wir hier was über Berge?« fragte Terl.

Trotz seiner innerlichen Erregung mußte Jonnie sich Mühe geben, ein Lächeln zu unterdrücken. Wieder ein Beweis dafür, daß Terl kein Englisch konnte! »Die Karten in dieser Schublade haben alle etwas mit Fahrzeugen zu tun«, antwortete er.

Terl nickte. »Ja, ja, das sehe ich. Such mal die Schublade mit den Bergen.« Er entfernte sich ein paar Schritte, sah sich interessiert alte Plakate an, die an den Wänden hingen, ließ aber die Drahtseilleine nicht los.

Jonnie zog eine Schublade nach der anderen auf. Bei manchen hatte er keinen Erfolg; sie hatten sich verklemmt und saßen fest. Bei anderen mußte er blindlings suchen, weil das Schild mit dem Registerhinweis fehlte. Schließlich fand er die Schublade mit dem M. Er blätterte die Karten durch und fand das Unterthema »Moderne Militärkunde«.

»Hier hab ich was«, sagte er zu Terl. »Kann ich mal einen Stift haben? Ich will mir die Nummern aufschreiben.«

Terl reichte ihm einen riesigen Rollschreiber herüber, viel zu groß für Jonnies Hand, und ein paar Blätter Papier. Es zog ihn wieder zu den alten Plakaten zurück, und so konnte Jonnie in Ruhe die Nummern mehrerer Bücher aufschreiben.

»So, jetzt muß ich zu den Bücherschränken rübergehen«, sagte Jonnie. Terl gab ein Stück Leine frei.

Die Leiter war in den Boden eingesunken und darin steckengeblieben, und Jonnie mußte eine Weile ziehen und zerren, bis er sie herausbekam. Dann stieg er zu den oberen Regalen hinauf und schob den Schutzüberzug weg. Schnell und dennoch sorgfältig sah er die Buchreihe durch, die mit dem Hinweis »Verteidigungssysteme der Vereinigten Staaten« gekennzeichnet war.

»Hast du was über Berge?« fragte Terl. Jonnie beugte sich herunter und zeigte ihm einen Band mit dem Titel »Bunkersystem der Anti-Nuklear-Raketen MX 1«.

»Na bitte!« meinte Terl.

Jonnie gab ihm das Buch. »Das sollten wir schon mal nehmen. Und hier sind noch ein paar andere.«

Rasch ließ er die Leiter an den Regalen entlanggleiten und suchte ein halbes Dutzend Bücher aus. »Nuklearphysik«. Und: »Bericht über die Anhörung im Kongreß zu Planungen der Raketenstationierung«. Und: »Fehler bei der nuklearen Planung«. Und: »Die Strategie der Abschreckung«. Und: »Kernenergie – Hoffnung oder Selbstvernichtung?« Und schließlich: »Atommüll und Umweltschäden durch Kernenergie«. Es hätte noch andere gegeben, die ihn interessierten, aber er durfte sich nicht allzuviel Zeit lassen, und die sieben Bücher waren schweres Gepäck für einen Mann, der sich aus dem Staub machen wollte.

»Komisch, da sind gar keine Bilder drin«, wunderte sich Terl.

Jonnie ließ die Leiter rasch weiterrutschen und zog das Buch »Colorado – die Wunder einer Landschaft« heraus. Mit einem Blick stellte er fest, daß das wohl Terls aufkeimendes Mißtrauen zerstreuen würde. Er gab es ihm.

»Ja, das kommt schon eher hin, Kreatur!« Terl war sehr angetan von den prächtigen Landschaftsaufnahmen, besonders, weil einige von ihnen in Purpurrot erschienen und weil der Druck im Laufe der Jahrzehnte einen Stich ins Bläuliche bekommen hatte. »Das ist eher mein Geschmack!«

Terl stopfte die Bücher in einen Beutel. »Wollen mal sehen, ob wir die Reliefkarte finden.« Als er diesmal an der Leine zog, wäre Jonnie um ein Haar von der Leiter gestürzt.

Merkwürdig, Terl steuerte nicht geradewegs auf das nächste Stockwerk zu. Statt dessen ging er erst einmal zur Tür. Er schien zu lauschen, ob sich draußen irgend etwas rührte. Dann kam er zurück und führte Jonnie ein paar Stufen hoch. Und da war die Reliefkarte, zur Ansicht ausgestellt, möglicherweise transportabel. Terl kauerte sich nieder und suchte das Relief ab.

Jonnie, der ohnehin durch die vielen neuen Eindrücke aufgewühlt war, empfand den Anblick des farbigen Reliefs als bedrückend. Es waren die Berge, seine Berge, ganz genauso, wie er sich erinnerte. Er erkannte die Gipfel und die Pässe. Und auch die Bergwiese war da, auf der jetzt das Dorf stand. Natürlich, das Dorf war auf der Reliefkarte noch nicht zu sehen, sie war ja schon vor Jahrhunderten geformt worden, als es dort noch gar kein Dorf gab. Aber die Bergwiese, das Hochtal ... Jonnie wußte, daß die Aufklärungsflugkörper der Psychlos das Dorf längst ausgemacht haben mußten und daß Terl bestimmt Aufnahmen davon besaß. Ein beunruhigender Gedanke ...

Auch der Cañon war da, die dunkle, tiefeingeschnittene Schlucht. Jonnies Augen ruhten auf einem bestimmten Punkt: auf der Stelle, an der er die Gruft mit den Skeletten gefunden hatte. Er hielt sein Gesicht so nahe heran, wie es gerade noch möglich schien, ohne daß Terl Verdacht schöpfen mußte. Da war keine Gruft eingezeichnet. Nichts, überhaupt nichts war eingezeichnet. Nur der Cañon, sonst nichts. Um Terl abzulenken, zog Jonnie mit dem Finger ein paar Schriftzüge auf der Karte nach. »Rocky Mountains« stand dort. Und »Pike's Peak« und »Mount Vail«.

Auf einmal merkte er, daß seine Bemühungen, Terl zu täuschen, ganz überflüssig gewesen waren. Da schien nämlich etwas auf der Reliefkarte zu sein, was Terls Aufmerksamkeit fesselte. Mit einer Klaue folgte er sorgfältig einem bestimmten Cañon. Das Relief zeigte dort eine Steilklippe und tief unten, in einer langgezogenen Schlucht, einen Fluß. Als das Monster sah, daß Jonnies Blick seiner Klaue folgte, wandte es sich rasch anderen Schluchten zu. Aber sobald Jonnie so tat, als schaue er weg, starrte Terl wieder auf die Steilklippe über dem Fluß.

Auf einmal hob Terl den Kopf, als hätte er etwas gehört. Mit einem Ruck kam er hoch. Und dann setzte er das mildeste Lächeln auf, das er zuwege bringen konnte. »Na, Kreatur, hast du alles gesehen, was du sehen wolltest?«

Jonnie war froh, daß sie sich endlich von diesem Relief abwandten. Es war unerträglich für ihn, neben Terl dort zu stehen und zu wissen, daß die Nachbildung der Landschaft, auf die das Monster starrte, nicht irgendein Stück Erde war, sondern seine Heimat.

Terl stapfte die Stufen hinunter, auf die Eingangstür zu. Er wirbelte ganze Wolken von Staub auf. Und dann, als er die Tür erreicht hatte, als die trampelnden Schritte nicht mehr jedes andere Geräusch übertönten ...

Jonnie hatte es vorher nicht gehört. Aber jetzt war er sicher. Da draußen ... das war Hufgeklapper von Pferden.

7

Terl stand draußen vor der Tür der Bibliothek und blickte die grasüberwucherte Straße hinunter.

Jonnie reckte sich, um zu sehen, wonach Terl Ausschau hielt. Er erstarrte vor Schreck.

Da vorn ... nicht weiter als hundert Meter entfernt ... das war Windsplitter!

Und jemand ritt auf dem Hengst. Und drei andere Pferde folgten.

Terl stand reglos da und beobachtete die Straße.

Es war soweit. Es kam unvorbereitet. Aber Jonnie wußte, daß dies der Augenblick war, auf den es ankam. Die letzte Chance.

Er riß den Metallschneider aus dem Stiefel und kappte das Drahtseil.

Es fiel zu Boden.

Blitzschnell spurtete Jonnie los. Aus der Tür heraus. An Terl vorbei. Krallen gruben sich in sein rehledernes Gewand. Es riß auf.

Im Zickzack, wie ein Hase, rannte er über die Straße. Bis zur nächsten Baumgruppe, die ihm Deckung bieten konnte. Jeden Augenblick rechnete er mit dem Abschußknall aus Terls Handfeuer-Killer. Er suchte hinter einer Espe Schutz, den Rücken gegen den breiten Stamm gelehnt.

Chrissie! Es war Chrissie!

Nicht nur sie. Auch Pattie.

Er stöhnte auf. Es war wie ein verzweifeltes Schluchzen.

»Geht zurück!« schrie er. »Chrissie! Weg von hier! Schnell!«

Chrissie hielt den Hengst an, starrte zu ihm herüber. Die drei Pferde, die Windsplitter folgten, drängten sich dichter an ihn heran.

Und auch Chrissie schrie. Aber sie schrie vor Freude. »Jonnie!«

Und Pattie jubelte dazwischen: »Ich bin's, Jonnie! Erkennst du mich noch?«

Windsplitter begann auf Jonnie zuzutraben.

»Geht weg!« schrie Jonnie. »Schnell! Mein Gott, reißt aus, so schnell ihr könnt!«

Sie rührten sich nicht von der Stelle. Sie verstanden nicht, was

Jonnie wollte. Aber dann mischte sich in die Wiedersehensfreude jähes Erschrecken. Da stand irgend etwas, ein Stück weit hinter Jonnie. Ein ... ein Ding. Sie wollten die Pferde wenden.

Immer in Deckung bleibend, drehte Jonnie sich zu Terl um, der noch an der Tür der Bibliothek stand. Er nahm die Waffe aus der Gürteltasche, entsicherte sie und hielt sie so, daß Terl sie sehen konnte.

»In dem Augenblick, in dem du versuchst, auf sie zu schießen, bist du tot!« schrie Jonnie hinüber.

Terl stand ganz ruhig da.

Scharrende Hufe, Schnauben ... die Pferde wurden unruhig. Jonnie warf einen Blick zurück. Er sah Windsplitter auf den Hinterhufen steigen. Der Hengst verstand offenbar nicht, warum Chrissie ihn zurückhielt. Mit aller Kraft versuchte er, zu seinem Herrn zu kommen.

»Lauf weg, Chrissie, lauf weg!« rief Jonnie.

Mit schwerem, wiegendem Gang bewegte sich Terl vorwärts, als wäre er unschlüssig, nur ein paar Schritte. Er hatte noch nicht zum Handfeuer-Killer gegriffen.

»Sag ihnen, sie sollen näher heranreiten!« verlangte er.

»Ich warne dich, bleib stehen oder ich schieße!«

Terl schlenderte gemächlich weiter. »Treib's nicht zu weit, Kreatur! Am Ende sind deine Freunde die Dummen!«

Jonnie sprang aus der Deckung hervor. Er hielt die Waffe im Anschlag, Terls Atemmaske im Visier.

»Sei vernünftig, Kreatur!« Aber Terl blieb doch stehen.

»Du hast gewußt, daß sie heute hierher kommen, du hast es genau gewußt!« sagte Jonnie.

»Ja, ich beobachte sie seit Tagen«, antwortete Terl. »Der Aufklärungsflugkörper meldet mir jede ihrer Bewegungen, seitdem sie ihr Dorf verlassen haben. Leg die Waffe weg, Kreatur!«

Hinter sich konnte Jonnie das unruhige Trappeln und Scharren der Pferde hören. Wenn sie doch bloß endlich kehrtmachen und in gestrecktem Galopp davonstürmen würden!

Terl hielt eine Pranke ausgestreckt, dicht oberhalb des Handfeuer-Killers, so daß er jederzeit blitzschnell ziehen konnte. Die andere Pranke bewegte sich zur Brusttasche.

»Keine Bewegung! Oder ich schieße!« rief Jonnie ihn an.

»Na los, Kreatur, schieß doch! Hopp, drück den Abzug! Tu's endlich! Es hat doch keinen Zweck. Ich hab die Zündung lahmgelegt.«

Jonnie starrte auf die Waffe in seiner Hand. Er atmete tief durch. Bluffte Terl? Er richtete den Lauf in die Luft und zog den Abzug durch. Noch einmal, mit aller Kraft.

Nichts.

Terls Pranke war inzwischen an der Brusttasche angekommen. Er zog die Goldmünze heraus, warf sie hoch und fing sie wieder auf. »Ich hab dir die Waffe verkauft, Kreatur. Ich war's, nicht Ker.«

Jonnie griff nach der Keule. Es war der Mut der Verzweiflung. Aber er hatte keine andere Wahl. Er mußte angreifen.

So schnell, daß das Auge der Bewegung nicht folgen konnte, griff Terl zur Waffe. Er hielt sie schon im Anschlag. Und er feuerte. Ein scharfer Detonationsknall ...

Und irgendwo hinter Jonnie ... Er warf einen Blick über die Schulter zurück. Eines der Pferde ... gestürzt ... getroffen ...

»Der nächste Schuß trifft deine Freunde!« warnte ihn Terl.

Jonnie ließ die Keule sinken.

»Sehr vernünftig!« sagte Terl. »Und nun hilf mir, all diese Kreaturen zusammenzutreiben, die zweibeinigen und die vierbeinigen. Wir wollen sie auf den Tieflader verfrachten.«

8

Das Fahrzeug bewegte sich nach Süden. Menschen und Tiere auf der Ladefläche. Und die Verzweiflung fuhr mit.

Jonnie mußte das Elend mitansehen. Und er war selbst hilflos. Die Fessel, die Terl ihm angelegt hatte, verband das Halseisen mit einer Verstrebung des Tiefladers.

Da saß Pattie. Ein Kind. Acht Jahre war sie jetzt alt. Kerzengerade saß sie da, an eine der seitlichen Halterungen gebunden, die Arme an die Seiten gefesselt. Sie war gestürzt, als ihr Pferd scheute, und obwohl sie mit ein paar blauen Flecken davongekommen war, stand ihr der Schreck noch ins aschfahle Gesicht geschrieben.

Und da lag das angeschossene Pferd, auf der Seite, mit ausgestreckten Beinen, durch die von Zeit zu Zeit ein Zucken lief. Es blutete noch aus der tiefen Wunde, die ihm der Schuß in die rechte Schulter gerissen hatte. Terl hatte es einfach hochgehoben und auf die Ladefläche geworfen. Es war Blodgett, eines von den Pferden, die Jonnie zugeritten hatte. Und jetzt ... Es sah nicht so aus, als ob es je wieder auf die Beine kommen könnte.

Die drei anderen Pferde hatte Terl mit kurzem Zügel an den Seitenstreben des Fahrzeugs festgebunden, viel zu hart. Sie waren unruhig, sie schnaubten, ihre Nüstern blähten sich. Unter ihnen flog bei der schnellen Fahrt die Ebene dahin.

Auch Chrissie war an einer Strebe festgebunden, drüben, auf der anderen Seite des Tiefladers. Sie hielt die Augen geschlossen. Ihr Atem ging flach und schnell.

Es gab so viele Fragen, die Jonnie ihr stellen wollte, aber er schluckte sie alle hinunter. Er machte sich Vorwürfe, daß er so lange gezögert hatte, daß er nicht schon früher geflohen war! Du liebe Zeit, was hatte er nicht alles für Pläne geschmiedet, und was war daraus geworden! Er hätte wissen müssen, daß Terl irgend etwas ausheckte. Er spürte, wie ihm der Haß auf das Monster die Kehle zuschnürte.

Schließlich öffnete Chrissie die Augen und schaute Jonnie an. Sie sah, daß sein Blick auf Pattie ruhte.

»Ich mußte sie mitnehmen«, versuchte sie ihm zu erklären. »Sie kam einfach hinter mir her. Zweimal habe ich sie zurückgebracht. Aber beim dritten Mal war ich schon zu weit von zu Hause fort, schon unten in der Ebene. Da mußte ich sie mitnehmen.«

»Schon gut, Chrissie. Ruh dich aus.«

Blodgett, das angeschossene Pferd, ließ ein Stöhnen hören, als der Tieflader über unebenes Gelände glitt und ein paarmal polternd aufschlug.

»Ich weiß, ich war ein paar Tage zu früh dran«, fuhr Chrissie fort. »Aber ... verstehst du ... als ich Windsplitter sah ... Ein paar von den Jungen aus dem Dorf sind losgezogen, um wilde Rinder einzufangen. Und da haben sie Windsplitter und Dancer gefunden, unten in der Ebene, gleich unterhalb vom Paß. Und als sie die Pferde nach Hause brachten ...«

Sie brauchte ein paar Sekunden, bevor sie weitersprechen konnte. »Windsplitter hatte eine frische Narbe. Als ob ein Puma ihn geschlagen hätte. Und ich dachte ... ich dachte, er wäre vielleicht weggerannt und hätte dich allein zurückgelassen ... und ich dachte ... daß du vielleicht ... daß du irgendwo liegst, verletzt und ...«

Jonnie versuchte sich vorzustellen, was geschehen war. Wahrscheinlich war Windsplitter zurückgetrottet, immer auf die Berge zu, Dancer hinter ihm her. Und bevor er den Paß erreichte, war der Winter eingebrochen, und der Schnee hatte ihm den Weg versperrt. Also hatten sie in der Ebene die Schneeschmelze abwarten müssen, Windsplitter und Dancer. Er sah auch deutlich die Narbe auf Windsplitters Flanke, eine tiefe Spur, aber fast ausgeheilt.

»Ja, Chrissie, es ist schon gut«, sagte er beruhigend.

»Es war der Gedanke, daß du irgendwo hier unten verletzt liegen könntest. Ich konnte es einfach nicht aushalten, daran zu denken und trotzdem einfach oben im Dorf ...«

Sie passierten schweres Gelände, der Tieflader schlug hart durch.

»Jonnie, dieses große Dorf, von dem du immer gesprochen hast ... Es war wirklich da.«

»Ja, ich weiß«, sagte er.

»Und ... das da ...« Sie deutete mit einer Kopfbewegung auf die Fahrerkabine. »Das ist ein Monster, nicht wahr?«

»Ja, aber es wird dir nichts tun«, log er, um sie zu beruhigen.

»Ich habe gehört, daß du in seiner Sprache mit ihm geredet hast. In einer fremden Sprache. Wieso kannst du in dieser Sprache mit ihm reden?«

»Es hält mich schon fast ein Jahr lang gefangen«, antwortete er.

»Und was geschieht mit uns, mit Pattie und mir?«

»Mach dir keine Sorgen deswegen.« Er fand, es habe keinen Zweck, ihr von seinen Fluchtplänen zu erzählen und davon, daß durch ihr plötzliches Auftauchen ... Nein, es war nicht ihre Schuld, sondern seine eigene. Er hätte nicht so lange zögern dürfen. Und was das Monster nun mit ihnen vorhatte ...

Hart bockend schwebte der Tieflader über eine zerstörte Brücke.

»Weißt du, dieses Monster ...« Jonnie suchte nach einer Erklärung, mit der er sie beruhigen konnte. »Es will irgend etwas von mir, soviel ist mir schon klar geworden. Und jetzt ... jetzt muß ich es wohl tun. Euch geschieht nichts, das Monster will uns nur Angst einjagen. Sobald ich getan habe, was das Monster will ... Ich weiß noch nicht, was es ist. Aber sobald ich es getan habe, wird es uns alle freilassen.« Es fiel ihm nicht leicht, diese Lüge auszusprechen. Er ahnte schon lange, daß Terl ihn töten würde, sobald das, was er von ihm verlangte, getan war.

Chrissie versuchte ein Lächeln. Es fiel kläglich aus. »Der alte Jimson ist jetzt unser Pastor und Bürgermeister. Wir ... wir sind ganz gut durch den Winter gekommen, weißt du.« Und nach kurzem Zögern gestand sie: »Zwei von deinen Pferden haben wir allerdings schlachten müssen.«

»Das ist schon in Ordnung, Chrissie.«

»Ich hab dir neue Kleidung aus Rehleder genäht, sie steckt da in den Packsäcken.«

»Danke, Chrissie.«

Plötzlich, mit weit aufgerissenen Augen, schrie Pattie auf: »Wird uns das Monster fressen?«

»Aber nein, Pattie! Es ist doch kein fleischfressendes Raubtier! Mach dir keine Sorgen, Pattie.«

Pattie sank in sich zusammen.

»Weißt du, Jonnie ...«, fing Chrissie zögernd an. »Weißt du, wie schlimm alles auch sein mag ... Du lebst.« Tränen stürzten ihr aus den Augen. »Ich dachte schon, du wärst tot!«

Ja, natürlich. Er lebte. Und Chrissie und Pattie lebten. Die Frage war nur, wie lange noch. Er mußte daran denken, wie Terl den Kühen die Beine zerschossen hatte.

»Jonnie, du bist nicht böse auf mich, nicht wahr?« fragte Chrissie.

Mein Gott, dachte er, auf dich böse sein? Mein Gott, nein. Er konnte nicht mit Worten antworten, nur durch ein Kopfschütteln.

In der Ferne war schon der Maschinenlärm von der Außenstation der Psychlos zu hören.

9

Sie hatten die kalte Nacht auf dem Tieflader verbringen müssen. Terl hatte nur ein paar von den Minikameras angebracht, an jeder Ecke eine, und war in seiner Unterkunft verschwunden.

Inzwischen war es Morgen geworden, schon heller Tag. Seit Stunden hörten sie Terl rumoren, er machte sich an irgend etwas in der Nähe des Käfigs zu schaffen. Jonnie hatte den Kopf nicht weit genug herumdrehen können, um zu sehen, was Terl dort trieb; Halseisen und Fessel waren noch nie so eng gewesen.

Terl kam zum Wagen und ließ die Ladeklappe herunter. Er holte die drei unverletzten Pferde vom Tieflader und band sie an einem Baum fest. Dann schob er Blodgett von der Ladefläche, grob und rücksichtslos, und als das Pferd auf den Boden gestürzt war, zerrte er es einfach beiseite. Blodgett versuchte aufzustehen, aber er versetzte ihm einen Schlag, der das Tier wieder zu Boden warf.

Terl kam auf die Ladefläche gestiegen und band Pattie los. Er hatte ein Halseisen mitgebracht, das bog er ihr nun um den Nacken. Er hatte auch Werkzeug dabei, schweißte das Halseisen zu und eine Leine daran fest, und dann hob er das Kind hoch, wie man einen Schoßhund packt, und trug es fort.

Es dauerte nicht lange, bis er zurückkam. Chrissie wich vor ihm zurück. Er hatte auch für sie ein Halseisen mitgebracht, und wieder begann seine rohe Schweißarbeit. Diesmal hatte Jonnie Gelegenheit gehabt, das Metallstück, das sich um Chrissies Hals schloß, aus der Nähe zu betrachten. An der Seite war eine kleine rote Ausbuchtung.

Er glaubte sich zu erinnern, daß er an Patties Halseisen den gleichen roten Punkt gesehen hatte.

Terl sah Jonnie an. Er blickte in eisblaue Augen, und er las tödlichen Haß darin. »Wart einen Moment, Kreatur, du kommst auch gleich dran. Wir beide werden keinen Ärger mehr miteinander haben. Für dich beginnt ein völlig neues Leben!« Er packte Chrissie und zerrte sie vom Tieflader herunter.

Es verging eine Weile. Jonnie hörte, wie die Käfigtür geöffnet und geschlossen wurde – und wieder geöffnet und wieder geschlossen, als ob Terl etwas ausprobieren wollte.

Und dann schwankte der Tieflader unter Terls Gewicht, das Monster war wieder da.

Es schaute auf Jonnie herab. »Na, wie hat dir mein Trick mit der lahmgelegten Zündung gefallen? Hoffentlich sitzt du nicht gerade wieder auf einer Waffe, die nur soviel wert ist wie eine Spielzeugpistole?« Terl lachte scheppernd über seinen eigenen Witz. »Ker hat dir das letzten Endes eingebrockt. Er hätte dir von Anfang an klarmachen sollen, daß es ... Na warte, ich werde ihm ordentlich einheizen!« Er nestelte an den Knoten herum, bis er Jonnies Leine losgemacht hatte. »Du Rattenhirn«, sagte Terl.

In diesem Augenblick donnerte der Aufklärungsflugkörper über sie weg, der Überflug-Knall schluckte Terls Worte.

Terl zeigte nach oben. »Das Ding war es, das mir die Ankunft deiner Freunde gemeldet hat. Du hast hoffentlich kapiert, daß es mir genauso zuverlässig melden wird, wenn du irgendwelche Dummheiten machst. Phantastische Bilder liefert das Ding, scharf bis ins kleinste Detail. So, und jetzt runter vom Wagen!«

Er ging zum Käfig und zerrte Jonnie an der Leine mit. Dort sah alles ganz verändert aus. Kein Wunder, daß Terl Stunden gebraucht hatte, um alles so herzurichten. Zum Beispiel der Tisch mit dem Sprachtrainer ... Er stand jetzt außerhalb des Käfigs. Und Chrissie und Pattie waren im Käfig eingeschlossen, mit den Leinen, die von ihren Halseisen herunterhingen, an einem Eisenpfosten in der Nähe des Wasserbeckens festgebunden. Pattie hatte Schmerzen in Armen und Beinen, wahrscheinlich noch vom Sturz und auch vom langen Transport und von der Unterkühlung während der Nacht. Sie weinte leise vor sich hin, während Chrissie ihr die Beine massierte.

»So, Kreatur, ich erklär dir jetzt alles, und ich rat dir, paß gut auf!« sagte Terl. Er zeigte auf einen elektrischen Verteilerkasten, der in der Nähe des Käfigs an einer Wand angebracht war. Von dort lief eine Elektroleitung zum Käfig, hinauf zu den oberen Enden der Gitterstangen, einmal um jede Stange gewunden, so rund um den Käfig, wieder herunter und zurück zum Verteilerkasten. Am unteren

Ende jeder Gitterstange war ein Isolator befestigt.

Terl zog Jonnie an der Leine mit zu einem Gebüsch. Dort lag ein Präriewolf, und aus dem Sack, den Terl ihm über den Kopf gestülpt hatte, ertönte wütendes Knurren. Terl zog einen Schutzhandschuh an und packte den Präriewolf.

»Sag den beiden Kreaturen im Käfig, sie sollen gut aufpassen!« forderte er Jonnie auf.

Jonnie schwieg.

»Macht nichts«, sagte Terl, »ich sehe, daß sie uns sowieso wie gebannt zuschauen.«

Mit der Pranke, die im Schutzhandschuh steckte, hob er den zappelnden Kojoten hoch und schleuderte ihn gegen die Gitterstangen.

Ein greller Lichtblitz ...

Ein schriller Todesschrei ...

Und im nächsten Augenblick war von dem Tier nur noch ein verkohlter, unförmiger Klumpen übriggeblieben.

Terl gluckste vor Vergnügen. »Kreatur, sag denen da drinnen, daß mit ihnen genau dasselbe passiert, wenn sie die Gitterstangen berühren.«

Diesmal gehorchte Jonnie. Er schärfte Chrissie und Pattie ein, niemals den Gittern zu nahe zu kommen.

»Und dann noch etwas«, sagte Terl, während er den Schutzhandschuh abstreifte und in den Gürtel steckte. »Das wird dir eine wahre Wonne sein!«

Er langte in die Tasche und zog einen kleinen Schaltkasten heraus. »Du hast ja gewisse Erfahrungen mit einer Fernbedienung, nicht wahr? Denk nur an die Geschichte mit dem Frontschaufler! Nun, das ist eine Fernbedienung.« Er zeigte auf die beiden Mädchen. »Wenn du genau hinsiehst, wirst du feststellen, daß an ihren Halseisen etwas anders ist als an deinem. Siehst du die kleine rote Beule an der Seite?«

Jonnie sah sie nur zu gut. Ihm war speiübel.

»Das ist eine niedliche kleine Bombe«, fuhr Terl fort. »Die Sprengladung ist stark genug, um ihnen den Hals zu zerfetzen und den Kopf wegzupusten. Kapierst du das, Kreatur?«

Jonnie starrte ihn an.

Terl zeigte ihm den Schaltkasten. »Dieser Schalter ist für die kleine Kreatur, und dieser hier löst die Sprengladung am Halseisen der größeren aus. Den Kasten ...«

»Wofür ist der dritte Schalter?« unterbrach ihn Jonnie.

»Schau an, Rattenhirn, ich habe gar nicht damit gerechnet, daß du so genau aufpaßt! Gut, daß du mich danach fragst. Der dritte

Schalter ... tja, weißt du, irgendwo da drin im Käfig, an einer Stelle, die du nicht findest, ist eine besonders starke Sprengladung angebracht. Und wenn ich den dritten Schalter betätige, dann fliegt die ganze Sippschaft in die Luft!«

Jonnie sah ihn hinter der Atemmaske lächeln. Und er sah Terls verkniffene Augen, die ihn lauernd beobachteten.

»Den Kasten habe ich immer bei mir«, sagte Terl. »Und es gibt nicht nur die eine Fernbedienung, sondern noch zwei andere, gut versteckt, unerreichbar für dich. Ich hoffe, daß dir jetzt alles klar ist.«

Jonnie beherrschte sich mühsam. Er wollte nicht, daß Terl ihn vor Zorn zittern sah. »Klar ist mir vor allem, wie leicht es passieren kann, daß eines der Pferde den Käfig berührt! Und es ist mir auch klar, daß du versehentlich die Fernbedienung auslösen kannst!«

»Ach, Kreatur! Was soll denn das? Laß uns lieber daran denken, daß ich dir, wie du doch weißt, von Herzen zugetan bin!«

Jonnie biß sich auf die Lippen.

Terl nahm einen Metallschneider aus der Tasche und löste Jonnies Halseisen. Dann überreichte er ihm spöttisch die Fessel, die Jonnie so lange getragen hatte, und die Leine. »Lauf los! Du bist frei! Hüpf und spring!«

Terl drehte sich um, hob ein paar Werkzeuge auf und tat so, als hätte er ein für allemal aufgehört, sich um Jonnie zu kümmern. Aber wenn nichts anderes Jonnie gewarnt hätte, dann der scharfe Geruch, der immer noch in der Luft lag und ihn mit jedem Atemzug an den verbrannten Präriewolf erinnerte.

»Und was ist der Preis für meine Freiheit?« fragte er.

Terl kam zu ihm zurück. »Nun ja, Kreatur, so viel muß sogar einem Rattenhirn wie dir klar geworden sein: Für dich ist es am besten, wenn du dich entschließt, mit mir zusammenzuarbeiten.«

»In welcher Weise?«

»Aha, du hast es kapiert. Sehr gut. Ich mag Dankbarkeit.«

»In welcher Weise soll ich mit dir zusammenarbeiten?« fragte Jonnie noch einmal.

»Tja, es geht um ein paar wichtige Projekte der Intergalaktischen Rohstoff Company. Vorläufig muß ich die Sache noch streng vertraulich behandeln. Aber ... du verpflichtest dich zur Zusammenarbeit. Sehe ich das richtig?«

Jonnie fixierte ihn schweigend.

»Und wenn alles getan ist ... Ich meine, wenn wir fertig sind mit den Projekten, werde ich dich mit Geschenken überhäufen, und dann kannst du in deine Berge zurückkehren.«

»Zusammen mit den beiden!« verlangte Jonnie und deutete auf

Chrissie und Pattie.

»Natürlich. Mit den beiden und mit deinen vierbeinigen Gefährten.« Die Verschlagenheit stand Terl ins Gesicht geschrieben. »Allerdings ... wenn du versuchst abzuhauen, obwohl du inzwischen eingesehen haben müßtest, daß das ganz unmöglich ist ... oder wenn du mir in die Quere kommst ... oder wenn dir das, was ich dir auftrage, nicht gelingt ... Tja, das ist dann ganz einfach. Dann verliert die Kleine da ihren Kopf. Und wenn dich das immer noch nicht zur Vernunft bringt, dann ist die Große ihren Kopf los. Und wenn du mir völlig aus dem Ruder läufst, jage ich den ganzen Laden in die Luft. Also, wie steht's? Habe ich deine Zusage, daß du mit mir zusammenarbeiten willst, oder habe ich sie nicht?«

»Ich darf mich überall frei bewegen?«

»Gewiß doch, Kreatur. Ich hab's satt, für dich Ratten zu jagen. Und ich werd den Teufel tun, auch noch für die beiden da drin auf die Jagd zu gehen!« Er lachte, als wäre er seit ewigen Zeiten Jonnies bester Freund.

»Kann ich auch in den Käfig gehen?«

»Sogar das. Allerdings nur, wenn ich dabei stehe und die Fernbedienung in der Hand halte.«

»Ich kann mein Pferd nehmen und losreiten?«

»Ja, wenn du das um den Hals trägst!« Terl nahm eine Minikamera aus der Tasche und hängte Jonnie das Band um, an dem sie befestigt war. »Sobald die Kamera nicht mehr sendet oder sobald du dich weiter als acht Kilometer entfernst ... nun ja, dann lege ich einfach den ersten Schalter um.«

»Du bist kein Monster, du bist der Satan.«

Terl nickte. Er wußte, daß er gewonnen hatte. »Also, ich habe deine Zusage?«

Jonnie sah auf die Beule in Terls Tasche, wo dieser teuflische Schaltkasten steckte. Er sah zu Chrissie und zu Pattie hinüber. Er sah ihre Augen, und er las darin, daß sie all ihr Vertrauen in ihn setzten.

»Ich verspreche, das Projekt auszuführen.« Tiefer konnte er sich nicht unter das Joch beugen, das Terl ihm aufzwang.

Terl genügte das. Er war in allerbester Laune, als er das restliche Werkzeug aufsammelte, auf den Tieflader warf, einstieg und davonfuhr.

Jonnie ging zum Käfig hinüber. Er hielt vorsichtig so viel Abstand, daß er auf keinen Fall versehentlich die Gitterstangen berühren konnte. Mit einfachen Worten versuchte er Chrissie und Pattie zu erklären, wie die Dinge lagen. Und er kam sich dabei wie ein Schuft vor, wie das willfährige Werkzeug eines Scheusals, das die Hölle ausgespuckt haben mußte.

Teil VI

1

Ein Druckmittel! Ein Druckmittel mußte her! Der Gedanke ging Terl immer wieder durch den Kopf, während er in seinem Büro saß und die angesammelten Eingänge durchsah.

Es mußte ihm einfach gelingen, hinter Numphs Geheimnis zu kommen. Sobald er ein wirkungsvolles Druckmittel gegen den Planetarischen Direktor besaß, konnte er anfangen, seine Pläne in die Tat umzusetzen. Das Traumbild einer Zukunft in Reichtum und Ansehen lockte. Nur Numph konnte ihm noch in die Quere kommen. Jedenfalls vorläufig. Denn wenn erst einmal alles gelaufen war, dann würde Terl bestimmt nicht noch zehn verdammt lange Jahre auf diesem verfluchten Planeten verbringen! Die Reihenfolge, in der alles ablaufen mußte, war völlig klar: Zuerst mußte er seine Pläne ausführen, dann alle Spuren verwischen (was auch die Notwendigkeit einschloß, die Menschendinger auszulöschen), danach würde er kündigen, und schon würde er zu Hause auf dem Heimatplaneten im Luxus schwelgen!

Numph wurde in letzter Zeit ein bißchen aufsässig. Terl erinnerte sich zum Beispiel an dieses Gespräch vor einigen Tagen. Numph hatte sich über die tägliche Lärmbelästigung durch den Aufklärungsflugkörper beklagt. Und außerdem ... nun ja, er war höflich genug gewesen, es wie ein verstecktes Kompliment klingen zu lassen. Aber im Kern hatte er eben doch festgestellt, daß er durchaus keine Anzeichen mehr für irgendwelche bevorstehenden Arbeiterunruhen erkennen könne.

Es mußte etwas geben, womit er Numph unter Druck setzen konnte. Bestimmt. Terl war sich dessen noch nie so sicher gewesen wie jetzt.

Er blätterte in der Company-Drucksache »Metallmarkt der Galaxien« herum, einer periodisch erscheinenden Veröffentlichung. An sich war sie für die Verkaufsabteilung bestimmt, aber so etwas gab es ja auf diesem Planeten nicht, weil sie die gesamte Erzförderung an den Heimatplaneten lieferten und mit keinem anderen Planeten in Geschäftsbeziehungen standen. Trotzdem kam die Drucksache auch auf der Erde an, sie wurde routinemäßig überallhin quer durch die Galaxien verteilt. Terl hatte sich, als die Kurierpost kam, die neueste Ausgabe geholt.

Soundsoviel GW für dieses Metall und soundsoviel für jenes ... Preise für verschiedene Roherze je nach Erzanteil im Gestein ... Stinklangweilig. Aber Terl blätterte die Drucksache trotzdem aufmerksam durch. Irgendwie hatte er eine Ahnung ... na gut, wenigstens eine Hoffnung, er könnte auf einen Hinweis stoßen, der ihn weiterbrachte.

Von Zeit zu Zeit blickte er auf und beobachtete die Bildschirme, weil er die Kontrolle über das Menschending nicht verlieren durfte. Die Minikamera, die Jonnie um den Hals trug, arbeitete störungsfrei. Und solange Jonnie sich in der Nähe des Käfigs oder oberhalb davon, auf dem Plateau, aufhielt, lieferte sie gleich noch ein paar zusätzliche Bildinformationen von der Umgebung. Die Fernbedienung für die Kamera lag griffbereit auf Terls Schreibtisch.

Bis jetzt hatte das Menschending sich ganz ordentlich benommen. Terl war beeindruckt davon, wie es sich um alles kümmerte und dabei Wichtiges von Unwichtigem unterschied.

Irgendwie hatte das Menschending es fertiggebracht, das angeschossene Pferd auf die andere Seite zu drehen und ihm die Packtaschen abzunehmen. Und dann hatte es irgendein Baumharz geholt und die Wunde damit verschlossen. Das Zeug schien tatsächlich ganz wirksam zu sein, denn inzwischen stand das Pferd wieder, zwar noch benommen und ein bißchen wackelig, auf den Beinen, aber es kaute schon wieder schmatzend im hohen Gras herum.

Dann hatte das Menschending Pfähle in den Boden gerammt und mit einer geflochtenen Leine, die in den Packsäcken gewesen war, so eine Art Koppel für die drei anderen Pferde eingegrenzt. Besonders eines von den Pferden zeigte sich sehr anhänglich, folgte dem Menschending auf Schritt und Tritt und stieß es immer wieder mit den Nüstern an. Es kam Terl außerordentlich befremdlich vor, daß das Menschending mit dem Pferd sprach. Wirklich, sehr sonderbar. Da er selber die Menschensprache nicht verstehen konnte, achtete er vor allem darauf, ob das Pferd etwa antwortete. Er war nicht ganz sicher, aber mitunter schien es ihm so. Hatte das irgend etwas mit Ultraschall zu tun? Es mußte eigentlich so sein, daß die Pferde irgend etwas sagten, denn das Menschending gab ihnen manchmal eine Antwort. War es dieselbe Sprache, in der es mit den beiden weiblichen Exemplaren im Käfig sprach? Oder benutzte es ... Ja, das hielt Terl für wahrscheinlicher: Es handelte sich vermutlich um unterschiedliche Sprachen. Na ja, an sich war das nicht wichtig, und es konnte ihm wirklich schnurzegal sein. Schließlich war er ja nicht einer von diesen verrückten alten Chinkos, die dauernd geforscht und nach Gründen und Zusammenhängen gesucht hatten.

Als Terl sich das nächste Mal von den Aktivitäten auf dem Bildschirm ablenken ließ, war die Kreatur auf ein Pferd gestiegen und zum Umschlagterminal hinübergeritten. Die Bilder, die die Minikamera lieferte, zeigten ihm, daß die Psychlo-Arbeiter zwar kurz aufschauten, aber sich nicht stören ließen. Überall ging die Arbeit weiter, die Maschinen dröhnten, und die Fahrzeuge kurvten herum.

Aber dann wurde es interessant. Das Menschending ritt zu Ker hinüber. Terl drehte den Lautstärkeregler auf. Aha, Ker wollte sich verdrücken. Das Menschending holte ihn ein.

Und dann sagte es etwas sehr Merkwürdiges: »Es war nicht deine Schuld.«

Ker blieb stehen, richtete sich auf und sah Jonnie verwirrt an.

»Ich trage dir nichts nach«, sagte das Menschending.

Ker schaute Jonnie nur verblüfft an. Terl konnte das Gesicht des Werkmeisters nicht deutlich genug erkennen, weil das Bild ein bißchen flimmerte und weil Ker zusätzlich zur Atemmaske einen Schutzhelm trug. Aber er hatte den Eindruck, daß Ker irgendwie erleichtert aussah.

Sehr interessant. Terl nahm sich vor, sich diesen Trick gut zu merken. Er hatte über diese Möglichkeit noch nie nachgedacht. Vorgetäuschte Großzügigkeit ... sehr wirkungsvoll. Er mußte sich das merken.

Und dann ... Also, zuerst war Terl geradezu alarmiert: Dann lieh sich das Menschending von Ker eine Sägemaschine. Char kam dazu und machte irgendwelche Einwände. Aber Ker scheuchte ihn einfach weg. Das Menschending spannte das Pferd vor die Maschine und zog los, zurück zum Plateau hinauf. Aber diese Sache zwischen Ker und Char ... Ker hatte eine unverhohlen drohende Haltung gegen Char eingenommen. Steckte Jonnie dahinter? Hatte er es tatsächlich fertiggebracht, daß zwei Psychlos seinetwegen in Streit gerieten?

Ach was, dachte Terl, ich bilde mir das bloß ein! Das muß am flimmernden Bild liegen. Und an der Tonqualität, die wegen des Maschinenlärms auch nicht gerade gut war. Er beschloß, nicht länger darüber nachzugrübeln, sondern sich lieber wieder mit dem ungelösten Rätsel Numph zu beschäftigen.

Als Terl das nächste Mal daran dachte, einen Blick auf den Bildschirm zu werfen, sah er, daß das Menschending mit der Säge ein halbes Dutzend Bäume gefällt und in der Nähe des Käfigs aufgeschichtet hatte. Gerade war es dabei, die Stämme in handliche Stücke zu zersägen. Terl war sehr angetan von der Geschicklichkeit, mit der Jonnie die Maschine bediente. Das war genau die Art von praktischen Erfahrungen, die er zu gegebener Zeit brauchen würde.

Terl vertiefte sich wieder in Aufstellungen über Bauxit-Fördermengen, und er las sich so darin fest, daß er erst spät am Abend wieder auf den Bildschirm schaute.

Das Menschending hatte die Sägemaschine wieder zu Ker zurückgebracht, und es war gerade mit den letzten Handgriffen beschäftigt, um ... Wahrhaftig! Es hatte eine Art Zaun rund um den Käfig gebaut! Dabei fiel Terl wieder eine Bemerkung ein, die Jonnie gemacht hatte. Wie war das gewesen? Ach ja, daß eines von den Pferden versehentlich den Gittern zu nahe kommen könnte. Deshalb hatte er also den Zaun aufgerichtet. Er wollte die Mädchen vor einem Stromschlag bewahren, falls eines der Pferde an die Hochspannung geriet.

Zurück zur Drucksache. Eine geschlagene Stunde lang studierte Terl Zahlenkolonnen und Preisangaben. Dann hatte er genug. Er nahm die Atemmaske und ging hinaus zum Käfig.

Das Menschending hatte sich aus Zweigen eine Hütte gebaut und den Tisch und den Sprachtrainer und seine Siebensachen darin untergebracht. Und jetzt entfachte es gerade vor der Hütte ein Feuer. Terl war überrascht. Er hatte gar nicht gewußt, daß diese Kreaturen sich Behausungen bauen konnten, auch wenn ihnen kein zugeschnittenes Holz und keine behauenen Steine zur Verfügung standen.

Das Menschending nahm einen brennenden Ast und ging auf den Käfig zu. Es hatte so eine Art Schleuse mit schräg versetzten Pfählen offengelassen, so daß ein Pferd nicht durchkommen konnte; ein Mensch konnte jedoch eintreten. Da stand es also vor dem Käfig, mit dem brennenden Ast und mit ein paar anderen Sachen, die es in der linken Hand hielt.

Terl schaltete den Strom aus. Jonnie ging in den Käfig, gab den Mädchen die Sachen, die er mitgebracht hatte, bat Chrissie, den Ast einen Augenblick zu halten, kam wieder heraus, sammelte Holz auf und trug es hinein.

Terl kümmerte sich nicht weiter darum. Gelangweilt bemerkte er, daß die Mädchen Kleider gewaschen hatten, die nun auf dem Gestell zum Trocknen hingen, auf dem Jonnie das Fleisch geräuchert hatte, und daß sie im Käfig saubergemacht hatten. Er ging hinein, kontrollierte die Halseisen, die Leinen und den Eisenpfosten, an dem sie festgebunden waren, und fand es ziemlich belustigend, daß die beiden weiblichen Menschendinger vor ihm zurückwichen wie vor dem Leibhaftigen.

Und gerade als er Jonnie hinausgescheucht hatte und dabei

war, die Käfigtür zu verschließen, kam ihm der Einfall. Er hätte nicht sagen können, woher und wieso; es war einfach so eine Idee, die ihm auf einmal durch den Kopf ging. Er hatte es plötzlich schrecklich eilig, den Strom wieder einzuschalten und zurück ins Büro zu hasten.

Er riß sich die Atemmaske herunter. Er holte sich die größte Rechenmaschine, die er kriegen konnte, und stellte sie mitten auf den Schreibtisch. Die Klauen flogen nur so über die Tastatur. Über den Bildschirm, der mit der Rechenmaschine verbunden war, huschten die Zeilen: Förderquoten, Verlademengen, Termine, Rechnungseinheiten ... dieselben Angaben, wie sie in den Geschäftsberichten ans Zentralbüro gemeldet worden waren. Und Terl hämmerte auf der Rechenmaschine herum: Menge mal Qualitätsmultiplikator mal Preis ... In fiebernder Eile und dennoch sorgfältig, damit ihm ja kein Fehler unterlief, rechnete Terl den Wert der Rohstoffe aus, die von der Erde zum Heimatplaneten teleportiert worden waren.

Er war fertig. Er starrte auf den Bildschirm. Verblüfft lehnte er sich zurück.

Der Wert der gelieferten Ware abzüglich aller Betriebskosten, die der Intergalaktischen auf der Erde entstanden waren ... diese Endsumme, die da vor ihm auf dem Bildschirm erschien ... diese eine Zahl machte ihm eine unglaubliche Tatsache klar. Die Außenstationen auf diesem Planeten schrieben durchaus keine roten Zahlen. Der Wert der gelieferten Rohstoffe war fünfhundertmal so hoch wie die Betriebskosten! Die Gewinne auf der Erde waren überdurchschnittlich hoch!

Sparmaßnahmen ... beim Arsch des Kometen! Mit so einer Bilanz hätte die Company doch doppelte, dreifache, ach was: zehn- oder fünfzehnfache Gehälter zahlen können, und alle möglichen Zulagen dazu!

Trotzdem, Numph hatte die Gehälter gekürzt und die Zulagen gestrichen.

Da paßte etwas nicht zusammen. Die Company machte unvorstellbare Gewinne. Aber möglicherweise wußten die im Zentralbüro gar nichts davon. Und die einzige Möglichkeit, sie in Unkenntnis zu halten, bestand darin, daß Numph die Geschäftsberichte frisierte.

Terl arbeitete bis spät in die Nacht hinein. Er ging jeden Bericht durch, den Numph in den letzten Monaten an das Zentralbüro geschickt hatte. Er konnte nichts Ungewöhnliches entdecken, alles schien in Ordnung zu sein. Nur die Gehaltslisten, die waren die reinste Mogelei. Da standen die Namen, die Tätigkeiten, und dahinter hieß es schlicht: »Gehalt gemäß Tätigkeit«. Und genauso lapidar waren die Angaben zu den Zulagen: »Gemäß Anordnung«. Eine sehr merkwürdige Art, Rechnung zu legen.

Na schön, man konnte natürlich sagen, daß diese Außenstation hier auf der Erde keine richtige kaufmännische Abteilung hatte, daß das Personal knapp und schließlich das Zentralbüro dafür zuständig war, die Rechnungsberichte zu vervollständigen; die hatten dort eine aufgeblähte Buchhaltung, während alles automatisch mit Computern lief. Hier auf der Erde wurden die Gehälter bar am Schalter ausgezahlt. Quittungen gab es nicht, weil viele der Beschäftigten sowieso nicht schreiben und lesen konnten. Und weil das eben alles ein bißchen fragwürdig war, hatte die Company sich diese und jene Kontrollmaßnahme ausgedacht, zum Beispiel die Anordnung, daß die Leichen verunglückter Mitarbeiter auf den Heimatplaneten zurückteleportiert werden mußten.

Dann, ungefähr um Mitternacht, fand Terl in den Berichten über Fahrzeugeinsätze einiges, was ihm merkwürdig vorkam. An sich war es üblich, daß die Fahrzeuge jeweils für eine Periode von fünf Arbeitstagen eingesetzt und daß im Bericht lediglich die Seriennummern der Fahrzeuge aufgeführt wurden. Aber hier ...

Es fing schon damit an, daß Numph diese Einsatzberichte persönlich verfaßte. Sehr merkwürdig, denn das gehörte kaum zu den Aufgaben eines Planetarischen Direktors. Aber es gab keinen Zweifel, Terl kannte Numphs Handschrift.

Dann fand er ein Fahrzeug, von dem Terl genau wußte, daß es bestimmt nicht eingesetzt worden war. Es handelte sich um einen von den zwanzig Kampfflugkörpern, die Terl von den anderen Außenstationen abgezogen hatte. Diese Maschinen waren auf einem Feld in der Nähe abgestellt, weil in den Hangars kein Platz mehr frei gewesen war. Und da stand nun in Numphs Bericht: »Kampfflugkörper 3-450-967 G«. Nach der Eintragung wäre der Flugkörper während der letzten Fünf-Tage-Periode im Einsatz gewesen.

Wochenreport um Wochenreport prüfte Terl die Einsatzberichte. Er stellte fest, daß die Berichte formal völlig unterschiedlich aufgebaut waren. Kaum zwei Berichte, in denen die Reihenfolge der Aufzählung übereinstimmte.

Seine Nase sagte ihm, daß dahinter Absicht steckte. Und mehr. Es war so eine Art geheimer Schlüssel.

Und als der Morgen graute, hatte Terl das Rätsel gelöst.

Es gab zahllose Fahrzeuge auf diesem Planeten. Und es kam auf die Reihenfolge an, in der man ihre Seriennummern in den Einsatzberichten aufführte. Genauer gesagt, es kam auf die letzten drei Ziffern der Seriennummern an. Jede Ziffer stand für einen Buchstaben. Und so konnte jeder, der den vereinbarten Geheimcode beherrschte, mühelos Nachrichten absenden oder empfangen.

Terl rieb sich freudig erregt die Pranken, als er die erste Nachricht entschlüsselt hatte. Sie lautete: »Keine Besonderheiten hier. Differenz in der Abrechnung wie üblich.«

Terl stellte eine andere Rechnung an. Und als er das Ergebnis ganz eindeutig vor sich sah, erfüllte ihn grimmige Freude. Diese Gauner! Aber er hatte sie schon in der Zange, sie wußten es bloß noch nicht.

Diese Berichte gingen an Nipe, an Numphs Neffen, der in der Buchhaltung des Zentralbüros saß. Und was fand Terl heraus? Der Gesamtbetrag der Gehälter und Zulagen für das Company-Personal auf der Erde belief sich auf rund einhundertsiebenundsechzig Millionen Galaktische Währungseinheiten. Tatsächlich wurden aber gar keine Zulagen mehr gezahlt, und die Gehälter waren um die Hälfte gekürzt.

Das bedeutete, daß Nipe zu Hause im Zentralbüro den vollen Betrag durch die Bücher laufen ließ, aber beinahe hundert Millionen GW pro Jahr abzweigte und auf Numphs und sein privates Konto umbuchte. Hundert Millionen, so viel brachte ihnen dieser raffinierte Schwindel ein! Hätten sie von ihren Gehältern leben müssen, dann wären sie zusammen nicht über fünfundsiebzigtausend gekommen!

Hier war der Beweis: der Geheimcode und die ungenauen Angaben in der Abrechnung.

Terls Büro dröhnte, als er auf und ab stapfte, hin und her, zufrieden mit sich und freudig erregt.

Dann blieb er stehen. Wie wäre es denn, wenn er Numph und Nipe nahelegte, ihn an ihren schmutzigen Geschäften zu beteiligen? Sie würden es tun. Natürlich, sie mußten es tun.

Aber – nein, lieber nicht. Seine Erfahrung als Sicherheitschef sagte ihm, daß jeder andere genausogut wie er selber den beiden auf die Schliche kommen konnte, irgendwann, durch irgendeinen Zufall. Der Gewinn wäre groß gewesen, aber das Risiko war noch größer. Numph und Nipe spielten ein gefährliches Spiel. Wurden sie erwischt, dann drohte ihnen auf der Stelle die Auslöschung. Angesichts dieser Gefahr fand Terl es durchaus nicht verlockend, mit ihnen im gleichen Boot zu sitzen.

Was seine eigenen Pläne betraf ... Nun, bis jetzt hatte er sich überhaupt nichts zuschulden kommen lassen. Man konnte ihm keinen Vorwurf daraus machen, daß er Numphs und Nipes Machenschaften nicht aufgedeckt hatte. Die Überprüfung der Buchhaltung gehörte nicht zu seinen Aufgaben. Niemand hatte ihm Hinweise auf irgendwelche Unregelmäßigkeiten gegeben. Er hatte schriftliche Weisungen von Numph, auf Anzeichen drohender Arbeiterunruhen zu achten. Aber niemand hatte angeordnet, daß er etwa die Buchhaltung des Zentralbüros überwachen sollte.

Nein, vielen Dank. Ihm genügten die eigenen hundert Millionen, die er einzustreichen gedachte. Dabei war alles viel glatter eingefädelt, er hatte sich das gründlich überlegt. Bitte, was konnte man ihm schon vorwerfen? Es ging ja nicht um irgendwelche Erzvorkommen, auf die die Company Anspruch erhob. Er setzte keine Arbeitskräfte der Intergalaktischen ein. Er konnte behaupten, daß es sich bei der Ausbeutung der Goldader um ein Experiment gehandelt habe. Ja, er konnte sogar darauf hinweisen, daß er ausdrücklich durch Numph beauftragt war, den Arbeitseinsatz von Menschendingern zu erproben. In den offiziellen Berichten würde sowieso nichts darüber stehen. Es gab überhaupt nur ein kleines Risiko, und das war die Teleportation des Goldes auf den Heimatplaneten. Aber da würde er schon irgendwie den Hals aus der Schlinge ziehen, falls man ihn erwischte. Was sowieso nur eine theoretische Erwägung war, weil er sich gar nicht erst erwischen ließ.

Sollten doch Numph und Nipe das große Geld auf ihre Weise machen und das Risiko gefälligst allein tragen! Er würde die Berichte, die er in dieser Nacht durchgearbeitet hatte, so lange sorgfältig aufheben, daß er notfalls Numph überführen konnte, wenn es sich je als notwendig erweisen sollte. Sobald alles vorüber war, würde er das Beweismaterial vernichten.

Ach ja, er freute sich richtig auf sein nächstes Gespräch mit Numph!

2

Es hatte Terl eine Menge Überredungskunst gekostet, schon für den folgenden Nachmittag einen Gesprächstermin bei Numph zu bekommen. Die Angestellten in Numphs Vorzimmer waren nicht gut auf den Sicherheitschef zu sprechen, und sie glaubten zu wissen, daß Terl auch beim Planetarischen Direktor nicht besonders hoch im Kurs stand. Nun gut, letzten Endes hatte es geklappt, das war die Hauptsache.

Numph saß hinter seinem gepolsterten Schreibtisch. Er schaute gar nicht hin, als Terl eintrat. Er hatte den Schreibtischsessel halb zur Seite gedreht und starrte durchs Fenster. Er sah mißmutig aus, denn dieses ewig gleiche Panorama der hohen Berge legte sich ihm aufs Gemüt.

»Wie ich höre, haben Sie sich noch mehr von diesen Menschendingern angeschafft«, fing er nörgelnd an.

»Wozu ich ja vorher Ihre ausdrückliche Zustimmung eingeholt hatte«, sagte Terl.

»So, so. Äh – hören Sie mal ... diese Arbeiterunruhen, von denen Sie dauernd geredet haben ... Also, ich kann bis jetzt nicht die geringsten Anzeichen dafür feststellen.«

Terl legte warnend eine ausgestreckte Klaue vor die Mundknochen. Numph drehte den Sessel und guckte verdutzt.

Der Sicherheitschef hatte eine Menge Akten mitgebracht. Und er trug ein merkwürdiges Gerät unter dem Arm. Numph rätselte, was er wohl ... Aha, jetzt stellte er das Gerät auf den Schreibtisch. Aber was sollten denn diese dauernden beschwörenden Gesten, mit denen er Numph aufforderte, sich ganz ruhig zu verhalten und nichts zu sagen?

Der Sicherheitschef nahm das Gerät und fing an, Numphs Büro zu untersuchen. Er strich mit einer Art Detektor am Rahmen des hohen, gewölbten Fensters entlang, das die halbe Breite der Außenwand einnahm. Er strich am Teppichrand entlang, über den Schreibtisch, sogar bis unter die Armlehnen von Numphs Drehsessel. Numph gaffte verständnislos, aber sooft er zu einer Frage ansetzen wollte, fuhr Terls Klaue wieder warnend zum Mundknochen. Langsam fing Numph zu begreifen an. Offenbar suchte Terl das Büro nach versteckten Minikameras und verborgenen Wanzen ab. Und jetzt ging er auch noch zum Fenster, guckte in alle Richtungen, überzeugte sich, daß niemand draußen auf dem Dach saß. Na endlich! Dieses Lächeln sollte wohl Entwarnung signalisieren.

»Ich – äh – bin durchaus nicht erbaut von dem Krach, den Ihr Aufklärungsflugkörper jeden Morgen macht!« fuhr Numph, nachdem er nun endlich wieder reden durfte, in seiner Nörgelei fort. »Ich kriege Kopfschmerzen davon.«

Terl machte sich eine Notiz. »Ich werde einen anderen Kurs veranlassen, Euer Planetschaft.«

»Und was diese Lebewesen betrifft ... also, das – äh – das wächst sich ja zum reinsten Zoo aus! Char hat mir heute morgen erzählt, daß Sie sechs neue Kreaturen da draußen haben. Ein paar davon sind sogar vierbeinig.«

»Nun ja«, sagte Terl, »für das Projekt, das ich im Auge habe, werde ich insgesamt mehr als fünfzig davon benötigen. Und dazu natürlich eine Reihe von Maschinen, um sie auszubilden. Und dann brauche ich die Genehmigung ...«

»Wozu ich schon jetzt entschieden nein sage!« fiel ihm Numph ins Wort.

»Aber mein Vorhaben würde für die Company eine erhebliche Einsparung bedeuten, und die Gewinne könnten in geradezu unvorstellbarer Weise ...«

»Hören Sie zu, Terl. Ich habe ganz im Gegenteil vor, eine Weisung zu erlassen, daß diese Lebewesen ausgelöscht werden. Wenn im Zentralbüro jemand erfährt ...«

»Aber das erfährt doch vorläufig niemand! Es soll ja eine Überraschung werden. Sie werden sehen, man wird es außerordentlich dankbar vermerken, wenn die Gehaltskosten sinken und die Gewinne steigen.«

Ahnungslos, wie er war, verzog Numph das Gesicht zu einer abweisenden Miene. Und Terl wußte genau, warum der Planetarische Direktor davon nichts hören wollte. Zu seinen krummen Touren hätte es viel besser gepaßt, soviel zusätzliches Personal wie nur möglich von Psychlo anzufordern. Jeder weitere Beschäftigte hätte seinen privaten Sparstrumpf noch ein bißchen mehr ausgestopft.

»Ich verfolge andere Pläne, um – äh – die Fördermengen zu erhöhen«, sagte Numph. »Ich trage mich mit dem Gedanken, unsere Grubenbelegschaften zu verdoppeln. Und zwar durch Mitarbeiter, die ich vom Heimatplaneten hole. Es gibt eine Menge Arbeitslose dort.«

Terl tat ganz harmlos. »Aber ich bitte zu bedenken, daß sich das auf die Gewinne auswirken wird. Und Sie haben mir selber gesagt, daß es damit schon jetzt nicht zum besten steht.«

»Größere Fördermengen, größere Gewinne!« blaffte Numph ihn an. »Und sobald die zusätzlichen Arbeitskräfte hier eintreffen, werden die Gehälter halbiert. Basta. Das ist meine endgültige Entscheidung.«

»Nun«, sagte Terl ungerührt, »diese Vollmachten, die ich vorbereitet und mitgebracht habe ... Sie wissen schon, es geht um die Ausbildung von Eingeborenen dieses Planeten ...«

»Haben Sie mich nicht verstanden?« fuhr Numph ihn ärgerlich an.

»O doch, ich habe Sie gut verstanden«, antwortete Terl lächelnd. »Aber mir liegt das Wohl der Company am Herzen.«

»Wollen Sie etwa andeuten, daß es mir nicht am Herzen liegt?« fragte Numph herausfordernd.

Terl legte die Aktenordner, die er mitgebracht hatte, vor Numph auf den Schreibtisch. Der Planetarische Direktor hob schon die Pranke, um sie beiseite zu wischen. Aber dann saß er plötzlich wie ein Eisblock da. Er starrte auf die Papiere. Er konnte auf einmal die Pranken nicht mehr ruhig halten. Er las Terls Aufstellung über die geschätzten Gewinne und Verluste. Und er sah seinen eigenen Bericht an das Zentralbüro, auf dem die ungenauen Angaben über die Gehaltszahlungen durch einen Kreis markiert waren. Und er sah die Seriennummern der Fahrzeuge. Und dann las er die verschlüsselte Nachricht: »Keine Besonderheiten hier. Differenz in der Abrechnung wie üblich.«

Er saß ganz klein da und schaute sehr weit hinauf zu Terl. In seinen Augen flackerte die nackte Angst.

»Nach unserer Company-Verordnung habe ich das Recht, Sie auf der Stelle abzulösen«, sagte Terl.

Numph schielte nach dem Handfeuer-Killer, den Terl im Gürtelhalfter trug. Die Waffe schien seinen Blick magisch anzuziehen.

»Aber ich mache mir nicht viel aus solchem administrativen Firlefanz«, fuhr Terl fort. »Ich kann verstehen, daß jemand in Ihrer Position, wenn er langsam alt wird und am Ende seiner Karriere angekommen ist, einen Weg sucht, seine Schäfchen ins trockene zu bringen. Wirklich, ich bin da sehr verständnisvoll.«

Numph saß da wie ein Häufchen Elend. Er wartete ergeben auf das, was seiner Meinung nach unvermeidlich kommen mußte.

»Und was die dunklen Geschäfte betrifft, die ein gewisser Jemand auf dem Heimatplaneten betreibt, so gehört es nicht zu meinen Dienstobliegenheiten, mich darum zu kümmern.«

In Numphs erstarrte Augen kam Bewegung. Nur ein vorsichtiges, noch ungläubiges Blinzeln.

»Ich habe Sie stets als einen guten Amtswalter der Company geschätzt. Und zwar vor allem deshalb, *weil Sie jederzeit den anderen Angestellten gestatten, genau das zu tun, was sie für das Beste im Interesse der Company halten.*«

Terl sammelte die Beweisstücke ein. »Schenken Sie dem weiter gar keine Beachtung. Ich werde das alles gut verwahren. Allerdings werde ich auch dafür sorgen, daß man es findet, falls mir irgend etwas zustößt. Ich werde nichts ans Zentralbüro melden. Nehmen wir einfach an, ich wüßte von nichts. Und es wird, solange ich das nicht will, keinen Beweis für meine Mitwisserschaft geben. Sogar dann nicht, wenn Sie eines Tages zu Aussagen gezwungen wären und mich in die Sache hineinziehen wollten. Falls Sie jemals zur Auslöschung verurteilt werden sollten ... Seien Sie gewiß, daß ich nicht dahinterstecke. Dann müßten Sie sich schon mit jemand anders angelegt haben.«

Numph schaute wie ein verwundetes Tier.

Terl legte ihm einen Stapel Anforderungen und Blankovollmachten auf den Schreibtisch. »Mit der Bitte um Ihre Unterschrift.«

Keine Eintragung, was da angefordert wurde. Keine Angaben über die Vollmachten, die Terl verlangte. Nicht einmal ein Datum.

Numph wollte protestieren: »Aber da steht ja gar nichts auf den Formularen! Sie können alles mögliche damit anfordern. Geld für Sie selber, Maschinen, ganze Grubenanlagen, Veränderung von Produktionsprogrammen, sogar Ihre Versetzung von diesem Planeten!« Doch seine Stimme versagte ihm den Dienst. Und er hatte das Gefühl, als müßte im nächsten Moment sein Verstand gänzlich aussetzen. Er ließ sich einen Federhalter zwischen die Klauen drücken. Und dann fing er an zu unterschreiben. Er unterschrieb eine geschlagene Viertelstunde lang. Ganz langsam. Ein Blatt nach dem anderen. So als wäre er sich gar nicht bewußt, was er da tat.

Terl nahm den Stapel unterschriebener Formulare an sich. Er würde sehr sorgfältig darauf zu achten haben, daß keines davon verlorenging, solange sie unausgefüllt, unbenutzt in seinem Büro lagen.

»Alles dient dem Wohl der Company«, sagte er lächelnd. Er steckte die Formulare in eine Verschlußmappe, ließ die Beweismittel in einem großen Umschlag verschwinden und nahm den Detektor an sich. »Sie Ihres Amtes zu entheben, würde bedeuten, die Karriere eines verdienstvollen Angestellten schmählich zu beenden. Als Ihr Freund kann es mir nur darauf ankommen, jeden erdenklichen Schaden für die Company so gering wie möglich zu halten. Es ist mir ein Vergnügen, Ihnen zu versichern, daß Ihnen durch mein Zutun keine Gefahr droht. Dessen dürfen Sie gewiß sein. Ich bin ein zuverlässiger Mitarbeiter der Intergalaktischen Rohstoff Company, aber meine erste Pflicht sehe ich darin, mich schützend vor die zu stellen, die ich zu meinen Freunden zähle.«

Er deutete eine Verbeugung an und ging.

Numph hockte zusammengesunken im Schreibtischsessel. Er war am Ende seiner Nervenkraft. Er saß da, als werde er sich nie wieder zu irgend etwas aufraffen können.

In seinem Kopf kreiste ein einziger Gedanke, immer wieder. Der Sicherheitschef war ein Scheusal, ein Dämon, aber einer von der Sorte, dem er nicht an den Kragen gehen konnte. Von nun an bis in alle Ewigkeit konnte dieser Schurke tun, was er wollte. Numph hatte keine Möglichkeit, ihn daran zu hindern. Er war Terl auf Gedeih und Verderb ausgeliefert, und so würde es immer bleiben. Von diesem Augenblick an würde Terl das Kommando auf der Erde übernehmen, mit einem Planetarischen Direktor, der nicht mehr war als eine Marionette. An Fäden gezogen, die Terl in seinen Pranken hielt.

Nur dieser eine Gedanke kreiste unaufhörlich in Numphs Kopf. Er verdrängte alles andere. Numph kam nicht einmal auf die Idee, seinen Neffen Nipe zu warnen.

3

Es war eine gute Jagd! dachte Jonnie auf dem Rückweg zur Außenstation der Psychlos.

Heute morgen hatte er mit Sorge gesehen, wie niedergeschlagen und mutlos die Mädchen waren. Das bißchen, das sie dazu beitragen konnten, den verwahrlosten Käfig sauberzuhalten, hatten sie längst getan. Sie hatten sich Mühe gegeben, fröhlich und unbekümmert auszusehen, als er sich – über den Zaun hinweg und durch die Gitter hindurch – mit ihnen unterhielt. Anfangs war ihm Pattie sogar wirklich ein wenig gelöster vorgekommen, aber als er ihr dann weissagte, sie werde eines Tages den mächtigen König der Berge heiraten ... Das war ein alter Scherz zwischen ihnen, und er hatte noch im Ohr, wie vergnügt sie jedesmal darüber gelacht hatte ... Aber heute war sie in Tränen ausgebrochen, und als Chrissie versucht hatte, sie zu trösten, war nichts anderes dabei herausgekommen, als daß auf einmal beide Mädchen weinten.

Er mußte irgend etwas finden, um sie aufzuheitern. Und wenn nicht das, dann wenigstens etwas, wodurch sie beschäftigt und von ihren trüben Gedanken abgelenkt waren.

Er hatte die Pferde geholt und war losgeritten. Windsplitter legte ein zügiges Tempo vor, und die beiden andern Pferde folgten dichtauf: Dancer, sein altes Packpferd, und Old Pork; Jonnie hatte ihm den Namen gegeben, weil es manchmal Grunzlaute ausstieß. Blodgett ging es zwar schon besser, aber es würde noch einige Zeit dauern, bis er das Pferd wieder auf einen weiten Ritt mitnehmen konnte.

Jonnie hielt nach Rehwild Ausschau. Wildbret zuzubereiten, Fleisch zu räuchern, Häute zu säubern, zu gerben und in Streifen zu schneiden, das würde die Mädchen eine Weile beschäftigt halten und ihnen den Trübsinn vertreiben.

Als er losritt, hatte er sich selber bedrückt gefühlt und sich mit Vorwürfen gequält, daß er am Schicksal der Mädchen letzten Endes schuld wäre. Aber der Wind, der über die Ebene strich, hatte die sorgenvollen Gedanken weggeweht. Und je lebhafter Windsplitter ausschritt, desto stärker wurde das Bewußtsein, wenigstens ein

Stück Freiheit wiedergewonnen zu haben. Eine Illusion, vielleicht, aber auch der Anfang einer Hoffnung.

An ein Stück Rehwild hatte er gedacht, aber dann war er viel erfolgreicher. In wildem Galopp war er in ein ausgetrocknetes Bachbett hineingestürmt, hatte eine Antilope aufgespürt, und Minuten später lag das Tier, aufgebrochen und ausgeweidet, auf Old Porks Rücken.

Es dauerte nur eine halbe Stunde, dann bekam er auch sein Stück Rehwild, einen jungen Bock.

Beide Packpferde trugen nun ihre Last, sie trotteten hinter Windsplitter her. Jonnie hielt Ausschau nach einer Kornelkirsche, deren Blätter jedem Wildbret ein gutes Aroma gaben. Leider waren die Früchte zu dieser Jahreszeit noch nicht reif, aber ihm kam es sowieso mehr auf die Blätter an.

Auf einmal lauschte er. Da war ein summendes Geräusch, irgendwo weit hinter ihm. Er zügelte Windsplitter und suchte den Himmel ab. Da! Da hinten war etwas, ein winziger Punkt. Er wurde rasch größer. Er näherte sich der Außenstation der Psychlos. Oder flog er auf ihn zu, auf Jonnie?

Die Pferde waren schon an den Lärm der Maschinen gewöhnt, sie scheuten nicht mehr so schnell. Und im Augenblick war kein großer Unterschied zwischen dem Brummen in der Luft und dem dumpfen Lärm, der von der Außenstation zu ihnen herüberdrang.

Zuerst war Jonnie nur neugierig gewesen, aber dann begann er langsam unruhig zu werden. Wohin war dieses fliegende Ding unterwegs? Es kam sehr tief heran. Und es hatte offenbar die Geschwindigkeit gedrosselt.

Plötzlich war er sich ganz sicher: Es flog auf ihn zu.

Und er ahnte auch, was für ein Flugkörper das war. Einer von den zwanzig, die auf freiem Feld in der Nähe der Außenstation standen. Terl hatte sie dorthin gebracht und in einer langen Reihe im Freien aufgestellt. Einer von diesen Flugkörpern mußte es sein.

Er flog extrem niedrig, höchstens hundertfünfzig Meter über dem Boden. Und jetzt, als er ganz dicht herangekommen war, schien er in der Luft zu schweben. Er blieb über ihnen stehen. Aus dem Summen war ein gewaltiges Dröhnen geworden, das die Pferde nun doch nervös tänzeln ließ.

Jonnie gab Windsplitter die Ferse und jagte los, zur Außenstation hin.

Der Flugkörper drehte ab, wendete in einer weiten Kurve und kam donnernd im Sturzflug auf ihn zugeschossen.

Er feuerte eine Salve ab. Die Geschosse schlugen dicht vor den Pferden ein. Dreck spritzte hoch.

Windsplitter stieg auf den Hinterhufen. Jonnie konnte ihn nur mit Mühe halten. Ein wahrer Hagel aus Erdklumpen und Steinsplitt war über den Pferden niedergegangen.

Jonnie dröhnten die Ohren vom Explosionsknall der Geschoßgarbe. Er riß Windsplitter nach rechts und zog Dancer und Old Pork nach.

Wieder donnerte eine Salve vor ihnen in den Boden.

Windsplitter gehorchte kaum mehr dem Zügel. Eines der Packpferde riß sich los.

Jonnie riß den Hengst auf der Hinterhand herum. Er versuchte, nach Norden davonzustürmen.

Und wieder der Feuerhagel, dicht vor ihnen. Erde und Steinsplitter flogen ihnen um die Ohren.

Jonnie ritt an. Er wollte Windsplitter antreiben, durch den Staub, der wie ein Vorhang vor ihnen hing. Aber der Hengst gehorchte nicht. Er galoppierte in die entgegengesetzte Richtung, nach Süden.

Der Flugkörper stieß herunter wie ein Raubvogel. Dicht vor ihnen setzte er auf dem Boden auf.

Windsplitter stieg, er wieherte vor Angst. Jonnie mußte ihn hart zügeln.

Und da saß Terl, lehnte sich zur offenen Seitenluke des Flugkörpers heraus, saß einfach da und wollte sich ausschütten vor Lachen. Halb war es grölendes Gelächter, halb schon atemloses Keuchen.

Jonnie hatte Mühe, die Packpferde einzufangen. Er saß ab, weil er die Antilope und den Rehbock festzurren mußte.

»Ich werd verrückt! Ich krieg mich nicht mehr!« hechelte Terl. »Du glaubst gar nicht, wie komisch ihr alle ausgesehen habt!«

Die Pferde schnaubten, sie tänzelten unruhig. Jonnie fixierte Terl schweigend. Aber wären seine Augen Waffen gewesen, hätte das Monster nicht eine Sekunde länger gelebt.

»Nun guck mich doch nicht so an!« rief Terl. »Ich wollte dir nur zeigen, wie einfach es ist, dich aufzuhalten, falls du jemals abhauen willst! Eine einzige Feuersalve, auf dich und deine Vierbeiner gezielt, nicht bloß auf den Boden vor euch ... und von euch wäre nichts mehr übrig als ein zusammengeschossener Haufen, totenbleich mit roten Sprenkeln von eurem eigenen Blut!«

Jonnie hatte inzwischen die Leinen der Packpferde wieder an Windsplitters Zaumzeug festgebunden. Er klopfte dem Hengst beruhigend den Hals.

»Ich bin heute in guter Laune«, sagte Terl. »Schick deine Pferde voraus und steig bei mir ein.«

»Ich habe keine Atemmaske. Die Pilotenkanzel ist doch sicherlich mit Atemgas gefüllt?«

»Ich hab deine Atemmaske mitgebracht.« Terl hielt sie ihm hin. »Na los, steig schon ein!«

Windsplitter war wieder ganz ruhig. Jonnie reckte sich, brachte den Mund dicht an das Ohr des Pferdes. »Lauf zu!« flüsterte er. »Lauf zu Chrissie!«

Terl nickte grimmig vor sich hin. Jetzt wußte er es ganz genau. Dieses Menschending konnte sich in einer besonderen Sprache mit den Pferden unterhalten.

Windsplitter warf einen scheuen Blick auf den Flugkörper. Er mochte das dröhnende Ding gar nicht, das sah man ihm an. Und so zögerte er nicht lange, trabte los und zog die Packpferde hinter sich her.

Jonnie stülpte sich die Atemmaske über und kletterte hoch zu Terl.

4

Obwohl alles so schlimm angefangen hatte, kam Jonnie das Gefühl des Fliegens jetzt geradezu wie ein Wunder vor.

Er sah ganz verloren aus in der riesigen Sitzschale des Copilotenplatzes. Der Sicherheitsgurt, den Terl ihm umgeschnallt hatte, schlackerte locker herum. Jonnie mußte an einem Griff an der Kabinenwand Halt suchen.

Er beobachtete, wie die Erde unter ihm dahinzurasen schien. Es war ein Gefühl von Erhabenheit. So also sah die Erde aus, wenn man sie vom Himmel aus betrachtete. Ob wohl ein Adler, der majestätisch seine Kreise zog, so ähnlich empfand?

Das Panorama der Berge im Westen lag so vor ihm, wie er es auf der Reliefkarte gesehen hatte. Es dauerte nur wenige Augenblicke, dann flogen sie über der Höhe der höchsten Gipfel dahin. Klar waren sie zu erkennen, die mächtigen Drei- und Viertausender, ganz in Weiß gehüllt.

In der ersten Viertelstunde schlug ihn der Zauber des Ungewohnten ganz in seinen Bann. Ihre Flughöhe, konnte er auf den Instrumenten ablesen, betrug über sechstausend Meter. Wie groß die Welt doch war! Er hatte sich nie vorstellen können, daß es einen so erregenden Anblick gab.

Dann sagte Terl auf einmal: »Du kannst doch mit unseren

Maschinen umgehen, Kreatur, oder? Na schön, das hier ist auch nichts anderes, mal davon abgesehen, daß wir's nicht mit zwei, sondern mit drei Dimensionen zu tun haben. Die Instrumente, die du vor dir hast, sind die gleichen wie vor meinem Platz. Also los, flieg du die Maschine!«

Terl nahm die Pranken von der Flugsteuerung.

Die Maschine kippte sofort zur Seite weg. Jonnie flog gegen die Tür. Die Maschine sackte ab und kam gefährlich ins Trudeln.

Jonnie hatte vorhin, als Terl mit den Instrumenten hantierte, nicht aufgepaßt. Was da vor ihm lag, kam ihm wie ein Verwirrspiel aus Knöpfen und Hebeln vor. Er griff nach dem Sicherheitsgurt und brachte sich so in Position, daß er das Steuerpult erreichen konnte. Aufs Geratewohl fing er an, Knöpfe zu drücken.

Der Flugkörper spielte verrückt. Er schoß ein Stück hoch, kippte vornüber, raste nach unten. Die Erde schien nach oben zu klappen und versank im nächsten Augenblick wieder aus dem Blickfeld.

Terls schallendes Gelächter übertönte den Fluglärm. Jonnie merkte sofort, daß er sich mindestens einen Kerbango zuviel hinter die Binde gekippt hatte. »Ich bin heute in guter Laune«, hatte er gesagt. Na ja, so konnte man es auch ausdrücken.

Jonnie konzentrierte sich ganz auf die Instrumente und die Bedienungshebel. Wie in allen Fahrzeugen der Psychlos war auch hier jeder Knopf durch ein Symbol oder eine Abkürzung gekennzeichnet. Einige Zeichen und ein paar von den Abkürzungen kannte Jonnie allerdings nicht. Aber er brachte schnell heraus, daß hier jede Bedienungsanordnung dreimal vorkam, nicht nur zweimal wie bei den Bodenfahrzeugen. Also mußte das etwas mit den drei Dimensionen zu tun haben. Vermutlich handelte es sich um eine ganz einfache, leicht verständliche Anordnung, bei der jeweils die dritte Reihe für die Bewegungen im Raum, also nach oben oder unten, vorgesehen war.

Instinktiv erfaßte er, daß es vor allem darauf ankam, nur ja nicht zu tief zu sinken und dem Erdboden zu nahe zu kommen. Er fand den Knopf für die Höhensteuerung und drückte ihn. Obwohl die Maschine immer noch trudelte, gewann sie an Höhe. Die Erde schien nach unten zu versinken.

Einen so raschen Erfolg gönnte Terl ihm nicht. »Ich übernehme wieder!« knurrte er vor sich hin. »Ich hab schon während meiner Ausbildungszeit als erstklassiger Pilot gegolten. Paß jetzt genau auf, wie ich auf der Wolke lande!«

Vor ihnen tauchte eine Haufenwolke auf, am oberen Rand sah sie aus wie vom Wind zerfranst. Terl betätigte ein paar von den

Bedienungsknöpfen, und der Flugkörper kam im Dunst auf ebener Wolkenfläche zum Stehen. Es war, als hätte er auf festem Grund aufgesetzt. »Rattenhirn, der Ärger mit dir ist, daß du nicht ordentlich aufpaßt! Du machst nichts, als dumm in der Gegend herumzuglotzen! Aber vielleicht muß das bei euch Ratten so sein. Wenn ihr zum Fliegen geboren wärt, dann wären euch auch Flügel gewachsen.« Das war wieder einer von den Witzen, über die er sich selbst am meisten amüsierte. Er langte nach hinten, löste die Verschlüsse an einem Behälter und nahm eine Kerbangoflasche heraus. Er ließ zwei Fingerbreit glucksend durch die Kehle rinnen und stellte die Flasche zurück. »Erste Lektion, laß nichts lose im Flugzeug herumliegen. Sonst fliegt es auf einmal herum und schlägt dir das Hirn aus dem Kopf. Womit ich nicht etwa sagen will ...«, er wieherte vor Lachen. »... sagen will, daß Ratten so was wie Hirn haben!«

Er startete, übergab an Jonnie und ließ nun ihn das Landemanöver durchführen. Beim dritten Versuch schaffte Jonnie es, ohne daß die Maschine im letzten Moment durchsackte.

Jonnie startete wieder und flog auf die Berge zu. Terl langte rasch herüber, zerrte ihm die Hände von der Flugsteuerung weg, übernahm die Maschine und kurvte in die Richtung ein, aus der sie gekommen waren. Jonnie kam es so vor, als wäre das alles verdächtig hastig geschehen. Fast so, als hätte es Terl plötzlich mit der Angst zu tun bekommen.

»Über die Berge fliegen wir nicht! Jedenfalls nicht, solange ich dabei bin!« brummelte Terl vor sich hin.

»Und warum nicht?« fragte Jonnie.

Terls eben noch so gute Laune war wie weggeblasen. Er schaute finster drein. »Wenn du je über die Berge fliegst, prüf vorher genau, ob nirgendwo Atemgas ausströmt. Kapiert?«

O ja, Jonnie hatte ihn verstanden. Terl ahnte gar nicht, wie gut Jonnie ihn verstanden hatte!

»Warum bringst du mir eigentlich das Fliegen bei?« Jonnie stellte die Frage nur, um Terl abzulenken. Er rechnete nicht damit, daß er eine ehrliche Antwort bekäme. Und er behielt recht.

»Jeder, der mit Rohstoffgewinnung zu tun hat, muß was vom Fliegen verstehen«, sagte Terl. Jonnie wußte, daß das nicht der Wahrheit entsprach. Ker, zum Beispiel, Ker konnte einen Flugkörper steuern, er hatte das selber voller Stolz erzählt. Aber weil er so stolz darauf war, hatte er ausdrücklich hinzugefügt, daß die meisten seiner Kollegen lieber tief unten in der Erde herumbuddelten als hoch oben durch die Luft zu gleiten.

Es war später Nachmittag, als Terl den Kampfflugkörper auf

dem Feld in der Nähe der Psychlo-Außenstation präzise am Ende der langen Reihe landete, in der die anderen neunzehn Maschinen ausgerichtet standen. Er legte die Atemmaske an, öffnete die Tür und gab Jonnie einen Schubs, er solle aussteigen.

»Ach, übrigens ...«, sagte er, »denk ja nicht, daß du so mir nichts, dir nichts mit so einem Ding losfliegen kannst. Die Computer sind blockiert. Man braucht einen Spezialschlüssel, um sie in Betrieb zu nehmen.« Er ließ den Schlüssel vor Jonnies Nase baumeln. »Den, der zu dieser Maschine gehört, trage ich bei mir in der Tasche. Gleich neben der Fernbedienung.« Er zog den kleinen Kasten mit den drei Schaltern heraus. »Du erinnerst dich doch an dieses hübsche Spielzeug, nicht? Und du weißt sicher auch noch, was passiert, wenn ich einen Schalter umlege, wie? Und ... du kannst sicher sein, die Schalter funktionieren.« Der nächste Satz ging schon halb in blubberndem Gelächter unter: »Das ist nicht so wie mit der Zündung bei deiner Waffe!«

Jonnie stieg aus und ging los, um die Pferde einzukoppeln. Windsplitter hatte Dancer und Old Pork zu Chrissie geführt. Die drei Pferde standen vor dem Zaun, den Jonnie um den Käfig gezogen hatte.

Pattie begrüßte Jonnie mit einem Freudenschrei. Da wurde ihm erst klar, daß die beiden Mädchen sich Sorgen gemacht hatten, weil die Pferde ohne ihn zurückgekommen waren.

»Ich habe eine Antilope und einen Rehbock mitgebracht!« rief er Chrissie und Pattie zu. »Leider habe ich nur Blätter von der Kornelkirsche gefunden, keine Früchte. Aber die Blätter geben dem Wildbret auch gutes Aroma.«

Chrissie freute sich sehr. »Wir werden das Fleisch in Streifen schneiden und räuchern. Wir haben auch noch eine Menge Asche, damit können wir die Häute gerben.«

Jonnie nickte. Es tat ihm gut, daß Chrissie sich offenbar auf die Arbeit freute. Genau das hatte er erreichen wollen.

»Du, Jonnie!« rief Pattie durch die Gitter zu ihm herüber. »Hier hängt das Fell von einem riesigen Grislybären. Hast du den etwa erlegt?«

»Ja«, sagte er nur. Aber er wollte eigentlich hinzufügen: »Ich bin bloß nicht mehr ganz sicher, ob ich nicht das falsche Raubtier erwischt habe!«

Später am Abend, als Terl ihn in den Käfig ließ, trug er das Fleisch und die Felle zu den Mädchen hinein. Er legte die Arme um ihre Schultern, und als er sah, wie schlimm das Halseisen ihnen die Haut wundgerieben hatte, mußte er sich sehr zusammennehmen, damit sie sein Erschrecken nicht bemerkten.

Er verließ den Käfig. Terl schloß die Tür, schaltete den Strom ein und sagte: »Immer zu Diensten, ob du nun rein willst oder raus! Aber vergiß nicht, meine Stromfalle ist keine Attrappe wie die Zündung an deiner Waffe!«

Er warf Jonnie einen Stapel Bücher auf den Tisch. »Damit kannst du dein Rattenhirn füttern, Kreatur! Heute abend noch! Morgen geht deine Ausbildung bei Ker weiter. Also, komm nicht auf die Idee, heute nacht auf Rattenjagd zu gehen, schlaf dich lieber aus!« Und schon polterte er davon.

Jonnie sah sich die Bücher an. Langsam bekam er eine Vorstellung davon, was Terl von ihm wollte. Die Titel der Bücher ließen es ihn ahnen.

Das erste Buch hieß: »Grundkurs der Flugausbildung«. Das zweite: »Teleportation – die moderne Alternative zum gesteuerten und zum ferngelenkten Flug«. Das letztere trug den Vermerk »Geheim – Vor Angehörigen fremder Rassen stets streng unter Verschluß zu halten!«. Konnte es sein, überlegte Jonnie, daß Terl hinter dem Rücken und gegen die Interessen der Intergalaktischen Rohstoff Company handelte? Wenn das stimmte, dann war es erst recht sicher, daß die Mädchen und er getötet wurden, sobald Terl sein Ziel erreicht hatte. Er würde es nicht darauf ankommen lassen, daß jemand später gegen ihn aussagen konnte.

5

Jonnie und Ker waren unterwegs, um Maschinen und Gerät an den Ort zu bringen, von dem Terl behauptet hatte, er sei ehemals die Hauptverteidigungsanlage des Planeten Erde gewesen. Terl hatte in den frühen Morgenstunden den Auftrag dazu gegeben und Ker einen Frachtflugkörper zur Verfügung gestellt.

Die Maschine stand mit offenen Ladetüren und heruntergelassener Rampe auf dem freien Feld in der Nähe der Kampfflugkörper.

Zzt, der sich vor Eifer und Beflissenheit geradezu überschlug, nahm die letzte technische Überprüfung an einer Bohrmaschine vor, bevor Ker sie die Rampe hoch und in den Laderaum des Frachters fuhr. Es war das letzte Ausrüstungsstück, die Türen des Flugkörpers wurden geschlossen.

Jonnie nahm auf dem Copilotensitz Platz, und Ker rutschte auf den Sitz hinter der Flugsteuerung. Der Frachter schraubte sich in Sekundenschnelle steil nach oben und nahm Kurs nach Westen. Ker achtete darauf, daß der Flugkörper ruhig in der Luft lag, denn die Maschinen und Geräte im Laderaum waren nicht verzurrt.

Sie waren diese Route nun schon ein paarmal geflogen. Jonnie warf nicht einmal mehr einen Blick nach unten. Er fühlte sich abgespannt. Eine ganze Woche lang hatte er sich tagsüber mit Flugtraining beschäftigt und nachts die Nase in die Bücher gesteckt. Allmählich machte dieser Raubbau an seinen Kräften sich bemerkbar.

Ständig ging ihm durch den Kopf, was er in dem Buch über Teleportation gelesen hatte. Die ersten Seiten, in denen es um die Grundmerkmale des gesteuerten und des ferngelenkten Fluges ging, waren nicht so interessant gewesen. Aber dann kam der Teil über Teleportation, die Erklärung, worin der wesentliche Unterschied zur normalen Fortbewegung mit Fluggerät bestand. Und Jonnie hatte schnell gemerkt, wie wichtig es für ihn war, das Verfahren der Teleportation zu begreifen. Vielleicht wurde das eines Tages entscheidend für ihn, nämlich dann, wenn es darauf ankam, dem Schicksal zu entgehen, das Terl ihm zugedacht hatte.

Die mathematischen Formeln, die im Text vorkamen, waren zu hoch für ihn. Es handelte sich um mathematische Erkenntnisse der Psychlos weit über dem Wissensstand, den er durch seine Studien bisher erworben hatte. Wenn er nur die Symbole sah, brummte ihm schon der Schädel.

Die geschichtlichen Anmerkungen am Anfang des Buches waren ziemlich oberflächlich. Da stand lediglich, daß ein Psychlo-Physiker namens En vor einhunderttausend Jahren das Rätsel gelöst hatte. Bis dahin hatte man angenommen, das Wesen der Teleportation bestehe darin, Materie und Energie in Raum umzuwandeln und dann an einem anderen Ort entsprechend zurückzuverwandeln, so daß die Materie wieder in ihrer ursprünglichen Form erschiene. Aber das war nie bewiesen worden. En hatte offenbar herausgefunden, daß Raum ganz und gar unabhängig von Zeit, Energie und Masse existieren kann und all dies tatsächlich eigenständige Phänomene sind. Erst in Kombination ergeben sie ein Universum.

Raum war nur von drei Koordinaten abhängig. Legte man einen Koordinatensatz fest, so bewirkte das zugleich auch eine Veränderung im Raum. Jegliche Energie oder Masse, die in diesem Raum enthalten waren, waren daraufhin derselben Ortsveränderung unterworfen, die der Raum selber erfuhr.

Nahm man zum Beispiel einen Motor wie den dieses Frachtflugkörpers, so handelte es sich dabei einfach um ein geschlossenes Gehäuse, in welchem räumliche Koordinaten verändert werden konnten. Entsprechend der fortlaufenden Veränderung der Koordinaten veränderte zwangsläufig auch das Gehäuse seine Position; es ging eben mit, und dies verlieh dem Motor seinen Antrieb. So war es zu erklären, daß diese Flugkörper der Psychlos durch ein bloßes Schaltsystem fortbewegt wurden und keiner Schubkraft bedurften. Sie brauchten keine Tragflächen und kein Leitwerk. Für die Ausführung von Steigmanövern und seitlichen Flugmanövern gab es im Heck und an beiden Seiten erheblich kleinere Zusatzgehäuse, in die ähnliche Koordinatenreihen eingegeben wurden. Dem Hauptmotor wurden eine Reihe von Koordinaten gegeben, die sich in fortlaufender Folge veränderten, und so bewegte der Motor und mit ihm der Flugkörper sich einfach vorwärts oder rückwärts, sobald der ins Gehäuse eingeschlossene Raum jeweils die Position des eingegebenen Koordinatensatzes einnahm.

Genau dasselbe Prinzip galt für die Teleportation über weite Entfernungen. Materie und Energie waren an den Raum gebunden, und wenn dieser mit einem anderen Raum vertauscht wurde, vollzogen sie den Ortswechsel einfach mit. Auf diese Weise schienen sie an einer Stelle zu verschwinden und an einer anderen aufzutauchen. Die Materie und die Energie wurden keiner eigentlichen Veränderung unterzogen. Nur mit dem Raum geschah etwas.

Jonnie verstand nun auch, wie der Angriff der Psychlos auf die Erde abgelaufen war. Irgendwie, vielleicht durch die Aufklärungstätigkeit interstellarer Stationen, war den Psychlos die Existenz der Erde bekannt geworden. Sie brauchten dann nur noch die exakten Koordinaten festzustellen.

Offenbar benutzten sie irgendeinen Sensor, den sie mit Annäherungskoordinaten losschickten, um ihn dann zurückzuholen und sich die Bildaufnahmen anzuschauen. Verschwand der Sensor, dann konnten sie davon ausgehen, daß sie ihn in die Erdmasse hinein teleportiert hatten. Sie brauchten dann lediglich den Test mit entsprechend korrigierten Daten zu wiederholen.

Als sie ihrer Sache ausreichend sicher waren, teleportierten sie Killer-Gas auf die Erde, warteten, bis es sich verflüchtigt hatte, und ließen Truppen und Waffen folgen.

So hatten sie den größten Teil der Menschheit vernichtet und die Erde erobert.

Allerdings wußte Jonnie dadurch noch lange nicht, was man diesen überlegenen technischen Möglichkeiten entgegensetzen konnte, um die Entwicklung rückgängig zu machen. Von jeder interstellaren Station aus konnten die Psychlos zu jeder Zeit erneut Killer-Gas einsetzen. Sie konnten sogar Kampftruppen in beliebiger Stärke auf die Erde teleportieren. Das war der Punkt, an dem Jonnie nicht mehr weiter wußte. Das war es, was ihn über all seinen Grübeleien fast verzweifeln ließ.

»Du bist heute nicht sehr gesprächig«, riß Ker ihn aus seinen Gedanken. Er schickte sich gerade an, in einer weiten Kurve zur Landung auf dem Gelände der alten Verteidigungsanlage anzusetzen. Mit Rücksicht auf die unverzurrte Ladung hatte er die Geschwindigkeit stark gedrosselt, sie schwebten fast ohne Fortbewegung ein.

Jonnie sagte nichts. Er deutete nur auf die Minikamera, die er umhängen hatte.

Zu Jonnies Erstaunen sagte Ker: »Mach dir deswegen keine Sorgen. Die Dinger haben nur eine Reichweite von ungefähr drei Kilometern.« Er deutete auf die Klappe seiner Brusttasche, auf das Metallstück, das wie ein Knopf mit dem eingeprägten Symbol der Intergalaktischen Rohstoff Company aussah, in Wirklichkeit aber auch eine Minikamera war.

»Nur drei Kilometer?« fragte Jonnie. »Nicht acht oder mehr?« Er erinnerte sich an Terls Warnung.

»Zum Teufel, nein!« versicherte Ker. »Mit den Sicherheitsmaßnahmen ist es bei der Company nicht weit her. In diesem Flugkörper ist zum Beispiel kein Überwachungsgerät installiert, das habe ich genau überprüft. Übrigens, ich frag mich sowieso ... Verdammt und zugenäht, wieso schleppen wir eigentlich die ganze Ausrüstung auf diese vergammelte Anlage?« Er schaute nach unten. »Soll angeblich mal 'ne Verteidigungsanlage gewesen sein. Sieht aber gar nicht so aus.«

Da hatte er recht. Es gab nur eine Ansammlung von Gebäuden. Nicht einmal eine Landebahn war angelegt. Es waren keine Bunker zu erkennen. Wenn es überhaupt etwas Auffallendes gab, dann waren es ein paar merkwürdige, nach oben spitz zulaufende Dinger am Rand der Anlage.

»Terl hat es so angeordnet«, sagte Jonnie achselzuckend.

»Von wegen! Die Anordnung kam nicht von Terl. Ich hab die Weisung selber gelesen, sie war vom Planetarischen Direktor unterschrieben. Terl hat ja selber darüber gemeckert. Bei dem alten Numph sei wohl eine Schraube locker, hat er gesagt.«

Jonnie konnte sich durchaus einen Reim darauf machen, wenn auch ganz anders, als Ker sich das dachte. Terl wollte seine Spuren verwischen, das war's. Diese Sache hier ... das hatte etwas mit dem Projekt zu tun, von dem Terl gesprochen hatte. Und das war eine Erkenntnis, die Jonnie keineswegs erfreulich fand.

Ker machte eine Kopfbewegung nach hinten, zum Laderaum. »Das ist lauter Arbeitsgerät. Eine komplette Ausrüstung für die

Rohstoffgewinnung. Aber wozu, frag ich mich, wozu? So, halt dich jetzt fest, wir setzen zur Landung an!« Er drückte ein paar Knöpfe. Der Frachter schwebte abwärts und setzte leicht und glatt auf.

Ker legte die Atemmaske an. »Das ist auch so 'ne komische Sache: Wir haben 'n Haufen Maschinen dabei, aber keine Vorräte an Atemgas. Nur das, was zur Bordausstattung gehört. Außer dir kenn ich keinen, der so 'ne Maschine bedienen kann, wenn die Fahrerkabine nicht mit Atemgas gefüllt ist. Willst du sie etwa alle alleine bewegen?« Er lachte. »Da mußt du dir ganz schön den Arsch abwetzen! Komm, wir laden ab!«

Während der folgenden Stunde waren sie damit beschäftigt, die Maschinen in einer Reihe auf einer freien Fläche abzustellen, nicht weit von einem Gebäude, das die anderen überragte. Die Maschinen, das waren Bohrgeräte, bewegliche Arbeitsgerüste, Karren mit Kabelrollen, automatische Erz-Auffangvorrichtungen, Schaufelbagger und ein Lastwagen. Zusammen mit den Frachtladungen, die sie schon vorher hierher geflogen hatten, waren es jetzt über dreißig Maschinen.

»Laß uns ein bißchen herumstromern«, schlug Ker vor. »Wir haben uns beeilt und eine Menge Zeit gespart. Dieses große Gebäude hier interessiert mich. Wie mag's wohl drin aussehen?«

Im Innern gab es nicht viel zu sehen, nur Räume und wieder Räume und noch einmal Räume ... In den meisten waren Schlafkojen und Spinde aufgestellt. Andere schienen Waschräume zu sein. Genau ließ sich das nicht mehr feststellen, denn die Fenster waren längst zersplittert, und im Laufe vieler, vieler Jahre hatten Regenschauer und Schneestürme ihr Zerstörungswerk gründlich besorgt. Es war nicht viel mehr übriggeblieben als Trümmer inmitten von Staub und Schmutz.

»Hier ist nichts mehr zu holen«, sagte Ker. »Sehen wir uns woanders um!«

Er kletterte über Schutt durch den Eingang eines anderen Gebäudes. Jonnie sah sofort, daß es früher einmal eine Bibliothek gewesen sein mußte. Aber da hier die Chinkos nicht ihre schützende Hand über alles gehalten hatten, sah es wie auf einer Müllhalde aus. Unzählige Generationen von Schaben und Nagetieren hatten sich tausend Jahre lang an den Büchern sattgefressen.

Ker ging weiter, er trat durch kahles Gebälk, aus dem irgendwann vor Hunderten von Jahren die Tür herausgebrochen war. Der Raum, in den sie kamen, hatte eine eigenartige Struktur, bei der Steinsäulen von allen Seiten nach oben führten und an der Decke zusammenliefen. Vorn, an der Stirnwand, hing ein Kreuz.

»Mhm«, machte Ker, »was mag denn das sein?«

Jonnie versuchte ihm zu erklären, daß sie in einer ehemaligen Kirche waren.

»So?« wunderte sich Ker. »Komisch, daß es so etwas in einer Verteidigungsanlage gegeben haben soll! Weißt du was, ich glaube, das war überhaupt keine Verteidigungsanlage. Eher ... 'ne Schule oder so was.«

Jonnie musterte ihn. Schau mal an! dachte er. Sie nennen ihn »den Zwerg«, und sie glauben, daß er nicht gerade zu den Schlausten gehört! Aber er ist durchaus ein heller Kopf! Er behielt seine Gedanken allerdings für sich und verriet Ker nicht, daß sich überall in den Gebäuden Inschriften, Gedenktafeln und Hinweisschilder befanden, auf denen »United States Air Force Academy« stand.

Sie schlenderten zurück zum Frachtflugkörper. »Ich geh jede Wette ein«, sagte Ker, »daß wir gerade dabei sind, wieder so 'ne Art Schule einzurichten. Aber wer soll hier ausgebildet werden? Psychlos nicht, das ist sicher. Es gibt ja kein Atemgas. Nee, Psychlos nicht. Also ... na ja, ist ja egal. Schieb die Laderampen hoch, Jonnie, wir machen, daß wir hier wegkommen!«

Jonnie erledigte das, aber er stieg noch nicht zu Ker ins Cockpit. Er sah sich nach Wasser und Feuerholz um. Er hatte so eine Ahnung, als würde er bald hier draußen kampieren. Ja, da war ein Bachlauf. Sauberes, klares Wasser, das von den Bergen herunterkam. Und an Feuerholz würde es auch nicht mangeln.

Er ließ Ker noch einen Augenblick warten und ging hinüber zu dem alten Schützengraben, von dem aus das letzte Gefecht gegen die Psychlos geführt worden war. Das Gras stand hoch und wiegte sich im Wind. Und Jonnie war es, als höre er im Rauschen des Windes ein Lied. Von Einsamkeit und Hoffnungslosigkeit. Es machte ihn traurig.

Noch auf dem Rückweg zum Frachtflugkörper glaubte er das Lied zu hören.

6

Abends kam Terl, öffnete den Käfig und ließ Jonnie hinein. »Hör zu, Kreatur!« sagte er, und seine Stimme klang merkwürdig erregt. »Sag den Mädchen und den Pferden Lebewohl. Wir beide machen eine Reise, eine lange Reise. Morgen in aller Frühe geht's los.«

Jonnie, der gerade einen Arm voll Feuerholz hineintragen wollte, blieb stehen. »Eine Reise? Wie lange?«

»Ein paar Tage, eine Woche, mal sehen ...«, meinte Terl. »Warum willst du das wissen?«

»Ich muß ihnen etwas zu essen dalassen, und ... ach, es gibt eine Menge Dinge, um die ich mich noch kümmern muß.«

Terl schnaubte geringschätzig. »Ja, soll ich etwa hier stehenbleiben und warten, bis du damit fertig bist?« Er winkte Jonnie beiseite, schloß die Käfigtür und schaltete den Strom ein. »Ich komme später wieder«, sagte er und stampfte mit wuchtigen Schritten davon.

Also gut, jetzt ist es soweit, sagte sich Jonnie. Welche Teufelei hatte Terl sich wohl nun wieder ausgedacht?

Zum Glück hatte Jonnie gerade heute einen fetten jungen Bullen erlegt. Er machte sich rasch ans Werk, zerschnitt das Fleisch in handliche Stücke, wickelte zwei große Portionen ins Fell des Bullen und legte das Bündel vor die Käfigtür.

»Chrissie, pack mir geräuchertes Fleisch ein!« rief er. »So viel, daß es für eine Woche reicht. Und mach dir schon mal Gedanken, was du noch alles brauchst.«

»Du gehst weg?« fragte Chrissie. In ihrer Stimme schwang Angst mit.

»Nur vorübergehend.«

Beide Mädchen machten sorgenvolle Gesichter. Ohne Jonnie – das hieß fast schon, verloren zu sein.

Er verwünschte die elende Situation. »Macht euch keine Gedanken, ich komme bestimmt zurück. Aber beeilt euch mit dem Fleisch!«

Er ging zur Pferdekoppel und prüfte Blodgetts Wunde. Das Pferd konnte schon wieder laufen, doch aufgrund der Muskelrisse würde es nie wieder seine frühere Schnelligkeit erreichen.

Er wußte zunächst nicht, wie er das Futterproblem für die Pferde lösen sollte. Frei herumlaufen wollte er sie nicht lassen. Andererseits konnte er sie auch nicht eine ganze Woche lang angepflockt halten, denn das Gras in der Koppel hätte als Weidefläche nicht ausgereicht. Er entschied sich, sie doch frei laufen zu lassen, aber er schärfte Pattie ein, sie immer wieder an den äußeren Zaun zu rufen, jeden Tag ein paarmal, und beruhigend auf sie einzureden. Er wußte, daß er sich auf Pattie verlassen konnte.

Er stopfte Feuersteine und Zunder, scharfe Glasscherben und ein paar andere Kleinigkeiten in die Gürteltasche. Zwei Keulen rollte er in frische Rehlederkleidung ein, so daß er ein handliches Bündel bekam.

Als dann später am Abend Terl erschien und die Käfigtür öffnete, brachte Jonnie rasch all das hinein, was er für Chrissie und

Pattie zusammengetragen hatte. Nun konnten sie, während er weg war, Fleisch räuchern und das Bullenfell bearbeiten, das würde sie beschäftigen und ablenken. Er nahm das Bündel mit Rauchfleisch mit, das sie für ihn gepackt hatten.

»Kommst du auch heil wieder zurück, Jonnie?« fragte Chrissie.

Er brachte ein Lächeln zustande, obwohl ihm gar nicht danach zumute war. »Mach dir keine Sorgen. Darauf werde ich in allererster Linie achtgeben. Ich paß schon auf. Und ... hier ist etwas Talg, für Patties Nacken. Er ist wundgescheuert, reib ihn mit Talg ein.«

»Nun komm endlich!« rief Terl gereizt.

»Ach ja ... und die Glasscherben, die ich dir als Schneidewerkzeug gegeben habe ... Kommst du damit zurecht?«

»Sehr gut sogar«, sagte Chrissie. »Man muß nur aufpassen, daß man sich nicht in den Finger schneidet.«

»Ja, natürlich. Sei vorsichtig damit.«

»He!« rief Terl von draußen.

Jonnie küßte Pattie auf die Wange. »Paß gut auf deine große Schwester auf!«

Er umarmte Chrissie. »Bitte, mach dir keine Sorgen!«

»Verdammt und zugenäht, scher dich endlich raus!« schrie Terl.

Jonnie löste die Arme von Chrissies Schultern und wich langsam zurück. Chrissies Hand glitt auf seinem Arm abwärts, immer tiefer, je weiter er sich entfernte, bis schließlich nur ihre Finger ihn noch berührten.

»Gib gut auf dich acht, Jonnie!« Tränen rollten ihr über die Wangen.

Terl zerrte ihn heraus und warf hinter ihm die Käfigtür ins Schloß. Und während Jonnie das Einlaßgitter am Holzzaun zuschob, schaltete Terl den Strom wieder ein.

»Morgen in aller Frühe erwarte ich dich unten am Flugfeld«, sagte Terl. »Fix und fertig zum Start. Flugkörper Einundneunzig. Zieh was Vernünftiges an, damit du mir beim Flug nicht alles vollstinkst. Und trag ordentliche Stiefel. Bring reichlich Preßluftflaschen mit. Und die Pumpe. Und eine zweite Atemmaske. Ist das alles klar, Kreatur?« Er stampfte davon, sehr eilig. Er hatte es zur Zeit immer eilig. Als die Erschütterung des Bodens nachließ, wußte Jonnie, daß das Monster irgendwo in den Gebäuden verschwunden war.

Es war schon dunkel, als Jonnie anfing, Feldblumen zu pflücken und ein paar Beeren zu sammeln. Er wollte alles als Abschiedsgruß an Chrissie und Pattie durchs Gitter werfen. Aber der Strom ließ die Blumen verbrennen und die Beeren verschmoren. Und da erkannte Jonnie, daß er es besser gar nicht erst versucht hätte.

Schließlich legte er sich schlafen. Er fühlte sich mutlos. Er wußte, daß eine harte Zeit vor ihm lag. Sie würde ihm viel abverlangen, vielleicht sogar das Leben.

7

Sie hielten Kurs nach Nordosten. Der Flugkörper gewann schnell an Höhe. Es dauerte nicht lange, bis der Höhenmesser mehr als sechzehntausend Meter anzeigte. Terl hockte hinter der Steuerung. Er war schweigsam, ganz in sich zurückgezogen. Jonnie, auf dem Copilotensitz, hatte ebenfalls eine Steuerung vor sich. Die Sicherheitsgurte waren zweimal um ihn geschlungen. Die Gläser der Atemmaske beschlugen. Allmählich wurde es lausig kalt in der Kabine.

Sie waren erst spät gestartet, weil Terl persönlich jedes einzelne Ausrüstungsstück und alle technischen Einrichtungen des Flugkörpers überprüft hatte. Er war mißtrauisch gewesen, irgend jemand könnte einen Sabotageakt verübt haben. Übrigens hieß der Flugkörper nicht »Einundneunzig«, wie Terl gesagt hatte; das waren nur die letzten beiden Ziffern der insgesamt achtzehnstelligen Kennzahl. Es war eine alte Maschine, eine aus dem Restbestand von irgendeinem Krieg auf irgendeinem Planeten, deren Außenhaut zahlreiche Schrunden und Beulen und Brandflecke aufwies. Die Kabine war ähnlich eingerichtet wie bei den Frachtflugkörpern, aber mit Waffen bestückt, sogar mit Mehrfachwerfern von Luft-Luft- und Luft-Boden-Vernichtungswaffen.

Der riesige Rumpf der Maschine, der jetzt leer gähnte, war nicht für Frachtladungen ausgelegt, sondern für Truppentransporte. Die Sitzreihen reichten für fünfzig Company-Kampfsoldaten. Außerdem waren Behälter eingebaut, in denen der Kampfvorrat untergebracht werden konnte. Neben jedem Sitz gab es eine Waffenhalterung für die Handfeuer-Killer. Auch der Rumpf war mit Waffen bestückt. Alles machte einen etwas verwahrlosten Eindruck. Man sah gleich, daß die alte Mühle seit langem nicht mehr als Truppentransporter und wahrscheinlich auch sonst nur selten eingesetzt worden war.

Als Jonnie bemerkte, daß der Rumpf nicht mit Atemgas gefüllt war, wollte er dort Platz nehmen. Aber Terl bestand darauf, daß er auf dem Copilotensitz saß. Terl fand es offenbar hier vorn sehr angenehm. In der großen Höhe, in der sie flogen, gab es nur noch wenig Sauerstoff, und gegen die Eiseskälte, die in die Kabine drang, hatte er auch nichts einzuwenden.

Unter ihnen dehnten sich Ebenen und Gebirge. Die Landschaft lag ruhig da, die Maschine schien beinahe stillzustehen. Aber das war nur ein Eindruck, den ihnen die große Flughöhe vortäuschte. Tatsächlich rasten sie mit Überschallgeschwindigkeit dahin.

Bald hatte Jonnie herausgefunden, daß das, was da vor ihm im Blickfeld lag, die Polarlandschaft war. Nach Norden erstreckte sich die Eiswüste. Wie Finger schoben sich schmale Streifen fahlgrüner See hinein, halb versteckt unter Dunst. Sie flogen nicht direkt auf den Nordpol zu, aber weit konnten sie nicht davon entfernt sein.

Der ratternde Drucker des Bordcomputers spuckte auf einem fortlaufenden Band die jeweils neuesten Daten ihrer Position aus. Jonnie las mit. Die Maschine legte sich in eine weitgezogene Kurve nach Osten.

»Wohin fliegen wir?« fragte Jonnie.

Eine Weile antwortete Terl überhaupt nicht. Dann nahm er aus der Seitentasche seines Sitzes eine Karte der Intergalaktischen Rohstoff Company und warf sie Jonnie zu. »Was du da unten siehst, ist die Erde, Kreatur. Und die Erde ist rund.«

Jonnie faltete die Karte auf. »Ich weiß, daß sie rund ist. Ich frage, wohin wir fliegen?«

»Also ...« Terl langte herüber und deutete auf den Nordteil der Karte. »Dahin fliegen wir nicht. Sieht zwar aus, als ob es fester Boden wäre. Aber in Wirklichkeit ist alles Wasser. Eis, wenn du so willst. Versuch da ja nie zu landen! Du frierst dich glatt zu Tode.«

Jetzt lag die Karte vollständig aufgefaltet vor Jonnie. Terl hatte in einer geschwungenen roten Linie ihren Kurs eingezeichnet: vom Startpunkt aus, in Nordostrichtung über einen Kontinent hinweg, quer über eine Insel und dann nach unten zur Nordspitze einer anderen Insel. Wie auf allen Karten der Company waren auch auf dieser statt der Ortsbezeichnungen Kennzahlen eingetragen. Jonnie erinnerte sich an die geographischen Angaben, die er von den Karten der Chinkos kannte, und verglich sie mit den Kennzahlen auf der Psychlo-Karte. Demnach verlief ihr Kurs über Kanada nach Nordosten, er kreuzte Grönland, führte an Island vorbei und endete an der Nordspitze von Schottland. Auf der Karte der Company hieß Schottland »89-72-13«.

Nachdem er eine neue Serie von Koordinaten eingegeben hatte, stellte Terl die automatische Flugsteuerung ein, langte hinter seinen Sitz und zog aus einem Kasten eine Reiseflasche mit Kerbango. Er goß die nicht gerade zierliche Verschlußkappe voll und kippte das Zeug in sich hinein.

»Hör jetzt gut zu, Kreatur!« Terls Stimme übertönte das Dröhnen im Flugkörper. »Ich bin unterwegs, um mir fünfzig Menschendinger zu holen, als Arbeitskräfte.«

»Ich dachte, wir Menschen seien so gut wie ausgestorben?«

»Nein, Rattenhirn. An verschiedenen unzugänglichen Orten auf diesem Planeten gibt es noch ein paar Gruppen von euch.«

»Aha. Und wenn wir die fünfzig haben, dann werden wir sie auf diese sogenannte Verteidigungsanlage bringen, wie?«

Terl nickte. »Und du wirst mir dabei behilflich sein.«

»Wenn ich dir helfen soll, müssen wir wohl oder übel darüber sprechen, wie die Sache ablaufen soll.«

Terl zuckte die Achseln. »Ganz einfach. Es gibt da ein Dorf, oben in den Bergen, genau da, wo ich den roten Kreis in die Karte gezeichnet habe. Und wir sitzen in einem Kampfflugkörper. Wir werden im Sturzflug runtergehen, Betäubungsstrahlen einsetzen und dann die, die wir haben wollen, einsammeln und an Bord bringen.«

Jonnie sah ihn fest an. »Nein.«

»Hör mal, du hast versprochen ...«

Ungerührt von Terls feindseligem Ton, unterbrach ihn Jonnie. »Ich weiß genau, was ich versprochen habe. Ich sage nein, weil dein Plan nichts taugt.«

»Ich kann diese Kanonen auf ›Betäubung‹ einstellen. Ich muß nicht gleich tödliche Energiesalven verwenden.«

»Erzähl mir lieber, was die Menschen, die du in deine Gewalt bringen willst, tun sollen.«

»Nun, du wirst sie an unseren Maschinen ausbilden. Ich habe angenommen, daß du selber darauf kommst, Rattenhirn, schließlich hast du die Maschinen ja überführt. Nun sag schon, wieso mein Plan angeblich nichts taugt?«

»Sie werden nicht zur Zusammenarbeit bereit sein«, antwortete Jonnie.

Stirnrunzelnd dachte Terl darüber nach. Es war wieder das alte Problem: Er brauchte ein *Druckmittel!* Und insofern hatte Jonnie recht, es gab nichts, womit er diese Schotten, die er sich holen wollte, unter Druck setzen konnte. »Na schön, dann sagst du ihnen eben: Wenn sie nicht mit uns zusammenarbeiten wollen, schießen wir ihnen ihr Dorf in Grund und Boden!«

»Mal sehen«, sagte Jonnie nur. Und er lachte dabei Terl verächtlich ins Gesicht.

Nichts hätte Terl mehr reizen können. Wie dieses Menschending schon dasaß, zurückgelehnt, in die Karte vertieft ... Was Jonnie bei seinem Kartenstudium herausfand, war, daß sie einen weiten Bogen um eine Außenstation der Psychlos im Südwesten von England schlugen. Er wäre jede Wette eingegangen, daß Terl vorhatte, von Norden her im Tiefflug, dicht über den Wellen, zur Landung in Schottland anzusetzen.

»Warum soll der Plan nichts taugen?« fragte Terl hartnäckig.

»Wenn ich die Leute ausbilden soll, dann laß mich lieber zu ihnen gehen und sie holen.«

Terl lachte bellend. »Kreatur, wenn du in dieses Dorf gehst, wirst du durchlöchert wie ein Sieb! Das wäre der reinste Selbstmord! Meine Güte, was bist du doch für ein Rattenhirn!«

Jonnie hielt ihm die Karte hin. »Wenn du irgendwelche Hilfe von mir erwartest, dann lande da oben auf dem Berg und laß mich die letzten Kilometer zu Fuß gehen.«

»Und was willst du dann machen?«

Jonnie dachte nicht daran, ihm das zu erzählen. Er sagte nur: »Ich hole dir fünfzig Leute.«

Terl schüttelte den Kopf. »Das ist mir zu riskant. Ich hab doch nicht ein Jahr damit zugebracht, dich auszubilden, nur damit ich noch mal ganz von vorn anfangen muß!« Dann erkannte er, daß er vielleicht schon zuviel gesagt hatte. Mißtrauisch blinzelte er zu Jonnie hinüber und dachte bei sich, daß es gar nicht gut wäre, wenn diese Kreatur merkte, wie wertvoll sie für ihn geworden war.

»Verdammt, mir soll's egal sein! Von mir aus kannst du losziehen und dich umbringen lassen. Was liegt schon dran, ob's eine Kreatur mehr oder weniger von deiner Sorte gibt? Wo ist dieser beschissene Berg, auf dem ich landen soll?«

Kurz vor der nördlichen Küste Schottlands drückte Terl den Flugkörper tatsächlich tief hinunter und raste dicht über den Wellen aufs Land zu. Es sah aus, als pflügten sie das graugrüne Wasser. Von Zeit zu Zeit mußte Terl die Nase des Flugkörpers heben, um nicht mit einer Klippe zu kollidieren. Sie erreichten die Küste, jagten im Tiefflug über die Landschaft. Terl rasierte Büsche und Baumwipfel ab, und schließlich setzte er die Maschine unter einem Berghang auf.

Jonnie hätte seine Wette gewonnen. Offenbar war Terl wirklich viel daran gelegen, nicht von der Außenstation im Süden entdeckt zu werden.

8

Jonnie stieg aus dem Cockpit und betrat ein Land, das ihm fremdartig vorkam.

Der öde Berg und das Krüppelgehölz, das an seinen Hängen wuchs, schien in milchigem Dunst zu schweben. Alles war in trübes, mattes Blau gehüllt. Es war eine Landschaft von herber Schönheit, mit dunklen Schluchten und mit Gipfeln, die streng und abweisend erschienen. Und doch lag in allem ein geheimnisvoller Reiz, der ahnen ließ, daß sich hinter der herben Strenge liebliche Sanftheit verbarg. Er hatte nie gedacht, daß es irgendwo eine Landschaft geben könnte, die so ganz anders war als die bizarren Berge seiner Heimat.

Er hatte sich umgezogen und trug nun wieder die Kleidung aus Rehleder. An seinem Gürtel hing eine Keule.

»Es sind ungefähr acht Kilometer«, sagte Terl und zeigte nach Süden. »Schwieriges Gelände. Komm mir ja nicht auf die Idee, verschwinden zu wollen! Zwischen hier und deiner Heimat liegen ein riesiger Ozean und ein ganzer Kontinent. Du schaffst es nie bis nach Hause.« Er zog den kleinen Kasten mit der Fernbedienung aus der Tasche, deutete warnend darauf und legte ihn hinter sich auf den Sitz.

»Es kann sein, daß ich spätestens morgen früh zurückkomme und dich ins Dorf hole«, sagte Jonnie. »Also, bleib hier und warte auf mich.«

»Bis morgen mittag, nicht länger!« gestand ihm Terl zu. »Dann komme ich und hole mir die fünfzig Mann auf meine Weise. Solltest du noch leben, dann kriech irgendwo in Deckung, damit dich die Betäubungsschüsse nicht mit erwischen, du verdammter Narr!«

»Morgen früh sehen wir uns wieder«, sagte Jonnie und zog los.

»Mach's gut, Rattenhirn!« rief Terl ihm nach.

Mit einigem Glück fand Jonnie einen schwach ausgetretenen, kaum erkennbaren Pfad, der nach Süden führte, stellenweise von Krüppelgehölz überwuchert, von Rinnsalen durchzogen, dann wieder über öde, offene Flächen. Mal konnte er schnell ausschreiten, mal kam er nur langsam und mühsam voran.

Das Land sah nicht sehr fruchtbar aus. Nirgendwo stöberte er

Wild auf, bloß eine alte Fährte. Es gab nur wenige Flecken Weideland. Einmal glaubte er, an einem weit entfernten Berghang ein paar Schafe zu sehen, nur eine kleine Herde. Aber er war nicht ganz sicher. Alles erschien hier so schattenhaft verschwommen.

Durchs dürre Gehölz sah er etwas wie eine Wasserfläche schimmern. Er ging ein Stück durch einen ausgetrockneten Bachlauf bergauf, um einen besseren Ausblick zu haben. Tatsächlich, da lag ein Binnensee vor ihm. Er durfte sich nicht aufhalten und sah zu, daß er wieder hinunter auf den Pfad kam.

Wie aus dem Nichts reckten sich ihm plötzlich aus der Deckung der Büsche heraus drei zugespitzte Stangen entgegen. Er blieb stehen. Ganz langsam hob er die Hände und drehte die Handflächen nach außen, um zu zeigen, daß er keine Waffe darin hielt.

Eine kehlig keuchende Stimme sagte: »Nimm ihm die Keule weg, nun mach schon!«

Einer der Speere senkte sich. Aus dem Gebüsch trat ein schwergewichtiger, schwarzbärtiger junger Bursche. Man sah ihm an, er traute dem Frieden nicht, er war ständig auf der Hut, als er Jonnie die Keule wegnahm. Dann ging er um Jonnie herum und stieß ihn vorwärts. Die anderen Speere gaben den Weg frei.

»Nu aber aufgepaßt!« sagte der mit der keuchenden Stimme. »Laßt 'n ja nicht weglaufen!«

Sie kamen auf eine kleine Lichtung, und jetzt, als sie nicht mehr hintereinander hergehen mußten, konnte Jonnie die Männer in Augenschein nehmen. Es waren vier, zwei Schwarzhaarige mit dunklen Augen, ein blauäugiger Blonder, der die anderen überragte, und ein alter Mann, der offenbar das Kommando hatte.

Sie trugen gemusterte, knielange Röcke aus einem rauhen Material. Ihre übrige Kleidung bestand teils aus gewebtem Stoff, teils aus Fellen. Und auf ihren Köpfen saßen runde Mützen.

»Der kommt von den Orkneys«, vermutete einer. »Bestimmt ein Dieb.«

»Nee, die Orkneymänner kenn ich«, widersprach ein anderer.

»Er könnte ein Schwede sein«, meinte der Blonde. »Allerdings, wenn ich's mir recht überlege ... Schweden sind anders angezogen.«

»Hört auf mit dem Geschwätz!« sagte der alte Mann. »Durchsucht seine Gürteltasche, vielleicht finden wir da die Antwort.«

Jonnie lachte. »Wenn's darum geht, ich kann euch die Antwort geben.«

Sie wichen zurück, als hätte er sie angegriffen.

Dann trat einer von den Schwarzhaarigen dicht an Jonnie heran und musterte ihn. »Ich hab's. Der kommt aus 'm Süden, das iss 'n Angelsachse. Hört euch bloß sein' Akzent an!«

Der alte Mann schob den Schwarzhaarigen ungeduldig beiseite. »Unsinn. Die Angelsachsen sind alle tot, schon seit vielen Jahrhunderten. Mal abgesehen von denen, die schon hier bei uns leben.«

»Laßt uns ins Dorf gehen«, schlug Jonnie vor. »Ich bin jemand, der euch eine Botschaft bringt.«

»Aha!« rief der Schwarzbärtige aus. »Einer vom Clan Argyll! Ihr wollt wohl über Frieden verhandeln?«

»Nee, nee, nee!« sagte der alte Mann entschieden, »die würd ich auch sofort am Umhang erkennen.« Er pflanzte sich breitbeinig vor Jonnie auf. »Ein Bote bist du? Von wem?«

»Wenn ich dir das sage, haut's dich glatt um!« antwortete Jonnie lachend. »Also, laß uns ins Dorf gehen. Die Botschaft, die ich bringe, ist für euren Pastor oder euren Bürgermeister bestimmt.«

»Pastor? Mhm ... So was haben wir. Aber ich glaube, du meinst eher Fearghus, unseren Clanchef. Los, Jungs, geht hinter ihm her und treibt ihn vorwärts!«

9

Das Dorf lag am Ufer eines Sees, den sie »Loch Shin« nannten. Es sah so aus, als wäre es nur für einen vorübergehenden Aufenthalt eingerichtet. Alles deutete darauf hin, daß die Einwohner Vorsorge getroffen hatten, notfalls rasch ihre Siebensachen einsammeln und in die Berge fliehen zu können. Überall standen Holzgestelle, auf denen Fisch dörrte. Hinter verfallenen Mauern spähten mit ängstlichen Augen Kinderköpfe hervor. Nur wenige Leute kamen aus den Hütten, um die Gruppe beim Einzug ins Dorf zu beobachten. Aber Jonnie hatte das Gefühl, daß hinter den Fenstern und hinter halboffenen Türen noch viele Augen lauerten.

Auch hier im Dorf zeichnete der Dunst alle Konturen weich. Die unbewegte, ausgedehnte Wasserfläche von Loch Shin verstärkte den Eindruck von Ruhe, Frieden und Gelassenheit.

Es schien nur ein Haus zu geben, das ganz aus Steinen errichtet war. In dessen Vorderraum schoben sie Jonnie hinein, der alte Mann verschwand in dem dahinter gelegenen. Während Jonnie wartete, hörte er nebenan Stimmengemurmel. Ein hohlwangiges Kind schielte hinter einem zerfetzten Vorhang hervor, seine blauen Augen musterten Jonnie eindringlich. Jonnie streckte eine Hand aus, um das Kind näher an sich heranzulocken, aber es verschwand augenblicklich, und nur der flatternde Vorhang verriet noch, wo es gestanden hatte.

An der Rückseite des Hauses gab es offenbar eine zweite Tür, Jonnie hörte, wie sie ein paarmal geöffnet und geschlossen wurde. Das Murmeln im angrenzenden Raum wurde lauter. Daraus schloß Jonnie, daß immer mehr Leute durch die Hintertür hereingekommen waren.

Schließlich erschien wieder der alte Mann. »Er will dich jetzt sehen«, sagte er zu Jonnie und deutete auf den Raum, aus dem er gekommen war.

Jonnie ging hinein. Ein paar Männer – acht mochten es sein, soweit er das auf den ersten Blick abschätzen konnte – saßen längs der Wand. Sie trugen Speere und waren mit Keulen bewaffnet.

Auf einem Stuhl an der Stirnwand des Raumes saß ein schwarzhaariger Mann mit prächtigem dunklen Bart, ein wahrer Hüne. Der Rock, den er trug, war so kurz, daß er die knochigen Knie und die stämmigen Beine freiließ. Er hatte ein Bandelier aus weißen Schulterriemen umgelegt, die sich über der Brust kreuzten und dort mit einem silbernen Abzeichen verziert waren. Eine runde Mütze bedeckte seinen Kopf. Auf den Knien hielt er ein großes altes Schwert. Jonnie wußte sofort, daß er vor Fearghus stand, dem Clanchef.

Fearghus' Blick schweifte über den Rat, als wollte er noch einmal prüfen, ob alle Männer da wären und aufmerksam dem Geschehen folgten. Dann richteten sich seine Augen auf den Ankömmling.

»Ein Bote seid Ihr also«, begann er. »Von wem?«

»Haben Sie je Schwierigkeiten mit den Monstern gehabt?« fragte Jonnie zurück.

Die Männer starrten ihn an. Die Frage schien sie wie ein Schock zu treffen.

»Ich nehme an, Ihr meint die Dämonen?« wollte Fearghus wissen.

Und Jonnie entgegnete: »Würde es Ihnen etwas ausmachen, mir von den Schwierigkeiten zu erzählen, die Sie gehabt haben?«

Das löste in der Gruppe der Männer einen kleinen Tumult aus. Fearghus hob gebieterisch die Hand. Es wurde wieder still.

»Junger Mann«, sagte Fearghus, »bisher habt Ihr uns Euren Namen noch nicht genannt. Ein Bote wollt Ihr sein ... Wir wissen noch nicht, von wem, aber ich denke mir, Ihr werdet es uns zur rechten Zeit sagen. Nichts wissen wir von Euch ... Also, betrachtet es als Höflichkeit, wenn ich dennoch Eure Frage beantworte.« Jonnie hatte die Besonderheiten des Akzents erfaßt und konnte Fearghus ohne Schwierigkeiten folgen, wenn er mit kehliger Stimme und abgehackt sprach.

»Seit jenen Tagen, von denen uns in den alten Mythen erzählt wird, hatten wir ständig Schwierigkeiten mit den Dämonen«, fuhr Fearghus fort. »Den Mythen zufolge haben sie eine Wolke über dem Land aufziehen lassen, und davon sind die Menschen dahingerafft worden, bis auf die wenigen, die davonkamen. Ich nehme an, auch Ihr kennt diese Mythen, denn sie gehören zu unserer Religion, und Ihr macht mir den Eindruck eines ordentlichen, höflichen und gottesfürchtigen jungen Mannes.«

Fearghus schwieg einen Moment, als wollte er den anderen Gelegenheit geben, über seine Worte nachzudenken. Dann sagte er: »Dies ist der südlichste Punkt, an dem Menschen wagen dürfen, ihr Leben zu fristen. Ein paar hundert Kilometer südwestlich von hier liegt eine Festung der Dämonen. Und von Zeit zu Zeit brechen sie zu einem Kriegszug auf, zur Jagd auf Menschen. Wer ihnen in die Hände fällt, den töten sie wahllos und ohne Gnade. Im Augenblick trefft Ihr uns in unserem Fischerdorf an, weil gerade jetzt die Zeit ist, in der die Fische besonders gut beißen. Es ist ein Risiko, hier zu sein und zu arbeiten. Sobald wir genügend Nahrungsmittel haben, werden wir uns wieder ins Hochland zurückziehen. Wir sind immer ein stolzes Volk gewesen, und wir sind es noch, wir – vom Clan Fearghus. Aber den Dämonen kann niemand die Stirn bieten. Dies war die Antwort auf Eure Frage. Und nun seid Ihr dran.«

»Ich bin gekommen, weil ich fünfzig junge Männer werben will, tapfere Männer«, sagte Jonnie. »Sie werden eine bestimmte Ausbildung erhalten und eine bestimmte Aufgabe erfüllen. Es wird gefährlich werden. Viele mögen dabei ihr Leben lassen. Aber am Ende ... am Ende werden wir mit Gottes Hilfe, und wenn wir nur fest an unsere Sache glauben, die Dämonen besiegen und von dieser Erde vertreiben.«

Diesmal erhob sich nicht nur Rumoren, diesmal schlugen Jonnies Worte wie eine Bombe ein. Die Männer des Rates hatten still und in sich gekehrt die Ausführungen des Clanchefs angehört, und als er von den alten Mythen gesprochen hatte, spiegelten sich in ihren Gesichtern Leid und Ängste wider. Aber die Vorstellung, gegen die Dämonen zum Kampf anzutreten, war so ungeheuerlich, daß sie außer sich gerieten.

Jonnie saß still da und wartete. Die Männer beruhigten sich erst wieder, als der Clanchef mit dem Schwertgriff auf die Sessellehne schlug. Fearghus sah die Männer der Reihe nach an. »Ihr wollt das Wort, Angus?«

»So ist es. Eine der Mythen berichtet uns, daß einst, als die Schotten noch zu Tausenden zählten, eine Heerschar nach Süden aufbrach und bis zum letzten Mann vernichtet wurde.«

»Das war lange vor der Zeit der Dämonen!« rief eines der Ratsmitglieder dazwischen.

Eine andere Stimme dröhnte: »Niemand ist je gegen die Dämonen zum Kampf angetreten!«

Ein grauhaariger Mann aus dem Rat, den die anderen »Robert den Fuchs« nannten, trat vor und sagte: »Ich denke, niemand wird in Abrede stellen, daß es einen Versuch wert wäre. Wir verhungern im Hochland. Es gibt nicht genug Weideland für die Schafe. Wir wagen es nicht mehr, in den engen, steinigen Tälern zu pflügen und Feldfrüchte anzubauen, wie es unsere Vorfahren getan haben. Denn die Mythen erzählen uns, daß die Dämonen durch die Luft fliegen und uns mit ihren Augen verfolgen. Und ich habe auch schon sagen hören, daß diese merkwürdigen Metallzylinder, die manchmal über uns hinwegfliegen, nichts anderes als leibhaftige Dämonen sind.«

Nach kurzer Pause fuhr er fort: »Aber ich sage euch noch etwas: Dieser Fremde, in Rehleder gekleidet, der Erscheinung nach ein Jäger, ein Mann, der unsere Sprache spricht, wenn auch mit einem seltsamen Akzent, ein freundlicher, höflicher junger Mann, bestimmt keiner aus dem Clan Argyll ... Ich sage euch, daß dieser Fremde einen Gedanken ausgesprochen hat, wie ich ihn in meinem ganzen langen Leben nie zuvor gehört habe. Seine Worte entzünden den Geist, sie wecken eine Vision. Daß er uns überhaupt einen so kühnen, gewagten Plan vorschlägt, beweist mir, daß er im Innersten seines Herzens ein Schotte sein muß! Mein Rat heißt: Hören wir ihm zu!«

Fearghus war nachdenklich geworden. »Wir können nicht alle unsere jungen Männer mit ihm ziehen lassen. Einige müßten auch von den Campbells gestellt werden. Und ein paar von den Glencannons. Aber, Fremder, nehmt's mir nicht übel, Ihr habt uns immer noch nicht gesagt, wie Ihr heißt und wessen Bote Ihr seid.«

Jonnie gab sich einen Ruck. »Ich bin Jonnie Goodboy Tyler. Ich komme aus Amerika.«

Alle redeten durcheinander. Und dann übertönte Robert der Fuchs die anderen: »In den Mythen steht, daß das zu Zeiten unserer Altvorderen ein Land war, in das viele Schotten gezogen sind.«

»Dann stimmt es«, sagte einer, »dann ist er ein Schotte.«

Der Clanchef hob die Hand, um sie zum Schweigen zu bringen. »Das beantwortet immer noch nicht die Frage, wessen Bote er ist.«

Obwohl ihm gar nicht danach zumute war, gab Jonnie sich den Anschein von Gelassenheit. »Ich bin ein Bote der Menschheit. Ich bin ein Bote in der letzten Stunde, bevor es zu spät ist, bevor wir endgültig ausgelöscht werden.«

In manchen Augen las er ehrfurchtsvolle Scheu, in anderen Verwunderung.

Der Clanchef beugte sich vor. »Aber wie seid Ihr hergekommen?«

»Ich bin geflogen.«

Man sah es dem Clanchef und den Mitgliedern des Rates an, daß sie diese unerwartete Antwort eine Weile durchdenken mußten. Schließlich meinte Fearghus stirnrunzelnd: »Heutzutage können nur die Dämonen fliegen. Wie habt Ihr es geschafft, von Amerika herüberzukommen?«

»Ich verfüge über einen Dämon«, antwortete Jonnie.

10

Er mußte zurück sein, bevor Terl den Flugkörper startete und zum Betäubungsangriff gegen das Dorf ansetzte. Die Sonne hatte sich auf ihrer täglichen Bahn schon bedenklich dem höchsten Stand genähert. Das bedeutete, Mittag war nicht mehr fern.

Jonnie rannte den Pfad bergauf. Das Herz schlug ihm zum Zerspringen. Zweige und Blattwerk peitschten ihn. Steine rutschten rollend unter seinen dahinjagenden Füßen weg.

Es war eine hektische Nacht gewesen. Und er hatte bis in den Vormittag hinein hart arbeiten müssen.

Der Clanchef hatte Läufer ausgesandt. Reiter waren mit donnerndem Hufschlag durchs Hochland gezogen. Es ging darum, die Führer der anderen Clans zusammenzurufen. Und sie kamen. Sie kamen aus den engen Tälern und den verborgenen Schluchten der Berge, bärtige Männer im Kilt, Männer, die gelernt hatten, stets auf der Hut und mißtrauisch zu sein. Sie kamen, obwohl viele einander spinnefeind waren.

Die Clanchefs von den MacDougals, von den Glencannons, von den Campbells ... und viele andere. Sogar der Führer der Argylls erschien. Desgleichen ein englischer Lord, der mit seinen Leuten im tiefer gelegenen Hügelland Zuflucht gesucht hatte. Und schließlich, als einer der letzten, stieß noch der König einer kleinen norwegischen Siedlung, die an der Ostküste Schottlands entstanden war, zu ihnen.

Mitternacht war vorüber, als sie sich endlich alle versammelt hatten und Jonnie zu ihnen sprechen konnte. Sie erkannten ihn als ihresgleichen an.

Er erzählte ihnen von Terls Plänen, die nichts mit der Intergalaktischen Rohstoff Company zu tun hatten, sondern nur Terls persönlichem Vorteil dienen sollten. Er erklärte ihnen, wie Terl seine Macht benutzte, um ihn zur Mitarbeit zu zwingen, und wie er durch ihn andere Menschen in seine Gewalt bringen wollte und wie alles nur darauf ausgerichtet war, Terls persönliches Projekt auszuführen. Er verschwieg ihnen auch nicht, daß der Psychlo wahrscheinlich viele von ihnen niedermetzeln würde, wenn sie getan hatten, was er von ihnen verlangte.

Als er zu ihnen sprach und ihre unbewegten Gesichter rund um den flackernden Schein des Feuers sah, wurde ihm klar, daß er gut daran täte, sich ihre typische schottische Freude an einer ausgeklügelten List zunutze zu machen. Und wirklich, als er erwähnte, daß er eine schwache Chance sähe, den Spieß umzudrehen und Terl zu ihrem Werkzeug zu machen, da begannen die Clanchefs eifrig zu nicken. Vergnügtes Grinsen breitete sich auf ihren Gesichtern aus, und er las Hoffnung in ihren Augen.

Dann erzählte er ihnen von Chrissie, die als Geisel gehalten wurde. Und er sagte, daß er seine Pläne vor allem auch geschmiedet habe, um das Mädchen zu retten. Und da hatte er sie für sich gewonnen. Über alle Niederlagen und Demütigungen hinweg hatten sie sich ihre romantische Ritterlichkeit bewahrt. Das Risiko, seinen kühnen Plänen zuzustimmen, gingen sie mit dem Verstand ein. Das Ziel, Chrissie zu retten, aber war ihnen eine Herzenssache.

Wie sie aussah, wollten sie wissen. Strohblond, sagte er, mit dunklen Augen. Und ...? Ja, versicherte er, ein wunderschönes Mädchen, taufrisch und anmutig. Und wie ging es ihr? Mein Gott, wie konnte es ihr schon gehen! Sie war verzweifelt, und sie wagte kaum noch, auf Rettung zu hoffen. Sie mußte ein Halseisen tragen, war festgebunden an den Gitterstäben eines Käfigs.

Sie hoben drohend ihre Schilde. Sie gaben feierliche Erklärungen ab. Sie zitierten aus den alten Legenden.

Signalfeuer wurden auf den Hügeln entzündet. Die Clanchefs riefen ihre Gefolgsleute zusammen. Noch bevor der Morgen graute, sandten sie Boten aus, um ihre Clans wissen zu lassen, daß es Zeit war, zum Kampf zu rüsten.

Eine Wiese wurde zum Versammlungsplatz bestimmt. Und als die Clans endlich eingetroffen waren, gab es zahllose Fragen und Erklärungen und Zeremonien, die bis in den späten Vormittag andauerten. Jonnie sah mit Schrecken, wie wenig Zeit ihm noch blieb, zum Flugkörper zurückzukehren und Terl von einer Torheit abzuhalten, die alle Pläne zunichte machen würde.

Und so quälte er sich nun den steilen, gewundenen Pfad

bergauf, gehetzt, ohne Zeit für eine Pause, obwohl Atemnot und schmerzhafte Seitenstiche immer unerträglicher wurden. Er wagte es kaum noch, hochzuschauen und nach dem Sonnenstand zu sehen. Er war nicht sicher, ob Terl sich an ihre Vereinbarung halten und ob er die Tageszeit nach der Uhr oder nach der Sonne bestimmen würde. Jeden Augenblick mußte er damit rechnen, über sich das Dröhnen der Maschine zu hören und sie starten zu sehen zum verderbenbringenden Anflug aufs Dorf.

Acht Kilometer! Acht unendlich lange Kilometer auf schwierigem Pfad!

Jonnie hörte, wie der Motor angelassen wurde. Er war fast da. Keuchend brach er durchs Gebüsch. Der Flugkörper begann schon schwebend abzuheben.

Er schrie. Er gestikulierte wild mit den Armen. Er stürmte vorwärts. Wenn er zu spät kam, auch nur eine Minute zu spät, war alles umsonst gewesen!

Die Maschine schwebte über dem Boden. Die Nase des Flugkörpers drehte sich, nahm Anflugrichtung auf das Dorf.

Jonnie ließ die Keule wirbeln. Es gab nur noch diese eine Chance. Er schleuderte sie los, um die letzten zehn Meter zu überbrücken, den Rumpf der Maschine zu treffen, damit Terl auf ihn aufmerksam wurde. Und es gelang!

Der Flugkörper senkte sich auf den Boden zurück. Jonnie ließ sich fallen. Er rang nach Luft. Sein Atem ging keuchend. Der Motorenlärm verstummte. Terl öffnete die Einstiegluke.

»Haben sie dich weggejagt, Kreatur?« rief Terl ihm zu. »Na, komm, steig ein! Dann wollen wir mal losziehen! Ich zeig dir, was ein vernünftiger Plan wert ist!«

Jonnie japste immer noch, als er sich hochzog und ins Cockpit kroch. Die Füße schmerzten ihn, zerschunden an unendlich vielen Steinen. »Nein, nein«, brachte er hervor, »es ist alles geregelt.«

Terl grinste spöttisch. »Die ganze Nacht habe ich Feuer auf den Hügeln brennen sehen. Ich hätte gewettet, daß sie dich als Festbraten rösten.«

»Nein, sie haben die Feuer entzündet, weil sie Freiwillige für den Arbeitstrupp zusammenrufen wollten.«

Terl wollte das einfach nicht für möglich halten.

»Wir müssen sehr umsichtig vorgehen«, sagte Jonnie.

Ja, gut ... das sah Terl ein.

»Sie werden sich auf einer Bergwiese versammeln, ungefähr fünf Kilometer von hier.«

»Ah, du hast sie dazu gebracht, schön dicht zusammenzurücken, wie?« freute sich Terl. »Um so besser! Dann wird der

Betäubungsangriff ein Kinderspiel!«

»Terl, unser Erfolg hängt davon ab, daß wir keinen Fehler machen!«

»Kreatur, erzähl mir doch nichts! Sag die Wahrheit! Warum keuchst du so erbärmlich? Haben sie dich gejagt?«

Jonnie wurde wütend. »Verdammt noch mal, ich habe alles für dich geregelt, wir müssen's bloß noch zu Ende bringen. Sie werden zu Hunderten auf der Wiese sein. Alles, was ich von dir will, ist, daß du auf der Wiese landest. Oben am Hang, ich zeig's dir schon. Und dann bleibst du bei offener Seitentür sitzen. Und sonst tust du nichts, absolut nichts! Ich wähle mir die richtigen Leute unter den Freiwilligen aus. Wir nehmen sie an Bord, und morgen früh starten wir.«

»He!« schnauzte Terl ihn an. »Ist es jetzt soweit, daß du mir Befehle gibst?«

»So habe ich's vereinbart. Du läßt die Seitentür offen und schaust zu und überzeugst dich davon, daß alles richtig läuft.«

»Ich verstehe!« Terl grinste breit. »Du brauchst mich, damit ihnen bei meinem Anblick die Knie schlottern und sie um so besser gehorchen!«

»Du hast es erfaßt«, sagte Jonnie. »Was ist jetzt, können wir losfliegen?«

11

Robert der Fuchs sagte, es sei seit Menschengedenken nie eine so große Menge zusammengekommen.

Über tausend Schotten, dazu einige wenige Engländer und ein paar Norweger drängten sich auf der Wiese. Sie hatten zu essen und zu trinken mitgebracht – und auch ihre Waffen, für alle Fälle. Und ihre Dudelsackpfeifer waren mitgekommen. Bunte Kilts, runde Mützen, ein Wogen und Kommen und Gehen ... Bergpferde dazwischen, rauchende Feuer ... Und überall das laute, schrille Pfeifen der Dudelsäcke.

Eine Welle der Erregung lief durch die Menge, als auf dem geschwungenen Hügelrücken oberhalb der Wiese der Flugkörper landete. Aber die Clanchefs hatten ihre Leute gut unterrichtet, wie Jonnie es ihnen aufgetragen hatte. Deshalb entstand keine Panik, als die massige Gestalt von Terl in der Seitentür der Maschine auftauchte. Dennoch hielten die Männer sich in einigem Abstand vom

Flugkörper. Die Furcht, die Terl deutlich auf manchen Gesichtern las, ließ ihn glauben, daß Jonnie recht damit gehabt hatte: Er mußte hier sitzen, um die Menschendinger da unten einzuschüchtern.

Jonnie behielt Terl vorsorglich im Auge. Man konnte nie wissen, ob das Monster nicht plötzlich einen seiner sadistischen Anfälle bekam und wer weiß was anrichtete.

Mehr als die Hälfte der Versammelten waren junge Männer. Die Clanchefs hatten schon ihre Ansprachen gehalten, die jungen Männer wußten, worum es ging, und sie hatten sich als geschlossene Gruppe in der Mitte der Menge aufgestellt.

Jonnie saß auf einem Pferd, das ihm der Clanchef der Glencannons zur Verfügung gestellt hatte. So konnten ihn alle sehen. Er war mit Schwung aufgesessen, obwohl das Pferd nicht gesattelt war und kein Zaumzeug trug. Aber er, der mit Pferden aufgewachsen war, brauchte das nicht.

Die Clanchefs und die Führer der einzelnen Gruppen hielten sich dicht bei ihren Leuten. Die Dudelsackpfeifer standen abseits. Ein paar Frauen und die älteren Männer saßen an den seitlichen Hängen, von wo aus sie alles überblicken konnten. Auch ein paar Kinder waren da, die tobten kreuz und quer über die Wiese und rannten den anderen zwischen den Beinen herum.

Jonnie wußte, daß die Leute dort unten schon gehört hatten, worum es bei der Versammlung ging. Er hatte es nicht allzu schwer mit den Schotten, denn die Frauen und Männer, die hier zusammenstanden, gehörten nicht zu irgendeiner dummen, ungebildeten Masse. Sie konnten lesen und schreiben, und sie kannten ihre Geschichte, wenn auch das, was sie darüber gehört hatten, hauptsächlich auf Mythen und Legenden beruhte.

»Ihr alle wißt, warum ich hier bin«, begann Jonnie. »Ich brauche fünfzig junge Männer, die etwas taugen. Männer, die mutig und stark genug sind, den Kampf zu wagen, um unsere Erde von den Dämonen zu befreien. Ich meine die Wesen wie jenes dort oben, das übrigens unsere Sprache nicht spricht und auch nicht verstehen kann, was ich sage. Hört zu! Sobald ich euch darum bitte, schaut alle auf diesen Dämon. Weicht mit allen Anzeichen des Entsetzens vor ihm zurück. Bitte, tut genau das, worum ich euch gebeten habe!«

»Ich fürcht mich vor keinem!« schrie ein junger Mann aus der Menge. »Auch vor so einem nicht!«

»Tu einfach so, wenn ich dich darum bitte«, wandte sich Jonnie an ihn. »Natürlich glaube ich nicht, daß du Furcht hast. So wenig wie deine Freunde. Aber tu so, ja?«

Der junge Mann zögerte einen Augenblick, aber dann versprach er es.

»Ich glaube, es ist notwendig, daß ich euch einiges über das Wesen dieses Dämons erzähle, damit ihr mir helfen könnt. Er ist heimtückisch, boshaft, verschlagen und sadistisch. Er lügt aus purem Vergnügen, auch wenn er ebensogut die Wahrheit sagen könnte. So, nun wißt ihr, was für ein Schurke er ist. Wenn ich jetzt auf ihn zeige, duckt euch und laßt ihn glauben, daß ihr voller Angst und Schrecken seid.«

Er streckte die Hand aus. Und wie auf ein Stichwort schauten sie alle zum Flugkörper hin und sanken in sich zusammen.

Terl grinste hinter der Atemmaske. Gut so, das gefiel ihm!

»Eine mächtige Gruppe, die sich Intergalaktische Rohstoff Company nennt, hat unseren Planeten vor Jahrhunderten erobert«, fuhr Jonnie fort. »Die Company besitzt technische Möglichkeiten und Mittel, denen die Menschen nichts entgegenzusetzen haben. Mächtige Flugkörper, riesige Schürfgeräte, Gase und Waffen, mit denen man ganze Städte auslöschen kann. Diese Wesen aus einem anderen Sternensystem haben uns die Erde weggenommen. Aber wir werden uns wehren. Die Männer, die sich freiwillig entschließen, mit mir zu kommen, werden lernen, mit den Maschinen jener Wesen umzugehen, ihre Flugkörper zu fliegen und ihre Waffen zu bedienen. Nicht, daß einer von euch denkt, es würde ein leichtes Unterfangen! Bevor wir unser Ziel erreichen, mag es sein, daß viele ihr Leben lassen müssen. Die Menschheit droht ganz auszusterben. Noch ein paar Jahre, und es gibt vielleicht keinen mehr von uns. Aber selbst wenn unsere Chance verschwindend klein ist, so soll es doch von uns heißen, daß wir es wenigstens gewagt haben!«

Die Menge geriet außer Rand und Band. Die Leute schrien begeistert. Die Dudelsackpfeifen gellten schrill auf, und Trommeln dröhnten dumpf.

Mitten hinein in den Lärm rief Jonnie: »Ich brauche fünfzig Freiwillige!«

Überall reckten sich Hände hoch, sie meldeten sich alle. Nicht nur die fünfhundert jungen Männer wollten mitkommen, nein, alle auf der Wiese, die Tausend und mehr.

Als das Stimmengewirr sich endlich legte und das Gedudel der Pfeifen aufhörte, so daß Jonnie sich wieder Gehör verschaffen konnte, kündigte er an, daß im Laufe des Nachmittags eine Reihe von Prüfungen stattfinden sollte. Die Clanchefs winkten ihre Leute heran, um alles vorzubereiten. Jonnie stieg vom Pferd, und der graubärtige alte Mann, der ihn auf dem Weg zum Dorf gefangengenommen hatte, drängte sich heran.

»Mann, MacTyler!« rief der Alte, »Ihr seid wahrhaftig 'n Schotte!«

Und als Jonnie in die Menge eintauchte, um mitzuhelfen, das

Durcheinander ein wenig zu ordnen, stellte er rasch fest, daß der neue Name schon überall gang und gäbe war: *Mac*Tyler. Es gab sogar mancherorts Streit darüber, zu welchem Clan seine Familie ursprünglich gehört hätte, aber nach einigem Hin und Her einigte man sich darauf, daß es die MacTylers überall gegeben hatte, in jedem Clan, bevor sie nach Amerika ausgewandert waren.

Das einzige Problem bei den Prüfungen bestand darin, wie man jemanden ausscheiden lassen sollte. Zuerst stellte Jonnie die jungen Männer hintereinander auf und ließ sie mit geschlossenen Augen eine gedachte gerade Linie entlangmarschieren; damit wollte er ihren Gleichgewichtssinn prüfen. Dann ließ er sie auf einer abgesteckten Strecke um die Wette rennen; er wollte sehen, ob ihre Atmungsorgane einwandfrei funktionierten. Er machte einen Augentest mit ihnen, indem er sie aus einiger Entfernung Buchstaben und Zahlen ablesen ließ.

Einige der Norweger fielen ihm auf, sie waren hochgewachsen wie er, das einzige äußere Merkmal, das ihnen geblieben war. Denn daran, ob einer blond- oder schwarzbärtig war, konnte man die Norweger nicht mehr mit Sicherheit erkennen. Jonnie vermutete, daß sich wohl im Laufe der Jahrhunderte das Blut der Skandinavier und der aus dem Süden des Landes Zugewanderten mit dem der Schotten vermischt hatte. Aber das Wesen der Hochländer hatte sich dadurch nicht verändert. Seit Tausenden von Jahren hatten sie alle Neuankömmlinge in ihre Gemeinschaft integriert und sich dabei ihre Eigenständigkeit bewahrt.

Den jungen Männern wurde es auf die Dauer zu langweilig, immer nur zu warten, bis sie zur nächsten Prüfung aufgerufen wurden. Hier und da kam es zu Streit und Prügeleien, weil die, die verloren hatten, nicht einsehen wollten, daß sie wirklich schlechter gewesen wären. Die Clanchefs hatten alle Hände voll zu tun, um die Kampfhähne zu trennen.

Die Auswahl der fünfzig Besten dauerte noch an, als die Dunkelheit einbrach, und sie mußte schließlich im Schein der Feuer fortgesetzt werden. Fünfzig Männer brauchte Jonnie, aber am Ende zählte er nicht fünfzig, sondern dreiundachtzig. Und das kam so:

Um keinen Clan zurückzusetzen, bat Jonnie die Clanchefs, unter den älteren Männern einen als ihren Repräsentanten auszuwählen, einen, zu dem sie alle Vertrauen hätten, und sie einigten sich schnell auf Robert den Fuchs, bewährt in vielen Kämpfen und geschätzt wegen seiner Lebenserfahrung. So war Jonnie schon bei einundfünfzig.

Offensichtlich hätten es alle als unschicklich empfunden, wenn keine Dudelsackpfeifer mit ihnen gegangen wären. So wurden also zwei ausgewählt, und diese verlangten einen Trommler, den brauchten sie unbedingt. Damit zählte Jonnies Gruppe schon vierundfünfzig Köpfe.

Dann drängelten sich ein paar alte Frauen nach vorn und verlangten Auskunft darüber, wer denn nun eigentlich zerrissene Kilts flicken und Felle präparieren und Fisch trocknen und fürs Essen sorgen und sich um Verletzte kümmern sollte? Und im Nu gab es wieder Streit und umständliche Auswahlprozeduren, und am Schluß scharten sich fünf Witwen um Jonnie, von denen niemand zu sagen wußte, wie alt sie waren, denen aber jeder gern Geschick und Erfahrung bescheinigte. Und damit waren's neunundfünfzig.

Die Clanchefs erinnerten sich daran, daß Jonnie von umfangreichen Lernprogrammen gesprochen hatte. Und auf einmal stand ein Schulmeister vor ihm, schmächtig von Statur, aber energisch im Auftreten. Der sagte klipp und klar, daß die jungen Männer eine eiserne Faust spüren müßten, damit sie ihre Nase in die Bücher steckten, denn normalerweise hätten sie nur Jagd und Mädchengeschichten im Sinn. Den Clanchefs gefiel das, sie meinten, er müsse auch mitgehen. Nummer sechzig.

Drei Pastoren waren auf die Frage des Todes zu sprechen gekommen, und das hatte sie beunruhigt. Wer denn, wollten sie wissen, sollte sich bitteschön um das Seelenheil der jungen Männer kümmern, wie? Und darum, daß sie immer hübsch auf dem Pfad der Tugend blieben, na? Es kam zum Gerangel unter den dreien, wer wohl am besten dazu geeignet sei, und als das Los entscheiden mußte, hing schließlich doch nur alles davon ab, wer den längsten Strohhalm zog. Jedenfalls waren's auf diese Weise schon einundsechzig.

Tja, und dann hatte Jonnie noch seine eigenen Pläne ... Und auch daran mußte er denken. All die jungen Burschen, die er ausgewählt hatte, waren kräftig und hochgewachsen. Aber er brauchte drei junge Männer von besonderer Art: drei, die möglichst genau so groß waren wie er und die Ähnlichkeit mit ihm hatten ... Sie mußten in der Lage sein, rasch Psychlo zu lernen. Kurzum, er brauchte drei Burschen, die man aus einiger Entfernung mit ihm verwechseln konnte und deren Stimmen über Funk ähnlich klangen wie seine. Er fand ungefähr ein Dutzend, alles junge Männer, die den Bedingungen zu entsprechen schienen. Er ließ sich von Clanchefs, vom Schulmeister und vom Pastor die drei auswählen, von denen zu erwarten war, daß sie besonders rasch all das lernten, was neu und ungewohnt für sie war. So kam er auf vierundsechzig.

Ein alter Gelehrter trat nach vorn und beklagte, daß niemand die Ereignisse schriftlich festhalten werde, die doch des Aufschreibens durchaus wert wären und dereinst zur Sammlung der Legenden zählen würden. Es stellte sich heraus, daß es eine Art geheimer Universität gab, die ihren Fortbestand durch die Jahrhunderte dem unermüdlichen Bemühen einiger Professoren verdankte. Und er war der Dekan der literarischen Fakultät. Aber, so sagte er, er sei nun alt und mit seiner Gesundheit stehe es auch nicht mehr zum besten, und er habe zwei Assistenten, die ihn ohne weiteres ersetzen könnten, und überhaupt, er sei entbehrlich. Also konnte man ihn nicht gut zurückweisen, zumal Robert der Fuchs fand, das mit der Geschichtsschreibung, das sei ein wichtiger Punkt. Damit waren es fünfundsechzig.

Dann war da noch ein unerledigter Streit aus den Wettkämpfen. Sie hatten nämlich ein paarmal – ganz ohne Zweifel und von niemandem bestritten – zum Unentschieden geführt. Und als der Streit darüber überhaupt nicht aufhören wollte und es schließlich so aussah, als käme es deswegen womöglich noch zum Blutvergießen, gab Jonnie nach. Mit dem Erfolg, daß seine Schar auf einen Schlag um achtzehn Köpfe anwuchs, auf insgesamt dreiundachtzig.

Jonnie weckte Terl auf, der gleich nach Sonnenuntergang angefangen hatte, sich dem Kerbango zu widmen, und das ein wenig zu hingebungsvoll mit dem Erfolg, daß er jetzt – ausgestreckt über beide Vordersitze – wie ein großer, dicker Klumpen in der Maschine lag.

»Wir haben jetzt dreiundachtzig«, sagte Jonnie. »Der Flugkörper faßt fünfzig Psychlos, und ich denke mir, daß dreiundachtzig Menschen auch nicht mehr Platz brauchen oder schwerer wiegen. Ich will nur sichergehen, daß du gegen die Anzahl nichts einzuwenden hast.«

Terl, noch ganz verschlafen, guckte ihn benommen an. »Bei so einem Projekt ist die Ausfallrate hoch. Und man muß auch berücksichtigen, daß sie während des ganzen Winters zu arbeiten haben. Also, das mit den Extraleuten ist schon in Ordnung. Warum weckst du mich wegen so einer lächerlichen Frage überhaupt auf, Kreatur?« Und schon drehte er sich wieder auf die andere Seite. Jonnie aber hatte ganz nebenbei ein neues Detail über Terls Projekt erfahren, dank dem Kerbango. Bis jetzt hatte er ja noch nicht allzuviel präzise Angaben.

Jonnie ließ durch den Historiker ein Verzeichnis aller Namen anlegen, derer aus dem Clan der Angus und der Duncan und wie sie alle hießen. Dann schickte er die Ausgewählten noch während der Nacht los und schärfte ihnen ein, nur ja keine Zeit zu verlieren und von zu Hause warme und leichte Kleidung zu holen – sowie Schlafdecken und ihre persönlichen Habseligkeiten und Nahrungsmittelrationen für ein paar Tage, damit sie so lange über die Runden kamen, bis sie Gelegenheit hatten, ein Rind einzufangen. Sie mußten bis zum Morgengrauen zurück sein. Wer zu Fuß gekommen war, mußte sich ein Pferd leihen, denn anders wäre es bei dem langen Weg, den manche zurücklegen mußten, nicht zu schaffen gewesen.

Bei der abschließenden Besprechung mit den Clanchefs sagte Jonnie: »Wir haben jetzt hier oben im Hochland einen ganz schönen Lärm veranstaltet. Obwohl die hiesige Außenstation der Psychlos ein paar hundert Kilometer entfernt liegt, wäre es ratsam, wenn eure Leute sich während der nächsten Monate möglichst ruhig und unauffällig verhalten würden.«

Der englische Lord stimmte sofort zu, und auch die Clanchefs meinten, Jonnie habe ganz recht.

»Es kann natürlich sein, daß wir keinen Erfolg haben«, gab Jonnie zu bedenken. »Es kann sein, daß alle, die mit mir ziehen, getötet werden und daß ich euch nie wiedersehe.«

Das taten sie mit einer Handbewegung ab. Tapfere Männer riskierten immer den Tod, oder etwa nicht? Jonnie brauchte keine Vorwürfe zu befürchten. In ihren Augen, so versicherten sie ihm, wäre es nur schlimm und unverzeihlich gewesen, das Wagnis gar nicht erst einzugehen.

Um Mitternacht, als Eiseskälte über der Wiese lag, kam Jonnie dann endlich dazu, sich um diejenigen zu kümmern, die nicht ausgewählt worden waren. Er hatte angenommen, sie in tiefer Enttäuschung anzutreffen. Aber es stellte sich heraus, daß die Clanchefs schon mit ihnen gesprochen und ihnen klargemacht hatten, wie dringend sie gebraucht würden, sobald Jonnies Mission glücklich beendet war. Sie waren es, die dann das Land unter Kontrolle nehmen und sich um den Wiederaufbau kümmern mußten, und das in England, in Skandinavien, in Rußland, in Afrika und in China. Und so waren auch die, die zurückbleiben mußten, voller Eifer bei der Sache; sie stellten schon Listen und Zeitpläne auf, welche theoretische und praktische Ausbildung jeder durchlaufen sollte und wie das alles bis zum Ende des Jahres zu bewerkstelligen war.

Fearghus, als Sprecher für alle, erklärte Jonnie, wie sie sich das vorstellten und wie sie – natürlich streng nach dem System der Clans eingeteilt – alles organisieren wollten.

Jonnie konnte nur staunen. Mein Gott, dachte er, diese Schotten sind mit ihren Gedanken schon weit voraus! Und es ist doch noch gar nicht sicher ...

»Keine Bange, MacTyler, wir stehen wie ein Mann hinter Euch!«

Und dann kam auch Jonnie endlich dazu, die Beine auszustrekken. Erschöpft legte er sich unter den Rumpf des Flugkörpers und fiel, warm eingehüllt in eine handgewebte Decke in den Farben des Clan Fearghus, in tiefen Schlaf. Zum ersten Mal seit dem Tod seines Vaters hatte er nicht das Gefühl, allein und nur auf sich gestellt zu sein.

Teil VII

1

Die ersten Scherereien machte Terl. Er hatte noch einen Mordskater von seiner einsamen nächtlichen Sauftour und reagierte gereizt, ja sogar wütend auf das ständige Kommen und Gehen und die Verzögerungen.

Bei Anbruch der Dämmerung begann Jonnie mit dem Einladen, als sie einzeln und in Gruppen von zu Hause eintrafen, wo sie alles Notwendige erledigt hatten. Die Leute auf der Wiese waren nicht weggegangen, sondern hatten sich dort um die Lagerfeuer zur Ruhe gebettet – und es waren doppelt so viele wie vorher, denn weitere Schotten, die aus gesundheitlichen Gründen oder der Entfernung wegen nicht an der Versammlung der Clans teilnehmen konnten, waren dazugekommen.

Jonnie zeigte ihnen zunächst, wie sie ihre Sachen in den eingebauten Behältern unterbringen und sich selbst auf den Sitzschalen, jeweils zu zweit, anschnallen sollten. Er hatte gerade etwa sechs komplett installiert, als zwei sich prompt wieder erhoben und anfingen, den Neuankömmlingen zu zeigen, wo sie ihre Habe verstauen konnten und wie die Gurte zu bedienen waren.

Einige entschuldigten sich, weil sie wohl etwas wenig mitgebracht hätten, aber die Zeiten seien schwer gewesen, wie sie erklärten. Streifzüge im Tiefland waren gefährlich geworden. Andere meinten, vielleicht schleppten sie zuviel an, aber man konnte ja nie wissen, wie man's richtig machte, nicht wahr?

Manche hatten sich etwas verspätet und hasteten außer Atem heran, und der Historiker hakte besorgt ihre Namen ab.

Die alten Frauen erschienen, von lautem Geklapper der Teekessel begleitet. Der Pastor rollte ein Fäßchen vor sich her – für Krankheitsfälle. Jonnie band es gut fest. Merkwürdig, bisher hatte er noch nie Whisky gesehen.

Die Sonne stieg höher. Terl brüllte aus dem Cockpit: »Schaff diese jämmerlichen Kreaturen an Bord!« Alle verstummten erschrocken; Jonnie blinzelte ihnen beruhigend zu, die Spannung löste sich, und das Einladen ging weiter.

Endlich waren alle drin, dreiundachtzig an der Zahl.

Jonnie sagte: »Der Flug wird mehrere Stunden dauern und in großer Höhe verlaufen. Es wird sehr kalt werden, und die Luft da oben ist dünn. Ihr müßt das irgendwie durchhalten. Wenn ihr euch benommen und schwindlig fühlt, liegt das am Luftmangel, versucht dann, schneller und häufiger zu atmen. Achtet darauf, daß ihr fest angeschnallt bleibt. Dieser Flugkörper kann sich in sämtliche Richtungen drehen, sogar auf den Kopf stellen. Ich gehe jetzt nach vorn in die Kabine, um beim Fliegen zu helfen. Denkt daran, daß viele von euch auch bald imstande sein werden, Maschinen zu fliegen, deshalb paßt genau auf alles auf. Robert der Fuchs übernimmt hier die Aufsicht. Noch Fragen?«

Es gab keine. Er hatte es fertiggebracht, daß sie sich in der ungewohnten Umgebung sicherer fühlten. Sie wirkten durchaus fröhlich, keineswegs verängstigt.

»Macht's gut, MacTyler!« sagte Robert der Fuchs.

Jonnie winkte der Menge draußen aus der Seitentür zu, und sie verabschiedeten ihn mit lauten Zurufen. Er warf die Tür zu und verriegelte sie.

Er ließ sich auf dem Copilotensitz nieder, legte den Sicherheitsgurt zweifach um, setzte die Atemmaske auf und nahm sich die Karte vor. Terl blickte griesgrämig auf die Menschenansammlung.

Und dann ein paar abrupte, ungezügelte Griffe, mit denen Terl Atemgas in das Cockpit strömen ließ. Er riß sich die Maske herunter, und Jonnie sah, daß die bernsteinfarbenen Augen grün unterlaufen waren. Terl hatte dem Kerbango mehr als reichlich zugesprochen. Um seine Mundknochen lag ein unheilverkündender Zug.

Er knurrte etwas von »verspätet« und »kein Druckmittel in der Hand gegen diese verdammten Kreaturen« und »eine Lektion erteilen« vor sich hin.

Jonnie erstarrte, aufs höchste alarmiert.

Der Flugkörper schoß mit solcher Geschwindigkeit in die Höhe, daß er hart in seine Sitzschale gedrückt wurde. Jonnies Hände mit der Karte wurden nach unten gerissen und prallten schmerzhaft gegen das Copiloten-Instrumentenbrett.

Terls Klauen betätigten weitere Schaltknöpfe. Der Flugkörper kippte zur Seite.

»Was machst du da?« schrie Jonnie.

»Ich will ein Exempel statuieren!« brüllte Terl. »Wir müssen ihnen zeigen, was passiert, wenn sie nicht parieren!«

Die dichte Menschenmenge auf der Wiese glich einem winzigen Fleck, als der Flugkörper nach unten abdrehte. Auf einmal wußte Jonnie genau, was Terl vorhatte – er wollte sie beschießen.

Der Boden kam immer näher ... der winzige Fleck wurde immer größer ...

»Nein!« schrie Jonnie.

Terls Pranken griffen nach den entsprechenden Knöpfen, um das Feuer zu eröffnen.

Da schleuderte ihm Jonnie die Karte ins Gesicht, die aufklappte und sich so fest andrückte, daß Terl nichts mehr sehen konnte.

Mit rasender Geschwindigkeit kam der Boden näher.

Jonnies Finger betätigten flink und gezielt die Bedienungsknöpfe auf seinem Instrumentenbrett.

Sie waren auf etwa sechzig Meter Höhe heruntergekommen, als der Kurs des Flugkörpers abrupt in die Horizontale verlegt wurde. Durch das Trägheitsgesetz wurde er bis auf wenige Meter über den Köpfen der Menschenmenge herabgerissen.

Wie ein Speer schoß er vorwärts.

Vor ihnen lag der Berghang mit den immer höher aufragenden Bäumen.

Jonnies Finger hämmerten auf die Schaltknöpfe.

Äste schlugen gegen den Rumpf. Knapp über dem Grund fegte der Flugkörper den Berghang hinauf.

Sobald sie den Kamm passierten, hatte er freie Bahn. Jonnie stabilisierte ihn in der Horizontallage und steuerte die Küste an.

Er spulte das Band zurück, auf dem der Hinflug einprogrammiert war, und gab es umgekehrt in den Autopiloten ein.

Nur Meter unter ihnen toste der Ozean. Sie waren in Sicherheit, von keinem Beobachtungsposten irgendeiner Außenstation zu entdecken, auf Kurs Richtung Heimat.

Schweißgebadet setzte Jonnie sich zurück.

Er sah Terl an. Das Monster hatte die Karte vom Gesicht genommen. In seinen grün unterlaufenen Augen flackerte es gefährlich.

»Du hast uns beinahe umgebracht«, knurrte Terl.

»Und du hättest alles verdorben«, entgegnete Jonnie.

»Ich habe kein Druckmittel gegen diese Kreaturen«, ereiferte sich Terl. Er blickte über die Schulter durch die Rückwand des Cockpits. »Wie gedenkst du sie gefügig zu halten?« fragte er höhnisch. »Mit Kinderspielzeug vielleicht?«

»Bisher waren sie doch durchaus folgsam, oder?« meinte Jonnie.

»Du hast mir die ganze Reise vermasselt«, klagte Terl. Er verfiel in brütendes Schweigen. Schließlich rieb er sich den schmerzenden Kopf und grapschte überall nach seinem Kerbango. Er förderte einen leeren Behälter zutage, den er auf den Boden warf. Jonnie klemmte ihn in ein Gestell, wo er nicht mehr herausrutschen konnte. Terl fand einen weiteren unter dem Sitz. Er genehmigte sich einen ordentlichen Schluck und starrte düster vor sich hin.

»Warum haben sie gestern Beifall gespendet?« erkundigte er sich schließlich.

»Ich habe ihnen gesagt, daß sie nach Beendigung des Vorhabens reichlich entschädigt werden«, erklärte Jonnie.

Terl dachte darüber nach. Und dann: »Sie haben tatsächlich wegen der Entlohnung Beifall gespendet?«

»Mehr oder weniger.«

Terl war mißtrauisch. »Du hast ihnen doch nicht etwa Gold versprochen, oder?«

»Nein, von Gold wissen sie nichts. Ihre Zahlungsmittel sind Pferde und dergleichen.«

»Reicher Lohn, wie?« fragte Terl, plötzlich sehr aufgekratzt. Der Kerbango tat seine Wirkung. Ihm war gerade ein großartiger Gedanke gekommen. Reicher Lohn. Den Lohn, den sie zu erwarten hatten, kannte er genau. Ebenso genau wußte er, wie sie ihn empfangen würden: aus der Mündung eines Handfeuer-Killers. Das heiterte ihn gewaltig auf.

»Du fliegst das Ding hier ganz gut, Rattenhirn, wenn du nicht gerade versuchst, alle umzubringen.« Terl fand das ungemein komisch und lachte auf dem ganzen Rückflug immer wieder darüber. Aber das war es nicht, was ihn so erfreute. Wie dumm doch diese Kreaturen waren! Reicher Lohn, ausgerechnet. Kein Wunder, daß sie den Planeten verloren hatten! Jetzt hatte er sein Druckmittel. Noch nie hatte er eine solch stürmische Begeisterung gehört!

2

Achtundvierzig Stunden nach ihrer Ankunft in der sogenannten Verteidigungsanlage war Jonnie sehr froh, Robert den Fuchs bei sich zu haben. Eine kriegerische Auseinandersetzung drohte, mit der er fertig werden mußte.

Trotz des ganzen Einzugstrubels hatten zwei junge Männer noch Zeit gefunden, die Überreste einer Waffenladung zu entdecken. Offenbar war in den letzten Tagen der menschlichen Zivilisation ein Lastwagen von der Straße abgekommen, gegen eine Böschung geprallt und von den herabstürzenden Geröllmassen verschüttet worden. Mehr als tausend Jahre hatte er dort gelegen, bis ihn die jungen Schotten eigenhändig ausgegraben hatten.

Zusammen mit einer Gruppe, die Wildrinder vor sich her trieb, war Jonnie gerade in die Basis gekommen. Es hatte ihn voll in Anspruch genommen, alles zu organisieren und einzurichten, wobei er tatkräftig unterstützt wurde. Befehle und Anweisungen brauchte er kaum zu geben. Sie hatten die alten Unterkünfte gesäubert und zugeteilt. Sie hatten Latrinen gegraben. Der Pastor hatte die Kapelle benutzbar gemacht. Und die alten Frauen hatten eine Stelle ausgekundschaftet, die man vor Wild und Vieh schützen konnte und die so nahe am Wasser lag, daß sie sich hervorragend für einen Gemüsegarten eignete. Jonnie hatte den Boden mit einer Maschine umgepflügt, und die Frauen versicherten ihm, daß jetzt bestimmt niemand an Skorbut erkranken würde – sie hatten Samen mitgebracht, und bei der Sonne und dem guten Boden könnten sie dann ganz bald Rettiche, Kopfsalat und Frühzwiebeln ernten. Der Lehrer hatte in der ehemaligen Akademie einen Unterrichtsraum eingerichtet.

Im Umgang mit Maschinen hatten sich die Schotten bemerkenswert geschickt gezeigt; anscheinend waren sie über Sinn und Zweck der Gestänge und Verkabelungen genau im Bilde, entweder vom Hörensagen oder aus ihren Büchern.

Daher verwunderte es Jonnie auch nicht weiter, als ihm der junge Angus MacTavish ein altes Stück Metall hinhielt und um Zustimmung bat, »das und was sonst noch herumlag, wieder gebrauchsfähig zu machen«. Jonnie war gar nicht auf den Gedanken gekommen, daß bei all dem Betrieb jemand Zeit fände, ein altes Lastwagenwrack samt Inhalt auszubuddeln.

»Was ist denn das?« erkundigte er sich.

Der Junge zeigte ihm ein paar aufgeprägte Buchstaben. Das Metallding war mit einer dicken Schicht bedeckt, ursprünglich wohl Schmierfett und im Lauf der Zeit dann steinhart geworden, was aber seiner Erhaltung gedient hatte. Die Buchstaben, die der junge Bursche freigelegt hatte, besagten: »Thompson Maschinenpistole ...« Es folgten Fabrikationsangaben und eine Seriennummer.

»Davon gibt's Kisten über Kisten«, erläuterte Angus. »Eine ganze Wagenladung. Und luftdicht verschlossene Schachteln mit Munition. Wenn man die Schmiere beseitigt, ließe sich vielleicht damit schießen. Der Lastwagen muß von der Straße abgekommen und von dem Erdrutsch verschüttet worden sein. Darf ich's saubermachen und ausprobieren, MacTyler?«

Geistesabwesend nickte Jonnie und wandte sich wieder dem Vieh zu. Er überlegte, ob er zur Anlage hinübergehen und sich ein Pferd beschaffen sollte. Es gab massenhaft Wildpferde, aber sie mußten zugeritten werden, und Schlachtvieh zu Fuß zu treiben, war wirklich nicht gerade die sicherste Art. Er erwog auch, einen dieser kleinen Laster der Psychlos für den Zweck herzunehmen. Lebensmittelknappheit hatte den Schotten viel zu schaffen gemacht, und es gab keinen vernünftigen Grund, weshalb sie hier nicht gut und reichlich ernährt werden sollten; das würde nur ihre Widerstandskraft erhöhen, so daß sie der bevorstehenden Arbeit noch besser gewachsen waren.

Er war nicht vorbereitet auf die Abordnung, die nach dem Abendessen bei ihm erschien. Man hatte einen Speiseraum eingerichtet, die Frauen kochten zwar draußen, gegessen aber wurde drinnen – an arg ramponierten Tischen und von angeschlagenem Geschirr. Robert der Fuchs saß mit ihm dort.

Angus MacTavish hielt ihm die Waffe hin. »Sie funktioniert. Wir haben sie gereinigt und rausgekriegt, wie man sie laden und bedienen muß. Die Munition ist noch brauchbar.«

Jonnie merkte, daß andere im Speiseraum sie stumm und aufmerksam beobachteten.

»Es gibt von den Dingern jede Menge und auch reichlich Munition«, berichtete Angus MacTavish. »Wenn man auf den Hügel steigt und nach Osten blickt, kann man in der Ferne die Außenstation der Psychlos sehen.« Er lächelte. »Nachts könnten sich ein paar Männer rüberschleichen und sie zerfetzen.«

Sogleich ertönten von überallher Beifallsrufe.

An anderen Tischen standen junge Männer auf und drängten sich zusammen.

Jonnie hatte eine grauenhafte Vision: hingemetzelte Schotten und zunichte gewordene Pläne.

Robert der Fuchs suchte seinen Blick. Anscheinend wollte er ein zustimmendes Nicken und bekam es auch. Er erhob sich.

Der alte Veteran gehörte zu den wenigen Schotten, die jemals einen Psychlo aus der Nähe gesehen hatten, noch bevor Terl mit dem Transporter gelandet war. Als er im Tiefland Vieh einfangen wollte, das durch eine Landschaft voller Ruinen zog, war Robert der Fuchs einer Jagdgesellschaft der Psychlos aus der Außenstation in Cornwall begegnet. Die Psychlos hatten die übrigen Teilnehmer brutal vernichtet. Doch Robert war es gelungen, an einen Pferdebauch festgeklammert, dem Blutbad unbemerkt zu entfliehen. Dabei hatte er sehr wohl erkannt, welche Vernichtungskraft die Waffen der Psychlos besaßen und wie erbarmungslos sie davon Gebrauch machten.

»Dieser junge Mann«, begann Robert der Fuchs und zeigte auf Angus MacTavish, der, die Maschinenpistole in der Hand, dastand,

»dieser junge Mann hat sehr gute Arbeit geleistet. Einfallsreichtum und Mut sind hoch einzuschätzen.« Der Junge strahlte. »Aber«, fuhr Robert der Fuchs fort, »eine der großen weisen Einsichten besagt, daß stets am besten gelingt, was am gründlichsten vorbereitet wurde. Mit einer zerstörten Außenstation ist die Macht der Psychlos nicht zu brechen. Unser Kampf richtet sich gegen das gesamte Imperium der Psychlos, und dafür müssen wir hart arbeiten und unsere Vorbereitungen bis ins kleinste durchdenken.« Sein Ton wurde verschwörerisch. »Wir dürfen nicht nur eine Basis vernichten und sie dadurch alarmieren. Das würde unseren ganzen Plan gefährden.«

Damit war die Sache erledigt. Die jungen Männer fanden Roberts Worte sehr klug und einleuchtend und beendeten hochzufrieden ihre Mahlzeit aus Braten und Steaks.

»Vielen Dank«, sagte Jonnie zu Robert. Für den Augenblick war die Gefahr eines überstürzten Kampfes abgewendet.

Etwas später führte Jonnie die älteren Männer in der anhaltenden Dämmerung hinunter, um ihnen den Schützengraben zu zeigen.

Ihm war allmählich klar geworden, daß er über eine Art Beratergruppe verfügte. Zu diesem Rat gehörten Robert der Fuchs, der Pastor, der Lehrer und der Historiker.

Jonnie durchforschte das Gras auf der Suche nach Eisenteilen und legte schließlich das fast völlig zerfressene Gehäuse einer Waffe frei, möglicherweise ein ähnliches Modell wie die Thompson. Einzelheiten waren sehr schwer auszumachen, aber es handelte sich zweifelsfrei um eine Handfeuerwaffe.

Jonnie berichtete seinem Rat von der Geschichte des Platzes, wie sie den Aufzeichnungen der Psychlos zu entnehmen war.

Es bedurfte kaum einer weiteren Erklärung. Solche Waffen hatten die Psychlos nicht aufgehalten, das erfaßten sie sofort.

Dann schaute sich der Historiker – Doktor MacDermott – neugierig um. »Aber wo sind denn nun die Überreste des Panzers?«

»Er hat sie geschlagen«, antwortete Jonnie.

»Also das ist schon recht merkwürdig«, meinte MacDermott, »Nicht daß sie hier geschlagen wurden, sondern daß es keinerlei verrostete Überreste von irgendwelchem Kriegsgerät der Psychlos gibt.«

»Unsere Leute wurden besiegt«, sagte Jonnie. »Die Psychlos haben vielleicht Verluste erlitten, vielleicht auch nicht. Aber sie hätten das Material, das eventuell beschädigt wurde, garantiert von hier mitgenommen.«

»Nein, nein, nein«, entgegnete der Historiker. Und er erzählte ihnen von einer Handschrift in der Universitätsbibliothek, die von einer ähnlichen Schlacht berichtete. Sie hatte auf einer Linie zwischen zwei alten Dörfern, bekannt unter den Namen Dumbarton und Falkirk, stattgefunden. Diese Kampflinie markierte die schmalste Stelle in diesem Teil der Insel; sie verlief unmittelbar unterhalb des Hochlands und oberhalb des einstigen schottisch-englischen Grenzgebiets. »Und die Überreste von Panzern der Psychlos sind bis zum heutigen Tag dort zu finden.«

»Das stimmt«, bestätigte Robert der Fuchs. »Ich hab sie mit eigenen Augen gesehen.«

»Kein Psychlo ist je weiter nach Norden gelangt«, fuhr der Historiker fort, »nicht bis Sie, MacTyler, mit Ihrem Monster angeflogen kamen. Das ist der einzige Grund dafür, daß wir immer noch im Hochland existieren können.«

»Erzählen Sie mir mehr von dieser Handschrift«, bat Jonnie.

»Ach, eine ziemlich schlecht geschriebene Geschichte«, sagte der Historiker. »Eine Kuriosität, weit entfernt von Literatur. Hingekritzelt von einem Soldaten. Er war bei den Queen's Own Highlanders, hat sich aus dem Kampfgebiet nach Norden abgesetzt. Ein Pionier, glaube ich. Die haben mit Landminen zu tun.«

»Landminen?« wiederholte der Pastor. »Erzminen?«

»Nein, nein. Meines Wissens benutzten sie das Wort ›Mine‹ für Sprengkörper, die in der Erde vergraben wurden – wenn der Feind darüber hinwegzog, explodierten sie. Der Soldat verwandte den Begriff ›taktische Kernwaffen‹. Er berichtete dann von den Resten eines Regiments, das in Bunkern dem Gastod entgangen ist und sich nach Norden zurückgezogen hat. Ich glaube, der Captain hatte ein Mädchen im Hochland. Und die legten dann einen Minengürtel zwischen Dumbarton und Falkirk. Den überquerten die Panzer der Psychlos bei der Verfolgung, und die Minen explodierten. Den Psychlos fehlte es weder an Panzern noch an Truppen. Sie haben einfach den Rückzug nach Süden angetreten und sind nie mehr zurückgekommen, um ihre Toten oder ihr Kriegsgerät zu bergen. In der Geschichte heißt es, Drakes Geist habe eingegriffen, denn plötzlich seien Trommeln zu hören gewesen...«

»Warten Sie«, unterbrach ihn Jonnie. »Das waren Kernwaffen.«

»Was immer das bedeuten mag«, warf der Pastor ein.

»Uran«, sagte Jonnie. »Zwischen diesen beiden Orten muß es noch einen mit Uranstaub verseuchten Streifen geben.« Er erklärte ihnen, was es mit dem Atemgas der Psychlos auf sich hatte.

»O ja, das paßt zusammen«, meinte Robert der Fuchs.

Der Historiker sah aus, als sei ihm eine Erleuchtung gekommen; er zog den schäbigen alten Mantel fest um seine mageren Schultern.

»Das hört sich an wie der magische Feuerkreis oder wie die geometrischen Zeichen, die Geschöpfe aus der Unterwelt nicht zu übertreten wagen.«

Jonnie blickte auf die rostzerfressenen Überreste der Waffe in seinen Händen und dann auf den Graben. »Die armen Männer hatten kein Uran und nicht mal wirkliche Kenntnis von den Psychlos. Sie besaßen nichts als dies hier.«

»Sie starben wie tapfere Männer«, sagte der Pastor und zog die Mütze.

Die anderen taten es ihm nach.

»Wir müssen eben ganz sicher sein, daß wir nicht so enden wie sie«, meinte Jonnie.

»O ja«, pflichtete ihm Robert der Fuchs bei.

Jonnie legte die Überreste der Waffe auf den Boden, und sie gingen nachdenklich auf die Feuerstellen zu. Der Nachtwind trug leise, wehmütige Dudelsackklänge herüber.

3

Terl saß über Landkarten vom Gebirge. Er hatte die neuesten Bilder vor sich, die der ferngelenkte Aufklärer von der Ader gemacht hatte, und versuchte, irgendwelche Pfade oder Wege zu finden, die in die Nähe dieses tiefen Einschnitts führten. Es war eine überaus schwierige Operation, und wenn er daran dachte, daß die Kreaturen sich an ein Unternehmen wagen sollten, das auch einem im Bergau erfahrenen Psychlo Atembeklemmungen verursachen würde, begann es ihm vor den Augen zu flimmern. Kurz und gut – die Stelle war vom Boden her einfach nicht zugänglich.

Seine neue Errungenschaft, die Sekretärin Chirk, trat ein. Sie war so dumm, daß sie keinerlei Bedrohung darstellte, und sah so gut aus, daß sie den dekorativen Zweck erfüllte. Neben anderen Vorzügen wurde sie schnell, und somit kostengünstig, betrunken. Sie machte sich dadurch nützlich, daß sie Besucher abwimmelte und den administrativen Papierkram jemand anders zur Erledigung zuschusterte. Da er ja jetzt faktisch der oberste Psychlo auf dem Planeten war, sollte er von Bagatellen verschont werden. Alles dem sowieso schon erledigten Numph aufladen – das war seine Devise.

»Die Kreatur ist da und möchte Sie sprechen«, trillerte Chirk.

Terl hatte hastig die Landkarten verschwinden lassen, als ihre Klauen an der Tür zu hören waren. Er stopfte sie in die oberste

Schublade. »Herein damit.«

Jonnie trat ein, er trug seine Atemmaske und Kleider aus Chinko-Stoff. In der Hand hatte er eine lange Liste.

Terl musterte ihn. Die Dinge entwickelten sich recht zufriedenstellend. Das Menschending betrug sich einwandfrei, obwohl es jetzt nicht von einer Minikamera überwacht wurde. Sie hatten vereinbart, daß Jonnie alle paar Tage herüberkommen, sich um Lebensmittel für die Frauen kümmern und alles Notwendige besprechen sollte.

Auf Jonnies Vorschlag, eine Funkverbindung herzustellen, hatte Terl scharf und unerbittlich reagiert. *Keine* Funkverbindung. Und damit basta. Das Menschending sollte sich gefälligst zu Fuß herbequemen, wenn es Terl etwas mitzuteilen wünschte. Terl wußte, daß es in der Außenstation zahlreiche Empfänger gab und Funk sein Geheimnis verraten und seine Sicherheit gefährden könnte.

»Ich habe hier eine Liste«, begann Jonnie.

»Das sehe ich«, entgegnete Terl.

»Ich brauche Rohrleitungen und Chinko-Stoff und das entsprechende Werkzeug zum Zuschneiden und Zusammennähen und ein paar Pumpen und Schaufeln...«

»Gib Chirk die Liste. Klingt, als wolltest du die ganze Verteidigungsbasis wiederaufbauen. Typisch für eine niedere Kreatur. Warum beschäftigst du dich nicht damit, sie an den Maschinen auszubilden?«

»Tu ich ja«, erwiderte Jonnie. Und ob er das tat... Zehn Stunden hatte er jeden Tag mit den jungen Männern und dem Lehrer zugebracht.

»Ich schicke Ker rüber«, sagte Terl.

Jonnie zuckte die Achseln. Dann deutete er auf die Liste. »Hier sind ein paar Punkte, die mit dir geklärt werden müßten. Als erstes die Unterrichtsapparate der Chinkos. In den alten Chinko-Quartieren stehen noch ungefähr sechs. Ich möchte sie mir holen und auch die ganzen Tonträger und Bücher. Die Kontrollvorschriften und die Bedienungsanleitungen für die Maschinen sind nämlich alle in Psychlo.«

»Ja so?«

Jonnie nickte. »Der zweite Punkt – Flugkörper für den Lastentransport.«

»Dafür habt ihr doch die fliegenden Plattformen.«

»Ich finde, wir brauchen ein paar Flugkörper für Personaltransporte und für den Lastentransport. Bei Zzt steht das Zeug massenhaft herum.«

Mißtrauisch veranlagt, wie er war, überkam Terl plötzlich das

Gefühl, Jonnie blicke durch die Schreibtischplatte in die Schublade mit den Landkarten. Es stimmte ja, daß jene Stelle durch keinen Steg zu erreichen war. Der gesamte Transport mußte demnach auf dem Luftweg erfolgen – und überdies war es ein schwieriger Flug. Aber ein Flugkörper für Lasten- oder Personaltransport hatte die gleichen Funktionsschalter wie ein Kampfflugkörper, wenn auch weniger Feuerwaffen. Es gab eine strikte Regel, wonach kein Angehöriger einer fremden Spezies Kampfausbildung erhalten durfte. Dann dachte Terl wieder an die unzugängliche Ader. Na ja, ein Grubentransporter war schließlich kein Kampfflugkörper, das stand fest. Außerdem – er kontrollierte den Planeten, und er machte auch die Vorschriften.

»Wie viele willst du?« Terl grapschte nach der Liste. »He! Du hast zwanzig aufgeschrieben! Und erdgebundene Fahrzeuge... drei Caretten...«

»Die Anweisung lautete, sie am Gerät auszubilden, und wenn ich kein Gerät kriege...«

»Aber gleich zwanzig!«

Jonnie zuckte die Schultern. »Vielleicht setzen sie den Geräten schwer zu...«

Terl brach plötzlich in bellendes Lachen aus, als er sich daran erinnerte, wie das Menschending beinahe im brennenden Frontschaufler über die Felsklippe gestürzt wäre. Der Gedanke amüsierte ihn.

Er zog eins von den Blankoformularen hervor, die Numph unterschrieben hatte, und heftete Jonnies Liste über dem Namenszug an.

»Wieviel Zeit habe ich?« wollte Jonnie wissen.

Terl war ein viel zu großer Geheimniskrämer, um offen mit den Zeitplänen herauszurücken. Tatsächlich deckten sie sich mit dem halbjährlich stattfindenden Abtransport von Personal und toten Psychlos. Er rechnete fix nach. Neun Monate insgesamt. Vielleicht drei Monate für die Ausbildung bis zur nächsten Teleportation und sechs Monate für die Grubenarbeit bis zur zweiten im kommenden Frühjahr. Besser, das noch zu straffen.

»In zwei Monaten müssen alle ausgebildet sein«, erklärte er.

»Das ist aber furchtbar knapp.«

Terl holte das Fernbedienungsgerät aus der Tasche, tippte auf den Knopf und steckte es wieder ein. Er lachte.

Jonnie runzelte die Stirn, die Atemmaske verbarg das gefährliche Aufblitzen seiner Augen.

Er beherrschte sich eisern. Seiner Stimme war nichts anzumerken, als er sagte: »Ker könnte mir helfen, das ganze Zeug rüberzuschaffen.«

»Wende dich an Chirk.«

»Außerdem brauche ich etwas Erfahrung, wie man über den Bergen operiert. Auf- und Fallwind sind sehr stark, und im Winter wird das noch schlimmer. Ich möchte nicht, daß du auf irgendwelche Gedanken kommst, wenn ich da oben rumfliege.«

Terl legte die Pranken schützend auf die Schreibtischplatte, als wolle er damit jeden Blick in die Schublade abwehren. Dann merkte er, daß er nervös wurde. Trotzdem – je weniger er sich in die Karten gucken ließ, desto geringer das Risiko, daß die Kreatur etwas ausplauderte. Er mußte sich schleunigst eine einleuchtende Erklärung zurechtbasteln, weshalb Menschendinger im Gebirge herumflogen, die er dann im Camp verbreiten würde.

»Du scheinst eine ganz schöne Menge zu wissen«, sagte er unvermittelt.

»Nur das, was du mir erzählt hast«, entgegnete Jonnie.

»Wann?«

»Bei verschiedenen Gelegenheiten. Drüben in Schottland.«

Terl erstarrte. Stimmt, er war unvorsichtig gewesen. Sehr unvorsichtig sogar, wenn dieses blöde Rattengehirn es mitbekommen hatte...

»Wenn ich auch nur das geringste über den wirklichen Plan durchsickern höre – über Ker oder sonstwen...« er klopfte auf das Fernbedienungsgerät in seiner Tasche, »dann explodiert bei dem kleinen weiblichen Menschending das Halseisen...«

»Das weiß ich.«

»Scher dich jetzt raus. Ich bin viel zu beschäftigt für dieses endlose Geschwätz.«

Jonnie ließ sich von Chirk die Anforderung in einem Vervielfältigungsapparat kopieren und bat sie, Ker anzurufen, daß er ihm beim Abtransport des Materials helfen sollte. »Da hast du's, Kreatur«, sagte sie, als sie ihm die Kopien aushändigte.

»Ich heiße Jonnie.«

»Und ich Chirk.« Sie zwinkerte mit den bemalten Augenknochen. »Irgendwie seid ihr Kreaturen richtig nett und drollig. Von den Angestellten behaupten ja manche, auf euch Jagd zu machen, wär'n toller Spaß. Dabei seht ihr ganz sicher nicht gefährlich aus! Und ich glaube, man kann euch nicht mal essen. Also wo ist da eigentlich der Witz? Verrückter Planet! Kein Wunder, daß der arme Terl ihn so haßt. Wir werden ein riesiges Haus haben, wenn wir nächstes Jahr zurückgehen.«

»Ein riesiges Haus?« wiederholte Jonnie mit einem verwunderten Blick auf diese Plaudertasche.

»Na klar! Wir werden nämlich reich sein! Terl sagt das. Wiedersehn, Jonnie! Nächstes Mal bringst du mir eine Tüte mit netten Kleinigkeiten mit, wenn ich dir wieder einen Gefallen tun soll.«

»Mach ich, und vielen Dank auch.«

Er ging mit seiner Engrosliste ans Werk. Ihm war klar, daß er wieder ein neues Teilstück für das Puzzlespiel hatte. Terl würde nicht mehr länger als ein Jahr hier sein. Terl ging nach Hause, und er wollte es bis dahin zu Reichtum gebracht haben ...

4

»Tut mir leid, Gentlemen«, sagte Jonnie zu seinen Ratsmitgliedern.

Sie saßen auf ziemlich ramponierten Stühlen in Jonnies Unterkunft zusammen, die ihm zugleich als Büro diente – ein sehr großer Raum, den er ausgesucht hatte, weil die Fenster intakt waren, und von dem aus er das Gelände größtenteils überblicken konnte.

Jonnie zeigte auf die Bücherstapel. »Ich habe alles, was ich auftreiben konnte, genau durchgesehen. Aber ich habe es einfach nicht geschafft, was ausfindig zu machen.«

Robert der Fuchs, Doktor MacDermott, der Pastor und der Lehrer fixierten ihn düster. Er versuchte niemals, sie mit irgend etwas zu täuschen. Eins mußte man MacTyler lassen – er war ihnen gegenüber aufrichtig.

Die Dinge waren auch gut gelaufen. Fast zu gut. Die jungen Männer machten erstaunliche Fortschritte im Umgang mit all den komplizierten technischen Geräten. Es hatte nur einen Unfall gegeben mit den Transportflugkörpern – bei einem simulierten Luftkampf hatte einer der beiden jungen Flugschüler zur falschen Zeit den falschen Knopf betätigt und eine Bruchlandung gemacht. Er lag jetzt in der Krankenstation, der Pastor hatte das Bein sachkundig eingerichtet und die alten Witwen betreuten ihn wie die Glucken. Der Flugkörper ließ sich nur noch ausschlachten, wie Ker behauptete, der herübergekommen war, um ihn zu reparieren.

Die drei jungen Männer, die Jonnie ähnlich sahen, hatten vom Lineal des Lehrers blaue Flecke und Beulen an den Händen; er ließ sie an den Unterrichtsapparaten büffeln von frühmorgens bis mittag; dann gingen sie zum Wagenpark, um die verschiedenen Fahrzeuge gründlich kennenzulernen; das Studium der Psychlo-Sprache war zwar ein harter Brocken für sie, aber sie erzielten dennoch sehr gute Erfolge.

Etliche junge Männer hatten Wildpferde eingefangen und zugeritten, sie trieben Wildrinder zusammen und schossen Hochwild, so daß bei der Verpflegung keinerlei Engpaß auftrat. Rettiche und Kopfsalat machten die Mahlzeiten abwechslungsreicher, die alten Frauen waren stolz auf diese gärtnerische Leistung.

Tatsächlich arbeitete jeder wie besessen, und das Areal glich den ganzen Tag über einem Ameisenhaufen.

»Vielleicht könnten wir Ihnen suchen helfen«, meinte Doktor MacDermott und zeigte auf die Bücher. »Wenn Sie uns genau sagen könnten, was wir ausfindig machen sollen.«

»Es geht um Uran«, antwortete Jonnie. »Uran, das ist der Kernpunkt, der Schlüssel zu diesem Kampf.«

»Ach ja, bei Menschen hat es keine schädliche Wirkung, bei Psychlos aber eine tödliche«, sagte Doktor MacDermott.

»Menschen schadet es auch«, verbesserte Jonnie und deutete auf einen Text über Toxikologie. »Manche Menschen sterben einen ziemlich schrecklichen Tod, wenn sie dem Uran zu lange ausgesetzt sind. Aber es entzündet offenbar das Atemgas der Psychlos und läßt es explodieren. Bei ihnen wirkt es ausnahmslos tödlich.«

Er wies auf die Berge im Westen, die sich im Schein der untergehenden Sonne scharf abzeichneten. »In den Bergen dort soll es massenhaft Uran gegeben haben. Die Psychlos sind davon überzeugt, daß es auch heute noch so ist. Völlig unmöglich, einen Psychlo dazu zu bringen, daß er dort hinaufgeht. Terl will uns in die Berge schicken, wahrscheinlich auf Goldsuche. Zweifellos hat er dort welches entdeckt. Wir können nach Gold graben oder es bleiben lassen. Wir werden es wohl tun müssen, um alles in Gang zu halten. Aber zugleich könnten wir Uran abbauen.«

»Und Sie können es nicht lokalisieren«, sagte Doktor MacDermott.

Jonnie schüttelte den Kopf. »Es gibt sogar Listen über Uranvorkommen. Aber sie tragen alle den Vermerk ›Vorkommen erschöpft‹ oder ›Bergwerk geschlossen‹, so in der Richtung.«

»Muß sehr wertvoll gewesen sein«, meinte Robert der Fuchs.

»Den Listen nach hat es viele Verwendungszwecke gegeben«, erwiderte Jonnie. »Hauptsächlich militärische.«

Der Pastor rieb sich nachdenklich die Nase. »Könnten die Leute in Ihrem Dorf etwas darüber wissen?«

»Nein«, entgegnete Jonnie. »Sie sind neben anderem der Beweis dafür, daß es dort oben Uran gibt. Deshalb habe ich Sie ja auch nicht dahin gebracht, so gern ich das täte. Ich bin ganz sicher, daß ihre Krankheiten und die Unfruchtbarkeit eine Menge mit Uran zu tun haben.«

»Ihnen hat es anscheinend nichts anhaben können, MacTyler«, lächelte der Pastor.

»Ich bin viel herumgewandert und war die meiste Zeit nicht zu Hause. Und vielleicht sind auch manche mehr betroffen und andere weniger.«

»Vererbung«, bemerkte Doktor MacDermott. »Im Laufe der Jahrhunderte haben einige von Ihnen vielleicht eine Art Resistenz oder Immunität entwickelt. Und von den Uranvorkommen wissen sie wirklich nichts?«

Jonnie schüttelte den Kopf. »Ich bin seither nicht mehr dort gewesen, um jedes Aufsehen zu vermeiden – der Aufklärer überfliegt die Gegend täglich. Aber ich muß bald einen Weg finden, sie von dort wegzubringen. Und einen Ort, wohin sie gehen können. Nein, über Uran wissen sie nichts, sonst hätten sie das Tal längst verlassen.«

Nach einer kurzen Pause fuhr er fort: »Wir müssen dieses Problem lösen. Das ist der Kernpunkt aller Pläne.«

Doktor MacDermott streckte die Hand aus. »Verteilen Sie die Bücher, wir wollen gern ein paar Stunden Schlaf opfern und Ihnen suchen helfen.«

Jonnie händigte ihnen der Reihe nach die Bücher aus.

»Ich meine, wir sollten ein paar Kundschafter ausschicken«, schlug Robert der Fuchs vor. »Das ist das erste bei jeder Planung für einen Angriff und die Voraussetzung für den Erfolg. Wie erkennt man denn Uran überhaupt?«

»In den Büchern über Bergbau stehen die Indikatoren«, entgegnete Jonnie. »Aber das wichtigste Gerät haben wir nicht. Man nennt es ›Geigerzähler‹. Ich hab das zwar nachgeschlagen und auch eine ungefähre Vorstellung, wie so was aussieht, aber damit ist uns nicht gedient. Wir brauchen einen Geigerzähler, und der ist weit und breit nicht vorhanden.«

»Vielleicht gibt es einen irgendwo in den früheren Ortschaften«, meinte der Lehrer. »Kommen wir an ein Verzeichnis der Fabriken heran?«

»Ich bezweifle, ob so ein Instrument nach tausend Jahren noch viel taugt«, gab Doktor MacDermott zu bedenken. »Aber da sehe ich ja ... meine Güte, das ist ja fast ganz zerfleddert ... tatsächlich ... ein Telefonbuch ... von ... Dev ... nein ... Denver. Telefone gab es früher in den Städten«, erläuterte er den anderen. »Hier ... Instrumente ... Internationale Forschungsstelle für Maschinen- und Apparatebau. Ach, hol's der Teufel! Die Adresse ist nicht mehr zu entziffern.«

»Man findet dort den Firmennamen noch an vielen Gebäuden«, sagte Jonnie.

Robert der Fuchs beugte sich vor. »Ich sage ja, wir brauchen unbedingt einen Kundschafter. Die Parole gilt vor jedem Angriff.

Wir müssen sehr vorsichtig sein, damit sie uns nicht verdächtigen, herumzuschnüffeln.«

»Sie haben Wärmesuchgeräte – das sind Spürgeräte, die auf die menschliche Körperwärme reagieren«, erklärte Jonnie. »Denen sind Sie damals nur entgangen, weil Sie sich unter dem Pferd festgeklammert hatten. Sie wußten, daß die Pferde wegrannten. Die ferngelenkte Aufklärungsdrohne macht nur Bilder, und wenn man sie von weitem herandonnern hört, sollte man sofort in Deckung gehen. Das Geräusch eines Erdaufklärers dagegen bedeutet echte Gefahr, denn die haben spinnenartige Vorrichtungen, die hoch in die Luft ausgefahren werden und alles auf Wärme hin absuchen. Ich habe ein paar Decken, die wir uns überwerfen können, aber wir müssen trotzdem sehr, sehr vorsichtig sein. Ich halte es für das Beste, wenn ich selber gehe.«

»Kommt ja gar nicht in Frage!« protestierte Robert der Fuchs, plötzlich ganz erregt. »Das können wir einfach nicht zulassen.«

Auch die anderen schüttelten die Köpfe.

»Sie halten sich da raus, MacTyler«, sagte der Pastor. »Wir helfen Ihnen – deshalb sind wir ja hier.«

»Dieses kleinwüchsige Monster...«, begann Jonnie.

»Meinen Sie den, der hergekommen ist, um den Flugkörper in Ordnung zu bringen?«

»Genau den. Er heißt Ker. Er hat mir erzählt, daß eine Anordnung erlassen worden ist, vom Planetarischen Direktor, durch die alle Jagdgesellschaften in der ganzen Gegend verboten werden. Keiner darf das Rohstoffcamp und die Unterkünfte verlassen. Es war mal die Rede davon, sagt Ker, daß sie hierherkommen und sich vergnügen wollten. Das heißt also, es wandern jetzt keine Monster herum, und man kann völlig gefahrlos in das Große Dorf gelangen – solange wir bei dieser Erkundung nicht von der Aufklärungsdrohne gesichtet werden.«

»Erkundungen sind nicht Sache der Anführer«, sagte Robert der Fuchs nachdrücklich. »Überfälle, vielleicht, aber Erkundungsgänge keinesfalls! Wir schicken den jungen Angus MacTavish. Alles einverstanden?« Jonnie wurde eindeutig überstimmt.

Also machte sich am gleichen Abend nach Einbruch der Dunkelheit der junge Angus MacTavish in einem kleinen Landfahrzeug auf den Weg nach Denver. Er war überaus geschickt im Umgang mit Maschinen; mit Hilfe von Rohrleitungen hatte er das Wasser näher herangeführt und auch herausgefunden, wie das ganze System funktionierte; zur Verblüffung seiner Freunde war es ihm sogar gelungen, ein paar Innentoiletten instand zu setzen.

Er blieb achtundvierzig Stunden fort und kehrte mit einer

Menge wichtiger Nachrichten zurück. Die Forschungslaboratorien der Internationalen Maschinen- und Apparatebau lagen in Trümmern, da war nichts mehr zu holen. Es gab dort nichts, was auch nur entfernt dem Geigerzähler glich, den man ihm beschrieben hatte. Eine »Bergbaubehörde« hatte er ebenfalls ausfindig gemacht, wo es allerdings lediglich vermoderte Akten gab. Bei einem »Lieferanten für Schürfer-Ausrüstung« entdeckte er einige Hauen und ein Sortiment Messer aus rostfreiem Stahl, das die alten Frauen begeistert für die Küchenarbeit mit Beschlag belegten. Aber von einem Geigerzähler war auch dort weit und breit nichts zu sehen gewesen.

Der Rat kam wieder zusammen und beschloß erbittert, weiterzumachen und sich jedenfalls bereitzuhalten; der Pastor sprach ein Gebet, in dem er den lieben Gott anflehte, sich ihrer zu erbarmen und sie irgendwo, irgendwie zu einem Geigerzähler und zu Uran zu führen.

Ferner beschlossen sie, weitere Kundschafter auszuschicken, freilich ohne allzugroße Hoffnung.

5

Jonnie wachte mitten in der Nacht auf und wußte plötzlich haargenau, wo es einen Uran-Detektor gab. Der Erzanalysator auf dem Teleportations-Terminal! Er hatte während seiner Ausbildung sogar eine Zeitlang daran gearbeitet.

Und so machte sich Jonnie, allen strikten Einwänden von Robert dem Fuchs zum Trotz, an die Erkundung, mochte dies nun gefährlich sein oder nicht.

Er besuchte Chrissie alle paar Tage. Dabei ritt er jedesmal lässig im Rohstoffcamp umher, womit er die Psychlos an seine Anwesenheit gewöhnen wollte. Sie sollten seinen Anblick auf Windsplitter als selbstverständlich hinnehmen und gar nicht weiter beachten.

An diesem Tag wirkten Chrissie und Pattie sehr verzweifelt. Jonnie hatte frisches Fleisch mitgebracht und Hirschhäute, die sie gerben und dann zu Kleidungsstücken verarbeiten konnten. Außerdem hatte er eine Menge Feuerholz gehackt – mit einer Axt aus rostfreiem Stahl, die einer der Schotten in einer Dorfruine ausgebuddelt hatte, ging die Arbeit erstaunlich schnell. Er stapelte das Ganze vor der hölzernen Schranke, wo es hereingeschafft werden konnte, wenn Terl gerade nicht bis über beide Ohrknochen in andere Aktivitäten verstrickt war und wieder mal beim Käfig auftauchte.

Das Gespräch, über die Holzbarriere und die Gitterstäbe des Käfigs hinweg, war mühsam und bedrückend. Chrissie und Pattie hielten Hemden und Reithosen aus Rehbockhaut hoch, damit er sie bewunderte, und packten sie dann wieder zusammen, um sie ihm mitzugeben. Sie sähen prächtig aus, rief er ihnen zu. Pattie zeigte ihm, was sie alles an ihrer erbärmlichen Unterkunft geändert hatten – an den Gitterstäben konnten sie nichts befestigen – und er meinte, ja, wirklich, so sehe alles gleich wesentlich besser aus.

Sie wollten wissen, womit er denn eigentlich beschäftigt sei. Er habe zu arbeiten, antwortete er. Ob er gesund sei? Ja, ihm gehe es gut. Lief alles zufriedenstellend? Allerbestens. Schwierig, ein Gespräch aufrechtzuerhalten über einen Abstand von zwölf Metern und zwei Sperrvorrichtungen hinweg und dazu noch von mindestens zwei Minikameras überwacht. Schwierig, gelassen und beruhigend zu wirken, wenn er doch eigentlich das Ganze in die Luft sprengen und die beiden herausholen wollte.

Er hatte einen Bildrecorder an einer Schnur um den Hals hängen, der mit Lederriemen an der Brust festgehalten wurde, so daß er ihn mit einer leichten Handbewegung ein- und abschalten konnte, ohne ihn an die Augen zu heben. Das hatte er geübt und dabei eine beachtliche Zielsicherheit erreicht, ohne durch den Sucher zu blicken. Er hatte ein Dutzend von den Dingern angefordert und einen genügenden Vorrat an Bändern. Während er redete, machte er Bilder von den Mädchen und dem Käfig aus verschiedenen Blickwinkeln, ebenso von dem Schaltkasten und den Leitungsdrähten. Das war riskant, er wußte es nur zu gut.

Er sagte Chrissie und Pattie, daß er bald zurückkäme, und ritt wie zufällig auf die Anhöhe oberhalb des Chinko-Quartiers. Dem Anschein nach müßig, hielt er das Panorama des Rohstoffcamps auf dem Bildrecorder fest, Weitwinkel und Telefoto. Er nahm die zwanzig auf dem Gelände aufgereihten Kampfflugkörper auf, das ferne Energie-Nachschublager und dahinter das Depot für die Atemgastanks. Er machte Bilder von dem Leichenschauhaus, hundert Meter hinter dem Umschlagterminal. Außerdem von dem Landeplatz der Transportflugkörper, von den Laderampen, dem Förderband und dem Kontrollturm.

Dann – ein Glücksfall! Er sah einen Transportflugkörper mit einer Ladung Erz herangleiten. Lässig ritt er den Hügel hinunter. Als er am Käfig vorbeikam, drängte ihn eine innere Stimme plötzlich zur Vorsicht. Er stieg ab und schob die bereits belichteten Bänder in den für Chrissie bestimmten Packen, wobei er so tat, als lege er nur ein paar Blumen dazu.

Er schwang sich wieder auf Windsplitter und zockelte weiter nach unten zum Rohstoffcamp. Unterwegs ließ er Windsplitter sich an den saftigen Grasbüscheln laben und gelangte schließlich zum staubbedeckten Umschlagterminal.

Der Transportflugkörper war noch nicht entladen. Angestellte kamen heraus und bestiegen ihre Maschinen. Er ritt zum Erzanalysator. Der Operator war nicht da. Jonnie tat, als duckte er sich unter einem Haken, der an einem Kranarm schwang. In Wirklichkeit aber beugte er sich vor und riß einen Draht hinten aus dem Schaltbrett. Das Schaltsystem kannte er nicht, doch mit ein bißchen Glück würde er es bald herausbekommen.

Der Operator erinnerte sich flüchtig an ihn von der Ausbildungszeit her, betrachtete ihn aber mit der für Psychlos typischen Verachtung. »Schaff das Pferd lieber weg! Hier kommt gleich Erz herein.«

Jonnie zog sich mit Windsplitter zurück. Der Transportflugkörper entlud, von Staubwolken und Getöse begleitet. Die Frontschaufler rasten umher und schichteten die Brocken ordentlich auf. Die erste Ladung für die Kübel auf dem Förderband war fertig.

Ein rotes Licht flammte auf.

Ein Alarmsignal schrillte.

Der Operator am Erzanalysator fluchte und hämmerte gegen das Schaltbrett.

Der gesamte Betrieb stockte.

Char kam aus dem Kontrollraum des Umschlagterminals wie ein Panzer angerumpelt und brüllte laut.

Weit entfernt hörte man einen weiteren Transportflugkörper, der mit leisem Dröhnen von einer Außenstation in Übersee einschwebte.

Teleportation war für diesen Tag nicht vorgesehen, aber die Zeitpläne für das Entladen der Transportflugkörper gerieten hoffnungslos durcheinander.

Char schrie nach einem Reparaturmann, und aus dem Kontrollraum stellte jemand über die Lautsprecheranlage die Frage, wo sich der diensttuende Elektroniker aufhielt.

Das hätte Jonnie ihnen verraten können. Er hatte den Angestellten vor fünfzehn Minuten zum Wohntrakt gehen sehen.

Char tobte mit dem Operator am Erzanalysator. Der hämmerte mit den Pranken gegen das Schaltbrett.

Jonnie glitt vom Pferd und ging zu ihnen. »Ich kann das reparieren.«

Mit markerschütterndem Gebrüll hieß ihn Char, sich schleunigst wegzuscheren.

»Nein, ich kann das in Ordnung bringen«, beharrte Jonnie.

Eine näherkommende Stimme sagte: »Lassen Sie ihn das doch reparieren. Ich habe ihn ausgebildet.« Das war Ker.

Die neuerliche Unterbrechung lenkte Char ab. Er wandte sich um und überschüttete den kleinwüchsigen Psychlo mit wüsten Beschimpfungen.

Der Bildrecorder lief, als Jonnie vor das Schaltbrett des Erzanalysators trat. Er ließ den Deckel aufschnappen und stand nun im rechten Winkel zur Schalttafel, wobei er vorgab, die Anordnung zu studieren. Dann langte er hinein und betastete ein paar Stellen, ohne jedoch irgend etwas zu betätigen. Sobald er davon Bilder besaß, konnte er das Ganze nachbauen.

Er ließ den Deckel zuschnappen.

Rasch schloß er den Draht wieder an, den er zuvor herausgezogen hatte.

Char wandte sich ihm zu, nachdem er Ker zusammengestaucht hatte.

»Alles in Ordnung«, sagte Jonnie. »Es war nur ein loser Draht.«

»Probieren Sie's jetzt mal!« schrie Ker dem Operator zu.

Der tat, wie ihm geheißen, und der Erzanalysator surrte.

»Na, was sagen Sie nun?« fragte Ker. »Schließlich habe ich ihn persönlich ausgebildet.«

Jonnie schwang sich wieder auf sein Pferd und benutzte die Bewegung dazu, den Bildrecorder abzuschalten.

»Jetzt funktioniert's«, bestätigte der Operator.

Char bedachte Jonnie mit einem giftigen Blick. »Das Pferd hat hier nichts zu suchen, halt dich gefälligst daran! Wenn grad eine Teleportation stattfände, würde es auf Psychlo landen!« Er stapfte davon, wobei er etwas von verdammten Kreaturen murrte.

Förderband, Kübel und Maschinen liefen wieder reibungslos und beeilten sich, das Entladen zu beenden, bevor der neue Transportflugkörper landete; der alte hob gerade ab.

Windsplitter trottete hinunter in Richtung Leichenschauhaus. Das Gebäude mit den auffälligen Kühlspiralen stand ein Stück zurück. Jonnie machte kehrt und schaute von hier aus hinüber zu den Hauptgebäuden. Eine gerade Linie führte von hier über die Plattform am Umschlagterminal und den Hügel hinauf zum Käfig.

»*Was*, verdammt noch mal, treibst du hier unten mit einem Bildrecorder?« fragte eine Stimme.

Terl. Er war, eine Liste in der Pranke, aus dem Leichenschauhaus gekommen. Im weiträumigen Dunkel des Gebäudes waren

Särge aufgestapelt. Terl hatte die Psychlo-Leichen überprüft, die für die halbjährliche Teleportation heimwärts vorgesehen waren.

»Üben«, antwortete Jonnie.

»Wofür?« knurrte Terl.

»Früher oder später wirst du von mir verlangen, daß ich für dich Bilder aufzeichne oben in...«

»Halt den Mund darüber hier draußen!«

Terl schleuderte die Liste weg und trat dichter an Jonnie heran. Er riß ihm den Bildrecorder von der Brust, zerrte an den Schnüren. Die Lederriemen schnitten in Jonnies Rücken, bis schließlich auch sie nachgaben.

Terl drehte den Bildrecorder um, klappte das Band heraus, warf es in den Schmutz und zerstampfte es mit dem Stiefelabsatz.

Mit scharfen Klauen bohrte er in Jonnies Gürtel nach weiteren Bändern.

»Da ist doch noch gar nichts drauf«, wandte Jonnie ein.

Terl warf sie trotzdem auf die Erde und zermalmte sie.

Dann gab er Jonnie den Bildrecorder zurück. »Laut Vorschrift der Company sind Bildaufzeichnungen von einem Umschlagterminal untersagt.«

»Wenn du Bildaufzeichnungen von mir verlangst, dann hoffe ich, daß du auch wirklich was drauf erkennen kannst.«

»Das bitte ich mir aus, sonst wehe dir!« Mit dieser ebenso wütenden wie unlogischen Antwort stapfte Terl zurück ins Leichenschauhaus.

Als Jonnie später eingelassen wurde, um Chrissie Vorräte zu bringen, konnte er mühelos die ersten Bänder in den Packen schmuggeln, den er mitnehmen wollte.

Doch sie enthielten eben leider keine Aufzeichnung des elektronischen Schaltsystems, mit dessen Hilfe man Uran aufspüren konnte.

Aus schierem Rachebedürfnis zeigte er an diesem Abend seiner versammelten Mannschaft die Bilder, die er vorher gemacht hatte. Sie bekamen alle Örtlichkeiten auf dem Umschlagterminal zu Gesicht. Sobald sie exakte Pläne ausgearbeitet hatten, müßte er die ganze Prozedur wiederholen. Für den Augenblick wollte er ihnen vor allem die Bilder von Chrissie und Pattie zeigen.

Man sah darauf die Mädchen, die Halseisen, die mit der Schalttafel verbundenen Gitterstäbe. Hauptsächlich aber zeigten sie ihre Gesichter, Gesichter eines kleinen Mädchens und einer schönen jungen Frau.

Die Schotten betrachteten die Bilder, prägten sich die Anlage des Umschlagterminals ein, die Kampfflugkörper, das Atemgas-

Depot, das Energie-Nachschublager, das Leichenschauhaus und die Plattform. Doch beim Anblick der Bilder von Chrissie und Pattie überkam sie erst Mitleid und dann Wut.

Robert der Fuchs mußte abermals auf sie einreden, damit sie nicht auf der Stelle losstürmten und drüben alles kurz und klein schlugen. Die Dudelsackpfeifer spielten ein Klagelied.

Die anfängliche Begeisterung der Schotten war jetzt in finstere Entschlossenheit und Zorn umgeschlagen.

Jonnie fand in jener Nacht keinen Schlaf. Da hatte er es bereits im Bildrecorder gehabt – das Schaltsystem eines Uran-Detektors. Er hatte fest mit diesen Aufzeichnungen gerechnet und sich deshalb nichts eingeprägt. Er machte sich Vorwürfe – wie konnte er sich nur ausschließlich auf Maschinen verlassen! Maschinen waren schon gut und nützlich, doch niemals Ersatz für den Menschen.

Der Tag würde kommen, an dem er mit Terl abrechnete. Das schwor er sich.

6

An einem klaren, kalten Vormittag waren sie unterwegs, um einen ersten Blick auf die Ader zu werfen: Jonnie, Robert der Fuchs, die drei, die Jonnie ähnlich sahen, und die beiden schottischen Steiger, die man dazu bestimmt hatte, brausten in dem kleinen Personaltransporter hoch über das gewaltige Bergmassiv der Rockies hinweg.

Terl war in aller Frühe aufgetaucht, drohend und undurchsichtig. Sein Erdaufklärer war inzwischen mehrmals von einem Wachposten gesichtet worden, der Jonnie gewarnt hatte.

Zum Schutz gegen die Morgenkälte in ein Pumafell gehüllt, traf Jonnie auf das Landfahrzeug, das gerade anhielt. Im Speiseraum war man eben mit dem Frühstück fertig, und alle hatten Anweisung erhalten, drinnen zu bleiben. Das Gelände lag verlassen da, so daß Terls Aufmerksamkeit durch nichts abgelenkt werden konnte.

Er stieg aus, zog die Atemmaske fest an und stand da, warf das Fernbedienungsgerät in die Luft und fing es wieder in der Pranke auf.

»Warum interessierst du dich für einen Uran-Detektor?« fragte er.

Jonnie runzelte die Stirn und machte ein verblüfftes Gesicht – oder bemühte sich zumindest.

»Nach deinem Weggang hörte ich neulich, daß du den Erzanalysator ›repariert‹ hast. Mit einem Bildrecorder um den Hals? Daß ich nicht lache!«

Jonnie entschied sich für einen verbalen Überraschungsangriff. »Erwartest du etwa von mir, daß ich rauf in die Berge gehe und nicht mal weiß, wovor ich mich hüten muß? Du erwartest doch nicht von mir, daß ich da herumrase und mich zugrunde richte...«

»Zugrunde richten?«

»Jawohl, durch Uran verseucht ...«

»So redet man nicht mit mir, Kreatur, verstanden?«

»Dabei weißt du sehr wohl, daß ich krank werden kann, wenn ich mich nicht vor Uranstaub in acht nehme! Du hast mir selber erzählt, daß es da oben Uran gibt! Und da erwartest du von mir...«

»Moment mal«, unterbrach ihn Terl. »Wovon redest du eigentlich?«

»Von tödlichen Gefahren beim Bergbau!« fauchte Jonnie.

Der Wachposten, der ihn gewarnt hatte, stand an der Tür zum Speiseraum und durchbohrte Terl mit Blicken.

»Wache!« rief Jonnie. »Schnapp dir ein Buch, irgendein englisches Buch und bring's her! Aber schnell!«

Er wandte sich wieder Terl zu. Im Haus hörte man den Wachposten herumlaufen. Terl steckte das Fernbedienungsgerät in die Tasche zurück, damit er die Pranke zum Schießen frei hatte, nur für den Fall der Fälle.

Der Wachposten kam angestürzt, in der Hand einen alten Gedichtband von Robert Burns. Er hatte ihn dem Pastor entrissen, der beim Frühstück darin las. Das Buch mußte den Zweck erfüllen.

Jonnie schlug es auf. Er legte den Finger auf eine Verszeile, die lautete: » ... den Sieg erringt trotz alledem!«

»Sieh dir das an!« forderte er Terl auf. »Durch die Einwirkung von Uran fallen Menschen die Haare aus, desgleichen die Zähne, auf der Haut bilden sich rote Pusteln, und die Knochen zerfallen! Und das passiert innerhalb von wenigen Wochen.«

»Explodieren tut ihr nicht?« fragte Terl.

»Von Explosion steht hier nichts, aber es heißt ausdrücklich, daß es tödlich sein kann, wenn man Uranstaub ständig ausgesetzt ist. Lies doch selber!«

Terl blickte auf eine Verszeile, die lautete: »... 's ist nur ein Tropf trotz alledem!« Dann sagte er: »Stimmt. Das habe ich nicht gewußt.«

»Dann weißt du es eben jetzt.« Jonnie klappte das Buch zu und schlug auf den Deckel. »Ich hab das durch schieren Zufall gefunden. Du hast mir kein Wort davon gesagt. Wirst du mir jetzt einen Detektor überlassen oder nicht?«

Terl machte ein nachdenkliches Gesicht. »Deine Knochen werden also zu Staub, allerhand. Und das dauert nur ein paar Monate.«

»Wochen«, korrigierte Jonnie.

Terl begann zu lachen. Es schüttelte ihn förmlich, er ließ den Handfeuer-Killer im Gürtel los und schlug sich mit der Pranke an die Brust, bis er wieder Atem schöpfte. »Na ja«, brachte er schließlich heraus, »darauf wirst du's wohl ankommen lassen müssen, stimmt's nicht?«

Fehlanzeige. Aber wenigstens hatte Terl jetzt die Spur restlos verloren, fühlte sich tatsächlich sicherer.

»Deswegen bin ich jedenfalls nicht hergekommen, ich hab andere Sorgen als deine Knochen«, sagte Terl. »Können wir uns nicht einen etwas ungestörteren Platz suchen?«

Jonnie gab dem Wachposten das Buch zurück und zwinkerte ihm aufmunternd zu. Der Schotte besaß genügend Verstand, ein Grinsen zu unterdrücken. Terl wühlte indessen in seinem Landfahrzeug herum.

Er winkte Jonnie, ihm zu folgen, und führte ihn hinter die Kapelle, wo es keine Fenster gab. Er hatte einen großen Packen Landkarten und Fotos bei sich und setzte sich auf den Boden. Wortlos bedeutete er Jonnie, sich neben ihn zu hocken.

»Sind deine Kreaturen alle ausgebildet?« wollte er wissen.

»So gut wie zu erwarten.«

»Na, immerhin hattest du zwei Wochen zusätzlich.«

»Sie werden es schaffen.«

»Also gut. Wir müssen die Sache jetzt ernsthaft in Angriff nehmen – wie gelernte Grubenarbeiter.« Er entrollte die Karte. Sie zeigte eine Montage, eine aus Teilansichten bestehende Bildfolge, von einem Aufklärer aus aufgenommen. Rund fünftausend Quadratkilometer der Rocky Mountains von Denver nach Westen waren darin komprimiert. »Kannst du so was lesen?«

»Ja.«

Terls Klaue schnellte vor, umkrallte die Gipfelplatte eines Cañons. »*Dort* ist es.« Jonnie konnte direkt fühlen, wie die Gier in Terl hochwallte, ihn mit Beschlag belegte. Seine Stimme war zu einem verschwörerischen Gemurmel gedämpft. »Es ist eine Ader aus weißem Quarz, durchzogen von Streifen aus purem Gold. Etwas ganz Ungewöhnliches. Vor ein paar Jahren durch einen Erdrutsch freigelegt.«

Er entnahm dem Packen eine Großaufnahme.

Da war es: ein diagonaler weißer Einschnitt in der roten Wand eines Cañons. Terl zeigte ihm ein anderes Bild, auf dem die Einzelheiten deutlicher zu erkennen waren: Bänder aus purem Gold zogen sich durch den Quarz.

Jonnie wollte etwas sagen, doch Terl gebot ihm mit erhobener Pranke Schweigen. »Du überfliegst die Stelle und siehst sie dir genau an. Wenn du dir alles eingeprägt hast und über das Förderproblem klargeworden bist, kommst du zurück und suchst mich auf. Ich werde dann sämtliche Verfahrensfragen regeln.« Er tippte auf die größere Karte. »Merk dir diese Stelle gut.« Die Karte enthielt keinerlei Markierungen, wie Jonnie feststellte. Ein gerissener Bursche, dieser Terl. Keine Anhaltspunkte, sollte die Karte irgendwo abhanden kommen.

Er saß daneben, während Jonnie sie eingehend studierte.

Jonnie kannte diese Berge, freilich nicht aus der Perspektive eines detaillierten Luftbildes.

Terl packte seine sämtlichen Papiere ein, bis auf die Karte. »Die behältst du.« Er stand auf.

»Bis wann müssen wir's rausgeholt haben?«

»Bis Tag einundneunzig des kommenden Jahres. Das bedeutet, noch sechseinhalb Monate.«

»Das bedeutet außerdem: Arbeit im Winter«, wandte Jonnie ein.

Terl zuckte die Schultern. »Dort oben ist doch immer Winter. Zehn Monate Winter und zwei Monate Herbst.« Er lachte. »Flieg über die Stelle und sieh sie dir an, Kreatur. Nimm dir eine oder zwei Wochen Zeit, um alles herauszufinden. Und dann kommst du rüber, und wir reden unter vier Augen. Die Sache ist streng vertraulich, hörst du? Außer zu deinen Menschendingern sagst du kein Wort, verstanden?«

Im Weggehen spielte Terl wiederum Fangen mit dem Fernbedienungsgerät. Dann dröhnte er mit seinem Landfahrzeug zurück.

Einige Stunden später flog Jonnie mit seinen Leuten hoch über den Rockies.

»Das hab ich zum ersten Mal gehört, daß Robert Burns 'n Gift war«, sagte einer der Schotten hinter Jonnie.

Der drehte sich um. Er dachte, der Wachposten sei irgendwie an Bord gekommen. »Sie sprechen so gut Psychlo?«

»Na klar.« Der Schotte zeigte auf die blauen Flecken und Beulen, die das Lineal auf seinem Handrücken hinterlassen hatte. Er gehörte zu den jungen Burschen, die wegen ihrer Ähnlichkeit mit Jonnie ausgewählt worden waren. »Ich hab an einem Fenster im zweiten Stock über Ihnen gehorcht. Er versteht kein Englisch, stimmt's?«

»Einer unserer ganz wenigen Vorteile«, erwiderte Jonnie. »Den Uran-Detektor hab ich nicht gekriegt.«

»Wer meint, alle Schlachten gewinnen zu können, ist reichlich optimistisch«, befand Robert der Fuchs. »Was sind denn das alles für Dörfer da unten?«

Tatsächlich, in diesem Teil des Gebirges gab es hin und wieder alte Ortschaften.

»Sie sind verlassen«, erklärte Jonnie. »Ich bin in einigen gewesen. Keine Lebewesen, außer Ratten. Geisterstädte, ganz früher mal Bergwerkssiedlungen.«

»Das ist schon traurig – jede Menge Platz, jede Menge Nahrungsmittel und keine Menschen!« Robert der Fuchs schüttelte bekümmert den Kopf. »Und drüben in Schottland gibt's kaum Anbauflächen und so gut wie gar keine Nahrungsmittel. Ein dunkles Kapitel der Geschichte, das wir mitmachen...«

»Wir werden das ändern«, sagte ein junger Schotte hinter Jonnie.

»Na ja, falls wir Glück haben«, entgegnete Robert der Fuchs. »Dieses große, weite Land, voll von Nahrung und keine Menschen! Wie heißen die großen Berge da unten?«

»Keine Ahnung«, erwiderte Jonnie. »Sehen Sie sich die Karte an, da sind nur Nummern verzeichnet. Ich glaube, früher hatten sie Namen, aber die Menschen haben sie vergessen.«

»He, da unten an dem Berghang sind Schafe!« rief ein junger Schotte. Er benutzte ein Handfernrohr.

»Die nennt man Dickhornschafe«, erklärte Jonnie. »Ein wahres Kunststück, eins zu erjagen. Sie können auf einem Gesims stehen, das nicht breiter ist als Ihre Hand, und dann gleiten sie durch die Luft und landen auf einem zwei Finger breiten Band.«

»Da ist ein Bär!« rief der Schotte. »Und was für ein Riesentier!«

»Für die Bären beginnt bald der Winterschlaf«, erklärte ihm Jonnie. »Wundert mich, daß in dieser Höhe noch einer draußen ist.«

»Er wird von ein paar Wölfen verfolgt.«

»Wir machen Jagd auf größeres Wild, Leute«, sagte Robert der Fuchs. »Haltet lieber Ausschau nach dem Cañon.«

Kurz vor ein Uhr mittag erspähte Jonnie ihn.

7

Ein überwältigender Anblick. Die großartige Szenerie, die sich in dieser dünnen, eisigen Luft vor ihnen entfaltete, bewirkte, daß sie sich klein und unbedeutend vorkamen.

Aus einem Fluß, der sich wie ein schmales silbriges Band tief unten dahinschlängelte, ragte eine rötliche, wuchtige Felswand kahl und steil auf. Dicht gegenüber, am anderen Ufer, erhob sich ihr Ebenbild. Seit Urzeiten hatte sich der Fluß zwischen beiden einen Weg gebahnt, erst durch weichere Gesteinsschichten, und schließlich den gigantischen Durchbruch durch die fast unüberwindlichen Felsmassen erzwungen. Eine riesige, klaffende Wunde – dreihundert Meter tief, hundert Meter breit.

Ringsum gewaltige Bergspitzen, die sie vor der Außenwelt verbargen.

Der funkelnde weiße Quarzstreifen, mehrere Meter breit, bildete eine kurze, diagonal verlaufende Markierung. Und in diesen Quarz eingebettet schimmerte und lockte pures Gold.

Der Augenschein übte eine ungleich größere Faszination aus als jedes Foto. Es war wie glitzerndes Geschmeide auf der faltigen Haut einer uralten Frau.

Weit unten konnte man erkennen, wo ein Teil der Felswand herausgebrochen war; wie zerschmetterte Kiesel lagen die Stücke am Boden der tiefen Schlucht. Der Fluß hatte sich zu tief unter der Felswand durchgefressen, und bei einem Erdbeben war ein Teil der Außenseite gelockert worden.

Schnee war in diesem niederschlagsarmen Jahr noch nicht gefallen und die Sicht somit unbehindert. Jonnie schaltete auf Tiefflug.

Und dann traf sie der Wind mit voller Wucht.

In der langen Schlucht zusammengedrückt, wüteten die Turbulenzen, donnerten mit lautem Heulen an die Felswände.

Mit atemberaubender Geschwindigkeit betätigten Jonnies Finger die übergroßen Tasten und Schalter des Instrumentenbretts, als er darum kämpfte, den leichten Flugkörper in Position zu halten.

In diesem Augenblick ging es nicht um die faszinierende Goldader, sondern nur noch um die Urgewalt einer Felswand, die sie zu zerschmettern drohte, wenn sie dagegenprallten.

Jonnie zog den Flugkörper dreihundert Meter hoch aus dem Bereich der Aufwinde und brachte ihn auf Kurs. Er wandte sich zu einem der Schotten – er hieß Dunneldeen MacSwanson, gehörte zu denen, die Jonnie ähnlich sahen, und er war es, der vorhin von Robert Burns gesprochen hatte. »Können Sie das Steuer übernehmen?«

Dunneldeen kam nach vorn. Robert der Fuchs ging zu einem der hinteren Sitze im Cockpit und gurtete sich fest.

Der Antrieb nach dem Teleportationsprinzip bedurfte einer Reihe Korrekturen, die ständig überwacht werden mußten. Einige dieser Regulative waren fest im Computer eingespeist, andere mußten für jeden Einzelflug neu programmiert werden. Der Raum an sich war ein absoluter und unbeweglicher Faktor, ohne eigene Kategorien von Zeit, Energie und Masse. Um aber im Verhältnis zur umgebenden Masse in einer bestimmten räumlichen Position zu bleiben, mußte man sich zur Bewegungsbahn dieser Masse in Gleichlauf bringen. Allein die tägliche Rotation der Erde bedingte eine Korrektur von annähernd sechzehnhundert Kilometer je Stunde. Die Umlaufbahn der Erde um die Sonne verlangte von Sekunde zu Sekunde entsprechende Korrekturen. Für die Präzession des Sonnensystems reichte zwar eine geringfügige Korrektur schon aus, aber ein völliger Verzicht auf den Ausgleich war nicht möglich. Das gesamte Sonnensystem bewegte sich unmerklich, aber mit hoher Geschwindigkeit in den unermeßlichen Raum hinein. Die Galaxis selbst drehte sich in bezug auf andere Galaxien. Diese und andere Faktoren machten es schon unter normalen Verhältnissen zu einer kniffligen Aufgabe, den Flugkörper unter Kontrolle zu halten. Unten in diesem Cañon wurde es zum Alptraum.

Mit all diesen Einzelheiten war Dunneldeen während seiner Ausbildung vertraut gemacht worden. Doch er hatte auch gesehen, wie Jonnies Finger unablässig auf dem Instrumentenbrett hantierten, und wußte – dies war kein Routineflug. Vor allem war der Abstand zwischen den Schaltern für die Spannweite der Klauen und die breiten Pranken der Psychlos berechnet, so daß Menschenhände sie nur mit größten Anstrengungen und unter schmerzhafter Überdehnung der Gelenkbänder bedienen konnten.

Dunneldeen blickte nach unten auf den Cañon. »Kein gemütlicher Abendspaziergang«, meinte er. »Aber ich kann's ja mal versuchen!« Damit steuerte er die Maschine abwärts.

Jonnie löste seinen Sitzgurt und ließ sich ein kleines Handfeuergerät geben, einen sogenannten Kernextraktor. Durch Abfeuern eines winzigen Drillbohrers konnte man eine Gesteinsprobe von etwa zweieinhalb Zentimeter Durchmesser aus der Felswand herauslösen, deren Länge davon abhing, wann der Bohrer an einer Leine wieder eingezogen wurde. Auf diese Weise erhielt man eine zylindrische Erz- oder Gesteinsprobe.

»Fangt mit den Aufnahmen an!« schrie er den anderen zu. Sie hatten drei Bildrecorder an Bord, ein Instrument für Tiefenmessung und ein Densimeter, das gleichzeitig eine graphische Darstellung anfertigte. Es handelte sich dabei um »leichte« Prüfgeräte der Psychlos, deren Bedienung menschlicher Muskelkraft allerdings einiges abverlangte.

Die Schotten machten sich an die Arbeit, die durch die seitlich am Flugkörperrumpf befindlichen Beobachtungsluken erfolgte.

Jonnie klappte seine Luke herunter und brachte den Kernextraktor in Stellung. »Fliegen Sie so nah an die Ader heran, wie Sie können, ohne uns dabei zu gefährden.«

»Das ist ja gerade das Kunststück«, entgegnete Dunneldeen. »Alles klar? Ab geht's!«

Sie rasten hinunter in den Abgrund. Jonnie hörte, wie Dunneldeens Finger über das Instrumentenbrett ratterten – ein Geräusch, das entfernt an die Thompson-Maschinenpistole erinnerte und dann vom durchdringenden Heulen des Windes übertönt wurde.

Eine jähe Seitwärtsdrehung brachte die Felswand in Reichweite. Dann wich sie wieder zurück, schien auf und nieder zu tanzen. In das Tosen des Windes mischte sich das Dröhnen der Triebwerke. Mit aller Kraft kämpfte Dunneldeen darum, die Position zu stabilisieren.

Jonnie zwang sich zur Konzentration. Das Aufrollen der Schnur kostete Zeit, deshalb wollte er beim ersten Abfeuern eine Gesteinsprobe bekommen. Die glitzernde Ader vor ihm hob und senkte sich unaufhörlich. Er drückte auf den Abzug. Unter Pfeifen und Zischen sauste der Bohrer auf sein Ziel zu.

Volltreffer!

Mit einem Knopfdruck setzte er den Drillbohrer in Betrieb. Die Leine flatterte auf und nieder.

Plötzlich kippte der Flugkörper ruckartig seitwärts, prallte um ein Haar an die gegenüberliegende Felswand. Der Bohrer wurde herausgezogen und baumelte mit der Gesteinsprobe unter dem Flugkörper. Jonnie holte die herumwirbelnde Leine ein.

»Hochziehen!« schrie er dem Schotten zu.

Dunneldeen riß den Flugkörper sechshundert Meter hoch in ruhigere Luftzonen. Danach erschlaffte er, seine Arme und Handgelenke schmerzten, die Stirn war schweißbedeckt. »Uff!« seufzte er. »Des Teufels Großmutter rumzuschwenken, wär dagegen ein Kinderspiel!«

»Habt ihr eure Daten und Bilder?« rief Jonnie über die Schulter.

Tiefenmesser und Densimeter hatten alles Erforderliche aufgezeichnet, aber die Männer an den Bildrecordern mußten die Frage verneinen. Es war so viel Überwältigendes auf sie eingestürmt, daß sie bei weitem nicht alles erfassen konnten und einen neuerlichen Versuch machen wollten.

»Ich übernehme jetzt«, sagte Jonnie.

»Des Teufels Großmutter?« fragte Dunneldeen. »Nein, MacTyler, der nächste Tanz gehört auch noch mir. Ich bleib am Steuer, vielen Dank.« Dann rief er nach hinten: »Was wollt ihr?«

Sie wollten das Geröll am Boden des Cañons.

»Ich kann nur hoffen, daß ihr alle vor dem Abflug euren Frieden mit dem Pastor gemacht habt«, meinte Dunneldeen. »Auf geht's!«

Sie stießen senkrecht hinunter zum Grund der Schlucht und strichen darüber hin. Die weiß aufschäumende Gischt des Flusses griff nach den herabgestürzten Steinbrocken. Sie waren fast vollständig unter Wasser.

Der Flugkörper kämpfte sich langsam durch die enge Schlucht wieder hoch, so daß die Bildrecorder auf beiden Seiten alles aufzeichnen konnten. Mit atemberaubender Geschwindigkeit betätigte Dunneldeen unablässig Schalter und Hebel. Der Flugkörper bockte und dröhnte, als die Motoren übertourten.

»Hier wird was heiß«, rief Robert der Fuchs. Und es war tatsächlich warm geworden in der Kabine, trotz der Höhe. Die Hitze wurde von den Motorgehäusen abgestrahlt, die überbeansprucht waren, die ständigen ruckartigen Bewegungen und Schwankungen des Flugkörpers aufzufangen und auszugleichen.

Sie befanden sich der Gipfelplatte gegenüber. Jonnie betrachtete das Gelände, das die Bildrecorder aufzeichneten.

Hier gab es keine ebene Fläche, auf der man einen Flugkörper aufsetzen konnte. Auch keinen Platz, eine Plattform herunterzulassen, von der aus die Bohrarbeiten erfolgen konnten. Nur Zacken und Spalten.

Jonnie entdeckte etwas anderes und ließ die Bildrecorder die Felswand von oben nach unten vertikal aufzeichnen. Die Felswand war nicht senkrecht, sondern nach innen gewölbt. Was immer man von oben herunterließ, würde in etwa drei bis sechs Meter Entfernung hängen. Wie sollte man da Netze montieren, in denen das Erz aufgefangen wurde?

Sie flogen direkt darüber hin, und Jonnie machte wiederum eine Entdeckung. »Noch mehr Aufnahmen vom oberen Teil!« rief er.

Ja, jetzt sah er es deutlich. Ungefähr neun Meter weit weg vom Rand der Gipfelplatte und parallel dazu klaffte ein Spalt, vergleichbar dem, der den Steinschlag verursacht und so die Erzader freigelegt hatte. Doch dies hier war der *zweite* Spalt. Es bedurfte nur eines weiteren Erdbebens. Und dann würde die ganze Erzader in die Schlucht stürzen.

Sie stiegen sechshundert Meter hoch, so daß sich die Männer an den Bildrecordern auf das Gesamtpanorama beschränken mußten. Es war eindrucksvoll genug in seiner überwältigenden Schönheit.

»Gestatten Sie, MacTyler«, sagte Dunneldeen, »aber wenn wir jetzt zurückfliegen, möchte ich mit Thor tauschen.«

Jonnie nickte, und Thor, der diesen Spitznamen wegen seiner

schwedischen Herkunft bekommen hatte und der ihm geradezu verblüffend ähnlich sah, schob sich geschickt an Dunneldeen vorbei auf den Pilotensitz. Dunneldeen schleppte sich nach hinten. »Der Tanz ist für den Dudelsack 'n bißchen schnell«, sagte er. »Müssen wir etwa das Ding hier für die Arbeit benutzen?«

Der Bohrkern in Jonnies Hand bestand teils aus weißem Quarz, teils aus Gold. Ein sehr hübscher Anblick. Dieser Köder hatte Terl verlockt und ihnen ihre Chance gegeben. Er fragte sich, wie viele Leben er kosten würde.

»Kurs heimwärts«, wies er Thor an.

Auf dem Rückflug waren sie alle sehr still.

8

Jonnie war angespannt und nervös, als er Windsplitter so lässig, wie er nur konnte, durch das Rohstoffcamp ritt. Er hatte ein gefährliches Unternehmen in Angriff genommen, doch darauf hätte niemand kommen können, der ihn leger im Sattel sitzen sah. An diesem Tag fand die halbjährliche Teleportation statt, und das Personal auf dem Terminal hetzte verdrossen und gedankenverloren umher.

In einem Baum, der das Gelände überblickte, hatte Jonnie einen Bildrecorder versteckt und in seiner Tasche ein Fernbedienungsgerät. Er hatte ein Langzeitband eingelegt, doch das bedeutete nicht, daß er das Gerät stundenlang unbeaufsichtigt laufen lassen konnte. Er mußte sämtliche Einzelheiten festhalten, deren er habhaft werden konnte. Robert der Fuchs wäre damit keineswegs einverstanden gewesen, handelte es sich hier doch um ein klares, eindeutiges Auskundschaften. Und wenn Terl den Bildrecorder oder das Fernbedienungsgerät entdeckte, konnte das schlimme Konsequenzen haben.

Jonnie hatte seinen Bericht an Terl hinausgezögert und sich die vage Anweisung »in ungefähr einer Woche« zunutze gemacht. Über die halbjährliche Teleportation war ihm zufällig etwas durch den Schwätzer Ker zu Ohren gekommen.

Ker war auf Jonnies Bitte herübergekommen, um den Motor des Transportflugkörpers zu überprüfen. Jonnie brauchte detaillierte Angaben. Lag ein Defekt vor, war das eine Sache, aber wenn es sich nur um eine für diese Aufgabe zu geringe Antriebsleistung handelte, sah es ganz anders aus.

So war Ker in der Basis erschienen, nicht ohne vor sich hin zu murren; schließlich war er kein Mechaniker, sondern hatte eine leitende Funktion inne. Aber Terl hatte ihn geschickt.

Die schlechte Laune des zwergwüchsigen Psychlos verflog jedoch, als Jonnie ihm einen kleinen goldenen Ring gab, den ein Kundschafter am Skelettfinger eines längst zu Staub zerfallenen Leichnams gefunden hatte.

»Warum gibst du mir das?« erkundigte sich Ker mißtrauisch.

»Als Souvenir«, erwiderte Jonnie. »Nicht besonders wertvoll.«

Es war wertvoll. Ein voller Monatslohn.

Ker biß vorsichtig darauf herum. Pures Gold.

»Du willst doch was, oder?«

»Nein. Ich hab zwei, also kriegst du einen. Wir sind doch schon eine ganze Weile Kumpels.« Mit diesem im Bergbau gebräuchlichen Begriff bezeichneten die Psychlos jemanden, der ihnen bei einem Tunneleinsturz oder im Kampf zu Hilfe gekommen war.

»Das sind wir, wahrhaftig«, nickte Ker.

»Übrigens könnte es ja auch sein, daß ich irgendwen umbringen lassen möchte«, fügte Jonnie hinzu.

Das löste bei Ker stürmisches Gelächter aus. Er wußte einen guten Witz zu schätzen. Er steckte den Ring in die Tasche und machte sich an dem Motor zu schaffen.

Nach einer halben Stunde ging er zu Jonnie, der im Schatten lag. »Dem Motor fehlt nichts. Er ist heiß gelaufen, weil er einfach überbeansprucht wurde. Trotzdem mußt du aufpassen. Wenn du ihn dauernd so hernimmst, löst er sich irgendwann in Rauch auf.«

Jonnie bedankte sich. Ker hockte sich im Hausschatten neben ihm hin. Sie unterhielten sich, wobei zumeist Ker munter drauflosschwatzte. Er verbreitete sich darüber, wie sehr er durch Terminpläne gehetzt wurde, und Jonnie warf beiläufig seine Frage ein: »Was passiert am Tag 91 im neuen Jahr?«

»Woher hast du das?«

»Von den Anschlägen im Rohstoffcamp.«

Ker kratzte sich den fettverschmierten behaarten Nacken. »Du mußt dich verlesen haben. Es handelt sich um Tag 92. Das ist ein Termin für die halbjährliche Teleportation. Eine findet schon in sieben Tagen statt. Gibt 'ne Menge Scherereien.«

»Läuft da irgendwas anders?«

»Hm, du mußt ein paar solche Aktionen mitgekriegt haben in der Zeit da unten im Käfig. Die halbjährliche Teleportation, verstehst du.«

Jonnie mochte sie gesehen haben, freilich ohne damals zu wissen, worum es ging. Er setzte eine einfältige Miene auf.

»Eine Teleportation mit gedrosseltem Tempo«, erläuterte Ker.

»Kein Erz. Nur Zugang und Abgang von Personal. Einschließlich Toten.«

»Tote?«

»Na ja, wir verfrachten tote Psychlos nach Hause. Sie wollen sie wohl registrieren, von wegen Bezahlung, und nicht von Angehörigen fremder Rassen überprüfen lassen, schätze ich. Das sind so die verrückten Vorschriften bei der Company. Macht jede Menge Ärger. Sie legen sie in Särge und stellen die ins Leichenschauhaus, und dann ... Blödsinn, Jonnie. Du hast doch das Leichenschauhaus selber gesehen. Wozu erzähl ich dir das ...«

»Immer noch besser als arbeiten«, meinte Jonnie.

Ker lachte bellend. »Da sagst du was. Jedenfalls heißt gedrosseltes Tempo drei Minuten für die Aufladung und dann ab die Post. An so 'nem halbjährlichen Termin schickt der Heimatplanet das Personal her, dann halten sie die Spannung zwischen hier und dort aufrecht, und zwei Stunden später bringen wir dann das zurückkehrende Personal und die Toten auf den Weg.«

Nach kurzer Pause fuhr er fort: »Du solltest dich bei den üblichen Teleportationen nicht dort rumtreiben. Ich seh dich manchmal mit deinem Pferd. Der normale Vorgang ist für Nachrichten- und Erzbeförderung ganz in Ordnung, aber ein lebendiger Körper würde dabei glatt zerfetzt werden. Du würdest in Einzelteile zerfallen. Bei gedrosseltem Tempo kommen Körper hervorragend durch, ob man sie nun lebendig oder als Leichen befördert. Wenn du versuchst, nach Psychlo zu gelangen, Jonnie, dann nicht zusammen mit dem Erz!« Er fand das sehr komisch und lachte schallend. Ein Menschending, für Luftatmung und geringe Schwerkraft gebaut, würde auf Psychlo keine zwei Minuten überleben.

Jonnie lachte mit. Er hatte mit Psychlo nichts im Sinn. »Werden die Toten tatsächlich auf Psychlo begraben?«

»Aber sicher. Namen, Gedenksteine und was weiß ich. Steht im Anstellungsvertrag. Natürlich liegt der Friedhof weit außerhalb der Stadt in einer alten Schlackengrube, wo niemand hingeht. Aber im Vertrag steht's eben. Albern, was?«

Jonnie pflichtete ihm bei.

Ker verabschiedete sich in Hochstimmung. »Vergiß nicht, mir zu sagen, wen du umgebracht haben willst!« Unter brüllendem Gelächter stieg er in seinen alten Transporter und fuhr davon.

Jonnie blickte hoch zu dem Fenster, hinter dem Robert der Fuchs einen Recorder hatte mitlaufen lassen. »Stellen Sie ihn ab.«

»Schon geschehen.« Robert der Fuchs lehnte sich aus dem Fenster und schaute zu Jonnie hinunter.

»Ich glaube, ich weiß, wie Terl das Gold nach Psychlo bringen will. In Särgen!«

Robert der Fuchs nickte. »Ja, das paßt alles zusammen. Er belädt sie hier, und nach seiner Rückkehr wird er sie dann in einer dunklen Psychlo-Nacht höchstwahrscheinlich ausgraben, und keiner ahnt auch nur das geringste davon. So ein Grabschänder!«

Und als Jonnie auf Windsplitter beim Teleportations-Terminal saß, sorgte er daher dafür, daß er wirklich alle Einzelheiten über eine halbjährliche Teleportation hatte, für alle Fälle.

Die Zugänge waren noch nicht eingetroffen, und Terl brachte polternd alles auf Trab. Er hatte ärztliches und Verwaltungspersonal für den Empfang der ankommenden Angestellten versammelt. Er war fest überzeugt, daß es ziemlich viele sein würden, denn Numph kassierte für jede neue Arbeitskraft und hatte angekündigt, daß er zahlreiche Angestellte erwarte.

Das Leitungsnetz rund um die Start- und Landezone wurde von Technikern überprüft. Ein weißer Scheinwerfer flammte auf. Jonnie lenkte Windsplitter den Abhang hinauf und drückte auf das Fernbedienungsgerät, um den versteckten Bildrecorder in Betrieb zu setzen.

Über dem Operationsfeld begann ein rotes Licht aufzublinken. Ein Signalhorn schrillte. Ein Lautsprecher röhrte: »Zurücktreten!«

Die Drähte begannen zu summen. Jonnie blickte auf seine unförmige Psychlo-Armbanduhr und merkte sich die Zeit.

Ein Dröhnen erhob sich, schwoll an. Die Erde erbebte, ließ die Bäume schwanken. Ein elektrischer Puls zuckte durch die Luft.

Alle Angestellten hatten sich von der Plattform zurückgezogen. Alle Maschinen und Motoren waren abgestellt. Kein Laut, nur noch das anschwellende Dröhnen.

Über dem Terminal flammte ein riesiger purpurner Scheinwerfer auf.

Um die Plattform flirrte und flimmerte es wie Hitzewellen. Dann nahmen dort dreihundert Psychlos Gestalt an.

Da standen sie – ein wirrer Haufen, dazwischen Gepäckstücke. Auf den Köpfen hatten sie helmartige Atemgeräte. Leicht taumelnd sahen sie sich um. Einer fiel auf die Knie.

Ein weißes Blinklicht begann aufzuzucken. »Koordinaten stabil!« dröhnte der Lautsprecher.

Sanitäter eilten mit einer Tragbahre für den kollabierten Psychlo herbei. Gepäckkarren rollten zur Plattform. Verwaltungsangestellte geleiteten die Neuankömmlinge hastig auf ein freies Gelände und ließen sie dort eine Schlange bilden.

Terl nahm von einem leitenden Angestellten eine Liste entgegen und begann, Uniformen nach Waffen und Konterbande abzutasten, was ihm flink von der Hand ging. Mit einem Detektor fuhr er über die Gepäckstücke. Gelegentlich zog er etwas heraus und warf es auf den anwachsenden Stapel verbotener Gegenstände. Er arbeitete sehr schnell, durchpflügte die Schlange wie ein riesiger Panzer, entfernte dabei alles, was nicht hingehörte.

Vertreter der Personalabteilung dirigierten die neuen Angestellten zu den Flugkörpern für Personaltransporte oder zu den Unterkünften. Die Neuankömmlinge glichen Riesen im Halbschlaf; offensichtlich an derlei gewöhnt, schenkten sie dem allen kaum Beachtung, protestierten nicht einmal, wenn Terl ihnen Sachen wegnahm, widersetzten sich keiner Anweisung, blieben völlig passiv.

Jonnie auf der Hügelkuppe empfand den Gegensatz beschämend zwischen dieser apathischen Masse und den Schotten, die voller Leben und an allem interessiert waren.

Dann wurde er alarmiert. Terl hatte etwa zwei Drittel der Schlange absolviert und haltgemacht. Er musterte einen Neuankömmling, wich zurück und winkte plötzlich die restlichen Psychlos weiter, ohne sie zu filzen. Er ließ jeden einfach passieren.

Kurz darauf waren die Neuankömmlinge entweder in den Unterkünften oder saßen in den wartenden Flugkörpern, die sie zu anderen Außenstationen bringen sollten.

Der Lautsprecher röhrte: »Koordinaten stabil, Stufe zwei hält.« Der weiße Scheinwerfer auf der Kuppel begann aufzublinken. Die Flugkörper für Personaltransporte starteten und hoben ab.

Jonnie wurde klar, daß die Interferenz auf der Koordinatenfrequenz minimiert wurde. Aus seinem inzwischen erworbenen Wissen über Teleportation folgerte er, daß beim intergalaktischen Transfer von Lebewesen keine Motoren laufen durften. Das war ein wichtiger Punkt. Teleportationsmotoren störten beim eigentlichen Vorgang.

Aus eben diesem Grund bedienten sich die Psychlos nicht der Teleportation, um Erz auf dem Planeten von einem Ort zu anderen zu befördern, sondern benutzten dafür Transportflugkörper. Dabei genügte ein kleiner Motor, die Teleportation aber blieb für den Transport von Erz von einem Planeten und von einer Galaxie zur anderen vorbehalten.

Wenn ein Motor in der Nähe des Umschlagterminals lief, während diese Drähte summten und sich aufluden, würde das offenbar im unmittelbaren Umfeld allzu große Störungen verursachen und dadurch den intergalaktischen Transfer zusammenbrechen lassen.

Jonnie wußte, was er da miterlebte: Er sah zu, wie eine Raumbrücke entstand – eine Verbindung zwischen dem Sternensystem von Psychlo und dem, zu dem dieser Planet gehörte. Die Koordinaten für einen zweiten Transfer wurden gerade überprüft; Jonnie konnte sich genau vorstellen, wie die Operators im Kontrollturm mit ihren schweren Pranken auf den Schalttafeln herumhämmerten, um diesen Planeten und Psychlo für den Wiederholungsvorgang in Verbindung zu halten.

Und dem galt Jonnies Interesse. Offensichtlich würde er nicht gleich stattfinden. Jonnie schaltete seinen Bildrecorder mittels Fernbedienung aus.

Nach einer Wartezeit von einer Stunde und dreizehn Minuten begann der weiße Scheinwerfer auf der Kuppel in sehr rascher Folge aufzublinken. Der Lautsprecher gellte: »Alles bereitmachen für Rücktransfer nach Psychlo!«

Anscheinend wurde für die halbjährliche Teleportation weitaus mehr Strom verbraucht. Techniker hatten zusätzliche Hauptleitungsträger auf den hohen Masten angebracht. Die Luft war immer noch erfüllt von einem leisen Summen.

Kehrgeräte sausten auf der Plattform umher, beseitigten sämtliche von den Neuankömmlingen hinterlassenen Abfälle.

Jonnie stellte fest, daß die Förderband-Detektoren nicht besetzt waren und der ganze Erz-Apparat stillstand. Er hatte gehofft, am Erzanalysator vorbeigehen zu können und abzuwarten, ob dieser an der Probe aus der Goldader in seiner Tasche Uranspuren registrierte. Doch damit war nun nichts.

Terl stapfte in Richtung Leichenschauhaus. Jonnie schaltete den Bildrecorder ein. An der Plattform wurden die Psychlos geschäftig. Der Lautsprecher dröhnte: »Koordinaten stabil, Stufe zwei hält.« Die Verbindung zu Psychlo stand also immer noch.

Jonnie stellte sich diesen entlegenen, weltenfernen Planeten vor: eine purpurne ungefüge Masse, die gleich einem riesenhaften, blutunterlaufenen Geschwür das Universum verpestete und peinigte. Psychlo: ein Parasit, weit größer und stärker als der, bei dem er schmarotzte. Unersättlich, erbarmungslos – und der Begriff der Grausamkeit fehlte gar in ihrer Sprache.

Jetzt öffnete Terl das Leichenschauhaus. Kleine Kranwagen flitzten an ihm vorbei ins Gebäude. Terl stand am Eingang, eine Liste in der Pranke, und beobachtete alles genau. Das erste Fahrzeug kam heraus. Terl sah auf die Nummer des geschlossenen Sarges und verglich sie mit seiner Liste. Der Kranwagen, dessen Greifvorrichtung den riesigen Sarg fest umklammert hielt, sauste zur Plattform und lud seine Fracht mit dumpfem Aufprall ab. Der Sarg wippte noch eine Weile hin und her.

Ein zweites Fahrzeug kam aus dem Leichenschauhaus mit

einem weiteren Sarg. Terl überprüfte wiederum die Nummer auf seiner Liste, dann polterte auch dieser Sarg auf die Plattform. Das gleiche wiederholte sich mit einem dritten und einem vierten Kranwagen, danach war wieder der erste an der Reihe.

Jonnie sah zu, wie insgesamt sechzehn Särge achtlos kreuz und quer auf der Plattform gestapelt wurden.

Ein flacher Landtransporter entlud zurückkehrende Angestellte, die sich samt ihrem Gepäck neben Terl am Leichenschauhaus aufreihten. Er filzte diese zwölf Psychlos gründlich, bevor sie zur Plattform weiterbefördert wurden.

Der weiße Scheinwerfer hörte auf zu blinken. »Koordinaten auf Stufe eins!« schrillte der Lautsprecher. »Motoren abstellen!«

Die zwölf Psychlos standen da oder hockten auf ihren Gepäckstücken, zwischen denen sich die sechzehn Särge türmten.

Plötzlich fiel es Jonnie auf, daß niemand winkte oder sich verabschiedete. Keinem machte es etwas aus, daß diese Monster nach Hause zurückkehrten. Vielleicht aber doch, überlegte er, als er näher hinsah. Es schien, als bewegten sich die Techniker ringsum heftiger, ruckartiger; auf die Entfernung und hinter den Atemmasken ließ es sich nicht genau erkennen, aber nach Jonnies Meinung verfolgten sie den Rücktransport mit Ärger und Neid.

Über dem Operationsfeld begann ein roter Scheinwerfer aufzuleuchten. Ein Signalhorn heulte. Der Lautsprecher dröhnte: »Zurücktreten!«

Die Drähte summten. Jonnie blickte auf seine Armbanduhr.

An den Bäumen zitterten die Blätter. Der Boden vibrierte. Das Summen der Drähte schwoll langsam und allmählich zum ohrenbetäubenden Lärm an.

Zwei Minuten verstrichen.

Der purpurrote Scheinwerfer leuchtete auf.

Über der Plattform verbreitete sich wabernder Dunst.

Von Psychlos und Särgen keine Spur mehr.

Jonnie registrierte eine nachhallende Schallwelle und ein Vibrieren in den Drähten. Es wirkte wie eine Art Rückstoß.

Ein anderes Signalhorn ertönte. Ein weißer Scheinwerfer leuchtete auf. Der Lautsprecher verkündete: »Transfer beendet. Setzen Sie die Motoren in Gang und nehmen Sie die normale Tätigkeit wieder auf.«

Terl schloß das Leichenschauhaus ab. Er stapfte den Hügel hinauf. Jonnie schaltete den Bildrecorder mit Fernbedienung aus und wollte zurückreiten. Terl schien sehr erregt zu sein, doch die Bewegung nahm er sofort wahr.

»Du sollst dich doch nicht hier herumdrücken!« herrschte er

Jonnie an.

Der ritt auf ihn zu.

»Du darfst dich hier auf dem Gelände nicht mehr sehen lassen«, beschwor ihn Terls seltsam gepreßte Stimme. »Verschwinde jetzt.«

»Was ist mit den Mädchen?«

»Ich kümmere mich darum, ja, ja, ich kümmere mich schon darum.«

»Ich wollte Bericht erstatten.«

»Halt den Mund!« Terl blickte sich um. Hatte er Angst? Er schob sich dicht an Windsplitter heran, bis er Auge in Auge mit Jonnie war. »Ich komme rüber, morgen sehen wir uns. Von jetzt an läßt du dich hier nicht mehr blicken.«

»Ich ...«

»Geh rüber zu deinem Fahrzeug und scher dich zurück in die Basis. Auf der Stelle!« Und Terl vergewisserte sich, daß Jonnie tat, wie ihm geheißen.

In jener Nacht brauchte es einen überaus gewitzten Kundschafter, um den Bildrecorder aus dem Baum herunterzuholen. Doch Jonnie schaffte es mit Hilfe eines Hitzeschutzes, der Entdeckung zu entgehen.

Was war mit Terl los?

Teil VIII

1

»Der Abbau scheint fast ein Ding der Unmöglichkeit zu sein«, erklärte Jonnie. »Und es wird ein Höchstmaß an Geschick, Information und Überlegung erfordern.«

Terls Zustand bereitete ihm Unbehagen. Ihr Gespräch war bereits um zwei Tage verspätet.

Sie trafen sich in einem verlassenen Stollen, einem fünfzehn Meter unter der Erde gelegenen Abbau, etwa anderthalb Kilometer südlich der sogenannten Verteidigungsanlage. Ein gefährlicher Ort – staubig, morsches Holz, vom Einsturz bedroht.

Terl war geräuschlos zur Basis gekommen; er hatte sein Landfahrzeug in einer Senke unter Gestrüpp geparkt und die restliche Strecke zu Fuß zurückgelegt. Er trug einen Hitzeschutzhelm der Bergleute; stumm gestikulierend bedeutete er der Nachtwache, Jonnie zu holen. Um ein Haar hätte der Mann auf ihn geschossen, als er wie ein Geist in der Dunkelheit vor ihm auftauchte. Dann war Terl mit Jonnie zu dem verlassenen Stollen gegangen, nicht ohne die Umgebung sorgfältig mit einer Sonde zu untersuchen.

Doch das Monster wirkte irgendwie geistesabwesend, schien gar nicht recht zuzuhören. Jonnie hatte ihm auf einem Video-Portable die Bilder von der Ader gezeigt, hatte ausführlich von dem überhitzten Motor gesprochen, von den gefährlichen Turbulenzen. Terl reagierte kaum, brummte nur hin und wieder.

Denn Terl war zutiefst beunruhigt seit der letzten Teleportation. Immer wieder sah er den Ablauf der Ereignisse vor sich: Er hatte die Neuankömmlinge gefilzt, gründlich, sachkundig, einen nach dem anderen und schon zwei Drittel der Warteschlange hinter sich, als ... er sich plötzlich *ihm* gegenüberfand.

Er, der Neuankömmling, hatte den Kopf gesenkt, und der für den Transfer vorgeschriebene Schutzhelm war auch nicht ganz sauber, so daß er Terl die Sicht erschwerte, aber dennoch – es bestand kein Zweifel.

Das war Jayed!

Terl war ihm einmal während seiner Studienzeit begegnet.

Damals hatte ein Verbrechen stattgefunden, das niemals aufgeklärt worden war, und Jayed war der mit dem Fall befaßte Agent.

Kein Agent der Company. Nein, er gehörte dem gefürchteten Imperial Bureau of Investigation an, dem I.B.I. direkt.

Man konnte ihn unmöglich verwechseln: rundwangiges Gesicht, Eckzahn vorn links abgesplittert, Mund- und Augenknochen verfärbt, Pranken von Krätze zerfressen. Das war unverkennbar Jayed.

Die Begegnung hatte Terl einen solchen Schock versetzt, daß er nicht rasch genug reagierte und einfach seine Durchsuchung fortführte, sondern den Rest entließ. Jayed schien nichts davon zu merken – doch dem großen I.B.I. entging niemals etwas.

Worauf war er aus? Warum hatte er diesen Planeten aufgesucht?

Auf den Datenbögen der Neuzugänge war er als »Snit« registriert, ohne besondere Qualifikation, lediglich für »allgemeine Aufgaben« bestimmt. Für Terl hieß das: Jayed mußte einen Geheimauftrag haben.

Aber wieso? Ging es um Numphs fragwürdige Lohnlisten? Oder – und bei dem Gedanken erschauerte Terl – um die Kreaturen und das Gold?

Sein erster Impuls war, Handfeuer-Killer zu laden, rasch hinüberzugehen und die Kreaturen auszulöschen, die Fahrzeuge zurückzugeben und dann zu behaupten, das Ganze sei Numphs Idee gewesen, er habe einschreiten und die Sache erledigen müssen.

Zwei volle Tage wartete Terl jedoch ab, ob Jayed sich an ihn heranmachen und Farbe bekennen würde. Er gab dem Burschen jede erdenkliche Gelegenheit. Doch Jayed tat nichts dergleichen, sondern entschwand in der Schar der gewöhnlichen Bergarbeiter der hiesigen Außenstation.

Terl wagte es nicht, eine Minikamera in seiner Nähe zu installieren. Jayed würde sie unweigerlich entdecken. Ebensowenig traute er sich, die Arbeiter in Jayeds Umgebung danach auszuhorchen, was für Fragen der Agent stellte. Das wäre Jayed sofort zu Ohren gekommen.

In Terls Umfeld tauchten keine Minikameras auf. Die Sonden konnten auch sonst keinerlei Fernbedienungsgeräte entdecken, die auf ihn ausgerichtet waren.

In zunehmender Anspannung hatte Terl dann beschlossen, größte Umsicht walten zu lassen und abzuwarten, bis die erste Sendung mit Schriftstücken nach Psychlo abging, denn möglicherweise würde Jayed da einen Bericht mitgeben.

Während er im Stollen hockte und auf den Bildschirm starrte, zwang sich Terl allmählich zur Konzentration. Er betrachtete die Ader genau. Ja, das Ganze sah tatsächlich schwierig aus.

»Was hast du vom Wind gesagt?« fragte er.

»Dadurch werden die Motoren überhitzt. Eine fliegende Bohrplattform ließe sich unmöglich lange genug in Stellung halten, um wirklich effektiv arbeiten zu können.«

In Terl erwachte der Bergbau-Experte. »Man könnte lange Stangen mit Haken seitlich in die Felswand treiben und darauf eine Plattform errichten. Das ist zwar gefährlich, aber manchmal halten die Stangen.«

»Wir brauchen oben einen Landeplatz.«

»Dann sprengst du eben eine ebene Fläche heraus.«

Jonnie ließ den Apparat weiterlaufen und zeigte ihm als nächstes eine Aufnahme der Felsspalte. Er wies Terl auf die Möglichkeit hin, daß sich die ganze Goldader herauslösen und in die Schlucht stürzen würde. »Eine Sprengung ist ausgeschlossen.«

»Bohrmaschinen«, entgegnete Terl. »Damit ließe sich vielleicht eine Stelle abflachen. Ein mühsames Geschäft, aber mit Bohrern könnte man was machen. Man müßte von der Gipfelplatte zurückfliegen und dann langsam in Richtung Schlucht bohren.« Aber er war schon nicht mehr recht bei der Sache.

Jonnie war klar, daß Terl vor irgend etwas Angst hatte. Und noch etwas wurde ihm deutlich: Sollte dieser Plan fallengelassen werden, würde Terl als erstes sie alle umbringen, entweder um keine Zeugen zu haben oder aus schierem Sadismus. Jonnie kam zu dem Schluß, daß es jetzt an ihm sei, Terls Interesse wachzuhalten.

»Das könnte klappen«, sagte er.

»Was?« lautete die Gegenfrage.

»Von hinten in Richtung auf die Schlucht zu bohren, so könnte man den Flugkörper aus den Turbulenzen heraushalten.«

»Ach so, das. Ja, ja.«

Jonnie merkte, wie Terl ihm wiederum entglitt.

Dieser sah nicht den Bildschirm vor sich, sondern – das Gesicht von Jayed.

»Ich hab dir die Bohrprobe noch gar nicht gezeigt.« Jonnie drehte den Leuchtstab, während er den Gesteinsbrocken aus der Tasche zog.

Reiner weißer Quarz und schimmerndes Gold – Jonnie ließ den kleinen Zylinder von zweieinhalb Zentimeter Durchmesser und etwa fünfzehn Zentimeter Länge auf dem Handteller kreisen, so daß er im Lichtschein funkelte und blitzte.

Terl erwachte aus seiner Versunkenheit. Was für ein herrliches Stück!

Er ergriff es, führte es mit einer Klaue behutsam zwischen die Mundknochen, biß darauf. Pures Gold!

Er streichelte es.

Plötzlich sah er sich auf Psychlo: reich und mächtig, in einem prächtigen Wohnsitz. Alle Türen standen ihm offen, und auf der Straße erhob sich ehrfürchtiges Raunen, sobald er auftauchte: »Das da ist Terl!«

»Wunderschön«, sagte er. »Ganz herrlich.«

Nach langem Schweigen erklärte Jonnie: »Wir werden versuchen, es rauszuholen.«

Terl stand auf; in dem engen Stollen wirbelte Staub auf, zog durch den Lichtkegel. Er hielt die Bohrprobe immer noch zärtlich umklammert.

»Behalt das doch«, sagte Jonnie.

Plötzlich schien es, als sei das Stückchen Quarz und Gold in Terls Pranke glühend heiß. »Nein, nein, nein!« rief Terl. »Du mußt es verstecken! Vergrab es in einem Loch!«

»Schon gut. Und wir werden versuchen, die Ader abzubauen.«

»Ja«, nickte Terl.

Jonnie stieß einen leisen Seufzer der Erleichterung aus.

Doch bevor sie sich am Stolleneingang trennten, erklärte Terl kategorisch: »Keine Funkkontakte. Nichts dergleichen. Flieg ja nicht über unser Areal. Tiefflug beim Start und bei der Landung und auch über der Ostseite der Berge. Richte vorübergehend eine zweite Basis in den Hügeln ein, und macht eure Schichten von dort aus. Und daß du mir von unserem Gelände wegbleibst, verstanden? Ich sorge schon dafür, daß die Weibchen zu essen bekommen!«

»Ich sollte rüberfahren und ihnen erklären, daß ich nicht mehr zu ihnen kommen werde.«

»Warum?«

»Weil sie sich sonst ängstigen.« Jonnie merkte, daß Terl das nicht begreifen konnte, und erläuterte rasch: »Sie könnten viel Aufhebens machen, Unruhe stiften.«

»Stimmt. Einmal darfst du noch hingehen. Bei Dunkelheit. Hier hast du einen Hitzeschutz. Du weißt ja, wo ich wohne. Gib ein Leuchtzeichen, dreimal, aber nicht grell!«

»Warum läßt du mich die Mädchen nicht einfach in die Basis bringen?«

»Kommt nicht in Frage. Unter keinen Umständen.« Terl klopfte auf sein Fernbedienungsgerät. »Du unterstehst immer noch meinem Befehl.«

Jonnie blickte ihm nach, wie er davonstapfte und im Dunkeln verschwand. Furcht hielt Terl in ihren Krallen. In diesem Zustand würde Terl schwankend werden und seine Meinung ändern.

Sorgenvoll machte sich Jonnie auf den Weg zurück zur Basis.

2

Sie überflogen den Cañon mit der Goldader – Jonnie, Robert der Fuchs, die drei »Doppelgänger« und die Schichtführer. In dieser Höhe war die Luft kristallklar und das Bergpanorama ringsum grandios. Sie suchten nach einem möglichen Landeplatz hinter der Schlucht.

»Das nenn ich wirklich ein verteufeltes Problem«, sagte Robert der Fuchs.

»Ein vertracktes Gelände«, nickte Jonnie.

»Nein, das meine ich nicht«, entgegnete Robert der Fuchs. »Es handelt sich um diesen Dämon Terl. Einerseits müssen wir den Abbau betreiben, und zwar ertragreich, und andererseits wünschen wir ihm Erfolg als letztes. Ich weiß sehr wohl, daß er uns alle umbringt, wenn er die Hoffnung verliert. Aber bevor ich ihn als Sieger sehe, wäre ich lieber tot.«

»Die Zeit arbeitet für uns«, wandte Jonnie ein, während er zu einer Kurve ansetzte, um abermals den Cañonrand zu überfliegen.

»Tja, die Zeit«, seufzte Robert der Fuchs, »die hat eine häßliche Eigenschaft – auf einmal ist sie weg, genau wie die Luft aus dem Dudelsack. Schaffen wir's nicht bis zum Tag 91, sind wir erledigt.«

»MacTyler!« rief Dunneldeen von hinten. »Sehen Sie sich doch mal die Stelle da unten an, ungefähr sechzig Meter hinter dem Felsrand. Ein wenig nach Westen hin. Die scheint ebener zu sein.«

Die anderen lachten schallend. Dort unten war nichts eben. Das Terrain hinter dem Cañon wirkte wie eine Reliefkarte der Alpen – felsig, schroff, kantig, übersät von Geröll und scharfzackigen Steinbrocken. Keine einzige Stelle, an der man auch nur diesen Flugkörper hätte aufsetzen können.

»Übernehmen Sie, Dunneldeen«, sagte Jonnie und überließ ihm den Pilotensitz. Bevor er nach hinten ging, vergewisserte er sich, daß Dunneldeen alles im Griff hatte.

Er nahm eine Rolle Sprengschnur und machte sich fertig für sein Vorhaben. Die anderen halfen ihm dabei. »Haltet euch etwa drei Meter über der Stelle. Ich lasse mich runter und versuche, ob ich sie mit Sprengen planieren kann.«

»Nein!« rief Robert der Fuchs und winkte David MacKeen, einem

Schichtführer, lebhaft zu. »Nimm ihm das weg, Davie! Sie selber dürfen nicht so tollkühn sein, MacTyler!«

»Bedauere, ich kenne die Berge hier«, entgegnete Jonnie.

Das war so unlogisch, daß Robert der Fuchs innehielt und lachte.

»Sie sind ein netter Kerl, MacTyler. Aber leider ein bißchen ungestüm.«

Dunneldeen hatte den Flugkörper genau zu der bewußten Stelle dirigiert, über der er jetzt schwebte, während Jonnie sich mit der Tür abplagte. »Ein Beweis dafür, daß ich ein Schotte bin«, erklärte er.

Die anderen lachten nicht, sie waren zu angespannt und besorgt. Der Flugkörper schwankte etwas, von kleinen, ruckartigen Stößen erschüttert, und das zerklüftete Terrain unten hüpfte auf und nieder. Selbst hier, sechzig Meter vom Cañon entfernt, gab es Wind.

Nachdem Jonnie heruntergelassen worden war, hing das Seil schlaff. Er mußte den Sprengstoff genau dosieren; wenn er zuviel nahm, könnte das einen weiteren Riß in der Felswand verursachen. Oder sie würde sogar ganz abbrechen und hinunterstürzen. Jonnie untersuchte das Terrain und wählte eine scharfe Felszacke. Er umwand sie mit der Sprengschnur, und das so tief und gleichmäßig wie möglich. Dann steckte er die Lunte an.

Auf einen Wink hin straffte sich das Seil und zog ihn rasch hoch. Er hing nun in der Luft und drehte sich im Wind.

Die Sprengschnur flammte auf, ein gewaltiges Donnern breitete sich aus, wurde von den Bergen zurückgeworfen.

Sie ließen ihn wieder herunter in die vom Wind aufgewirbelten Staubwolken, und er trieb mit einer Spezialautomatik einen Haken in die Felszacke, die durch die Sprengung gelockert worden war. Wenn er es richtig beurteilt hatte, müßte es mit Hilfe der heruntergelassenen und durch das Hakenloch gezogenen Leine möglich sein, sie ganz wegzubrechen.

Er wurde weiter nach oben gezogen. Die Motoren jaulten auf. Die Felszacke löste sich.

Sie ließen ihn am Seil etwas weiter herunter, so daß er die am Haken befestigte Leine zerschneiden konnte.

Der mächtige Felsblock rollte in eine Mulde und hinterließ, wo er sich befunden hatte, eine glatte Standfläche.

Eine Stunde lang arbeitete Jonnie, abwechselnd auf dem Boden und am Seil schwebend. Einige Gesteinstrümmer verschwanden in irgendwelchen Vertiefungen, und allmählich entstand sechzig Meter hinter dem Rand der Gipfelplatte eine halbwegs planierte

Stelle von fünfzehn Meter Durchmesser.

Der Flugkörper setzte auf.

David, der Schichtführer, robbte über das felsige Terrain bis zu der Spalte neun Meter weit vom Rand der Gipfelplatte. Der Wind blähte seine Mütze. Er schob ein Meßinstrument in die Spalte, an dem sie würden ablesen können, ob sie sich verbreiterte.

Jonnie begab sich bis an den äußersten Rand der Gipfelplatte, beugte sich tief hinunter, wobei Thor ihn an den Fußknöcheln festhielt, und versuchte, sich so die Goldader genauer anzusehen. Das war unmöglich, weil die Felswand nicht senkrecht abfiel.

Die übrigen kletterten herum und nahmen soviel in Augenschein, wie sie eben konnten.

Jonnie kehrte zum Flugkörper zurück. Seine Hände waren völlig zerkratzt. Hier mußte man mit Fäustlingen arbeiten. Er würde die alten Frauen bitten, welche anzufertigen.

»Immerhin, wir sind runtergekommen«, meinte Robert der Fuchs.

In der Ferne dröhnte der tägliche Aufklärer. Sie hatten ihre Anweisungen. Jonnies drei Doppelgänger brachten sich schleunigst im Flugkörper in Deckung. Jonnie dagegen blieb draußen stehen.

Es war reichlich Zeit. Der explosionsartige Überschall-Knall traf sie wie ein Keulenschlag, als die Drohne über sie hinwegbrauste. Der Flugkörper und der Boden bebten. Der Aufklärer verschwand in der Ferne.

»Ich hoffe nur, das Ding reißt mit den Vibrationswellen nicht die Felswand auseinander«, meinte Dunneldeen.

Jonnie versammelte alle um sich. »Wir haben jetzt einen Stützpunkt und damit die Versorgung mit allem Nötigen gesichert. Als erstes müssen wir eine Schutzvorrichtung einrammen, damit nichts abrutschen kann, und einen Unterstand für die Schichtarbeiter bauen. Richtig?«

Sie nickten.

»Morgen kommen wir mit zwei Flugkörpern her«, fuhr Jonnie fort. »Einer bringt Ausrüstung mit, und der andere hat die nötigen Instrumente, um Stangen in den Fels zu treiben. Wir werden versuchen, eine Arbeitsplattform zu konstruieren, die unmittelbar unter der Goldader auf eingerammten Stangen ruht und von der aus dann das Gold abgebaut wird. Verschafft euch gleich hier einen Überblick, was wir an Ausrüstung brauchen für Zugvorrichtungen, Förderkübel und so weiter.«

So machten sie sich an die Arbeit, das Gold zu fördern, das sie gar nicht wollten, aber unbedingt haben mußten. Denn Gold war der Köder in der Falle ...

3

Jonnie lag im dürren Gras auf einem Hügel und betrachtete aus der Ferne das Camp durch einen Infrarot-Nachtfeldstecher der Psychlos. Er machte sich Sorgen um Chrissie.

Zwei Monate waren verstrichen, in denen ihre Chancen sich seiner Meinung nach verschlechtert hatten. Nur ein Segen, daß in diesem Winter wenigstens die Schneefälle spät einsetzten – doch es war nicht die Winterkälte, nicht der ächzende Nachtwind, die ihn verbitterten.

Das riesige Nachtglas fühlte sich eisig an. Es war für ihn schwierig zu handhaben – denn die beiden Okulare, für Psychlos konstruiert, lagen so weit auseinander, daß er jeweils nur eins benutzen konnte.

Das fahle Licht des untergehenden Mondes, das von der schneebedeckten Bergspitze hinter ihm zurückgeworfen wurde, breitete einen schwachen Schimmer über die Ebene.

Er suchte mit dem Glas nach dem Feuer, das Chrissie und Pattie wärmen sollte. Durch Erfahrung wußte er, daß er es von diesem Punkt aus sehen müßte. Bisher freilich konnte er auch nicht die geringste Spur davon entdecken.

Bei seinem letzten Besuch vor zwei Monaten hatte er Holz im Käfig aufgestapelt, Chrissie Weizen zum Kochen gegeben und sogar noch ein paar späte Rettiche und Kopfsalat aus dem Garten der alten Frauen mitgebracht. Sie hatte einen ordentlichen Vorrat an geräuchertem Fleisch, doch der würde auch nicht unbegrenzt reichen.

Er hatte einigermaßen erfolglos versucht, sie aufzuheitern und ihr ein Vertrauen zu vermitteln, das er selber nicht empfand.

Außerdem hatte er ihr eines von den Messern aus rostfreiem Stahl gegeben, die aus dem Erkundungsgang des Schotten stammten, und sie hatte ihm dann Staunen und Begeisterung darüber vorgespielt, wie gut es sich zum Abhäuten und zum Schneiden von dünnen Fleischstreifen eignete.

In den ganzen zwei Monaten hatte er nichts von Terl gehört. Da ihm das Betreten des Camps und jeder Funkkontakt verboten war, hatte er warten müssen, ob Terl in die Basis kam.

Vielleicht dachte Terl, sie seien umgezogen. Tatsächlich hatten sie in der Nähe der Grube unten in einem versteckten Tal ein Behelfslager errichtet. Dort waren zusätzliche Maschinen, Vorräte, die Besatzungen von drei Schichten für den Goldabbau und eine der alten Frauen untergebracht, die für sie kochte und wusch. Ganz in der Nähe lag eine verlassene Bergwerkssiedlung, und die Flugstrecke zum Cañon war kurz.

Mit den Bemühungen, die Goldmine abzubauen, war es schlecht bestellt. Sie hatten Stahlstangen in die Felswand getrieben und versucht, eine Plattform zu bauen, doch der Wind rang mit dem Widerstand und bog die Stangen nahe der Felswand immer wieder hin und her, bis sie dort rotglühend wurden. Ein tollkühnes Unterfangen. Zwei Stangen waren bereits gebrochen, und nur die Schutzseile hatten die Schotten vor dem tödlichen Sturz dreihundert Meter tief bewahrt. Zwei Monate Arbeit bei grimmig tobenden Winden. Und als Ausbeute dann nur ein paar Pfund drahtdünnes Gold – Gold, sozusagen im Flug geschnappt.

Er lag nun schon die fünfte Nacht hier und hielt vergebens Ausschau nach dem Feuer, das drüben brennen sollte.

Schon einmal, vor fünf Nächten, als sie kein Feuer sehen konnten, hatten sie einen Kundschafter ausgeschickt.

Es hatte Krach gegeben mit dem Rat und den anderen, als sie feststellten, daß er entschlossen war, selber hinunterzuschleichen. Sie hatten buchstäblich die Tür vor ihm versperrt. Robert der Fuchs hatte seiner Verärgerung lautstark Luft gemacht. Es sei nicht Sache des Anführers, sich als Kundschafter zu betätigen. Überfälle ja – Erkundungsgänge niemals. Es wäre viel zu gefährlich für ihn, sie könnten ihn nicht entbehren. Er hatte argumentiert und erlebt, daß die übrigen im Rat Roberts Partei ergriffen. Und als die anderen die lauten Stimmen hörten, waren sie hereingekommen – wozu sie ein Recht hätten, wie sie erklärten – und hatten sich ebenfalls dagegen ausgesprochen, daß er sich auf ein sinnloses persönliches Risiko einließ.

Es war ein hitziger Streit. Und sie behielten recht.

Die Kompromißlösung bestand darin, den jungen Fearghus loszuschicken. Wie ein Schatten huschte er im kalten Mondlicht davon, und sie harrten die Stunden bis zu seiner Rückkehr aus.

Irgendwie gelangte der junge Fearghus heim. Er war schwer verletzt, an seiner Schulter klaffte eine riesige Fleischwunde. Er hatte es beinahe bis zu der kleinen Anhöhe vor dem Käfig geschafft. Der Mond war inzwischen untergegangen. Im Käfig brannte kein Feuer. Aber im Camp gab es etwas Neues – Wachposten! Ein bewaffneter Psychlo patrouillierte in der Nähe des Käfigs, und einer oder mehrere Wachen machten die Runde um das ganze Gelände.

Der Posten am Käfig hatte auf einen Schatten gefeuert. Fearghus war nur dadurch entkommen, daß er wie ein Wolf vor Schmerz aufheulte, woraufhin der Wächter annahm, er habe einen der vielen in den Ebenen herumstreichenden Wölfe erschossen.

Fearghus lag jetzt im Behelfshospital, die Schulter in Bärenfett und Kräuter verpackt. Betreut von einer der alten Frauen, würde er bald wieder gesund werden. Er fühlte sich keineswegs geschlagen, sondern vielmehr als Sieger, denn er hatte ja den Beweis für die Richtigkeit der Mehrheitsmeinung erbracht.

Die übrigen Schotten teilten MacTyler einzeln und in Gruppen mit, daß die Frage nun zweifelsfrei geklärt sei. Ein Anführer durfte nicht auf Erkundung gehen; Überfall ja, Auskundschaften nein.

Der Pastor hatte Jonnie getröstet. Als sie in Jonnies Unterkunft allein waren, hatte er ihm geduldig auseinandergesetzt: »Sie wollen Ihnen doch keine Vorschriften machen oder Ihnen zu verstehen geben, daß sie hilflos wären, falls Ihnen etwas zustößt. Weshalb sie sich gegen Sie gestellt haben, läßt sich ganz einfach erklären – aus Zuneigung, mein Sohn. Sie haben uns Hoffnung gebracht.«

Als er dort im hohen Gras lag, den für fremde Wesen konstruierten Feldstecher vor Augen, verspürte Jonnie nicht eben viel Hoffnung.

Hier waren sie, eine winzige Gruppe einer aussterbenden Spezies, auf einem kleinen, entlegenen Planeten, die den mächtigsten und fortschrittlichsten Lebewesen aller Galaxien gegenüberstand. Die Psychlos waren sämtlichen Sternen- und Sonnensystemen, ja dem ganzen Universum überlegen. Sie hatten jede Spezies, die sich ihnen widersetzen wollte, vernichtet, ja sogar diejenigen, die versucht hatten, mit ihnen zusammenzuarbeiten. Bei all ihren von Habgier diktierten Betrugsmanövern waren die Psychlos dank ihrer modernen Technologie und ihrer Erbarmungslosigkeit noch nie ernsthaftem Widerstand begegnet.

Jonnie dachte an den Schützengraben, an die siebenundsechzig Kadetten, die mit jämmerlich unzureichenden Waffen versuchten, den Psychlo-Panzer aufzuhalten, und dabei den Tod erlitten. Sie hatten die letzte Hoffnung der Menschheit mit ins Grab genommen.

Nein, nicht die letzte Hoffnung, berichtigte sich Jonnie. Tausend oder mehr Jahre später waren die Schotten zur Stelle und er selbst. Eine freilich verzweifelte Hoffnung, ein fast aussichtsloses Unterfangen. Ein einziger alter Psychlo-Panzer brauchte nur aus dem Camp aufzufahren, und schon war jede Hoffnung zunichte gemacht.

Ja, Jonnie und die Schotten könnten wahrscheinlich das Camp angreifen. Sie könnten wahrscheinlich auch etliche Bergwerke zerstören und sogar den laufenden Betrieb lahmlegen. Aber die Company würde sofort dazwischenfahren und rücksichtslos Vergeltung üben.

Damit wäre dann alles aus – endgültig.

Ja, gewiß, er hatte möglicherweise eine Waffe in der Hand. Doch ihm fehlte es nicht nur an Uran, er verfügte nicht einmal über einen Detektor. Keinerlei Anhaltspunkt, wo er suchen mußte und ob es sich gegebenenfalls überhaupt um Uran handelte. Er und die Schotten befanden sich wahrhaftig auf verlorenem Posten.

Er stellte das Nachtglas auf maximale Vergrößerung ein. Ein letzter Rundblick über das schlafende Camp drüben. Unter den Kuppeln brannte die Nachtbeleuchtung, winzige grüne Punkte. Doch kein orangegelber Feuerschein.

Er wollte gerade für diese Nacht Schluß machen, als der Feldstecher das Treibstoff-Depot im Blickfeld hatte. Dort waren die Batterien gestapelt, mit denen die Maschinen betrieben wurden. In sicherer Entfernung, wegen der Explosionsgefahr, befand sich das Sprengstoff-Magazin. Ein reicher Vorrat für die Bergbauarbeiten, aber selbst wenn man das Ganze in die Luft jagte, würde das dem Camp nichts Ernstliches anhaben. Und dann gab es noch die Kampfflugkörper, zwanzig Stück, einsatzbereit aufgereiht. Auf der anderen Seite, weitab von allem übrigen, aber näher an den Käfigen lag das Atemgas-Depot. Die Company kümmerte sich nicht darum, wieviel Atemgas dort gelagert wurde; in riesigen Trommelbehältern und kleinen Flaschen für die Atemmasken mußte genügend Vorrat für fünfzig Jahre Abbauarbeit vorhanden sein. Das Ganze war kunterbunt durcheinander gestapelt. Hier wurde nie kontrolliert oder registriert – die Maschinisten holten sich einfach die gerade benötigten Behälter. Bei einem solchen Überfluß waren weder Rationierung noch Konservierung erforderlich.

Jonnie hielt nun Ausschau nach Wachposten. Einen entdeckte er. Der Psychlo watschelte träge durch die Dunkelheit zwischen dem Atemgas-Depot und der Plattform im Umschlagterminal. Ja, da war noch einer: auf der Anhöhe in Nähe des Käfigs.

Plötzlich richtete Jonnie das Nachtglas wieder auf das Atemgas-Depot. Ein halbes Dutzend ausgetretener Pfade, sonst ringsum nur hohes Gras und Unkraut und dahinter weites, mit Gestrüpp überwuchertes Gelände, das sich bis zum Horizont erstreckte.

Er schwenkte zurück auf das Atemgas-Depot.

Da wußte er es auf einmal, und Hoffnung wallte in ihm auf – er hatte seinen Uran-Detektor.

Atemgas!

Eine kleine Flasche Atemgas ließ durch den Regulator die für die Masken benötigten Mengen ausströmen.

Wenn man nun in Strahlungsnähe ein wenig Atemgas entweichen ließ, würde es eine kleine Explosion hervorrufen.

Ein Geigerzähler reagierte, wenn die Strahlung eine Entladung in einer gasgefüllten Röhre auslöst, das hatte er zumindest den alten Büchern entnommen. Nun, Atemgas reagierte nicht nur, sondern es explodierte sogar.

Vielleicht also eine gefährliche Methode. Aber mit Vorsicht angewendet, könnte sie immerhin funktionieren.

Jonnie schlich den Hügel hinunter.

Zwanzig Minuten später erklärte er in der Basis den Ratsmitgliedern: »Ein Anführer darf nicht auf Erkundung gehen. Richtig?«

»Jawohl«, stimmten alle zu und freuten sich, daß er es endlich begriffen hatte.

»Aber einen Überfall kann er unternehmen«, fuhr Jonnie fort.

Sie wurden überaus hellhörig.

»Ich habe vielleicht das Problem mit dem Uran-Detektor gelöst«, sagte Jonnie. »Morgen nacht machen wir einen Überfall.«

4

Jonnie kroch zu der Anhöhe in der Nähe des Käfigs. Der Mond war untergegangen, die Nacht dunkel. In das Tosen des eisigen Windes mischte sich das ferne Heulen der Wölfe, dazwischen ein deutlich vernehmbares Klirren, wenn der Wachposten sich bewegte.

Man konnte wirklich nicht behaupten, daß die Nacht bisher reibungslos verlaufen wäre. Mit dem ersten Plan hatte es nicht geklappt, so daß er in letzter Minute geändert werden mußte. Den ganzen Nachmittag über hatte sich eine Herde Büffel und Wildrinder an einer geradezu idealen Stelle in der Ebene aufgehalten.

Wie es hieß, zogen die Büffel aus den Weiten des Nordens südwärts, wenn ein sehr strenger Winter bevorstand. Vielleicht aber hätten sie diese Wanderung auch sonst unternommen. Mit ihnen kamen Wölfe, eine andere Art – grau, langgestreckter Körperbau.

Die Wölfe streunten immer noch draußen herum, Büffel und Wildrinder jedoch waren verschwunden. Der Plan hatte vorgesehen, diese Herde durch das Camp zu jagen, als Ablenkungsmanöver. Dergleichen passierte hin und wieder und würde keinen Verdacht erregen. Doch gerade als der Überfall beginnen sollte, hatte sich die Herde ostwärts in Trab gesetzt und war jetzt so weit entfernt, daß man sie nicht mehr ins Spiel bringen konnte. Ein böses Omen. Es bedeutete hastig geänderte Pläne und einen Überfall ohne Ablenkungsmanöver. Gefährlich.

Zwanzig Schotten waren draußen über die Ebene verteilt, unter ihnen Dunneldeen. Ebenso wie Jonnie trugen sie Hitzeschutzkleidung: Umhänge und Kapuzen aus dem gleichen hauchdünnen Material, das bei den Bohrarbeiten verwendet wurde und das sie mit einem Gemisch aus pulverisiertem Gras und einer aus Hufen gewonnenen Klebemasse beschichtet hatten; dadurch würden die Infrarotstrahlen der Suchgeräte sie nicht mehr von der Grasfläche ringsum unterscheiden können; selbst optisch wäre eine solche Verwechslung unvermeidlich.

Die Schotten hatten strikte Anweisungen, sich auf das Atemgas-Depot zu konzentrieren, dort Behälter oder kleine Druckzylinder mitzunehmen und zur Basis zurückzukehren.

Der Trick bestand darin, einen Feind zu überfallen, der niemals erfahren durfte, was wirklich geschehen war. Kein Psychlo im Camp durfte auch nur auf den Gedanken kommen, die Kreaturen zu verdächtigen. Nichts an dem Unternehmen durfte nach Überfall aussehen. Die Schotten durften keine Waffen tragen, durften mit keinem Wachposten zusammenstoßen, durften keine Spuren hinterlassen.

Daß Jonnie zum Käfig gehen wollte, hatte manchen Protest ausgelöst. Er erklärte, ohne wirklich daran zu glauben, daß er sich dabei *hinter* allen Wachposten befinden würde, die zum Depot streben könnten, falls man dort irgendwelche Unruhe bemerkte.

Jonnie hielt eine Keule fest umklammert und schlich verstohlen in Richtung Anhöhe. Und schon erwartete ihn das nächste Mißgeschick.

Die Pferde waren nicht da. Vielleicht hatten die Wölfe sie nervös gemacht, oder sie suchten besseres Weideland – jedenfalls waren sie auf und davon. Letzte Nacht hatte Jonnie noch zwei von ihnen durch den Feldstecher gesehen.

Seinem Plan nach wollte Jonnie ein Pferd neben sich haben, wenn er die letzte Wegstrecke zurücklegte. Alle seine Pferde waren darauf trainiert, auf Kommando mit den Vorderhufen auszuschlagen; falls also ein alarmierter Wachposten dazukäme und aus dem Weg geräumt werden müßte, würde es so aussehen, als wäre der Psychlo einfach mit einem Pferd aneinandergeraten.

Keine Pferde weit und breit. Oder doch? In der dunklen Senke unter ihm zeichnete sich ein schwarzer Schatten ab. Jonnie seufzte erleichtert auf, als er das schmatzende Geräusch wahrnahm, mit dem dürres Gras langsam zermalmt wurde.

Doch als er unten anlangte, sah er – es war nur Blodgett, das

Pferd mit der lahmen Schulter, das vermutlich deswegen ungern viel umherwanderte.

Nun denn – besser Blodgett als gar kein Pferd. Zur Begrüßung rieb es sich liebevoll mit dem Kopf an Jonnie, parierte aber sofort, als er ihm befahl, sich ruhig zu verhalten.

Mit einer Hand an Blodgetts Maul brachte er das Pferd alle paar Schritte kurz zum Stehen. Er ging hinter Blodgetts Schulter, womit er gegen jeden Detektor, den der Wachposten bei sich haben mochte, geschützt war, und näherte sich leise dem Käfig.

Er wollte den Wachposten unschädlich machen – vorausgesetzt, er konnte dicht genug herankommen, Blodgett erinnerte sich noch an das Training und schlug aus, ohne durch die lahme Schulter behindert zu sein.

Der Psychlo tauchte auf im Widerschein eines schwachen grünen Lichtes, das irgendwo drinnen brannte. Im Käfig war kein Feuer.

Sechs Meter. Fünf Meter. Drei Meter ...

Plötzlich drehte sich der Posten um, alarmiert. Drei Meter! Auf die Entfernung konnten ihn die ausschlagenden Hufe nicht treffen, ausgeschlossen.

Doch als Jonnie gerade die Keule schleudern wollte, sah er, daß der Posten nach hinten lauschte. Ein leises Knacken. Jonnie wußte, was das war: ein Funksprechgerät, in die Ohrmuschel des Postens eingepaßt. Einer seiner Kollegen hatte ihm eine Nachricht durchgegeben.

Der Psychlo hob den klobigen, fast zwei Meter langen Handfeuer-Killer. Unter dem Schutzhelm brummte er seine Antwort.

Der andere Posten mußte unten beim Depot sein. War ein Schotte gesichtet worden? Das ganze Unternehmen aufgeflogen?

Der Wachposten beim Käfig stapfte hinüber zur anderen Seite des Camps, in Richtung auf das Depot.

Was auch immer da unten vor sich gehen mochte, Jonnie hatte seine eigene Aufgabe. Er näherte sich rasch der hölzernen Schranke.

»Chrissie!« flüsterte er so laut in das Dunkel des Käfigs, wie er es riskieren zu können glaubte.

Schweigen.

»Chrissie!« wiederholte er drängender.

»Jonnie?« tönte es zurück, kaum hörbar. Aber das war Patties Stimme.

»Ja. Wo ist Chrissie?«

»Sie ist hier ... Ach, Jonnie!« Pattie war den Tränen nahe. »Jonnie, wir haben kein bißchen Wasser. Die Leitungen sind eingefroren.« Sie hörte sich sehr geschwächt an, womöglich sogar krank.

Ein scharfer Geruch hing in der Luft, und Jonnie erspähte in dem grünen Dämmerlicht einen Berg toter Ratten vor der Tür. Kadaver, die natürlich verschmäht worden waren und nun verwesten.

»Habt ihr irgendwas zu essen?«

»Sehr wenig. Und seit einer Woche haben wir kein Brennholz mehr.«

Jonnie fühlte kalte Wut in sich aufsteigen. Doch er mußte sich beeilen. Er hatte keine Zeit. »Und was ist mit Chrissie?«

»Ihr Kopf ist ganz heiß. Sie liegt nur so da. Gibt mir keine Antwort. Jonnie, bitte, bitte, hilf uns!«

»Haltet durch!« Jonnies Stimme klang heiser. »In ein bis zwei Tagen bekommt ihr Hilfe, ich verspreche es. Sag das Chrissie. Mach es ihr klar.«

Im Augenblick konnte er wenig tun. »Ist Eis vorhanden im Tank?«

»Ein bißchen. Sehr schmutzig.«

»Bring es mit deiner Körperwärme zum Schmelzen. Pattie, du mußt noch einen bis zwei Tage durchhalten.«

»Ich versuch's.«

»Sag Chrissie, daß ich hier war. Sag ihr ...« Was hörten Mädchen gern, was sollte er sagen? »Sag ihr, daß ich sie liebe.« Das war die reine Wahrheit.

Vom Depot drang ein scharfes Geräusch herüber. Er konnte nicht länger hierbleiben, das war ihm klar. Irgend etwas stimmte dort nicht, irgend jemand steckte in der Klemme.

Er packte das Pferd an der Mähne und zog es mit sich, als er lautlos zur gegenüberliegenden Seite des Camps lief.

Er blickte von der Anhöhe hinunter zum Depot. Er wußte genau, wo es lag, konnte aber kein Licht erkennen. Doch, da war eines!

Ein Wachposten ließ den Strahl seines Leuchtstabes rasch über das Depot gleiten.

Es waren zwei Psychlos dort unten. Die Umrisse hoben sich deutlich vom Hintergrund ab und verrieten ihm, daß sie sich dreißig Meter vor dem Depot befanden.

Jonnie benutzte das Pferd als Deckung und ging den Hügel hinunter.

Ein Lichtstrahl blendete ihn, wanderte weiter.

»Nur wieder eins von diesen verdammten Pferden«, sagte eine Stimme vor ihm. »Rechts vom Depot rührt sich was.«

»Schalt dein Suchgerät ein!«

Aus dem Depot kam ein dumpfes Poltern. Es hörte sich an, als sei eine Kiste umgestürzt.

»Da drüben ist doch was«, sagte der Posten.

Sie stapften los, suchten sich mit dem Leuchtstab den Weg, so daß Jonnie ihre Silhouetten erkennen konnte. Er schob sich mit dem Pferd langsam weiter.

Jetzt sah er, was passiert war. Die Kisten waren schlampig gestapelt, und als jemand eine angefaßt hatte, war der ganze Aufbau zusammengestürzt.

Da Jonnie im Gegensatz zu den Wachen nicht geblendet wurde, konnte er einen Schotten ausmachen, der sich vorsichtig bewegte und dann wegzulaufen begann.

Nein. Ein Posten sah ihn ebenfalls. Er legte den Handfeuer-Killer an.

In dieser Nacht ging wahrhaftig alles schief! Die Psychlos würden nun wissen, daß die Kreaturen sie überfallen hatten. Ein verwundeter oder toter Schotte in Hitzeschutzkleidung – das war ein untrüglicher Beweis. Die Psychlos würden Vergeltung üben und die gesamte Verteidigungsanlage mit einem Knopfdruck auslöschen.

Sechs Meter entfernt entsicherte der Posten seine Waffe, zielte.

Da traf ihn die Keule wie ein Blitzstrahl ins Kreuz.

Jonnie, jetzt unbewaffnet, stürmte vorwärts.

Der andere Wachposten drehte sich um, leuchtete Jonnie an.

Der Psychlo legte den Handfeuer-Killer an, wollte abdrücken.

Doch Jonnie war schneller. Mit einem Satz hatte er den Psychlo erreicht, packte die riesige Waffe bei der Mündung und entwand sie den Pranken.

Dann drehte er sie um, so daß er den Kolben in der Hand hielt. Es durften keine Schüsse fallen, die das Camp alarmieren würden.

Der Psychlo wandte sich um und versuchte, ihn zu fassen. Der Kolben bohrte sich in seine Magengrube, er sackte zusammen.

Jonnie fühlte sich schon als Sieger, allerdings verfrüht. Der Boden erbebte. Ein dritter Wachposten kam angestapft. Im Strahl des heruntergefallenen Leuchtstabes sah man die wuchtigen Beine. Der dritte Posten hatte eine Waffe aus dem Gurthalfter gezogen. Er stand anderthalb Meter entfernt, legte an und wollte abdrücken.

Jonnie packte den Handfeuer-Killer bei der Mündung und schmetterte den Kolben mit voller Wucht gegen den Schutzhelm des Psychlos.

Vernehmliches Klirren von Glas, als der Sichtschutz des Helmes barst. Danach ersticktes Keuchen, als der Psychlo die todbringende Luft einatmete.

Er fiel zu Boden. Der erste Posten versuchte, aufzustehen und die Waffe zu gebrauchen.

Jonnie verhinderte das mit einem Kolbenschlag, der den

Brustkorb des Psychlos traf und den Schutzhelm lockerte. Die eindringende Luft brachte auch ihm nach wenigen qualvollen Minuten den Tod.

Mein Gott! Jonnie war verzweifelt. Drei tote Wachposten! Mit Erklärungen war da nichts zu retten, er mußte handeln. Sofort. Sonst waren sie alle dran und ein für allemal erledigt. Er zwang sich zur Ruhe, als er Blodgett davongaloppieren hörte.

Irgendwo im Camp schlug eine Tür zu. Gleich würde es überall von Psychlos wimmeln.

Er zertrat den Leuchtstab.

Er durchsuchte seine Taschen nach einem Lederriemen. Er fand einen und noch einen zweiten, knotete sie zusammen.

Dann tastete er auf dem Boden umher nach dem Handfeuer-Killer des ersten Wachpostens, hob ihn auf und befestigte den Lederriemen am Abzug.

Mit aller Kraft rammte er nun die Mündung in die Erde und ließ die Waffe so stehen.

Hinter dem Leichnam des ersten Postens kauerte er sich nieder.

Eilige Schritte erdröhnten. Türen wurden zugeknallt. Sie mußten jeden Augenblick hier sein.

Er vergewisserte sich noch einmal, daß er weder vom Camp aus gesehen noch von der Detonation getroffen werden konnte, und zog an dem Lederriemen.

Der in die Erde gebohrte Handfeuer-Killer explodierte wie eine Bombe.

Der Psychlo-Leichnam wurde von ruckartigen Stößen geschüttelt.

Eine wahre Fontäne aus Erdklumpen und Steinen spritzte auf und fiel prasselnd wieder herunter.

Aber Jonnie war inzwischen verschwunden.

Zwei Stunden später kehrte er atemlos in die Basis zurück. Er hatte schmerzhafte Seitenstiche vom Laufen.

Robert der Fuchs hatte dafür gesorgt, daß nicht mehr Licht als gewöhnlich brannte, und alles für den Fall einer Verfolgung organisiert. Als einer nach dem anderen vom Überfall auf das Camp zurückkehrte, hatte er die erbeuteten Atemgasbehälter sorgfältig im Keller versteckt und dann alle in den Versammlungsraum beordert, wo sie schweigend im Halbdunkel verharrten. Ferner hatte er fünfzehn Schotten mit Maschinenpistolen postiert und Flugkörper für eine eventuelle Evakuierung bereitstellen lassen. Die Tarnkleidung war versteckt worden. Kein sichtbarer Beweis; keine vergessene Vorsichtsmaßnahme; Rückzug, falls notwendig, bereits organisiert. Die Umsicht, mit der Robert der Fuchs ans Werk ging, hatte er daheim in vielen ähnlichen Streifzügen erworben.

»Haben wir jemand zurückgelassen?« japste Jonnie.

»Neunzehn sind zurückgekehrt«, erwiderte Robert der Fuchs. »Dunneldeen ist noch draußen unterwegs.«

Das gefiel Jonnie gar nicht. Er musterte die versammelten neunzehn Schotten der Reihe nach. Alle konzentrierten sich darauf, die Spuren des Unternehmens zu beseitigen und sich wieder einen normalen Anschein zu geben – sie rückten die Mützen zurecht, zupften Grasreste von ihren Sachen, versuchten, sich zu entspannen.

Ein Beobachtungsposten, der auf dem Dach mit einem Feldstecher Ausschau gehalten hatte, erschien mit der Meldung: »Keine Spur von Verfolgung zu entdecken. Keine Flugkörper gestartet.«

»Das war aber auch eine höllische Detonation«, sagte Robert der Fuchs.

»Ein Handfeuer-Killer ist explodiert«, erklärte Jonnie. »Wenn der Lauf verstopft ist, gibt es einen Rückstoß und das ganze Magazin ballert los – das sind fünfhundert Schuß.«

»Der Widerhall war ja auch danach«, meinte Robert der Fuchs. »Wir haben's bis hierher gehört.«

»Die Dinger sind ganz schön laut«, bestätigte Jonnie. Er saß keuchend auf einer Bank. »Ich muß mir was ausdenken, wie ich Terl eine Nachricht übermitteln kann. Chrissie ist krank. Obendrein haben sie kein Wasser. Und auch kein Brennholz mehr.«

Die Schotten horchten auf, zornentbrannt. Einer faßte die allgemeine Empörung in dem einen, verächtlich ausgespuckten Wort zusammen: »Psychlos!«

»Ich werde einen Weg finden, ihm eine Nachricht zu übermitteln«, wiederholte Jonnie. »Irgendeine Spur von Dunneldeen?« rief er einem Melder an der Tür zu.

Der eilte sofort aufs Dach, um Ausschau zu halten.

Die Gruppe wartete. Minute um Minute verfloß, quälend langsam. Eine halbe Stunde verstrich. Ihre Nerven waren zum Zerreißen gespannt. Schließlich stand Robert der Fuchs auf. »Nun ja, so schlimm das auch ist, sollten wir trotzdem ...«

Da ... ein dumpfes, trappelndes Geräusch ... Laufschritte, unverkennbar.

Dunneldeen kam zur Tür hereingestürzt und ließ sich japsend niederfallen. Allmählich merkte man, daß er nicht nur nach Luft schnappte, sondern zugleich lachte.

»Keinerlei Anzeichen von Verfolgung!« verkündete der Melder lauthals.

Die Anspannung löste sich.

Dunneldeen lieferte eine Kiste mit Atemgasflaschen, die der Pastor schleunigst versteckte, falls es doch noch zu einer Durchsuchung kommen sollte.

»Keine Flugkörper gestartet«, schrie der Melder.

»Na, das wär's dann wohl, Leute«, sagte Robert der Fuchs. »Es sei denn, die Dämonen warten das Tageslicht ab.«

»Sie werden nicht kommen«, versicherte Dunneldeen.

Der Raum füllte sich immer mehr. Maschinenpistolen wurden gesichert. Die Piloten verließen die bereitstehenden Flugkörper und kamen herein. Sogar die alten Frauen spähten durch die Tür. Noch wußte niemand, was eigentlich dort drüben schiefgelaufen war.

Dunneldeen kriegte wieder Luft, und der Pastor schenkte reihum jedem ein paar Schluck Whisky ein.

»Ich bin etwas zurückgeblieben, weil ich sehen wollte, was sie nun tun würden«, begann Dunneldeen munter seinen Bericht. »Das war was! Ihr hättet unseren Jonnie sehen sollen!« Es folgte eine überaus farbig ausgeschmückte Schilderung. Er war als einer der letzten ins Depot gelangt, und als er eine Kiste anfaßte, war der ganze Stapel umgekippt. Er flüchtete im Zickzacklauf, schlug aber dann einen Haken und kam zurück, falls Jonnie Hilfe brauchte.

»Von wegen Hilfe, der brauchte wahrhaftig keine Hilfe!« Und erzählte ihnen haarklein, wie Jonnie die drei Psychlos umgelegt hatte ... »Mit bloßen Händen und einem Gewehrkolben ...« Und dann ... »hat er das Ganze wer weiß wie hoch in die Luft gejagt ...« und dabei ausgesehen »wie ein David, der gleich gegen drei Goliaths kämpft«.

Es würde keine Verfolgung geben, bestimmt nicht. »Ich hab mich sechzig Meter entfernt hinter dem Pferd versteckt und bin dann mit ihm dichter rangeschlichen, als die Psychlos sich alle um die Leichen versammelten. Das Pferd hat bei der Explosion nichts abbekommen, aber ein Metallsplitter muß den Büffel zerrissen haben, der nebem dem Depot stand.«

Von allen Seiten erhob sich Gemurmel: »Stimmt, ich hab den Büffel auch gesehen.«

»Ich bin ihm über den Weg gelaufen, wie ich ins Depot gehen wollte.«

»War das dieser komische Schatten?«

»Ein riesenhafter Psychlo ist dann aufgetaucht«, fuhr Dunneldeen fort, »vielleicht war das Ihr Monster, Jonnie, und der hat erst mal überall für Licht gesorgt. Nach langem Palaver haben sie sich den Ablauf so zurechtgelegt: Der Büffel hat die Kisten umgeschmissen, und die Posten sind während der Wache auf Jagd gegangen ... ich sage euch, die waren ganz schön wütend auf die Posten deswegen ... na, und dabei ist eben einer gestolpert, und der Lauf seiner

Waffe hat sich in die Erde gebohrt ... Und die ist dann losgegangen und hat sie getötet.«

Jonnie seufzte zutiefst erleichtert auf. Von dem Büffel hatte er zwar nichts gewußt, aber sonst war alles wie geplant gelaufen: Die Psychlos nahmen das, was er ihnen aufgetischt hatte, für bare Münze. Er hatte sogar die verbrannten Überreste des Lederriemens beseitigt. Und in allerletzter Sekunde hatte er noch wie verrückt nach seiner Keule gesucht und sie auch tatsächlich gefunden. Was sonst noch an Schaden entstanden war, ließ sich ohne weiteres auf die Explosion zurückführen. Nein, es gab keinerlei Beweis.

»War das ein Überfall!« triumphierte Dunneldeen. »Na, und ist unser Jonnie nicht ein einmaliger Anführer?«

Jonnie nippte an dem Whisky, den der Pastor ihm reichte, um seine Verlegenheit zu verbergen.

»Und Sie, Sie sind schon ein Halunke«, polterte Robert der Fuchs, zu Dunneldeen gewandt. »Da hat nicht viel gefehlt, und man hätte Sie erwischt.«

»Mag sein, aber wir mußten doch schließlich gleich Bescheid wissen, was los ist, oder?« lachte Dunneldeen. So schnell ließ er sich nicht einschüchtern.

Alle wollten die Dudelsackpfeifer aufmarschieren lassen. Doch Robert der Fuchs redete ihnen das aus; falls die Psychlos sie doch beobachten ließen, sollte dieser Abend genauso verlaufen wie jeder andere auch. Nur kein Aufsehen erregen. Damit schickte er sie zu Bett.

Also den Uran-Detektor hätten wir jetzt – vielleicht, dachte Jonnie, als er unter die karierte Wolldecke schlüpfte.

Doch damit war Chrissie nicht geholfen. Kein Funk. Kein persönlicher Kontakt. Wie könnte er Terl zwingen, herüberzukommen?

5

Ein verstörter, nervöser Terl näherte sich dem Treffpunkt. Mit einer Pranke steuerte er den gepanzerten Erdaufklärer, während die Klauen der anderen auf dem Abzug der scharf geladenen schweren Waffen lagen.

Für Jayeds Anwesenheit auf der Erde hatte er immer noch keine Erklärung gefunden. Der I.B.I.-Agent war vom Personalbüro auf einen untergeordneten Posten gesetzt worden, wo er Erz zu sortieren hatte; selber einen entsprechenden Vorschlag zu machen, hatte Terl nicht gewagt. Arbeit gab es für den Sortierer nur nach Beendigung einer Schicht, wenn das geförderte Erz anrollte. Was hieß, daß er stundenlang unbemerkt verschwinden und ebenso unbemerkt wiederauftauchen konnte – ganz so, als wäre er ständig an seinem Platz gewesen. Irgendwelche Überwachungsgeräte in der Nähe zu installieren, erschien Terl zu riskant, denn nach all den Jahrzehnten im I.B.I. hatte Jayed es in diesen Dingen zur unübertroffenen Meisterschaft gebracht.

Terl hatte versucht, Jayed mit seiner Sekretärin Chirk zu verkuppeln. Er versprach Chirk das Blaue vom Himmel, wenn sie Jayed dazu bringen würde, mit ihr ins Bett zu gehen – wofür eine Minikamera der kleinsten Ausführung in einem raffiniert ausgetüftelten Versteck installiert werden sollte. Aber Jayed hatte Chirk überhaupt nicht beachtet. Er war einfach weiter durch die Gegend geschlurft, mit gesenktem Kopf, das getreue Abbild eines Angestellten, der völlig unbedarft, ohne persönlichen Ehrgeiz und ohne eigene Ziele vor sich hin wurstelt. Wie sollte es auch anders sein? Das war schließlich die Methode, mit der das I.B.I. zu arbeiten pflegte.

Mit zitternden Pranken hatte Terl die für den Heimatplaneten bestimmten Postbehälter durchsucht. Er fand nichts, was von Jayed stammte. Keine neuartigen Berichtsstrukturen, keine ungewöhnlichen Abänderungen in den Routineschreiben. Terl hatte lange, qualvolle Nächte damit zugebracht, sämtliche Kommunikationssysteme durchzuforsten. Das Ergebnis war gleich Null.

Während er rastlos herumwühlte, bis ihm schwindlig wurde, hatte Terl sich irgendwelche neuen Kommunikationswege auszumalen versucht, die das I.B.I. erfunden haben könnte. Von der Company und von der Regierung des Psychlo-Imperiums war in der Richtung nichts zu erwarten – soweit Terl wußte, hatten sie in den letzten hunderttausend Jahren nichts, aber auch gar nichts erfunden. Dennoch könnte es irgend etwas geben, wovon er keine Ahnung hatte. Zum Beispiel Erzproben beschriften, die für die Teleportation bestimmt waren. Aber eine solche Erzsendung müßte wiederum besonders markiert werden, und die Computer hatten auch nichts dieser Art registriert, wie er feststellen mußte.

Für gewöhnlich war die Regierung des Psychlo-Imperiums ausschließlich an den von der Company geförderten Erzmengen interessiert – denn davon erhielt sie einen Anteil. Andererseits aber konnte sie auch intervenieren, wenn es sich um schwere Verbrechen oder um geplante Straftaten handelte.

Terl konnte nicht herausfinden, was Jayed wirklich trieb. Und daß ein Geheimagent seines Kalibers mit gefälschten Papieren in der

Außenstation auftauchte, das hatte Terl in den vergangenen zwei Monaten keine Sekunde zur Ruhe kommen lassen.

Seine eigene Arbeit erledigte er mit einer Vehemenz und Perfektion, die gar nicht zu ihm paßten. Untersuchungen führte er prompt durch. Schriftliche Anfragen beantwortete er postwendend. Alle Aktenunterlagen, die auch nur im geringsten suspekt erschienen, wurden sofort vernichtet. Terl hatte sogar die zwanzig Kampfflugkörper auf dem Terminal persönlich überholt und sämtliche Systeme und Aggregate kontrolliert, um zu zeigen, wie tüchtig und umsichtig er doch war.

Über die Kreaturen hatte er einen nichtssagenden Bericht eingereicht. Darin war die Rede von gefährlichen Stellen im Bergbau, von unzugänglichen schrägen Stollen, und so habe er »auf Anweisung von Numph» probeweise einige Kreaturen zusammengebracht, um festzustellen, ob sie einfachere Maschinentypen bedienen könnten. Die Kreaturen seien nicht gefährlich, sondern lediglich dumm und schwer von Begriff. Das Experiment koste die Company nichts, könnte aber, falls es gelänge, die Gewinne steigern. Bisher seien freilich noch keine nennenswerten Erfolge erzielt worden. Metallurgie und Kriegführung habe man im Lernprogramm der Kreaturen völlig ausgespart, denn einmal wäre das ein Verstoß gegen Weisungen der Company gewesen, und zum anderen seien sie dafür zu dumm. Sie ernährten sich von Ratten, einer auf diesem Planeten massenhaft vorkommenden Schädlingsart. Terl hatte seinen Bericht abgeschickt, ohne jede Priorität. Er war gedeckt. Das hoffte er zumindest.

Doch wenigstens fünfzehn Mal täglich kam Terl zu dem Schluß, er müsse die Kreaturen vernichten und die Maschinen ins Depot zurückbringen. Und fünfzehn Mal täglich beschloß er dann, nur noch ein Weilchen weiterzumachen.

Die Sache mit den Wachposten hatte ihn verstört – nicht etwa, weil Psychlos getötet worden waren, schließlich brauchte er die Leichen ja für seine Pläne. Nein, es gab eine andere Ursache dafür: Als Terl den einen Psychlo für die nächstjährige Teleportation einsargte, hatte er auf der behaarten Brust des Toten ein eingebranntes Zeichen entdeckt – drei Runen, das Mal, mit dem die Regierung des Psychlo-Imperiums Verbrecher brandmarkte. Ein Symbol dafür, daß diese Schranken den Betreffenden in dreifacher Hinsicht ausschlossen, nämlich »von Gerichtsverfahren, von staatlicher Unterstützung und von jeder Anstellung«. Kein Zweifel, hier lag Fahrlässigkeit von seiten der Personalabteilung auf dem Heimatplaneten vor. Er hatte einen nichtssagenden Bericht darüber verfaßt.

Einen kurzen, hoffnungsvollen Moment lang hatte er gedacht, vielleicht untersuche Jayed diesen oder einen ähnlichen Fall. Doch als er einen Kollegen veranlaßt hatte, diese Vermutung Jayed gegenüber beiläufig zu erwähnen, war nicht die leiseste Reaktion erfolgt.

Terl konnte einfach nicht herausfinden, wonach Jayed suchte, oder warum er überhaupt hier war. Die ständige Spannung und Ungewißheit hatten ihn an den Rand der Hysterie gebracht, und dieser Zustand drohte chronisch zu werden.

Und an diesem Morgen hatte die Kreatur aus heiterem Himmel etwas getan, daß Terl vor Schrecken buchstäblich sämtliche Körperhaare zu Berge standen.

Wie üblich entnahm Terl aus dem Empfangsgerät des Aufklärers die Tagesaufnahmen und betrachtete sie. Dabei stieß er auf ein Bild, das die Abbaustelle und mittendrin ein Schild zeigte.

Klar und deutlich hielt die Kreatur dort ein riesiges Schild, gut drei mal drei Meter, fest. Es stand hinter der Goldader auf einer von den Kreaturen planierten Fläche. In gestochen scharfer Psychlo-Schrift war darauf zu lesen:

DRINGEND
Treffen lebenswichtig.
Gleicher Ort. Gleicher Zeitpunkt.

Das war schon schlimm genug! Aber irgend etwas hatte den unteren Teil des Schildes verdeckt, so daß man nur noch den Anfang der letzten, vierten Zeile entziffern konnte. Er lautete:

Der W...

Weiter kam Terl nicht.

Offenbar hatte die dämliche Kreatur nicht gemerkt, daß ihr Schild nur teilweise lesbar war.

Immer wieder hatte Terl versucht, auf der Bildsequenz eine Aufnahme zu finden, die das Schild ganz zeigte, ohne die störende Plane, oder was immer es war. Vergebene Liebesmüh.

Panik erfaßte ihn.

Allmählich wurde sein umnebelter Verstand wieder klar, und er begann vor Wut zu kochen. Die Panik schwand, als er sich vergegenwärtigte, daß es nur ein Empfangsgerät für die Bildübermittlung des Aufklärers auf diesem Planeten gab, nämlich seines; der seitlich angebrachte Indikator verzeichnete auch keinerlei unbefugte Empfänger. Er sah sich diese Funkbilder tagtäglich an, so daß er die

Fortschritte an der Goldader genau verfolgen konnte. Die Kreatur, die er eingefangen hatte, war anscheinend ständig anwesend, zusammen mit der übrigen Mannschaft. Alle diese Menschendinger sahen gleich aus, während er die von ihm ausgebildete Kreatur am blonden Bart und am hohen Wuchs zu erkennen meinte. Das beruhigte ihn gewöhnlich, denn es bedeutete doch offenbar, daß die Kreatur an der Arbeit war und sich nicht irgendwo herumtrieb.

Die Fortschritte an der Goldader waren zwar minimal, aber er kannte die mit dem Abbau verbundenen Schwierigkeiten nur allzu gut und wußte auch, daß sie eine Lösung finden könnten – ohne seinen Rat. Bis zum Tag zweiundneunzig lagen noch Monate vor ihm, vier genau.

Terl überwand seine Panik und riß die Bänder in kleine Fetzen. Keine Möglichkeit mehr für Jayed, an das Material zu kommen!

Doch eins durfte unter gar keinen Umständen geschehen – daß man ihn, Terl, direkt mit dem Projekt in Verbindung brachte. Eine Schreckensvision begann Gestalt anzunehmen: Oben auf dem Schild hatte sein Name gestanden! Zu dumm, daß er das Band so schnell zerrissen hatte! Zuvor hätte er sich vergewissern müssen. Vielleicht begann es tatsächlich mit: »Terl!«

Sich selbst prüfend zu beobachten, war nicht Terls Sache, sonst hätte er erkannt, daß er sich an der Schwelle zum Wahnsinn befand.

Wie ein schwarzes Tuch breitete sich die Dunkelheit über den gepanzerten Erdaufklärer. Terl war ohne Beleuchtung gefahren, hatte ihn nur mit Instrumenten gesteuert. Ein unsicheres Gelände – früher hatte hier eine Stadt gestanden, heute aber war es nur noch ein wabenartiges Geflecht von verlassenen Schächten, wo die Company Jahrhunderte zuvor ein altes Lager abgebaut hatte.

Da, vorn auf dem Bildschirm seines Detektors, zeigte sich etwas. Etwas Lebendiges!

Seine Pranke lag schon auf dem roten Knopf, konnte ihn jederzeit herunterdrücken und das Feuer eröffnen. Vorsorglich vergewisserte er sich, daß der Erdaufklärer in Gegenrichtung zum Camp stand und durch einen Hügel und altes Gemäuer abgeschirmt war. Dann schaltete er eine matte Orientierungsleuchte ein.

Die Kreatur saß auf einem Pferd am vereinbarten Treffpunkt. Es war ein anderes Pferd, ein wildes, offensichtlich nervös durch das Panzerfahrzeug. Der Reiter war in das matte grünliche Licht der Orientierungsleuchte getaucht. Da war doch noch etwas ... Eine zweite Kreatur? Nein, nur ein weiteres Pferd ... mit einem großen Bündel auf dem Rücken.

Terl suchte mit den Radarantennen die Umgebung ab. Nein, hier war sonst niemand. Er fixierte die Kreatur. Seine Pranke zuckte dicht über dem roten Knopf. Das Menschending schien kein bißchen beunruhigt zu sein.

Trotz der automatischen Atemgas-Anlage im Innern des Erdaufklärers trug Terl noch eine Atemmaske. Er regulierte sie.

Dann nahm er ein Funksprechgerät und schob es durch die luftdichte Schießschleuse. Es fiel neben dem Panzerfahrzeug zu Boden. Nun ergriff Terl sein Gerät.

»Steig vom Pferd und heb das Funksprechgerät auf«, befahl er.

Jonnie glitt herunter und ging auf den Panzer zu. Er hob das Gerät auf und suchte durch die Beobachtungsluken nach Terl. Vergebens, er konnte nichts sehen. Es war stockdunkel im Innern, und das Glas gewährte von draußen keinen Einblick.

»Hast du die Wachposten umgebracht?« fragte Terl über Funk.

Jonnie hielt sein Gerät vors Gesicht. Er überlegte blitzschnell. Terl war wirklich in einer höchst seltsamen Verfassung. »Wir haben keinen Wachposten zu beklagen«, antwortete er wahrheitsgemäß.

»Du weißt doch genau, welche Posten ich meine. Die im Camp.«

»Hast du Schwierigkeiten gehabt?«

Schwierigkeiten ... das war doch die Höhe! Was erlaubte sich diese Kreatur eigentlich? Ja, ihm drohten Schwierigkeiten, dafür hatte er ein untrügliches Gespür, aber daß er sonst völlig im dunkeln tappte, machte Terl rasend. Er riß sich zusammen.

»Du hast den unteren Teil des Schildes verdeckt«, beschuldigte er Jonnie.

»Tatsächlich?« gab Jonnie unschuldig zurück. Natürlich hatte er es absichtlich verdeckt, damit Terl auch wirklich käme. »Es sollte heißen: ›Der Winter naht, und wir brauchen deinen Rat.‹«

Terl regte sich ab. Rat ... »Wofür?« Er kannte die Antwort. Es war nahezu unmöglich, das Gold herauszuholen. Aber es mußte einen Weg geben. Und er war schließlich Bergbau-Experte, ehemaliger Meisterschüler. Und er studierte die Bilder, die der Aufklärer gemacht hatte, jeden Tag. Er wußte, daß sie auf diesen Stangen, die fortwährend vom Wind verbogen wurden, keine Plattform errichten konnten. »Du brauchst eine transportable Schachttreppe. In deiner Ausrüstung ist eine. Die nagelst du an der Außenwand fest, und von da aus könnt ihr dann arbeiten.«

»In Ordnung«, erwiderte Jonnie. »Wir versuchen's damit.« Terl war jetzt deutlich ruhiger, weil er sich einer interessanten Sachfrage widmen konnte.

»Außerdem brauchen wir gewisse Schutzvorkehrungen gegen Uran.«

»Wieso?«

»In den Bergen dort gibt es Uranvorkommen.«

»Im Gold?«

»Das glaube ich nicht. In den Tälern und der Umgebung.« Mit diesem Hinweis wollte er Terl nochmals einschärfen, daß diese Gegenden für ihn tabu waren, und außerdem brauchte er unbedingt nähere Einzelheiten. Ohne Schutzvorkehrungen konnte er nicht mit Uran experimentieren. »Ich habe mit eigenen Augen gesehen, daß Männer davon Ausschlag bekamen«, fügte er hinzu. Das entsprach zwar der Wahrheit, hatte aber nichts mit seinen derzeitigen Gefährten zu tun.

Die Vorstellung schien Terl aufzuheitern. »Kein Humbug?« erkundigte er sich.

»Womit kann man sich schützen?«

»Irgendwelche Strahlungen sind auf einem solchen Planeten und bei einer solchen Sonne immer vorhanden. Geringe Mengen. Deshalb sind die Frontplatten an unseren Atemmasken auch aus Bleiglas. Und ebenso alle Kabinendächer. Ihr habt aber keine.«

»Also ist es das Blei, das Schutz gibt?«

»Ihr müßt es eben einfach darauf ankommen lassen«, meinte Terl amüsiert. Ihm war sichtlich wohler zumute.

»Kannst du da oben Licht machen?« fragte Jonnie. Es gab einen dumpfen Aufprall, als er einen Sack auf die flache Platte vor der Windschutzscheibe wuchtete.

»Ich wünsche keine Beleuchtung.«

»Meinst du, man verfolgt dich?«

»Nein. Der Rotor auf dem Dach ist ein Detektorwellen-Neutralisator. Du brauchst dir keine Sorgen zu machen, daß man uns nachspioniert.«

Jonnie blickte hinauf zum Dach des Panzerfahrzeugs. In der überaus schwachen Beleuchtung konnte er eben noch erkennen, daß da irgendwas angebracht war. Es sah aus wie ein Ventilator. Und es drehte sich.

»Mach Licht, daß es hier vorn heller wird«, sagte Jonnie.

Terl konsultierte seine Bildschirme. Nichts Verdächtiges. »Ich fahr ein Stück vor unter den Baum dort.«

Jonnie hielt den Sack Erz fest, während Terl das Panzerfahrzeug langsam rollen ließ und es unter einem immergrünen Schutzdach abstellte. Dann leuchtete Terl die Platte vor der Windschutzscheibe an.

Jonnie hob den Sack hoch und schüttete den Inhalt langsam aus. Weißes Quarz, von Goldadern durchzogen, schimmerte und funkelte im Lichtschein wie Geschmeide. Insgesamt waren es acht Pfund reines Gold.

Terl starrte fasziniert durch die Windschutzscheibe und schluckte.

»Davon ist dort eine ganze Tonne vorhanden«, sagte Jonnie. »Man kann es deutlich sehen. Fragt sich nur, ob man es auch herausholen kann.«

Das Monster war völlig in den Anblick versunken und reagierte nicht. Jonnie breitete das Ganze weiter aus, um es noch mehr glitzern zu lassen.

Dann nahm er das Funksprechgerät wieder auf: »Wir erfüllen unsere Verpflichtung. Für dich gilt das gleiche.«

»Was meinst du damit?« fragte Terl mißtrauisch. Er witterte eine Beschuldigung.

»Du hast versprochen, die Mädchen mit Essen, Wasser und Brennholz zu versorgen.«

Terl zuckte die Achseln. »Versprechen ...!« knurrte er wegwerfend.

Jonnie legte den Arm um den Goldschatz und schickte sich an, alles wieder in den Sack zu füllen.

Terl war diese Geste nicht entgangen. »Laß das. Woher weißt du eigentlich, daß für die beiden *nicht* gesorgt wird?«

Jonnie ließ das Gold liegen. Er stellte sich so hin, daß der Lichtschein sein Gesicht traf, und tippte sich mit dem Finger an die Stirn. »Es gibt etwas bei Menschen, wovon du nichts weißt«, erklärte er. »Manchmal haben sie übersinnliche Kräfte. Zwischen mir und den beiden Mädchen zum Beispiel besteht eine solche telepathische Verbindung.« Zwecklos, Terl auf die Nase zu binden, was ihn tatsächlich alarmiert hatte – daß kein Feuer brannte oder der Bericht eines Kundschafters. Im Krieg und in der Liebe ist jedes Mittel erlaubt, würde Robert der Fuchs sagen, und hier ging es um beides: um Liebe und um Krieg.

»Du meinst ohne Funkgeräte, stimmt's?« Terl hatte darüber gelesen, allerdings nicht gewußt, daß diese Kreaturen über solche Kräfte verfügten. Verdammte Kreaturen ...

»Richtig«, bestätigte Jonnie. »Wenn nicht gut für sie gesorgt wird und wenn sie krank ist, dann weiß ich das!« Er tippte sich wieder an die Stirn.

»Ich hab dieses Bündel hier mitgebracht«, fuhr Jonnie fort. »Darin sind Lebensmittel, Wasser, Feuersteine, Brennholz, warme Kleider und ein kleines Zelt zusammengepackt. Das binde ich jetzt oben auf deinem Fahrzeug fest, und du wirst es sofort nach deiner Rückkehr in den Käfig schaffen. Außerdem sorgst du dafür, daß der Käfig innen und außen saubergemacht wird und ausreichend Wasser vorhanden ist.«

»Es liegt nur am Tank«, sagte Terl. »Er ist leer und muß aufgefüllt werden. Ich hatte zuviel zu tun.«

»Und zieh die Wachposten ab. Wozu brauchst du denn Wachposten!«

»Wieso weißt du, daß Wachposten eingesetzt waren?« fragte Terl mißtrauisch.

»Das hast du mir doch selber erzählt, heute abend«, entgegnete Jonnie. »Und meine telepathischen Kräfte verraten mir, daß die Posten sie bewußt ärgern.«

»Du kannst mich nicht so herumkommandieren«, begehrte Terl auf.

»Hör gut zu, Terl, wenn du dich nicht um die Mädchen kümmerst, könnte ich mir einfallen lassen, einfach mal bei den Wachposten vorbeizugehen und etwas zu erwähnen, was ich weiß.«

»Was?« erkundigte sich Terl.

»Ach, nur etwas, was ich weiß. Gefeuert würdest du deswegen nicht, aber peinlich wär's schon.«

Es wäre wirklich besser, sich dieser Wachposten zu entledigen, dachte Terl plötzlich.

»Du merkst tatsächlich, wenn ich das alles nicht tue?« fragte er.

Jonnie nickte und tippte sich bedeutungsvoll an die Stirn.

Doch die Drohung hatte Terl aus dem Gleichgewicht gebracht. Unvermittelt wechselte er das Thema und fragte: »Was machst du mit dem Gold, wenn du es nicht ablieferst?«

»Wir behalten es«, entgegnete Jonnie kurz und schickte sich abermals an, es in den Sack zurückzutun.

Terl knurrte drohend. Selbst in der Dunkelheit war das gefährliche Aufblitzen seiner bernsteinfarbenen Augen zu erkennen. »Da hast du dich aber geschnitten, Rattenhirn!« brüllte er. »Hör gut zu! Hast du schon mal was von Bomberdrohnen gehört? Nein? Hab ich mir gedacht. Na, dann will ich dir's ein für allemal klarmachen, Rattenhirn: Ich kann nämlich eine Bomberdrohne starten und steuern, so daß sie direkt über die Anlage drüben, direkt über euer Camp, direkt über jeden Unterstand fliegt und euch mit einem Schlag wegbombt. Alles mit Fernbedienung! So sicher, wie du denkst, bist du nicht, Kreatur!«

Jonnie stand regungslos da, blickte auf das undurchsichtige Dunkel des Panzerfahrzeugs, während er dem Wortschwall lauschte, der über das Funksprechgerät auf ihn eindröhnte.

»Das ist mein letztes Wort, Rattenhirn«, fauchte Terl, »du wirst das Gold abbauen, und du wirst das Gold abliefern, und du wirst das bis zum Tag 91 erledigt haben. Und wenn du's nicht tust, dann vernichte ich dich und alle Kreaturen auf diesem Planeten, ich lösche euch mit einem Schlag aus, verstehst du mich, ich lösche euch endgültig aus!« Seine Stimme überschlug sich, wurde zum hysterischen Kreischen, bis er keuchend innehielt.

»Und was ist, wenn wir bis zum Tag 91 alles geschafft haben?« fragte Jonnie.

Terl brach in wildes, gellendes Gelächter aus. Ihm dämmerte, daß er sich jetzt wirklich zusammenreißen mußte. Irgendwie spürte er, daß er jede Kontrolle über sich verloren hatte. »Dann bekommt ihr euren Lohn!« brüllte er.

»Du erfüllst deine Verpflichtungen, und wir liefern das Gold ab«, sagte Jonnie.

Terl war zufrieden. Das hörte sich schon anders an. Er hatte diese Kreatur das Fürchten gelehrt. »Leg das Bündel oben aufs Dach«, sagte er großmütig. »Ich werde den Wassertank füllen, alles saubermachen und mich um die Wachposten kümmern. Aber daß du mir ja nicht mein Fernbedienungsgerät vergißt, kapiert? Nimmst du dir auch nur eine Frechheit heraus, drücke ich auf den Knopf, und es gibt tote Weibchen. Merk dir das gefälligst.«

Jonnie band das Bündel auf dem Fahrzeugdach fest. Dabei entfernte er unbemerkt den Neutralisator und versteckte ihn hinter einem Baum. Terl würde annehmen, Zweige hätten ihn heruntergefegt, so hoffte Jonnie zumindest. Das Ding konnte nützlich sein.

Terl hatte das Licht vorn ausgeschaltet, und Jonnie tat das Gold in den Sack zurück. Er wußte, daß Terl es nicht mitnehmen würde.

Das Monster fuhr ohne Abschied davon.

Als das Panzerfahrzeug nach wenigen Minuten außer Sicht war, kletterte Dunneldeen aus einem Schacht, wo er sich mit einer Maschinenpistole bereitgehalten hatte. Daß die Waffe dem Panzerfahrzeug nichts anhaben konnte, wußte er, aber sie hatten auch nicht damit gerechnet, daß Terl drinnen sitzenbleiben würde. Die Maschinenpistole war nicht dazu gedacht, Terl zu erschießen, sondern sollte ihn lediglich in Schach halten, falls er Jonnie zu entführen versuchte. Ihrer Meinung nach wäre so etwas zu erwarten gewesen, wenn die beiden Mädchen nicht mehr lebten.

Dunneldeen pfiff dreimal kurz, worauf zehn weitere Schotten auftauchten und ihre Waffen sicherten.

Robert der Fuchs kam den Hügel hinunter, er hatte sich hinter einer alten, verfallenen Mauer versteckt. Jonnie stand immer noch reglos da und blickte zum Camp hinüber.

»Dieser Dämon ist dem Wahnsinn nahe«, sagte Robert der Fuchs. »Haben Sie bemerkt, wie konfus er sprach und alles durcheinanderwarf? Und das hysterische Lachen? Dem macht etwas schwer zu schaffen, wovon wir nichts wissen.«

»Von den Bomberdrohnen wußten wir auch nichts«, warf Dunneldeen ein.

»Aber jetzt wissen wir's«, entgegnete Robert der Fuchs. »Sie kennen diesen Dämon, MacTyler. Würden Sie nicht auch sagen, daß er hart an der Grenze zum Wahnsinn ist?«

»Glauben Sie, er wollte Sie umlegen, als er ankam?« fragte Dunneldeen. »Eins muß man Ihnen lassen, Jonnie MacTyler, Sie sind sehr gut mit ihm fertig geworden.«

»Er ist gefährlich«, sagte Jonnie.

Zwei Stunden später sah er ein Feuer aufflackern, einen winzigen hellen Punkt weit drüben im Käfig. Er hatte einen Kundschafter ausgeschickt, der ihm dann bestätigen sollte, daß die Wachposten abgezogen wurden; über Chrissies Befinden und den Wassertank würde er sich selber Gewißheit verschaffen.

Ein wahnsinniger Terl machte das Spiel, das sie spielten, weitaus riskanter. Verschlagenheit, Tücke – das war kalkulierbar. Irrsinn aber stand auf einem ganz anderen Blatt.

Teil IX

1

Die Schneefälle setzten spät, dafür aber mit ungeahnter Heftigkeit ein und brachten die Arbeit an der Mine fast zum Erliegen.

Mit der Treppenleiter klappte es nicht. Jonnie hatte sein möglichstes getan – die fliegende Plattform, von der aus er die Stifte in die Felswand trieb, lief heiß, während er an Drahtseilen über dem gähnenden Abgrund hing und den anderen Mut zusprach. Sie hatten es beinahe geschafft und sogar weitere neunzig Pfund Gold herausgeholt, als der erste richtige Wintersturm sie mit voller Wucht traf. Er erreichte fast Orkanstärke, peitschte ihnen steinharte Eisbrocken ins Gesicht, ließ geradezu die Bergriesen erbeben – und ließ die Treppenleiter bersten. Zum Glück geschah das während des Schichtwechsels, so daß niemand zu Schaden kam.

Jetzt warteten sie auf eine kurze Windstille, um sich an Ort und Stelle ein Bild zu machen, ob und wie es weitergehen könnte.

Sie mußten unbedingt einen geschäftigen Eindruck erwecken, ein ungeschriebenes Gesetz, das von Robert dem Fuchs stammte; denn nach seiner Auffassung würde Terl sich zu keinerlei Gewaltakten hinreißen lassen, solange noch ein Hoffnungsschimmer für das Unternehmen bestand. Doch für den Augenblick erschwerte es das Schneetreiben dem Aufklärer, bei seinem täglichen Rundflug auch nur einigermaßen taugliche Aufnahmen zu machen.

Mit viel Aufwand hatten sie Jonnie davon überzeugt, daß es für seine ständige Anwesenheit hier oben keinerlei zwingenden Grund gäbe. Schließlich war seit langem festgelegt, daß seine drei Doppelgänger diesen Anschein erwecken sollten. Einer von ihnen war stets gut sichtbar für die Aufklärungsdrohne – für jede Wache war einer der drei eingeteilt. Sogar das Schild mit der Nachricht für Terl hatte nicht Jonnie, sondern Thor gehalten. Die Einteilung in drei Mannschaften brauchten sie dringend, weil die eisige Kälte alle zwei Stunden einen Schichtwechsel erforderlich machte.

Jonnie befand sich in dem tosenden Sturm mit drei Begleitern auf dem Weg nach einem Ort, der auf den alten Landkarten unter dem Namen Uravan verzeichnet war.

Doktor MacDermott, der Historiker, hatte es zu einer beachtlichen Fähigkeit im Sammeln von Informationen gebracht. Außerdem war ihm als Assistent ein vorzüglicher Kundschafter zugeteilt, der mit Erfolg nach alten Karten und Büchern fahndete. Und so hatte MacDermott einen Hinweis entdeckt, der Uravan als »eines der größten Uranvorkommen der Welt« bezeichnete. Es sollte gut dreihundert Kilometer westlich und etwas südlich von der Basis liegen, unmittelbar hinter einem riesigen, ausgeprägten Plateau.

Uran!

So hatte sich Jonnie mit einem der Piloten und Angus MacTavish in einem Flugkörper für Personaltransporte auf den Weg gemacht. Wer weiß, vielleicht hatten sie Glück ...

Angus MacTavish, dieser geborene Tüftler, war in seinem Element.

Jonnie hatte ihn zusammen mit sechs anderen Schotten in Elektronik ausgebildet und bei allen gute Erfolge erzielt, doch Angus MacTavish war mit Abstand der Beste, auch in Mechanik. Kämpferisch, begeisterungsfähig, energiegeladen, kannte dieser verkörperte Optimist den Begriff Niederlage nicht mal dem Namen nach. Er war vielmehr hoch und heilig davon überzeugt, daß sie dort Berge von Uran vorfinden würden und die Ausbeute dann sackweise abtransportieren könnten.

Jonnie teilte diese Meinung nicht. Zunächst verfügten sie noch über keinen Strahlenschutz, so daß sie gar nichts einsacken, geschweige denn befördern konnten. Doch es wäre immerhin denkbar, daß genügend uranhaltiges Gestein herumlag, mit dem sich die Reaktion von Atemgas testen ließe. Wohlweislich hütete er sich, Angus' Begeisterung einen Dämpfer aufzusetzen. Tatsächlich ging es ihnen ja nur darum, einen Ort auszukundschaften, wo sie das Atemgas testen konnten.

Bei dem Sturm herrschten miserable Sichtverhältnisse. Der Flugkörper raste dahin, wurde immer wieder von heftigen Windstößen geschüttelt. Er war mit allen nur erdenklichen Instrumenten ausgestattet, allerdings ausschließlich für Sichtflug. Ein- oder zweimal huschte ein Berggipfel eine Spur zu dicht vorbei, doch von weit oben gesehen wäre es nur ein wildbewegter weißer Teppich gewesen, und man konnte dort die Orientierung verlieren. Zum Glück blies der Sturm in östlicher Richtung und flaute etwa nach der Hälfte der Strecke ein wenig ab.

Und dann gerieten sie plötzlich in klares Wetter. Vor ihnen breitete sich das Panorama der westlichen Rockies aus, glitzerte in der Morgensonne – ein Anblick von atemberaubender Schönheit.

»Schottland mag ja das beste Land der Welt sein«, sagte der

Copilot, »aber mit dem hier kommt es nun wirklich nicht mit!«

Jonnie beschleunigte das Flugtempo auf rund achthundert Stundenkilometer und raste über das gewaltige schneebedeckte Bergmassiv hinweg. Er sichtete das Plateau und versuchte, anhand der alten Karte im Schulatlas Uravan zu orten. Sogar im Schnee konnten sie den Verlauf der ehemaligen gewundenen Straße ausmachen, die sich weiter südöstlich gabelte. Sie flogen jetzt dicht über den Baumwipfeln und zählten die weißüberzogenen Ruinenstädte ab, bis sie zu den Erdhügeln und Halden gelangten, wo einst Uravan gelegen haben mußte. Jonnie setzte den Flugkörper vor ein paar Gebäuden im knirschenden frischen Schnee auf.

Angus MacTavish sprang blitzschnell heraus und sprintete mit wehendem Kilt von einem verfallenen Gemäuer ins nächste und kam dann plötzlich wieder angeflitzt.

In der scharfen Luft klang seine Stimme dünn, als er ihnen zurief: »Das hier ist Uravan!« Er schwenkte ein paar Papierfetzen.

Jonnie holte aus dem Heck eine Atemgaspatrone und das erforderliche Zubehör. Er und Angus hatten die halbe Nacht ein Fernbedienungsgerät gebastelt, mit dem man die Reguliervorrichtung an-und ausschalten konnte. Sie brauchten nur noch eine stark radioaktive Stelle ausfindig zu machen, dort den Behälter zu deponieren und dann mit Hilfe der Fernbedienung abzuwarten, ob das Atemgas explodierte. Jonnie holte außerdem noch ein paar Schaufeln, Kletterseile und Grubenlampen aus dem Flugkörper.

Wie ein Jagdhund sauste Angus über das Gelände, um geeignete Stellen aufzuspüren. Da gab es Erzhalden, ehemalige Einzäunungen, die längst der Rost zerfressen hatte.

Sie versuchten es mehrmals, gruben ein Loch in eine alte Erzlagerstätte, in das sie die Atemgaspatrone legten, betätigten in gebührendem Abstand die Fernbedienung und warteten, ob das Atemgas explodierte.

Nach einem Dutzend Fehlschlägen war Angus überzeugt, daß der Behälter leer sein mußte. Er hielt ihn sich vors Gesicht und stellte ihn an, worauf er prompt einen Hustenanfall bekam und blau anlief. Nein, der Behälter war wahrhaftig nicht leer. Sie gingen in die Gruben, kletterten in einsturzgefährdeten Stollen herum und probierten es immer wieder.

Fünf Atemgaspatronen hatten sie schon verbraucht.

Und keine einzige Explosion.

Jonnie fühlte sich ziemlich entmutigt. Er überließ Angus und den Piloten weiteren Experimenten, während er in den Ruinen herumwanderte. Alles hier war so unsäglich verfallen, daß er die ursprüngliche Bestimmung der Gebäude nur noch schwer erkennen konnte. Ein typischer Glücksfall, daß Angus die Papierfetzen gefunden hatte – sie mußten gut geschützt unter irgend etwas gelegen haben.

Dann begann Jonnie mißtrauisch zu werden. Im ganzen Gelände war er auf nichts Wichtigeres als bloß ein paar Zahnplomben und Knöpfe gestoßen, die in einem Raum verstreut lagen – höchstwahrscheinlich die spärlichen Überreste einer Leiche.

Keinerlei Spuren von Aktenschränken. Kein erkennbarer Hinweis auf irgendwelche Maschinen, von ein paar morschen Flaschenzügen abgesehen. Und keine Leichen, bis auf die eine.

Er ging zurück zum Flugkörper und setzte sich hinein. Dieses Bergwerk war bereits *vor* dem Angriff der Psychlos abgebaut worden. Und dieser Abbau war so sorgfältig geschehen, daß nicht einmal die Abraumhalden radioaktiv waren.

Angus kam angelaufen und schrie aufgeregt: »Es funktioniert! Es funktioniert!« Er hatte einen gerahmten Gegenstand in der Hand.

Jonnie stieg aus und sah ihn sich an. An einer Ecke war der alte Rahmen nicht verkohlt. In dem morschen Gestell befand sich ein Stück Erz und darunter ein Messingschild mit größtenteils unleserlicher Beschriftung. Ein verbliebener Splitter deutete darauf hin, daß ursprünglich eine Abdeckung aus Bleiglas vorhanden gewesen sein mußte.

Er setzte sich damit auf einen Stein und untersuchte das Ganze. Das Erz, bräunlich bis schwarz, war als Ausstellungsstück auf eine Bleiplatte montiert worden. Er drehte es hin und her, um die Aufschrift zu entziffern, konnte aber nur das Wort »erster« erkennen. Danach ein wiederum unleserlicher Eigenname. Nach einer weiteren Drehung traten die Buchstaben der ersten Zeile deutlicher hervor. PECHBLENDE – stand da.

»Passen Sie auf, ich zeige es Ihnen!« sagte Angus.

Er nahm den Rahmen und legte ihn etwa neun Meter entfernt nieder, richtete den Atemgasbehälter darauf und ging zu Jonnie zurück. Ein leichter Druck auf die Fernbedienung ... das ausströmende Atemgas explodierte!

»Ich mach's noch einmal!« keuchte Angus. Er schaltete die Fernbedienung voll ein und beließ es dabei. Zum Regulieren hätte er ohnehin keine Zeit mehr gehabt.

Aus der Emissionsdüse der Flasche schoß ein Flammenstrahl wie bei einer gezündeten Rakete, sie hob ab und flog etwa drei Meter weit. Der Pilot und Angus schrien vor Begeisterung auf.

»Pechblende ist ein wichtiges Uranerz«, erklärte Jonnie, der viel zu dem Thema gelesen hatte. »Sie enthält eine Menge radioaktive Isotope. Woher haben Sie das?«

Sie zogen ihn mit sich zu einem stark verfallenen Gebäude, wo sie erst die vielen Dachtrümmer beiseite schaffen mußten, um hineinzugelangen.

Nach einer Weile kletterte Jonnie wieder heraus und ließ sich staubbedeckt und erhitzt auf der einstigen Veranda nieder.

Ein Museum. In dem ehemaligen kleinen Museum gab es noch andere Schaustücke – Rosenquarz, Hämatit zum Beispiel – die nicht direkt aus dieser Gegend stammten. Nicht einmal die Herkunft der Pechblende ließ sich eindeutig nachweisen.

»Aber der Test mit dem Atemgas funktioniert«, beharrte Angus, der durch nichts kleinzukriegen war.

Jonnie dagegen war niedergeschlagen. Er wußte ja, daß es funktionierte. Vor längerer Zeit hatte er miterlebt, wie das Kabinendach eines Frontschauflers in die Luft flog und ein Psychlo durch den radioaktiven Staub getötet wurde.

»Ich freue mich, daß es klappt«, sagte er. »Aber selbst wenn hier unten noch etwas Uran vorhanden sein sollte, läge es für uns unerreichbar tief. Sucht nach mehr Blei zum Abdecken. Wir nehmen die Pechblende mit.«

»Wir würden gern weiter hier rumstöbern«, erklärte Angus.

»Tun Sie das«, willigte Jonnie ein. Er mußte ohnehin abwarten, bis sich der heftige Ostwind gelegt hatte.

Doch er wußte, daß hier alles abgebaut war. Spuren eines Leichnams und ein Museum – mehr war nicht übriggeblieben.

Wo um alles in der Welt könnte er Uran finden – in Mengen? Wo nur?

2

Voller Entsetzen blickte Jonnie in den tiefen Cañon. Die fliegende Plattform dort unten, ganz dicht am Fluß, befand sich in schwerer Bedrängnis.

Einen Tag nach ihrer Rückkehr aus Uravan hatte sich der Sturm gelegt, und es herrschte strahlendes Wetter. In dieser Höhe jedoch war es bitterkalt, und im Cañon gab es die üblichen schweren Turbulenzen.

Zwei Schotten, Dunneldeen und ein schwarzhaariger junger Mann namens Andrew, versuchten dort unten auf der Plattform die Treppenleiter zu bergen, die dreihundert Meter tief in den vereisten Fluß gestürzt war. Das zwanzig Meter lange, aus Stangen konstruierte Gerüst hatte sich in die Eisdecke gebohrt, ein Ende war noch am Ufer zu sehen.

Sie hatten von der fliegenden Plattform Haken heruntergelassen, damit das Ende gepackt und versucht, die Treppenleiter herauszuziehen. Doch sie hing unter Wasser fest. Durch die geborstene Eisdecke sprühten Gischtfontänen auf die Plattform, wo sie sofort gefroren und so das Gewicht ständig erhöhten.

Jonnie war klar, was die beiden beabsichtigten. Sie wollten einen geschäftigen Anschein erwecken, denn die Aufklärungsdrohne mußte jeden Augenblick auftauchen. Die restlichen Schichtarbeiter hatten sich über die Gipfelplatte verteilt, wo sie die vom Sturm herausgerissenen Drahtseile und Seiltrommeln zu entwirren suchten.

Jonnie war mit dem kleinen Flugkörper hergekommen, um eine neue Methode für den Goldabbau auszutüfteln. Er hatte keinen Copiloten bei sich, nur Doktor MacDermott, den alten Historiker, der ihn begleiten wollte, um sich für seinen Bericht über den Sturm an Ort und Stelle ein Bild zu machen. Der betagte Schotte, der sich bei der Rekrutierung als abkömmlich bezeichnet hatte, war zweifellos ein kluger Kopf und verdienstvoller Literaturwissenschaftler, aber von so zarter Konstitution, daß er den körperlichen Anforderungen der Arbeit hier in keiner Weise gewachsen war. Doch die Zeit reichte nicht, die Gipfelplatte anzufliegen und einen ausgebildeten, leistungsfähigen jungen Mann mitzunehmen.

Sie verständigten sich über Funk; entsprechende Geräte waren in sämtliche Ausrüstungsgegenstände eingebaut, da ihre Reichweite ebenso wie die der Walkie-talkies nur knapp zwei Kilometer betrug. Eine weitere Funkbarriere bildete die Bergkette im Osten. Das Funkgerät unten auf der Plattform war auf Sendung geschaltet.

»Bremsen von der Winde lösen, Andrew!« Dunneldeens Stimme klang angespannt. »Die Motoren laufen heiß.«

»Geht nicht! Die Eisschicht blockiert!«

»Andrew! Haken von der Leiter lösen!«

»Die rühren sich nicht, Dunneldeen! Und das Ding sitzt unter der Eisdecke fest!«

Das Aufjaulen der überbeanspruchten Motoren war deutlich zu hören.

Jonnie wußte nur allzu genau, wie es weitergehen würde. Sie konnten der Plattform keine Bewegungsfreiheit verschaffen. Und sie durften es auch nicht riskieren, den Flugkörper unten aufzusetzen, wo er sofort völlig vereisen würde. Dabei konnte die Plattform jeden Augenblick in Flammen aufgehen.

Die fliegenden Plattformen waren mit elementaren Funktionsschaltern ausgestattet, die sich unter einer Abdeckung aus Bleiglas befanden. Von dieser Schutzmaßnahme machten aber nur die Psychlos Gebrauch, und so war Dunneldeen jetzt da unten den Sprühwasserfontänen ausgesetzt, die nicht nur ihn, sondern auch die Funktionsschalter sofort mit einer Eisschicht überzogen.

Die Aufklärungsdrohne würde jede Sekunde erscheinen. Sie mußte Bilder aufzeichnen, die von reger Schürftätigkeit und nicht von einer Katastrophe zeugten. Jonnie konnte die Fluggeräusche bereits deutlich wahrnehmen. Sie kamen rasch immer näher ...

Jeden Moment mußte jetzt der Überschallknall erdröhnen. Unmittelbar danach würde er die beiden Männer irgendwie von der Plattform holen ...

»Doktor, machen Sie sich bereit für eine Heldentat!« schrie Jonnie nach hinten.

»Ach, du meine Güte!«

»Öffnen Sie die Seitentür und werfen Sie zwei Rettungsseile aus!« rief Jonnie. »Aber vorher unbedingt gut hier festbinden, ja?«

Der alte Mann stolperte ratlos im Heck umher, bemüht, unter den aufgerollten und lose daliegenden Drahtseilen die richtigen herauszufinden.

»Festhalten!« brüllte Jonnie.

Der Flugkörper schoß nach unten, vorbei an den Felswänden, hinein in die dreihundert Meter tiefe winddurchtoste Schlucht.

Doktor MacDermott drehte sich der Magen um, seine Knie schlotterten, und er war kaum imstande, sich festzuhalten, sondern starrte nur wie gebannt durch die offene Seitentür auf das zum Greifen nahe rote Gestein, das mit atemberaubender Geschwindigkeit an ihm vorüberhuschte.

Jonnie schaltete den Bordfunk ein und schrie ins Mikrophon: »Dunneldeen! Bereithalten zur Aufgabe der Plattform!«

Da – ein ohrenbetäubender Knall, der Überschallknall der Aufklärungsdrohne.

Dunneldeen drehte das von einer Pelzkapuze umrahmte Gesicht nach oben – nicht dem Flugkörper zu, nein, die Bildaufzeichnungen der Drohne sollten Terl die Gewißheit geben, daß es Jonnie war, der hier unten auf der Plattform weilte.

Aus dem Motorraum quoll jetzt blaugrauer Rauch, und durch das neu entstandene Loch in der Eisdecke schoß eine Gischtfontäne in die Luft.

Andrew schlug mit einem schweren Schlägel gegen die eisverkrustete Kurbel, ließ ihn nach ergebnislosen Versuchen fallen und ergriff eine Flasche mit Brenngas. Er bemühte sich, die Sperrvorrichtung aufzubekommen, um mit dem Zündstrahl das Drahtseil zu durchtrennen. Die Flasche war ebenfalls mit einer dicken Eiskruste überzogen und ließ sich nicht öffnen.

Der Flugkörper schwebte jetzt etwa siebeneinhalb Meter über der Plattform. Jonnie trommelte wie besessen auf dem Instrumentenbrett herum, um diese Höhe zu halten. Aus den brennenden Motoren der Plattform drang beißender Rauch in den Flugkörper.

»Doktor, werfen Sie die Rettungsseile aus!« schrie Jonnie.

Der alte Mann fingerte ungeschickt an den Rollen herum. Für ihn sah ein Drahtseil wie das andere aus. Dann fand er glücklich ein Ende und schleuderte es zur Tür hinaus.

Hastig ließ er rund fünfzehn Meter abrollen und befestigte dann das Drahtseil an einer Krampe, so gut er es vermochte. Jonnie manövrierte das herunterhängende Seilende direkt über die Plattform.

»Ich kann kein zweites Ende finden!« jammerte Doktor MacDermott.

Jonnie schrie ins Mikrophon: »Packt das Seil!«

»Mach schon, Andrew!« brüllte Dunneldeen.

Sechs Meter Drahtseil rollten sich auf der Plattform, wurden sofort von vereisendem Sprühwasser überzogen.

Andrew schlang sich das Seil um den Arm.

»Nicht um den Arm, legen Sie's um den Schlägel!« schrie Jonnie. Wenn Dunneldeen unter ihm hing und das Seil sich straffte, könnte Andrews Arm gebrochen oder sogar abgerissen werden.

Aus dem Motorraum der Plattform züngelten Flammen.

Andrew gelang es, den Schlägel aus dem Eis herauszubrechen. Er schlang das Seil zweimal um das Kopfende.

»Festhalten!« brüllte Jonnie.

Andrew umklammerte den schlüpfrigen Schlägelgriff mit den Fausthandschuhen.

Jonnie zog den Flugkörper sechs Meter höher, so daß Andrew jetzt frei schwebte und das Seilende über Dunneldeen hing.

»Der Kapitän geht von Bord!« sagte Dunneldeen und packte das Seil.

Jonnie zog den Flugkörper langsam höher, sehr vorsichtig, um die beiden nicht abstürzen zu lassen.

Andrew hing an dem Schlägel sechs Meter unter dem Flugkörper, und zwölf Meter tief hing Dunneldeen, am selben Seil.

»Ich glaube, die Krampe hält nicht!« jammerte Doktor MacDermott im Hintergrund.

Auf jeden Fall drohten die eisüberkrusteten Fäustlinge der beiden Männer unten abzurutschen. Ausgeschlossen, sie die dreihundert Meter bis zur Gipfelplatte am Seil hochzuziehen. Jonnie sah verzweifelt hinunter auf den Fluß.

Dort explodierte die fliegende Plattform mit einer gewaltigen orangeroten Stichflamme.

Die Erschütterung ließ den Flugkörper ruckartig schwanken.

Jonnie blickte zu den beiden Männern hinunter. Die Flammen hatten Dunneldeen erfaßt... seine Gamaschen brannten!

Jonnie steuerte den Flugkörper nach unten. Seine Finger rasten über das Instrumentenbrett, bis er ihn etwa vierzehn Meter über der verschneiten Eisdecke hatte. War sie dick genug?

Er ging noch tiefer, so daß Dunneldeen in die dichte Schneeschicht geriet und er ihn dreißig Meter weiter durchschleifte, um das Feuer zu löschen.

Neben dem Fluß entdeckte er einen schmalen, schneebedeckten Felsvorsprung.

Er manövrierte den Flugkörper ganz dicht an die Felswand, ließ Dunneldeen auf den Vorsprung herunter und ging dann noch tiefer.

Andrew, dessen vereiste Handschuhe Zentimeter um Zentimeter am Schlägelgriff abgerutscht waren, verlor den Halt und fiel die letzten drei Meter. Um ein Haar wäre er von dem Felsvorsprung abgestürzt, doch Dunneldeen konnte ihn gerade noch packen.

Jonnie mußte schwer gegen den Wind ankämpfen, als er den Flugkörper wendete, bis er mit der offenen Tür vor dem Felsvorsprung stand.

Die beiden Männer kletterten hinein, von Doktor MacDermott unterstützt.

Andrew holte das Drahtseil ein und schloß die Seitentür. Jonnie zog den Flugkörper dreihundert Meter hoch und setzte ihn auf der Landefläche auf.

Doktor MacDermott entschuldigte sich stammelnd bei den beiden.

»Ich konnte einfach kein zweites Seil finden, beim besten Willen nicht!«

»Machen Sie sich nichts daraus«, entgegnete Dunneldeen. »Auf diese Weise bin ich sogar noch zu einer Schlittenfahrt gekommen!«

Der Historiker lamentierte über die verkohlten Gamaschen, stellte dann aber zu seiner großen Erleichterung fest, daß Dunneldeen keine schweren Verbrennungen erlitten hatte, sondern nur etwas angesengt worden war.

»Da hatte ich nun meine Chance zu einer Heldentat und hab alles verpfuscht«, klagte Doktor MacDermott.

»Großartig haben Sie's gemacht«, tröstete ihn Andrew. »Wirklich, einfach großartig!«

Jonnie kletterte aus dem Flugkörper und ging hinüber zur

Gipfelplatte, gefolgt von den anderen. Die Schichtarbeiter starrten ebenfalls hinunter. Ihre schweißglänzenden Gesichter verrieten, mit welcher Erregung sie das dramatische Geschehen verfolgt hatten.

Kopfschüttelnd blickte Jonnie in die dreihundert Meter tiefe Schlucht, wo sich die Kante der Treppenleiter ins Flußufer gegraben hatte. Die fliegende Plattform war unter der Eisdecke verschwunden. Im Schnee fanden sich ringsum Spuren, die herumfliegende Trümmer und Rußpartikel hinterlassen hatten.

Jonnie wandte sich um zu Dunneldeen und der Mannschaft. »Das wär's wohl, Leute!«

Der Schichtführer und Dunneldeen entgegneten wie aus einem Munde: »Aber wir können doch nicht einfach aufgeben!«

»Mit sämtlichen Kunststücken in der dünnen Luft ist jetzt Schluß«, verkündete Jonnie. »Keine Angstpartien mehr, bei denen wir in der Felswand hängen und uns das Herz bis zum Hals schlägt. Kommt mit.«

Sie folgten ihm zum planierten Landeplatz. Er zeigte nach unten. »Da, direkt unter uns, verläuft die Ader in die Felswand. Sie enthält Goldnester, wahrscheinlich in größeren Abständen. Wir werden einen Schacht graben bis zur Ader und uns dann an ihr entlang bis zum Rand der Felswand vorarbeiten und versuchen, das Gold von hinten abzubauen!«

Betretenes Schweigen. »Aber die Felsspalte da draußen ... wir können unmöglich sprengen. Dabei würde die Vorderseite der Wand mit weggerissen.«

»Wir werden eben Bohrer benutzen müssen. Mit Spitzbohrern Löcher nebeneinander setzen. Dann Fräser, mit denen wir das Gestein buchstäblich schneiden. Das braucht Zeit. Wir können ja alle schwer arbeiten und es dann vielleicht schaffen.«

Unter Tage? Allmählich begriffen sie, wie großartig die Idee war.

Der Schichtführer und Dunneldeen begannen, einen Zeitplan für das Einfliegen von Bohrmaschinen, Fräsern und Förderkübeln aufzustellen. Allgemeine Erleichterung breitete sich aus. Die Arbeiter, die zum Schichtwechsel eintrafen, jubelten, als sie von dem Projekt erfuhren. Auch sie hatten von der halsbrecherischen Arbeit in der Felswand unter ständiger Absturzgefahr bereits genug.

»Vor dem nächsten Aufklärerflug muß alles organisiert und angelaufen sein«, betonte Jonnie. »Terl ist zwar übergeschnappt, aber ein Fachmann. Wenn er sieht, was wir hier tun, wird er sich zurückhalten. Das Ganze ist ungefähr so, als ob wir Steine mit Teelöffeln rausholen, deshalb müssen alle drei Schichten rund um die Uhr arbeiten. Bei diesem Wetter macht sich's unter Tage ohnehin leichter. Mit dem Aushub erweitern wir die planierte Stelle. Wo ist ein Theodolit, damit wir jetzt gleich die genaue Richtung für die Ausschachtung festlegen können?«

Die Motoren des Flugkörpers kamen auf Touren. Dunneldeen war unterwegs, um Piloten und Ausrüstung zusammenzuholen.

Wir könnten es doch noch schaffen, dachte Jonnie.

3

Ernstlich beunruhigt beobachtete Zzt, wie Terl mit einem ganzen Schwarm von Mechanikern die alte Bomberdrohne überholte.

In den riesigen unterirdischen Garagen und Hangars herrschte ohrenbetäubender Lärm - kreischende Bohrmaschinen, dröhnende Hammerschläge, und das ununterbrochen.

Seit dem letzten halbjährlichen intergalaktischen Personaltransfer verfügte Zzt wieder über ein vollständiges Mechanikerteam. Abgesehen davon, daß er alle drei Tage die Aufklärungsdrohnen zum Auftanken austauschen mußte - was er widerstrebend tat, weil er die Dinger für überflüssig hielt -, war er mit seiner Arbeit nicht im Rückstand. Terl hatte den Transportchef und seine Abteilung bisher in Ruhe gelassen und die zwanzig Kampfflugkörper draußen persönlich gewartet. So gab es außer der unvorhergesehenen neuen Aktivität für Zzt kaum Grund zur Klage.

Aber jetzt - diese wirklich unglaubliche Idiotie! Ausgerechnet die Bomberdrohne? Da mußte er doch lieber den Mund aufmachen.

Terl, stark verschmiert und verschwitzt, war im Navigationsraum des gewaltigen Flugkörpers mit den Funktionsschaltern beschäftigt. In der Hand hielt er ein kleines Fernbedienungsgerät und programmierte die Hauptsysteme.

»Schottland ... Schweden«, murmelte er nach einem Blick auf seine Tabellen und Aufzeichnungen und drückte die Instrumentenknöpfe ein. Es gab hier keine Sitzgelegenheiten, weil der Flugkörper nicht für einen Piloten gedacht war, und Terl kauerte notgedrungen auf der Triebwerkverkleidung.

» ... Rußland ... Alpen ... Italien ... China ... nein. Alpen ... Indien ... China ... Italien ... Afrika ...«

»Terl«, begann Zzt zaghaft.

»Ruhe!« knurrte Terl, ohne auch nur aufzublicken. » ... Amazonas ... Anden ... Mexiko ... Rocky Mountains! Rocky Mountains eins, zwei und drei!«

»Terl«, wiederholte Zzt. »Die Bomberdrohne ist ein Wrack und seit tausend Jahren nicht mehr geflogen worden.«

»Jetzt restaurieren wir sie doch, oder etwa nicht?« gab Terl bissig zurück. Er hatte alles einprogrammiert und stand auf.

»Vielleicht wissen Sie's ja nicht, Terl, das hier ist die Drohne, die damals das Gas auf diesen Planeten abgeworfen hat, bevor wir ihn in Besitz nahmen. Der original Siegesbomber!«

»Na gut, ich belade ihn doch mit Gaskanistern, oder etwa nicht?«

»Aber Terl, verstehen Sie denn nicht – wir haben diesen Planeten schon vor über tausend Jahren erobert. Wenn Sie jetzt Killer-Gas abwerfen, selbst auf wenige ausgesuchte Ziele, könnten auch unsere Außenstationen getroffen werden.«

»Die verwenden alle Atemgas«, fuhr Terl ihn an, drängte sich an Zzt vorbei und stapfte nach hinten. Arbeiter rollten riesige Gaskanister aus den unterirdischen Lagerräumen herauf. Im Lauf der Jahrhunderte hatte sich ein verkrusteter Überzug gebildet, der behutsam abgeschabt werden mußte. Terl führte ein barsches Kommando und ließ die Arbeiter Aufstellung nehmen. »Fünfzehn Kanister habe ich gesagt! Und ihr bringt nur vierzehn an! Los, holt noch einen!« Beflissen stürmten einige zum Lager. Terl schloß inzwischen Drähte an die Auslaßventile der Gaskanister an, murmelte unverständlich vor sich hin, überprüfte die Farbkodierung.

»Terl, sie haben diese Drohne doch nur als Schaustück behalten. Die Dinger sind gefährlich. Das ist was ganz anderes, als wenn Sie eine Aufklärungsdrohne mit ihren kleinen Motoren fernsteuern – bei der kann gar nichts schiefgehen! Aber der hier, der hat Motoren wie ein ganzes Dutzend Erztransporter, die eliminieren praktisch jeden Funkimpuls. Fernlenkung ist bei dem nicht drin, der könnte unkontrolliert angreifen und überall Gas abwerfen. Diese Ungetüme lassen sich nicht gezielt einsetzen, sie sind zu unberechenbar. Und wenn Sie die einmal gestartet haben, können Sie sie nicht mehr aufhalten. Das ist dann unwiderruflich, genau wie bei der Teleportation.«

»Halten Sie die Klappe!« knurrte Terl.

»In den Vorschriften steht, daß die Dinger nur im ›äußersten Notfall‹ eingesetzt werden«, beharrte Zzt. »Es gibt aber keinen Notfall, Terl!«

»Halten Sie die Klappe!« wiederholte Terl, der weiterhin Drähte anschloß.

»Und auf Ihre Anweisung hat der Bomber seinen festen Standplatz vor der Ausfahrt zum Teleportations-Terminal. Die brauchen wir aber für die Wartung der Erztransporter. Die Drohnen werden nur im Kriegsfall zum ersten Angriff auf einen Planeten eingesetzt und danach nie mehr, außer bei einem Rückzug. Wir haben keinen Krieg und ziehen uns auch nicht von diesem Planeten zurück.«

Terl reichte es jetzt. Er legte seine Notizen beiseite und pflanzte sich drohend vor Zzt auf. »*Ich* kann diese Dinge am besten beurteilen. Wenn es auf einem Planeten kein Kriegsministerium gibt, übernimmt der Sicherheitschef diese Aufgabe. Die Entscheidungen treffe ich, und meine Anweisungen sind strikt zu befolgen. Diese Drohne hat ihren Standplatz vor der Hangarausfahrt zum Teleportations-Terminal, und da lassen Sie sie gefälligst, verstanden? Und was die Fernlenkung angeht«, er wedelte mit dem nur dreißig Quadratzentimeter messenden Gerät Zzt vor der Nase herum, »da ist nichts weiter erforderlich, als im richtigen Augenblick die richtigen Knöpfe zu betätigen, und hinterher gibt's dann keinerlei Unberechenbarkeiten! Die Drohne tut vielmehr genau das, was sie tun soll! Und sie bleibt in Bereitschaft, basta!«

Zzt gab sich geschlagen. Gleitlaster rollten das gigantische Relikt herüber zur Hangarausfahrt, wo es allen und jedem im Weg stand und die Wartung der Transportflugkörper praktisch unmöglich machte.

»Die Ortsangaben, die Sie einprogrammiert haben, hörten sich furchtbar komisch an«, bemerkte Zzt zaghaft.

Terl hielt einen großen Schraubenschlüssel in der Pranke. Er ging näher an Zzt heran. »Das sind Namen, mit denen die Menschen bestimmte Gegenden benannt haben. Es handelt sich um die Gebiete, in denen noch Menschendinger übriggeblieben sind.«

»Die paar!« wagte sich Zzt vor.

Terl brüllte auf und warf den Schraubenschlüssel nach ihm. Zzt duckte sich, und der Schraubenschlüssel rutschte klirrend über den Hangarboden, so daß die Arbeiter rasch zur Seite sprangen.

»Sie benehmen sich schon etwas verrückt, Terl«, bemerkte Zzt.

»Verrücktheit kommt nur bei fremden, niedrigen Wesen vor!« kreischte Terl.

Zzt trat zur Seite, als die alte Bomberdrohne vorbeigerollt wurde.

»Sie bleibt genau dort stehen«, schrie Terl in die Gegend. »Irgendwann in den nächsten vier Monaten wird sie starten.« Mit Sicherheit am Tag 93, ergänzte er für sich und grinste.

Zzt überlegte einen Augenblick lang, ob er Terl erschießen sollte, wenn sie unbeobachtet wären. Der Sicherheitschef hatte den Angestellten die Waffen zurückgegeben, die Arsenale im Camp wieder aufgefüllt und ihnen auch das Tragen von Handfeuerwaffen am Gürtel wieder gestattet. Dann fiel ihm ein, daß Terl irgendwo einen Umschlag deponiert hatte, als Absicherung für den »Todesfall«.

Später informierte Zzt in einem privaten Gespräch Numph über die Lage. Zzt ging gern auf die Jagd, aber wenn Terl die Bomberdrohne tatsächlich startete, würde das Wild abermals nahezu ausgerottet.

Doch Numph, früher ebenfalls ein leidenschaftlicher Jäger, reagierte überhaupt nicht, sondern saß nur stumm da und glotzte ihn stumpfsinnig an.

Also blieb die Bomberdrohne, die einst ausgeschickt worden war, um den Planeten mit Killer-Gas zu verseuchen und damit die Eroberung vorzubereiten, in der Ausfahrt zum Teleportations-Terminal stehen, ein lästiges Hindernis, randvoll beladen mit tödlichem Gas, vorprogrammiert ... nur noch ein paar Anstöße auf dem Fernbedienungsgerät, das Terl bei sich in Verwahrung hatte.

Zzt erschauerte jedesmal, wenn er an dem Ungetüm vorbeikam. Kein Zweifel, Terl war wahnsinnig geworden, unberechenbar, gefährlich ...

Als Terl an diesem Abend in seiner Wohnung war, fühlte er sich wie in einem Irrgarten. Wieder war ein Tag verstrichen, ohne daß er auch nur den kleinsten Hinweis gebracht hätte, was Jayed im Schilde führte, wonach der Agent suchte.

Terl betrachtete die Bildaufzeichnungen des Aufklärers. Die Kreaturen gruben jetzt einen Stollen unter Tage, wirklich ein schlauer Einfall. Könnte durchaus sein, daß sie's schafften, und wenn nicht – nun, dafür hatte er ja seine Gegenmaßnahmen.

Er schaute allabendlich bei den weiblichen Menschendingern vorbei, warf Holz und Fleisch in den Käfig. Manchmal lagen Packen vor der Tür – wie sie dahingelangt waren, wollte er lieber nicht wissen – und die warf er dann ebenfalls hinein. Die Wasserzufuhr hatte er in Ordnung gebracht, der Tank war randvoll und drohte überzulaufen. Wenn er die beiden sah, rätselte er jedesmal herum, was es mit den sogenannten telepathischen Kräften auf sich hatte, und fragte sich, welche denn wohl diese telepathischen Ströme aussandte und ob man die dann auf einem Bildschirm ablesen konnte. Die Größere schien übrigens wieder gesund zu sein. Na, solange die Kreaturen dort oben in den Bergen arbeiteten, würde er die beiden weiblichen Menschendinger am Leben lassen. Ein höchst nützliches Druckmittel ...

Aber am Tag 93 sah alles ganz anders aus, o ja! Auf die Verschwiegenheit der Kreaturen konnte er sich nicht verlassen. Ebensowenig konnte er ausschließen, daß die Company oder die Regierung ihm auf die Schliche kamen. Folglich mußte er jeden Risikofaktor ausschalten, in dem Fall die Kreaturen, und zwar diesmal ausnahmslos alle.

Im Schlaf quälte sich Terl mit einer noch vagen Vorstellung ab, mit einer verschwommen auftauchenden Möglichkeit. Jayed verweigerte ihm Gold. Jayed trug die Schuld, nur er. Doch wie beging man den perfekten Mord an einem Spitzenagenten des I.B.I.? Allein beim Versuch, einen solchen Plan auszutüfteln, wurde man ganz wirr im Kopf. Vorerst hieß es, musterhafte Tüchtigkeit an den Tag zu legen. Er mußte sich als der größte, wachsamste, geistesgegenwärtigste Sicherheitschef darstellen, den die Company je gekannt hatte.

War er tatsächlich verrückt? Nein, keine Spur. Nur gerissen.

4

Jonnie war auf dem Weg nach Hause.

In einem Cañon oberhalb der Dorfwiese entluden sie den Transportflugkörper: vier Pferde und ein Ballen. Die kürzlich erst eingefangenen Wildpferde hatten den Flug nur widerstrebend über sich ergehen lassen, und als man ihnen die Scheuklappen abnahm, reagierten sie mit heftigem Aufstampfen und Schnauben. Die Luft hier oben war klar und eisig. Mit der Schneedecke hatte sich nach dem Sturm tiefe Stille über die Landschaft gebreitet.

In Jonnies Begleitung befanden sich Angus MacTavish und Pastor MacGilvy sowie ein Pilot, der den Flugkörper außer Sichtweite bringen könnte, falls der Besuch länger als einen Tag dauerte. Als sie starteten, hatte der Aufklärer die Basis bereits überflogen, und sie wollten vermeiden, daß er bei seiner nächsten Tour irgendwelche verdächtigen Spuren aufzeichnete.

Vor einer Woche war Jonnie plötzlich aus dem Schlaf hochgeschreckt, weil er endlich zu wissen glaubte, wo er Uran finden könnte. In seinem Heimatdorf! Große Hoffnung hatte er zwar nicht, aber die vielen Kranken sprachen immerhin dafür. Vermutlich gab es keine erheblichen Mengen, höchstwahrscheinlich jedoch mehr als ein einziges Stück uranhaltiges Erz wie in Uravan. Er fühlte sich etwas schuldbewußt, mit einem solchen Hintergedanken heimzukehren, denn daneben existierten ja noch mehrere handfeste Gründe. Seine Leute müßten umgesiedelt werden; sie durften nicht länger der ständigen radioaktiven Strahlung ausgesetzt bleiben und mußten vor künftigen Angriffen der todbringenden Bomberdrohne in Sicherheit gebracht werden.

Jonnie und seine Begleiter hatten auf der Suche nach einem geeigneten Platz die Berge durchstreift und tags zuvor auch etwas gefunden: eine alte Bergwerkssiedlung am Westhang, die tiefer gelegen und über einen schmalen Paß mit einer westlichen Ebene verbunden war. Im Zentrum floß ein Bach die Straße entlang. Viele Gebäude hatten noch Fensterscheiben. Wildrinder und Wild gab es reichlich. Am besten jedoch war ein breiter, etwa einen Kilometer langer Tunnel hinter der Stadt, der als Zuflucht dienen konnte. Auf dem nahen Hügel befand sich ein Kohlenlager. Ein wirklich schöner Ort. Und nicht die kleinste Spur von Uran.

Jonnie glaubte nicht, daß die Leute im Dorf zu einer Umsiedlung bereit wären. Schon als Jugendlicher hatte er sie dazu zu bewegen versucht und selbst bei seinem Vater nichts erreicht. Jonnie sei eben ein unruhiger Geist, damit war der Fall für ihn erledigt. Trotzdem – er mußte es noch einmal versuchen.

Angus und der Pastor hatten darauf bestanden, ihn ins Dorf zu begleiten. Obwohl er ihnen ausführlich erklärte, wie gefährlich die radioaktive Strahlung für sie wäre und daß er sie einem solchen Risiko nicht aussetzen wolle, ließen sie sich nicht abhalten. Als Antwort schwenkte Angus einfach eine Atemgasflasche und versprach, als Tester voranzugehen und haarscharf aufzupassen. Der Pastor, ein kluger, erfahrener Kirchenmann, wußte genau, daß Jonnie Hilfe brauchen würde.

Wohlweislich vermieden sie es, den Flugkörper auf der Wiese aufzusetzen. Ferngelenkte Aufklärungsdrohnen hatten die Leute im Dorf ihr Leben lang gesehen, aber ein Flugkörper in so unmittelbarer Nähe könnte sie doch in Schrecken versetzen.

In der letzten Nacht hatten sie die Planung lange und ausführlich besprochen. Angus und dem Pastor war eingeschärft worden: Es mußte alles vermieden werden, was die Menschen alarmieren könnte, kein Wort über Monster, keine Schreckensnachrichten über Chrissie. Daß man sie oben vom Cañon her ins Dorf kommen sehen würde, wäre schon ungewöhnlich genug, denn der Paß an der Ostseite der Wiese und alle anderen sonst üblichen waren ja zugeschneit und unpassierbar.

Und so ritten die drei Männer, von einem schwerbeladenen Packpferd gefolgt, zur Wiese hinunter. Der lockere Schnee dämpfte das Hufgetrappel. Die verlassenen Hütten am Dorfrand waren verfallen. Nur der scharfe Geruch von qualmendem Holz lag in der Luft. Eine trostlose Öde. Wo steckten die Hunde?

Jonnie hielt an. Der Korral, sonst immer voller Pferde, war leer. Er lauschte angestrengt und nahm ein Stampfen in den alten Ställen hinten wahr: Dort war ein Pferd, vielleicht sogar mehrere. Er schaute zu den Pferchen hinüber, in denen die Wildrinder vor dem ersten Schnee zusammengetrieben wurden; es waren nicht viele Tiere, keinesfalls genug für die Dauer des Winters.

Angus ließ sich vom Pferd gleiten und machte den versprochenen Test. Unmittelbar vor ihnen gab es kein Anzeichen für radioaktive Strahlung.

Wo steckten die Hunde? Freilich, sie waren nicht daran gewöhnt, daß jemand von hinten ins Tal kam. Dennoch war es merkwürdig.

Jonnie ritt zum Gemeindehaus hinunter. Vor ihnen unternahm Angus den zweiten Test. Keine Reaktion.

Aus einer Ruine kam ein alter Hund angetrottet und blinzelte sie aus halbblinden Augen an. Er näherte sich vorsichtig, sein Bauch schleifte durch den Schnee. Er strebte auf Jonnie zu, schnüffelte heftig und japste.

Dann begann er mit dem Schwanz zu wedeln, kam immer dichter heran, wedelte immer stürmischer, bis der Schwanz ihm fast gegen den Kopf schlug, als der Hund sich vor Freude um sich selbst drehte und Jonnie laut bellend begrüßte.

In der Dorfmitte unten stimmten drei oder auch vier Hunde ein.

Jonnie stieg ab und streichelte Panther, der zu den Haustieren seiner Familie gehörte. Im Weitergehen führte er das Pferd am Zügel, während der rheumageplagte Hund um ihn herumzuspringen versuchte.

An einer Hausecke stand ein Kind, das sie aus schreckensweit aufgerissenen Augen anstarrte und dann die Flucht ergriff. Es stolperte über seine eigenen Füße und fiel der Länge nach in den Schnee.

Am Gemeindehaus hielt Jonnie inne und schaute hinein. Die Tür hing nicht mehr in den Angeln, und drinnen war es kalt und leer; bis in den Versammlungsraum hatte es den Schnee hereingeweht. Draußen ließ er dann den Blick über das öde, verfallene Dorf wandern.

Aus dem Haus, in dem seine Familie wohnte, sah er Rauch aufsteigen. Er ging hin und klopfte an.

Das Geräusch von Schritten, dann öffnete sich ächzend die Tür. Seine Tante Ellen stand wie angewurzelt vor ihm, starrte ihn fassungslos an. Ein ungläubiger Aufschrei: »Jonnie?« Und dann: »Aber du bist doch tot, Jonnie!«

Sie riß die Tür ganz auf und begann zu weinen.

Nach einer Weile trocknete sie sich die Augen mit einer Schürze aus Rehleder. »Komm herein, Jonnie. Ich habe dein Zimmer unverändert gelassen ... aber deine Sachen haben wir den jungen Männern gegeben ... Komm doch rein, es kühlt sonst zu sehr aus.«

»Herrscht irgendeine Krankheit im Dorf?« fragte Jonnie, um seine Gefährten besorgt.

»Aber nein. Nichts Ungewöhnliches. Auf den Hügeln wurde ein Hirsch gesichtet, und hinter dem sind jetzt die Männer alle her. Das Essen ist ziemlich knapp, seitdem du weggegangen bist, Jonnie.« Dann merkte sie, daß sich das anklagend anhörte. »Ich meine ...«

Sie brach wieder in Tränen aus. Jonnie zerriß es fast das Herz. Tante Ellen war vorzeitig gealtert, abgehärmt; in dem mageren Gesicht zeichnete sich jeder Knochen ab.

Jonnie holte Angus und den Pastor herein, und sie wärmten sich am Feuer auf. Tante Ellen, die in ihrem Leben noch keinen Fremden gesehen hatte, schien ein wenig eingeschüchtert, erwiderte aber die Begrüßung. Dann brachte sie ihnen heiße Suppe, die sie aus Knochen gekocht hatte und die dankbar gelobt wurde. Das gefiel ihr, und sie hörte auf, Jonnie mit fragenden Blicken zu durchbohren.

»Chrissie hat dich gefunden?« wagte sie sich schließlich vor.

»Chrissie lebt. Und Pattie auch«, antwortete Jonnie. Keine Beunruhigung, keine Angst aufkommen lassen, niemand durfte in Panik geraten ...

»Bin ich froh! Ich hab mir solche Sorgen gemacht. Aber sie wollte ja unbedingt losreiten! Dein Pferd ist später zurückgekommen, allein, verstehst du?« Wieder fing sie zu weinen an, ging dann zu Jonnie und drückte ihn heftig an sich. Darauf verließ sie das Zimmer, um Schlafplätze für sie herzurichten, falls sie die Nacht über blieben.

Jonnie suchte draußen nach dem kleinen Jungen, dem sie vorhin begegnet waren, und schickte ihn zum Hügel, um alle von der Pirsch zurückzuholen.

Es war nach vier Uhr, als er endlich den Gemeinderat versammeln konnte. Zu seiner Überraschung bestand er nur noch aus dem alten Jimson und Brown Limper Staffor. Das dritte Ratsmitglied war kürzlich gestorben und kein Nachfolger ernannt worden. Jonnie hatte im Gemeindehaus ein Feuer angemacht und die Tür wieder eingehängt.

Er stellte Angus und den Pastor vor, und der sogenannte Gemeinderat erwiderte deren Gruß leicht verängstigt; genau wie Tante Ellen hatten beide nie zuvor einen Fremden gesehen. Doch Angus und der Pastor hielten sich unauffällig abseits.

Jonnie trug dem Gemeinderat sein Anliegen vor. Ruhig,

gelassen berichtete er ihnen von seiner Entdeckung: Das Tal war ungesund, und deshalb hatten sie auch so wenig Kinder und so viele Todesfälle. Er sei damals weggegangen, um nach einer gesünderen Gegend Ausschau zu halten, und habe schließlich das Geeignete gefunden. Ein sehr hübscher Ort: In der Hauptstraße gab es Wasser, außerdem weniger Schnee und dafür mehr Wild, bessere Häuser und sogar brennbares schwarzes Gestein, das viel Wärme spendete, kurzum – lauter Vorzüge. Jonnie vertrat seinen Standpunkt wirklich eindrucksvoll und überzeugend.

Der alte Jimson zeigte deutlich Interesse und beriet sich dann pflichtschuldigst mit Brown Limper.

Der aber hegte einen alten Groll gegenüber Jonnie. Sie brauchten doch bloß zurückzudenken. Jonnie war einfach auf und davon, was dann Chrissie und Pattie veranlaßt hatte, ebenfalls wegzugehen – und dabei wahrscheinlich den Tod zu finden – und jetzt, nach anderthalb Jahren oder mehr, taucht dieser Jonnie Goodboy Tyler plötzlich wieder auf und verlangt, sie sollten ihre Heimat verlassen. Denn ihre Heimat war hier und nirgends sonst. Hier hatten sie von jeher ruhig und sicher gelebt. Mehr war nicht dazu zu sagen.

Sie stimmten ab. Unentschieden. Der Gemeinderat wußte nicht weiter.

»Früher gab es eine Bürgerversammlung, in der alle Dorfbewohner abstimmten«, sagte Jonnie.

»Zu meinen Lebzeiten hat so was noch nie stattgefunden«, entgegnete Brown Limper.

»Doch, ich kenne das«, widersprach Jimson. »Vor dreißig Jahren gab es eine solche Versammlung. Da haben alle über die Verlegung der Viehställe abgestimmt.«

»Da im Gemeinderat Stimmengleichheit besteht, sollte er eine Bürgerversammlung einberufen«, schlug Jonnie vor.

Brown Limper paßte das zwar gar nicht, aber es blieb ihnen nichts anderes übrig. Inzwischen waren etliche Leute aus purer Neugier vorbeigekommen, so daß Jonnie mit ihrer Hilfe die übrigen Dorfbewohner mühelos im Gemeindehaus zusammentrommeln konnte.

Als alle hereinströmten, war es fünf Uhr und dunkel geworden. Jonnie hatte Holz nachgelegt. Das Feuer flackerte hell, was in jedem Fall weniger bedenklich war, als mit einer Grubenlampe für Beleuchtung zu sorgen.

Als er sie dann anschaute, wie sie auf Bänken und auf dem Fußboden saßen und sich der Feuerschein auf den Gesichtern widerspiegelte, erfaßte ihn Jammer. Die Menschen vor ihm waren

Geschlagene – abgemagert, krank, verbraucht. Die Kinder – viel zu ruhig, fast apathisch. Nur noch achtundzwanzig an der Zahl – achtundzwanzig Elendsgestalten.

Flammender Zorn auf die Psychlos wallte in ihm auf.

Doch er zwang sich zur Ruhe, lächelte ihnen zu, so sehr ihm auch nach Weinen zumute war.

Mit Genehmigung des Gemeinderats öffnete Jonnie zunächst den mitgebrachten Packen.

Er begann, die Geschenke zu verteilen: Dörrfleisch, gebündelte Kornelkirschen zum Würzen und einige besonders ergiebige Feuersteine. All das wurde dankbar angenommen. Dann holte Jonnie ein paar Äxte aus rostfreiem Stahl heraus und zeigte ihnen, wie sich damit ein großes Holzscheit mit einem Schlag spalten ließ. Die Leute waren beeindruckt. Nachdem Jonnie die Äxte verschenkt hatte, zog er ein Bund Messer aus rostfreiem Stahl hervor. Als er die scharfen Klingen vorführte, wobei er sie warnte, sich ja nicht in die Finger zu schneiden, gerieten die Frauen in helle Aufregung. Er verteilte die Messer ebenfalls.

Endlich kam er zur Sache und erzählte ihnen ausführlich von dem neuen Ort. Die Übersiedlung dorthin ließe sich mühelos bewerkstelligen, versicherte er – und verschwieg wohlweislich, daß dies in Flugkörpern vor sich gehen würde, denn damit hätte er jede Glaubwürdigkeit eingebüßt.

Als trotz Aufforderung keine einzige Frage gestellt wurde, hatte Jonnie eine Eingebung.

Er zog eine dreieckige Glasscherbe aus der Tasche und zeigte ihnen, daß man hindurchsehen konnte. Er erzählte ihnen, daß in dem neuen Ort viele Fenster Scheiben aus dem gleichen Material hätten, wodurch Licht, nicht aber Kälte hereinkäme. Er ließ die Glasscherbe herumreichen. Ein kleiner Junge ritzte sich ein wenig daran, und sie wurde schleunigst zurückgegeben.

Mit beschwörenden Worten versuchte Jonnie nun, ihnen klarzumachen, welche Gefahr das Tal für sie alle bedeute. Er sprach von dem Gift, mit dem es verseucht sei – einem Gift, das Krankheit, Siechtum und Kinderlosigkeit über sie bringe.

Ein flehentlicher Ausdruck lag auf seinem Gesicht, als er den alten Jimson bat, abstimmen zu lassen. Wer ist für die Umsiedlung? Auszählen. Wer ist dagegen? Auszählen.

Drei Stimmen dafür. Fünfzehn dagegen. Die Kinder zählten nicht mit.

Jonnie wollte das nicht so einfach hinnehmen. Er stand auf. »Bitte sagt mir, warum ihr diese Entscheidung getroffen habt?« fragte er sie eindringlich.

Ein älterer Mann namens Torrence Marshall erhob sich, vergewisserte sich zunächst, daß niemand Einwände erhob, und erklärte: »Hier ist unsere Heimat. Hier sind wir sicher. Wir danken dir für die Geschenke. Wir freuen uns, daß du heimgekehrt bist.« Er setzte sich wieder.

Brown Limper genoß seinen Triumph sichtlich. Die Dorfbewohner verließen stumm den Raum, kehrten schweigend in ihre Hütten zurück.

Jonnie hockte auf einer Bank, den Kopf in die Hände gestützt, geschlagen.

Er spürte, wie sich eine Hand auf seine Schulter legte, hörte eine vertraute Stimme. »Ein Prophet gilt nichts in seiner Vaterstadt«, tröstete ihn der Pastor.

»Das ist es nicht«, entgegnete Jonnie. »Es ist nur ...« Er konnte nicht weitersprechen. Immer wieder gingen ihm die gleichen Worte durch den Kopf: »Meine Leute, was soll nur aus meinen armen Leuten werden ...«

Später ging er auf die Anhöhe, zum alten Friedhof. Er suchte so lange im Schnee, bis er das Kreuz auf dem Grab seines Vaters gefunden hatte. Es war umgekippt. Er richtete es wieder auf und ritzte den Namen ein. Lange stand er da in der Kälte und blickte herab auf den kleinen Hügel. Sein Vater hatte keinen Sinn darin gesehen, das Dorf umzusiedeln.

Würden alle seine Leute hier sterben? Vom Highpeak fegte der eisige Winterwind heulend über das Tal hin.

5

»Aufwachen, Jonnie! Aufwachen! Es hat gezündet!«

Jonnie versuchte, den Schlaf abzuschütteln. Es war noch dunkel, kein Wunder, um diese Jahreszeit setzte die Dämmerung spät ein. Verwirrend, sich plötzlich in seinem eigenen Zimmer zu finden, wo Angus ihn wachrüttelte und auf dem Tisch eine Grubenlampe brannte.

Schlagartig begriff er, was Angus da eben gesagt hatte, sprang aus dem Bett und schlüpfte in seine Lederhose.

Angus war sehr früh aufgewacht und hatte Durst. Die Wasserkübel draußen waren alle leer, und von Schnee als Ersatz hielt Angus wenig. Tante Ellen hatte ihn herumrumoren hören und sich erboten, Wasser zu holen. Das lehnte Angus strikt ab und bat sie, ihm die Stelle zu zeigen. Daraufhin erklärte sie ihm den Weg zu der Quelle am Ortsrand, wo alle das Wasser holten, und er nahm einen Kübel aus Tierhaut, eine Atemgasflasche und ein Fernbedienungsgerät mit. Denn er hatte Jonnie versprochen, immer zuerst zu testen und dann weiterzugehen, und auch diesmal die Flasche neun Meter vorwärts geschleudert, das Gasventil an- und abgeschaltet und ... es gab Blitz und Donner zugleich. Endlich die langersehnte Reaktion!

Angus zappelte förmlich vor Aufregung, reichte Jonnie Kleidungsstücke zu, um nur ja keine Zeit zu verlieren. Dann schubste er ihn durch die Tür, und sie eilten zur Quelle am Dorfrand.

Halt ... Angus betätigte die Fernbedienung.

Wumm ...

Blitz und Donner, als das Atemgas explodierte.

Der Pastor war von dem Gepolter wach geworden und gesellte sich zu ihnen. Ihm zuliebe wiederholte Angus den Test.

Jonnie fröstelte plötzlich, und das nicht von der Morgenkälte. Die Explosion hatte direkt neben dem Pfad stattgefunden, auf dem die Dorfbewohner zwei- bis dreimal täglich zum Wasserholen gingen. Wenn nicht noch öfter. Als kleiner Junge hatte er rebelliert, wenn von den Arbeiten die Rede war, die er verrichten sollte. Er sei ein Mann, hatte er kategorisch erklärt, kaum daß er laufen konnte, und als solcher werde er jagen, keinesfalls aber Fußböden fegen oder Wasser holen. Und tatsächlich hatte er aus jener Quelle niemals Wasser geschöpft. Sogar seine Pferde hatte er zu einer weiter oben am Hang gelegenen Tränke geführt. Eins stand nun für ihn fest: Er war durchaus nicht immun gegen radioaktive Strahlung und nur durch Zufall von Verseuchung verschont geblieben. Und der eigentliche Grund für seine Weigerung? Der Kübel schwappte dauernd über, so daß er von oben bis unten mit Wasser bespritzt wurde ...

Die Dorfbewohner aber, insbesondere Kinder, Frauen und ältere Leute, die aus der Quelle Wasser schöpften, waren tagtäglich radioaktiver Strahlung ausgesetzt. Eine atembeklemmende Vorstellung!

Angus wollte unverzüglich unter der Schneedecke zu graben anfangen. Jonnie und der Pastor hielten ihn zurück.

»Wir haben keinerlei Strahlenschutz«, erklärte Jonnie. »Wir brauchen Blei, Bleiglas, irgendwas. Aber wir sollten die Stelle als Sperrgebiet markieren, und dann sehen wir weiter.«

Vorsichtig sondierten sie das Terrain und stellten fest, daß die Strahlung im Umkreis von neun Metern stark genug war, Atemgas explodieren zu lassen. Angus hatte offenbar genau ins Zentrum getroffen. Sie markierten den Kreis mit Asche, die sie aus dem Herd in einer verlassenen Hütte nahmen, und Jonnie steckte ihn dann mit Holzpflöcken ab, um die er ein geflochtenes Seil wand.

Die Explosionen hatten Jimson und ein paar andere Dorfbewohner auf die Beine gebracht. Jonnie überließ es dem Pastor, ihnen zu erklären, was sie täten. Unter der Arbeit schnappte er Wortfetzen auf. Der Pastor erzählte irgend etwas von Geistern. Auf jeden Fall begann Jimson kurz darauf, die Leute geschäftig um die bewußte Stelle herum zu dirigieren. Das Betreten dieses Kreises würde zum Tabu werden, davon war Jonnie überzeugt. Ihn gänzlich zu meiden, bedeutete dann nur noch einen kleinen Schritt.

Die Dämmerung war angebrochen. Sie mußten sich mit der Arbeit beeilen, um bis zur Mittagszeit von hier verschwunden zu sein, und womöglich gab es noch mehr Stellen. Aber die Aufklärungsdrohne überflog die Gegend neuerdings um die Mittagsstunde, und Jonnie wollte unbedingt vermeiden, daß Aufzeichnungen von dieser Aktion auf Terls Bildschirmen erschienen. Ein mit Seilen abgegrenzter Kreis hatte nichts zu sagen, das würde wie ein Korral aussehen. Spuren im Schnee? Schließlich wanderten Menschen, Pferde und Hunde umher. Doch ein Flugkörper oben im Cañon und drei unterschiedlich gekleidete Männer – das war schon etwas ganz anderes.

Tante Ellen brachte ihnen einen Morgenimbiß, und während sie sich stärkten, blickte Jonnie prüfend über die Wiese. Dieses weiträumige Terrain zu testen, das kostete Zeit.

Er faßte einen Entschluß. Es war zwar ein Risiko, aber in den einschlägigen Büchern stand, daß man sich ganz kurzfristig radioaktiver Strahlung ohne schädliche Folgen aussetzen könne.

Er suchte sich aus dem von Angus mitgebrachten Material eine Schutzmaske und einige Flaschen heraus, die er in den Taschen verstaute. Dann nahm er einen Kübel mit Asche und schwang sich auf eins der Pferde.

»Ich reite jetzt kreuz und quer über die Wiese«, erklärte er Angus und dem Pastor. »Immer wieder hin und her, im Abstand von neun Metern. Die Atemgasflasche, die ich in der Hand halte, läßt kleine Mengen entströmen. Bei jeder Explosion verstreue ich eine Handvoll Asche und hebe den Arm. Sie, Pastor, stellen sich bitte auf die Anhöhe und machen eine Skizze von dem Tal. Und Sie, Angus, sagen ihm jedesmal, wenn ich den Arm hebe, Bescheid. Alles klar?«

Sie nickten. Der Pastor nahm Block und Zeichenstift und begab sich, gefolgt von Angus, auf die Anhöhe.

Die drei jungen Männer, die für die Umsiedlung gestimmt hatten, erkundigten sich, ob sie irgendwie helfen könnten. Jonnie bejahte und bat sie, frische Pferde bereitzuhalten.

Mit einem Blick überzeugte er sich, daß alles soweit war. Der Schnee glitzerte in der rotgoldenen Morgensonne. Er prüfte, ob seine Schutzmaske festsaß, öffnete das Ventil der Atemgasflasche und trieb das Pferd an.

Kurz darauf ein heller Blitz – die erste Explosion. Er streute Asche auf die Erde, hob den Arm und galoppierte weiter. Drüben auf der Anhöhe hörte er Angus rufen. Der Pastor markierte die Stelle auf seiner Skizze.

Unermüdlich überquerte er die Wiese – hin und her, in exakt bemessenen Abständen. Ein Blitz, eine Handvoll Asche, ein erhobener Arm, der durchdringende Aufschrei von Angus und der Hufschlag des dahinjagenden Pferdes.

Er nahm sich ein neues, öffnete das Ventil einer neuen Atemgasflasche und stob davon.

Die Dorfbewohner standen gaffend herum, bekundeten wenig Interesse für das, was sich da auf der Wiese abspielte. Daß Jonnie Goodboy seltsame Dinge tat, war ihnen schließlich nicht neu. Ja, zugegeben, er war ein erstklassiger Reiter. Das wußte jeder. Aber warum er von Zeit zu Zeit eine Fackel anzündete, das blieb sein Geheimnis. Der alte Jimson hatte freilich eine Erklärung dafür bekommen, von dem Geistlichen, der Jonnie begleitete – ein echter Geistlicher aus einem Dorf namens Schottland. Daß es irgendwo in der Nähe noch ein Dorf gab, war ihnen gar nicht bekannt gewesen. Oder doch? Richtig ... hinter den Bergen ... weit weg ... vor langer Zeit ... Na ja, bei dem vielen Schnee konnte man sich auch nicht in der Welt umschauen und blieb besser, wo man war. Aber reiten kann dieser Jonnie Goodboy, stimmt's? Das macht ihm so leicht keiner nach!

Zwei Stunden, vier schweißbedeckte Pferde, sechzehn Atemgasflaschen und einen erschöpften Jonnie später waren sie zum Aufbruch bereit. Die Zeit drängte, so daß sie die Skizze nicht mehr auswerten konnten.

Sie hatten beschlossen, die Pferde als Geschenk zurückzulassen, und mußten nun zu Fuß zum Flugkörper marschieren.

Der Pastor setzte Jimson auseinander, daß die Leute unbedingt die Aschemarkierungen beachten und ja nicht zu nahe herangehen sollten, worauf Jimson respektvoll versprach, gut aufzupassen, auch wenn Brown Limper es für überflüssig hielt.

Tante Ellen wirkte verängstigt. »Jetzt gehst du wieder fort, Jonnie.« Sie wollte ihm irgendwie zu verstehen geben, daß er der einzige Angehörige war, den sie noch hatte.

»Möchtest du mitkommen?« fragte er.

Aber nein! Hier war ihr Zuhause. Ihm lag wohl das Fernweh im

Blut, die Sehnsucht nach Abenteuern. Aber er sollte sich bald wieder daheim sehen lassen.

Das wolle er versuchen, versprach er, und gab ihr noch ein paar Geschenke, die er bis zuletzt aufgehoben hatte: einen großen, bauchigen Kessel aus rostfreiem Stahl, drei Messer und ein Fellgewand mit Ärmeln!

Sie tat hocherfreut, doch als er sich an der oberen Weggabelung umdrehte und winkte, weinte sie herzzerbrechend. Eine innere Stimme sagte ihr, daß sie ihn nie wiedersehen würde.

6

In dem Raum in der alten Bergwerkssiedlung herrschte geschäftiges Summen. Mehrere Arbeitsgruppen schufteten unermüdlich.

Es hatte den Schotten ungemein viel Spaß gemacht, die Büros der *Empire Dauntless Mining Corporation* in Besitz zu nehmen. Das Gebäude war fast völlig intakt, es mußte bloß gründlich gereinigt werden und ließ sich dann gut für ihre Zwecke verwenden.

Jonnie wurde das Gefühl nicht los, daß jemand die Stadt nach Ausbeutung des Bleierzlagers wiederaufgebaut hatte. Der Unterschied zu anderen war zu kraß. Er versuchte sich vorzustellen, weshalb jemand einen Ort, in dem es kein Erz mehr gab, wiederaufbauen sollte, doch der Augenschein sprach eindeutig dafür. Zum Beispiel dieser sogenannte *Bucket of Blood Saloon* nebenan, zu dem der Pastor feierlich den Zutritt verboten hatte. Fensterscheiben und Spiegel waren dort noch intakt, und die Bilder von fast nackten Tänzerinnen und Amoretten ließen sich zumindest ungefähr ausmachen. Auf der gegenüberliegenden Straßenseite befand sich eine Lokalität mit der Aufschrift *Wells Fargos* und eine andere mit »Gefängnis«.

Sie alle wohnten im *London Palace Elite Hotel*, wo an allen Räumen Namen standen, höchstwahrscheinlich von berühmten Bergbauspezialisten. Drei der alten Witwen führten das Regiment über die Küche mit dem Kohlenherd, dessen Handhabung ihnen Angus erklärt hatte. Und es gab fließendes Wasser – man stelle sich vor!

In den Räumen der *Empire Dauntless* fanden sie mutmaßliche Arbeitsmodelle der Mine; außerdem hatten sie als historisch betitelte Broschüren entdeckt, in denen von der guten alten Zeit einer stürmischen Entwicklung und einer eilig errichteten Bergwerkssiedlung die Rede war und von irgendwelchen Bösewichtern. Und dann noch diese komischen kleinen Prospekte, sogenannte Rundfahrt-Programme, die genaue Zeit- und Ortsangaben für den täglichen Banküberfall enthielten. Die Bilder der Männer, die Minen entdeckt oder nach Gold gegraben hatten, und der Bösewichter wurden gesäubert und wieder an die Wand gehängt.

Robert der Fuchs und zwei Piloten erörterten Möglichkeiten, wie man einen Erztransporter entführen könnte. Sie hatten keinen Flugkörper zur Verfügung, mit dem sie Schottland oder den europäischen Kontinent erreichen konnten; die Reichweite der Maschinen, die sie täglich für ihre Arbeit benutzten, betrug nur wenige hundert Kilometer. Mit diesem Problem hatten sie sich immer wieder befaßt, es von allen Seiten beleuchtet – seit jener Nacht, in der das Monster ihnen mit seinen sogenannten Bomberdrohnen gekommen war. Sie fühlten sich verpflichtet, nicht nur die Schotten zu warnen, sondern alle Menschen, die vielleicht noch irgendwo überlebt hatten. Die Psychlos durften keinesfalls merken, daß etwas im Gange war. Es mußte sie völlig unvorbereitet treffen. Und da blieb immer nur eins: den Flugkörper in der Luft zu kapern und die Psychlos in dem Glauben zu lassen, der Transporter sei ins Meer abgestürzt. Doch wie sollten sie den Bordfunk des Psychlo-Piloten ausschalten? Und wie sollten sie in der Luft von einem Flugkörper in den anderen gelangen? Dies gehörte mit zu den Fragen, auf die sie keine Antwort wußten.

Eine andere Gruppe – darunter zwei von den dienstfreien Schichtführern sowie Thor, Dunneldeen und ein paar Arbeiter – befaßte sich mit dem Stand der Abbau-Arbeiten. Sie waren bis zur Ader vorgestoßen und trieben jetzt den Längsgang zur Felswand zentimeterweise weiter. Der geförderte Quarz war schön und rein, enthielt jedoch kein Gold. Jonnie hatte sich sachkundig gemacht und ihnen erklärt, es handle sich hier um eine Ader mit Goldnestern, die sich bei Vorkommen dieser Art nur in größeren Abständen und nicht durchgängig fänden. Allmählich wurden sie es leid, immer nur reines weißes Quarz zu fördern ohne die geringste Spur von Gold. Sie versuchten zu berechnen, wie dicht sie schon an der Spalte in der Felswand wären. Die hatte sich nämlich etwas verbreitert, was ihnen Sorgen machte.

Doktor MacDermott, der Historiker, saß ganz für sich in einer Ecke, an die Wand zurückgelehnt, und las konzentriert in den Schriften, die sein Kundschafter kürzlich aus der verfallenen Schulbücherei einer kleinen Bergwerkssiedlung angeschleppt hatte.

Jonnie, Angus, der Pastor und der Lehrer beschäftigten sich mit der Skizze, die der Pastor bei dem Besuch in Jonnies Heimatdorf von dem Tal angefertigt hatte.

Die Stellen, an denen die radioaktive Strahlung eine Explosion ausgelöst hatte, befanden sich in einer Linie. Zuerst hatte Jonnie eine Uraninitader vermutet, die periodisch dicht unter der Oberfläche verlief. Doch die Stellen waren zu regelmäßig angeordnet.

»Sie liegen ungefähr dreißig Meter auseinander«, sagte er. »In einer schnurgeraden Linie.«

Sie betrachteten nachdenklich die Skizze, als Doktor MacDermott zu ihnen trat.

»Ich hab hier was Komisches entdeckt, MacTyler«, verkündete der Historiker und schwenkte sein Buch hin und her. »Was im Chinko-Führer über die Air Force Academy steht, stimmt nicht.«

Jonnie zuckte die Achseln. »Das haben sie oft gemacht, etwas nur den Psychlos zu Gefallen zu sagen.«

»Aber sie haben die Akademie als Hauptverteidigungsanlage bezeichnet.«

»Ich weiß«, entgegnete Jonnie. »Es sollte sich großartig anhören, weil es um die letzte Schlacht auf dem Planeten ging.«

»Aber es gab tatsächlich eine solche Hauptverteidigungsanlage«, beteuerte der Historiker und wedelte wieder mit dem Buch.

Jonnie sah es sich näher an. Da stand: »Vorschriften zur Durchführung der Evakuierung von Schulkindern im Falle eines Atomkrieges. Ministerium für zivile Verteidigung.«

»Offenbar sollten die Kinder so lange in der Schule bleiben, bis man den Bürgermeister ausgeflogen hatte ... nein ... aha, hier steht es: ›und daß danach alle Befehle von der Hauptverteidigungsanlage erteilt werden.‹«

»Aber wir wissen doch nicht, wo die war«, wandte Jonnie ein.

Der alte Mann schlurfte zu seinem Bücherstapel zurück. »Freilich wissen wir das!« Er kam zurück mit einer Sammlung von Protokollen über Hearings im Kongreß wegen Kostenüberschreitungen im Verteidigungshaushalt. MacDermott schlug das Buch an der markierten Stelle auf und las vor: »Frage von Senator Aldrich: ›Der Verteidigungsminister gibt also offen zu, daß die Kostenüberschreitung in Höhe von eins Komma sechs Milliarden Dollar beim Bau der Hauptverteidigungsanlage in den Rocky Mountains ohne Zustimmung des Kongresses erfolgt ist. Trifft das zu, Mr. Secretary?‹« MacDermott zeigte Jonnie die Stelle und klappte dann das Buch zu. »Die Chinkos haben sich also geirrt und trotzdem recht gehabt. Es gab tatsächlich eine Hauptverteidigungsanlage, und zwar in den Rocky Mountains.« Er lächelte steif und schlurfte zurück zu seinem Platz.

Jonnie verharrte reglos.

Die Gruft!

Die Eisentüren, die toten Soldaten auf den Stufen!

Die Gruft!

»Kommen Sie doch bitte noch mal her, Doktor!« rief er.

Er zeigte ihm die Skizze. »Sie haben uns doch mal von dem Minengürtel erzählt, den die Queen's Own Highlanders von Dumbarton bis Falkirk gelegt haben, von diesen sogenannten taktischen Kernwaffen.«

Der Historiker nickte. Er studierte die Skizze und fragte: »Haben Sie Überreste von Panzern der Psychlos gefunden?«

»Nein. Aber schauen Sie sich das genau an. Diese Linie führt exakt über den Ausgang der Paßverbindung zu den Ebenen. Die markierten Stellen liegen alle im gleichen Abstand auf einer schnurgeraden Strecke.«

»Aber keine Panzer ...«, wandte der Pastor ein.

»Sie sind eben nie explodiert!« konterte Jonnie. »Sie sind ganz einfach im Lauf der Zeit zerfallen.«

»Wie sind Sie darauf gekommen?« wollte der Historiker wissen.

Jonnie lächelte. Ihm fehlten die Worte. Stumm deutete er auf die Skizze, bemüht, seine Bewegung nicht zu zeigen. Als er sich wieder gefaßt hatte, sagte er: »Dieser Paß führt von der Ebene im Westen hinauf zur Wiese. Und hinter der Wiese liegt ein Cañon, durch den es in die Berge hinaufgeht. Und oben in dieser Schlucht befindet sich die Hauptverteidigungsanlage der einstigen Regierung des Menschengeschlechts!« Er vervollständigte die Skizze.

Die anderen im Raum hatten gespürt, daß etwas vor sich ging, und schoben sich langsam heran.

Jonnie war den Tränen nahe. Er schluckte schwer.

»Ich fragte mich, wohin sie das ganze geförderte Uran gebracht haben. Ich wußte, es mußte irgendwo sein...«

Der Pastor legte ihm die Hand auf den Arm, als ob er ihn davon abhalten wollte, in sein Unglück zu rennen. »Aber doch nicht in der Basis, mein Sohn. Dorthin hätten sie es bestimmt nicht gebracht.«

»In dieser Basis muß es Aufzeichnungen geben, aus denen wir mehr erfahren können«, entgegnete Jonnie. »Karten, Funksprüche ... Ich weiß, dort finden wir die Lösung!«

Angus hatte die Skizze eingehend betrachtet. »Ach herrje«, sagte er bei sich. »Landminen! Und ich hätte um ein Haar zu graben angefangen!«

Robert der Fuchs hatte bereits die Mannschaft für die Expedition zur Gruft in den Bergen eingeteilt.

Der Historiker forschte in den Büchern nach irgendwelchen sachdienlichen Hinweisen auf mögliche Gefahren, die beim Betreten einer Gruft drohen könnten.

»Keine Aufregung, mein Sohn«, sagte der Pastor zu Jonnie, der stumm dasaß und vor sich hin starrte, »bei Tagesanbruch wissen wir, ob es stimmt.«

Teil X

1

Die Tore standen noch einen Spalt breit offen – genauso, wie er sie vor vielen Jahren verlassen hatte. Und da ... an der gleichen Stelle, wo er ihn damals hingeworfen hatte, lag, von einer Schneekruste überzogen, der Metallgriff, mit dem er die Tore geöffnet hatte. Und der Geruch? Diesmal trug er eine Schutzmaske, und so konnte er nicht feststellen, ob auch jener grauenhafte Geruch unverändert geblieben war.

Sie waren beim ersten Tageslicht gestartet, und Jonnie hatte sie unmittelbar vor dem Tor abgesetzt. Hinter ihm in der Schlucht luden die Schotten Instrumente und Werkzeuge aus. Der Flugkörper mußte verschwunden und sämtliche Spuren mit Schnee verdeckt sein, bevor der Aufklärer am Himmel erschien.

Mit ruhiger Stimme erteilte Robert der Fuchs seine Anweisungen: »Habt ihr die Grubenlampen? Denkt an die Preßluftbehälter. Wo ist Daniel? Seid vorsichtig mit den Sprengstoffen ...«

Ein Schotte wollte das Tor mit einem schweren Bergmannshammer öffnen, als Angus herbeistürzte und ihn wegstieß. »Nein, nein! Das muß nur ein bißchen geölt werden.« Er klopfe an die Ölkanne, die er bei sich trug. Seine Stimme klang dumpf durch die Schutzmaske.

Alle waren mit Schutzmasken ausgerüstet, denn der Historiker hatte sie ausdrücklich auf die gesundheitlichen Gefahren beim Betreten einer Gruft hingewiesen. Aus den zu Staub zerfallenen Knochen entwickelten sich mitunter sogenannte Sporen, die einen überaus gefährlichen Hustenreiz verursachten.

»Haben Sie was dagegen, wenn ich als erster reingehe, Jonnie?« fragte Angus. Jonnie nahm ihm das Schultergepäck ab, so daß Angus sich durch den Spalt zwängen konnte. Er leuchtete mit der Grubenlampe umher. »Ach herrje! Lauter Tote!« Man hörte ihn mit der Ölkanne an den Türangeln hantieren. »Probieren Sie's mal, Jonnie.«

Jonnie stemmte sich mit der Schulter gegen die Türflügel, die aufschwangen, so daß Tageslicht einfiel und die nach unten führende Treppe deutlich sichtbar machte. Angus war beiseite getreten und stieg jetzt durch die Skeletthaufen, wobei seine Stiefel in Wolken von Knochenstaub gehüllt wurden.

Einen Augenblick lang verharrten alle reglos und starrten gebannt in die Tiefe.

Auf diesem Planeten, der zum riesigen Friedhof geworden war, hatten sie es lernen müssen, mit der Hinterlassenschaft des Todes zu leben. In sämtlichen Gebäuderesten oder Kellern, die ihnen Schutz vor wilden Tieren oder Unwettern boten, lagen sie zuhauf – seit tausend Jahren verweste Leichen.

Diese endlose Treppenflucht jedoch bedeckten die Überreste von mehreren hundert Menschen. Kleidungsstücke, Waffen und Ausrüstung waren bei Jonnies erstem Eindringen vor zwölf Jahren zum erstenmal mit Luft in Berührung gekommen und daher einigermaßen erhalten, die Knochen jedoch zu Staub zerfallen.

»Sie sind vornüber gefallen«, bemerkte Robert der Fuchs. »Muß ein einziehendes Regiment gewesen sein. Seht ihr? Die beiden Burschen oben auf der Treppe müssen das Tor geschlossen haben.«

»Das Gas«, sagte Jonnie. »Sieht aus, als hätten sie das Tor geöffnet, um das Regiment hereinzulassen ... und da hat sie dann das Gas aus dem Cañon erwischt.«

»Das ist schlagartig eingeströmt und hat alle vernichtet ...« Robert der Fuchs wandte sich zu den anderen um: »Hört alle mal genau her! Keiner geht da rein ohne festsitzende Schutzmaske!«

»Wir müßten die Männer begraben«, schlug der Pastor vor. »Sie tragen alle Schildchen.« Er hob eines auf. »Knowlins, Peter, Private USMC Nr. 354/3524. Blutgruppe B.«

»Marineinfanterie«, sagte der Historiker. »Es muß hier in der Nähe einen Stützpunkt des Marine Corps gegeben haben.«

»Halten Sie es für möglich, daß Ihr Dorf früher ein Stützpunkt gewesen sein könnte?« fragte der Pastor Jonnie. »Es unterscheidet sich deutlich von anderen Ortschaften.«

»Das Dorf ist ein dutzendmal wiederaufgebaut worden«, antwortete Jonnie. »Lassen Sie uns reingehen, Robert.«

»Denkt an eure Anweisungen«, schärfte Robert der Fuchs der Gruppe ein. »Nur Bestandsaufnahme. Keine Unterlagen anrühren, ehe sie identifiziert sind. Es ist sehr weitläufig hier, paßt gut auf, damit ihr euch nicht verirrt.«

»Wir müßten die Toten begraben«, wiederholte der Pastor.

»Wird ja auch geschehen, bestimmt«, besänftigte ihn Robert der Fuchs. »Alles zu seiner Zeit. Schützen vorwärts! Scheucht das Getier auf und erlegt es.«

Fünf mit Maschinenpistolen bewaffnete Schotten stürmten die Treppe hinunter, hielten Ausschau nach überwinternden Bären oder Schlangen oder nach streunenden Wölfen.

»Belüftungsteam – Achtung!« Robert vergewisserte sich mit einem Blick über die Schulter, daß die drei mit den schweren Grubenventilatoren beladenen Schotten bereitstanden.

Von unten erdröhnten unregelmäßige Feuerstöße. Bei fünf Schuß versagten jeweils zwei Patronen, und bei Dauerfeuer mußte man zwischendurch das Schloß mit der Hand nach vorn schieben.

In Roberts Walkie-talkie knatterte es. »Klapperschlangen. Vier Stück. Alle erledigt. Ende.«

»Verstanden.«

Abermals erdröhnten stoßweise Schüsse.

Das Funkgerät meldete: »Braunbär. Winterschlaf. Tot. Ende.«

»Verstanden.«

»Zweiter Durchlaß. Türen fest verschlossen.«

»Sprengkommando«, rief Robert über die Schulter.

»Nicht doch!« widersprach Angus. »Vielleicht brauchen wir die Türen noch!«

»Dann schaut nach«, entgegnete Robert. »Sprengstoffkommando hält sich weiter in Bereitschaft.« Und ins Funkgerät: »Mechaniker unterwegs.«

Sie warteten. Dann endlich das Funksprechgerät: »Türen geöffnet.« Pause. »Räume dahinter anscheinend luftdicht. Bedrohung durch Tiere dort unwahrscheinlich. Ende.«

»Belüftungsteam vorwärts«, befahl Robert.

Den Schluß des Teams bildete ein Mann, der einen Rattenkäfig trug.

Nach einer Weile drang ein Luftstrom aus der Gruft.

»Ratten leben noch. Ende.«

»Jetzt sind Sie dran, MacTyler«, sagte Robert.

Jonnie überprüfte seine Schutzmaske und ging die staubbedeckte Treppe hinunter. Er hörte, wie Robert hinten die restlichen Mannschaften anwies, draußen alles wegzuräumen und sämtliche Spuren mit Schnee zu verwischen, sobald die Flugkörper gestartet waren. Die Befehle hallten weit entfernt und dünn wider in den unterirdischen Gewölben dieser Hauptverteidigungsanlage einer längst untergegangenen Nation.

2

Der Schein von Jonnies Grubenlampe huschte über Fußböden und Wände eines schier endlosen Labyrinths von Gängen und Räumen.

Ein gewaltiger Komplex. Büros und noch einmal Büros. Schlafbaracken. Lagerräume. Der hohle Widerhall ihrer Schritte störte den jahrtausendelangen Schlaf der Toten.

Ihr erster Fund bestand in einem Stapel vervielfältigter Lagepläne der Basis. Ein Schotte entdeckte sie in einer Schreibtischschublade. Sie waren nicht besonders genau und offenbar nur als Orientierungshilfe für Besucher gedacht. Der Schotte erbat die Genehmigung, sie zu verteilen, und sauste nach oben, um Jonnie ein Exemplar in die Hand zu drücken.

Da gab es ein Stockwerk ums andere. Und in jedem das gleiche Labyrinth von Gängen und Räumen, immer tiefer hinunter.

Er suchte nach einer Zentrale, irgendeiner Operationsbasis, in der Funksprüche und sonstige Meldungen zusammenliefen. Eine Einsatzstelle ... wo mochte sie sein?

Hinter ihm gab es einen Wortwechsel. Angus und Robert der Fuchs stritten sich am anderen Ende des Korridors.

»Ich weiß genau, von hier aus geht es nur mit Fahrstühlen weiter!« Das war Angus mit erhobener Stimme.

Darauf Roberts gedämpftes Murmeln.

»Ich weiß genau, alles wird elektrisch betrieben. Das Ganze hab ich schon im ersten Lehrgang mitgekriegt! Strom, elektrischer Strom! Dafür braucht man Generatoren. Und die sind jetzt ein verrosteter Schrotthaufen! Selbst wenn man einen irgendwie hinbekommt, fehlt der Brennstoff – in den Brennstofftanks ist nur noch Schlamm vorzufinden. Und sogar wenn es mit dem Strom klappen würde, brennen die Glühbirnen noch lange nicht, und die Elektromotoren geben auch keinen Muckser von sich.«

Wieder murmelte Robert etwas Unverständliches.

»Klar, die Leitungen können ganz in Ordnung sein. Aber selbst wenn da Saft drauf ist, würde es nur für ein Walkie-talkie reichen, und das haben wir auch so. Deshalb müssen wir eben bei den Grubenlampen bleiben! Tut mir leid, Sir Robert, aber das einzige, was Sie hier zusammenbasteln können, ist ein Dinosaurier – aus all den Knochenbergen!«

Jonnie hörte Robert lachen. Er selber war etwas anderer Meinung als Angus. Sie wußten ja nicht, ob es nicht irgendwelche Notstromaggregate gab, die vielleicht ganz anders funktionierten. Und ebensowenig wußten sie, ob sich nicht irgendwo in gut verschlossenen Behältern noch irgendeine Energiequelle fand. Die Möglichkeit war mehr als gering, aber doch nicht gänzlich auszuschließen. Verzweifelt überlegten sie, wie sie mit Hilfe von Grubenseilen in die anderen Stockwerke gelangen könnten, da entdeckte einer der Schotten doch noch Rampen und Treppenschächte, die nach unten führten.

Die Operationszentrale ... Wo war die Operationszentrale?

Sie fanden eine Fernmeldezentrale und am Schreibtisch die Spuren des Funkers. Unter der zu Staub zerfallenen Hand eine Nachricht:

»DRINGEND. Nicht schießen. Es sind nicht die Russen.«

»Russen? Was heißt das?« fragte ein Schotte. »Wer waren denn die Russen?«

Thor, der eigentlich Schichtdienst hatte, war ohne Genehmigung hergekommen, wollte dann aber zur Mine zurückkehren. Dank seiner schwedischen Herkunft konnte er die Frage beantworten. »Die Russen waren ein Volk, das in einem Nachbarland von Schweden gelebt hat. Früher wurden sie mal von den Schweden regiert.«

»Bringt ja keine Nachrichten durcheinander«, mahnte Robert der Fuchs.

Wo war nur die Operationszentrale, wo ...

Sie standen jetzt in einem riesigen Raum. Auf einem Tisch in der Mitte lag eine große Weltkarte, auf der offenbar irgendwelche kleinen Modelle mit langen Stäben herumgeschoben worden waren. An den Seitenwänden hingen ebenfalls Landkarten, und von einer Empore aus konnte man den ganzen Raum überblicken. Mit ihren Grubenlampen betrachteten sie alles – Landkarten, Modelle und die menschlichen Überreste. Eindrucksvoll und sehr gut erhalten. Es gab viele Uhren hier, vor unendlich langer Zeit stehengeblieben.

Ein hastig zusammengeschustertes, unfertiges zylinderartiges Modell lag auf der Weltkarte, genau östlich von den Rockies. Ein langer Stab berührte es noch – die letzte Armbewegung eines Toten. Auf einer anderen Wandkarte war irgendeine Bahn eingezeichnet, und das letzte X stand genau über dieser Anlage.

Die zahllosen Einzelheiten ließen sich nicht so schnell zu einem Bild zusammenfügen, deshalb sah sich Jonnie zunächst weiter um.

Sie gingen in den nächsten Raum mit vielen Konsolen. Über der

Tür war ein Schild »Streng geheim«.

Auf einer Konsole stand »Örtliche Verteidigung«, und darüber befand sich ein Schaubild sowie eine Landkarte. Jonnie ging näher heran, um es zu betrachten. »TNW 15 Minenfelder«, las er.

Dann entdeckte er plötzlich die Markierungen an dem Minengürtel auf der Wiese: »TNW 15.«

Und da – ein roter Knopf, wiederum mit der Bezeichnung TNW 15. Doch von diesen roten Knöpfen gab es unzählige Reihen.

TNW? Was bedeutete TNW?

Hinter ihm ertönte die rauhe Stimme des Historikers. »TNW heißt taktische Nuklearwaffen. Das da sind die Minen!«

Angus kam zu ihnen. »Ach! Elektrische Fernzündung. Man drückt auf den Knopf in der Konsole, und schon gehen die Dinger hoch.«

»Könnte auch eine Kontaktschaltung sein«, meinte Jonnie vorsichtig. »Kein Wunder, daß die Psychlos die Berge für radioaktiv verseucht hielten!«

»Was ist ein Silo?« erkundigte sich der Pastor vor einer anderen Schalttafel. »Hier steht Silo 1 und so weiter.«

»In einem Silo bewahrt man Weizen auf«, erklärte Thor. »In Schweden hatten sie so was. Man speichert darin Getreide auf Vorrat.«

»Ich kann mir nicht vorstellen, warum sie sich so für Weizen interessiert haben sollen. Schauen Sie sich doch an, was auf den Knöpfen steht: Achtung; Fertig; Zünden!«

Der Historiker durchblätterte hastig ein Lexikon, das er ständig bei sich hatte, und las vor: »1. Zylinderförmiger Großspeicher für Getreide, Erz und Gärfutter. 2. Große unterirdische Abschußrampe für Langstreckenraketen.«

Jonnie umklammerte das Handgelenk des Pastors. »Vorsicht, Sie dürfen nicht an die Konsole kommen! Könnte sein, daß sie irgendwelche Not-Auslösesysteme enthält, von denen wir keine Ahnung haben.« Er drehte sich aufgeregt um. »Robert, lassen Sie die ganze Schalttafel und alles übrige von einem Bildrecorder aufzeichnen. Wir müssen den genauen Standort jeder einzelnen Abschußrampe kennen. Vielleicht enthalten die Raketen Uran!«

3

Sie befanden sich jetzt in einem Trakt mit Lagerräumen. Angus hatte einen großen Schlüsselring entdeckt und sauste Türen öffnend vor Jonnie her. Robert der Fuchs folgte langsamer, den abgetragenen alten Umhang fest um sich gewickelt, denn es war bitterkalt hier – wahrscheinlich wurde es selbst im Sommer nicht wesentlich wärmer. Roberts Funksprechgerät knackte gelegentlich, wenn sich jemand von irgendwoher meldete – die für Bergleute bestimmten Geräte funktionierten in den unterirdischen Gewölben tadellos.

Jonnie hatte bei weitem noch nicht alles gefunden, was er suchte. Einen Kampf zu planen gegen einen Feind, dessen Taktiken nahezu unbekannt waren, bedeutete ein Wagnis. Und noch wußte er eben nicht genau, wie die Psychlos damals vorgegangen waren. Diese Überlegungen beschäftigten ihn so, daß er nur mit halbem Ohr auf Roberts Funkgerät hörte und auch Angus nicht allzuviel Aufmerksamkeit schenkte.

Sie waren vor einer schweren Tür angelangt, auf der »Arsenal« stand. Angus probierte Schlüssel aus, und Jonnie wartete mit der leisen Hoffnung, daß sich dahinter vielleicht Kernwaffen befanden. Die Tür öffnete sich.

Kisten... Behälter... Endlose Reihen.

Jonnie leuchtete mit der Grubenlampe die Aufschriften an. Er wußte nicht, was alle diese Buchstaben bedeuteten – Militärs verschleierten offenbar mit Vorliebe alles hinter Buchstaben und Zahlen.

Angus schwenkte ein Buch, daß die guterhaltenen Seiten flatterten, und brüllte triumphierend: »Da stehen alle Zahlen und Buchstaben drin, sogar bebildert.«

»Nimm das in die Inventarliste auf«, wandte sich Robert der Fuchs an seinen Begleiter, der die Bestandsaufnahme machte.

»Bazooka!« sagte Angus. »Da, dort oben! In den langen Kisten! Panzerabwehr, Fernlenkgeschoß.«

»Nuklear?« fragte Jonnie.

»Nicht nuklear, steht hier.«

»Meiner Meinung nach war dieses Waffenlager nur für die eventuelle Verteidigung der Basis bestimmt«, sagte Robert. »Von hier aus dürften sie kaum die gesamte Armee beliefert haben.«

»Aber das sind doch riesige Mengen«, wandte Angus ein.

»Die reichen höchstens für ein paar tausend Mann«, entgegnete Robert.

»Darf ich eine Kiste aufmachen?« wollte Angus von Robert wissen.

»Eine oder zwei, um zunächst den Zustand festzustellen.« Robert winkte zwei Schotten heran, die helfen sollten.

Angus überflog den Katalog. »Aha! Da steht's – Thompson Maschinenpistole ...« Er unterbrach sich und blickte zu den Kisten hinauf, schüttelte den Kopf, las erneut die Katalogseite nach. »Kein Wunder!«

»Was ist kein Wunder?« drängte ihn Robert ungeduldig. Der Aufklärer mußte inzwischen das Gebiet überflogen haben, sie hatten nicht zu Mittag gegessen und brauchten eine Pause, um draußen die Preßluftflaschen nachzufüllen.

»Die Munition, die wir gefunden haben, war sehr gut erhalten. Luftdicht verpackt. Na ja, das war vielleicht Vorschrift. Aber als sie in den Lastwagen verladen wurden, waren die Thompson Maschinenpistolen schon seit hundert Jahren überholt. Sie müssen sie den Kadetten nur zu Übungszwecken geschickt haben. Ladenhüter waren das, total veraltet!«

Jonnie, der ohnehin nicht im entferntesten daran dachte, den Kampf gegen die Psychlos mit Thompson Maschinenpistolen zu bestreiten, ging weiter.

Hinter ihm wurden Kisten geöffnet. Angus bückte sich hinunter, um den Inhalt zu inspizieren. Der Lichtkegel seiner Grubenlampe fiel auf eine leichte Handfeuerwaffe aus Ganzmetall, die mit einer seit Jahrhunderten steinhart erstarrten Schmierschicht bedeckt war.

»Mark 50 Sturmgewehr!« rief Angus. »Das letzte Modell, das sie herausgebracht haben. Ich kann die Dinger saubermachen, dann rattern die los wie nichts!«

Jonnie nickte. Es handelte sich um eine sehr brauchbare Waffe.

»Magazin« stand auf der Tür vor ihm. Ein Munitionslager. Vielleicht mit taktischen Kernwaffen bestückt?

Angus schickte einen anderen Schotten, die massive Tür zu öffnen, während er weiterhin Kisten durchstöberte.

Auch hier endlose Reihen von Kisten, und gleich vorn eine mit der Aufschrift »Munition. Mark 50 Sturm«. Jonnie nahm ein Brecheisen aus dem Gürtel und stemmte den Deckel auf. Der Inhalt war nicht vakuumverpackt, und die Pappunterteilungen waren fleckig und brüchig geworden. Der Mantel war in Ordnung, das Geschoß sauber, doch der Zünder spottete jeder Beschreibung. Die Munition war unbrauchbar. Er rief Angus und zeigte ihm die Patrone.

Dann setzten sie die Suche nach Kernwaffen fort.

Lagerräume, immer noch mehr Lagerräume ...

Und dann endlich ... das ersehnte Ziel!

Jonnie stand vor Regalen, in deren Fächern buchstäblich Tausende von Kleidungsstücken, sogar nach Größe geordnet, säuberlich gestapelt waren – komplett mit Schuhen und Sichtschutzhelmen, vakuumverpackt in einer Art Plastikhülle, ein offenbar fast unbegrenzt haltbares Material. Laut Aufdruck handelte es sich um STRAHLENSCHUTZ-KAMPFANZÜGE.

Mit vor Aufregung zitternden Händen riß er eine Hülle auf. Die Kleidungsstücke mit Blei imprägniert, der Sichtschutz aus Bleiglas.

Tarnfarben, wie sie im Gebirge ideal waren: Grau, Gelbbraun, Grün.

Ein unschätzbarer Fund! Das einzige, womit sie Strahlungsschäden vermeiden könnten.

Er zeigte Robert dem Fuchs seine Entdeckung, der die große Neuigkeit sofort über Funk verbreitete und mit der Mahnung schloß, die anderen sollten ihre eigenen Suchaktionen und Bestandsaufnahmen unbeirrt fortsetzen.

Sie waren auf dem Weg ins Freie, um etwas zu essen und Luft zu schnappen, als wiederum eine Meldung über Funk kam. Dunneldeen. Offenbar hatte er Thor abgelöst, der zur Schichtarbeit mußte, eine neue Eigenmächtigkeit, denn Dunneldeens Anwesenheit war überhaupt nicht vorgesehen. »Wir haben ein paar mordsmäßige Geheimsafes entdeckt«, berichtete er. »Keine Kombination angegeben. Der eine ist gekennzeichnet als ›Streng geheim – Nuklear‹ und ›Nur für Geheimnisträger‹, ›Dienstvorschriften‹. Wir brauchen ein Sprengkommando. Ende.«

Er dirigierte sie zum Fundort. Robert der Fuchs sah Angus fragend an. Angus schüttelte den Kopf. »Mit Schlüsseln ist da nichts.«

Die Sprengstoffexperten montierten Sprengpatronen an den Türangeln des Panzerschranks und legten die Zündschnüre aus. Die anderen verzogen sich in den nächsten Korridor und hielten sich die Ohren zu. Der Boden schwankte unter der Wucht der Detonation. Gleich darauf hörten sie eine Tür hinunterkrachen. Die Brandspezialisten des Teams stürzten mit einem Feuerlöscher herbei, der jedoch nicht benötigt wurde.

Grubenlampen leuchteten durch den aufgewirbelten Staub, der sich allmählich wieder setzte.

Jetzt hielten sie es tatsächlich schwarz auf weiß in den Händen: Vorschriften für Bedienung, Wartung, Reparatur und Hunderte von weiteren Handbüchern, die alles, was die Nukleartechnik je hervorgebracht hatte, bis ins kleinste Detail enthielten – Abschuß, Zünden, Entschärfen, Lagerung, Behandlung, Sicherung und so weiter.

»Da hätten wir ja nun wirklich alles, bis auf die Nuklearwaffen«, bemerkte Robert der Fuchs.

»Ja«, meinte Jonnie. »Mit Papieren kann man nicht schießen!«

4

Draußen mußte es inzwischen Nacht geworden sein, doch die Dunkelheit, die hier unten in dieser labyrinthartigen ehemaligen Verteidigungsanlage herrschte, war schwärzer und undurchdringlicher als jede Nacht. Sie lastete schwer auf ihnen, und im hin und her huschenden Strahl der Grubenlampen wirkte die Szenerie noch gespenstischer.

Sie waren über eine Rampe nach unten gelangt und durch eine luftdicht verschlossene Tür in eine riesige Höhle gekommen. Das Schild lautete: »Hubschrauber-Landeplatz«. Die verwitterten Schrotthaufen, die entlang den Wänden standen, waren einst eine Art von Flugkörpern gewesen, mit großen Flügelrädern auf dem Dach. Jonnie kannte sie aus Abbildungen in Büchern und wußte daher auch, daß man sie Hubschrauber genannt hatte. Er fixierte das einzelne Wrack, das in der Mitte stand.

Die paar Schotten in seiner Begleitung interessierten sich für etwas anderes. Die Türen! Wahre Ungetüme aus Metall, rechts und links weit ausladend und so hoch, daß sie das obere Ende nicht ausmachen konnten. Ein weiterer Zugang zur Verteidigungsanlage – hier hatten sie ihre Maschinen eingeflogen.

Angus kroch zwischen ein paar Motoren herum, die sich neben den Türen befanden. »Elektrisch! Alles elektrisch! Ich möchte mal wissen, ob die armen Kerle je daran gedacht haben, daß man vielleicht eines schönen Tages wieder etwas mit der Hand machen müßte. Was ist, wenn der Strom ausfällt?«

»Der ist ausgefallen«, bemerkte Robert der Fuchs, und seine tiefe Stimme dröhnte durch den Hangar.

»Ruft mir mal die Jungen mit den Lampen her«, bat Angus. Bald darauf schoben die beiden Schotten, die Lampen, Batterien, Leitungen und Sicherungen für den eigenen Gebrauch zusammenpackten, ihre Ausbeute in einem ebenfalls ergatterten Transportwagen die Rampe hinunter.

Von den Motoren, mit denen die Türen betrieben wurden, drangen Hammerschläge herüber.

Robert der Fuchs gesellte sich zu Jonnie. »Falls wir es schaffen, daß die Türen sich öffnen und schließen, könnten wir hier ein- und ausfliegen. Da drüben ist ein Schaubild des Landeplatzes, an dem erkennt man, daß er von außen wie ein überhängender Höhleneingang aussieht und von Aufklärern daher nicht auszumachen ist.«

Jonnie nickte etwas geistesabwesend. Denn seine Aufmerksamkeit galt immer noch dem Hubschrauber in der Mitte. Die Luft hier im Hangar war anders, das spürte er an den Händen. Irgendwie trockener. Er ging zu dem Hubschrauber hinüber.

Ja, da war wieder sein altbekannter Adler; ein Bündel Pfeile in den Fängen, prangte er seitlich auf dem Rumpf der Maschine – riesenhaft. Die anderen Hubschrauber hatten viel kleinere Embleme. In der dämmrigen Beleuchtung entzifferte er: »Präsident der Vereinigten Staaten.« Also handelte es sich um einen ganz besonderen Flugkörper!

Der Historiker beantwortete Jonnies fragende Geste: »Regierungschef des Landes. Oberbefehlshaber der Streitkräfte.«

Jonnie war verwirrt. Ja, möglicherweise war er an jenem Unglückstag vor tausend oder mehr Jahren hergekommen. Aber wenn das stimmte, wo war er dann? An keinem der Räume hatte es ein solches Zeichen gegeben. Grübelnd wanderte er im Hangar umher. Da war ja noch ein Aufzug, ein kleinerer. Er sah sich gründlicher an der Stelle um und entdeckte eine Tür zu einem nach oben führenden Treppenschacht. Sie ließ sich schwer öffnen, offenbar war sie luftdicht verschlossen. Schließlich schaffte er es und stieg die Treppe hinauf. Das Hämmern und das Stimmengewirr im Hangar wurde immer leiser, ebbte dann ganz ab, und er hörte nur noch seine leisen Schritte.

Oben abermals eine luftdicht verschlossene Tür, die sich noch schwerer öffnen ließ.

Er befand sich hier in einem völlig anderen Trakt, der von der übrigen Anlage abgetrennt war. Ob es auf die trockene Luft, die hermetisch verschlossenen Türen oder was auch immer zurückzuführen war – die Leichen hier waren nicht zu Staub zerfallen, sondern mumifiziert. Offiziere auf dem Fußboden, über den Schreibtischen zusammengesunken. Nur ein paar ...

Fernmeldezentralen und Registraturen. Ein Besprechungsraum mit ein paar Stühlen. Eine Bar ... Gläser und Flaschen intakt. Erstklassig eingerichtet. Teppiche. Alles sehr gut erhalten. Dann entdeckte er die Tür mit dem Symbol, nach dem er gesucht hatte, und ging hinein.

Auf dem glänzend polierten Schreibtisch wieder das Zeichen. An der Wand eine riesige Platte mit dem Adler. Eine Fahne, deren Überreste noch in dem schwachen Luftzug flatterten, der beim Öffnen der Tür entstanden war.

Der Mann war über dem Schreibtisch zusammengesunken ... mumifiziert. Sogar seine Kleidung wirkte noch gepflegt.

Unter der pergamentartigen Hand entdeckte Jonnie ein Bündel Papiere, das er behutsam hervorzog.

Wie Datum und Uhrzeit zeigten, waren sie zwei Tage später eingegangen als die letzten Meldungen in der Operationszentrale des anderen Traktes.

Jonnie konnte sich das nur so erklären, daß die beiden Teile der Anlage separate Belüftungssysteme hatten; als das Gas in den Haupttrakt eindrang, wurde hier abgeschaltet. Und sie hatten dann nicht gewagt, die Belüftung wieder anzustellen.

Der Präsident und sein Stab waren an Luftmangel gestorben – erstickt.

Jonnie war seltsam zumute, als er respektvoll, ja geradezu ehrerbietig weitere Papiere vom Schreibtisch nahm. Was er da in Händen hielt, waren die genauen Berichte über die letzten Stunden der Menschheit. Sogar Fotos waren dabei, auch Luftaufnahmen – sogenannte Satellitenbilder.

Hastig überflog er die Meldungen, um sich zu vergewissern, daß er alles komplett hatte.

Über London war ein unbekanntes Flugobjekt aufgetaucht, dessen Herkunft sich nicht identifizieren ließ.

Teleportation – ergänzte Jonnie.

Die Flughöhe betrug 9000 Meter.

Wichtig – dachte Jonnie.

Es hatte einen Kanister abgeworfen, und innerhalb von wenigen Minuten war der Süden Englands – tot.

Psychlo-Gas ... Die Mythen und Legenden ...

Das Flugobjekt hatte Kurs nach Osten genommen mit einer Geschwindigkeit von 487,6 Stundenkilometern.

Lebenswichtige Einzelheiten – registrierte Jonnie.

Es war von Kampfflugzeugen aus Norwegen angegriffen worden, ohne diese Angriffe zu erwidern; sie hatten alle verfügbaren Mittel eingesetzt und auch nicht die geringste Wirkung erzielt.

Panzerung – kommentierte Jonnie.

Durch eine Verständigung über den sogenannten heißen Draht wurde ein atomarer Schlagabtausch zwischen den Vereinigten Staaten und Rußland verhindert.

Die Nachricht auf dem Schreibtisch drüben – dachte Jonnie. »DRINGEND. Nicht schießen. Es sind nicht die Russen.«

Über Deutschland war das Flugobjekt von Kernwaffen getroffen worden und offensichtlich völlig unbeschädigt geblieben.

Keine Piloten ... Eine Drohne ... Daher kein Atemgas im

Innenraum ... Sehr schwere Motoren.

Dann hatte das Flugobjekt hintereinander über den größten Ballungszentren der Erde Kanister abgeworfen und die Bevölkerung ausgelöscht.

Und das gleiche ist mit dem anderen Teil der Verteidigungsanlage geschehen, ohne daß die Psychlos von deren Existenz wußten und ohne die geringsten Skrupel ... Auf der Karte in der Operationszentrale drüben war noch die letzte Ortung unmittelbar östlich der Anlage markiert ...

Die nächsten Meldungen stammten von Frühwarnstationen in der Arktis und in Kanada; sie berichteten von der Vernichtung des Ostteils der Vereinigten Staaten. Unbeirrt, ja, fast gemächlich setzte die Drohne ihr Zerstörungswerk in den Ballungszentren der südlichen Hemisphäre fort. Von da ab kam eine neue Entwicklung hinzu. Vereinzelte Beobachter und Satelliten meldeten, in verschiedenen Teilen der Erde seien Panzer unbekannter Bauart plötzlich aufgetaucht und vernichteten die fliehenden Menschenmassen.

Phase zwei ... Teleportation – konstatierte Jonnie.

Dazwischen gab es auch Berichte über die Zerstörung von militärischen Objekten, allerdings weder chronologisch noch vollständig. So waren sämtliche wichtigen Militärflugplätze von unbekannten, sehr schnellen Flugkörpern in Trümmer gelegt worden, ohne Rücksicht darauf, ob das tödliche Gas bereits zuvor seine Wirkung getan hatte oder nicht.

Gleichzeitige Teleportation von Kampfflugkörpern ...

Meldungen, die von einigen explodierten Panzern und Flugkörpern sprachen. Ursache unbekannt ...

Sie hatten Besatzungen, überlegte Jonnie. Durch die Kernwaffen, mit denen die Drohne bombardiert wurde, sind manche Gebiete radioaktiv verseucht worden, und wenn dort dann Atemgas ausgeströmt ist ... Ja, so muß es gewesen sein.

Ein Satellit hatte ausgemacht, daß die Drohne in der Nähe der Stadt Colorado-Springs im Bundesstaat Colorado gelandet war. Dabei waren die meisten Gebäude eingestürzt.

Vorprogrammierte Fernbedienung, dachte Jonnie. Sogar den Standort für ihre zentrale Außenstation hatten sie sich vorher genau ausgesucht. Vermutlich war das ganze Gebiet in allen Einzelheiten von Bildrecordern erkundet und aufgezeichnet worden. Die Drohne setzte in unmittelbarer Nähe des für die Führungsspitze vorgesehenen Areals hart und unkontrolliert auf.

Ein durch Satelliten gesichteter Panzer feuerte auf Kadetten, die bei der Air Force Academy eingeschlossen waren und Sauerstoffmasken trugen. Nach dieser Meldung des stellvertretenden Kommandeurs des Kadettencorps riß die Verbindung ab.

Die letzte Schlacht ...

Versuche der Fernmeldestelle, über einen vierhundertfünfzig Kilometer nördlich stationierten Richtstrahler irgendwo irgend jemanden zu erreichen, blieben erfolglos – der Richtstrahler wurde durch feindlichen Kampfflugkörper bombardiert.

Funkpeilung ...

Unentdeckt, aber ohne Luftzufuhr hatten der Präsident und sein Stab noch zwei weitere Stunden durchgehalten, bis sie der Erstickungstod traf.

Jonnie verstaute die Papiere bedachtsam in einer Tasche.

Er kam sich ein wenig merkwürdig vor, als er die Leiche ansprach: »Es tut mir leid, daß Hilfe ausblieb. Wir sind mehr als tausend Jahre zu spät dran.« Ihm war jämmerlich zumute.

Zutiefst niedergeschlagen verließ er die trostlosen, dunklen, kalten Räume, als plötzlich aus dem Funksprechgerät an seinem Gürtel Dunneldeens resolute, muntere Stimme ertönte. Jonnie blieb stehen und meldete sich.

»Jonnie, mein Freund!« begrüßte ihn Dunneldeen. »Sie brauchen sich nicht länger den Kopf darüber zu zerbrechen, wie Sie Uran aus der Erde kratzen sollen! Es gibt ein komplettes Kernwaffen-Arsenal mit verschiedenen Bomben, alles intakt, und nur knapp fünfzig Kilometer nördlich von hier! Wir haben die Karte gefunden und gerade das Ganze von einem Flugkörper überprüfen lassen! Jetzt müssen wir uns nur noch über eins Sorgen machen – daß wir bei dem Unternehmen unsere reizenden kleinen Köpfe auf dem Hals behalten und nicht gleich den ganzen Planeten in die Luft jagen!«

5

Am Tag 32 des neuen Jahres kam die Katastrophe in Gestalt eines Erdbebens.

Es war kurz nach Mitternacht, als Jonnie durch das Schwanken wach wurde. Die Gegenstände auf seinem Schreibtisch im *London Palace Elite* Hotel stießen klappernd aneinander, so daß er im Bett hochfuhr. Das Nachbeben war noch deutlich zu spüren!

Das alte Gebäude ächzte und krachte in allen Fugen.

Das dumpfe Grollen pflanzte sich fort. Nach dreißig Sekunden folgte ein zweiter, schwächerer Erdstoß, und dann war alles vorbei.

Ein in den Rockies nicht eben ungewöhnlicher Fall. In dem alten

Bergwerksort war anscheinend kein Schaden entstanden.

Leicht beklommen, doch nicht wirklich alarmiert zog Jonnie Wildlederhose und Mokassins an, warf sich ein Pumafell über die Schultern und rannte durch den Schnee zur *Empire Dauntless.*

Im Wachraum war Licht. Der junge Schotte drückte auf einen Unterbrecherschalter, um die Verbindung zur Grube herzustellen: Sie lief, mit genau begrenzter Ausrichtung, über Laserrichtstrahl und konnte jenseits der Berge nicht angepeilt werden.

Der Schotte blickte auf. Sein Gesicht war ein wenig blaß. »Sie antworten nicht.« Er drückte wieder auf den Schalter, diesmal schneller, als könne er den Strahl mit den Fingern ins Ziel treiben. »Vielleicht hat sich die Empfangsantenne durch das Erdbeben verbogen.«

Innerhalb weniger Minuten hatte Jonnie eine Rettungsmannschaft zusammengetrommelt, Ersatzseile und Schachtwinden gesucht, Tücher, Medikamente sowie Alkohol eingepackt und im Passagierflugkörper verstaut. Immer wieder hielten sie besorgt Ausschau, obwohl die Mine noch längst nicht in Sichtweite war. Ihre Ängste galten der diensttuenden Schicht: Thor, ein Schichtführer namens Dwight und fünfzehn Männer.

Die Nacht war pechschwarz, selbst die Sterne wurden von einer hohen Wolkenschicht verdeckt. Bei Dunkelheit das Gebirge zu überqueren, bedeutete einen regelrechten Kunstflug. Die Instrumente schimmerten grün, als der Flugkörper steil abhob. Auf dem Bildschirm war das vor ihm liegende Terrain nur verschwommen erkennbar, so daß Jonnie die Bildschärfe regulieren mußte. Der Copilot neben ihm nahm an seinem Instrumentenbrett einige Korrekturen zur Stabilisierung des Fluggewichtes vor. Jonnie verließ sich ausschließlich auf seine Augen, um dem ersten Berghang auszuweichen. Er schaltete die Scheinwerfer ein, zog den Flugkörper hoch und brauste über den verschneiten Hang hinweg.

Er wußte es ja – bisher war alles allzu glatt gelaufen.

Bei ihren Vorbereitungen hatten sie echte Fortschritte erzielt. Natürlich waren sie noch längst nicht fertig, aber was sie erreicht hatten, grenzte ans Wunderbare.

Er spähte angestrengt hinaus, wollte die nächste Berglehne ausmachen ... nichts! Ein Blick auf den Bildschirm ... stockdunkel! Er überprüfte den Kompaß. Die Männer hinter ihm waren angespannt und stumm. Er spürte förmlich, was sie dachten.

Da, ganz dicht unter ihnen, huschte die Bergkuppe vorbei ... haarscharf! Wo war die nächste?

Die Sturmgewehre, die er anfangs für wertlos gehalten hatte, erwiesen sich als unschätzbar. Mit Geschick und Erfindungsgabe war es ihnen gelungen, die Munition wieder gebrauchsfähig zu machen. Sie hatten die Patronen aus dem Mantel gezogen und den Zünder herausgebohrt. Durch vorsichtige Experimente hatten sie herausgefunden, wie man statt dessen unten in der Patronenhülse eine Sprengkapsel einsetzen konnte. Zuerst hatten sie angenommen, sie würden außerdem noch Pulver brauchen, und bei dem Versuch ein Gewehr in die Luft gejagt – ohne Verletzte. Es hatte sich herausgestellt, daß die Sprengkapsel ausreichte, eine Patrone mit hoher Geschwindigkeit abzufeuern.

Jonnie drehte den Flugkörper seitwärts, um einer plötzlich vor ihm aufragenden Felswand auszuweichen, und zog ihn etwas höher. Zu hoch durfte es nicht gehen, sonst bestand die Gefahr, daß er völlig vom Kurs abkam, falls an der Mine keine Lichter brannten. Außerdem konnte man dann seine Lichter im Camp ausmachen. Also lieber so tief wie möglich fliegen. Gefährlich zwar, aber letztlich doch ratsamer.

Dann hatten sie in die Patronenspitzen kleine Löcher gebohrt und etwas radioaktives Material aus einer TNW eingefüllt. Die Öffnung wurde mit einer dünnen Schicht geschmolzenen Bleis verschlossen. Bei dieser Prozedur trugen sie Schutzanzüge. Die Munition war nun ohne Gefahr von Strahlenschäden verwendbar.

Doch wehe, wenn sie abgefeuert wurde! Sie hatten das an einer Atemgasflasche getestet und eine beeindruckende Explosion erzielt. Die Panzerung der Flasche stellte kein Hindernis dar.

Schon wieder zu tief ... Jonnie hatte den einsamen, verkrüppelten Baum auf einem Bergkamm im letzten Moment gesichtet und den Flugkörper nach oben gezogen. Sie waren auf Kurs. Geschwindigkeit drosseln ... Bloß keine weitere Katastrophe auf diesem Nachtflug ...

Sämtliche verfügbaren Schotten mußten im Fließbandverfahren die Patronen umfunktionieren, und jetzt hatten sie einen stattlichen Vorrat in Kisten aufgestapelt.

Einhundert Sturmgewehre und fünfhundert Magazine waren blitzblank geputzt worden und feuerten einwandfrei.

Gegen Panzer oder die dicken, bleiverglasten Überdachungen im Camp vermochten sie zwar nichts auszurichten, doch für die einzelnen Psychlos wäre die Wirkung tödlich. Sobald sie eines der mit radioaktivem Material angereicherten Geschosse traf, würde das Atemgas in ihrem Blutkreislauf explodieren und sie in tausend Stücke zerreißen.

Er sichtete den Fluß, der aus der Schlucht kam, ging tiefer und folgte seinem Lauf. Die Lichter des Flugkörpers glitten über die mit Eis und Schnee bedeckte Fläche.

Durch den Erfolg mit den Sturmgewehren beflügelt, machten sie sich an die Bazookas. Sie hatten etliche atomare Sprengköpfe gefunden und sie auf die Bazookas montiert, die nun auch Panzerplatten durchschlagen konnten. Mit dieser Arbeit waren sie allerdings noch nicht fertig – es blieb noch eine Anzahl Bazookas umzurüsten.

Ja, es war einfach zu glatt gegangen, zu schön, um wahr zu sein ...

Auf dem planierten Landeplatz vorn brannten keine Lichter.

Keine Menschenseele war dort zu sehen.

Er setzte den Flugkörper auf.

Die Männer der Besatzung kletterten hastig heraus.

Sie schwärmten in sämtliche Richtungen aus und leuchteten das Gelände ab.

Einer war bis zum Rand des Abgrunds gelaufen und rief mit dünner Stimme durch die eisige Nacht: »Jonnie! Die Außenwand ist weg!«

6

Der nach unten gerichtete Lichtstrahl bestätigte es – die Spalte, ursprünglich neun Meter hinter dem Rand der Gipfelplatte, war bei dem Erdbeben aufgebrochen und hatte diesen Felssturz ausgelöst.

Die Felswand hing nicht mehr über, sondern verlief nach oben abgeschrägt.

Im Lichtschein konnte man den breiten Rand der abgebrochenen Quarzader erkennen. Sie schimmerte in reinem Weiß, keine Spur mehr von Gold. Das Goldnest war mitgerissen worden ...

Doch Jonnies Gedanken galten jetzt ausschließlich den Leuten. Sie waren nicht bis zur Felsspalte vorgestoßen ... die Gesteinslawine hatte keinen Stollen freigelegt.

Das hieß – sie mußten irgendwo direkt unter ihnen sein, eingeschlossen ... falls sie noch lebten.

Jonnie stürzte zurück zum Schacht – ein kreisförmiger schwarzer Schlund gähnte ihm entgegen. Kein Laut. Der Schacht war ungefähr dreißig Meter tief.

Er blickte sich um, leuchtete alles ab. »Der Aufzug! Wo ist der Aufzug?«

Die gesamte Anlage, mit der sie das geförderte Gold heraufholten und die Leute nach unten brachten und wieder zurück, war spurlos verschwunden.

Auch auf dem Berghang war nichts zu entdecken.

Jonnie ging ganz nahe an die Schachtöffnung heran. Und da sah er die Schleifspuren der Querbalken, die den Förderkorb über dem Eingang abgestützt hatten.

Der Aufzug befand sich unten im Schacht.

»Seid mal alle ganz ruhig«, rief Jonnie. Dann beugte er sich weit vor und schrie durch die als Trichter an den Mund gelegten Hände: »Hallo, hört ihr mich da unten? Lebt ihr noch?«

Sie lauschten.

»Ich meine, etwas gehört zu haben«, sagte der Pastor, der sich dazugesellt hatte.

Jonnie versuchte es abermals. So angestrengt sie auch lauschten, mit Sicherheit ließ sich nichts ausmachen. Daraufhin schaltete Jonnie sein Funksprechgerät ein und sprach hinein. Keine Antwort. Er entdeckte Angus in der Rettungsmannschaft. »Angus! Lassen Sie ein Funksprechgerät am Seil in den Schacht hinunter!«

Während Angus sich mit zwei anderen ans Werk machte, holte sich Jonnie einen Bildrecorder aus der mitgebrachten Rettungsausrüstung.

Angus hatte das Funksprechgerät abgeseilt. Jonnie gab dem Pastor ein Zeichen. Die Rettungsmannschaft hatte inzwischen das Gelände mit Grubenlampen, die auf Stangen montiert waren, hell erleuchtet. Die Hand des Pastors zitterte, als er das Mikrophon ergriff.

»Hallo, hört ihr mich?« fragte auch er.

Wenn eine Antwort gekommen wäre, hätte sie das Gerät unten aufnehmen und weiterleiten müssen. Doch es blieb stumm.

»Versuchen Sie's weiter«, bat Jonnie. Er ließ den Bildrecorder in den Schacht hinab. Robert der Fuchs trat hinzu und übernahm den tragbaren Bildschirm.

Zuerst sah man nur die Schachtwand vorbeigleiten, dann ein Stück Balken oder eine Seilschlinge. Und dann – endlich – der Aufzug!

Jonnie drehte das Kabel und schaltete die Fernbedienung auf Weitwinkel.

Der Aufzug war leer.

Ein allgemeiner Seufzer der Erleichterung, als sie sahen, daß niemand im Aufzug umgekommen war.

Jonnie bemühte sich, mit Hilfe des Fernbedienungsgerätes mehr vom Schauplatz zu erfassen. Schwer zu sagen, aber es hatte zumindest den Anschein, als läge niemand zerschmettert unter dem abgestürzten Aufzug.

Der Bildrecorder baumelte siebenundzwanzig Meter unter ihnen am Kabel. Alle Augen hingen gebannt am Bildschirm, der ihnen Aufschlüsse über das Schicksal der Eingeschlossenen geben sollte.

»Wo geht's in den Stollen?« fragte Jonnie. »Davon ist keine Spur zu sehen! Der abgestürzte Aufzug hat den Zugang zum Stollen blockiert!«

In Windeseile wurde eine fliegende Plattform betriebsfertig gemacht und mit drei Mann Besatzung hinunter zur Sohle befördert. Robert der Fuchs ließ nicht zu, daß Jonnie sich an dem Unternehmen beteiligte.

Einer der Männer sprang unten ab und montierte Haken an das Förderkorbseil, so daß man es wieder den Schacht hinaufziehen konnte.

Dann bauten sie einen Hebekran, Rollen und eine Schachtwinde auf und hatten dreißig Minuten später den Aufzug aus dem Schacht geborgen und oben abgesetzt. Die Zeit hatte der Historiker, dem es gelungen war, sich unbemerkt an Bord des Rettungsflugkörpers zu schleichen, exakt gemessen.

Jonnie ließ den Bildrecorder wieder hinunter. Seine Vermutung bestätigte sich: Das Schachtende der Sohlenstrecke war blockiert, durch den Absturz des Aufzugs verschüttet.

Im Nu waren Förderkübel am Krankabel befestigt und vier Männer hinuntergelassen worden, darunter Jonnie, der diesmal Roberts Mahnungen überhört hatte.

Mit den Händen räumten sie die Gesteinsbrocken weg und schickten die vollen Kübel am Hebekran nach oben, von wo sie sofort leere als Nachschub bekamen, zusammen mit Werkzeugen und Schlägeln.

So schufteten sie zwei Stunden lang, in denen drei Männer zweimal abgelöst wurden, während Jonnie die ganze Zeit über unten blieb.

Sie arbeiteten wie besessen. Jede Sekunde war kostbar. Der dichte Staub erschwerte das Atmen, das dumpfe Hämmern der Schlägel, das Herabpoltern des Gesteins dröhnten ihnen in den Ohren. Der Steinschlag war dichter, als sie gehofft hatten.

Sechzig Zentimeter ... Neunzig Zentimeter ... Ein Meter zwanzig ... Ein Meter fünfzig ... Vielleicht war der ganze Stollen eingestürzt!

Wieder Schichtwechsel. Jonnie blieb.

Genau drei Stunden und sechzehn Minuten waren sie hier unten, als Jonnie ein entferntes Wispern wahrnahm. Er gebot mit der Hand Schweigen. »Hier ... in der Mine!« schrie er.

Ganz schwach, kaum hörbar tönte es zurück: »... Luftloch ...«

»Wiederholen!« brüllte Jonnie.

Die Antwort: » ... machen ...«

Jonnie griff sich einen langen Gesteinsbohrer, suchte in der weißen Felswand nach der vermutlich dünnsten Stelle, trieb die Spitze des Bohrers hinein und gab dem Mann am Motor ein Zeichen: »Anwerfen!«

Die Bohrmaschine lief auf Hochtouren und so laut, daß die Eingeschlossenen es hören mußten und bestimmt aus dem Weg gingen.

Ein schrilles Kreischen – der Bohrer war durch ...

Sie zogen ihn heraus.

»Schlauch!« brüllte Jonnie. Sie schoben den Schlauch durch das Bohrloch und schalteten den Luftkompressor an. Die Luft aus dem Stollen zischte am Schlauch entlang und dann der Rettungsmannschaft ins Gesicht.

Einundzwanzig Minuten später hatten sie die Spuren des Steinschlags einigermaßen beseitigt und konnten die Männer herauszerren.

Sie mußten die Öffnung erweitern, um den letzten zu holen. Es war Dunneldeen, der sich den Knöchel und mehrere Rippen gebrochen hatte.

Siebzehn Männer, und nur einer ernsthaft verletzt.

In Förderkörben wurden sie nach oben gebracht. Als letzter kam Jonnie, schmutzig und verschwitzt. Der Pastor legte ihm eine Decke um. Die Geretteten hockten, warm verpackt, im Schnee und labten sich an dem heißen Trank, den eine der alten Frauen in einem Riesenkrug bereitet hatte. Der Pastor hatte Dunneldeens Knöchel eingerichtet und bandagierte ihm jetzt, assistiert von Robert dem Fuchs, die Rippen.

Endlich brach Thor das Schweigen. »Die Ader haben wir nun endgültig verloren.«

Niemand sagte ein Wort.

7

Als sich die Morgendämmerung mit dem ersten fahlen Lichtschein im Osten ankündigte, stand Jonnie bereits auf der Gipfelplatte und schaute hinab in die Schlucht.

In der makellos weißen Ader zeigte sich nicht die leiseste Spur von Gold. Sie lag deutlich sichtbar da, und dieses Bild würde die

Aufklärungsdrohne nachher für Terl aufzeichnen. Und die neuen Gesteinsmassen tief unten, jetzt noch in der Dunkelheit verborgen, würden ihm dann Aufschluß über den Hergang geben.

Jonnie versuchte, sich Terls Reaktion auszumalen. Schwer zu sagen – Terl hatte zweifellos die Schwelle zum Wahnsinn erreicht, wenn nicht überschritten.

Wie viele Stunden blieben Jonnie bis zum Auftauchen der Drohne? Die Zeit war knapp ... zu knapp?

Eine seltsame Stimmung – kein Lufthauch regte sich, der Morgenwind würde erst später aufkommen. Die verschneiten Gipfel der Bergriesen ringsum erstrahlten im Widerschein des anbrechenden Tageslichts.

Jonnie eilte zu einer fliegenden Plattform und winkte einen Piloten zu sich. Er zog sie hoch bis zum Rand der Gipfelplatte und ließ sie dann blitzartig nach unten sausen. Am Boden des Cañons bremste er ab und hielt die Plattform in Schwebe.

Er schaltete die Scheinwerfer ein und betrachtete prüfend die herabgestürzten Gesteinsmassen. Teils hatten sie die Eisdecke des Flusses durchschlagen, teils eine neue Felsbank am Ufer gebildet. Er ließ den Scheinwerferstrahl über das Geröll gleiten – unglaublich, was für gewaltige Mengen da heruntergekommen waren ...

Hoffnungsvoll hielt er Ausschau nach einem weißen Gesteinsbrocken, und sei er auch noch so winzig.

Vergebens – die Quarzader war spurlos verschwunden.

Und mit ihr eine Tonne Gold ... Begraben unter einem Berg von herabgestürzten Gesteinsmassen, vielleicht sogar auf dem Grund des Flusses ...

Das Geröll war so scharfkantig, daß man nicht einmal darauf landen konnte. Er überlegte hin und her, ob er eine Stelle einebnen sollte. Doch das würde stundenlang dauern, und mit den Turbulenzen wäre auch bald zu rechnen.

Er mußte sich damit abfinden. Das Gold war weg. Unwiderruflich.

Dafür kam der Morgenwind auf. Aussichtslos, hier unten noch etwas Sinnvolles unternehmen zu wollen. Die Zeit drängte.

Die Plattform wurde bereits von Turbulenzen geschüttelt, als er sie wieder nach oben brachte und auf der Gipfelplatte aufsetzte.

»Schaffen Sie die Leute in den Ort zurück«, bat er Robert den Fuchs.

Unruhig lief Jonnie auf und ab, von mitfühlenden Blicken des Pastors begleitet. »Wir sind noch nicht am Ende, mein Sohn«, sprach der Pastor ihm Mut zu. Die übrigen waren offenbar wie gelähmt vor Enttäuschung.

Die gerettete Mannschaft ging an Bord des Flugkörpers, in dem schon zwei Piloten vor den Instrumententafeln saßen. Dunneldeen wurde vorsichtig an seinen Platz gebracht. Robert der Fuchs, der die Vorbereitungen überwachte, sah immer wieder zu Jonnie hinüber.

»Ich tu's, ja, ich werde es tun!« rief Jonnie plötzlich.

Robert der Fuchs und der Pastor eilten zu ihm.

»Terl hat keine Ahnung, wie dicht der Stollen an der Ader entlanglief«, sagte Jonnie. »Ebensowenig weiß er, daß wir noch nicht bis ans Ende gelangt waren. Wenn er das weiße Quarz an der Außenwand sieht, merkt er sofort, daß wir vor dem Felsrutsch nicht bis dahin durchgekommen sind. Wie nah wart ihr an der Spalte, Thor?« schrie er zum Flugkörper hinüber.

Thor beriet sich mit dem Schichtführer. »Ungefähr einen Meter fünfzig!« brüllte er schließlich zurück.

»Ich sprenge das weg«, erklärte Jonnie. »Jetzt spielt das ja keine Rolle mehr. Ich sprenge das letzte Stück des Stollens weg, dann sieht es so aus, als wäre er ganz durchgegangen! Beeilt euch und bringt mir Sprengstoff und alles Nötige mit!«

Er zählte ihnen noch schnell auf, was er im einzelnen brauchte, und der Flugkörper wollte abheben.

»Und bringt ja die nächste Schicht mit!« brüllte Jonnie, um den Motorenlärm zu übertönen. »Uns bleibt nur noch ganz wenig Zeit, bis die Aufklärungsdrohne kommt. Fliegt, so schnell ihr könnt!« Das war jetzt, bei Tageslicht, zum Glück möglich, und so brauste der Flugkörper davon.

Jonnie wartete nicht etwa die Rückkehr ab, sondern machte sich unverzüglich ans Werk. Mit ein paar Werkzeugen ausgestattet, fuhr er in den Schacht ein, stieg unten aus dem Förderkorb und bahnte sich einen Weg durch das Geröll in die Strecke.

Überall lag noch die Ausrüstung der Mannschaft herum. Die Grubenlampen brannten noch. Jonnie nahm einen Bohrer und begann, rings um den Rand des weißen Quarzgesteins fünfzehn Zentimeter tiefe Löcher zu bohren. Sobald ihnen klar wurde, daß er Sprenglöcher setzte, halfen ihm zwei Schotten bei der Arbeit.

Die übrige Rettungsmannschaft sollte inzwischen die Ausrüstungsgegenstände, die noch in der Sohle herumlagen, nach oben schaffen. Schließlich konnten sie das Zeug ja noch verwenden. Das Funksprechgerät freilich mußten sie zurücklassen – es war bei dem Felssturz zertrümmert worden. Ein zu verschmerzender Verlust, es hatte ebenso ausgedient wie die Sohle ...

Über sein Sprechfunkgerät erfuhr Jonnie, daß der Flugkörper zurück war. Erstaunlich fix, fand er, und informierte die Ankömmlinge, was er hier unten vorhatte.

Im Nu waren die Sprengutensilien an Ort und Stelle angelangt. Nun kam in jedes der Sprenglöcher eine Ladung, die aus hochexplosivem Sprengstoff mit schneller Zersetzung bestand, ferner aus einer mit Dynamit gefüllten Sprengkapsel, die durch Stoß zur Zündung gebracht wurde, und als Abschluß aus einer Gelatineschicht. Die Zusammensetzung war so berechnet, daß die Stoßrichtung der Explosion auf die Felswand zielen würde.

Jonnie ließ sich wieder nach oben ziehen und erteilte im Förderkorb weitere Anweisungen über Funk. Sie hielten Anzug und Seil bereit, und er eilte zum Rand der Gipfelplatte, wo er in den Schutzanzug schlüpfte. Die Beschwörungen von Robert dem Fuchs, ein anderer solle das übernehmen, stießen auf taube Ohren. Außer ihm hatte niemand Erfahrung mit Sprengstoffen.

Mit Winde und Rettungsseilen ließen sie ihn hinunter, was ihm jetzt, da die Felswand leicht abgeschrägt war, ganz leicht erschien. Als er sich gegenüber der Ader befand, gab er das Stoppzeichen.

Die Mokassins gegen die Felswand gestemmt, suchte er nach dem winzigen Loch, das er bis nach außen durchgebohrt hatte.

Da war es! Es markierte das Zentrum der ringförmig gesetzten Sprenglöcher.

Das automatische Bolzenschußgerät für die Sprengkapseln wurde zu ihm heruntergelassen. Jetzt kam der heikle Teil! Die Automatik könnte durch Erschütterung im Stollen die Explosion auslösen, und dann würde er in den Abgrund geschleudert. Aber es blieb ihm keine Wahl – zum normalen Bohren fehlte ihm die Zeit.

Er flocht aus Zündschnüren ein Seil, stellte die Automatik auf die niedrigste Stufe und schoß dann Löcher für Stifte ins Gestein. Die Winde mußte das Rettungsseil ständig hochziehen und wieder herablassen, damit er die Stifte nun mit der Zündschnur umwinden konnte. Eine halsbrecherische Arbeit – frei schwebend über dem dreihundert Meter tiefen Abgrund. Doch er schaffte es – die Außenseite der Quarzader war ringsum eingefaßt.

Er befestigte ein elektrisches Sprengkabel an der Zündschnur und ließ es ablaufen, während er nach oben gezogen wurde.

Es war allerhöchste Zeit – in spätestens einer halben Stunde würde die Aufklärungsdrohne passieren, und bis dahin mußte sich der Rauch verzogen haben.

Das Sprengkabel wurde zum Flugkörper geführt und an den Zündapparat angeschlossen. Jonnie scheuchte alle in die Maschine und stieg ebenfalls ein – sicherheitshalber, falls die Explosion noch mehr von der Felswand mitriß.

»Achtung!« schrie Jonnie.

Er drückte den Zündknopf.

Aus der Felswand schossen Flammen und Rauch. Trümmer von weißem Quarz und Nebengestein flogen auf die gegenüberliegende Seite des Cañons zu.

Die Erde bebte.

Von der Felswand wurde nichts mehr weggerissen.

Jonnie zog den Flugkörper nach oben, bis er die Höhe und Position der Drohne erreicht hatte.

In der Seite der Felswand klaffte ein schwarzes Loch. Es erweckte den Anschein, als habe die Sohle bis zur Goldader geführt.

Zufrieden setzte er den Flugkörper wieder auf, und alle machten sich emsig zu schaffen. Die Rauchwolke war fast zerstoben.

Gerade noch rechtzeitig ... Von ferne hörte man bereits das Brummen der Aufklärungsdrohne. Es wurde immer lauter ...

8

Terl hatte einen Mordskater, als er in seinem Büro am Empfangsgerät saß und die von der Drohne übermittelten Funkbilder der Goldader herausnahm.

Die Nacht und den Vormittag hatte er alkoholisiert im Tiefschlaf verbracht und vom Erdbeben überhaupt nichts mitgekriegt. Er war auch nicht darüber informiert worden, denn das Camp war gegen solche leichten Beben abgesichert, und überdies hatte der Schwerpunkt in den Bergen gelegen.

Der einzige Lichtblick in seinem derzeit so freudlosen Dasein war das Betrachten der Funkbilder, auch wenn sie in Umgebung des Schachtes nur etwas mehr Abraum und geringe Geschäftigkeit zeigten.

Was Jayed betraf, so war er der Lösung des Rätsels keinen Schritt nähergekommen. Das pausenlose Herumstöbern, das unentwegte Kreisen um die Frage, welches Interesse das I.B.I. ausgerechnet an diesem unbedeutenden Planeten haben mochte, hatte Terl nichts weiter eingebracht als Gewichtsverlust, eingesunkene, trübe Augen und dieses fatale Zittern der Klauen, wenn er – und das nur allzu häufig – den Krug mit Kerbango an die Mundknochen hob. Sein Haß auf diesen Planeten mit seinem verfluchten blauen Himmel und den weißen Bergen steigerte sich von Tag zu Tag.

Terl hielt die Funkbilder ins Licht. Er brauchte ein bis zwei Sekunden, um zu erkennen, daß sich da etwas verändert hatte. Und plötzlich erfaßte ihn der Schock, und er begann zu zittern.

Ein Stück der Felswand war weggerissen ... abgestürzt ...

Es gab keine Goldader mehr ...

Die Aufzeichnungen vom Vortag hatte er nicht mehr. Er zerriß sie immer sofort nach dem Betrachten. Schwer abzuschätzen, wieviel von der Felswand weggerissen worden war – der Neigungswinkel hatte sich irgendwie verändert. Auch die Tiefe des Einschnitts blieb unklar.

Aber dort – das Loch. Das mußte der Streckenausgang sein. Sie hatten die Sohle ja an der Ader entlanggeführt ...

Er wollte gerade das Bild beiseite legen und darüber nachdenken, als er die Aufzeichnung im Mineralienraster bemerkte. Die Hauptaufgabe einer Aufklärungsdrohne bestand nicht in Überwachung, sondern vielmehr darin, ständig nach Mineralien zu spüren und die Ergebnisse dieser Spurensuche aufzuzeichnen. Und hier hatte sich etwas verändert ...

Keine Frage – er kannte doch die Aufzeichnung von der Ader: das gezackte Gold-Spektrum. Er ließ die Aufzeichnung sofort durch den Analysator laufen.

Schwefel? Nein, die Ader enthielt keinen Schwefel. Das Gold war doch keine Sulfidverbindung! Kohlenstoff? Fluor? Was sollte der ganze Unsinn ... in der Gegend gab es nicht ein einziges dieser Mineralien!

Er fragte sich, ob es sich nicht um das Allerweltsmineral handelte, das die Psychlos »Trigdit« nannten. Spreng- oder Treibstoffe wurden grundsätzlich nicht vom Heimatplaneten importiert, das war mit Teleportation zu gefährlich. Außerdem ließen sie sich mühelos auf diesem Planeten herstellen. Die kleine Fabrik befand sich etwa fünfzehn Kilometer südlich vom Camp, die Energie wurde über Fernleitungen vom Staudamm bezogen. Gelegentlich wurde ein Team hingeschickt, das aus den verschiedenen Grundstoffen Energiebatterien und Sprengkörper anfertigte. Kurzum – alle diese Elemente waren auf dem Planeten vorhanden, in jeder Menge.

Er ließ die Aufzeichnung nochmals durch den Analysator laufen, um die genaue Zusammensetzung des Gemischs zu bekommen.

Trigdit!

Und Terl – von Sinnen, wie er war – zog prompt den falschen Schluß. Spuren von Trigdit waren nun wirklich in der Umgebung jeder Psychlo-Grube gang und gäbe. Es wäre sogar fast ungewöhnlich, keine zu finden nach einer Sprengung, wenn Gestein und Luft voll davon waren.

Er sprang aus dem Sessel auf und zerriß die Aufzeichnung wutschnaubend in tausend Fetzen. Er schmiß sie auf den Boden, trampelte darauf herum, hämmerte mit den Pranken gegen die Wand.

Diese niederträchtigen, gemeinen Kreaturen hatten das Außenstück der Felswand weggesprengt! Aus schierer Bosheit – nur um ihm eins auszuwischen! Nur um mit ihm abzurechnen ... Sie hatten seine Goldader zerstört!

Krachend ließ er sich in den Sessel fallen.

Es klopfte. »Was ist denn bloß passiert, Terl?« Das war Chirks besorgte Stimme.

Plötzlich wurde ihm klar, daß er sich unbedingt zusammenreißen mußte. Eiskalte Ruhe und scharfer Verstand – das war das Gebot der Stunde.

»Der Apparat ist kaputt«, rief er. Na bitte – eine geschickte Erklärung.

Sie entfernte sich.

Terl fühlte sich als Herr der Lage – kühl, nüchtern, geistesgegenwärtig. Er wußte genau, was er tun würde, Schritt für Schritt. Er mußte alles ausschalten, was sein Leben, seine Existenz irgendwie gefährden könnte. Und er mußte jeder Spur nachgehen.

Zuerst würde er das perfekte Verbrechen begehen. Er hatte alles bis ins kleinste ausgearbeitet.

Dann würde er die Bomberdrohne losschicken und die Kreaturen auslöschen.

Seine Klauen zitterten immer noch leicht. Ihm wäre garantiert wesentlich wohler zumute, wenn er jetzt losginge und die beiden weiblichen Menschendinger umbrächte. Er hatte das für den Tag 94 geplant. Er würde den zwei Pferden mit Sprengladungen versehene Halseisen umlegen, sie dann zum Käfig führen und den beiden Insassinnen zeigen, daß die Halseisen der Pferde die gleiche rote Beule aufwiesen wie die ihren. Darauf würde er einen Schalter betätigen und dem einen Pferd den Kopf wegpusten. Angst und Schrecken bei den weiblichen Menschendingern ... Und nun käme das zweite Pferd an die Reihe ... Danach würde er so tun, als wolle er die beiden freilassen, jedoch rasch wieder zurücktreten und der Kleineren den Kopf wegblasen. Ein solches Maß an Entsetzen verbreiten zu können, wäre ihm ein Hochgenuß. Eigentlich hätte er eine derartige Aufmunterung jetzt nötig ... Doch da erinnerte er sich an die sogenannten übernatürlichen Kräfte der Kreatur. Das niederträchtige Menschending oben in den Bergen würde davon erfahren und ließe sich womöglich etwas einfallen, um nicht auch getötet zu werden.

Nein, mochte es auch ein wahrhaft köstlicher Balsam für seine Nerven sein, so durfte er sich doch nicht hinreißen lassen. Er mußte einen kühlen Kopf bewahren, mußte souverän und klug handeln.

Er sollte besser das perfekte Verbrechen inszenieren, und zwar auf der Stelle.

Ruhig, entschlossen schritt er zur Tat.

9

Als Auftakt zum perfekten Verbrechen ernannte er Ker zum stellvertretenden Planetarischen Direktor. Binnen einer Stunde waren sämtliche Formalitäten erledigt und die offizielle Bekanntmachung erfolgt. Nach den Vorschriften der Company war ein solcher Stellvertreter zulässig, es gab jedoch keinen, und so war es nur logisch, einen zu ernennen.

Terl benutzte für diese Aktion die bereits unterzeichneten Blankovollmachten, die er von Numph bekommen hatte.

Abends nahm er Numph beiseite, verpflichtete ihn durch Eid zu absoluter Verschwiegenheit, wobei er nicht versäumte, ihn auf die Risiken seiner betrügerischen Manipulationen mit Gehältern und Zulagen hinzuweisen, und brachte ihn dann dazu, einen Gesprächstermin mit einem neuen Angestellten namens Snit zu vereinbaren.

Daß Snit der Deckname des I.B.I.-Agenten Jayed war, verschwieg er Numph wohlweislich.

Terl schärfte Numph ein, niemand dürfe von dieser Verabredung erfahren, die pünktlich eine Stunde vor Mitternacht im Verwaltungstrakt stattfinden sollte. Daß die Büros um diese Zeit leerstanden, erwähnte er ebenfalls nicht.

Unter dem Vorwand, es geschehe nur zu Numphs Schutz, hatte Terl sich hinter einem Vorhang verborgen, als Jayed in Numphs Büro erschien.

Mit größter Sorgfalt und Sachkenntnis hatte Terl eine Killerwaffe geölt und geladen, die nahezu geräuschlos funktionierte. Außerdem hatte er zwei ferngesteuerte Sprengkapseln präpariert.

Kurz vor dem vereinbarten Termin forderte er Numph auf, seine Handfeuerwaffe schußbereit auf den Knien zu halten und sich zuvor zu vergewissern, daß sie geladen sei. Als Numph darauf leicht verschreckt reagierte, beruhigte ihn Terl: »Keine Sorge, ich stehe ja direkt hinter dem Vorhang drüben und werde Sie schon beschützen.«

Numph saß am Schreibtisch, die Handfeuerwaffe auf den Knien, Terl stand hinter dem Vorhang. Jetzt war es soweit ... Bisher hatte

Terl Ruhe und Beherrschung bewahrt, doch die Warterei zerrte an seinen Nerven, ließ die Augenknochen zucken. Und wenn Jayed nun nicht kam? Was dann?

Eine qualvolle Minute verstrich ... Eine weitere ... Jayed verspätete sich.

Und dann hörte Terl zu seiner unsagbaren Erleichterung draußen im Gang geschmeidige Schritte. Natürlich – wie konnte er das vergessen! Jayed hatte zweifellos zunächst das Terrain sondiert, um festzustellen, ob irgendwo Überwachungsgeräte installiert waren. So ein Narr, dachte Terl geringschätzig. Und auch unlogisch, denn er selber hatte das bereits getan, und zwar überaus gründlich. Es gab hier keinerlei Überwachungsinstallationen.

Die Tür öffnete sich leise, und Jayed trat ein. Mit gesenktem Kopf ... Nicht einmal umgezogen hatte er sich, sondern trug immer noch die zerlumpte Arbeitskleidung.

»Sie haben mich kommen lassen, Eure Planetschaft«, murmelte Jayed.

Gelehrig antwortete Numph, wie Terl es ihm eingetrichtert hatte: »Sind Sie sicher, daß niemand von Ihrer Anwesenheit hier weiß?«

»Ja, ganz sicher, Eure Planetschaft«, nuschelte Jayed. Was für eine miese Schau er abzieht, dachte Terl verächtlich.

Er trat hinter dem Vorhang hervor und ging auf Jayed zu. »Hallo, Jayed«, begrüßte er ihn.

Das ließ den Burschen zusammenfahren! Er blickte hoch. »Terl? Ist das tatsächlich Terl?« I.B.I.-Agenten waren gut geschult. Sie vergaßen nie ein Gesicht. Terl wußte durchaus, daß der Bursche ihn seit Ewigkeiten nicht gesehen hatte. Bei ihrer einzigen Begegnung vor vielen Jahren war Terl noch als Student an der Bergbau-Akademie, und Jayed hatte dort ein Verbrechen untersucht. Eine Vernehmung, mehr nicht. Doch davon ließ sich Terl nicht täuschen – ihn konnte man nicht so leicht hinters Licht führen! Für ihn stand fest, daß Jayed sämtliche Bilder und Personalakten jedes leitenden Angestellten hier, und insbesondere des Sicherheitschefs, so lange studiert hatte, bis er sie auswendig kannte. Terl lächelte geringschätzig.

Dann entdeckte Jayed die Killerpistole, die Terl an der Seite trug. Er wich zurück, hob die räudigen Pranken. »Warten Sie, Terl! Sie irren sich ...«

Was hatte er vor? Das Hemd öffnen? Eine versteckte Waffe ziehen?

Es spielte keine Rolle ... Terl stellte sich zurecht, hob die Killerwaffe und brachte sie so in Anschlag, daß die Schußlinie genau von

Numph zu Jayed verlief.

Mit einem gezielten Todesschuß traf er Jayed mitten ins Herz.

Jayed versuchte, noch etwas zu sagen, irgendwie zu protestieren ... Doch da war er schon zusammengebrochen, lag auf dem Teppich, der sich rasch grün färbte.

Der Mord elektrisierte Terl förmlich. Jayed hatte Angst gezeigt! Aber jetzt war nicht die Zeit, sich Gefühlen zu überlassen.

Wieder ganz ruhig und überlegen, wandte er sich Numph zu. Da saß er nun, vor Schreck wie versteinert. Terl genoß den Anblick über die Maßen. Doch zunächst mußte er seine Aufgabe erfüllen.

»Kein Grund zur Aufregung, Numph«, sagte er. »Der Kerl war I.B.I.-Agent und sollte Sie entlarven. Das ist ihm nicht gelungen. Sie sind in Sicherheit. Ich habe Ihnen das Leben gerettet.«

Mit zitternden Pranken legte Numph seine Handfeuerwaffe auf den Schreibtisch. Er keuchte zwar noch, fühlte sich aber ungeheuer erleichtert.

Terl stellte sich neben Numph und legte blitzschnell die Killerwaffe an, von derselben Seite her, wo Numph noch seine Waffe hielt.

Numph riß die Augen weit auf, öffnete den Mund – fassungslos, ungläubig...

Terl drückte ihm die Mündung an den Kopf und feuerte ab.

Numph kippte zur Seite. Aus der Schußwunde, die den Schädel durchschlagen hatte, begann grünes Blut zu quellen.

Terl, gelassen, kühl, umsichtig, richtete den leblosen Körper auf und versetzte ihm dann einen Stoß, so daß er vornüber auf die Schreibtischplatte fiel. Den noch zuckenden Arm legte er in einer Stellung zurecht, aus der er den Schuß hätte abgeben können. Das Zucken hörte auf. Numph war tot.

Sorgfältig und präzise schob Terl nun eine ferngesteuerte Sprengkapsel in den Lauf von Numphs Waffe.

Dann zog er eine weitere Waffe aus dem Stiefel und drückte sie Jayed in die bereits erkaltende Pranke, wobei er dessen Klauen fest um den Kolben schloß.

In die Mündung dieser Waffe schob er die zweite ferngesteuerte Sprengkapsel.

Er blickte sich um – alles in Ordnung.

Beruhigt verließ er den Schauplatz und begab sich lässig, wenngleich möglichst geräuschlos ausschreitend in das fast leere Kasino. Um den Anschein zu erwecken, als komme er von draußen, nahm er sogar die Atemmaske ab. Als er sich den gewohnten Krug Kerbango bestellte, registrierte er mit leichtem Erstaunen, daß er ihn dringend nötig hatte.

Nach ein paar Minuten gab ihm der Steward deutlich zu verstehen, daß er endlich schließen wolle – er gähnte laut, ließ die Vorhänge herunter und begann, alles für den nächsten Tag vorzubereiten. Terl schob ganz zwanglos die Pranke in die Tasche.

Er drückte den ersten Fernbedienungsknopf ... Weit entfernt, gedämpft, detonierte etwas. Der Steward blickte auf, lauschte, sah zum anderen Ende des Camps hin.

Terl drückte den zweiten Fernbedienungsknopf.

Eine weitere Explosion.

»Das hörte sich nach Schüssen an«, bemerkte der Steward.

Irgendwo Türenschlagen. Noch ein Ohrenzeuge.

»Stimmt, Sie haben recht«, nickte Terl.

Er stand auf. »Schien aus dem Wohntrakt zu kommen! Mal sehen, ob wir's rausfinden können.«

Dicht gefolgt von dem sensationslustigen Steward, eilte Terl durch die Korridore des Wohnbereichs, riß Türen auf. »Ist hier drin ein Schuß gefallen?« blaffte er die verstörten, schlaftrunkenen Psychlos an. Einige hatten die Schüsse ebenfalls gehört.

»Woher könnte es gekommen sein?« befragte Terl die Psychlos, die sich in den Korridoren zusammenscharten.

Manche deuteten zum Verwaltungsgebäude hin. Terl bedankte sich und stapfte geschäftig in diese Richtung, gefolgt von einem Trupp Psychlos.

Eifrig durchsuchte er die Büros, machte überall Licht. Seine Begleiter unterstützten ihn nach Kräften.

Vom Korridor zu Numphs Büro ertönte ein gellender Schrei: »Hier! Sie sind hier drin!«

Terl ließ mehrere Psychlos vorgehen und bahnte sich dann den Weg durch die Menge. »Wer ist es? Und wo?«

Sie redeten auf ihn ein, zeigten durch die offene Tür. Drinnen lagen, deutlich sichtbar, die beiden Leichen.

Char musterte sie mürrisch. Er stand in der Tür und schickte sich an, hineinzugehen. Terl riß ihn zurück.

»Nichts anrühren!« befahl er. »Als Sicherheitschef ist das hier meine Angelegenheit. Treten Sie zurück, alle!«

Er beugte sich erst über die eine, dann über die zweite Leiche. »Erkennt jemand diesen Toten?« fragte er und zeigte auf Jayed.

Alle reckten die Hälse. »Ich glaube, er heißt Snit«, äußerte schließlich ein Angestellter aus der Personalabteilung. »Aber genau weiß ich's wirklich nicht.«

»Sie sind beide tot«, sagte Terl. »Lassen Sie Tragbahren kommen. Ich zeichne jetzt alles auf.« Auf Numphs Schreibtisch stand wie immer ein Bildrecorder. Terl drehte ihn rasch zum Raum mit Jayeds

Leiche hin und dann zu Numph. »Ich brauche Aussagen von Ihnen allen.«

Jemand hatte die Unfallstation verständigt. Ärzte und Sanitäter hatten die Schüsse gehört und waren sofort zur Stelle. Sie hoben die Leichen auf die Tragbahren.

»Bringen Sie sie direkt ins Leichenschauhaus, es sei denn, Sie wollen sie vorher noch untersuchen«, sagte Terl.

»Sie sind beide tot«, erklärte der Chefarzt. »Die Wunden stammen von Handfeuer-Killern.«

»Weitergehen«, ordnete Terl an. »Es gibt nichts mehr zu sehen.« Die Zuschauer trollten sich gehorsam.

Am nächsten Morgen würde er dann folgenden Bericht abfassen und durch Zeugenaussagen untermauern: Ein Agent des I.B.I., von Terls scharfem Auge enttarnt, hatte es nicht für angebracht gehalten, sich beim Sicherheitschef dieses Planeten zu melden, sondern auf eigene Faust Numph offenbar spätabends aufgesucht, und das möglicherweise mit der tollkühnen Absicht, ihn im Alleingang zu verhaften. Numph hatte ihn dann mit einer versteckten Waffe erschossen und anschließend Selbstmord begangen. Terl war selbstverständlich bestrebt, den Fall zu klären, und wollte feststellen, ob sich Numph irgendeiner strafbaren Handlung schuldig gemacht hatte; als er nun seine vor langer Zeit aufgenommene Untersuchung fortführte, war er dabei auf betrügerische Manipulationen mit Gehältern und Zulagen gestoßen, wie aus den beigefügten Dokumenten und Zeugenaussagen ersichtlich. Abschließend dürfe er bemerken, daß inzwischen alles unter Kontrolle sei; ein ebenso befähigter wie erfahrener Stellvertreter, den Numph kürzlich ernannt habe, amtiere jetzt und so weiter. Die Leichen würden mit der nächsten halbjährlichen Teleportation, am Tag 92, auf den Weg gebracht.

Sobald er geklärt hatte, ob die Kreaturen sich immer noch in den Bergen aufhielten, würde er am folgenden Nachmittag die Bomberdrohne starten und »das törichte Experiment, auf das Numph sich eingelassen hatte«, aus der Welt schaffen. Damit wären dann alle Zeugen beseitigt, alle Spuren gelöscht. Wonach Jayed auch gesucht haben mochte – es spielte jetzt keine Rolle mehr.

Terl fühlte sich ganz auf der Höhe – sehr ruhig, sehr kühl, sehr überlegen. Er hatte das perfekte Verbrechen vollbracht.

Merkwürdig, daß er nicht schlafen konnte und daß die nervösen Zuckungen nicht aufhören wollten ...

Teil XI

1

Oben auf dem Berg bestand volle Einigkeit darüber, daß alle beim Überflug der Drohne gut sichtbar sein und sehr geschäftig wirken müßten.

Jonnie machte sich große Sorgen. Wenn Terl sie nun die Goldsuche nicht fortsetzen ließe – was dann? Das durfte unter gar keinen Umständen geschehen, all ihre eigenen Pläne hingen allein davon ab.

Sie hatten lang und breit erörtert, ob und wie sie anders vorgehen sollten, und verschiedene Möglichkeiten durchgespielt, die jedoch alle als unbrauchbar verworfen wurden. Dank Angus funktionierten die Türen zum Hubschrauber-Landeplatz in der alten Verteidigungsanlage wieder, so daß sie jetzt hineinfliegen konnten. Aber die Anlage war bei weitem noch nicht gebrauchsfertig, und sie benutzten sie vorerst lediglich zu Lagerzwecken. Die Idee des Pastors, die Toten beizusetzen, wurde fallengelassen, weil sie mit ihren paar Leuten einer derart aufwendigen Aufgabe nicht gewachsen waren. Vielleicht später – falls es ihnen gelingen sollte, den Planeten zu befreien – könnten sie die Toten begraben. Jetzt galt es, die Kräfte voll und ganz für die Lebenden und für eine erhoffte Zukunft einzusetzen. Sich in der einstigen Hauptverteidigungsanlage zu verschanzen, kam also keinesfalls in Frage. Sie war nicht fertig, und sie waren nicht geschlagen. Noch nicht ...

Terl bei der Stange zu halten, war ihre einzige Hoffnung. Trotzdem hatte Jonnie schwere Bedenken. Bei ihrem letzten Gespräch war ihm nur allzu deutlich klargeworden, daß Terl nicht mehr geistig normal war, falls er es überhaupt je gewesen sein sollte.

Gold ... das war der Köder in der für Terl bestimmten Falle. Und für Jonnie der ausschlaggebende Faktor in ihren Plänen.

Seit dem letzten Überflug der Aufklärungsdrohne am Vortag arbeiteten sie auf Hochtouren, um alles für das heutige Auftauchen vorzubereiten.

Der Kern der Ader, den er herausgesprengt hatte, war von der gegenüberliegenden Felswand abgeprallt und in die Tiefe geprasselt. Die Gesteinsbrocken lagen nun als oberste Schicht auf dem durch das Erdbeben ausgelösten Felssturz am Boden des Cañons.

Jonnie machte ein Fernbedienungsgerät für einen Frontschaufler zurecht, den zu opfern sie sich leisten konnten.

Robert der Fuchs bastelte eine lebensechte Attrappe zusammen, die auf dem Fahrersitz angeschnallt wurde. Die in Fäustlingen steckenden Hände konnten sich vorwärts und rückwärts bewegen, wenn die Maschine lief. Da er Terls Vorliebe für das Makabre kannte, rollte er auch noch alte Kleidungsstücke zusammen und besprengte sie mit Ochsenblut.

Sie befestigten ein Erznetz am Ende eines Krankabels und füllten es mit weißem Quarzgestein aus dem oberen Stollen, das sie an der Oberfläche mit dem vorhandenen drahtdünnen Gold sorgfältig schmückten.

In der kurzen, windstillen Spanne vor Morgengrauen seilten sie den Frontschaufler in die Schlucht ab und stellten ihn auf die abgestürzten Gesteinsmassen.

Auf der gegenüberliegenden Seite des Cañons hielt sich oben in einer Felsspalte ein Operator verborgen, der von dort aus den Frontschaufler sehen und dirigieren konnte. Mittels Fernsteuerung ließ er ihn eine Stelle planieren und das aufgetürmte Gestein angehen – auf die Gefahr hin, daß er dabei in den Fluß stürzte.

Das Netz mit der sorgsam präparierten Ladung wurde neben den Frontschaufler heruntergelassen.

Sie waren lange vor Ankunft der Drohne fertig, so daß Jonnie sie am Schachteingang zusammenrief.

»Es besteht immerhin die Möglichkeit, daß die Ader ein weiteres Goldnest enthält«, erklärte er ihnen. »In den alten Büchern über Erzbergbau ist jedenfalls davon die Rede. Es könnte von der Felswand aus sechzig oder auch hundertfünfzig Meter weiter in der Ader liegen, eine große Menge Gold erbringen oder auch ganz wenig. Wir müssen jetzt in umgekehrter Richtung arbeiten und den Gang an der Ader entlang in den Berg hineintreiben. Es wird viel schneller gehen, denn nun können wir ja unbesorgt sprengen. Ihr müßt also den Förderkorb wieder in Ordnung bringen und dann entlang der Ader weitergraben. Bis zum Tag 92 bleiben uns noch ungefähr sechzig Tage. Wahrscheinlich werden wir das Gold bis zum Tag 86 abliefern müssen. Deshalb heißt es – arbeiten und hoffen!«

»Und beten«, fügte der Pastor hinzu.

2

Von der Morgensonne beschienen, saß Terl in seinem Büro, den Federhalter in den Klauen, die kein bißchen zitterten. Er kam sich als unvergleichlicher Alleskönner vor, während er sich an den Bericht machte, der seinem perfekten Verbrechen den letzten Schliff geben sollte.

Sein Tagesablauf war bis ins kleinste festgelegt. Als erstes kam der Bericht, dann würde er sich die Aufzeichnungen der Drohne vom heutigen Flug ansehen, und falls die Kreaturen sich noch dort oben aufhalten sollten, die Bomberdrohne starten. Zzt meckerte sowieso bei jedem, der es hören wollte, darüber, daß sie das Haupttor zum Hangar blockiere und er die Erztransporter deshalb nicht ordnungsgemäß warten könne. Und so würde Terl eben Zzt dazu bringen, daß er den Start der Bomberdrohne verlangte, um Platz zu schaffen. Als nächstes würde er sich Ker vorknöpfen und ihn mit Drohungen einschüchtern, damit er als neuer Planetarischer Direktor Kooperationsbereitschaft bewies.

Trotzdem fühlte sich Terl irgendwie unglücklich. Die Strahlen der Morgensonne, die auf dem Teppich tanzten, wenn sie auch durch das getönte Bleiglas des Schutzdaches gefiltert wurden, erinnerten ihn an die unerfreuliche Tatsache, daß er sich immer noch auf diesem verfluchten Planeten befand. Seine Träume von einem Leben in Wohlstand und Luxus auf Psychlo waren zerstoben. Doch egal ... man hatte das zu tun, was man tun mußte, unbeirrt.

Zum zehntenmal setzte er an, seinen Bericht zu schreiben. Bisher war er noch nicht einmal mit der Anschrift fertig, vom eigentlichen Bericht ganz zu schweigen. Irgend etwas nagte an ihm.

Ach ja, natürlich! Er hatte weder Jayeds Dienstmarke noch deren Nummer! Mit diesem Griff ans Hemd hatte der Agent ihm doch zweifellos die Dienstmarke zeigen und sich als Angehöriger des I.B.I. ausweisen wollen. Wie er den Sanitätsdienst kannte, hatten die einfach die Leichen auf den Bänken abgeladen, so daß er sie besser in die dafür vorgesehenen Fächer legen sollte.

Seinem Plan nach hätte er zehn Leichen haben müssen. Er hatte jetzt fünf, die drei Wachposten mit dem selbstverschuldeten Unfall eingerechnet. Er seufzte. O ja, der Plan war wirklich genial: das Gold in die Särge einarbeiten, diese mit Teleportation auf den Heimatplaneten befördern und sie dann nach seiner Rückkehr in einer dunklen Psychlo-Nacht ausgraben, einschmelzen und als Terl der Reiche dastehen, mächtig, unangreifbar! Nun, damit war es vorbei. Jayeds Ankunft hatte diese Träume jäh beendet. Und diese heimtückischen Kreaturen hatten ihn hintergangen, ihn schmählich verraten!

Er brauchte die Dienstmarke und die Kennummer des I.B.I. Ihm wäre wohler, wenn er Jayeds Leiche ein oder auch zwei Schläge versetzte. Er nahm eine Atemmaske und ging nach draußen.

Als er am Käfig mit den beiden weiblichen Menschendingern vorbeikam, bemerkte er ein Bündel mit Lebensmitteln und Brennholz vor der Tür. Nach einem verächtlichen Fußtritt wollte er schon weitergehen, doch da fielen ihm die sogenannten übernatürlichen Kräfte ein, die den Kreaturen in den Bergen vorzeitig eine Warnung übermitteln könnten. So schaltete er denn den Strom mittels Fernbedienung ab, öffnete die Käfigtür und schleuderte das Bündel zu den beiden hinüber. Es landete mitten im Feuer, und die Kleinere kroch heran, um es zu retten, bevor es zu brennen anfing. Die andere hatte ein Messer aus rostfreiem Stahl in der Hand, das vermutlich aus einer dieser alten Ruinen stammte. Er ging näher heran und entriß es ihr. Dann, eingedenk der übernatürlichen Kräfte, versuchte er, ihr den Kopf zu tätscheln, was ihr offenbar wenig behagte.

Terl steckte das Messer in den Gürtel, verließ den Käfig, schaltete den Strom wieder ein und stopfte das Fernbedienungsgerät in die Brusttasche. Die Jüngere sagte irgendwas in ihrer Sprache, es klang reichlich schroff. Was für bösartige Kreaturen diese Menschendinger doch waren! Nun, das würde ja bald anders. Wenn erst die Bomberdrohne ihr Killer-Gas abgeworfen hätte, wäre er auch die beiden hier los. Und ebenso alle anderen – eine tröstliche Aussicht ...

Er stapfte weiter zum Leichenschauhaus – na bitte, die Sanitäter hatten die Leichen einfach abgeladen, und das noch nicht mal auf einer Bank! Er machte Licht, schloß die Tür und wuchtete Numph mit seinen zehn Zentnern ehemaligem Lebendgewicht in ein Fach. Sogar im Tod sah der alte Stümper unsagbar töricht aus, hatte noch immer diesen maßlos erstaunten Gesichtsausdruck. Das Blut war noch nicht vollständig eingetrocknet und blieb an Terls Pranken kleben. Er wischte sie an Numphs Jacke ab.

Jayeds Körper war überraschend leicht, nicht mehr als sieben Zentner. Terl ließ ihn auf einen Tisch fallen und traktierte ihn mit Prankenhieben.

»Hol dich der Teufel!« sagte er zu der Leiche. »Wenn du nicht aufgekreuzt wärst, hätte ich eine geradezu traumhaft schöne

Zukunft vor mir gehabt.« Er schlug ihn abermals ins Gesicht.

Räude. Der Kerl hatte die Räude. Terl betrachtete die Leiche mit grimmigen Blicken. Dann biß er die Zähne zusammen, umklammerte Jayeds Hals mit beiden Pranken und drückte ihm die Kehle zu. Er würgte ihn kurz, aber heftig und ließ plötzlich den Kopf los, der laut auf den Tisch krachte. Darauf versetzte er ihm einen neuerlichen Schlag.

Allmählich faßte er sich wieder. Es half nichts – er mußte kühl, sachlich, geschickt vorgehen. Wo war die Dienstmarke? Er klopfte die Jacke ab ... kein fester Gegenstand darunter.

Vielleicht hatte Jayed die Dienstmarke im Stiefel getragen. Hohle Sohlen – das war doch eine Spezialität vom I.B.I. Er zog ihm die Stiefel aus und untersuchte sie gründlich. Keine hohlen Sohlen.

Verdammt und zugenäht, irgendwo mußte der Kerl doch seine Dienstmarke tragen! Terl klopfte die zerlumpten Hosen ab. Nichts. Er trat einen Schritt zurück. Wirklich ein jämmerlicher Anblick, dieser Jayed! Völlig durchlöcherte Kleider. Die ganze Körperbehaarung von Räude befallen ...

Wo steckte die verfluchte Dienstmarke? Er hatte doch nach irgendwas gegriffen! Mit einem Ruck riß Terl das blutige Hemd und die Jacke herunter und untersuchte die Fetzen. Nichts darin. Dann starrte er entgeistert auf die nackte Brust.

Die drei waagrechten Runen! Das Brandmal des Verbrechers ...

Die Fetzen fielen ihm aus den Klauen. Er beugte sich dichter über die Leiche, betrachtete die Brust.

Kein Irrtum.

Das Zeichen, das Kriminellen eingebrannt wurde ...

Er bückte sich noch tiefer und kratzte daran. Nein, kein Zweifel, es war echt!

Sein geschultes Auge sagte ihm, daß es ungefähr ein Jahr alt war.

Hastig wandte er sich um und packte den rechten Knöchel der Leiche. Ja! Ganz deutlich – die Narben von den Beinschellen, dazu die Spuren der Widerhaken aus dem Zentralgefängnis des Imperiums. Ein eingehenderer Blick. Ebenfalls etwa ein Jahr alt.

Durchaus kein ungewöhnlicher Fall. Ein Amtsträger oder ein Agent hatte bei Ausübung seines Dienstes eine Straftat begangen oder war dumm genug gewesen, sich irgendwie in ein Verbrechen einzumischen, das von einem Mitglied der Elite verübt worden war, woraufhin man ihn prompt aus seiner Stellung verjagt und ins Gefängnis geworfen hatte.

Plötzlich wußte Terl genau, was Jayed getan hatte: seine Fähigkeiten zur Flucht genutzt. Er hatte Papiere auf den Namen Snit gefälscht, sich damit in die Intergalaktische Rohstoff Company eingeschleust und auf die entlegenste Außenstation verfrachten lassen.

Jayed war auf der Flucht gewesen!

Es traf Terl wie ein Blitzschlag. Jayed hatte hier keinerlei Untersuchungen durchgeführt. Nein, Jayed hielt sich versteckt. Als er sich an die Brust griff, wollte er Terl das Brandmal zeigen und sich ihm auf Gedeih und Verderb ausliefern. Und das hätte auch geklappt! Terl hätte ihn nach Belieben einspannen und ausnutzen können.

Und dafür all diese Monate voller Unruhe und Qual!

Für nichts und wieder nichts.

Terl betrachtete das jämmerliche, räudige Etwas auf dem Tisch. Nur ein Glück, daß die Tür geschlossen war, denn Terl brüllte vor Lachen und konnte einfach nicht mehr aufhören.

3

Wieder saß Terl an jenem Tag an seinem Schreibtisch, diesmal entspannt, völlig im Einklang mit sich. Vor ihm stand ein Krug mit Kerbango, und er nahm ihn nicht einmal wahr.

Der Bericht schrieb sich wie von selbst. Jetzt sah das Ganze völlig anders aus – ein Kinderspiel und nicht mehr.

Trotz der Warnungen an Numph – siehe beiliegende Kopie – wegen der kriminellen Elemente innerhalb der Arbeiterschaft Vorsicht walten zu lassen, war ein Krimineller, dessen Papiere auf den Namen Snit lauteten, in den Bürotrakt gelangt – vermutlich in räuberischer Absicht – und über Numph hergefallen, der ihn erschossen hatte. Bevor er starb, hatte der Verbrecher seinerseits Numph erschossen. Zeugenaussagen vorhanden und ebenfalls beigefügt. Vielleicht könnte die Personalabteilung in der Zentrale ärztliche Untersuchungen anordnen, denn dies war bereits der zweite Fall in jüngster Zeit, daß sich unter den Neueinstellungen ein notorischer Verbrecher, durch das Brandzeichen eindeutig identifiziert, befunden hatte. Es stand außer Frage, daß die Company Gewinne erwirtschaften mußte und daß es sich hier um einen sehr entlegenen Planeten handelte, auf dem es aber auch nur einen Sicherheitsbeauftragten gab. Faktisch jedoch war die Sache nicht weiter ernst zu nehmen, und es stünde auch keinem zu, sich eine Kritik an den Praktiken der Zentrale zu erlauben, die ja schließlich genau wußte, was sie tat. Die Situation war unter Kontrolle. Ein kürzlich ernannter Stellvertreter hatte die Aufgaben des Planetarischen Direktors übernommen und übte diese Funktion mit viel Sachverstand aus. Das Verbrechen war ein einfacher Routinefall. Die Leichen folgten mit der nächsten halbjährlichen Teleportation.

Das war's, mehr gab es dazu nicht zu sagen. Terls Selbstzufriedenheit kannte keine Grenzen, als er die Zeugenaussagen und die Bandaufzeichnungen des Bildrecorders verpackte. Für den ganzen Kram würde sich sowieso niemand interessieren. Er rief Chirk und gab ihr, mit einem munteren Klaps aufs Hinterteil, das Päckchen, damit sie es eintragen und dann zur Postsammelstelle bringen konnte. Sie entschwand, und er sah auf die Uhr. Höchste Zeit für das Empfangsgerät! Er justierte die Koordinaten für die gewünschten Aufzeichnungen, die prompt auf dem Bildschirm erschienen. Er betrachtete sie zerstreut – der programmierte Einsatzplan der Bomberdrohne mußte noch einmal überprüft werden. Ja, sie waren tatsächlich oben bei der Abbaustelle, mit dem Förderkorb beschäftigt ...

Plötzlich beugte er sich vor und sah sich die Bildfolge gründlich an.

Sie hatten einen Frontschaufler am Boden der Schlucht eingesetzt, mit dem sie das Geröll umwälzten!

Ja! Ein Hebearm mit einem Netz ... und was war das in dem Korb dort?

Er schaltete hastig an dem Gerät herum und holte sich das Bild näher, um es kurz zu betrachten. Dann sah er sich das Symbol an, das seitlich auf dem Analysator erschien – er brauchte das nicht zu analysieren, er wußte es auch so! Es war Gold ...

Sie klaubten aus den abgestürzten Felsmassen die Goldader heraus!

Er erhob sich und untersuchte die Aufzeichnungen genauer. Was war das dort neben dem Geröll? Aha, verstümmelte Leichenteile. Sie hatten eine Mannschaft im Stollen verloren und buddelten sie in ihrer dämlichen Gefühlsduselei auch noch aus. Was scherte das ihn? Sie mußten ja nicht auf den Heimatplaneten befördert werden. Wen kümmerten schon die Leichen von diesen Kreaturen? Doch halt, das bedeutete, daß sie sich an die Goldader von hinten herangearbeitet haben mußten.

Und was taten sie mit dem Förderkorb? Immer noch abbauen? Aha, Goldnester. Sie mußten ein weiteres Goldnest in der Ader entdeckt haben, tiefer drinnen. Sehr wohl möglich, sagte sich Terl als Sachverständiger.

Wieder betrachtete er das Gold im Netz. Wieviel mochte das sein? Mehrere hundert Pfund? Er ließ sich in seinen Sessel plumpsen und grinste über beide Mundknochen. Dann begann er zu glucksen.

Die Drohne ... Er brauchte sie nicht zu starten. Das hatte Zeit bis zum Tag 93. Dann mit Sicherheit, aber noch nicht jetzt. Nein, und noch mal nein – nicht jetzt!

Er fühlte sich einfach toll! Kopfschmerzen? Das war einmal, vor Ewigkeiten! Er streckte eine Pranke aus. Flatternde Klauen? Keine Spur – sie waren unbeweglich, wie aus Stein gemeißelt ...

4

Terl sprang auf, überschäumend vor guter Laune und Energie. Er schnappte sich ein paar Ausrüstungsgegenstände und Pakete.

Schließlich hatte er immer noch einen Arbeitsplan, auch wenn der mittlerweile anders aussah.

Er stürmte durch das Camp geradewegs ins Büro des Planetarischen Direktors.

Die Reinigungskräfte hatten inzwischen das Blut aufgewischt, jedoch noch ein paar Flecken übriggelassen. Ein beißender Geruch nach Desinfektionsmitteln hing in der Luft.

Da saß er nun ... Ker als neuer Planetarischer Direktor! Der kleinwüchsige Psychlo wirkte schon ein wenig drollig und verloren, wie er in dem riesigen Sessel hinter dem imposanten Chefschreibtisch hockte.

»Guten Tag, Euer Planetschaft«, jubilierte Terl.

»Würden Sie bitte die Tür schließen?« fragte Ker verzagt.

Terl nahm eine Sonde, die er unter den Arm geklemmt hatte, und ließ sie durch den Raum kreisen, um sich zu vergewissern, ob nicht über Nacht Abhörgeräte installiert worden waren. Und selbst wenn – es hätte ihm so gut wie gar nichts ausgemacht. Er fühlte sich frei, sorglos!

»Ich bin nicht gerade sehr beliebt«, sagte Ker. »Bisher haben sie mich nicht besonders höflich behandelt. Alle wundern sich, wieso Numph ausgerechnet mich zu seinem Stellvertreter ernannt hat. Ich wundere mich ja selber. Ich bin Werkmeister, kein Verwaltungsmann. Und jetzt bin ich wie aus heiterem Himmel auf einmal Planetarischer Direktor.«

Terls Mundknochen verzogen sich zu einem bestechenden Grinsen, als er näher herantrat. »Was ich Ihnen jetzt sagen werde, Ker, werden Sie sofort wieder vergessen. Es gibt keine Aufzeichnung von diesem Gespräch, und ich, ich werde mit allem Nachdruck bestreiten, je mit Ihnen geredet zu haben.«

Ker wurde sofort hellhörig. Ein hartgesottener Krimineller wie er traute keinem, und schon gar nicht einem Sicherheitschef. Er rutschte nervös im Sessel herum, der in jeder Beziehung zu groß für ihn war.

»Es war nicht Numph, der Sie ernannt hat«, eröffnete ihm Terl.

Das alarmierte Ker, und wie!

»Ich war es«, fuhr Terl fort. »Und solange Sie genau das tun, was ich Ihnen sage, und zu keinem auch nur ein Wort davon verlauten lassen, daß es von mir kommt, sind Sie fein raus. Dann geht es Ihnen nicht nur gut, nein, mehr als das – hervorragend!«

»Die schicken doch am Tag 92 einen neuen Planetarischen Direktor her«, wandte Ker ein. »Bis dahin sind's bloß noch zwei Monate. Und der kriegt doch im Nu raus, wenn ich irgendein krummes Ding gedreht hab ... ja, und womöglich auch, daß ich in bestimmten Galaxien nicht gerade gern gesehen bin.«

»Nein, Ker, ich glaube nicht, daß Sie abgelöst werden. Im Gegenteil, ich bin absolut sicher, daß das nicht passiert. Die Stellung ist Ihnen auf Jahre hinaus garantiert.«

Ker war ratlos und verwirrt, aber Terl wirkte so zuversichtlich, daß er wachsam zuhörte.

Terl öffnete einen Umschlag und breitete das Beweismaterial, das er gegen Numph zusammengetragen hatte, auf dem Schreibtisch aus. Kers Augen wurden immer größer, als er es sich ansah.

»Einhundert Millionen Währungseinheiten im Jahr erschwindelt«, kommentierte Terl. »Die Hälfte davon hat Numph kassiert. Sie werden nicht nur auf Jahre hinaus hierbleiben, sondern auch genügend Reichtümer ansammeln, so daß Sie sich später nach Ihrer Rückkehr die Löschung im Strafregister erkaufen und herrlich und in Freuden leben können.«

Der kleinwüchsige Psychlo studierte die Unterlagen. Zuerst machte es ihm etwas Mühe, das Ganze zu begreifen. Nipe, Numphs Neffe, verbuchte für die Angestellten auf diesem Planeten die Gehälter in voller Höhe, zweigte aber die Hälfte der Summe und sämtliche Zulagen ab und buchte den Betrag auf Numphs und sein Privatkonto um. Soweit kapierte er es schließlich. Also hatte er nichts weiter zu tun, als auch künftig keine Zulagen und nur die halben Gehälter zu zahlen.

»Warum machen Sie das?« fragte Ker. »Kriegen Sie davon Ihr Teil ab? Ist das der Grund?«

»O nein. Ich möchte nicht mal ein Viertel davon haben. Das gehört alles Ihnen. In Wahrheit tue ich das aus reiner Freundschaft. Habe ich mich nicht immer schützend vor Sie gestellt?«

»Sie haben doch schon mehr als genug gegen mich in der Hand, um mich auslöschen zu lassen«, sagte Ker. »Wozu denn auch noch das?«

»Nun machen Sie aber mal halblang, Ker«, erwiderte Terl vorwurfsvoll. Dann fand er es an der Zeit, die Karten auf den Tisch zu legen. »Ich wünsche, daß Sie jede Anordnung, die ich Ihnen empfehle, prompt erteilen und daß Sie mich in sechs Monaten nach Hause beordern.«

»Na, prima«, meinte Ker, »das nenn ich großzügig. Ich darf also sogar Anweisung erteilen, daß jede Ihrer Anweisungen zu befolgen ist und nicht rückgängig gemacht werden darf. Trotzdem bleibt's mir schleierhaft, wieso ich nicht in zwei Monaten abgelöst werden soll.«

Terl kam zur Sache. »Das hier ist der Code, den Numph benutzt hat. Die Seriennummern der Fahrzeuge in den Einsatzberichten. Sie werden nicht abgelöst, verlassen Sie sich darauf. Nipe, Numphs Neffe, hat ziemlichen Einfluß in der Company. Hier, das ist Ihre erste verschlüsselte Nachricht an Nipe.« Er legte das Blatt auf den Schreibtisch. Er durfte keinesfalls vergessen, diesen handschriftlichen Entwurf zu vernichten, sobald Ker ihn verschlüsselt hatte.

Im Klartext lautete die Nachricht: »Numph von entflohenem Sträfling ermordet. Dadurch neue Lage entstanden. Er ernannte mich eigens, um alles wie bisher weiterzuführen. Erbitte Überweisung seines Anteils auf mein Nummernkonto bei Galaxy Trust Company. Mein Beileid. Auf gute Zusammenarbeit. Ker.«

»Ich hab aber kein Nummernkonto«, wandte Ker ein.

»Keine Sorge, Sie werden eins bekommen. Ich habe alle notwendigen Papiere für Sie. Die gehen mit der nächsten Teleportation ab. Narrensicher.«

Ker las die Nachricht noch einmal. Er begann zu grinsen – das erste Mal seit den beiden Morden. Er lehnte sich zurück, schien sichtlich zu wachsen. Plötzlich ergriff er Terls Pranke und schüttelte sie, um mit dieser Geste sein volles Einverständnis zu bekunden.

Als Terl ihn verließ, hatte Ker sich so aufgeblasen, daß er den viel zu großen Sessel schon beinahe ausfüllte.

Terl hatte nur das eine Bedenken, daß dieser dusselige, zu klein geratene Psychlo sich aus lauter Großmannssucht übernehmen und irgendeinen idiotischen Fehler machen könnte. Aber er würde ein wachsames Auge auf ihn haben. Und wen kümmerte es schon, was mit Ker passierte, sobald Terl diesen Planeten hinter sich gelassen hatte!

Irgendwelche Bindungen, die zwischen Jonnie und Ker bestanden haben mochten, waren damit endgültig gelöst.

5

Terls nächste Schritte wurden sorgfältig beobachtet von scharfen schottischen Augen in den Bergen.

Am vergangenen Spätnachmittag war Terl in einem Panzer mit hoher Geschwindigkeit zu der alten Stadt in Richtung Norden losgebraust.

Um die Mittagsstunde des folgenden Tages verließ er die Ruinen wieder und donnerte über den verwitterten ehemaligen Highway zur Akademie.

Der Sichtschutz seiner Atemmaske glitzerte in der Sonne, als er aus dem Panzer kletterte und ganz locker und ungezwungen auf den entgegenkommenden Wachposten zuschritt.

In der Akademie befanden sich zurzeit nur ein paar Leute: eine Gruppe für die Hausarbeit und drei schottische Wachposten, meist Rekonvaleszenten, die einen Unfall gehabt hatten.

Dieser hier trug den geschienten Arm in einer Schlinge. »Was kann ich für Sie tun, Sir?« erkundigte er sich in der Psychlo-Sprache, die er recht ordentlich beherrschte.

Terl schaute sich um. Weit und breit keinerlei Fahrzeuge mehr – nein, dort drüben war das Heck eines kleinen Passagierflugkörpers zu erkennen. Sie hatten wohl alle Transportmittel oben bei der Mine. Wahrscheinlich reichten ihnen die nicht einmal mehr.

Er musterte den Wachposten. Vermutlich wurden sie auch knapp an Leuten ... wäre kein Wunder bei der Arbeit, deren Risiken und Gefahren Terl ja nur allzugut kannte. Na, wenn schon. Immerhin waren noch ein paar am Leben.

Er überlegte, wie er sich mit diesem Menschending verständigen sollte. Daß er in seiner eigenen Sprache angeredet worden war, hatte er gar nicht bemerkt, weil das über seinen Horizont ging. Diese Kreaturen waren eben dumm und allesamt Rattenhirne. Basta.

Terl gestikulierte heftig mit den Pranken, um damit Größe und Bart des Menschendings anzudeuten, das diese Herde von Kreaturen anführte. Er produzierte sich als Pantomime – blickte sich suchend um, schwenkte den Arm, zeigte auf sich und dann direkt neben sich. Wirklich verdammt schwierig, so einem Menschending irgend etwas klarzumachen!

»Sie meinen vermutlich Jonnie«, sagte der Wachposten, wiederum in Psychlo-Sprache.

Terl nickte geistesabwesend und stapfte davon. Er würde wohl warten müssen, bis sie zur Mine hinaufflogen und ihn zurückbrachten, aber das machte nichts.

Ein unbeschreiblich angenehmes Gefühl, jede Menge Zeit zu haben, und, mehr noch – frei zu sein. Er konnte tun und lassen, was er wollte, und gehen, wohin er wollte. Er breitete die Arme weit aus und stürmte vorwärts. So verabscheuungswürdig dieser Planet auch sein mochte, er bot ihm jetzt Bewegungsfreiheit. Es kam ihm vor, als seien unsichtbare Mauern, die ihn eingeengt hatten, entfernt und ihm dadurch Freiräume geschaffen worden.

In einem nahegelegenen Park grasten ein paar Pferde. Bloß so zum Zeitvertreib zog Terl die Handfeuerwaffe aus dem Gürtel und zielte auf die Beine der Tiere, traf eins nach dem anderen. Sie brachen zusammen, wieherten in Todesangst – ein überaus befriedigendes Resultat. Er hatte weder an Schnelligkeit noch an Treffsicherheit verloren, und das immerhin auf zweihundert Meter Distanz! Ein Rappen ... Viermal anlegen, viermal feuern. Das Pferd fiel um – über und über mit Schaum bedeckt, wie ein Schneehügel ... Und das ohrenbetäubende Brüllen! Einfach köstlich.

Als hinter ihm Jonnies Stimme ertönte, war sie bei dem Krach kaum zu verstehen. Terl, kein bißchen überrascht, drehte sich um, die Mundknochen hinter dem Sichtschutz verzogen sich zu einem breiten Grinsen.

»Willst du's auch mal versuchen?« fragte er und tat so, als wolle er Jonnie die Waffe reichen.

Jonnie griff danach, woraufhin Terl in wieherndes Gelächter ausbrach und sie in den Gürtel zurücksteckte.

Jonnie war schon vor geraumer Zeit hergekommen, um Terl zu erwarten: Seitdem Terl die Stadt über den Highway verlassen hatte, wußte er, daß er hier aufkreuzen würde, und war von der Mine zur Akademie geflogen. Es empfahl sich, Terl nicht merken zu lassen, daß er beobachtet wurde, und Jonnie wollte eigentlich noch länger im Hintergrund bleiben. Aber die Schmerzensschreie der Pferde hatten ihn empört herbeieilen lassen.

Der da vor ihm stand, war wieder ganz der alte Terl.

»Gehen wir ein Stück«, forderte er Jonnie auf.

Mit einer von Terl nicht wahrgenommenen Handbewegung schickte der aufgebrachte Jonnie einen Schotten zu den gepeinigten, verstümmelten Tieren, um sie mit einem raschen Schnitt durch die Kehle von ihren Qualen zu erlösen. Terl durfte das nicht mit ansehen, deshalb schleuste ihn Jonnie zur Rückfront eines Gebäudes.

»Na, Rattenhirn, wie ich sehe, kommt ihr ganz gut voran«, begann Terl. »Vermutlich sucht ihr nach einem zweiten Goldnest.«

»Ja«, bestätigte Jonnie, der mühsam seinen Zorn unterdrückte, »wir haben noch nicht die ganze Menge beisammen.« Das war eine bewußte Schönfärbung. Alles Gold, was sie hatten, trug er jetzt in einem Beutel bei sich.

»Bestens«, grinste Terl. »Braucht ihr irgendwas an Ausrüstung? Irgendwelche Ersatzteile? Du brauchst nur ein Wort zu sagen. Hast du eine Liste dabei?« Jonnie verneinte. »Na ja, kein Problem – du packst einfach eine Liste zu den Bündeln, die du immer vor dem Käfig deponierst, und ich sorge dann schon dafür, daß du alles bekommst. Läuft natürlich unter dem Stichwort ›Schulungsmaterial‹.«

»Ausgezeichnet«, antwortete Jonnie.

»Und wenn du mit mir reden willst, gibst du mir einfach ein Lichtzeichen vor den Fenstern meines Quartiers. Du blinkst dreimal, ich komme raus, und wir können uns unterhalten. Kapiert?«

Jonnie erklärte, das sei ein guter Vorschlag, ab und zu gäbe es schon mal Fragen, die den Goldabbau beträfen.

»Na, da brauchst du dich bloß an die richtige Adresse zu wenden«, entgegnete Terl und klopfte sich an die Brust. »Es gibt nichts über Bergbau, was ich nicht weiß, da kommt keiner an mich ran!« Er lachte schallend.

Das ist wirklich ein völlig veränderter Terl, dachte Jonnie. Irgend etwas muß den Druck von ihm genommen haben.

Sie waren jetzt auf freiem Feld und durch eine Anhöhe vor neugierigen Blicken geschützt.

»Und nun zur Sache«, sagte Terl. »Am Tag 89 hast du mein Gold abzuliefern, und zwar in der alten Stadt, hier in diesem Gebäude.« Er zog eine Aufnahme aus der Tasche und zeigte sie Jonnie.

Auf dem Gebäude stand: *United States Mint.* Jonnie wollte das Bild nehmen, doch Terl entriß es ihm wieder und hielt ihm drei andere hin, auf denen die Straße und zwei Seitenansichten des Gebäudes zu sehen waren.

»Also merk dir – Tag 89, zwei Stunden nach Sonnenuntergang«, schärfte ihm Terl ein. »Paß auf, daß dich niemand sieht. Ich habe einen Raum drinnen hergerichtet, dort stellst du's ab.«

Jonnie studierte die Bilder, die Terl ihm offensichtlich nicht überlassen wollte. Sie zeigten einige massige Gebilde – alte Autos, wie er wußte – und hinter dem Gebäude einen noch größeren Brocken, wahrscheinlich ein Lastwagen. Die Türen dieses Münzamtes waren intakt und geschlossen, aber Terl hatte sie zweifellos irgendwie aufgesperrt.

»Hast du einen Flachtransporter?« erkundigte sich Terl. »Nein? Ich geb dir einen.« Sein Ton wurde nachdrücklich, befehlend. »Hör jetzt genau zu: Du wirst dich zusammen mit zwei anderen Kreaturen – nicht mehr, kapiert? – pünktlich einfinden. Und zwar hast du persönlich zu erscheinen, merk dir das. Sag den anderen, daß du erst am Tag 93 zurückkommen und ihnen ihren Lohn bringen wirst. Von Tag 89 bis 93 habe ich einige andere Arbeiten für dich. Kapiert, Rattenhirn? Du persönlich und zwei andere, nicht mehr, die übrigen bleiben oben bei der Mine. Klar?«

Jonnie bejahte. Sie standen jetzt gut verborgen hinter einem Gebüsch. »Möchtest du eine Probe von dem sehen, was wir gefördert haben?«

Keine Frage. Jonnie breitete ein dickes Stück Stoff auf den Boden und schüttete das drahtdünne Gold darauf aus. Es leuchtete sanft im Sonnenschein.

Mit einem Blick zum Himmel vergewisserte sich Terl, daß keine Luftüberwachung stattfand, und kauerte sich dann nieder. Er liebkoste das Goldgespinst, an dem noch ein wenig Quarz hing. Nach einer Weile erhob er sich und bedeutete Jonnie mit der Pranke, es wegzuräumen. Jonnie tat es behutsam wieder in den Beutel, schließlich war das alles, was sie an Gold besaßen.

Terl starrte fasziniert auf den Beutel und stieß unter der Atemmaske einen tiefen Seufzer aus. »Prachtvoll, einfach prachtvoll!« begeisterte er sich.

Dann wurde er wieder sachlich. »Also am Tag 89 kriege ich eine Tonne Gold, ist das klar?« Er klopfte auf die Tasche, in der sich das Fernbedienungsgerät befand. »Und am Tag 93 bekommst du dann deinen Lohn!«

»Warum erst vier Tage später?« wollte Jonnie wissen.

»Weil du zuvor noch ein paar Dinge erledigen mußt«, entgegnete Terl. »Aber keine Angst, Rattenhirn. Am Tag 93 erhältst du deinen Lohn. Mit Zins und Zinseszins. Das verspreche ich dir hoch und heilig!« Er lachte wiehernd in seine Maske und konnte sich gar nicht mehr beruhigen. Jonnie war klar, daß Terl zwar heute in Hochstimmung sein mochte, aber nicht ganz bei Sinnen war.

»Du bekommst alles, was dir zusteht, Rattenhirn!« gluckste Terl. »Laß uns jetzt zum Wagen zurückgehen.«

Noch nie im Leben hatte sich Terl so wohlgefühlt. Wie gierig diese Menschendinger auf Lohn aus waren, das hatte er ja damals in Schottland gemerkt. Und diese Kreatur hier, die würde ihren Lohn am Tag 89 erhalten! Danach konnte er die weiblichen Menschendinger töten. Ohne Furcht vor den sogenannten übernatürlichen Kräften. Eine berauschende Aussicht!

»Auf Wiedersehen, Rattenhirn«, sagte er und fuhr in strahlender Laune davon.

6

Die folgenden Wochen verliefen in Hochspannung. Sie trieben den Stollen an der Ader entlang voran in der Hoffnung auf ein zweites Goldnest, stießen aber bisher nur auf weißen Quarz und kein Körnchen Gold. Und ohne Gold war alles andere in Frage gestellt.

Der Zwischenfall mit den Pferden verursachte viel Aufruhr. Sie hatten die Tiere zugeritten und sich an sie gewöhnt; sie waren in der Akademie zurückgeblieben, wo sie in Ruhe weiden und bessere Zeiten abwarten sollten. Die Schotten waren außer sich, nicht nur des Verlustes wegen, sondern wegen der abscheulichen Tierquälerei. Es führte ihnen die wahre Natur des Feindes vor Augen. Waren alle Psychlos so? Ja, bedauerlicherweise. Beobachter hatten in der Umgebung des Camps ebenfalls verstümmelte Tiere entdeckt. Wurden die beiden Mädchen dadurch gefährdet? Sicher, aber sie mußten eben die Zähne zusammenbeißen und alles daransetzen, daß ihr Plan pünktlich und reibungslos ablief. Um nichts in der Welt durften sie auch nur die kleinste Kleinigkeit verpfuschen! Es war ein Spiel auf Leben und Tod ...

Vom Gold abgesehen, machten sie durchaus Fortschritte.

Angus hatte Schlüssel angefertigt für alles, was ihm vor die Augen kam. Ein waghalsiges Unterfangen – in Hitzeschutzkleidung nachts lautlos über den Schnee huschen, Wachsabdrücke nehmen, alle Spuren verwischen. Es war doppelt gefährlich, weil eine Entdeckung nicht nur ihn das Leben kosten, sondern auch die Psychlos alarmieren würde, daß irgend etwas bevorstand.

Sie studierten den Ablauf jener letzten Schlacht vor tausend Jahren, was ihnen hilfreiche Aufschlüsse gab. Die Unterlagen waren jetzt alle geordnet, sämtliche Satellitenbilder in die richtige Reihenfolge gebracht.

Jonnie und Doktor MacDermott hatten das ganze Material durchgesehen in der Hoffnung auf irgendwelche nützlichen Hinweise. Es gab zahlreiche Berichte über Kampfflugkörper, die in dem ungleichen Waffengang eingesetzt worden waren.

Seltsam war der Bericht über einen Kampfflugkörper der Psychlos, der im Stadtzentrum von Denver einen Panzer im Sturzflug bombardiert haben sollte, während laut Angaben der U.S. Army dort überhaupt kein Panzer stationiert war. Das erregte Jonnies Aufmerksamkeit, so daß er beim weiteren Suchen einen zweiten Bericht über denselben Kampfflugkörper entdeckte.

Nach Bombardierung des laut Bericht gar nicht vorhandenen Panzers hatte der Kampfflugkörper mit hoher Geschwindigkeit nach Nordwesten abgedreht und wurde geortet, als er an einer schneebedeckten Berglehne zerschellte, jedoch nicht explodierte. Die genaue Position war ausgemacht worden.

Sie überprüften das anhand der Landkarten. Die Stelle befand sich nur rund vierhundertfünfzig Kilometer nördlich von hier.

Dunneldeen machte sich auf den Weg und nahm einen Metalldetektor mit. Er überflog die Gegend und stellte fest, daß der Kampfflugkörper immer noch dort war – er lag im ewigen Schnee begraben, aus dem nur noch die Schwanzspitze herausragte.

Mit Hilfe von zwei fliegenden Plattformen gruben sie das Wrack aus und brachten es – sicherheitshalber im Nachtflug – in die ehemalige Hauptverteidigungsanlage. Dort stellten sie es auf dem Hubschrauber-Landeplatz ab zur eingehenden Untersuchung.

Der Kampfflugkörper war unbrauchbar, enthielt aber eine Fülle von Informationen, die auch der beste Kundschafter im Camp niemals hätte beschaffen können. Die beiden Piloten waren bei dem Aufprall getötet worden, die Ausrüstung jedoch war zwar verwittert, aber intakt.

Sie überprüften die Atemmasken in allen Einzelheiten und entdeckten ein Fach, das Tornister mit Düsenantrieb enthielt, mit einer Art Fallschirm für den Notfall. Die Sicherheitsgurte unterschieden sich nicht von denen, die sie in ihren Transportflugkörpern hatten. Die Piloten trugen Handfeuerwaffen im Gürtel.

Die Funktionsschalter waren ebenfalls identisch, hatten nur zusätzlich noch Auslöser für die Bordwaffen und Schalter für einen sogenannten magnetischen »Greifer«.

Bei Untersuchung der Gleitkufen, auf denen der Flugkörper stand, stellten sie fest, daß diese tatsächlich elektromagnetisch waren. Damit ließ sich der Flugkörper auf jede Metallfläche aufsetzen und blieb ohne weitere Schutzvorrichtungen fest haften.

Sie reinigten das Wrack, so gut es ging, und benutzten es zu Schulungszwecken.

Der Pastor sezierte die mumifizierten Leichen der Psychlos, um die Lage der lebenswichtigen Organe zu ermitteln. Der Herzmuskel befand sich hinter der Gürtelschnalle, die Lungen weit oben in den Schulterblättern. Das Gehirn lag ganz unten im Hinterkopf, der restliche Schädel bestand aus Knochen. Nach beendeter Untersuchung bestattete der Pastor die sterblichen Überreste der beiden Psychlos mit angemessenem Ernst.

Die vielen Projekte, die mit ihrem großen Vorhaben zusammenhingen, beschäftigten sie rund um die Uhr. So bauten sie auf dem weiträumigen Dachboden der *Empire Dauntless Mining* in großem Maßstab ein Modell des Camps, an dem die ganze Mannschaft gedrillt wurde.

Auf einer Wiese steckten sie dann möglichst wirklichkeitsgetreu die Entfernungen ab – sorgfältig getarnt vor den Aufklärungsdrohnen – und stoppten die Zeiten genau: Wie lange brauchte man für die verschiedenen Strecken? Wann mußte man an den einzelnen Punkten starten, um das Ziel gleichzeitig zu erreichen? Viele Informationen fehlten ihnen und waren auch nicht zu bekommen, was sie durch Flexibilität wettmachen mußten.

Ein weiteres Problem war es, Ersatz für die von Terl verstümmelten Pferde zu finden. Eine kleine Gruppe fing Wildpferde ein und schaffte es in unglaublich kurzer Zeit, sie zuzureiten.

Im Gebrauch der Sturmgewehre und Bazookas hatten sie sich alle zu meisterhaften Scharfschützen entwickelt.

Robert der Fuchs drillte seine Leute schonungslos und erzielte damit wirklich Erstaunliches. Seine jahrzehntelange Erfahrung tat dabei ein übriges.

»Wenn wir auch nur die kleinste Kleinigkeit verpfuschen«, hämmerte er ihnen immer wieder ein, »dann werden die Psychlos abermals die Ebenen mit Panzern und den Himmel mit Kampfflugkörpern überschwemmen. Der Heimatplanet der Psychlos würde sich grausam rächen, und uns bliebe kein anderer Ausweg, als uns in die alte Verteidigungsanlage zurückzuziehen und höchstwahrscheinlich elend zu ersticken, wenn sie Gas einsetzen. Wir haben eine winzige Chance – wir dürfen eben auch nicht den kleinsten Fehler machen. Und jetzt gehen wir das Ganze noch einmal durch.«

Ein kleiner Kampftrupp von nur sechzig Männern sollte gegen das ganze Psychlo-Imperium antreten? Das erforderte äußerste Entschlossenheit und harten Drill. Unermüdlich ... Immer und immer wieder ...

Aber noch fehlte ihnen die eine entscheidende Voraussetzung: das Gold ...

7

Sie arbeiteten vierundzwanzig Stunden täglich in drei Schichten, trieben den Stollen immer weiter an der tauben weißen Quarzader entlang.

Und dann – am Tag 60 – trafen sie auf die Verwerfung. In grauer Vorzeit war die Ader durch irgendeine Auffaltung nach oben oder unten, nach rechts oder links verschoben worden. Auf einmal hatten sie nur noch Nebengestein vor sich. Keine Ader mehr.

Die Möglichkeit eines solchen Verlustes hatten sie stets einkalkuliert. Deswegen waren schon seit Wochen Kundschafter unterwegs, die nach in Reichweite gelagerten Goldbeständen fahnden sollten.

Ihre Hoffnungen wurden bestärkt, weil Jonnie vor langer Zeit eine Goldmünze in einem Banktresor in Denver entdeckt hatte. Doch die meisten der dort aufbewahrten Münzen waren nur wertlose Andenken und bestanden aus versilbertem Kupfer. In dem Safe gab es bloß noch fünf weitere Goldmünzen, und die paar Gramm fielen ja kaum ins Gewicht, wo es galt, eine ganze Tonne Gold zusammenzubringen.

Ein paar Stücke aus ehemaligen Juwelierläden ergaben weitere kümmerliche sechzig Gramm.

Die Tresore in den einstigen Bergwerksgesellschaften in den Rockies enthielten kein Gold, wohl aber jede Menge Quittungen, auf denen bestätigt wurde, wieviel an das Münzamt in Denver oder an die Schmelzhütte verfrachtet worden war.

Um der Entdeckung durch Aufklärungsdrohnen zu entgehen, hatten Dunneldeen, ein Copilot und ein Bordschütze einen waghalsigen Nachtflug zur Ostküste unternommen. In einem Ort, der einst New York hieß, fanden sie zwischen den Trümmern der eingestürzten Gebäude einige Stahlkammern, die zur Goldaufbewahrung gedient hatten und jetzt leer waren – geplündert, indem man sich durch einen Tunnel Zugang verschafft hatte.

Ferner suchten sie einen Ort auf, den der Historiker ausfindig gemacht hatte und der sich Fort Knox nannte, auch er nur noch eine ausgebrannte Ruine.

Von diesen Erkundungen hatte Dunneldeen eine Unmenge

Informationen und Aufzeichnungen des Bildrecorders mitgebracht: eingestürzte Brücken, Schutthalden, Wild, Wildrinder und Raubtiere in großer Zahl, doch keinerlei Spuren von Menschen. An schauerlichen Erlebnissen bestand ebenfalls kein Mangel.

Gold aber hatten sie nirgends gefunden.

Daraus war nur ein Schluß zu ziehen: Die Psychlos hatten vor nunmehr tausend Jahren alles Gold auf diesem Planeten restlos an sich gerafft. Sie mußten die Leichen in den Straßen ausgeraubt, ja die Menschen sogar scharenweise massakriert haben, um ihnen die Ringe von den Fingern und die Goldzähne aus dem Mund zu reißen. Allmählich verstanden sie ein wenig besser, was Terl zu dem gefährlichen Unternehmen, das gelbe Metall in seinen Besitz zu bringen, getrieben haben mochte. Ihnen bedeutete Gold so gut wie gar nichts, sie hatten keine Erfahrung darin, es im Handelsverkehr zu benutzen. Sicher – es sah hübsch aus, behielt seinen Glanz und war leicht zu bearbeiten, aber rostfreier Stahl besaß doch wesentlich mehr Vorzüge. Ihre wirtschaftlichen Maßstäbe orientierten sich an anderen Kriterien: Ein Gegenstand, den sie vielseitig und nutzbringend verwenden konnten, stellte für sie einen realen Wert dar. Das war etwas Greifbares, kein schöner Schein ...

Doch all dies brachte sie der Tonne Gold um keinen Schritt näher. Wie besessen machten sie eine Testbohrung nach der anderen, um die Goldader wiederzufinden.

Endlich – am Tag 70 – wurden sie fündig. Durch die Verwerfung hatte sich die Ader neunundsechzig Meter nach Norden verschoben und lag nur noch neun Meter unter der Oberfläche.

Sie wischten sich den Schweiß aus dem Gesicht, der bei den eisigen Winterwinden in dieser Höhe sofort zu gefrieren drohte, planierten für die Ausrüstung eine neue Stelle und gruben einen neuen Schacht. Dann begannen sie, eine Sohle an dem weißen Quarz entlangzutreiben. Die Ader war jetzt nur noch ungefähr neunzig Zentimeter breit.

Während sie sich mühsam vorarbeiteten und gelegentlich mit Sprengungen nachhalfen, machte sich Jonnie wieder daran, die Berichte über die letzte Schlacht auf diesem Planeten zu studieren. Sie mußten die Taktik der Psychlos ganz genau kennen. Abermals beschäftigte ihn dieser seltsame Angriff auf einen Panzer in Denver, wo überhaupt kein Panzer stationiert gewesen war. Er nahm sich die verblaßten Satellitenbilder vor, die auch nach dem Tod des Präsidenten noch weiter übermittelt worden waren, und versuchte, die Stelle möglichst exakt zu lokalisieren. Ja, dort war tatsächlich Rauch zu erkennen.

In Denver hatten sie alles gründlich ausgekundschaftet.

Bezeichnenderweise beabsichtigte Terl nicht, sein Gold im Münzamt zu feinen, sondern im Kellergeschoß einer Schmelzhüttenruine, die mit dem Fahrzeug in ein paar Minuten erreichbar war. Im Münzamt sollte lediglich die Übergabe stattfinden.

Nun zeigten aber die aufgefundenen Unterlagen, daß alle Goldsendungen von den Minen ans Münzamt gegangen waren; deshalb erschien es Jonnie immerhin möglich, dort noch irgendwelche Reste zu entdecken, falls sie in der Quarzader nicht mehr fündig werden sollten. Und was den für die Army nicht existenten Panzer betraf – der könnte durchaus zum Schutz des Münzamtes gedient haben.

Es ließ Jonnie keine Ruhe, und so machte er sich an einem Spätnachmittag kurz entschlossen mit Dunneldeen auf nach Denver, nicht ohne sich vorher genau zu vergewissern, daß weder Landfahrzeuge noch Flugkörper unterwegs waren. Sie setzten in einem Park, von riesigen Bäumen gut verdeckt, auf und eilten geräuschlos zum Münzamt.

Dort war alles still. Obwohl das Gebäude schon einmal gründlich durchsucht worden war, machten sie sich ebenfalls daran – immerhin hätten die Psychlos ja einen Tresor übersehen haben können. Doch sie fanden nichts.

Dann schlenderten sie draußen im Dunkeln herum. Dunneldeen vergnügte sich damit, in die zu ungefügen Schrotthaufen verwitterten einstigen Autos zu spähen, und überlegte, wie sie wohl ausgesehen haben mochten, als man noch in ihnen fahren konnte. Jonnie dachte über die Aufnahmen nach, die Terl ihm gezeigt hatte. Er ging um die Ecke zur Rückfront und stellte eine Grubenlampe so auf, daß sie das Umfeld schwach ausleuchtete.

Sein Blick fiel auf das umfänglichste Schrottgebilde. Das mußte der Panzer sein, den der Kampfflugkörper zerstört hatte. Der nichtexistierende Panzer ...

Er war mit einer dichten Grasnarbe überzogen. Jonnie schnitt sie sehr vorsichtig auf, so daß er eine Schicht zurückklappen und wieder darüberbreiten konnte, ohne Spuren zu hinterlassen. Nein, das war kein gewöhnliches Auto, sondern so robust gebaut, daß es dem Rost widerstanden hatte. An den ausgebrannten Stellen hatte sich das Metall verzogen, so etwas war ihm bisher noch nie vorgekommen, merkwürdig ... Es gab eine Scharte, durch die man vielleicht schießen könnte, aber das war schon so gut wie alles an Ähnlichkeit mit einem Panzer. Über den Fensterrahmen waren Stangen angebracht, die etwas an die Gitterstäbe eines Käfigs erinnerten. Was war das bloß für ein Ding? Mit einem Brecheisen stemmte er ein Stück Metall auf und kletterte hinein. Das Innere war rußgeschwärzt, und die Bodenplatten hatten sich aufgeworfen. Er stemmte eine auf.

Dreißig Sekunden später imitierte Jonnie einen Vogelruf und winkte Dunneldeen herbei. Er zog ihn ins Innere, deutete stumm auf die offene Stelle im Boden.

GOLD! Wieviel wohl?

Sie konnten es sich irgendwie zusammenreimen. Als die Psychlos ihren Angriff starteten, hatte das Münzamt versucht, den Inhalt seiner Tresore zu evakuieren.

Und dann hatten die schweren Goldbarren hier ordentlich aufgereiht gelegen – tausend Jahre lang ... In diesem vermeintlichen Panzer, von allen übersehen ...

Aufgeregt hoben sie die Barren hoch, schätzten das Gewicht. Und dann legte sich ihre Aufregung sehr schnell.

»Das ist noch nicht mal der zehnte Teil einer Tonne«, stellte Dunneldeen enttäuscht fest. »Ob Terl sich damit zufriedengäbe?«

Das nahm Jonnie nicht an. Nein, er wußte es genau, daß Terl das niemals akzeptieren würde.

»Immerhin – ein Zehntel ist besser als gar nichts«, meinte Dunneldeen.

Sie luden die knapp zweihundert Pfund Gold in den Flugkörper, brachten den sogenannten Panzer wieder in Ordnung und verstreuten überall Schnee, um die Spuren zu verwischen.

Alles in allem hatten sie jetzt rund dreihundert Pfund Gold zusammen.

Und sie brauchten eine Tonne ...

Das könnte einen direkt dazu bringen, es mit Alchimie zu versuchen, der uralten Kunst, Blei in Gold zu verwandeln, meinte der Historiker, als sie bei ihrer Rückkehr von der mageren Ausbeute berichteten. Und tatsächlich verbrachte Doktor MacDermott in jener Nacht viele Stunden damit, nach dem berühmten Stein der Weisen zu suchen. Erfolglos.

Der Pastor begab sich in Jonnies Heimatdorf, um die Bewohner auf den möglichen Rückzug in die alte Hauptverteidigungsanlage vorzubereiten. Er brachte Jonnie herzliche Grüße von seiner Tante Ellen mit, die ihn beschworen habe, nur ja gut auf sich aufzupassen. Jonnie stellte fest, daß der Pastor es auf Tante Ellen abgesehen hatte, und wünschte ihm im stillen Glück.

Ein bedrückender Gedanke, daß sie die anderen Menschen, die vielleicht noch auf diesem Planeten lebten, nicht warnen konnten.

Wenn sie scheiterten, würde die Menschheit wohl endgültig ausgelöscht.

8

Die letzte Schicht am Tag 86 begann wie jede andere auch. Die Ader hatte sich in den letzten Tagen weiterhin verengt und ging offensichtlich aus. Sie hüteten sich zwar vor irgendwelchen falschen Hoffnungen, waren aber dennoch bitter enttäuscht, wenn sie am Ende einer Schicht das Goldnest immer noch nicht gefunden hatten.

Dunneldeen, der soweit genesen war, daß er wieder unter Tage arbeiten konnte, betätigte einen ratternden Gesteinsbohrer, schweißüberströmt in der engen, heißen Sohle. Plötzlich schien es ihm, als habe einer der herabrinnenden Schweißtropfen Farbe angenommen. Er schaltete den Bohrer ab, um besser sehen zu können. Durch die dichten Schwaden weißen Gesteinsstaubes schien immer noch etwas zu schimmern – farbig, tropfenförmig.

Nein, das war keine Täuschung!

Inmitten der leuchtend weißen Quarzader zeichnete sich ein einzelner runder Fleck ab, der gelb schimmerte.

Er setzte den Gesteinsbohrer an, der sich ratternd tiefer eingrub. Er schaltete ihn aus und ging dichter an die Ader heran.

Einen kurzen Augenblick stand er wie angewurzelt da und stieß dann einen gellenden Pfiff aus, um die anderen zu stoppen.

Er deutete nach vorn. Und nun brach die Hölle los!

Es war Gold! Wirklich und wahrhaftig – Gold!

Sie hatten endlich doch das zweite Goldnest gefunden!

Wie auf Kommando verstummten sie plötzlich und machten sich daran, mit allen verfügbaren Geräten in die Ader einzudringen.

Das Goldgespinst schälte sich immer weiter aus dem weißen Quarz heraus.

Aufgeregt ließen sie den Wachhabenden im Ort benachrichtigen, der ihnen unverzüglich die nächste Schicht zur Unterstützung schickte.

In Windeseile war der ganze Ort auf den Beinen.

Sämtliche Schotten und sogar zwei der alten Frauen bildeten eine Eimerkette vor der Mine, wogen das geförderte Gemisch aus drahtdünnem Gold und Quarz ab, füllten es in Beutel und verluden sie.

Am Tag 88 vor Sonnenuntergang hatten sie das ganze Goldnest

abgebaut.

Sechzehnhundertsiebenundvierzig Pfund, die gelegentlichen Gesteinsbrocken abgerechnet.

Mit den bereits vorhandenen dreihundertundsechs Pfund waren es jetzt tausendneunhundertdreiundfünfzig Pfund.

Es fehlte zwar noch etwas an einer Tonne, aber das mußte eben reichen.

Der Plan war gerettet!

Sie begannen, die Sturmgewehre zu ölen.

Der Pastor betete lange für ihren Erfolg. Er war tiefernst, denn er wußte sehr wohl, wie ungleich die Chancen in dem bevorstehenden Ringen verteilt waren. Es würde ein Kampf auf Leben und Tod – ohne Beispiel.

9

Tag 89, zwei Stunden nach Sonnenuntergang. Terl wartete vor dem Münzamt in Denver, bemüht, einen lässigen Anschein zu wahren. Es war erfreulich dunkel, und auch in den folgenden drei Nächten würde der Mond nicht scheinen.

Das Wetter auf diesem verdammten Planeten war schon fast frühlingshaft. Der Schnee war weggetaut, und es hatte sogar bereits ein paar warme Tage gegeben. Auch jetzt war die Temperatur durchaus angenehm, so daß ihm das Warten nichts ausmachte. Darauf hatte er sich sowieso eingerichtet, denn diese dämlichen Menschendinger besaßen ja keinerlei Zeitgefühl.

Er lehnte an dem Tieflader, mit dem er vom Camp gekommen war. Ein uraltes, schäbiges Vehikel, stand nicht mal mehr auf der Inventarliste. Den würde bestimmt niemand vermissen ...

Aha – da kamen ja die Kreaturen, pünktlich auf die Minute.

Ihr Fahrzeug war kaum beleuchtet, nur ein dünner, auf die Strecke gerichteter Lichtstrahl. Sie ließen es ausrollen, so daß es kurz vor Terl anhielt.

Er stellte fest, daß es schwer beladen war. Also hatten sie schließlich doch ihren Teil der Abmachung erfüllt. Na ja, was konnte man von diesen Kreaturen mit ihrem Rattengehirn auch anderes erwarten ...

In dem Fahrzeug saßen drei Menschendinger. Doch Terl konnte seine Ungeduld nicht mehr bezähmen. Er begann, die Säcke im Laderaum mit einem Leuchtstab und den Klauen zu untersuchen.

Drahtdünnes Gold! Nicht gefeint oder geschmolzen, noch mit ein paar Quarzresten behaftet ... nein, hier waren auch eingeschmolzene Klumpen.

Beinahe hätte er es vergessen! Er trat zurück und richtete einen Strahlendetektor auf die Säcke. Alles sauber.

Mit Kennerblicken schätzte er die Ladung ab. Veranschlagte man das Gewicht dieser mickrigen Menschendinger mit etwa vierhundert Pfund und die Gesteinsreste dazu, mußten es ungefähr neunzehnhundert Pfund Gold sein. Aus den letzten Handelsbilanzen wußte er, daß der Preis für die Unze Gold auf achttausenddreihunderteinundzwanzig Galaktische Währungseinheiten geklettert war. Dann war die Ladung ungefähr ... er war sehr gut im Kopfrechnen ... ja, sie war ungefähr 189.718.800,00 GW wert. Ein Vermögen, unvorstellbar!

Reichtum und Macht!

Ein stolzes Gefühl.

Die Menschendinger waren nicht ausgestiegen. Terl ging zur Seitentür, leuchtete vorsichtig hinein. Sie hatten alle schwarze Bärte!

Die Insassen waren Dunneldeen, Dwight und ein dritter Schotte.

Terl gestikulierte heftig, um ihnen seine Frage klarzumachen: Wo steckte diese Kreatur, die sich Jonnie nannte?

Er hätte sich gar nicht so anzustrengen brauchen, denn die drei wußten natürlich genau, was er meinte. Dwight, der die Psychlo-Sprache fließend beherrschte, antwortete absichtlich gebrochen: »Jonnie nicht kann kommen. Hat gehabt Unfall. Er Fuß verletzt. Sagen, wir fahren. Entschuldigen viele Male.«

Die Mitteilung verblüffte Terl einigermaßen. Das warf seine ganze Planung um. Richtig, in den Aufzeichnungen der Aufklärungsdrohne hatte er heute nachmittag einen umgekippten Frontschaufler bemerkt, aber keine Spur von dem blondbärtigen Menschending, das seit Monaten immer zu sehen gewesen war. Na ja, es spielte keine Rolle. Viel wurde dadurch nicht geändert. Nur die Sache mit den weiblichen Menschendingern mußte er eben etwas verschieben. Eine Fußverletzung würde die sogenannten übernatürlichen Kräfte dieser Kreatur bestimmt nicht beeinträchtigen ... also durfte er die beiden im Käfig vorerst nicht anrühren. Wer weiß, was sie sonst anstellten ... Allerdings gab es wohl kaum etwas, das er, Terl, nicht meistern könnte ...

»Wir helfen Säcke in anderes Fahrzeug tragen«, bot Dwight höflich an.

Das lag nun keinesfalls in Terls Absicht. »Nein!« rief er und unterstrich das mit energischen Gesten, die freilich in der Dunkelheit schwer zu erkennen waren, »wir tauschen einfach die Fahrzeuge. Kapiert? Ich behalte eures. Und ihr nehmt dies hier.«

Die drei Schotten kletterten aus dem riesigen Fahrerhaus des Lasters, mit dem sie gekommen waren, und stiegen in Terls Tieflader um.

Dunneldeen nahm den Fahrersitz, startete und wendete in weitem Bogen.

Terl sah ihnen nach, um seine Mundknochen lag ein erwartungsvolles Grinsen.

Der Tieflader erreichte die Kreuzung und bog in eine Seitenstraße ein, außer Sichtweite von Terl.

Dunneldeen programmierte ihn hastig, damit er automatisch weiter den Abhang hinunterfuhr.

Mit einem Seitenblick vergewisserte er sich, daß Dwight und der andere die Tür geöffnet hatten.

»Los!« schrie er.

Die beiden hechteten hinaus.

Dunneldeen stieß seine Tür auf, rollte sich zusammen und landete auf der weichen Grasnarbe.

Er schaute nach hinten. Die beiden anderen rannten, Deckung suchend, durch die Dunkelheit.

Er zog die Hitzeschutzkleidung aus dem Gürtel, schlüpfte hinein und lief zu einer Seitengasse. Er schaffte es gerade noch.

Der Tieflader rollte hundert Meter weiter die Straße hinunter.

Und dann explodierte er mit gewaltigem Getöse. Die Druckwelle erfaßte die Gebäude an beiden Straßenseiten und brachte sie zum Einsturz.

Terl gluckste vor sich hin, als er im weiten Umkreis die Steintrümmer auf die Erde prasseln hörte. Mehrere Häuser brachen laut krachend zusammen. Freude und Genugtuung erfüllten ihn. Noch befriedigender wäre es natürlich gewesen, wenn es auch diese Kreatur namens Jonnie getroffen hätte. Es erübrigte sich, daß er sich alles noch an Ort und Stelle ansah, denn gefunden hätte er ohnehin nichts mehr. Die ferngezündete Sprengladung war unter den Sitzen im Fahrerhaus angebracht gewesen.

Terl stieg in den Laster und fuhr zur Schmelzhütte, die er so weit instand gesetzt hatte, daß er seine kostbare Ladung dort bearbeiten konnte.

Die Schotten, die sich – in Hitzeschutzkleidung – versteckt hatten, um den anderen notfalls zu Hilfe zu kommen, huschten aus den umliegenden Häusern auf die Straße, wo Dunneldeen und die beiden anderen zu ihnen stießen. Nun stand Teil zwei an. Ob sie wohl dabei ebensolches Glück entwickeln würden? Gar nicht so einfach, einen wahnsinnigen Psychlo zu überlisten.

10

Der Arbeitsraum in der ehemaligen Schmelzhütte war tadellos in Ordnung gebracht; Terl hatte Fensterläden und Türen abgedichtet. Von der ursprünglichen Ausrüstung benutzte er lediglich den riesigen Metallkessel in der Mitte, den er ebenfalls umgearbeitet und mit schnell aufheizenden Thermoelementen bestückt hatte.

Die erforderlichen Werkzeuge lagen bereit; zum Prägen hatte er sich die Instrumente aus dem Leichenschauhaus mitgebracht.

Terl stellte den Laster vor dem dunklen Toreingang ab und trug mühelos sechs bis acht Säcke auf einmal hinein, wo er sie in den Schmelztiegel leerte.

Abschließend versteckte er das Fahrzeug, kehrte zurück und überzeugte sich, daß alle Fensterläden geschlossen waren. Dann verriegelte er die Tür hinter sich. Daß in einem Fensterladen ein frisches Loch gebohrt worden war, hatte er nicht bemerkt. Beruhigt schaltete er die mitgebrachten Leuchtröhren ein.

Mit geübtem Griff handhabte er die Sonde, um sich zu vergewissern, daß nirgends Abhörgeräte oder Minikameras installiert waren. Als sich nichts Verdächtiges fand, legte er die Sonde zufrieden beiseite.

Sobald sie auf die Werkbank klirrte, wurde eine ehemalige Lüftungsklappe von unsichtbarer Hand geöffnet, die zwei Minikameras günstig plazierte und die gut geölte Klappe wieder schloß. Dabei wurde ein bißchen Staub aufgewirbelt, der sich langsam senkte und unten im Lichtstrahl einer Leuchtröhre sichtbar wurde.

Terl blickte hoch. Ratten, dachte er. Immer sind Ratten in diesen Gebäuden.

Er schaltete die Thermoelemente ein, und das Gold, das drahtdünne ebenso wie die Klumpen, begann sich zu setzen und zu verformen. Blasen stiegen auf. Man mußte gut aufpassen, um das Gold nicht zu überhitzen, damit nicht durch Verdampfung zuviel verlorenging. Er beobachtete die Thermometer sorgfältig.

Die orangegelbe Masse im Schmelztiegel verflüssigte sich, und er schaltete die Thermoelemente auf konstant.

Die Gußformen lagen parat. Normalerweise wurden sie zur Herstellung von Sargdeckeln benutzt, denn Särge wurden hier, in den Betrieben auf dem Camp, angefertigt.

Terl hatte eine riesige Gießkelle in den Pranken und begann, das flüssige Gold in die erste Gußform zu füllen.

Für jeden Sarg zweihundert Pfund Gold. Zehn Sargdeckel. Er arbeitete flink und geschickt, stets bemüht, nicht einen einzigen Tropfen zu verspritzen. Wenn das geschmolzene Gold in die Gußformen zischte, war das ein wahres Labsal für seine Ohrknochen!

Wie einfach doch alles ging! Die Company bestand strikt darauf, daß Bleisärge verwendet wurden. Hin und wieder war auf irgendeinem Planeten ein Angestellter an den Folgen eines Strahlungsunfalls gestorben, was etliche Mißhelligkeiten nach sich gezogen hatte: Särge waren bei der Teleportation auseinandergefallen, oder es hatte mehr oder minder schwere Schädigungen durch Radioaktivität gegeben, so daß die Company vor fünfzig- oder sechzigtausend Jahren genaue Vorschriften erlassen hatte.

Blei war auf Psychlo im Überfluß vorhanden, eine regelrechte Marktschwemme. Eisen, Kupfer und Chrom gab es ebenfalls reichlich. Knappheit herrschte an Gold, Bauxit, Molybdän und verschiedenen anderen Metallen. Und was zum Glück ganz fehlte, war Uran mit sämtlichen Uranmineralien.

Er brauchte nur die Deckel herzustellen. Im Leichenschauhaus standen Särge stapelweise herum. Deshalb war er auch so auf unbedingte Geheimhaltung bedacht – ziemlich blamabel, wenn ihn jemand beobachten und noch mehr Sargteile anschleppen sehen würde.

Neun Gußformen waren jetzt voll. Mit der zehnten hatte es gewisse Tücken. Im Schmelztiegel befand sich nur noch die Bodenschicht, und die Restbestände waren mit Gestein untermischt.

Das Ganze mußte vor Morgengrauen erledigt sein, also hieß es, Tempo vorzulegen. Er schaltete auf Schnellkühlung und schüttete dann einen Demijohn Säure dazu, um das Gestein und das Sediment zu trennen. Danach schaltete er die Thermoelemente wieder ein. Die Säuredämpfe erschienen ihm zufriedenstellend, anhaben konnten sie ihm ja nichts, da er die Atemmaske aufhatte. Er holte die Restbestände heraus und erhitzte das Gold nochmals.

Er kratzte den Tiegel sehr sorgfältig aus und konnte so auch die zehnte Gußform leidlich füllen. Den Gewichtsunterschied glich er durch Zugabe von etwas geschmolzenem Blei aus.

Während die Gußformen abkühlten, säuberte er den Tiegel und die Kelle und beseitigte die Spritzer auf dem Boden.

Die Deckel kühlten sich nicht schnell genug ab; daher stellte er einen tragbaren Ventilator auf. Er berührte einen Deckel vorsichtig – gut!

Vorsichtig löste er sie aus den Gußformen und legte sie auf die Seitenbänke. Dann setzte er eine Patrone mit Blei-Wismut-Legierung in eine Molekularsprühdose ein und überzog damit das Gold. Er verbrauchte sieben Patronen, bis er alle zehn Sargdeckel damit präpariert hatte. Tatsächlich – nun waren sie nicht mehr von denen aus Blei zu unterscheiden!

Er streifte die Handschuhe ab und zog eine Liste aus der Tasche. Mit dem Stichel, den er sonst immer im Leichenschauhaus verwendete, punzte er säuberlich die zehn Namen, die Personal-Kennummern und die Todesdaten ein.

Es war gar nicht so einfach gewesen, zehn Leichen zusammenzubekommen. Da waren die drei Wachposten, die sich mit der explodierenden Handfeuerwaffe selber in die Luft gejagt hatten. Dann Numph. Und dieser verdammte Jayed. Aber da gerade ein medizinisches Vorsorgeprogramm für die Grubenarbeiter angelaufen war, lag die Unfallquote unter dem normalen Ausmaß, so daß es seit der letzten halbjährlichen Teleportation nur drei tödlich Verunglückte in den Gruben gegeben hatte. Demnach fehlten Terl zwei Leichen.

Eine hatte er sich dadurch beschafft, daß er ganz beiläufig eine Sprengkapsel deponierte, bevor die Sprengladung gelegt wurde. Er hatte mit zwei bis drei Toten gerechnet, bekam jedoch nur eine Leiche – die des Sprengmeisters.

Bei der nächsten war es ziemlich kompliziert gelaufen. Er hatte die Lenksäule einer Carette gelockert. Die Dinger waren sehr schnell und wendig, so daß sie sich für hindernisreiche Strecken hervorragend eigneten. Doch er mußte drei endlose Tage warten, bis die Lenksäule glücklich abbrach und der Fahrer, ein Verwaltungsangestellter, ums Leben kam.

Nun hatte er seine zehn Namen beisammen.

Er punzte sie mit dem Stichel in das weiche Metall der Sargdeckel, die er sich nochmals genau ansah. Bei zweien schimmerte das Gold durch – unmöglich. Er besprühte sie mit der Blei-Wismut-Legierung. So, jetzt war es in Ordnung.

Er machte einen Test mit der Klauenspitze. Kein Kratzer in der Deckschicht. Höchstwahrscheinlich würde also auch beim Transport mit Gabelstaplern nichts passieren.

Dann nahm er den Stichel und punzte ein nur bei genauem Hinsehen erkennbares X in die untere linke Ecke jedes einzelnen Sargdeckels.

Jetzt war es aber höchste Zeit für ihn ... Er packte hastig seine Ausrüstung zusammen und montierte die Thermoelemente vom Schmelztiegel ab. Noch ein prüfender Blick – ja, er hatte alles.

Er schaltete die Leuchtröhren aus, ging zum Laster, fuhr ihn direkt vor die Tür und lud die Sargdeckel ein, zwei bis drei auf einmal. Die Ausrüstung legte er dann darüber.

Er ging noch einmal hinein und verstreute überall Staub, den er in einem Beutel mitgenommen hatte, leuchtete den Raum gründlich ab, verschloß die Türen und fuhr hochbefriedigt von dannen.

In der Schmelzerei öffnete sich die Lüftungsklappe, und die Minikameras wurden rasch herausgeholt. Das Loch im Fensterladen wurde auch wieder abgedichtet.

Terl fuhr in rasendem Tempo zum Camp zurück. Es war inzwischen recht spät geworden, aber er hatte es sich in den letzten Wochen zur Gewohnheit gemacht, wild durch die Gegend zu brausen, als ob solche Streifen und der Motorenlärm von keinem wahrgenommen würden.

Es war stockdunkel.

Er hielt vor dem Leichenschauhaus. Ohne jede Beleuchtung trug er die zehn Sargdeckel hinein. Dann fuhr er den Laster auf die nahegelegene Schrotthalde und verscharrte die Ausrüstungsgegenstände Stück um Stück unter dem Gerümpel.

Er ging zum Leichenschauhaus zurück, schloß die Tür und machte Licht an. Dann trat wiederum die Sonde in Aktion.

Das winzige Loch, das durch die dicke Wand gebohrt worden war, entdeckte er nicht und ebensowenig die Minikamera, die unmittelbar nach Beendigung seiner Sondierung dort auftauchte.

Terl holte zehn leere Särge aus den Fächern und nahm die Deckel ab, die er in einer Ecke aufeinanderstapelte. Dann stellte er die zehn Särge für die Gabelstapler zurecht, die sie am Tag 92 zur Teleportation auf die Plattform schaffen würden.

Danach zerrte er grob die zehn Leichen aus den Regalen und ließ sie geräuschvoll in die Särge fallen.

Jayed war der letzte. »Na, Jayed, du lächerliche Figur, du warst wohl die größte Flasche, die das I.B.I. je gehabt hat. Wie kommt so ein lausiger Agent dazu, hier einfach aufzukreuzen und einem, der dir turmhoch überlegen ist, auf die Nerven zu fallen? Das war eine ganz miese Tour, Jayed. Und was hast du nun davon?« Terl nahm den eigenhändig gegossenen Sargdeckel, überprüfte den Namen. »Einen Sarg und ein Grab, in dem du unter dem falschen Namen Snit verscharrt wirst.«

Die glasigen Augen schienen ihn vorwurfsvoll anzustarren.

»Nein, Jayed«, sagte Terl, »das bringt nichts, wenn du anfangen willst zu rechten. Das ist völlig zwecklos. Mir wird man nie den Mord an dir oder an Numph nachweisen können. Lebwohl, Jayed!« Damit knallte er den Sargdeckel zu.

Die übrigen Särge versah er ebenfalls mit den selbstgefertigten Deckeln und kontrollierte bei jedem das kleine X in der unteren linken Ecke.

Er nahm ein Gerät zum Kaltlöten und verschloß die Särge. Dann legte er das Gerät zurück ins Regal und verstaute den Stichel, den er aus der Tasche zog, ebenfalls wieder an seinem Platz.

Er straffte sich und blickte sich prüfend um. Soweit war alles perfekt ...

Und er hatte es obendrein einen ganzen Tag vor dem Termin für die halbjährliche Teleportation geschafft. Eine Meisterleistung! Er löschte das Licht.

Er hörte weder das leise, scharrende Geräusch, als die Minikamera aus dem Loch in der Wand gezogen wurde, noch, wie es zugegipst wurde.

Terl öffnete die Tür. Die Dämmerung brach an.

Er überquerte das freie Gelände um die Plattform und ging die Anhöhe hinauf zu seinen Wohnräumen.

Hinter ihm schlichen zwei in Umhänge gehüllte Gestalten weg in die Senke.

Vier Stunden später an jenem Tag 91 studierten Jonnie, Robert der Fuchs, die Ratsmitglieder und die zu Sonderaufträgen bestimmten Schotten wieder und wieder die Aufzeichnungen des Bildrecorders. Sie durften nichts übersehen – weder die winzigste Möglichkeit noch die größte Chance. Einen Fehlschlag konnten sie sich nicht leisten. Nicht nur ihr eigenes, nein, das Schicksal ganzer Galaxien hing davon ab, daß sie keinen, auch nicht den allergeringsten Fehler machten ...

Teil XII

1

Im strahlend hell erleuchteten Kasino herrschte drangvolle Enge. Die meisten Psychlos waren betrunken und johlten derart, daß man sein eigenes Wort nicht verstand. Das rauschende Fest fand am Vorabend der halbjährlichen Teleportation statt, und diesmal gab es einen besonderen Grund zu feiern – es war die Abschiedsparty für Char und zwei weitere leitende Angestellte der Company.

Endlich diesen verdammten Planeten verlassen und nach Psychlo heimkehren zu können ... das mußte kräftig begossen werden! Die Stewards konnten gar nicht schnell genug die Krüge mit Kerbango heranschleppen, manchmal trugen sie sechs oder gar acht in den Pranken. Die weiblichen Bürokräfte, normalerweise auf strenge Disziplin und Unterordnung getrimmt, konnten hier auch einmal einen Scherz wagen und sich aufs Hinterteil klapsen lassen. Raufereien waren ebenfalls schon vom Zaun gebrochen worden, ohne jeden ersichtlichen Grund. Verschiedene Psychlos befaßten sich mit Glücks- oder Geschicklichkeitsspielen, was das allgemeine Durcheinander hoffnungslos steigerte.

Unmut und Neid machten sich Luft, über die scheidenden Psychlos ergoß sich eine wahre Flut von gehässigen und schlüpfrigen Bemerkungen. »Trinken Sie auch mal auf mich, wenn Sie sich in Imperial City vollaufen lassen!« Oder: »Kaufen Sie sich nur so viele Weiber, wie Sie in einer Nacht verkraften können!« Oder: »Stoßen Sie den aufgeblasenen Armleuchtern in der Zentrale mal tüchtig Bescheid, was hier wirklich Sache ist!«

Der Suff schuf eine solche Kumpanei, daß selbst Ker einbezogen wurde. Der kleinwüchsige neue Planetarische Direktor betätigte sich mit gespreizter Würde als Schiedsrichter in einem Wettstreit, wieviel Schluck Kerbango man in der Minute trinken könne, ohne den Krug anzufassen. Er paßte scharf auf, daß die Teilnehmer die Pranken auf dem Rücken gekreuzt hielten.

Fünf leitende Angestellte grölten ununterbrochen Kampfparolen, die ihnen in der Schulzeit eingehämmert worden waren: »Psychlo, Psychlo, killt sie, killt sie, Psychlo, Psychlo ...«

Draußen im Gelände hinter der Plattform bewegte sich ein Zug Packpferde, die Hufe mit Fellen umwickelt, geräuschlos aus der Schlucht zum unbeleuchteten Leichenschauhaus. Ein leises Klirren von Metall, als Angus MacTavish die Tür mit einem Nachschlüssel aufsperrte ...

Char war schwerbetrunken und torkelte zu Terl herüber – der angesäuselt tat, dabei aber eiskalt und stocknüchtern war.

»Is 'ne gute Idee«, lallte Char. Je mehr er trank, desto unangenehmer wurde er, und jetzt hatte er bereits das aggressive Stadium voll erreicht.

»Was meinen Sie damit?« fragte Terl lautstark zurück.

»Denen in der Zentrale mal so richtig Bescheid stoßen«, grunzte Char.

Terl erstarrte. Char, benebelt, wie er war, bemerkte nicht mehr, daß sich Terls Augen zu Schlitzen verengten und bedrohlich zu funkeln begannen. »Hab'n kleines Abschiedsgeschenk für Sie, Char. Kommense doch mal eben mit nach draußen«, forderte Terl ihn auf und täuschte jetzt auch im Tonfall geschickt den Betrunkenen vor.

Char zog die Augenknochen hoch. »Hab keine Maske nich.«

»Vorn beim Ausgang sind welche«, nuschelte Terl.

Niemand im Kasino achtete darauf, als er Char hinaus zur Halle dirigierte, wo sie sich umständlich Atemmasken aufsetzten. Terl ging durch die Luftschleuse, zerrte Char hinter sich her.

Er führte ihn zu den Käfigen. Dort brannte um diese späte Stunde kein Feuer mehr. Es lag auch kein Bündel vor der Tür.

In der kühlen Frühlingsnacht kam Char wieder etwas zu sich, und schon kehrte die Aggressivität zurück. »Pah, Kreaturen ... Sie haben's mit diesen jämmerlichen Menschendingern, Terl. Widerlich ... Ich hab Sie noch nie ausstehen können, Terl.«

Terl hörte überhaupt nicht zu. Was war denn das da unten beim Leichenschauhaus? Er spähte schärfer in die Richtung. Ja, tatsächlich – das waren irgendwelche Kreaturen, die sich dort unten herumtrieben ...

»Sie sind schlau, Terl, sehr schlau sogar. Aber eben nicht schlau genug, um mich zum Narren zu halten – mich nicht, Terl!«

Terl ging ein paar Schritte auf das Leichenschauhaus zu, bemüht, in der Dunkelheit etwas zu erkennen. Er zog einen Leuchtstab aus der Tasche – fiel der Lichtstrahl auf ein braunes Fell? Schwer zu sagen bei der Entfernung.

Jetzt sah er es deutlicher: eine kleine Büffelherde. Seit Tagen schon zogen sie nordwärts. Aha – ein paar Pferde waren auch dazwischen. Er schaltete den Leuchtstab aus. Das Hufgetrappel war kaum hörbar, die malmenden Kaugeräusche der grasenden Tiere dagegen deutlich zu unterscheiden. Irgendwo schrie eine Eule. Na ja, die übliche Nachtmusik auf diesem verwünschten Planeten. Er wandte sich wieder Char zu.

Terl legte ihm den Arm um die Schulter und führte ihn zurück zu einer Nische zwischen den Gebäudekomplexen, wo sie jedem Blick entzogen waren.

»Was konnte Sie nicht zum Narren halten, Freund Char?« fragte Terl.

Die Eule schrie wieder laut durch die Nacht.

Terl schaute sich um. Nein, hier konnte man sie von keinem Punkt aus sehen.

Char grinste höhnisch. »Der Rauch«, sagte er und kam mit dem Kopf so dicht heran, daß sich ihre Atemmasken beinahe berührten. Er torkelte, und Terl stützte ihn.

»Was ist mit dem Rauch?« wollte Terl wissen.

»Na, das war doch keine Handfeuerwaffe, die da im Büro vom alten Numph losgegangen ist. Das war 'ne Sprengkapsel. Glaubense denn wirklich, so'n alter Grubenboß wie ich kann den Unterschied zwischen 'nem Handfeuer-Killer und 'ner Sprengkapsel nicht riechen?«

Terl schob die Pranke unter der Jacke bis ins Kreuz. Da hatte er nun so lange an einem plausiblen Vorwand herumgetüftelt, unter dem er die Bomberdrohne am übernächsten Tag starten könnte, und plötzlich bekam er ihn geliefert. Und die sogenannten übernatürlichen Kräfte blieben dabei ganz aus dem Spiel.

»Und Ker nur 'n paar Stunden vorher zu ernennen, mit so 'ner faulen Ausrede. Das war 'n Ding!« geiferte Char. »Für manche sind Sie vielleicht schlau genug, Terl, aber nicht für mich! Mich können Sie nämlich nicht einseifen, ich durchschaue Sie, mir machen Sie nichts vor!«

»Und was haben Sie sich nun gedacht?« fragte Terl.

»Gedacht! Als ob ich Zeit zum Denken gehabt hätte! Aber nach meiner Rückkehr, da kann ich denen auf Psychlo 'n paar Dinge erzählen, verlassen Sie sich drauf. Sie halten sich wohl für sehr gerissen, was? Sind Sie aber gar nicht, Terl. Glauben Sie im Ernst, ich kann einen Rauch nicht vom anderen unterscheiden? Und die zu Hause, die werden mir alle recht geben, alle!«

Terl stieß Char die fünfundzwanzig Zentimeter lange Klinge aus rostfreiem Stahl mitten ins Herz. Es war das Messer, das Chrissie von Jonnie bekommen und das er, Terl, ihr weggenommen hatte.

Er legte den zusammensackenden Körper auf die Erde, deckte ihn mit einer herumliegenden Plane zu.

Dann ging er zum Käfig zurück und sah hinein. Die beiden weiblichen Menschendinger schliefen.

Die Büffelherde zog immer noch friedlich am Leichenschauhaus vorbei.

Terl kehrte ins Kasino zurück. Er hatte zwar noch allerhand Arbeit vor sich, aber zunächst mußte er sein Alibi untermauern. Niemand drinnen durfte merken, daß er eine Weile weggewesen war. Er gesellte sich wieder zu den grölenden Psychlos, die inzwischen alle stockbesoffen waren.

Unten beim Leichenschauhaus lief alles geräuschlos weiter. Die Männer waren bestrebt, die Büffel, die sie von der Ebene hereingetrieben hatten, durch keine unvorsichtige Bewegung aufzuscheuchen. Die Pferde waren bereits abgeladen und verschwunden.

Von dem Mord an Char hatte keiner etwas bemerkt. Man hätte ja gar nicht nahe genug heranschleichen können, ohne selber gesehen zu werden. So arbeiteten sie weiter im Leichenschauhaus, ahnungslos, daß es jetzt einen neuen Faktor gab, der ihren Plan bedrohte – einen Tatbestand, den sie weder kannten noch vorausgesehen hatten.

Die Abschiedsparty nahm ihren Fortgang, wurde immer lauter und turbulenter, wobei es keinem mehr auffiel, daß der Ehrengast fehlte.

2

Jonnie lag in einem Sarg, der an der Frontseite des Leichenschauhauses stand. Der Deckel war einen Spalt breit angehoben, damit er atmen und das Innere im Auge behalten konnte. Was sich draußen abspielte, übermittelte eine auf dem Dach installierte Minikamera dem winzigen Empfangsgerät, das er neben sich hatte. Er trug einen blauen Chinko-Anzug und dazu Mokassins, in denen er am schnellsten laufen konnte.

Denn heute mußte er innerhalb von genau zwei Minuten genau bemessene Strecken zurücklegen. Mit der gleichen Genauigkeit mußte er dabei bestimmte Dinge tun, und zwar nach einem exakt festgesetzten Zeitplan. Die geringste Panne, und sei es auch nur der Bruchteil einer Sekunde, würde den ganzen Plan zum Scheitern und ihm den Tod bringen. Chrissie und Pattie müßten dann ebenfalls sterben. Und alle Schotten sowie sämtliche anderen Menschen, die es noch auf Erden gab.

Er hörte das Signalhorn auf dem Teleportationsterminal röhren. Die Landephase begann.

»Motoren abstellen! Zurücktreten!«

Das Summen schwoll an. Die Erde erbebte. Der Sargdeckel vibrierte. Ein Dröhnen erhob sich, wurde immer stärker.

Plötzlich nahmen zweihundert Neuankömmlinge auf der Plattform Gestalt an, umgeben von ihren Gepäckstücken.

Das Dröhnen verstummte. Nur noch ein leichtes Nachbeben war zu spüren.

»Koordinaten stabil, Stufe zwei hält!«

Jetzt wurde es überall auf dem Gelände lebendig. In einer Stunde und dreizehn Minuten fand dann der intergalaktische Rücktransfer nach Psychlo statt.

Angestellte der Personalabteilung dirigierten die Neuankömmlinge zur Seite und ließen sie eine Warteschlange bilden.

Terl musterte die Versammelten prüfend. Einen ähnlichen Schock wie beim letzten Mal wollte er unter keinen Umständen noch einmal erleben. Halb rechnete er damit, einen neuen Planetarischen Direktor unter der Menge vorzufinden, einen Ersatz für Ker, und das würde schnelles Reaktionsvermögen erfordern. Er schritt die Reihe ab, ohne das Gepäck auf Konterbande zu untersuchen. Um so genauer sah er sich die Gesichter unter den helmartigen Atemgeräten an, hakte die Namen auf einer Liste ab. Zweihundert Psychlos. Noch so eine Hinterlassenschaft vom alten Numph, der ja alles getan hatte, um die Zahl der Angestellten hochzudrücken und dadurch immer mehr Profit für sich herauszuschlagen. Am Ende der Schlange angelangt, atmete er erleichtert auf. Keine Ablösung für Ker darunter, nur der übliche Abschaum aus den Gossen der Elendsviertel von Psychlo, außerdem ein überkandidelter Jungmanager und ein paar Absolventen der Bergbau-Akademie. Routine. Nicht einer darunter, der sich als Planetarischer Direktor qualifizieren könnte. Alle etwas lethargisch. Auch keine Agenten vom I.B.I. – ein völlig normaler Transfer ohne unliebsame Überraschungen!

Terl gab den Vertretern der Personalabteilung ein Zeichen mit der Pranke, woraufhin sie einen Teil der Neuankömmlinge in die wartenden Transportflugkörper verfrachteten, die sie in andere Außenstationen bringen sollten, und die übrigen zu den Unterkünften dirigierten. Sie wurden mit ihrem Gepäck in flache Transportfahrzeuge verladen und verschwanden von der Bildfläche.

Das bedeutete eine Entlastung für Terl. Er stapfte in Richtung Leichenschauhaus. Dieses verdammte Pferd, das dem Menschending gehörte und sich ständig auf dem Campgelände herumtrieb, graste auch jetzt hinter dem Gebäude. »Scher dich weg!« brüllte Terl und fuchtelte wild mit den Pranken, um das Tier zu verscheuchen.

Das Pferd sah ihn gleichgültig an und kam sogar noch näher, als er sich anschickte, die Tür zu öffnen.

Terl schloß auf. Beide Flügel standen sperrangelweit offen.

Ordentlich aufgereiht standen zehn Särge dort für die Gabelstapler bereit. Er überprüfte noch einmal die kleinen Markierungen auf den Deckeln. Lieber eine Vorsichtsmaßnahme zuviel als eine zuwenig! Er konnte beruhigt sein – auf jedem Deckel fand sich das kleine X.

Liebevoll tätschelte er einen und holte tief Atem. In acht bis zehn Monaten etwa würde er in einer dunklen Psychlo-Nacht den abgelegenen, trostlosen Friedhof aufsuchen und sie ausbuddeln. Und dann wäre er reich und mächtig! Er hatte sich das hart verdient. Um so leichter würde es sein, die Früchte dieser Anstrengungen in vollen Zügen zu genießen!

Der erste Gabelstapler kam, schob die Greifvorrichtungen unter einen Sarg. Terl ging nach draußen, hakte den Namen auf seiner Liste ab. Der zweite Sarg, der dritte, der vierte ... Terl sah den vierten an, war leicht verwirrt. Wieso hatte er den falschen Namen von Jayed auch noch falsch geschrieben? Wieso stand da nicht »Snit«, sondern »Stni«? Er suchte nach dem X – da stand es, einwandfrei. Also was soll's? Er würde eben die Unterlagen entsprechend abändern. Eine Fälschung zog meist die zweite nach sich. Der ehemalige Agent war jedenfalls tot. Und nur diese Tatsache zählte, sonst gar nichts ...

Die Gabelstapler ließen die Särge kreuz und quer auf die Plattform poltern. Terl registrierte die unsanfte Behandlung mit einiger Besorgnis. Immerhin landete keiner auf dem kostbaren Deckel.

Neun Särge befanden sich bereits draußen auf der Plattform. Der Gabelstaplerfahrer stoppte neben Terl, der den zehnten und letzten abhaken mußte.

»Die Särge kommen mir reichlich schwer vor«, bemerkte der Fahrer.

Terl blickte auf, verbarg geschickt seine Bestürzung. Das Übergewicht betrug nicht mehr als rund hundert Pfund, war also nicht der Rede wert. Wie konnte man das überhaupt registrieren? Und für den Gabelstapler waren doch diese insgesamt sechzehnhundert Pfund ein Klacks ...

»Vermutlich ist Ihre Energie-Batterie halbleer«, kommentierte Terl sachlich.

»Kann schon sein«, entgegnete der Fahrer. Ihm schien es, als wögen die Särge mindestens dreitausend Pfund. Doch er ratterte los und ließ den zehnten auf die Plattform fallen.

Der Transporter für die heimkehrenden Angestellten erschien. Der Fahrer machte einen leicht beunruhigten Eindruck. Fünf Psychlos samt Gepäck befanden sich im Fahrzeug, zwei davon leitende Angestellte und die anderen drei gewöhnliche Grubenarbeiter. Der Fahrer übergab Terl die Liste.

»Sie werden sie ändern müssen«, sagte er. »Char steht mit drauf. Er war für den heutigen Transfer vorgesehen. Wir haben ihn überall gesucht und konnten ihn nirgends finden. Die ganze Personalabteilung war auf den Beinen. Sein Gepäck ist da, aber von Char keine Spur.«

»Welches ist sein Gepäck?« fragte Terl. Der Fahrer wies auf einen Stapel, und Terl fegte alles mit einer Armbewegung herunter.

»Wir haben wirklich überall nachgesehen«, beteuerte der Fahrer. »Sollen wir nicht den Transfer stoppen?«

»Sie wissen genau, daß das nicht geht«, entgegnete Terl rasch. »Haben Sie auch in den Betten der weiblichen Angestellten nachgeschaut?«

Der Fahrer wieherte vor Lachen. »Da haben Sie recht – das hätten wir unbedingt machen müssen. Nach der Party ... Junge, Junge, heute nacht ging's vielleicht rund!«

»Wir schicken ihn mit dem nächsten Transfer in sechs Monaten zurück«, sagte Terl und schrieb hinter Chars Namen: »Teleportation verschoben.« Dann unterzeichnete er das Dokument.

Der Transporter fuhr weiter und lud die Passagiere an der Plattform ab. Sie gruppierten sich in einiger Entfernung von den Särgen und überprüften noch einmal den Sitz ihrer Schutzhelme.

Terl sah auf die Uhr. Dreizehn Uhr elf. Noch zwei Minuten ...

»Koordinaten stabil, Stufe zwei hält!« dröhnte es aus dem Lautsprecher. Der weiße Scheinwerfer auf der Kuppel begann aufzublinken.

Terl wandte sich ab und ging in Richtung Leichenschauhaus. Das verdammte Pferd trieb sich immer noch vor dem Eingang herum. Terl versuchte es abermals, das Tier mit wild fuchtelnden Pranken zu verscheuchen. Es entfernte sich ein paar Schritte und begann, friedlich weiterzugrasen.

Wirklich eine Wohltat, die Särge nicht mehr hier drin zu wissen! Er bedachte sie mit einem zärtlichen Abschiedsblick. Noch knapp eine Minute ... dann wären sie in Sicherheit.

Da – plötzlich – schienen sich ihm sämtliche Haare zu sträuben. War das eine Sinnestäuschung? Nein – aus dem Leichenschauhaus, aus diesem leeren, verlassenen Leichenschauhaus kam eine Stimme ...

3

Als der letzte Sarg durch die offene Tür verschwunden war, hatte Jonnie geräuschlos sein Versteck verlassen. In seinem Gürtel steckten drei Keulen, die vierte und schwerste hielt er in der Hand. Mit einer flinken Bewegung stellte er einen Bildrecorder nebst Tonträger mitten auf den Boden und verbarg sich hinter der Tür. Ein riesiger Schatten fiel von draußen herein – Terl.

Der Tonträger begann abzulaufen – es war eine Bandaufzeichnung von Terls Stimme, die sagte: »Na, Jayed, du lächerliche Figur, du warst wohl die größte Flasche, die das I.B.I. je gehabt hat ...«

Die Lautstärke reichte aus, um draußen gehört zu werden.

Terls Schatten zog sich zusammen, wendete.

Die Stimme auf dem Band sprach weiter: »Wie kommt so ein lausiger Agent dazu, hier einfach aufzukreuzen und einem, der dir turmhoch überlegen ist, auf die Nerven zu fallen ...«

Terl stürmte herein, schmetterte die Tür wütend hinter sich ins Schloß. Er holte weit mit dem Fuß aus, um den Recorder unter den Stiefelsohlen zu zermalmen.

Jonnie hechtete vorwärts und ließ die Keule auf Terls Schädel herabsausen – mit einem wohlgezielten Schlag, den er immer und immer wieder an einer Attrappe geübt hatte.

Noch im Fallen riß Jonnie ihm mit der anderen Hand die Taschenklappe auf und entnahm das für den Käfig bestimmte Fernbedienungsgerät.

Draußen röhrte der Lautsprecher: »Koordinaten stabil auf Stufe eins. Motoren abstellen!«

Jonnie versetzte Terl einen neuerlichen Schlag, der ihm den Rest gab. Dann riß er ihm die Atemmaske vom Gesicht und schleuderte sie quer durch den Raum bis zur Rückwand, wo sie klirrend auf dem Boden landete. Er beugte sich über Terl. Aus der Kopfwunde rann grünes Blut an der Seite hinunter. Er trommelte noch eine Weile mit den Füßen, ehe er sich nicht mehr regte. Kein Atemzug ... Glasige Augen ... Am liebsten hätte Jonnie einen Schuß hinterhergejagt. Er zog den Handfeuer-Killer aus dem Gürtel. Doch er wagte es nicht abzudrücken. Bis die Drähte draußen zu summen anfingen, konnten sie den intergalaktischen Transfer stoppen. Er wußte:

Sobald die Drähte zu summen anhoben, gab es kein Zurück – erst dann ...

Der Lautsprecher dröhnte: »Zurücktreten!«

Jetzt hatten die Drähte zu summen begonnen.

Und damit waren auch für Jonnie die zwei Minuten angelaufen, die sehr wohl zu den letzten seines Lebens werden konnten. Er hatte die Stoppuhr, die er am Handgelenk trug, eingeschaltet.

Er stürzte nach draußen und schloß die Tür hinter sich zu. In diesen zwei Minuten würde niemand einen Schuß abfeuern, da das die Drähte treffen oder die Koordinaten destabilisieren könnte.

Rasch orientierte er sich. Windsplitter war nur drei Schritte von der vorgesehenen Stelle entfernt. Jonnie schwang sich hinauf, drückte ihm die Fersen in die Flanken, und sie sausten dahin.

In rasendem Tempo näherten sie sich der Plattform.

Das Summen schwoll an. Alles, was sich auf der Plattform befand, war für den Transfer nach Psychlo bestimmt – diesen fernen Planeten, auf dem ein menschliches Wesen nicht einmal atmen konnte. Und wenn alles nach Wunsch lief, würde die Ankunft dort katastrophale Folgen mit sich bringen.

Das Metall klirrte unter Windsplitters Hufen, als sie auf der Plattform landeten. Er blieb ruckartig stehen, und Jonnie stürzte sich auf den ersten Sarg.

Seine Finger tasteten nach dem kleinen Ring, der unter dem Deckel am Kopfende fast unmerklich hervorstand. Er zog daran, bis er eine Schnur in der Hand hielt. Nummer eins!

Der zweite Sarg ... Ring gefunden ... Schnur herausgezogen ... Nummer zwei!

Der dritte Sarg. Ring. Schnur. Nummer drei!

Eine hysterische Psychlo-Stimme gellte aus dem Lautsprecher: »Räumen Sie die Plattform! Bitte die Plattform räumen!«

Das kleine Grüppchen Psychlos hinter den Särgen wurde aus seinem Dahindämmern wachgerüttelt und schien langsam zu bemerken, daß etwas Ungewöhnliches vor sich ging. Sie gafften fassungslos zu den Särgen hinüber. Einer der leitenden Angestellten, noch schwer verkatert von der Abschiedsparty, hob träge den Arm und zeigte auf Jonnie.

Nummer vier, fünf und sechs!

In den Särgen lagen zehn sogenannte Planetenknacker, Flugkörpergeschosse mit einer solchen nuklearen Sprengkraft, daß ihr Einsatz durch Sperrverträge untersagt war, weil sie die Erdkruste aufzubrechen und weltweit radioaktiven Niederschlag zu verbreiten vermochten.

Darum herum waren die schmutzigsten Atombomben aus den

frühen Tagen des Atomzeitalters, die man wegen ihres extremen Potentials radioaktiver Verseuchung geächtet hatte.

Der siebente Ring war verbogen. Nervös machte sich Jonnie daran zu schaffen.

»Packt ihn!« kreischte der leitende Angestellte auf der Plattform.

Die fünf Psychlos rückten zum Angriff vor.

Jonnie schleuderte eine Keule auf den leitenden Angestellten, der zu Boden ging.

Blitzschnell zog Jonnie zwei weitere Keulen aus dem Gürtel. Sie zischten durch die Luft und setzten zwei Psychlos außer Gefecht.

Darauf wandte er sich wieder Sarg Nummer sieben zu. Es gelang ihm, den Ring geradezubiegen und die Schnur herauszuziehen.

Nun kam Nummer acht an die Reihe. Geschafft.

Ein Selbstmordkommando der Schotten hatte sich im Gebüsch versteckt, um einzugreifen, falls im letzten Augenblick etwas schiefging. Jonnie hatte dagegen Einspruch erhoben, sich aber nicht durchsetzen können. Seine Hinweise auf den exakt berechneten Zeitablauf fruchteten nicht. Sie wollten ihn nicht allein das Risiko tragen lassen. Und so mußte er widerstrebend in Kauf nehmen, daß möglicherweise einige Schotten ums Leben kamen, was er unter allen Umständen hatte vermeiden wollen.

Jonnie hatte es strikt abgelehnt, einfach im voraus einen Zeitzünder für die Bomben einzustellen. Wäre die Teleportation abgeblasen worden, hätten sie die Erde in die Luft gejagt. Sie mußten unbedingt sicher sein, daß der Transfer angelaufen war und nicht mehr gestoppt werden konnte, bevor die Zündschnüre herausgezogen wurden.

Neun Schnüre!

Die zwei verbliebenen Psychlos hatten sich abseits gehalten, kamen aber jetzt heran.

»Ausschlagen!« schrie Jonnie Windsplitter zu.

Das Pferd bäumte sich auf und traf den am nächsten stehenden Psychlo mit dem Huf.

Das letzte Monster grabschte mit der Pranke nach Jonnie.

Zehn!

Jonnie schlug mit der Keule zu und zertrümmerte den Schutzhelm des Psychlos.

Dessen Klauen zerrissen Jonnies Ärmel. Er schlug abermals zu.

Mit einem Satz saß er auf dem Pferderücken.

»Los, lauf!«

Auf der Brüstung des Kontrollturms war ein Psychlo mit dem Handfeuer-Killer erschienen, wagte jedoch nicht zu schießen.

Das Summen der Drähte schwoll allmählich zu ohrenbetäubendem Lärm an.

Jonnie hatte die Plattform hinter sich gelassen und raste die Anhöhe hinauf zum Käfig. Die Stoppuhr sagte ihm, daß noch zweiundvierzig Sekunden an den zwei Minuten fehlten. Daß die Zeit so langsam verstrich, hätte er nie gedacht. Oder so schnell?

Er war also nicht nach Psychlo katapultiert worden.

Dafür warteten hier Handfeuer-Killer nur darauf, ihn niederzumähen.

Mit dem erbeuteten Fernbedienungsgerät hatte er bereits den Strom in den Sperren abgeschaltet. Das Werkzeug, mit dem man Metall durchschneiden konnte, hielt er parat, um die Mädchen von den Halseisen zu befreien.

Vor der Käfigtür blieb Windsplitter abrupt stehen, und Jonnie sprang ab.

Eine Sekunde hielt er inne.

Die Käfigtür war offen! Die Holzschranke aufgerissen!

Wo waren die beiden Mädchen? Ihre Habseligkeiten lagen alle noch drin.

Doch da – unter dem Kleiderhaufen ... Aha, sie schliefen offenbar noch und hatten sich mit den Sachen zugedeckt.

Er stürmte hinein, das Werkzeug zum Aufschneiden der Halseisen in der Hand, rief ihre Namen.

Unter dem Kleiderberg rührte sich nichts.

Er riß die Sachen beiseite ...

Und starrte auf eine Leiche – Char! Er lag auf dem Rücken, und als er ihn umdrehte, sah er das Messer aus rostfreiem Stahl, das er Chrissie gegeben hatte, tief in Chars Kreuz stecken.

Zum Herumrätseln hatte er keine Zeit. Er eilte hinaus und blickte sich überall um. Keine Spur von Old Pork und Dancer. Könnte es möglich sein, daß die Mädchen Char tatsächlich getötet hatten und dann entflohen waren? Unwahrscheinlich! Nicht, solange Terl das Fernbedienungsgerät in der Tasche hatte.

Die Sekunden verstrichen. Die Handfeuer-Killer warteten.

Er schwang sich auf Windsplitter und galoppierte zum Rand der Klippe. Er stürmte darüber hinweg. Als sie dann mitten auf dem Abhang stoppten, löste sich eine kleine Geröllawine.

Jonnie sprang ab und vergewisserte sich, daß sie voll in Deckung waren.

Das Summen der Drähte erreichte den Höhepunkt. In der Luft war wieder jenes seltsame Vibrieren zu spüren, das er kannte.

Der Transfer war beendet.

4

Jetzt würde dieser leichte Rückstoß kommen, der unmittelbar nach der halbjährlichen Teleportation einsetzte – die nachhallende Schallwelle und das Vibrieren in den Drähten.

Jonnie zählte die Sekunden. Er keuchte schwer. Windsplitter neben ihm schnaubte und zitterte nach der Anstrengung.

Plötzlich schwankte der Boden. Ein lautes splitterndes Geräusch zitterte durch die Luft. Am Himmel zuckte ein Blitz auf.

Rückstoß? Nein, das hörte sich eher so an, als sei alles in die Luft geflogen.

Jonnie kletterte den Hang hinauf und spähte über den Klippenrand.

Viel zu heftiger Rückstoß ...

Die Kernwaffen hätten erst in zehn Sekunden auf Psychlo gezündet werden sollen, so jedenfalls war der Mechanismus eingestellt worden.

Die Kuppel des Operationsfeldes segelte immer noch flammensprühend durch die Luft.

Das Leitungsnetz um die Plattform zerschmolz.

Die Maschinen im ganzen Areal gerieten ins Rutschen. Die Psychlos, die sie bedienten, wurden zu Boden geworfen.

Über dem Umschlagterminal blitzte, fast wie eine Aura, grelles Wetterleuchten.

Die Gebäude im Camp schwankten, schienen aber intakt.

Die Erschütterung pflanzte sich über die Ebenen fort.

Es war zu früh für die geplante Explosion der Bomben auf Psychlo. Was war geschehen? Hatten sie ihr Ziel verfehlt und die tödliche Fracht auf nähergelegenen Gestirnen gelandet? Bedeutete dies, daß der Heimatplanet der Psychlos immer noch Geschwader von Kampfflugzeugen ausschicken konnte, die plötzlich am Himmel auftauchten und sie alle vernichteten?

Im Augenblick aber mußte er sich fragen, ob dies alles ihre Angriffspläne über den Haufen geworfen hatte.

Besorgt blickte er zu den aufgereihten Kampfflugkörpern. Hier sollte das Stichwort unmittelbar nach der Rückstoßphase fallen.

Dann schaute er zu den nahen Schluchten, wo schottische

Teams in Deckung lagen. Sie trugen Strahlenschutzanzüge in Tarnfarben, bereit, loszustürmen und mit ihren Waffen in Stellung zu gehen.

Ihm fiel ein, daß die Nachwirkungen der Detonation auch radioaktiven Niederschlag mit sich gebracht haben könnten ... Und er stand hier – ohne Strahlenschutzanzug ...

Da – die Kampfflugkörper hoben ab! Sechzehn davon waren bemannt: Pilot und Copilot. Sie hatten sich drin versteckt gehalten. Die erforderlichen Schlüssel lagen auf den Schalensitzen. Rasant schnellten die Kampfflugkörper in die Höhe, die schweren Triebwerke dröhnten. Zweiunddreißig schottische Piloten und Copiloten in wohlkoordinierter Aktion!

Fünfzehn Flugkörper drehten ab und steuerten mit Überschallgeschwindigkeit ihre Ziele an: jeweils einer für jede Erzabbaustation auf dem Planeten. Der Auftrag lautete, sie zu bombardieren und zu zerstören und so einen Gegenangriff zu verhindern. Der sechzehnte Flugkörper war für die Luftsicherung der hiesigen zentralen Außenstation bestimmt. Die Losung hieß: Funkstille. Bloß kein Warnsignal geben!

Jonnie suchte zu ergründen, ob die restlichen Flugkörper etwas abbekommen hätten. Er stellte fest, daß sie ein wenig verbogen waren, aber sonst völlig in Ordnung schienen ...

Halt! Irgendwas stimmte nicht! Dort müßten doch vier Flugkörper stehen, denn sie hatten ja nur zweiunddreißig Piloten und Copiloten zur Verfügung. Es waren aber nicht vier, sondern nur drei Flugkörper verblieben!

Er beugte sich vor und ließ den Blick nochmals über das ganze Gelände wandern.

Ja – dort mußte die Lösung liegen.

Die gesamte Seitenmauer des Leichenschauhauses war herausgebrochen worden, und der Sarg, der dazu benutzt worden war, lag im Geröll.

Also war Terl irgendwie wieder zum Leben erwacht und hatte sich gewaltsam den Weg ins Freie gebahnt.

Jonnie blickte nach oben.

Anstelle des einen zur Luftsicherung bestimmten Flugkörpers waren zwei am Himmel!

Jonnie packte Windsplitter und merkte sofort: Das Pferd lahmte. Das mußte vorhin passiert sein, als es den Steilhang hinunterstürmte. Bis zum Standplatz der Flugkörper waren es dreihundert Meter ...

Jonnie raste, so schnell er nur konnte, den Hang hinunter, und behielt dabei stets die beiden Flugkörper am Himmel im Auge.

Vom Camp spuckte ein Handfeuer-Killer seine Munition herüber, und um Jonnie spritzte die Erde in dichten Wolken auf.

Wo steckten die Angriffsteams? Hatte man sie niedergemacht?

Schwer atmend rannte Jonnie auf den ersten Kampfflugkörper zu, während immer mehr Killerwaffen vom Camp her auf ihn feuerten.

Er schaffte es bis zur Tür, hatte sie schon halb geöffnet, als sie von einem gezielten Schuß wieder zugeschlagen wurde. Er robbte unter dem Flugkörper durch und stieg auf der anderen Seite ein.

Der Schlüssel ... Wo war denn nur der Schlüssel geblieben? Wo hatte Angus den Schlüssel für diesen Flugkörper hingetan? Er suchte die Schalensitze ab – bei dem Rückstoß mußte der Schlüssel weggerutscht sein. Vor der Kanzel detonierte ein Schuß aus einem Handfeuer-Killer. Da lag ja der Schlüssel! Auf dem Boden ...

Er wollte gerade starten, als er eine Bazooka losballern hörte. Gleich darauf begannen die Sturmgewehre zu rattern.

Die Flugmotoren liefen dröhnend an, Jonnies Finger rasten fieberhaft über das Instrumentenbrett. Der Flugkörper hob ab und war im Nu auf sechshundert Meter Höhe.

Er konnte die Angriffstrupps noch anrücken sehen. Zwei mit Bazookas, vier mit Sturmgewehren ausgerüstete Mannschaften. Sie hatten die ganze Nacht in den Senken gehockt, die gute Deckung boten. Außerdem trugen sie natürlich den Hitzeschutz.

Jonnie schaltete die Bildschirme ein. Wo war Terl?

5

Ein paar Kilometer nördlich waren Terl und der zur Luftsicherung bestimmte Flugkörper noch damit beschäftigt, sich gegenseitig zu belauern.

Jonnie nahm Kurs auf die beiden. Plötzlich drehten sie weiter nach Norden ab. Der eine Flugkörper hatte offensichtlich die Flucht ergriffen, der andere nahm die Verfolgung auf. Zwei Schotten auf der Flucht? Nein – ausgeschlossen! Plötzlich wurde Jonnie klar, was da vor sich ging. Einer von Terls schmutzigen Tricks! Er tat so, als wolle er fliehen, um die Schotten dadurch in eine Falle zu locken und auszumanövrieren.

Funkstille. Warum hatten sie nur diese verdammte Losung ausgegeben?

Die Schotten fielen tatsächlich auf das Scheinmanöver herein.

Bevor Jonnie sie einholen konnte, hatte Terl eine Schleife gedreht und eröffnete nun das Feuer auf den Flugkörper der beiden Schotten.

Getroffen! Die lichterloh brennende Maschine stürzte ab.

Links und rechts sprangen Pilot und Copilot ab. Ihre Düsenantriebe rauchten, als sie zündeten und begannen, den Sturz abzubremsen. Sie schwebten in einiger Entfernung voneinander durch die Luft.

Wenn Jonnie sich von hinten an Terls Flugkörper heranmanövrieren könnte, solange der sich noch ganz auf die brennende Maschine konzentrierte ... ja! Terls sadistische Ader veranlaßte ihn, im Sturzflug auf einen der Piloten zu schießen.

Der Schotte wurde getroffen und wieder nach oben abgetrieben.

Jonnie war jetzt unmittelbar hinter Terl. Er betätigte den Bordwaffenauslöser und eröffnete das Feuer ... Schüsse durchschlugen den Rumpf des Flugkörpers.

Und dann – plötzlich – war er verschwunden!

Ein rascher Blick auf die Bildschirme – Terl befand sich jetzt über ihm.

Doch Terl dachte gar nicht daran zu schießen.

Blitzartig erkannte Jonnie, was Terl im Schilde führte: Er wollte ihn ignorieren, zum Camp zurückjagen und die Bodentruppen abknallen.

Die Taktik der Psychlos beruhte im wesentlichen darauf, den Gegner mit Hilfe der Schaltbrettsteuerung zu überlisten. Die Flugkörper waren so schnell und so variabel im Tempo, daß man ihre Absichten erraten und ihnen dann zuvorkommen mußte.

Jonnie brachte seinen Kampfflugkörper direkt vor Terls. Eine Sekunde lang konnte er den Psychlo mit der Atemmaske durch das Panzerglas sehen. Es war wirklich Terl! Ein Terl, der mit wilder Entschlossenheit und Umsicht handelte, ein Terl, der zwar wahnsinnig sein mochte, sich aber seine Meisterschaft als Flieger und als Schütze bewahrt hatte. Jonnie fragte sich, ob er sich wohl mit diesem Verrückten messen könnte.

Terl drehte nach rechts. Jonnie hatte es richtig vorausgesehen und das gleiche getan. Terl drehte weiter nach rechts. Wieder war Jonnie ihm zuvorgekommen und erwartete ihn, die Bordwaffen schußbereit.

Terl zog den Kampfflugkörper nach oben. Diesmal hatte es Jonnie nicht geschafft, ihn auf dieselbe Weise auszutricksen. Um ein Haar wäre es Terl gelungen, an ihm vorbeizuzischen und zum Camp zurückzukehren ... Jonnie korrigierte seinen Kurs und hätte

Terl beinahe von unten gerammt.

Warum hatte er dem Monster im Leichenschauhaus nicht den Kopf weggeblasen? Zu spät – die Gelegenheit war verpaßt ...

Terl ging tiefer, drehte nach rechts. Dann nach links. Und wieder nach rechts. Ein leicht vorauszusagender Rhythmus. Jonnie konnte ihm jedesmal mühelos zuvorkommen.

Zu spät erkannte er, daß Terl ihm eine Falle gestellt hatte. Beim vierten Mal feuerten Terls Bordwaffen genau auf die Stelle, an der Jonnie hätte auftauchen müssen. Nur ein Fehlgriff auf dem Instrumentenbrett rettete ihn davor, abgeschossen zu werden.

Plötzlich schien Terl seine Bemühungen, zum Camp durchzustoßen, aufzugeben und nahm Kurs nach Norden.

Aus dem brennenden Flugkörper unten am Boden quollen dicke schwarze Rauchwolken.

War das wieder einer von Terls Tricks? Wollte er ihn von hier weglocken?

Das gequälte Aufjaulen der übertourten Motoren zerriß Jonnie fast das Trommelfell. Ein rascher Blick auf die Bildschirme. Wohin wollte Terl, und warum hatte er nach Norden abgedreht? Plötzlich überfiel Jonnie eine Vorahnung, und er schaltete ein Wärmesuchgerät ein.

Der Bildschirm bestätigte es: Chrissie und Pattie ritten nach Norden. Die Pferde jagten in weitausgreifendem Galopp dahin, so daß ihre Bäuche fast den Boden streiften.

Das Druckmittel ... Schlagartig wurde Jonnie klar, daß Terl sein Druckmittel zurückzubekommen suchte. Sollte es ihm gelingen, sich seine Geiseln wiederzuholen, könnte er Druck auf Jonnie ausüben.

Jonnie schaltete auf die Funkfrequenz der örtlichen Kommandostelle.

»Wenn du nicht runtergehst und landest, Kreatur, töte ich beide!«

Terl zog direkt vor ihm den Flugkörper auf etwa eintausendzweihundert Meter herunter.

Jonnie hämmerte auf das Instrumentenbrett ein. Er schätzte Terls Position genau ab.

Und dann setzte Jonnies Kampfflugkörper krachend auf dem Heck von Terls Maschine auf. Jonnie betätigte den Schalter für die elektromagnetische Greifvorrichtung. Die Gleitkufen hafteten nun fest auf dem Heck von Terls Kampfflugkörper.

Noch halbtaub von dem donnernden Aufprall steigerte Jonnie auf Überschallgeschwindigkeit. Die Motoren heulten. Er speiste die Koordinaten ein – Durchschlagstiefe einen Meter achtzig, direkt unter ihnen.

Mit einem Seitenblick überzeugte er sich, ob die beiden Reiterinnen weit genug entfernt wären. Ja, sie waren außerhalb der Gefahrenzone.

Die Motoren der beiden Flugkörper kreischten mißtönend, setzten ihre Kraft unter schrillen Dissonanzen gegeneinander ein. Fest verhakt hingen sie im Raum, suchten sich irgendwie aus dieser Fesselung zu befreien – ein hoffnungsloses Ringen. Die Motoren begannen heiß zu werden. In Kürze würden sie in Flammen stehen und explodieren.

Jonnie holte sich den Tornister mit dem Düsenantrieb vom Rücksitz. Die Schulterriemen waren bereits gekürzt worden. Er schlüpfte hinein. Dann vergewisserte er sich, daß er Terls Handfeuer-Killer noch hatte.

Ein letzter prüfender Blick auf das Instrumentenbrett. Alles einprogrammiert. Durchschlagstiefe einen Meter achtzig, eintausendzweihundert Meter tief in direkter Ziellinie, Überschallgeschwindigkeit ...

Jonnie öffnete die Tür und sprang aus dem Flugkörper. Im Sturz war ihm, als wollten ihn die Luftmassen zerdrücken, sie hielten ihn im Würgegriff ...

Die Düsen begannen zu arbeiten, und die Fallgeschwindigkeit verringerte sich. Durch Schwingen der Beine gewann er wieder an Höhe.

Er betrachtete die aneinandergeketteten Flugkörper, die sich vergeblich zu befreien trachteten.

Er hatte erwartet, daß Terl abspringen würde. Denn das Ende war unvermeidlich – die Flugkörper würden explodieren. Da Terl keinen Handfeuer-Killer hatte, wollte er ihn entweder in der Luft oder auf dem Boden zur Strecke bringen. Doch Terl sprang nicht ab. Jonnie konnte ihn deutlich sehen, wie er besessen auf seinem Instrumentenbrett herumhämmerte.

Während Jonnie mit Hilfe des Düsenantriebs im Raum schwebte, quälte ihn das Gefühl, einen Fehler gemacht zu haben. Wenn jemand sämtliche Taktiken der Psychlos in- und auswendig kannte, dann doch Terl ...

Der war in dem heftigen Gerangel der gegeneinander ankämpfenden Motoren bemüht, irgendwie die Programmierung des zweiten Flugkörpers, dieses unerwünschten Anhängsels, auszutricksen. Sollte ihm das gelingen, wären beide Motoren harmonisiert. Dann könnte er möglicherweise mit einer raschen Rolle und umgekehrter Programmierung den anderen Flugkörper abschütteln.

Der Rauch, der sich bei dieser Gegenwirkung entwickelte,

begann bereits in den Kampfflugkörper einzuströmen, aus dem Jonnie abgesprungen war.

Plötzlich hatte Terl die Kombination gefunden! Die Motoren in beiden Flugkörpern hatten sich beruhigt und erdröhnten jetzt in harmonischem Gleichklang.

Aber Jonnies Kombination hieß – Durchschlagstiefe einen Meter achtzig in direkter Linie und Überschallgeschwindigkeit ...

Und so stürzten beide Flugkörper mit dreitausendsechshundert Stundenkilometern auf die Erde zu.

Terl erkannte offenbar sofort, daß das bei diesen Koordinaten das unausweichliche Ende hieß – jäher Tod ...

Jonnie sah ihn hektisch im Pilotensitz agieren.

Nur noch hundertfünfzig Meter ... wie besessen speiste Terl die umgekehrte Kombination ein. Die Motoren seines Flugkörpers kämpften lautstark.

Durch die Trägheit der Masse kam der Sturz erst sechs Meter über dem Boden zum Halt.

Doch die heißgelaufenen Motoren vermochten der Überlastung nicht mehr standzuhalten.

Beide Flugkörper zerbarsten zu einem orangefarbenen Feuerball!

Terl wurde zur Tür herausgeschleudert und durch den Aufprall weitergerollt.

Die Flugkörper schlugen auf!

Mit kräftigen Beinstößen steuerte Jonnie im Steilflug nach unten. Das Düsenventil regulierte er mit dem Daumen, so daß er etwa dreißig Meter vom lichterloh brennenden Wrack entfernt landete.

Terl rollte immer noch weiter über den Boden.

6

Jonnie warf den Tornister ab. Er war sowieso fast verbraucht. Ohne Terl aus den Augen zu lassen, zog er den Handfeuer-Killer und entsicherte ihn.

Terl war von den Flammen erfaßt worden, jedoch nur kurzfristig. Er hatte sie erstickt, als er sich im feuchten Frühlingsgras wälzte. Er lag fünfzehn Meter entfernt. Regungslos. Die Atemmaske auf dem Gesicht.

Jonnie näherte sich mit der gebotenen Vorsicht. Das Monster

war bösartig und heimtückisch. Er ging bis auf zwölf Meter heran. Neun Meter ... Terl lag bloß da, ohne sich zu rühren.

Ein Leitsatz, den Robert der Fuchs einmal ausgesprochen hatte, ging Jonnie durch den Kopf: »Plane alles gut voraus, doch wenn der Kampf erst begonnen hat, rechne stets mit dem Unvorhergesehenen! Und zeige dich dem gewachsen!« Terls Flucht hatte ihre Pläne durcheinandergebracht. Für das Camp war keine Luftsicherung vorhanden. Gott allein wußte, was dort vor sich ging. Von ferne hörte man Geschützdonner. Und hier das Prasseln der Flammen, die aus den brennenden Wracks schlugen.

Jonnie sah nicht hin. Er hatte ein wachsames Auge auf Terl. Jetzt blieb er stehen. Siebeneinhalb Meter war nahe genug. Der Sichtschutz behinderte ihn etwas. Terl hatte leichte Verbrennungen. Auf seiner Jacke waren eingetrocknete grüne Blutflecken.

Plötzlich bewegte er rasch die Pranke und wie durch Zauberei hielt er dann eine kleine Waffe umklammert.

Jonnie warf sich sofort hin und schoß.

Mit einem grellen Blitz explodierte die Waffe in Terls Pranke. Dann erhob er sich und begann zu laufen.

Es gab Fragen, auf die Jonnie unbedingt eine Antwort haben wollte. Mit seinem ersten Schuß hatte er einen Volltreffer gelandet. Er zielte sorgfältig auf Terls rechtes Bein. »Das ist für die Pferde«, murmelte er vor sich hin. Er drückte ab.

Das Bein knickte ein, und Terl fiel zu Boden. Der Fuß hatte sich verdreht.

Jonnie ging hinüber, um sich die explodierte Waffe anzusehen. Für Psychlo-Verhältnisse war sie geradezu winzig. Ob dies eine sogenannte Killerwaffe war?

Terl lag reglos da.

»Laß das Theater, Terl«, sagte Jonnie.

Terl begann schallend zu lachen und setzte sich auf.

»Ich dachte, du wärst tot. Vorhin im Leichenschauhaus sah es ganz so aus. Wie hast du das angestellt?«

Terl rückte den verdrehten Fuß wieder zurecht und saß dann trotz der schußbereiten Waffe, die auf ihn gerichtet war, ganz ruhig da. »Das ist einfach zu erklären, Rattenhirn«, belehrte er Jonnie, »ich kann nämlich vier Minuten lang den Atem anhalten.«

Irgendwie war der Kerl zu gutgelaunt, fand Jonnie. Die Beinwunde hatte durchgeblutet und die Hosen grün verschmiert. Leichte Brandwunden hatte er auch. Aber er war geradezu heiter gestimmt. Da mußte noch etwas sein, Jonnie wußte das. Er wich zurück.

Während er Terl aus dem Augenwinkel im Blick behielt, sah er sich prüfend um. Das Camp lag hinter ihnen, ungefähr fünfunddreißig Kilometer entfernt. Aus der Richtung ertönten Schüsse. Er sollte sich wirklich bemühen, den anderen zu Hilfe zu kommen.

Wo waren die Mädchen? Höchstwahrscheinlich weitergeritten. Nein, dort waren sie! Damit hatte Jonnie nicht gerechnet. Sie kehrten tatsächlich zurück. Sie ritten langsam, vorsichtig, waren nur noch knappe zwei Kilometer entfernt.

Es traf Jonnie wie ein Schock. Eine Last, die er die ganze Zeit mit sich herumgetragen hatte. Den Schreck, als er sie nicht mehr im Käfig fand. Die Angst, sie könnten noch irgendwo dort unten in diesem Hexenkessel sein. Ungeheure Erleichterung durchströmte ihn. Sie lebten und waren gesund!

Jonnie winkte sie mit dem Arm heran.

Ohne Terl aus dem Auge zu lassen, versuchte er, sich einen Überblick über das Gelände zu verschaffen. Einer der Piloten, die aus dem Flugkörper abgesprungen waren, hatte sich in diese Richtung gewandt. Er spähte angestrengt. Ja, es stimmte! Etwa sieben Kilometer südlich ging jemand – schwer zu erkennen wegen des Tarnanzugs –, aber Jonnies geschultes Auge orientierte sich an Bewegungen, nicht nur an Farbkontrasten.

Terl lachte wieder los. »Damit kommst du nie durch, Rattenhirn! Hier wird es bald von Psychlos nur so wimmeln!«

Jonnie antwortete nicht. Er winkte die Mädchen näher. Die Pferde scheuten vor dem brennenden Wrack. Chrissie saß auf Old Pork, Pattie auf Dancer. Offenbar waren sie nicht besonders schnell geritten, denn die Pferde schnaubten nicht.

Die Mädchen konnten es einfach nicht glauben, daß Jonnie leibhaftig vor ihnen stand. Chrissie blieb in einigem Abstand, ohne abzusteigen. Sie war erschreckend blaß. Das Halseisen hatte häßliche rote Schürfwunden hinterlassen. »Jonnie? Bist du's wirklich, Jonnie?« Er sah so anders aus in der blauen Kleidung. Pattie hatte keinerlei Zweifel. Sie sprang von Dancers Rücken und raste auf Jonnie zu, umarmte ihn stürmisch. Sie reichte ihm knapp bis zur Brust. »Siehst du? Hab ich dir's nicht gesagt?« schrie sie über die Schulter Chrissie zu. »Ich hab dir doch gesagt, daß Jonnie kommt! Immer wieder hab ich's dir gesagt!«

Chrissie saß auf dem Pferd, unfähig, sich zu rühren. Sie begann zu weinen.

»Du hast das Monster erwischt!« jubelte Pattie aufgeregt und zeigte auf Terl.

»Vorsicht – komm ja nicht zwischen ihn und mich!« mahnte Jonnie, während er ihr zärtlich übers Haar strich und zugleich die Waffe auf Terl gerichtet hielt. Er durfte nicht länger hier herumtrödeln, sein Platz war jetzt im Camp.

Er wollte die Mädchen keinesfalls zu nahe herankommen lassen, falls Terl eine unerwartete Bewegung machte und er, Jonnie, reagieren mußte. Plötzlich hatte er die rettende Idee. »Chrissie! Sieh doch mal ungefähr sieben Kilometer weit nach Süden.«

Chrissie riß sich zusammen und trocknete die Augen. Jonnie hatte sie um etwas gebeten, also spähte sie in die angegebene Richtung. Sie versuchte zu sprechen, räusperte sich, versuchte es von neuem. »Ja, gut, Jonnie.« Sie sah schärfer hin. »Da bewegt sich was.«

»Das ist ein Freund«, erklärte Jonnie. »Du reitest jetzt dorthin, so schnell Old Pork es schafft, und bringst ihn hierher.«

Chrissie straffte sich. Sie lenkte Old Pork in großem Bogen um Terl herum und sprengte dann nach Süden. Ihr Haar flatterte im Wind, als das Pferd davongaloppierte.

Das Artilleriefeuer verstärkte sich nach Süden zu. Jonnie führte Pattie behutsam mit, als er sich, Terl immer im Schußfeld, seitwärts zu einer Stelle manövrierte, von der aus er das Camp sehen konnte.

Sie standen hier etwas höher, und er konnte im klaren Nachmittagslicht alles zwar winzig klein, aber deutlich erkennen.

Eine weiße Säule spritzte sechzig bis neunzig Meter hoch in die Luft, eine Art umgekehrter Wasserfall. Was mochte da geschehen sein? Dann fiel ihm die Erklärung ein: Das automatische Feuerlöschsystem hatte sich eingeschaltet.

Die Schotten dort unten kämpften in Wasserfluten!

Er befürchtete, daß die Psychlos einen Panzer oder weitere Kampfflugkörper einsetzen würden. Ein prüfender Blick zum Himmel – keine Flugkörper weit und breit.

Er sah etwas aufblitzen, und dann hörten sie von ferne das dumpfe Bummern der Bazookas. Ob die Bazookas wohl einen Psychlo-Panzer durchschlagen konnten? Er war sich da nicht sicher.

Die dort unten brauchten dringend Luftunterstützung! Und er stand hier rund fünfunddreißig Kilometer weit weg! In den Sturmtrupps gab es keinen einzelnen Piloten mehr. Sie hatten alles, was verfügbar war, eingesetzt.

Ungeduldig drehte er die Waffe – da saß dieser Terl und wieherte wieder vor Lachen. Eigentlich sollte er ihn jetzt kurzerhand am hellichten Tage erschießen. Aber dieses unbestimmte Gefühl, daß Terl etwas wußte und weiteres im Schilde führte, hielt ihn davon ab.

»Wie sind die Mädchen losgekommen?« wollte Jonnie wissen.

»Na, hör mal, Rattenhirn, wie kannst du an mir zweifeln? Ich hab dir versprochen, sie freizulassen, sobald du das Gold abgeliefert hast. Und heute früh hab ich eben mein Wort gehalten, das ist alles.

Ich hatte ja nicht den leisesten Verdacht, daß du so falsch und hinterhältig ...«

»Schluß mit den Sprüchen, Terl«, unterbrach ihn Jonnie. »Also sag's jetzt rundheraus – warum hast du sie freigelassen?«

Wieder brüllendes Gelächter.

Pattie hatte Dancer, der sich selbständig machen wollte, zurückgeholt. »Ich weiß nicht, warum dieses gräßliche alte Ungeheuer das gemacht hat. Aber kurz vor Morgengrauen hat er uns die Halseisen abgenommen und gesagt, wir sollten uns auf die Pferde setzen und wegreiten. Nach ungefähr fünfzehn Kilometern haben wir uns versteckt, weil wir dachten, du kommst vielleicht. Wir wußten ja nicht, wohin. Und dann sah's am Nachmittag plötzlich so aus, als ob das ganze Ding da in die Luft fliegt – peng, peng –, und wir sind schleunigst in Richtung Gebirge geritten.«

Auf einmal rundete sich für Jonnie das Bild, und er wandte sich an Terl: »Du hast also Char ermordet, stimmt's? Und ihn im Käfig liegengelassen mit dem Messer im Rücken, um den Verdacht auf Menschen zu lenken, weil ja die Tatwaffe von Menschen stammte. Die Frage ist jetzt, Terl – wie wolltest du die Menschheit auslöschen?«

Terl hatte auf die Uhr gesehen. Als er in seine Tasche langen wollte, stoppte ihn Jonnie.

»Nur mit zwei Klauen«, schlug Terl vor.

Jonnie nickte zustimmend, war aber weiterhin auf der Hut. Terl zerrte einen etwa dreißig mal dreißig Zentimeter großen Gegenstand aus der Seitentasche, mit ungewohnt langsamen, vorsichtigen Bewegungen angesichts der auf ihn zielenden Waffe. Es war ein Fernbedienungscomputer. Schmal. Den bekannten Geräten sehr ähnlich, nur etwas größer und verschmutzter als üblich.

Lachend warf Terl ihn Jonnie zu, der zurückwich, falls er explodierte.

»Du hast mir das falsche Fernbedienungsgerät abgenommen, Rattenhirn.«

Jonnie starrte das Ding verständnislos an. Auf dem Schaltbrett befanden sich nur mit Datum, Uhrzeit und Start bezeichnete Bedienungsknöpfe. Es gab weder eine Stop- noch eine Korrekturtaste.

»Das ist unwiderruflich«, grinste Terl. »Einmal programmiert und geschaltet, kann man das Ding wegwerfen, dann läuft alles von selber. Heute morgen vor der Teleportation hab ich's zum letztenmal benutzt, und nun hat es seinen Zweck erfüllt.«

Ein Blick auf die Uhr. »In etwa zehn Minuten bekommt ihr alle euren Lohn, egal, ob ihr Psychlo versaut habt oder nicht!« Er wollte sich ausschütten vor Lachen. »Du hast das falsche Fernbedienungsgerät erwischt, Rattenhirn!«

Er prustete so heftig in die Atemmaske, daß er nicht weitersprechen konnte. »Und hier stehst du nun«, brachte er schließlich heraus, »fünfunddreißig Kilometer entfernt und kannst nichts dran ändern, gar nichts! Das wäre übrigens auch sonst unmöglich!«

Er trommelte mit den Pranken auf dem Boden herum und drohte vor Lachen zu bersten.

7

Zum gleichen Zeitpunkt befand sich Zzt in den unterirdischen Hangars im Zustand hochgradiger Erregung – er war fast von Sinnen.

Seitdem es am Ende der Teleportation diesen heftigen, unerklärlichen Rückstoß gegeben hatte, war ein Totalchaos ausgebrochen.

Im Nu schwirrten Gerüchte umher, da draußen seien Menschendinger am Werk. Menschen – lachhaft! Zzt ließ sich doch nicht für dumm verkaufen. Was könnten diese hirnlosen Nullen schon ausrichten? Gar nichts. Nein, es handelte sich zweifellos um Tolneps, die von ihrer Galaxis hier gelandet waren. Zzt hatte darüber nachgedacht, zwischendurch freilich alle paar Sekunden wilde Verwünschungen gegen Terl ausgestoßen, und das Gesamtbild Stück um Stück zusammengesetzt. Sie hatten an den Frequenzen der Teleportation manipuliert und dadurch den Gegenangriff paralysiert. Und wozu das Ganze? Sie waren scharf auf die immer noch beträchtlichen Bodenschätze dieses Planeten. Scherereien mit den Tolneps hatte es schon früher gegeben, und der letzte Krieg war ergebnislos verlaufen. Die Tolneps waren kleinwüchsig, etwa halb so groß wie die Psychlos, und konnten unbeschadet so gut wie alles einatmen. Und zu allem Überfluß waren sie auch noch gegen das Killer-Gas der Psychlos immun. Deshalb richtete er jetzt einen Mark 32 her, unter den Hunderten von Flugkörpern in diesen Hangars der mit den meisten und schwersten Bordwaffen ausgerüstete, der für Angriffe auf Bodenziele im Tiefflug bestimmt war.

Zum Teufel mit diesem verdammten Terl! Er war derjenige, der die Verteidigung organisieren und leiten sollte! Und wo befanden sich die zum Soforteinsatz gedachten alarmbereiten Kampfflugkörper? Draußen im Freien, der Witterung ausgesetzt. Und wo waren die Panzer? Die rosteten gemütlich im unterirdischen Arsenal vor sich hin! Und wo waren die Reserven der anderen Rohstoffcamps? Hierher abgezogen!

Zum Teufel mit Terl! Innerhalb des Camps gab es keinerlei Vorräte an Energiebatterien oder Munition. Es war unlogisch von Zzt, Terl daran die Schuld zu geben, denn eine solche Lagerung hätte gegen die Vorschriften der Company verstoßen. Das Depot befand sich etwa achthundert Meter entfernt, und zwei Trupps Psychlos, die es zu erreichen versucht hatten, waren hingemetzelt worden. Ein weiterer Beweis dafür, daß es sich um Tolneps handelte. Die getroffenen Psychlos waren einfach explodiert ... ein blaßgrünes Aufblitzen und aus. Solche Waffen konnten nur die Tolneps erfinden!

So mußte er in den alten Flugkörpern und Landfahrzeugen nach halbverbrauchten Energiebatterien und Munition fahnden. Sicher, da ließ sich schon etliches finden, aber darauf konnte man nicht bauen.

Zwischen ihm und den beiden Chamco-Brüdern war es zu Tätlichkeiten gekommen. Diese Rabauken machten sich an einem schweren Panzer zu schaffen. Zwei Panzer, die an diesem Schrekkenstag ausgerückt waren, hatten sich in nichts aufgelöst. Deshalb richteten die Chamcos eins von den alten Ungetümen aus der schweren Sturmpanzer-Serie her. Es gab nichts, was diesen Panzer durchschlagen konnte, und seine Geschütze legten meilenweit alles in Schutt und Asche. Die Chamcos organisierten Energiebatterien und Munition für diese Dampfwalze, und sie besaßen doch tatsächlich die Unverfrorenheit, steif und fest zu behaupten, bei den Angreifern handle es sich um Hockner von Duraleb, einer Galaxis, die Psychlo vor zweihundert Jahren restlos erledigt hatte.

Bei der Rauferei war es um die Patronen gegangen, und dieser aufgeblasene, kleinwüchsige Ker war heruntergekommen und hatte jeder Partei die Hälfte zugesprochen. Auch diese Niete ging auf Terls Konto – so ein Schwachkopf als Planetarischer Direktor!

Die Patronen paßten nicht für den Mark 32. Zzt hatte kostbare Zeit damit verbracht, die entsprechenden Hülsen herzustellen.

Vor zwei Stunden hatte er seinen Mechanikern gesagt, sie sollten diese verdammte Bomberdrohne aus dem Weg räumen.

Jetzt war er endlich soweit. Er hatte einen Copiloten gefunden – einen der leitenden Angestellten unter den Neuankömmlingen, mit Kampferfahrung auf einem Mark 32, namens Nup. Ein Dussel – aber was kriegt man schon auf einem derart entlegenen Planeten –, der es für einen typischen Bolbod-Angriff hielt, weil er kürzlich in einem der Kerbango-Läden in Imperial City ein Gerücht gehört hatte, die Unterwerfung der Bolbods sei geplant.

Zzt hatte alles Notwendige beisammen: Kampfmaske, Schultertasche mit zusätzlichen Atemgasflaschen, Seitenwaffen, Reserverationen und nicht zuletzt seinen Lieblingsschraubenschlüssel, den er sich in den Stiefel gesteckt hatte; der konnte sich in manchen Kampfsituationen als durchaus nützlich erweisen.

Die Motoren des Mark 32 liefen reibungslos und gleichmäßig. Im Handumdrehen würde er draußen sein, und damit wäre dieser Angriff dann ein für allemal beendet.

Zzt löste die Gleitkufen und rollte den Mark 32 zum Tor. Die Mechaniker sprangen beiseite, um ihm Platz zu machen. Überall wimmelten Psychlos herum, die sich bemühten, Flugkörper ohne Werkzeuge und Hilfsmittel einsatzbereit zu bekommen. Und da vorn stand doch immer noch diese verdammte Drohne.

Normalerweise konnten drei Flugkörper gleichzeitig durch das Tor starten. Es war so hoch, daß es sogar noch für einen vierten reichte. Aber dieses Relikt von einer Killer-Gas-Drohne hatte solche Ausmaße, daß es das ganze Tor blockierte. Genau das hatte er Terl immer wieder gesagt. Dieser verdammte Terl! Es gab nirgends eine Möglichkeit, den Mark 32 daran vorbeizumanövrieren.

Zzt lehnte sich aus der Tür und schrie nach dem Schichtführer, der sofort herbeieilte. Zzt fuhr auf ihn los: »Schaffen Sie diese verdammte Drohne weg! Ich habe Ihnen doch schon vor zwei Stunden gesagt, daß ...«

»Die läßt sich nicht abschieben«, japste der Vorarbeiter. Er deutete auf vier Transporter, die versucht hatten, die Drohne wegzuschieben. »Die rührt sich nicht vom Fleck!«

Zzt schulterte seine Werkzeugtasche und sprang hinunter. »Sie dämlicher Stümper! Das Ding hat innen nur einen einzigen Funktionsschalter, den für die Magnetkufen. Wieso haben Sie den nicht gelöst? Die mordsmäßigen Gleitkufen haften magnetisch an der Plattform! Wieso lernen Sie nicht endlich mal ...«

»Die Drohne ist ... na, die ist eben uralt«, stammelte der Vorarbeiter, dem unter Zzts finsteren Blicken Hören und Sehen verging.

Zzt hastete zur Tür der Drohne. Sie hatte gewaltige Ausmaße, so daß man mühelos ein Dutzend Gaskanister auf einmal einladen könnte. Jemand hatte eine Leiter herangerollt, die Zzt rasch hinaufstieg. Seine Werkzeugtasche klapperte, als er die Tür inspizierte. Sie war verschlossen! Eine gepanzerte Tür von der Größe eines Flugkörpers!

»Wo ist der Schlüssel?« kreischte Zzt.

»Terl hatte ihn!« schrie der Vorarbeiter herauf. »Wir haben alles abgesucht nach Terl. Wir können ihn nirgends finden!«

Da sollte doch ... »Haben Sie in seinem Quartier nachgesehen?« brüllte Zzt, der wutschnaubend auf der Leiter stand.

»Ja. Na klar!« schrie der Vorarbeiter. »Wir ...«

In diesem Augenblick übertönte eine hohe, schrille Stimme das Getöse im Hangar. »Juuuhuuu!« Chirk. Zzt durchbohrte sie mit giftigen Blicken. Dieses billige Miststück!

Aber Chirk hielt einen riesengroßen Schlüssel in der Pranke. »Den hab ich in seinem Schreibtisch gefunden«, jubilierte sie.

»Wo sind die anderen Schlüssel für das Ding?« polterte Zzt. »Die für den Bordcomputer.«

»Im Schreibtisch war nur der eine«, trällerte Chirk.

Zzt brauchte eine kurze Denkpause. Unter keinen Umständen durfte sich das verdammte Relikt im Hangar selber starten ... Aber er mußte die Drohne irgendwie fortbewegen. Das war der Türschlüssel, den sie ihm zugereicht hatten.

Er starrte ihn düster an. Drei Bartzacken. Eingekerbt. Das Rohr beinahe gespalten. Terl hätte wenigstens einen neuen Schlüssel anfertigen können! Aber nein, mit so was machte der sich doch nicht die Pranken schmutzig!

Er schob das zwanzig Pfund schwere Ding ins Schlüsselloch, drehte es fluchend um.

Die verrostete magnetische Zuhaltung gab nach. Der Schlüssel fiel auseinander.

Zzt schleuderte ihn auf die Plattform hinunter, haarscharf an Chirk vorbei. Na ja, zumindest war die Tür aufgesperrt.

Er rackerte sich ab, sie aufzustemmen. Sogar die Angeln waren eingerostet und unbeweglich. Endlich öffnete sie sich und gab den Blick frei in den enormen Innenraum.

Zzt nahm einen Leuchtstab. In dem Ding gab es keine Beleuchtung, es war ja auch nicht für Piloten gedacht. Es bestand nur aus unzähligen Tonnen von Gaskanistern, Motoren und Panzerung.

Zu spät fiel ihm ein, daß er hier einiges an Treibstoff hätte entwenden können. Die Gelegenheit hatte er verpaßt.

Er rumpelte nach vorn zum Bordcomputer. Den sollte er am besten umschalten. Kein Gedanke daran – das Ding war mit Panzerplatten abgedeckt. Ohne Schlüssel konnte er nicht an den Computer herankommen. Da half auch kein Werkzeug, gegen die Panzerplatten war er machtlos. Wenn er diesen verdammten Terl erwischte ...

Er leuchtete überall umher. Dort war der magnetische Auslöser für die Gleitkufen, der einzige Funktionsschalter im Innern. Zzt wollte ihn gerade betätigen ... streckte den Arm aus ...

Noch ehe er den Hebel berührt hatte, bewegte er sich von allein ...

Wie versteinert stand er da, starrte voller Entsetzen auf den Hebel. Ja, jetzt hörte er das Klicken im Bordcomputer ganz deutlich ... Er hechtete in Richtung Tür.

Die Motoren erdröhnten, es verursachte einen so starken Ruck, daß Zzt der Länge nach hinfiel. Er kroch auf allen Vieren zum Ausgang.

Zu spät!

Das Tor zum Hangar sauste vorbei, schon mehrere Meter unter ihm. Er wagte es nicht, in die Tiefe zu springen.

Die Drohne hob ab, die verrostete Seitentür schwang im Wind hin und her.

Zzt ächzte schaudernd auf. Das auch noch! Dieser Terl ...

Na, wenigstens bekamen sie jetzt die Kampfflugkörper nach draußen und konnten mit dem Angriff der Tolneps Schluß machen.

Und all das bei halbem Gehalt und gestrichenen Zuschlägen.

Höchstwahrscheinlich hatte dieser elende Terl auch da seine dreckigen Pranken drin ...

8

Fünfunddreißig Kilometer entfernt sah Jonnie die Drohne abheben. Ein Riesending. Die Gasdrohne? Ihm lief es eiskalt den Rücken hinunter.

An der Rumpfseite ein greller Blitz, gefolgt von einer Detonation. Jonnie wußte – die Bazookas hatten das Feuer eröffnet. Ein Trupp Schotten war postiert worden, um den Start von Flugkörpern zu verhindern. Ein zweiter greller Blitz ... Beide Schüsse zeigten nicht die leiseste Wirkung auf die Drohne. Sie schraubte sich auf sechshundert Meter hoch, drehte dann ab, weiterhin steigend, nach Nordosten.

Rund drei Kilometer östlich zog das Ungetüm an ihnen vorbei, so riesenhaft, daß es zum Greifen nah wirkte. Die Außenhaut wies zahlreiche Schrunden und Beulen und Brandflecke auf, Kampfspuren aus längst vergangenen Zeiten. Jonnie stoppte die Fluggeschwindigkeit ab – rund vierhundertachtzig Stundenkilometer. Ein Kampfflugkörper hatte gleich nach der Drohne abgehoben, wurde von Bazookageschossen getroffen, die in zwei grellen Blitzen explodierten. Unbeschadet folgte der Kampfflugkörper weiter dem Kurs der Drohne. Als er über ihnen hinwegzog, sah Jonnie, daß es sich um einen anderen Typ handelte. Auf der Seite standen die Psychlo-Zahlen 32 und dann eine ihrer Tarnbezeichnungen. Geleitschutz?

Das Dröhnen der schweren Motoren ließ die Erde vibrieren.

Als es verstummt war, fragte Terl: »Warum gibst du's denn nicht zu, Rattenhirn? Du bist geschlagen. Wenn die Psychlos vom Heimatplaneten aus den Gegenangriff starten, seid ihr längst alle erledigt. Also warum wirfst du nicht die Waffe rüber, dann können wir ein Abkommen treffen?«

Jonnie ignorierte ihn. Er verfolgte aufmerksam den Kurs der Drohne, orientierte sich am Sonnenstand. Er beobachtete jede Einzelheit genau, bis die Drohne in nordöstlicher Richtung seinen Blicken entschwand. Sie hatte nicht noch einmal abgedreht. Bleib ruhig, redete er sich zu. Bloß keine Panik.

»Wohin fliegt sie zuerst?« fragte er Terl. Ein Kampfflugkörper schaffte mühelos dreitausendzweihundert Stundenkilometer. Also kannst du die Drohne einholen, sagte er sich. Nur die Ruhe bewahren ...

»Wirf die Waffe rüber, dann erzähle ich dir alles, was du wissen willst«, entgegnete Terl.

Sein Verhalten alarmierte Pattie. »Glaub ihm kein Wort«, beschwor sie Jonnie. »Er hat uns was zu essen versprochen und nichts gebracht. Er hat uns sogar zwei- oder dreimal vorgeschwindelt, du wärst tot!«

»Entweder sagst du mir jetzt alles, oder ich schieße dir als erstes die Füße weg!« Jonnie legte die Waffe an.

»Tu's doch!« rief Pattie. »Er ist ein widerliches altes Scheusal! Ein richtiger Teufel!«

Jonnie blickte in die Richtung, in die Chrissie davongeritten war. Sie brauchte furchtbar lange für die Rückkehr. Er konnte die beiden Mädchen nicht allein hier draußen lassen, und schon gar nicht, solange Terl am Leben war. Bleib ganz ruhig, ermahnte er sich. Du kannst die Drohne einholen.

»Also gut«, brummte Terl, als habe er resigniert. »Ich werde dir die Gegenden nennen, die sie ansteuert.«

»Und zwar in der genauen Reihenfolge«, antwortete Jonnie und hob drohend die Waffe.

»Das wäre ein wahres Fest für dich, mich abzuknallen, stimmt's?« fragte Terl.

»Mir macht das nicht die geringste Freude, irgendwem Schmerzen zuzufügen, so wie ...«

»Weil du ein Rattenhirn bist«, lachte Terl.

Das ganze Gerede in Psychlo zwischen Terl und Jonnie machte Pattie überaus nervös. »Hör nicht auf ihn, Jonnie, erschieß ihn einfach«, forderte sie und packte Jonnies Arm, der die Waffe hielt.

»Von mir aus«, begann Terl. »Das erste Ziel ist der unterste Teil von Afrika. Das nächste ist China. Danach kommt Rußland. Dann fliegt sie nach Italien und von da aus direkt hierher zurück.«

Gut, dachte Jonnie. Schottland hat er nicht erwähnt. Also nimmt sie über die Arktis Kurs nach Schottland. Das ist das erste Ziel. Sehr einleuchtend, weil die Psychlos nicht dorthin konnten oder vielmehr meinten, es nicht zu können. Besten Dank, Terl.

Chrissie tauchte plötzlich auf. Sie war durch eine Bodensenke geritten, so daß er sie nicht früher entdecken konnte. Das Pferd ging im Schritt. Als sie näherkam, erkannte er den Grund dafür.

Thor. Er saß, von Chrissie gestützt, vor ihr. Sie hatte ihre Wildlederjacke ausgezogen und Verbände daraus gemacht. Thors Strahlenschutzanzug war an der linken Schulter blutbefleckt. Sie hatte eine mit Gras gefüllte Auflage aus Leder darübergebunden, um das Blut zu stillen. Thors linker Arm war gebrochen, mit Stecken notdürftig geschient. Es war also Thor, den es beim Absprung aus dem Kampfflugkörper erwischt hatte.

Mit Chrissies Hilfe ließ er sich vom Pferd gleiten. Er war aschgrau im Gesicht vom Blutverlust und unsicher auf den Füßen. Er sah Jonnie reumütig an. »Tut mir leid, Jonnie.«

»Es war meine Schuld, nicht Ihre«, entgegnete Jonnie. »Setze ihn vorsichtig auf den Felsen drüben, Chrissie.«

Thor blickte Terl an. Er hatte das Monster nur zweimal aus der Nähe gesehen. Thor trug einen Smith and Wesson Revolver Kaliber .457 aus dem Arsenal der ehemaligen Hauptverteidigungsanlage bei sich, die Patronen waren mit radioaktivem Material angereichert. Plötzlich erkannte er Terl und griff nach der Waffe, um ihn zu erschießen.

»Nein, nein«, wehrte Jonnie ab. »Halten Sie den Revolver auf ihn gerichtet, aber schießen Sie erst, wenn er sich irgendwie bewegen will. Achten Sie vor allem auf die Pranken. Sitzen Sie dort einigermaßen?«

Thor war ungefähr fünfzehn Meter von Terl entfernt. Er setzte sich zurecht und hielt die Waffe auf Terl gerichtet.

»Hör gut zu, Terl«, sagte Jonnie, »mit der Waffe, die er da auf dich zielt, kann er dir ein Loch in den Kopf verpassen, durch das bequem ein Pferd käme. Es ist mit Spezialkugeln geladen, die haben mehr Sprengkraft als dein Handfeuer-Killer. Kapiert?« Du mußt auf alle hier ganz ruhig wirken. Nur keine Nervosität zeigen. Du kannst die Drohne einholen, vergiß das nicht ...

Er wandte sich zu Pattie um und gab ihr die große Waffe zum Halten. Er zeigte ihr, wo der Abzug war, und sie marschierte energisch hinter einen Felsen, auf den sie die Waffe aufstützen konnte.

»Ist die Zielrichtung so in Ordnung?«

»Ja, und du läßt sie auf ihn gerichtet.« Du hast Zeit, sagte er sich. Vor allem mußt du dafür sorgen, daß hier nichts schiefgeht.

»Warum sollen wir ihn nicht töten?« fragte Thor.

»Er hält Informationen zurück, die wir brauchen«, erwiderte Jonnie.

Terl konnte nicht verstehen, was sie sagten, ahnte aber, worum es ging.

Jonnie zog ein Messer heraus und veranlaßte Terl, sich umzudrehen, wobei er sich aus jeder denkbaren Schußlinie heraushielt. Er setzte das Messer an Terls Kragen an und schlitzte den Stoff an der Rückseite auf. Dann ging er nach vorn und zog ihm die Jacke an den Ärmeln vom Leib, sehr vorsichtig und immer darauf gefaßt, daß Terl irgend etwas Unvermutetes tat. Sobald er das erledigt hatte, schlitzte er ihm die Hosenbeine an der Seite auf. Er brachte Terl eine nicht sehr tiefe Schnittwunde bei, als dieser zum Sprung ansetzte. Terl gab es wieder auf, und Jonnie zog ihm Stiefel und Hose aus. Er nahm ihm die Uhr ab, danach die Kopfbedeckung. Die Atemmaske war das einzige, was ihm blieb, und selbst aus der entfernte Jonnie die Reserve an Atemgasflaschen. Terl blickte finster vor sich hin.

Da hockte er nun, die dichte Körperbehaarung mit Schweiß verklebt, die zuckenden Klauen verrieten ungezügelte Angriffslust.

Jonnie ließ Terl die Pranken auf dem Rücken zusammenlegen und schnallte ihm den Gurt um die Gelenke, so fest er konnte. Dann nahm er Old Porks Zügel, verschnürte damit das Ganze und führte ihn unter dem Schlauch der Atemmaske durch, wo er ihn verknotete. Sollte Terl versuchen, die Pranken aus den Fesseln zu befreien, würde er sich selbst ersticken. Bring das hier sorgfältig zu Ende, ermahnte sich Jonnie. Nur nicht in Panik geraten. In einem Kampfflugkörper kannst du die Drohne einholen.

Er hatte sehr schnell gearbeitet. Jetzt trat er beiseite, um Terls Kleidungsstücke zu untersuchen. Wie nicht anders zu erwarten, hatte Terl zwei weitere Waffen versteckt. Ein Messer und noch eine Killerwaffe.

Jonnie feuerte einen Schuß damit ab. Geräuschlos, keine Detonation. Der Strauch, auf den er gezielt hatte, begann zu brennen. Er gab Pattie die leichte Waffe und nahm dafür die andere zurück.

»Laß ihn mich doch jetzt endlich erschießen«, bettelte Pattie.

Thor erklärte Terl auf Psychlo: »Das kleine Mädchen dort drüben bittet darum, Sie erschießen zu dürfen.«

»Ich verhalte mich ganz ruhig«, entgegnete Terl.

»Geht ja nicht in seine Nähe. Hol dir aus dem Wrack drüben brennbares Material, Chrissie, und mach daraus hier an der Seite ein Feuer, damit Thor es warm hat und du das Gelände überblicken kannst.« Er wandte sich an Thor: »Wer war mit Ihnen zusammen?«

»Glencannon«, antwortete Thor. »Er ist irgendwo da drüben in den Hügeln. Ich glaube, er hat versucht, sich näher an die Basis heranzupirschen. Ich hab zweimal versucht, ihn über das Funksprechgerät zu erreichen. Er hat eins, aber antwortet nicht. Die Reichweite beträgt ja nur acht Kilometer.« Er machte ein neugieriges Gesicht. »Wohin gehen Sie?«

Im gleichen Augenblick flammte ein greller Blitzstrahl im Camp auf. Ein Kampfflugkörper war aus dem Hangar gekommen und offenbar von einer Bazooka getroffen worden. Er wurde wie ein riesiger Feuerball in die Luft geschleudert, stürzte jäh zu Boden, und erst dann hörten sie ihn explodieren. Ein zweiter Kampfflugkörper kam aus dem Hangar und erlitt das gleiche Schicksal.

»Habt ihr gesehen?« fragte Jonnie. »Ich schicke euch einen Grubentransporter her.« Bleib ruhig. Mit dreitausendzweihundert Stundenkilometern kannst du die Drohne einholen ...

Die Mädchen sahen Jonnie wie betäubt an.

Was konnte, was sollte er denn tun? Er hatte eigentlich vorgehabt, sie zur Akademie zurückzuschicken, aber Thor war keinesfalls transportfähig. Warum Terl nicht töten, was hinderte ihn denn? Nein, damit wäre gar nichts gelöst. Du mußt ganz ruhig und gelassen auf die anderen wirken. Die Fluggeschwindigkeit der Drohne betrug 487,6 Stundenkilometer, daran erinnerte er sich genau. Er hatte es aus den Berichten an einen Präsidenten, der seit tausend Jahren tot war. Ein Kampfflugkörper schaffte mit Überschallgeschwindigkeit dreitausendzweihundert Stundenkilometer. Selbst wenn die Drohne schon auf halbem Weg nach Schottland war, konnte er sie noch Stunden vor der Ankunft einholen.

Er schwang sich auf Dancer. Zum Camp waren es rund fünfunddreißig Kilometer. Ungefähr eine Stunde, wenn er zügig ritt.

»Wir können immer noch ein Abkommen treffen, Rattenhirn«, sagte Terl. »Wenn ihr wirklich Uran nach Psychlo geschickt habt, seid ihr ganz schön angeschmiert. Das ist nämlich schon früher versucht worden. Sie haben ein Kraftfeld um die Plattform für den ankommenden Transfer, das sich sofort verdichtet und die Plattform abriegelt, wenn sich auch nur die kleinste Menge Uran Psychlo nähert. Der Rückschlag erfolgt dann am Startpunkt der Teleportation, wie du's ja heute selber gesehen hast. Psychlo wird hier angreifen, Rattenhirn. Und du wirst mich als Vermittler brauchen.«

Jonnie sah ihn stumm an. Er winkte den Mädchen und Thor einen Abschiedsgruß zu und trieb Dancer mit den Fersen an, der wie der Blitz dahinraste in der milden nachmittäglichen Sonne.

Vor ihm wogte der Kampf um das Camp. Er hatte Zeit verloren. Aber was hätte er tun sollen? Laß dich nicht aus der Ruhe bringen, redete er sich immer wieder zu. Nur keine Panik. Ein Kampfflugkörper konnte die Drohne einholen.

Während er über die Ebene galoppierte, bemühte er sich, einen Gedanken aus seinem Kopf zu verbannen, der hartnäckig immer wiederkehrte. In den Tagen der Macht waren sämtliche Streitkräfte der Vereinigten Staaten nicht imstande gewesen, auch nur das geringste gegen die Gasdrohne auszurichten. Weder mit Flugzeugen, noch mit Raketen, Atombomben und nicht einmal mit Selbstmordkommandos ...

Laß dir Zeit ... Du kannst sie einholen. Nur keine Panik ...

Teil XIII

1

Immer nur eine Sache auf einmal tun, ermahnte sich Jonnie. Und jede muß gründlich erledigt werden. Jedes Ding zu seiner Zeit. Er hatte diese Regeln in einem Buch gelesen, das aus der alten Bücherei der Menschen stammte. Er war auf der Suche nach Heilbehandlungen gegen Strahlungsschäden gewesen und hatte auch einige Methoden gefunden. Bei der Gelegenheit war er auf ein Buch mit Ratschlägen gestoßen, wie man Verwirrung überwinden konnte. Verwirrung entstand, wenn zu viele Dinge auf einmal passierten. Und das war im Augenblick ja nun zweifellos der Fall! Die Gasdrohne ... ein möglicher Gegenangriff der Psychlos ... der immer noch ungewisse Ausgang der Schlacht im Camp ... Über die Angriffe auf andere Außenstationen lagen noch keine Berichte vor. Bei alldem konnte man nur allzu leicht in Verwirrung geraten, einen Fehler machen, in Panik ausbrechen. Ganz ruhig bleiben. Immer nur eins auf einmal tun ...

Dancer war bis jetzt ununterbrochen in atemberaubendem Tempo in Richtung Süden gerast. So durfte das nicht weitergehen! Er konnte die Stute auf diese Weise zuschanden reiten. Mit einem lahmenden Pferd würde er womöglich alles ruinieren. So begann er, abwechselnd im Trab und im scharfen Galopp zu reiten. Dancers Atem ging ruhiger, Trab, Galopp, Trab, Galopp ... Es wurde allmählich dunkel. Fünfunddreißig Kilometer. Sie würden es schaffen.

Er hatte ein Funksprechgerät in der Tasche, wie sie es in der Grube benutzten, für Psychlo-Verhältnisse ein kleines Ding. Nach fünfzehn Kilometern begann er Glencannon zu rufen, Thors Piloten.

Er war etwa zwei Kilometer weiter, als er Glencannon antworten hörte. »Sind Sie's, MacTyler?« Es hörte sich ein wenig müde an.

»Können Sie von Ihrem Standort aus ein galoppierendes Pferd sehen?« fragte Jonnie.

Lange Pause. Dann: »Ja, Sie sind ungefähr fünf Kilometer nordöstlich von mir. Haben Sie Terl erwischt?«

»Ja, im Augenblick ist er allerdings gefesselt und gut verschnürt.«

Schweigen, danach ein kurzes, rauhes Auflachen. Glencannons Stimme klang jetzt wesentlich entspannter, als er sich erkundigte: »Hinter was war er denn da oben her?«

Eine zu lange Geschichte. Dafür war jetzt keine Zeit. Nur die Ruhe bewahren. Laut sagte Jonnie: »Die Mädchen sind in Sicherheit. Thor ist verletzt, aber sonst in Ordnung.«

Ein Seufzer der Erleichterung.

»Sind Sie trotz allem noch imstande, einen Flugkörper zu steuern?« fragte Jonnie.

Pause. »Meine Rippen sind ein bißchen geprellt, außerdem habe ich einen verrenkten Knöchel. Deshalb brauche ich auch so lange für die Rückkehr zum Camp. Aber abgesehen davon, MacTyler, natürlich kann ich trotzdem einen Flugkörper steuern, klar.«

»Gehen Sie weiter in Richtung Camp. Und halten Sie einen Leuchtstab bereit. Ich schicke Ihnen einen Grubentransporter. Unsere Leute brauchen dringend Luftsicherung.«

»Einen Leuchtstab hab ich. Tut mir leid wegen der Luftsicherung.«

»Das war mein Fehler«, entgegnete Jonnie. »Viel Glück!«

Dancer trabte und galoppierte im Wechsel. Bleib ganz ruhig. So hoffnungslos sah die Lage gar nicht aus. Im Kampf hatten sie durchaus eine Chance. Es gab Lichtblicke. Sie waren sich alle darin einig, daß sie nicht das ganze Camp in die Luft jagen würden. Der Historiker war an der Bibliothek, Angus an den Maschinenwerkstätten interessiert. Offensichtlich hatten sie die betreffenden Gebäude auch nicht mit radioaktiv angereicherter Munition beschossen. Abgesehen von der Drohne und ihrem Geleitschutz beherrschten sie augenscheinlich nach wie vor den Luftraum.

Als er bis auf neun Kilometer ans Camp herangekommen war, begann er Robert den Fuchs über Funk zu rufen, in der Hoffnung, daß jemand das Empfangsgerät abhörte. Zu Jonnies Überraschung meldete sich der Lehrer; laut Beschluß sollten eigentlich mehrere Schotten nicht an den Kampfhandlungen teilnehmen: der Pastor, die alten Frauen, der Historiker und – der Lehrer. Kurz darauf hörte Jonnie die erleichtert klingende Stimme von Robert dem Fuchs.

»Die Mädchen sind in Sicherheit«, berichtete Jonnie. Es folgte eine Pause am anderen Ende, in der Robert der Fuchs offenbar die Freudenbotschaft weitergab. Als sie wieder auf Sendung schalteten, war im Hintergrund deutlich Jubel zu hören. Die Nachricht schien allgemeine Begeisterung auszulösen.

»Wir halten die Stellung«, versicherte Robert der Fuchs. »Ich muß etwas Wichtiges mit Ihnen besprechen, sobald Sie hier sind. Über Funk kann ich Ihnen das unmöglich sagen.«

Dancer wich einer Baumgruppe aus. Es wurde jetzt ziemlich dunkel.

»Die Monster sprechen doch kein Englisch«, wandte Jonnie ein.

»Spielt keine Rolle, ich kann trotzdem nicht darüber reden. Wann werden Sie hier sein?«

»In ungefähr fünfzehn Minuten.«

»Kommen Sie durch die Senke im Norden. Beim Camp wird heftig zurückgeschossen.«

»In Ordnung. Sind die Flugkörper unbeschädigt?«

»Wir haben sie in die Senke gebracht, dort ist die Deckung besser. Uns fehlen Piloten.«

»Ich weiß. Hören Sie gut zu. Lassen Sie jemand folgende Gegenstände in einen Flugkörper schaffen: warme Kleidung, eine Felldecke, Fausthandschuhe für mich; außerdem etwas zu essen: ein paar einfache, nichtradioaktive Haftminen; ein Sturmgewehr; eine Schutzmaske mit einem ausreichenden Vorrat an Preßluftflaschen – ich fliege nämlich in fünfundvierzigtausend Meter Höhe.«

Schweigen. »Haben Sie das mitgekriegt?« drängte Jonnie.

»Ja, wird gemacht«, lautete die knappe Antwort. Sehr begeistert hörte sich das nicht gerade an.

»Schicken Sie zwei Grubentransporter los«, sagte Jonnie und machte die genauen Ortsangaben. »Lassen Sie besser einen oder zwei Mann mitfahren, damit sie helfen, Terl herzuschaffen.«

»Terl?« wiederholte Robert der Fuchs.

»Ja, das ist die nackte Wahrheit, in jeder Beziehung«, entgegnete Jonnie. »Sorgen Sie dafür, daß der Flugkörper startbereit ist. Ich will wieder los, sowie ich dort bin.«

Schweigen. Dann: »Wird erledigt.« Er schaltete sein Gerät aus.

Etwa fünf Minuten später fuhr ein Grubentransporter an ihm vorbei nach Norden. Im Zwielicht erkannte er den Pastor, eine der alten Frauen und einen Schotten, der den Arm in der Schlinge trug. Der Pastor hob die Hand – segnend? Nein, zum Gruß! Sie wollten Thor, die Mädchen und Terl holen. Jonnie blickte ihnen nach – die alte Frau hielt einen Handfeuer-Killer.

Der Gefechtslärm wurde zunehmend lauter. Der Strahl der Feuerlöschanlage schoß sechzig Meter hoch in die Luft. Unter diesem Wasservorhang das blaugrüne Mündungsfeuer der Handfeuer-Killer. Die orangefarbenen Salven der Sturmgewehre waren im Flutlicht, das den gesamten Komplex anstrahlte, deutlicher auszumachen.

Jonnie trieb Dancer in die Senke hinunter und hielt neben den beiden verbliebenen Flugkörpern. Das Pferd schnaubte heftig, es war über und über mit schäumendem Schweiß bedeckt, lahmte aber nicht. Immer nur eine Sache auf einmal, ermahnte sich Jonnie. Du kannst die Drohne einholen ...

2

Robert der Fuchs hatte seinen alten Umhang über den Strahlenschutzanzug geworfen. Das graue Haar war auf einer Seite angesengt. Sein Gesichtsausdruck wirkte gefaßt, verriet jedoch eine Spur Besorgnis. Er ergriff Jonnies Hand und schüttelte sie herzlich.

Jonnie fragte mit einem Blick auf das versengte Haar: »Wie sieht's mit Verwundungen aus?«

»Nicht schlimm«, antwortete Robert der Fuchs. »Sogar erstaunlich wenig. Die Dämonen wollen sich uns nicht direkt stellen. Die Feuerlöschanlage ist ja auch sehr hinderlich. Als ob man bei strömendem Regen kämpft! Aber Sie haben ja gar keinen Strahlenschutz ...«

»Bei den Wassermengen wird sowieso alles gleich wieder runtergewaschen«, beruhigte ihn Jonnie. »Ich muß etwas erledigen. In der Drohne gibt's kein Atemgas. Also brauche ich auch keinen Strahlenschutz.«

»Jonnie, hat das mit der Drohne nicht solange Zeit, bis die anderen Außenstationen niedergeworfen sind? Die Drohne braucht immerhin achtzehn Stunden, um ihr Ziel in Übersee zu erreichen. Wir haben das durch Radarpeilung ermittelt. Das heißt, wir haben den Geleitschutz angepeilt. Die Drohne selbst hat eine Anlage, die sämtliche Ortungswellen absorbiert.«

Jonnie öffnete die Tür des Flugkörpers. Es lag alles bereit, auch Brot und Fleisch auf dem Schalensitz. Eine alte Frau brachte ihm einen Becher dampfenden Kräutertee, der verdächtig nach Whisky roch. Er sah sie an und fragte sie, was sie denn hier im Kampfgebiet zu suchen habe; sie erklärte und lachte dabei gackernd: »Von Patronen können die Leute schließlich nicht satt werden!«

Robert hielt ihn zurück. »Mit der Funkstille im Luftraum klappt's immer noch einwandfrei.« Sie hatten den Piloten, die zum Angriff auf die fernen Außenstationen eingesetzt waren, zwölf Stunden Funkstille auferlegt, um ihnen durch das Überraschungsmoment die Durchführung ihrer Aufgabe zu erleichtern. »Es ist mehr Zeit, als sie brauchen. Wir können das doch abkürzen und sie alle auf die Drohne ansetzen ...«

»Die steuert Schottland an«, sagte Jonnie. »Das ist ihr erstes Ziel.«

»Ich weiß.«

Jonnie hatte den Becher geleert und wollte den Flugkörper besteigen.

Wieder hielt ihn Robert zurück. »Ich muß Ihnen noch etwas mitteilen.« Als Jonnie innehielt und sich ihm zuwandte, fuhr Robert fort: »Kann sein, daß wir Psychlo nicht getroffen haben.«

»Ich weiß«, nickte Jonnie.

»Das bedeutet, daß wir vielleicht sämtliche Flugkörper und Ausrüstungsgegenstände brauchen, die wir hier kriegen können. Sie befinden sich in Hangars, direkt unter uns. Wir haben nicht genug Leute, um das Areal im Sturm zu nehmen, und wir dürfen es keinesfalls zerstören.«

»Sie können sich das zusammen mit Glencannon genau überlegen. In etwa einer halben Stunde haben Sie einen Piloten zur Verfügung. Dann können Sie einen Luftangriff starten.« Er wollte in den Flugkörper klettern, und wiederum hielt ihn Robert am Ärmel zurück.

»Hier ist eine merkwürdige Sache passiert, unmittelbar vor Sonnenuntergang«, berichtete Robert. »Ein Panzer hat kapituliert!«

Jonnie machte kehrt. Er konnte die Verzögerung dazu nutzen, die warmen Sachen überzuziehen, die er in der geplanten Flughöhe brauchte. »Fahren Sie fort!«

Robert holte tief Luft, doch noch ehe er weiterreden konnte, erschien ein Melder und berichtete, der Historiker habe eine neue Ladung Munition aus der Akademie abgeliefert. Er solle veranlassen, daß sie sofort verteilt würde, entgegnete Robert. Über ihnen flammten weiterhin Feuerstöße auf. Es war inzwischen ganz dunkel geworden.

»Es war ein schwerer Sturmpanzer vom Typ ›Wir knallen uns durch, dem Ruhm entgegen‹. Er steht dort unten am anderen Ende der Senke. Nein, kein Grund zur Aufregung. Er ist in unserer Hand. Er kam aus dem Garagentor direkt auf uns zu. Wir haben ihn mit Bazookas unter Feuer genommen und ihm nicht mal einen Kratzer beigebracht. Aber er hat überhaupt nicht zurückgeschossen, sondern ist schnurstracks bis zum Ende der Senke dort gerollt, hat dann durch eine Luftschleuse ein Funksprechgerät ausgefahren und mitgeteilt, er wolle mit dem ›Hockner-Führer‹ sprechen. Er wünschte eine Sicherheitsgarantie als Gegenleistung für Kooperation.«

Jonnie zog warme Stiefel an. »Bitte weiter.«

»Eine irgendwie unheimliche Szene«, fuhr Robert fort. »Sobald sie eine Sicherheitsgarantie bekamen, kletterten sie aus dem Panzer.

Sie seien die Chamco-Brüder, erklärten sie. Wir begannen dann mit der Befragung. Sie wüßten, daß Terl Verrat begangen habe, sagten sie. Ein Freund von ihnen, ein leitender Angestellter namens Char, scheint spurlos verschwunden zu sein, wie sich bei der Teleportation herausgestellt hat. Na ja, dieser Char hat den Chamco-Brüdern erzählt, es habe einen Mord gegeben. Terl habe den Planetarischen Direktor umgebracht, um einen gewissen Ker zum Nachfolger ernennen zu können. Und eben dieser Ker habe ihnen heute nachmittag Munition für den Panzer verweigert. Die Chamcos behaupten, Terl und Ker hätten die Psychlos an die sogenannten Hockner von Duraleb verraten und sogar die Drohne gestartet, um sämtliche Außenstationen zu vernichten.«

»Meiner Meinung nach stimmt das weitgehend«, erwiderte Jonnie. »Bis auf die Sache mit den Hocknern und der Drohne. Die Psychlos haben eine Menge Feinde, aber laut ihrer Geschichtsschreibung sind die Hockner vor zweihundert Jahren besiegt worden. Hören Sie, Sir Robert, bei allem schuldigen Respekt ... ich muß jetzt unbedingt los!«

»Es geht noch weiter«, fuhr Robert der Fuchs unbeirrt fort. »Sie haben im Camp keine Energiebatterien für Panzer und Flugkörper und vier Ausfälle gemacht, um zu den Depots drüben zu gelangen, die jedesmal von uns verhindert wurden. Aber mit Munition für die Handfeuer-Killer sind sie reichlich versorgt. Wir haben nicht genug Leute für einen Sturm ...«

»Was sonst noch?« unterbrach Jonnie. »Hört sich doch alles gut an, gar nicht nach Hiobsbotschaften.«

»Also durchweg gute Nachrichten sind's nicht. Anscheinend gibt es hier sechzehn unterirdische Stockwerke. Jedes erstreckt sich über zigtausend Quadratmeter. Unterkünfte, Arbeitsräume, Garagen, Hangars, Büros, Werkstätten, Bibliotheken, Ersatzteillager ...«

»Daß es diesen Umfang hat, ahnte ich nicht, aber auch das sind doch keine schlechten Nachrichten.«

»Warten Sie nur. Wenn der ganze Komplex radioaktiv verseucht werden sollte, würde das gesamte Angriffspotential mit zerstört. Wir kämpfen auf einer tickenden Bombe. Wir müssen die Flugkörper und die Ausrüstung retten, um die Erde verteidigen zu können. Und wir brauchen sie für den Wiederaufbau, falls wir Psychlo wirklich in die Luft gejagt haben.«

»Sie bekommen in Kürze Luftunterstützung«, sagte Jonnie. »Sie können ...«

»Die Chamco-Brüder wissen angeblich genau, was da drin passieren wird – daß wir nämlich alles mit Luft überfluten! Sie wüßten schon, wie ›wir Hockner‹ das Duraleb-System zurückgewonnen haben. Sie sagen, es seien nicht genügend Atemgasmasken und Atemgasflaschen vorhanden, aber in der Wiederaufbereitungsanlage gäbe es reichlich Atemgas. Die Chamco-Brüder sind hochspezialisierte Ingenieure. Sie versprachen, uns zu helfen, wenn wir sie dafür bezahlen. Auf dem ganzen Planeten sollen die Gehälter auf die Hälfte gekürzt und sämtliche Zulagen gestrichen worden sein. Außerdem wollen sie nicht in einer ›Luftflut‹, wie sie es nennen, umkommen.«

Jonnie hatte sich inzwischen warm eingemummt und stärkte sich mit Haferbrot und getrocknetem Wildbret. »Sir Robert, sobald Sie Luftunterstützung haben, können Sie doch irgend etwas planen ...«

»Die Chamco-Brüder sagten uns, die Atemgas-Wiederaufbereitungsanlage liege außerhalb des Camps und arbeite mit Luftkühlung. Wir haben ihnen den Tip entlockt, daß man nur die Zuführungsrohre vom Kühlsystem wegzuschießen braucht, und schon wird das ganze Camp mit Luft vollgepumpt.«

»Damit haben Sie doch das Problem gelöst«, meinte Jonnie.

»Freilich, aber die Zuführungsrohre müssen auf große Entfernung aus der Luft abgeknallt werden.«

»Das dürfte nicht lange dauern. Sobald Glencannon herkommt ...«

»Nun, ich meine, Sie sollten das tun«, entgegnete Robert. »Es ist nicht besonders gefährlich, und wenn Sie aus etwa achthundert Meter Entfernung schießen ...«

»Ich kann das gleich nach dem Start erledigen.«

»Besser, Sie kommen noch mal zurück und überzeugen sich ...«

Plötzlich wurde Jonnie klar, worauf Robert hinauswollte. Robert der Fuchs spielte auf Zeit – er wollte warten, bis alle vorhandenen Flugkörper sich zum Angriff auf die Drohne zusammenschließen konnten. Und das hieß zweifellos ein Risiko eingehen. Die auf die anderen Stationen angesetzten Flugkörper könnten ja selber in Schwierigkeiten stecken. »Sir Robert, versuchen Sie etwa, mich von einem Alleingang beim Angriff auf die Drohne abzuhalten?«

Der alte Mann breitete die Hände aus. »Jonnie, mein Junge, Sie haben schon zuviel getan, um jetzt Ihr Leben aufs Spiel zu setzen!« In seinen Augen lag ein flehender Ausdruck.

Jonnie schwang sich in den Flugkörper.

»Dann komme ich mit!« rief Robert der Fuchs.

»Sie werden hübsch hierbleiben und diesen Angriff leiten!«

Ein Grubentransporter kam auf die Senke zugebraust und stoppte am anderen Ende. Der Fahrer packte ein Sturmgewehr und rannte hinauf zur Kampflinie. Glencannon kletterte langsam aus dem Wagen und humpelte auf sie zu.

»Verdammt!« knirschte Robert der Fuchs.

»Was ist denn los?« fragte Glencannon etwas verblüfft. »Ich bin ganz in Ordnung. Wenn mir jemand die Rippen verpflastert und den Knöchel bandagiert, kann ich fliegen.«

Robert der Fuchs legte Glencannon den Arm um die Schulter. »Es ging um was anderes«, erklärte er. »Ich bin heilfroh, daß Sie wohlbehalten zurückgekommen sind. Wir haben Arbeit für Sie. Massenhaft sogar. Die Scharfschützen bei den alten Chinko-Quartieren ...«

»Leben Sie wohl, Sir Robert«, sagte Jonnie und schloß die Tür.

»Viel Glück«, erwiderte Robert betrübt. Er wußte genau, daß Jonnie notfalls bereit war, sich selbst zu opfern, um die Drohne unschädlich zu machen. Er rechnete nicht damit, ihn wiederzusehen. Dann drehte er sich um und begann, zwei wartenden Meldern Anweisungen zu erteilen. Klar sehen konnte er sie freilich nicht ...

Jonnie ließ den Flugkörper steil aus der Senke abheben und zog ihn so schnell hoch, daß er nicht entdeckt und getroffen werden konnte. Nun war er unterwegs zu einem Versuch, der nicht einmal den vereinigten Streitkräften der Erde gelungen war. Und er würde dabei ganz allein auf sich gestellt sein.

Abzuwarten, bis die Drohne – was, fünf Stunden? – von Schottland entfernt war, dürfte etwas knapp bemessen sein. Wenn die Angriffe Erfolg hätten, würden dabei vielleicht auch die Gaskanister getroffen, und der Wind könnte dann das Killergas bis nach Schottland oder sogar nach Schweden tragen und beide Länder auslöschen. Vieles sprach für einen gewaltsamen Angriff. Doch selbst das bedeutete keine Erfolgsgarantie. Und es hatte noch nie jemand versucht, sich frontal gegen eine Drohne zu stürzen mit einem Psychlo-Kampfflugkörper, der mit Höchstgeschwindigkeit dahinraste und dessen sämtliche Bordwaffen im Augenblick der Kollision losballerten. Als letzter Ausweg würde das so gut wie alles vernichten. Sir Robert gegenüber hatte er davon kein Wort erwähnt. Und der alte Mann wäre auch sicher nicht auf solche Gedanken gekommen ...

3

Dunneldeen war überaus glücklich und zufrieden. Unmittelbar vor ihm lag die Station Cornwall auf den Britischen Inseln, hellerleuchtet, wie es einst die Städte gewesen sein mußten.

Sie hatten Strohhalme gezogen, als es um Cornwall ging. Denn von den dortigen Gruben aus fanden die Jagdausflüge statt, die für Schotten jeden Weg nach Süden zur Todesfalle machten. Die Psychlos auf dieser Station hatten im Lauf der Jahrhunderte an ihren freien Tagen zahllose Menschen einfach zum Vergnügen abgeknallt. Man erzählte sich sogar von einer Gruppe Schotten, die bei einem Überfall gefangengenommen und an Bäumen festgebunden worden waren, wo man sie dann Zentimeter um Zentimeter und Mann um Mann zusammengeschossen hatte – achtzehn qualvolle Tage lang. Und ähnliche Geschichten gab es zuhauf.

Er und sein Copilot Dwight hatten zum Leidwesen ihrer Kameraden den langen Strohhalm gezogen. Kein Schotte war in über tausend Jahren auch nur auf zweihundert Kilometer an diese Gruben herangekommen, von denen kaum etwas bekannt war. Doch sie hatten sich sämtliche greifbaren Informationen eingeprägt und sich gründlich auf die Ortung vorbereitet.

Die ganze Nacht hatten sie durchaus entspannt und warm angezogen für den Stratosphärenflug dagelegen, dann die Signalhörner gehört, die vor der Schlußphase der Teleportation ertönten, und sich in den Schalensitzen aufgerichtet, die Hände auf den Instrumentenbrettern.

Mit weit aufgerissenen Augen hatten sie Jonnies unglaublichen Sprint aufgeregt verfolgt. Irgend etwas war schiefgegangen, als er zum Käfig kam, und das sah gar nicht gut aus. Keine Rettung ... Doch Jonnie hatte sich unter den Klippenrand geduckt, wo er sicher und geschützt wie ein Kind in der Wiege lag, bevor die Handfeuer-Killer losballerten.

Der Rückstoß war ein bißchen beunruhigend gewesen, denn durch die Erschütterung hatte sich der Flugkörper gedreht. Trotzdem lief alles glatt. Sie hatten ihren Flugkörper genau nach Plan gestartet und blitzschnell hochgezogen. Von oben konnten sie beobachten, wie die riesigen Funkmasten umstürzten und ein Gewirr von Leitungsdrähten hinterließen. Die Erschütterung durch den Rückstoß und das Feuer der Bazookas hatten zusammengewirkt, so daß die zwölfstündige Funkstille auf dem ganzen Planeten pünktlich beginnen konnte. Das gab reichlich Zeit, selbst die entlegenste Station ohne Vorwarnung zu erreichen.

Bei einer Geschwindigkeit von dreitausendzweihundert Stundenkilometern und dreißigtausend Metern Flughöhe hatten sie eine solche Zeitverschiebung erreicht, daß sie sich jetzt auf der für Psychlos üblichen Höhe im Anflug auf eine Außenstation bei Nacht befanden. Geschafft!

Auf den Radarschirmen und Monitoren waren keinerlei Anzeichen für gegnerische Aktionen zu entdecken, keine Luftsicherung weit und breit.

Aus einigen Schächten in den Hügeln, die wohl etwa acht Kilometer tief waren, stiegen helle Dampfwolken auf. Aus den Schornsteinen der Schmelzereien kräuselte grünlicher Rauch hoch. Die Lagerhäuser zeichneten sich deutlich ab. Und dort waren die leuchtenden Kuppeln des Camps! Ziel Nummer eins.

Doch Dunneldeen brachte es nun einmal nicht fertig, sich unverhoffte Gelegenheiten entgehen zu lassen, auch wenn sie in der Planung nicht vorgesehen waren.

Die dämlichen Affen dort unten hatten eigens für ihn den gesamten Landeplatz erleuchtet. Strahlend helles Scheinwerferlicht. Sie nahmen wohl an, es handle sich einfach um einen außerplanmäßigen Psychlo-Flug. Ein wahres Glück, daß Funkstille herrschte.

Und Dunneldeen entdeckte noch etwas: die massiven Leitungsmasten, an denen sie von Norden ihre Energieversorgung bezogen. Und direkt vor ihm, im gleißenden Licht von der Landefläche, stand unzweifelhaft der Hauptmast. Daß ihm durch mögliche Navigationsfehler irgendwelche Gefahr drohen könnte, kam diesen Monstern offenbar überhaupt nicht in den Sinn. Denn es war der Hauptmast – die Leitungen von Norden führten sämtlich zu ihm. Und das Leitungsnetz für die Stromversorgung des ganzen Komplexes nahm ebenfalls dort seinen Ausgang. In der Mitte dieses Gespinstes befand sich ein weiträumiges freies Gelände für Start und Landung.

Das riesige Rad rechts neben der Landefläche erkannte Dunneldeen auf den ersten Blick. Wenn es sich drehte, wurde der Hauptleitungsträger aus dem Stromkreis ausgeschaltet.

Für einen Opportunisten wie Dunneldeen war das einfach unwiderstehlich. Warum sollte man ihnen auch noch jede Menge Licht gönnen, während sie sich hastig bemühten, das Bedienungspersonal für die Verteidigungswaffen bereitzustellen und nach draußen zu den Flugkörpern zu gelangen? Warum nicht gleich das Ganze ins Totalchaos stürzen? Und dann von oben, mit Infrarotabschirmung, alles in Trümmer legen. Ihr Flugkörper besaß einen Wellenneutralisator, den sie einem aus einem Erdaufklärer gestohlenen Gerät nachgebaut hatten; wenn sie den einschalteten, wüßten diese Idioten nicht einmal mehr, worauf sie schießen sollten. Außerdem würde beim Abheben dieses Kampfflugkörpers jeder zunächst denken, es handle sich um einen Verteidigungsflugkörper.

Dunneldeen übersprudelte sich fast, als er das alles dem verblüfften, aber durchaus verständnisvollen Dwight auseinandersetzte. Ganz zwanglos, als handle es sich um einen Freundschaftsbesuch, setzten sie unmittelbar neben dem großen Rad auf. Dunneldeen schnallte den Riemen seines Sturmgewehrs über der Schulter fest, öffnete die Tür, kletterte hinaus, ging zum Rad und versetzte es in Drehung.

Bis zu diesem Moment lief alles reibungslos. Doch nun trat ein Psychlo aus einem kleinen Wachhaus, das sie nicht gesehen hatten und das knapp drei Meter vom Hauptleitungsträger entfernt stand, und starrte Dunneldeen an.

»Die Tolneps!« brüllte er.

Ehe noch Dunneldeen das Sturmgewehr anlegen konnte, hatte der Wachposten die Tür wieder geschlossen und eine Sirene ausgelöst. Ein Lautsprecher dröhnte ohrenbetäubend: »Tolnep-Angriff! Alles in Stellung gehen! Tolneps! Waffen gefechtsbereit!«

Ohne sich weiter darum zu kümmern, was wohl mit Tolneps gemeint sein könnte, drehte Dunneldeen das Rad so schnell, daß es zu quietschen begann. Jetzt wurde ihm klar, weshalb es so dicht an der Landefläche war. Im Fall eines Angriffs konnten sie das Gelände durch sofortige Verdunklung schützen, und zu diesem Zweck hatten sie auch das Wachhaus gleich daneben errichtet.

Dunneldeen raste zum Flugkörper zurück, schwang sich hinein. Dwights Sturmgewehr eröffnete das Feuer, als Wachposten aus einem Treppenschacht auftauchten. Grünliche Flammenblitze leuchteten auf ... von den Psychlo-Wachen keine Spur mehr ...

Der Kampfflugkörper hob ab und schraubte sich pfeilschnell hoch. Dunneldeen schaltete den Wellenneutralisator und die Infrarotschirme an.

Sie operierten jetzt wieder nach dem ursprünglichen Plan.

Mit Bordwaffen, die so programmiert waren, daß sie – ohne Flammenentwicklung – mit maximaler Wucht wirkten, steuerten sie im Sturzflug auf das Camp zu.

Die Kuppeldächer schrumpften zusammen wie angestochene Ballons.

Sie fegten über die Lagerhäuserzeile hinweg und zertrümmerten die Dächer.

Um unten aufzuräumen, machten sie einen zweiten Anflug und warfen diesmal Splitterbomben ohne radioaktives Material.

Eine Waffe eröffnete das Feuer auf sie, und der Flugkörper wurde heftig durchgerüttelt. Sie brachten sie, wiederum im Sturzflug, mit einem einzigen Treffer zum Schweigen.

Und das war das Ende der Außenstation. Die Intergalaktische Rohstoff Company hielt offensichtlich nichts davon, Geld für Sicherheitsvorkehrungen in ihren Zweigstellen zu verschwenden. Und hatte nicht Jonnie auch so etwas erwähnt, daß Terl die gesamte Kampfausrüstung aus den Außenstationen abgezogen habe?

Aus den Beobachtungen von oben, wo sie sich in Bereitschaft hielten, ließ sich folgern, daß die Psychlos es vor dem Einsturz der Kuppeldächer nicht mehr geschafft hatten, die Atemmasken anzulegen, denn es kam zweifelsfrei keiner von ihnen heraus.

Sie blieben noch eine Weile, nahmen sich von Zeit zu Zeit noch einen umherirrenden Wachposten oder ein vereinzeltes Fahrzeug vor.

Mittlerweile herrschte wirklich Ruhe dort unten.

Dann sahen sie plötzlich etwas auf ihrem Radarschirm. Ein Transportflugkörper schwebte ein. Richtig, jetzt fiel es ihnen ein – nach dem ersten intergalaktischen Transfer von Psychlo hatten sie den Motorenlärm der Transportflugkörper gehört. Dieser hier war offenbar im Schneckentempo über den Atlantik gezuckelt, so daß sie ihn überholt hatten. Gut!

Sehr zu Dwights Mißfallen setzte Dunneldeen neben dem Hauptleitungsträger auf und schaltete ihn ein.

Sie blieben einfach sitzen und warteten. Die Lichter im Camp brannten jetzt wieder. Es zeigte sich kein Psychlo ... falls überhaupt einer der Angestellten am Leben geblieben sein sollte ...

Der Transportflugkörper setzte auf. Die Psychlos stiegen aus, suchten ihre Gepäckstücke zusammen. Dann kam der Pilot und folgte der Gruppe in Richtung Camp. Auf einmal schienen sie zu merken, daß irgend etwas nicht stimmte, und blieben stehen. Der Pilot griff nach seinem Handfeuer-Killer im Gürtel.

Dunneldeen und Dwight mähten sie mit den Sturmgewehren nieder.

Dunneldeen flog Dwight zum Depot hinüber. Sie wußten, welche Energiebatterien der Transportflugkörper brauchte, denn er war vom gleichen Typ wie der damals, der Jonnie nach Schottland gebracht hatte. Dwight holte die Energiebatterien. Dunneldeen setzte ihn neben dem Transportflugkörper ab, wo er die alten Energiebatterien gegen die neuen austauschte. Dunneldeen schoß ein Landfahrzeug mit einem Wachposten zusammen, als es auf sie zugerast kam. Es explodierte ...

Dann hob Dunneldeen ab. Dwight folgte ihm im Transportflugkörper. Eine funkensprühende Flammensäule stieg auf, als Dunneldeen den Hauptmast unter Feuer nahm.

Nachdem er sich überzeugt hatte, daß Dwight außerhalb der unmittelbaren Gefahrenzone war, flog Dunneldeen einen etwa drei Meter über dem Atemgas-Depot gelegenen Punkt an, warf eine radioaktive Mine mit Bleischutz und Zeitzünder ab, zog den Flugkörper wieder steil hoch und sah mit Vergnügen, wie das Depot, von einem prachtvollen Farbenspiel in Grünblau begleitet, in die Luft flog.

Wiederum vergewisserte er sich, ob Dwight in Sicherheit war, bevor er sich auf dreitausend Meter hinaufschraubte, den Flugkörper vornüberkippte, zielte und das Sprengstoff-Depot unter Beschuß nahm. Es gab eine Art Vulkanausbruch – einfach großartig ...

Er ging weiter nach unten, um genau festzustellen, ob das Camp nicht explodiert war. Das gehörte zu ihren strikten Anweisungen. Der Maschinenpark und die Flugkörper waren offensichtlich intakt.

Ohne Atemgas und ohne Energiebatterien, mit einer Verlustquote von schätzungsweise neunzig Prozent unter dem Personal, konnte man die Außenstation in Cornwall glatt abschreiben. Das war die Quittung für eine Unzahl von Verbrechen.

Dunneldeen flog jetzt neben Dwight. Sie hatten sich bereits auf einen neuen fabelhaften Plan geeinigt, der natürlich von Dunneldeen stammte. Ihnen blieben noch fast sechs Stunden Funkstille zur freien Verfügung, da sie ja ihren Auftrag ausgeführt hatten.

Dunneldeen war mit dem Clanchef der Fearghus verwandt, und außerdem gab es da noch ein Mädchen, das er seit fast einem Jahr nicht mehr gesehen hatte.

Sie hofften nur, daß die anderen vierzehn Flugkörper ihre Angriffe auf die Außenstationen der Psychlos ebensogut durchgeführt hatten wie sie. Natürlich konnte man vielleicht nicht von jedem den gleichen eleganten Stil erwarten ...

Und so flogen sie in Richtung Schottland.

4

Zzt war in tiefe Apathie versunken.

Die Gasdrohne rumpelte stur weiter, lautstark, kalt und finster.

Was war doch dieser Nup für ein alberner Dummkopf!

Anfangs hatte Zzt angenommen, die Motorengeräusche, die er hörte, stammten von diesem vorsintflutlichen Relikt, doch nach einer Weile konnte sein geübtes Ohr deutlich unterscheiden, daß es neben dem Rattern und Scheppern hier drin noch etwas gab. Er inspizierte das trostlose Innere der Drohne genau, lauschte überall, bis er schließlich zur hin und her schlagenden Tür kam. Aha – der Mark 32! Der Mark 32, Serienname »Haut se, haut se, immer auf'e Schnauze«, dieser schwer gepanzerte Flugkörper, der für Angriffe auf Bodenziele im Tiefflug bestimmt war.

Flog dieser dämliche Nup etwa als Geleitschutz für die Drohne?

An dieser Frage hatte Zzt endlos herumgerätselt und sonst so gut wie nichts unternommen. Zuerst war er noch voller Hoffnung gewesen. Er dachte nämlich, Nup sei ihm aus dem Hangar gefolgt mit der Absicht, eine Strickleiter zur offenen Tür hinunterzulassen und ihn damit herauszuholen. Doch Nup schien nicht die leiseste Ahnung davon zu haben, daß es hier eine offene Tür gab, und flog stur auf der anderen Seite neben der Drohne her.

Zugegeben, Zzt hatte ihm keinerlei Anweisungen erteilt. Der Volltrottel hatte unentwegt von den Bolbods gefaselt und von irgendwelchen Gerüchten auf Psychlo, daß man sie demnächst angreifen würde. Was für ein Unsinn! Zzt dachte noch einmal genau über alles nach. Nein, als er in dem Durcheinander versucht hatte, nach draußen zu gelangen und den Angriff der Tolneps mit einem Mark 32 abzuwehren, war er einfach überall rumgerannt, um jemand aufzutreiben, der sich mit diesem Flugkörpertyp auskannte, hatte dann schließlich Nup auf den Copilotensitz gezerrt und sich endlich mit der Drohne befaßt.

Er erinnerte sich noch dunkel an die letzten Worte, die er zu Nup gesprochen hatte: »Los, kommen Sie!« Und zu seinem größten Erstaunen war Nup nicht hinter ihm hergerannt zur Drohne.

Anstatt mit den Tolneps aufzuräumen, flog Nup draußen in einem Mark 32 als Geleitschutz. Vielleicht war er sogar wirklich daran ausgebildet worden, aber von der eigentlichen Bestimmung dieses Flugkörpers hatte er garantiert keinen Schimmer. Zum Beispiel, daß man mit dem Mark 32 eine ganze Stadt in Trümmer legen konnte! Und daß die Außenhaut jedem Geschoß standhielt. Es war zur Unterstützung der Bodentruppen bestimmt, gegen sämtliche Bodengeschütze immun. Kein Abfangjäger konnte ihm auch nur einen Kratzer zufügen. Und was tat Nup jetzt damit? Flog Geleitschutz für eine Drohne, die ihn gar nicht brauchte. Zzt wurde immer verbitterter. Zum Teufel mit Terl und mit Nup!

Und während dieses Ungetüm unter ohrenbetäubendem Motorenlärm wer weiß welchem Ziel entgegenrumpelte, begann es Zzt allmählich zu dämmern – Nup hatte keine Ahnung, daß er, Zzt, sich an Bord der Drohne befand ...

Bei einem Blick auf die Uhr wurde Zzt kurz darauf klar, daß der Mark 32 seine Energiebatterien nahezu erschöpft hatte. Wo immer sie sich auch in dieser stockfinsteren Nacht befinden mochten, der Mark 32 würde in Kürze abschmieren. Er hatte nicht genügend Energiebatterien gehabt, um ihn für einen solchen Flug auszustatten, und außerdem war die Reichweite des Mark 32 ohnehin begrenzt, weil er auf Nahziele angesetzt wurde.

Immerhin besaß Zzt reichliche Vorräte an Atemgas, außerdem eine Waffe und einen Schraubenschlüssel ...

Eine Zeitlang fummelte er an der Panzerung des Bordcomputers herum, in der Hoffnung, doch an ihn heranzukommen und ihn umzuprogrammieren. Doch ohne Schlüssel oder die Werkzeuge, mit denen er welche herstellen konnte, wäre nicht einmal ein Sprengsatz imstande gewesen, die Panzerplatte aufzubrechen.

So hatte er sich schließlich im vorderen Teil der Drohne auf die kalten Bodenplatten gelegt – wohl oder übel würde er eben die weitere Entwicklung abwarten. In einem oder zwei, vielleicht auch erst in drei Tagen würde das Ding landen, verdammt hart, aber Zzt redete sich ein, auch das überleben zu können. Was blieb ihm anderes übrig?

Einfach dasitzen und abwarten ... Das war alles, was er tun konnte.

Verdammter Terl! Verdammter Nup! Verdammte Company!

Und das alles bei halbem Gehalt und ohne Zulagen!

5

Jonnie suchte angestrengt nach der Drohne.

Alle Bildschirme flimmerten.

Tief unten die unendliche Weite der Arktis, auf den Monitoren sichtbar, nicht aber mit bloßem Auge. Daran erinnerte er sich noch vom letzten Flug. Eine bedrohliche Eiswüste. Dort lauerte der sichere Tod – entweder durch Erfrieren oder durch Ertrinken.

Soweit er es abschätzen konnte, flog die Gasdrohne jetzt nur noch wenige Minuten entfernt vor ihm. In Kürze müßte er sie auf dem Schirm sehen.

Um die Mädchen und Thor machte er sich etwas Sorgen. Er hatte sie beim Vorbeiflug nicht auf den Monitoren gehabt. Sicher, er befand sich da schon in sehr großer Höhe. Der helle Fleck, den er ausgemacht hatte, konnte von ihrem Lagerfeuer stammen, aber ebenso auch von den immer noch brennenden Flugkörpern. Er hatte schon zuviel Zeit vergeudet, und Hilfe für sie war unterwegs. Immer wieder mußte er an die erstarrten Gesichter denken, als sie gemerkt hatten, daß er sie dort zurückließ. Doch sie mußten jetzt in Sicherheit sein. Höchstwahrscheinlich waren sie inzwischen in der Akademie oder beim Camp. Wenn der Pastor sehr schnell gefahren war ... So ein Grubentransporter schaffte immerhin über hundert Stundenkilometer auf holprigem Gelände ...

Hoffentlich hatten die anderen Flugkörper die verschiedenen Außenstationen erreicht und ihren Auftrag durchgeführt! Noch weitere fünf Stunden Funkstille ... Wenn er doch sein Gerät einschalten und Funkkontakt mit ihnen aufnehmen könnte! Etwa so: »Achtung, an alle, die mit ihrer Außenstation fertig sind! Bitte steuern Sie sofort folgende Koordinaten an und helfen Sie, diese verflixte Drohne zu vernichten.« Aber das wagte er nicht. Es könnte einige das Leben kosten oder eine Vorwarnung für die Angriffsziele sein. Alle hatten Energiebatterien in Reserve und noch vieles mehr, insbesondere Munition. Doch sollte es für einige zwingende Gründe gegeben haben, den Zeitplan abzuändern oder den optimalen Augenblick für die Zerstörung einer Außenstation abzuwarten, könnte er sie durch einen solchen Funkspruch aufs höchste gefährden. Er war nicht bereit, auch nur einen Schotten zu opfern, um die eigene Haut zu retten. Wenn die Funkstille beendet war und Robert nichts von ihm hörte, würde der alte Haudegen die anderen zur Drohne dirigieren. Das wäre vielleicht etwas spät, aber immerhin eine zweite Chance. Hoffentlich würde es nicht dazu kommen, denn dann wären ihre Freunde in Schottland gefährdet ...

Womöglich suchte er vergebens auf den Bildschirmen, weil die Drohne einen Wellenentkoppler besaß? Allerdings war da ja der Geleitschutz ... Ob er abgedreht hatte und ein anderes Ziel ansteuerte? Sein Leuchtfleck müßte doch auf dem Radarschirm zu sehen sein!

Aha, dort ... Was war das für ein winziges grünes Fünkchen auf dem Schirm? Ein weiterer Eisberg? Nein, der Höhenmesser zeigte knapp zwölfhundertsiebzig Meter an. Geschwindigkeit?

Vierhundertdreiundachtzig Stundenkilometer!

Er hatte den Geleitschutz auf dem Schirm.

Seine behandschuhten Finger rasten über das Instrumentenbrett. Er schaltete rasch von der Überschallgeschwindigkeit herunter und ließ den Flugkörper jäh auf fünfzehnhundert Meter abwärts sausen – einer Rakete gleich. Er wurde in den Schalensitz gedrückt und fühlte sich einen Augenblick wie benommen. Nur keine Aufregung, behalte die Ruhe ... Der Geleitflugkörper muß genau abtaxiert werden ...

Mit Infrarot bekam er ein helles, deutliches Bild. Daneben war die Drohne ... Immer nur eins auf einmal. Das erste Ziel war der Geleitschutz ...

Was war das nur für ein Flugkörper? So einen hatte er noch nie gesehen. Flach, Gleitkufen im Miniaturformat ... er schien hauptsächlich aus Panzerung zu bestehen!

Vielleicht könnte er den mit seinen Bordwaffen nicht einmal ankratzen ... Immerhin hatte er beim Start erlebt, daß die Seite dieses Flugkörpers von Bazookas getroffen wurde – ohne die geringste Wirkung. Ihm wurde flau zumute. Nicht nur die Drohne, die für ihre Unverwundbarkeit berüchtigt war, nein, da hatte er es auch noch mit einem Geleitschutzflugkörper zu tun, der ...

Er überlegte fieberhaft. Robert der Fuchs pflegte gelegentlich zu sagen: »Wer an Waffen unterlegen ist, muß an Verstand und List überlegen sein.« Was wußte dieser Geleitschutz zum Beispiel über ihn, Jonnie?

Er schaltete das Funkgerät auf Nahverkehr; die Reichweite betrug nur etwa fünfunddreißig Kilometer.

Eine Schimpfkanonade auf Psychlo schallte ihm entgegen: »Allerhöchste Zeit, daß endlich jemand auftaucht! Seit Stunden hätte ich abgelöst werden müssen! Wo haben Sie denn bloß gesteckt?« Wütend. Völlig außer sich ...

Jonnie drückte die Sendetaste und bemühte sich, möglichst tief und gedämpft zu sprechen. »Wie sieht's aus?«

»Mit der Drohne ist alles in Ordnung, warum auch nicht? Schließlich habe ich ihr ja Geleitschutz gegeben, oder etwa nicht? Auf dem Planeten hier klappt ja wirklich nichts! Unglaublich! Auf Psychlo wäre so was undenkbar! Zumindest hoffe ich das! Sie kommen reichlich spät! Wie heißen Sie?«

Jonnie grub hastig in seinem Gedächtnis nach einem Namen, der bei den Psychlos häufig vorkam. »Snit. Darf ich fragen, mit wem ich spreche?«

»Nup. Abteilungsleiter Nup! Reden Sie mich gefälligst so an – Abteilungsleiter Nup! Keine Manieren auf diesem Planeten!«

»Sind Sie erst kürzlich eingetroffen, Herr Abteilungsleiter Nup?«

»Erst heute, Snit. Und was empfängt mich? Ein lausiger Bolbod-Angriff, mit dem jeder spielend fertig werden kann! Moment mal«, unterbrach er sich mißtrauisch, »Sie haben einen sehr merkwürdigen Akzent. Wie ... Wie ... ja, wie ein Chinko-Sprachtrainer! Genau das ist es. Sie sind doch nicht etwa ein Bolbod, oder?« Ein Klicken – der Schalter für die Bordwaffen wurde auf Schußbereitschaft gestellt.

»Ich bin hier geboren worden«, entgegnete Jonnie wahrheitsgemäß.

Ein scharfes, unangenehmes Auflachen. »Oh, ein Kolonist!« Kurzes Schweigen. »Wurden Sie für diese Mission eingewiesen?«

»Flüchtig, Herr Abteilungsleiter Nup. Aber die Weisungen wurden geändert. Deswegen hat man mich losgeschickt, um Ihnen das zu übermitteln.«

»Sie lösen mich nicht ab?« Sehr feindselig.

»Das Flugziel wurde geändert!« erklärte Jonnie. »Es herrscht Funkstille. Daher mußte man mich beordern, die Nachricht zu überbringen.«

»Funkstille?«

»Auf dem ganzen Planeten, Herr Abteilungsleiter Nup.«

»Aha, also doch ein Bolbod-Angriff! Die operieren ausschließlich über Funk! Ich hab's ja gewußt!«

»Stimmt leider, Herr Abteilungsleiter Nup.«

»Also wenn Sie mich nicht ablösen, was soll ich dann tun? Meine Energiebatterien sind fast aufgebraucht! Wo ist die nächste Außenstation?«

Jonnie überlegte blitzschnell.

»Herr Abteilungsleiter Nup, für den Fall, daß Sie mit Ihren Energiebatterien am Ende sind, lauten die Anweisungen ...« Du lieber Himmel, wohin sollte er ihn nur schicken? Dieser Mark 32 war das einzige, was man bei einer Suche hier anpeilen konnte! »Ich sollte Ihnen sagen, Sie möchten bitte mit den Magnetgreifern auf der Drohne landen ... direkt auf dem Vorderteil.«

»Was?« Ungläubig.

»Und sobald wir uns der nächsten Außenstation nähern, gehen Sie nach unten. Haben Sie eine Karte?«

»Nein. Hier drin ist keine Karte. Auf diesem Planeten funktioniert nichts richtig. Ganz anders als auf Psychlo. Das muß gemeldet werden.«

»Es ist ein Angriff im Gange, Herr Abteilungsleiter Nup!«

»Am Mark 32 kann nichts und niemand auch nur kratzen! Der ist auf Bodenangriffe im Tiefflug spezialisiert. Ich verstehe gar nicht, weshalb man ihn als Geleitschutz beordert hat!«

»Wie lange reichen Ihre Energiebatterien noch, Herr Abteilungsleiter Nup?«

Pause. Dann: »Verdammter Mist! Nur noch zehn Minuten! Mit Ihrer Trödelei hätten Sie mich beinahe umgebracht!«

»Bitte landen Sie jetzt einfach ganz vorn auf der Drohne ...«

»Warum vorne? Ich sollte in der Mitte aufsetzen. Wenn ich auf dem Vorderteil lande, gibt das eine empfindliche Gewichtsverlagerung.«

»Die Ladung ist diesmal anders verteilt. Die Order lautet ausdrücklich, Sie sollen auf dem vorderen Teil aufsetzen, weil sich dort keine Ladung befindet.«

»Der Mark 32 hat aber ein ganz schönes Gewicht!«

»Doch nicht für die Drohne. Sie sollten jetzt besser zu manövrieren anfangen, Herr Abteilungsleiter Nup! Das Wasser dort unten ist kalt. Und es gibt jede Menge Eis! Außerdem brauchen Sie noch Energie fürs Abheben. Bis zur nächsten Außenstation sind's nur ein paar Stunden.«

Jonnie beobachtete sämtliche Schirme in höchster Spannung. Mit bloßem Auge konnte er den Flugkörper nicht sehen. Etwas besorgt schaltete er auf Weitwinkel, so daß er auch dieses Ungetüm von einer Drohne ins Blickfeld bekam.

Ihm wurde ganz schwach vor Erleichterung, als der Mark 32 vorn auf der Drohne aufsetzte und die Magnetgreifer ausfuhr. Sie hielten!

Am Wärmeanzeiger des Bildschirms war abzulesen, daß der Mark 32 seine Motoren abgestellt hatte.

Jonnie rechnete damit, daß die Drohne vornüberkippen, möglicherweise sogar abstürzen würde. Sie sackte ab. Dann begannen die Motoren zu kompensieren, und sie rumpelte weiter mit Donnergetöse. Nup hatte nicht direkt auf der Mittelachse aufgesetzt und dadurch bewirkt, daß sie ständig hin und her schwankte, von rechts nach links, von links nach rechts. Sobald sie nach rechts rollte, kompensierten die Motoren die Bewegung zu stark, so daß sie nach links abkippte, und dann wieder umgekehrt ... Die Abweichung betrug jedesmal nur etwa zehn Grad. Doch der Kurs, den die Drohne stur einhielt, wurde davon in keiner Weise beeinträchtigt. Ein sehr gemächliches Schwanken – irrte er sich, oder driftete sie tatsächlich auch ein wenig zur Seite ab?

6

Sobald Nup ihm wenigstens für den Augenblick nicht mehr im Weg war, widmete sich Jonnie der Frage, wie er die Drohne anhalten könnte.

Er blieb etwas zurück, um sie besser auf die Schirme zu bekommen. Sie sah wirklich wie ein Wrack aus! Die Delle dort stammte von der Druckwirkung einer Atombombe, jene Schramme hatte vermutlich ein Flugzeug beim Zusammenstoß hinterlassen – die verschmierten Spuren von Öl und Treibstoff waren noch deutlich zu erkennen. Da war eine ganze Reihe von Einkerbungen, die von Boden-Luft-Raketen oder von Flugkörpermunition herrührten. Aber es handelte sich bei allem nur um ein paar äußerliche Merkmale, die zwar die Oberfläche angekratzt, aber keinerlei wirkliche Schäden verursacht hatten.

Er flog jetzt unterhalb der Drohne, sah sich die mächtigen Gleitkufen an. Auch nicht gerade tröstlich ...

Dann zog er den Kampfflugkörper wieder nach oben neben das Ungetüm. Er kam sich vor wie ein Kolibri, der um einen Bussard herumflattert.

Er versuchte sich vorzustellen, wie das damals wohl abgelaufen sein mochte. Als die Drohne ihre letzte Mission vollendet und beim Herunterkrachen die Stadt Colorado-Springs zerstört hatte, war sie dort wahrscheinlich einfach liegengelassen worden, bis die Company Hangars gebaut hatte. Dann war man wohl auf den Gedanken gekommen, sie von Flugkörpern aus mit Wassertanks gründlich zu säubern, um radioaktive Reste wegzuschwemmen, bevor sie untergestellt wurde.

Bei der Frage nach den möglichen Beweggründen wurde ihm eiskalt. Den Psychlos fehlte jeder Sinn für irgendwelche emotionalen oder künstlerischen Werte. Nichts hätte sie veranlassen können, die

Drohne aufzubewahren, außer der schlichten Tatsache, daß sie außerstande waren, sie auf diesem Planeten zu demontieren. Die dafür erforderlichen riesigen Werkstätten gab es nur auf Psychlo. Zurückhaben wollten sie die Drohne mit Sicherheit nicht. Sie hatte ihre Aufgabe erfüllt. Und sie durfte nirgends hinkommen, wo sie irgendein feindlicher Agent ausspionieren könnte! Sie hatten sie aufbewahrt, weil die Company sie auf diesem Planeten nicht zerstören konnte. Woraus dieses Ungetüm bestand, das wußte allein der Teufel!

Na, immerhin hatten die Gleitkufen von Nups Flugkörper auf der Drohne gehaftet – mit diesem Gedanken versuchte er sich zu trösten. Diese magnetischen sogenannten Gleitkufen waren eigentlich Kraftfelder zur Umorientierung ganzer Moleküle. Sie bewirkten, daß die Moleküle an der Oberfläche der einen Substanz sich mit denen der anderen Substanz fest verbanden, eine Art Verschweißung auf Zeit. Das Ding war also aus einem vermutlich auf diesem Planeten unbekannten molekularen Metall gebaut, das sich mit einem anderen ebenfalls fremdartigen vermischt hatte. Es wäre sogar denkbar, daß eine Legierung solcher Metalle unauflösbar war und sich weder durch Schmelzen noch durch mechanische Prozesse wieder trennen ließ. Vielleicht hatten die Psychlos eine Methode, die es absolut unmöglich machte, eine Mischung bestimmter Elemente hinterher wieder zu trennen – weder durch Erhitzen noch durch Lichtbogen, Bestrahlung oder sonst etwas. Vielleicht waren diese Metalle auch in dünne Schichten aufgespalten, von denen jede die darunterliegende schützte.

Eine recht entmutigende Vorstellung. Jonnie wußte sehr wohl, daß er in Metallurgie noch nicht einmal die erforderlichen Grundkenntnisse besaß, aber er erinnerte sich genau an das strikte Verbot der Psychlos, irgendeiner fremden Spezies auch nur das Geringste auf diesem Gebiet beizubringen. Und da saß er nun und versuchte, das Problem während eines Nachtflugs zu lösen – ohne Lehrbücher, ohne Taschenrechner, den er überdies nicht einmal benutzen könnte, weil ihm ja auch die mathematischen Kenntnisse fehlten.

Was würde diese Drohne zerstören? Und zwar noch ehe sie die Küste Schottlands erreichte ...

Als er den ersten Psychlo sah, hatte er ihn für ein Monster gehalten. Jetzt aber erblickte er ein echtes Monster. Ein wahrhaft unzerstörbares Unding ...

Aus dem Augenwinkel glaubte er eine Bewegung auf dem Bildschirm wahrzunehmen. Er schaute genau hin. Da war es wieder. Ein rhythmisches Schlagen auf der Unterseite der Drohne. Er zählte es aus. Alle zwanzig Sekunden ein Schlag, regelmäßig wie eine Uhr.

Plötzlich wurde ihm klar, daß er sich ja nur mit der einen Seite der Drohne beschäftigt hatte. Eine etwas verwirrende Erkenntnis – nun, dem ließ sich mühelos abhelfen. Er hämmerte rasch auf dem Instrumentenbrett herum und war im Nu auf der anderen Seite.

Eben diese Seite war auch abgewandt gewesen, als er die Drohne nach dem Start das erste Mal von der Ebene aus gesehen hatte. Nup war ebenfalls auf der anderen Seite geflogen.

Er regulierte die Bildschirme.

Unglaublich! Die hohe Ladetür war offen. Und seitdem Nup vorn auf der Nase aufgesetzt und dadurch die Drohne zum regelmäßigen Schwanken und Gegensteuern gebracht hatte, schwang die Tür auf und zu.

Eine Tür.

Offen.

Mit zitternden Fingern holte er sich das Bild näher heran. Im Schloß steckte der Rest eines abgebrochenen Schlüssels.

Er betrachtete die gesamte Riesentür eingehend. Sie klappte auf, wenn der Flugkörper sich zu dieser Seite neigte, und wurde bei der Gegenbewegung durch die Luftströmung und die Schwerkraft zugeschlagen.

Alle zwanzig Sekunden.

Unvermittelt bedauerte er, daß er aus Weichherzigkeit jede Begleitung auf diesem Flug abgelehnt hatte. Die Idee war zwar gefährlich, aber mit Hilfe einer Drahtseilleiter könnte man sich herunterlassen und im richtigen Moment durch die offene Tür in die Drohne gelangen. Das ginge freilich nur mit einem Piloten, der den Kampfflugkörper steuerte, während der andere nicht nur körperliche Gewandtheit, sondern auch die notwendigen Kenntnisse besitzen mußte, um die Drohne – falls möglich – lahmzulegen. Und Piloten hatten sie keine mehr zur Verfügung – bis auf Glencannon, der jedoch anderweitig dringend benötigt wurde, also unentbehrlich war.

Auf ... zu ... auf ... zu ...

Größe? Er taxierte die Tür ab, verglich ihre Maße mit Spannweite und Tiefe seines Flugkörpers. Ja, er könnte tatsächlich damit durch die Tür hineinfliegen! Oben und unten wäre der Spielraum zwar äußerst knapp, dafür an beiden Seiten um so reichlicher.

Heißa! Mit vierhundertdreiundachtzig Stundenkilometern seitwärts fliegen? Und dann durch die Tür hinein?

Nun, es gehörte zur normalen Psychlo-Kampftaktik, mit der Antriebskraft dieser Teleportationsmotoren seitwärts zu fliegen. Man brauchte keine Stabilisierungszone durch Tragflächen. Wenn diese Motoren abgestellt wurden, glitt der Flugkörper nicht irgendwohin weiter, sondern fiel senkrecht abwärts wie ein Stein. Die Stabilisierung erfolgte durch kleine Teleportationsmotoren, nicht durch ein Leitwerk.

Ja, theoretisch konnte man seitwärts fliegen und dann den Flugkörper rasch vorwärts hineinsteuern.

Aber das Zeitmoment! Oje! Bei jedem Rollen hob und senkte sich die Öffnung um etwa neun Meter.

Egal – er würde es versuchen.

Doch zuerst mußte diese Tür weg. Mit ihrem Schwingen verbarrikadierte sie immer wieder die Öffnung.

Jonnie beschloß, es zunächst mit dem Wegschießen der Angeln zu versuchen. Er blieb etwas zurück, programmierte den Bordwaffen-Computer auf »Nadelbreit«, »Flamme« und »Einzelschuß«.

Er koordinierte Position und Visierebene, die Finger rasten über das Instrumentenbrett, ein Fuß ausgestreckt nach dem Bodenpedal, mit dem das Feuer ausgelöst wurde – es war stets schwer zu erreichen in diesem für Psychlos mit einer Körperlänge von zwei Meter siebzig bis drei Meter konstruierten Flugkörper. Selbst Ker tat sich schwer mit den Bodenpedalen.

Koordiniert, Tür offen, Angel exponiert. Durchtreten!

Eine Stichflamme traf die Angel. Sie rührte sich nicht. Die Tür begann wieder zuzuschlagen.

Über Bordfunk krächzte eine aufgeregte Stimme: »Was treiben Sie denn da, verdammt noch mal?« Nup.

»Ich habe keinen Copiloten, Herr Abteilungsleiter Nup. Ich muß die Tür aufschießen, damit ich den Bordcomputer umprogrammieren kann.«

»Aha.« Und dann, als Jonnie den zweiten Versuch vorbereitete: »Passen Sie gefälligst auf, Snit, gehen Sie vorsichtig mit dem Eigentum der Company um, verstanden? Vorsätzliche Beschädigung ist ein Vergehen, das mit Auslöschung bestraft wird, vergessen Sie das nicht.«

»Ja, Herr Abteilungsleiter Nup.« Jonnie feuerte zum zweitenmal.

Die Angel glühte kurz auf. Dann wurde sie wieder durch die Tür verdeckt, die sich keine Spur gesenkt hatte. Sie wurde vermutlich von der Angel gehalten. Jonnie sah auf den Infrarot-Zielschirm. Ja, es gab zwei Angeln, eine oben und eine weiter unten.

Er visierte die untere an. Tür offen, Angel auf dem Schirm. Durchtreten! Feuer!

Abermals Fehlanzeige – die Tür dachte gar nicht daran, sich aus den Angeln zu lösen.

Vielleicht sollte er abwechselnd auf die Angeln schießen – erst die obere, dann die untere und so weiter.

Er blieb ein Stück zurück, um die Finger zu lockern. Auf den anderen Schirmen nichts als die endlose Eiswüste unten ... Am Himmel kein Flugkörper – nichts ...

Wieder ans Werk! Obere Türangel. Durchtreten! Feuer! Untere Türangel. Durchtreten! Feuer! Nicht nachlassen. Aber nur alle vierzig Sekunden war ein Schuß möglich ...

Was das Zeit kostete! Nun, so sehr in Zeitnot war er nicht. Jedenfalls noch nicht ...

Durchtreten! Feuer! Warten ... Durchtreten! Feuer! Warten ...

Die Türangeln wurden zwar rotglühend, lösten sich aber nicht.

Jonnie brach die erfolglosen Bemühungen ab. Dann kam ihm die erleuchtende Idee, die Position zu ändern – oberhalb der Drohne und etwas weiter herüber zur anderen Seite, so daß er die Rückseite der Tür beim Aufschwingen unter Feuer nehmen konnte. Er programmierte die Bordwaffen um in »Salve«, »Keine Flamme« und »Dauerfeuer«.

Er zielte sorgfältig. Als die Tür das nächste Mal aufschwang, trat er das Bodenpedal durch und eröffnete den Dauerbeschuß auf die Innenseite. Während die Tür immer weiter aufklappte, brachte er seinen Kampfflugkörper langsam in Schräglage und feuerte dabei ununterbrochen. Trotz der gegenläufigen Rollbewegung wurde die Tür aufgezwungen und sprang dann, ungeachtet der durch die Fluggeschwindigkeit erzeugten starken Luftströmung, unter dem Geschoßhagel auf. An die Außenhaut gepreßt – weit offen ...

Jonnie stellte das Feuer ein.

Die Tür blieb offen. Weit offen – wie festgenagelt.

Er programmierte die Bildschirme auf Fernbeobachtung und überprüfte die Türangeln. Sie waren etwas verbogen, höchstwahrscheinlich durch den Beschuß. Durch sie wurde die Tür zunächst einmal offengehalten. Würde sie wieder zuschlagen? Vielleicht. Der Wind rüttelte kräftig an ihr.

Jonnie suchte in Windeseile die entsprechenden Knöpfe und Hebel auf dem Instrumentenbrett, um die Flugrichtung zu korrigieren. Endlich fand er die richtige Kombination und brachte den Flugkörper in die gewünschte Position – direkt gegenüber der Türöffnung.

Und da bewegte sie sich nun vor ihm ... nach oben, nach unten ... Heißa, das mußte zeitlich haarscharf abgepaßt werden, es ging um Bruchteile von Sekunden ...

Das Beste wäre wohl, vorerst nichts zu tun und die Sache eine Weile zu studieren. Er schaltete die Scheinwerfer ein, denn dazu brauchte er auch die Augen – mit Instrumenten allein war es nicht zu schaffen.

Jetzt konnte er hineinsehen. Ja, direkt hinter der Tür befand sich eine flache Plattform. Vermutlich beim Einladen von Kanistern erforderlich. Und was war das? Tatsächlich – unmittelbar vor der Plattform waren Kanister aufgestapelt. Würden sie explodieren, wenn er nicht rechtzeitig stoppen konnte und dagegenstieß?

Er rechnete alles durch – Entfernung und Kombination auf dem Instrumentenbrett. Dann setzte er, einer Eingebung folgend, den Fuß gegen den Hebel, der die magnetischen Greifer auslöste. Durch den Ruck des Aufpralls würde er dann automatisch die Gleitkufen einschalten.

Er holte tief Luft. Mit einem Rundblick vergewisserte er sich, daß nirgends lose Gegenstände herumlagen. Er verschob den Revolver am Gurt, damit das Halfter ihm nicht in den Magen drückte, wenn er vornüberkippte. Die Trageschnur des Revolvers trug er um den Hals. Er zog sie etwas zur Seite, um zu verhindern, daß sie sich im Instrumentenbrett verfing, während er nach vorn schleuderte, denn sonst könnte sie ihn erwürgen. Oben auf das Instrumentenbrett legte er eine weiche Kartentasche, falls er beim plötzlichen Stopp mit dem Kopf aufschlagen sollte.

Jonnie holte nochmals tief Luft, regulierte seine Schutzmaske.

Er behielt die Tür im Blick, während seine Finger über das Instrumentenbrett rasten, um den Flugkörper in die exakte Position zu bringen, justiert auf die Türöffnung. Rechnen, immer wieder nachrechnen ... Um wieviel würde sich die Türöffnung nach oben bewegen, nachdem er gestartet war?

Die weit gespreizten vier Finger der rechten Hand lagen über den vier Knöpfen für den Start. Vier Finger der linken Hand spreizten sich über den Knöpfen, die den Flugkörper zum Halten bringen würden.

Achtung ... Rechte Hand bereitmachen ... Fest eindrücken!

Der Kampfflugkörper stieß durch die offene Tür nach innen.

Ein Knirschen. Herunter mit den Fingern der linken Hand. Stop ...

Ein Krachen!

Er hatte den oberen Rand der Türöffnung gestreift und dabei ein breites Stück Metall abgeschürft.

Sein Fuß wurde auf den Bodenhebel gepreßt und löste die Greifer aus.

Jonnies Kopf prallte auf die Kartentasche.

In seinem Schädel entzündete sich ein wahres Feuerwerk.

Dann – tiefe Dunkelheit ...

7

Während dieser ganzen Zeit hatte Zzt ständig zwischen Hoffnung und Mißtrauen geschwankt.

Das Verwirrspiel mit dieser Drohne brachte ihn aus der Fassung. Er wußte, daß er keine Freunde besaß. Wer könnte wohl ernsthaft den Wunsch haben, ihn zu retten? Er vermochte sich jedenfalls keinen vorzustellen. Char hatte mit ihm zusammengearbeitet, und Char war spurlos verschwunden, zweifellos tot – denn wer würde sich wohl die Gelegenheit zur Heimkehr nach Psychlo entgehen lassen? Char aber war zur Teleportation nicht erschienen. Terl ... Höchstwahrscheinlich hatte Terl ihn umgebracht. Also fiel Char aus. Wen gab es sonst noch? Niemanden. Wer war nun tatsächlich daran interessiert, ihn zu retten? Eine höchst verdächtige Geschichte, das Ganze ...

Dieser dämliche Nup hatte den Mark 32 offenbar auf der Drohne aufgesetzt, um nicht im Eis zu ertrinken – denn das dort unten war Eis, man spürte die furchtbare Kälte der Arktis sogar durch die Atemmaske. Ein gräßlicher Planet ... Aber dieses Manöver durfte man Nup nicht vorwerfen. Das war gang und gäbe, einen Flugkörper auf dem anderen aufzusetzen, wenn man angeschossen worden war oder leere Energiebatterien hatte, und sich damit in Sicherheit zu bringen. Insofern war es auch keine besondere Leistung gewesen, daß Nup daran gedacht hatte. Aber der Volltrottel hatte nicht in der Mitte aufgesetzt und dadurch die Drohne zum Gegensteuern, vor allem aber zum Rollen gebracht. Und dieses Rollen drehte Zzt den Magen um.

Als er merkte, daß sich jemand offensichtlich für die Tür interessierte, hatte er in seinem Beutel nach einem Molekularmetallschneider gesucht und zu seinem Schrecken festgestellt, daß keiner darin war. Bei dieser lamellierten Molekularpanzerung wäre damit zwar sowieso kaum etwas zu machen gewesen, aber er hätte es zumindest versuchen können.

Und dann hatte die Schießerei angefangen – irgend jemand, egal wer, nahm das Innere der Drohne unter Feuer...

Jemand versuchte, ihn umzubringen! Es stimmte eben doch – er besaß keine Freunde.

Die Rumpfaußenhaut war im Innern durch mächtige Rahmen versteift, und Zzt hatte sich schutzsuchend flach an die Rumpfwand gepreßt.

Aus dieser nischenartigen Vertiefung spähte er vorsichtig umher. Dann entspannte er sich ein wenig, als er merkte, daß die Schüsse den Türangeln galten. Da versuchte doch jemand, die Tür loszubekommen. Zzt wußte, daß die Angeln nicht abbrechen würden, fand es aber zugleich hochinteressant, daß igendwer einen solchen Versuch unternahm. Wozu? Wieso wollte jemand die Tür entfernen? Das ergab doch überhaupt keinerlei Sinn.

Für jeden Flugkörper galten von jeher die gleichen Regeln, auch wenn er nicht im Zusammenhang mit Rohstoffgewinnung und Erztransport eingesetzt wurde. Denn jeder Angestellte der Company war zunächst Bergbau-Experte. Ob es sich um Techniken, Verfahren oder Ausrüstung handelte – das alles gehörte ebenso selbstverständlich zu ihnen wie der Kerbango im Blut, nur weitaus nachhaltiger. Aufzüge, Förderkörbe, Drahtseilleitern, Rettungsseile, Haken, Netze ... sogar zur Beförderung von Akten benutzten sie Geräte, die Grubenschaufeln glichen. Völlig unvorstellbar, daß der Flugkörper da draußen keine Drahtseilleiter und Rettungsseile mitführte.

Warum also ließ er nicht einfach Leiter und Seil zu ihm herunter, so daß er den richtigen Zeitpunkt abpassen und dann schnell in den Flugkörper klettern konnte? Man könnte ja auch einen Düsentornister zu ihm abseilen und ihn sogar aus der Luft heraufholen.

Dies alles war für Zzt eine solche Routine, daß ihm der Gedanke, durch Entfernen der Tür Platz zu schaffen, wie eine überflüssige Vorsichtsmaßnahme erschien.

Versuchte da jemand, einen Kanister zu stehlen? Das war unmöglich. Sie waren fest eingeschlossen. In diesem verdammten Ungetüm war innen wie außen alles gepanzert. Die Dinger zu reparieren, erforderte einen Mordsaufwand, und er hatte sich wahrhaftig genug geärgert über Terls Zeitverschwendung. Das brachte überhaupt nichts. Diese Drohnen waren für den einmaligen Gebrauch gebaut worden, danach konnte man sie eigentlich wegwerfen. Also gab es hier nichts zu stehlen.

Ob sie versuchten, die Drohne anderswohin zu schicken? Aber das ging nicht ohne Schlüssel, und die hatte er nicht.

Was war nun wirklich los?

Das Sperrfeuer hatte die Tür geöffnet, und daß sie offenblieb, erleichterte es, eine Drahtseilleiter herunterzulassen. Na und? Wo waren Leiter und Seil? Nichts baumelte vor der riesigen Türöffnung – gar nichts ...

Zzt hatte sich gerade etwas vorgewagt, um Ausschau zu halten, als aufflammende Scheinwerfer ihn blendeten – im Lichtkegel schwirrten Staub- und Rostteilchen.

Er hörte einen Flugkörpermotor laufen.

Ihm blieb nicht einmal mehr Zeit, in der Vertiefung Schutz zu suchen.

Vor seinen noch halb geblendeten Augen schoß ein Flugkörper durch die Türöffnung herein!

Die Bodenplatten bebten. Metall kreischte.

Der Flugkörper war auf der Ladeplattform direkt hinter der Tür aufgekracht.

Zzt stolperte rückwärts, rechnete jede Sekunde mit der Explosion. Doch plötzlich verstummten die Motoren, und das eigentümlich scharfe Knirschen, das durch die molekulare Kohäsion entstand, überlagerte penetrant das ersterbende Jaulen. Die Maschine hatte ihre Gleitkufen-Greifer mit einer Präzision aufgesetzt, wie Zzt sie nie zuvor erlebt hatte.

Zzt, dem bereits von den Rollbewegungen speiübel war, taumelte bei der Erschütterung hin und her, so daß er sich kaum auf den Füßen halten konnte. Die Scheinwerfer des Flugkörpers brannten immer noch. Er bemühte sich, im gleißenden Licht den Piloten auszumachen. Unmöglich. Er torkelte vorwärts, die Pranke am Handfeuer-Killer im Gurt. Den Piloten vermochte er nach wie vor nicht zu erkennen. Die Tür aus Panzerglas ... jetzt sah er verschwommen, daß der Pilot sich aufsetzte.

Ein kleiner Kerl! Mit Maske! Und der fremdartige Kragen der Pelzjacke!

Zzt kreischte fast hysterisch auf: »Ein Tolnep!«

In seiner totalen Verwirrung zog Zzt die Waffe und feuerte, blindwütend immer und immer wieder.

Die Schüsse trafen das Panzerglasfenster. Er versuchte, ein Fenster aus Panzerglas zu zertrümmern! Gleichzeitig war er bestrebt, den Rückzug anzutreten und sich in Sicherheit zu bringen ...

Die Drohne rollte ... Zzt stieß gegen einen Gaskanister, stolperte über das Kabel, fiel vornüber und streckte die Klauen aus, um sich abzustützen. Seine Waffe flog klirrend auf die Bodenplatten, schlitterte weiter und fiel durch die Türöffnung hinaus ins Leere.

Rutschend und stoßweise Atem schöpfend fand Zzt weiter hinten in einer Vertiefung Schutz. Er war fest davon überzeugt, mit ihm sei es ein für allemal aus...

8

Jonnie kam wieder zu sich. Der Schock des heftigen Aufpralls hatte ihn einen Moment lang betäubt. Vermutlich war er vor Anspannung und Kälte allmählich erschöpft. Normalerweise hätte ihn ein solcher Stoß nicht die Besinnung verlieren lassen.

Dann stellte er fest, daß er sich das linke Knie am Instrumentenbrett aufgeschlagen hatte, daß die Finger der linken Hand vom Hämmern auf den Tasten bluteten und daß ihm die Stirn weh tat. Der Aufprall mußte wohl doch stärker gewesen sein, als er dachte.

Der Hebel für die magnetischen Greifer war angezogen, aber richtig sehen konnte er ihn nicht. Er nahm die Schutzmaske ab und stellte fest, daß ihm der Rand des Sichtschutzes eine Stirnwunde beigebracht hatte und das Blut in die Augen rann. Er langte nach hinten und packte ein Stück Segeltuch, mit dem er das Blut stillte und den Sichtschutz auswischte. Jetzt konnte er wieder sehen.

Das Aufsetzen hatte geklappt. Ihm fiel eine alte Karikatur ein, die sie in der Akademie gefunden hatten. Unter der Zeichnung stand: »Eine Landung hat geklappt, wenn man hinterher aussteigen und heimgehen kann.« Nun, laufen konnte er – hoffentlich ...

Der Flugkörper hatte sich leicht gedreht. Beim Einflug war die Nase nicht mehr dem Druck des Windes ausgesetzt, das Heck jedoch weiterhin. Es ragte durch die Türöffnung, wurde aber seitwärts gegen den Rahmen gedrückt. War der Flugkörper beschädigt?

Er schaute sich drinnen um. Die Motorgehäuse schienen alle in Ordnung zu sein. Als er die Tür zum Aussteigen öffnen wollte, begann sich etwas in seinem Gedächtnis zu regen. Etwas, das mit dem Aufprall zu tun hatte. Was war es nur? Aha, irgend etwas mußte in der Drohne explodiert sein. Er erinnerte sich dunkel, eine ganze Serie von Detonationen gehört zu haben. Als er das Fenster neben dem Pilotensitz abwischen wollte, weil es beschlagen war, spürte er – es faßte sich heiß an! Ja, in der Drohne war tatsächlich etwas explodiert.

Nun, das war vielleicht sogar ein gutes Zeichen. Es bedeutete, daß immerhin etwas in diesem gepanzerten Ungetüm in die Brüche gehen konnte.

Er betrachtete die Gaskanister, die im Scheinwerferkegel gut zu sehen waren. Sie wirkten intakt. Sie waren ebenfalls gepanzert, wie er feststellte, und die Zuführungskabel desgleichen. Entgeistert starrte er durch die Fenster.

Der Innenraum der Drohne war genauso gepanzert wie die Außenseite!

Ein wirklich unerquicklicher Anblick. Wuchtige Rahmenverstrebungen mit nischenartigen Vertiefungen. Bodenplatten nur zum Einladen, mit Spalten an beiden Seiten des Ganges. Querverstrebungen. Zum Heck hin eine Reihe von wabenförmigen Löchern – aha, Zusatzraum für Gaskanister; das Ding war nur zu etwa einem Drittel voll. Aber mehr als genug, um jeden Ort, den die Drohne ansteuerte, auszulöschen.

Wieviel Zeit hatte er? Er blickte auf seine Uhr – sie war in Stücke gegangen. In diesen Kampfflugkörpern gab es keine Uhren, also würde er auch nicht wissen, wann die Funkstille endete. Er versuchte, es anhand des Sonnenaufgangs zu errechnen, aber er kannte ja auch seine Position nicht genau, wußte nur, daß er wenige Stunden vor Schottland war. Da wurde ihm jäh klar, daß er konfus dachte und handelte. Immer noch etwas benommen?

Er setzte die Schutzmaske auf und vergewisserte sich, daß sie fest anlag, falls ein Gaskanister bei dem Aufprall geborsten sein sollte, was er allerdings bezweifelte. Er schaute nach Terls Handfeuer-Killer – war er noch da? Ja, auf den Boden gefallen. Vielleicht brauchte er ihn zum Durchtrennen von Kabeln. Er steckte ihn in den Gürtel und stieg aus.

Die Motoren dröhnten ohrenbetäubend laut. Durch die Türöffnung fegte der arktische Wind herein. Unter ihm gähnte tiefschwarze Nacht.

Er untersuchte die Gaskanister. Nein, der Kampfflugkörper hatte sie nicht einmal berührt. Dem Äußeren nach konnte ihnen nichts und niemand etwas anhaben. Die Kruste, die sie überzog, mußte sich vor Urzeiten gebildet haben. Er entdeckte ein halb verwischtes Datum, das von den Psychlos stammte. Das ganze Zeug stammte noch von dem Angriff damals, vor tausend Jahren ... Reserven? Bei jenem Angriff nicht mehr gebraucht? Nein, es war ein anderes Datum. Sie waren etwa fünfundzwanzig Jahre später nachgefüllt worden. Die Hoffnung, es handle sich um leere Kanister, mußte er also aufgeben.

Wo befanden sich die Funktionsschalter dieses Ungetüms? Aha, weiter vorne. Die sollte er sich wohl am besten mal genauer ansehen. Vielleicht gab es doch eine Chance, die Programmierung zu ändern oder äußerstenfalls die Drähte herauszuziehen ...

Er ging über die Bodenplatten nach vorn. Die Scheinwerfer

seines Flugkörpers reichten bis hierher.

Da war der Kasten zum Vorprogrammieren, und dort war die Konsole, wo die vorprogrammierten Chips eingespeist wurden. Ein Mordsapparat, diese Konsole. Wie eine Stempelmaschine. Er betrachtete den Kasten. Üblicherweise wurden die vorprogrammierten Chips an der Seite eingegeben und dann der Kasten zugesperrt. Hier auch. Aber dieser Kasten ...

Er war gepanzert.

Er hatte ein Schlüsselloch. Jonnie schaute sich um, konnte aber keinen Schlüssel entdecken.

Kabel? Alle unter Panzerung. Selbst die Verbindung, die in den Kasten führte.

Alles hier war verkrustet. Himmel, was für eine uralte Kiste! Nur um den Kasten herum war es sauber. Das hatte man wohl gemacht, als er programmiert wurde.

Ihn beschlich ein unbestimmtes Gefühl der Beklommenheit, das ihn sehr beunruhigte. Ganz abgesehen von seiner Entschlossenheit, die Drohne zu stoppen, hatte das Ganze hier etwas Merkwürdiges an sich. Er blickte hinüber zu seinem Kampfflugkörper. In den Vertiefungen zwischen den Streben herrschte völlige Dunkelheit.

Zzt, keine zwei Meter entfernt in einer dieser Nischen verborgen, duckte sich voller Verzweiflung zusammen. Sein Verstand arbeitete fieberhaft. Was wußte er über die Tolneps? Kurz nach dem Abschlußexamen an der Technischen Hochschule auf Psychlo hatte er eine Dienstreise nach Archiniabes gemacht, wo die Company Gruben betrieb. Das lag in dieser Galaxis. Das Hauptsternbild jenes Systems war der Doppelstern, den er manchmal im Winter von diesem Planeten aus sehen konnte; der kleinere Stern der »Hantel« hatte ein enorm hohes spezifisches Gewicht, so daß acht Kubikzentimeter hier auf diesem Planeten etwa eine Tonne wiegen würden. Ein Rohstoffcamp war bei einem Überfall der Tolneps vernichtet worden. Sie kamen irgendwo aus der Nähe des Sternhaufens, den er häufig von hier aus sah. Sie hatten die Herrschaft über die Zeit errungen und konnten sie nach Belieben zum Stillstand bringen, und ihre Flugkörper konnten lange Raubzüge unternehmen. Die Company hatte mehrere Leichen der Tolneps genau untersucht. Woran erinnerte er sich? Was hatten sie für Schwächen? Ihm fielen nur Stärken ein. Ihr Biß war tödlich, die Dichte ihrer Körper war mit Eisen vergleichbar. Gegen Psychlo-Gas waren sie immun. Man konnte sie mit einem normalen Handfeuer-Killer nicht töten. Schwächen, Schwächen, Schwächen? Wenn er sich nicht an irgendwelche Schwachpunkte erinnerte, würde er hier nie mit dem Leben davonkommen. Niemals.

Dieser Tolnep ging jetzt an ihm vorbei nach hinten. Er drückte sich noch enger an die Rumpfhaut. In dieser Finsternis blieb er ungesehen ...

Und dann erinnerte er sich. Ihr Sehvermögen! Deshalb trugen sie stets Gesichtsmasken. Sie sahen nur in Infrarot und mußten deshalb einen Filter aus Plattenglas tragen. Wenn sie Licht mit kürzerer Wellenlänge ausgesetzt waren, wurden sie total blind, und töten konnte man sie nur mit Waffen, die ultraviolette Strahlen abgaben. Sie waren in höchstem Maß allergisch gegen Kälte, ihre Körpertemperatur betrug rund fünfundneunzig Grad, oder waren es hundertfünfzig? Spielte ja keine Rolle, er hatte die Lösung gefunden – das Sehvermögen. Ohne den Sichtschutz wäre dieses Wesen blind.

Zzt plante sorgfältig. Sobald die Gelegenheit günstig war, würde er ihm den Sichtschutz zertrümmern, einen Satz nach vorn machen und dem Tolnep die Augen auskratzen, wobei er gut aufpassen mußte, daß er den Giftzähnen entging. Zzt ließ die Pranke am Bein hinuntergleiten und zog seinen bewährten großen Schraubenschlüssel aus dem Stiefel. Er konnte ihn wie ein Wurfgeschoß schleudern. Nicht auf den Körper, sondern auf die Seite der Maske zielen!

Darauf zog Zzt den kleinen runden Spiegel mit dem langen Stiel aus der Brusttasche; er benutzte ihn, wenn er sich Verbindungsteile von hinten oder Lager von unten genauer ansehen wollte. Vorsichtig schob er die Pranke mit dem Spiegel seitwärts um die Rahmenkante ... Wenn bloß dieser Tolnep nichts merkte! Er begann ihn intensiv zu beobachten.

Jonnie fand es äußerst schwierig, in der rollenden Drohne zu gehen. Die Bodenplatten waren nicht dafür gedacht, und man konnte nur allzu leicht in eins der Löcher an beiden Seiten stolpern und sich darin verfangen.

Er gelangte unbeschadet bis zum anderen Ende der Drohne, an sich schon eine beachtliche Strecke. Er betrachtete das seltsame wabenartige Gebilde. Es waren Flaschengestelle, in denen weitere Ladungen untergebracht werden konnten. Er kroch durch die Öffnung. Vielleicht gab es dort drin Kabel oder sonst irgend etwas, das man übersehen hatte. Er konnte sich kaum durch die Öffnung zwängen und fragte sich, wie das erst einem Psychlo gelingen mochte, bis ihm klar wurde, daß sie ja nur dazu diente, die Gestelle mit Kanistern zu beladen. Plumpe Gestelle, weiter nichts. Unförmig und häßlich. Die Öffnungen lagen in der Mitte, und zu beiden Seiten gab es nichts als kahle Schutzwände. Das war alles.

Er ging zum Vorderende zurück, blieb direkt neben dem Kampfflugkörper stehen, überlegte angestrengt. Da war nichts zu sehen, was man zerreißen, nichts, was man auseinandersprengen konnte.

Selbst wenn er seinen Flugkörper hier drinnen in die Luft jagte, würde nichts, aber auch gar nichts passieren ...

Keine Funktionsschalter. Die Drohne war nicht für gesteuerte Flüge gemacht, sie wurde nur programmiert und gestartet. Nicht einmal mit dem Fernbedienungsgerät, das Terl ihm gezeigt hatte, ließe sich jetzt irgend etwas ausrichten.

Schwankend wie ein tolpatschiger, volltrunkener Riese setzte das Ungetüm seinen Weg fort, führte den Tod mit sich - brutal, unverwundbar ...

Seine Sicht war abermals getrübt. Als er hinten in das Loch gekrochen war, hatte er sich den Kopf angestoßen und wieder zu bluten angefangen. Er griff nach der Maske, drehte sich dabei zur Seite, um die heftigen Windstöße von der Türöffnung her etwas abzufangen. Er packte den Saum seiner Jacke, um das Blut wegzuwischen.

Da wurde die Maske getroffen – mit der Wucht eines Geschosses!

Sie flog ihm aus der Hand.

Sein linker Daumen wäre um ein Haar gebrochen worden.

Etwa zehn Meter entfernt regte sich etwas.

Durch Bergsteigen und Jagen von Jugend auf geschult, war Jonnie reaktionsschnell geblieben.

Er brauchte nur eine Drittelsekunde, um sich auf ein Knie fallenzulassen, die Waffe zu ziehen und abzufeuern.

Er schoß auf das Gebilde, das sich ihm zu nähern begonnen hatte und nun wieder zurückgetrieben wurde.

Wieder und wieder feuerte er ...

Das Gebilde, was immer es auch sein mochte, zog sich in den Schutz der Rahmenvertiefungen nahe dem Computer zurück.

Es war also außer ihm noch jemand hier drin. Er war zweimal an ihm vorbeigegangen auf dem Weg nach hinten zu dem gepanzerten Kasten ...

9

Jonnie ärgerte sich etwas über sich selbst, weil er nicht früher auf seinen Instinkt gehört hatte. Gespürt hatte er es sehr wohl, daß außer ihm noch jemand hier war. Das störte am meisten an den Schutzmasken - sie nahmen den Geruchssinn. Jetzt konnte er es riechen. Trotz der eisigen Luft und der Rostpartikel konnte Jonnie einen Psychlo riechen ...

Er stand vorsichtig auf und schlich, die Waffe in der Hand, rückwärts zum Flugkörper, um etwas mehr Distanz zwischen sich und den Psychlo zu legen. Mit so einem Brocken in ein Handgemenge zu geraten, sollte er besser vermeiden. Er hatte ja auch auf Thor warten müssen, ehe er sich Terl auf Armeslänge nähern konnte. Die Psychlos konnten einen Menschen mühelos zerschmettern. Welcher Psychlo war das hier? Kannte er ihn?

Zzt, flach an die Rumpfhaut gepreßt, kämpfte gegen den Drang, sich vor Verachtung und Ekel zu erbrechen. Nur der Gedanke, was das in seiner Atemmaske anrichten würde, hielt ihn zurück.

Es lag nicht an den Schüssen, die der Handfeuer-Killer abgegeben hatte. Ja, die Treffer hatten ihm ein paar Quetschungen und Prellungen eingetragen und ihn zurückgetrieben, wenige Schritte näher hätten sie ihn vielleicht sogar kampfunfähig gemacht.

Zunächst galt es, seine Reaktionsweise umzustellen. Da hatte er nun Todesängste ausgestanden, und vor wem? Vor einem lächerlichen Menschending! Die ganze Zeit hatte er es nur mit Terls Menschending zu tun gehabt!

Dem Gefühl der Übelkeit folgte eine Welle von Haß und Wut. Er wäre beinahe aus der Vertiefung hervorgekommen und hätte sich in Bewegung gesetzt – direkt auf den Gegner zu. Doch die Schüsse stachen. Und dieser Vollidiot hatte den Handfeuer-Killer noch nicht einmal auf Durchschlagskraft eingestellt, sondern nur auf normales Feuer. Typisch ...

Daß diese Kreatur ihn solchen Schrecken ausgesetzt hatte, konnte er nicht verzeihen. Damals, auf dem Frontschaufler, hätte er das Menschending um ein Haar mit dem Fernbedienungsgerät getötet. Wenn er es doch nur wirklich getan hätte! Er hätte an jenem Tag einen Handfeuer-Killer ziehen sollen. Wem wäre das schon bei dem Getöse aufgefallen?

Weiter nichts als dieses Menschending! Eine saft- und kraftlose, zu klein geratene, bläßliche, dumme Kreatur hatte ihn derart eingeschüchtert! Er bebte vor Zorn. Die Übelkeit verging.

Das Verlangen nach Information war in diesem Augenblick stärker als die Lust am Töten. Vielleicht war das Ganze ja auch ein neues Komplott von Terl! Dieser verdammte Terl!

Zzt hatte sich wieder soweit in der Gewalt, daß er sprechen konnte. »Hat Terl dich geschickt?«

Jonnie versuchte, die Stimme einzuordnen. Schwierig, da der Psychlo eine Gesichtsmaske trug. Die Masken hatten zwar an beiden Seiten Lautverstärker, aber die sowieso tiefen Stimmen wurden dadurch gedämpft. Er konnte immerhin fragen – Psychlos waren sehr eingebildet.

»Wer bist du?« erkundigte sich Jonnie.

»Da hast du nun die Geschichte mit dem Frontschaufler hinter dir und erinnerst dich nicht mal mehr, wer ich bin? Dussel! Antworte mir! Hat Terl dich geschickt?«

Zzt! Wie oft hatte Terl auf Zzt geschimpft und geflucht. Jonnie hatte selber eine alte Rechnung mit ihm zu begleichen.

Er konnte nicht widerstehen, Zzt eins auszuwischen, und sagte: »Ich bin gekommen, um sämtliche Maschinen kaputtzumachen.«

Ein anderer Psychlo hätte vielleicht gelacht. Nicht so Zzt. »Daran besteht nicht der leiseste Zweifel, Kreatur! Antworte mir, oder ich werde ...«

»Was wirst du?« konterte Jonnie. »Herauskommen und dich töten lassen? Die Waffe ist jetzt auf volle Durchschlagskraft eingestellt.« Jonnie ging langsam rückwärts zum Flugkörper, schob sich herum, stieg die Stufen hinauf und öffnete die Tür, um das Sturmgewehr mit den radioaktiv angereicherten Patronen zu holen. Er machte es schußbereit, steckte dann den Handfeuer-Killer in den Gurt und ging wieder langsam auf Zzt zu.

Zzt war völlig verstummt.

Jonnie versuchte, sich soweit seitlich zu halten, daß er in eine Vertiefung zielen konnte, sobald Zzt wieder zu sprechen begann. Dann stockte er. Zzt war schließlich der erste Mechaniker im Camp, praktisch der Transportchef. Er mußte weitaus mehr über die Drohne wissen als jeder andere.

»Wie bist du denn an Bord gekommen?« fragte Jonnie.

»Terl!« Ein richtiger Aufschrei. »Dieser ...« Und dann folgte eine Serie von wüsten Flüchen auf Psychlo, die minutenlang andauerte.

Jonnie wartete ab. Als die Lautstärke allmählich abebbte und Zzt nur noch vor sich hin grollte, stellte Jonnie fest: »Du willst also hier raus. Sag mir nur, wie das Ding gelandet wird, und du kannst abhauen.«

Darauf ergoß sich eine neue Flut von unflätigen Verwünschungen, die so heftig war, daß sie Jonnie allmählich überzeugte. Sie schloß: »Es gibt einfach keine Möglichkeit, sie umzuprogrammieren oder zu landen ...« Und nach kurzer Pause, fast hoffnungsvoll: »Hat Terl dir die Schlüssel für den Computer gegeben?«

»Nein. Kann man den Kasten denn nicht aufsprengen?«

Apathisch: »Nein.«

»Kannst du nicht die Kabel herausreißen?«

»Damit würde man das Ding zum Absturz bringen, und das kann man auch nicht machen. Sie sind alle mit lamelliertem Molekularmetall gepanzert. Er hat dir also die Schlüssel nicht gegeben.« Das war ein deutliches Ächzen. Dann tobte er wieder: »Du Dussel! Warum hast du dir nicht die Schlüssel geben lassen, bevor du hergekommen bist?«

»Ihm waren im Augenblick die Hände gebunden«, entgegnete Jonnie. »Sag mir lieber, was ich nicht tun darf, damit ich nicht versehentlich die Motoren abstelle?«

»Da gibt's auch nichts weiter«, brummte Zzt unwirsch. Ihm wurde wieder übel vom ständigen Rollen der Drohne.

Jonnie schob sich ganz weit zur Seite. Er überlegte, ob er von den Verstrebungen aus ein paar Abprallschüsse in die Vertiefung abfeuern könnte. Unmöglich, er kam nicht an den vorspringenden, scharfkantigen Versteifungen vorbei.

Zzt war also keine Hilfe. Jonnie ging rückwärts zum Flugkörper, um sich die Schutzmaske des Copiloten zu holen. Die arktische Kälte ließ sein Gesicht erstarren. Er betrachtete die Reste seiner Maske, die ihm aus der Hand geschlagen worden war. Der Daumen tat noch höllisch weh.

Halt – Zzt hatte doch einen Schraubenschlüssel geworfen. Da lag er ja noch im Seitenteil der Maske. Wenn der ihn am Kopf getroffen hätte ...

Ein Schraubenschlüssel? Moment mal. Was konnte man mit einem Schraubenschlüssel anfangen?

Jonnie nahm ihn heraus. Typisch Psychlo, schwer wie Blei. Er konnte eine Schraubenmutter von dreißig Zentimeter Durchmesser fassen, was bei den Maschinen der Psychlos noch zur kleinen Ausführung zählte. Eine ganz schöne Waffe ...

Sowie er sich aufzurichten begann, versuchte Zzt anzugreifen.

Die Waffe war nicht zielgerichtet. Jonnie drückte ab, im Durchgang flammten Schüsse auf. Zzt hechtete zurück. Er war nicht getroffen worden, sonst hätten die radioaktiven Patronen eine blaßgrüne Explosion verursacht.

Jonnie schlich zum Flugkörper zurück und nahm die andere Schutzmaske, überprüfte die Ventile und setzte sie auf. Sie funktionierte einwandfrei.

Zzt kroch auf dem Boden herum auf der Suche nach seinem Spiegel. Er hatte sich in einer losen Platte verkeilt. Eine lose Platte?

Zzt suchte mit Hilfe des Spiegels nach dem Standort der Kreatur. Dann machte er sich mit den Klauen und einem kleinen Metalllineal, das er stets bei sich trug, daran, die fünfzig Pfund schwere Platte herauszustemmen. Ein mühsames Unterfangen, aber was gäbe das für ein Wurfgeschoß!

Die todbringende Drohne rumpelte weiter in Richtung Schottland ...

10

Jonnie hielt den Schraubenschlüssel in der Hand, wog ihn nachdenklich ab. Keine Frage – bevor die Drohne losgeschickt wurde, mußten ja Vorbereitungen getroffen werden, das hieß also, die Mechaniker mußten auch an bestimmte Teile im Innern herankommen. Und ebenso mußten sie die Drohne auch warten, wenn sie jemals wieder losgeschickt werden sollte.

Der verschlossene, gepanzerte Kasten. Ja, aber der enthielt ja nur die Funktionsschalter. Außerdem hatte er nichts entdeckt, wofür man einen Schlüssel brauchte.

Das Denken bereitete ihm Schwierigkeiten. Es war so kalt! Diese uralten Fliegeranzüge der Air Force sollten zwar elektrisch heizbar sein, aber sie waren natürlich nicht dafür gemacht, tausend Jahre in Regalen zu lagern, und entsprechende Batterien anzufertigen, hatten sie nicht geschafft. Seine Stirnwunde blutete immer noch und verschmierte den Sichtschutz, der sowieso ständig beschlug.

Dieser Schraubenschlüssel ...

Da vorn – eine schattenhafte Bewegung ... Er gab einen Warnschuß ab.

Zwei Probleme. Nein, eigentlich drei – Zzt, Nup und ein Mark 32 oben und vor allem die Frage, wie er diese Drohne unschädlich machen konnte.

Old Staffor pflegte zu sagen, Jonnie sei einer von diesen Superschlauen. Viele Leute im Dorf hatten das ebenfalls gedacht. Sehr schlau fühlte er sich jetzt wahrhaftig nicht.

Er sollte sich Zzt vom Halse schaffen, das wußte er. Aber in diesem gepanzerten Innenraum Schüsse abzufeuern, war nicht bloß für Zzt gefährlich, sondern auch für ihn selber. Bei all den vielen Verstrebungen wurden die Geschosse leicht zu Abprallern – schon zweimal war eins an seinem Ohr vorbeigepfiffen, und ein anderes hatte den Kampfflugkörper getroffen.

Angenommen, Zzt wäre ein Puma. Wie würde er vorgehen, wenn er ihn erlegen wollte? Na ja, einem Puma trat man nicht so mir nichts dir nichts entgegen, sondern wartete, bis er sprang. Nein, stell dir lieber vor, Zzt wäre ein Bär in einer Höhle. Das Beispiel paßte eher. In eine Höhle gehen, in der ein Bär lauerte? Selbstmord ...

Er dachte daran, einen Zeitzünder an einer Haftmine anzubringen und sie dort hinüberzuwerfen, in seinen Flugkörper zu steigen und sich darauf zu verlassen, daß dessen Panzerung ihn schützte. Doch diese magnetischen Greifer hielten auch nicht unbegrenzt, und er könnte mit einer solchen Explosion auch seinen eigenen Kampfflugkörper unbrauchbar machen. Er wünschte, er hätte eine Handgranate, aber alle, die sie gefunden hatten, waren Blindgänger und ließen sich, trotz aller Bemühungen, nicht mehr verwenden. Er erwog sogar, eine Patrone hinüberzuwerfen und dann darauf zu schießen. Sie würde explodieren, garantiert. Eine Patrone wäre jedoch vielleicht nicht ausreichend für Zzt. Psychlos waren überaus zäh, wirklich nicht so leicht umzubringen. Zzt hatte einmal Terl zusammengeschlagen, hieß es, und Zzt haßte ihn ehrlich – er hatte ihn ja sogar einmal beinahe getötet. Nein, er würde sich an keinem Bravourstück versuchen und nicht einmal mit ballerndem Sturmgewehr nach vorn gehen. Er wußte ja nicht, wie tief diese Nische war, geschweige denn, in welcher genau Zzt sich versteckt hatte, und überdies könnte Zzt immer noch eine Waffe in Reserve haben.

Nup hatte er vorerst von der Problemliste gestrichen.

War das eine Kälte!

Immer nur eine Sache auf einmal. Seine Aufgabe hieß weder Zzt noch Nup. Er hatte diese Drohne aufzuhalten, und zwar schleunigst. Dafür mußte er sich jetzt zusammenreißen und zeigen, daß er wirklich schlau war. Superschlau – und blitzschnell ...

Wegen des beschlagenen und blutverschmierten Sichtschutzes hatte er den winzigen Mechanikerspiegel, der ihn beobachtete, nicht wahrgenommen. Er machte sich jetzt daran, das Problem mit der Drohne zu entwirren.

Wo die Psychlos kein Gerät einsetzen konnten, das molekular trennte und wieder band, benutzten sie Schraubenmuttern und -bolzen. Und er war sicher, daß diese Panzerung keinem »Metallmesser« nachgeben würde, wie das Werkzeug im Fachjargon der Psychlo-Mechaniker hieß. Von Zzt hatte er erfahren, daß es sich hier um molekulare Lamellierung handelte, um dünne Schichten verschiedener, aber bindender Metalle. Gut. Also hatten sie hier irgendwo Schraubenmuttern benutzt.

Er nahm eine winzige Bewegung wahr und feuerte abermals. Das Geschoß prallte dreimal auf und zurück und zischte hinaus durch die Türöffnung.

Vielleicht eine von diesen Bodenplatten ... Plötzlich lachte er auf. Direkt vor dem Flugkörper, zwischen den Gleitkufen, hatten die Scheinwerfer eine schattige Stelle ausgespart, auf der sich eine mit Schraubenmuttern befestigte Bodenplatte befand!

Er verstellte die Klemmbacken des Schraubenschlüssels und hockte sich zwischen die Gleitkufen. Noch eine leichte Regulierung, dann stimmte die Größe. Es waren acht Schraubenmuttern. Sie ließen sich sehr leicht aufdrehen – die hier waren erst kürzlich herausgeschraubt worden. Er legte die Muttern in die Hohlkehle der einen Gleitkufe. Sie waren so schwer, daß sie trotz des Rollens liegenblieben.

Eine der Gleitkufen stand auf dem anderen Rand der Platte. Er schlug mit dem Kopf des Schraubenschlüssels dagegen, bis sie heruntergerutscht war. Dann stemmte er die Platte mit der Schraubenschlüsselkante hoch. Als er sie gelöst hatte, geriet die Drohne wiederum ins Rollen; er konnte die Platte nicht einfach – wie beabsichtigt – beiseite legen; sie entglitt seinen klammen Händen und schlitterte durch die Türöffnung hinaus in die winddurchtoste Eiswüste. Wen kümmerte das schon?

Er holte einen Leuchtstab hervor und inspizierte damit die nun freigelegte dunkle Höhlung.

Er blickte auf die Abdeckung des Haupttriebwerks.

Das Gehäuse hatte die Größe eines einstöckigen Gebäudes. Das machte ihm klar, daß die ganze Unterseite der Drohne aus Motoren und weiterem Lagerraum für Gaskanister bestand. Unvorstellbar, welche Unmengen von Tonnen des tödlichen Gases hier mitgeführt wurden! Die Kanister leuchteten in der Dunkelheit wie Riesenfische. Doch das Gehäuse!

Jonnie kannte diese Triebwerke im Kleinformat. Es waren Elemente zur räumlichen Übersetzung, hauptsächlich hohl, aber gespeist durch unzählige spitz zulaufende Punktkontakte. Jede dieser Spitzen übermittelte eine Koordinateninformation, und eben diese Informationen mußten gelöscht werden.

Irgendwo auf diesem Gehäuse mußte sich doch eine Tafel mit Vorschriften für Inspektion und Wartung befinden!

Mit einem wachsamen Blick auf den langen Durchgang ließ er sich hinuntergleiten und setzte den Fuß haltsuchend auf die tragenden Teile des Gehäuses. Er ließ den Leuchtstab kreisen.

Aus dieser Position konnte er den Durchgang schwer im Auge behalten, und so schaute er abwechselnd nach oben und nach unten. Vielleicht sollte er sich wirklich genau überlegen, wie er Zzt loswerden konnte, bevor er hier weitermachte. Er mußte sich bücken, um das Gehäuse zu betrachten. Doch wenn er etwas gegen Zzt unternahm, könnte das auch zugleich sein eigenes Ende bedeuten, und er vergegenwärtigte sich, daß zu viele Leben – nämlich die aller noch verbliebenen Menschen auf der Erde – von ihm und seinem Handeln abhingen. Es war nicht einfach eine Frage des persönlichen Mutes – er durfte nicht Kopf und Kragen riskieren. Der Bär in der Höhle ... Er kam zu dem Schluß, daß er dieses Wagnis eingehen könne, und bückte sich.

Da war es!

Eine riesige Inspektionstafel.

Befestigt mit vier Schraubenmuttern, dreißig Zentimeter Durchmesser.

Aber sie war mehr als unpraktisch angebracht ... Für einen Psychlo-Mechaniker vielleicht nicht – der konnte mit seinen gewaltigen langen Armen bequem hinunterlangen. Für Jonnie jedoch sah es anders aus.

Er gab einen neuerlichen Warnschuß auf den Durchgang ab. Dann bückte er sich, verstellte den Schraubenschlüssel und setzte ihn an.

Verflixt, die Schraubenmutter war ganz schön fest angezogen. Mit diesem wuchtigen Schraubenschlüssel und bloß mit einer Hand ließ sich da nichts ausrichten. Die Psychlos merkten gar nicht, mit welchem Kraftaufwand sie so etwas machten.

Abermals überprüfte er den Durchgang, wobei er das Sturmgewehr hinlegen mußte. Er vergewisserte sich, daß die Stelle ausreichend Halt bot und die Waffe nicht durch die Türöffnung rutschen konnte. Außerdem hatte er ja noch den Revolver im Halfter.

Entspannt machte er sich mit beiden Händen, die Füße aufgestützt, an der Schraubenmutter zu schaffen.

Sie drehte sich!

Er besaß genügend Kenntnisse in Mechanik, um sie nicht einfach loszuschrauben und herauszunehmen. Dann würde die letzte so festgekeilt sein, daß er sie nicht mehr bewegen konnte. Deshalb alle vier etwa um eine halbe Drehung lockern ...

Er hatte jetzt die zweite lose gedreht.

Nun plagte er sich mit der dritten ab.

»Was treibst du da?« brüllte Zzt.

Jonnie richtete sich auf. Zzt versteckte sich immer noch in seiner Nische.

»Du schwachsinnige, dämliche Kreatur!« schrie Zzt. »Wenn du an den Motoren rumpfuschst, stürzt das Ding glatt ab!«

Vielen Dank, Zzt, sagte Jonnie im stillen.

»Wenn du es in Ruhe läßt, wird das Ding in zwei bis drei Tagen von allein landen!« kreischte Zzt.

Zzt bekam es tatsächlich mit der Angst zu tun. An den Schüssen, die das Menschending ständig auf den Durchgang abgab, war etwas nicht geheuer. Gerade eben hatte es am Auslaßventil seiner Atemmaske ein paar Fünkchen gegeben. Seit einigen Minuten war ihm bewußt, daß ringsum winzige Funken sprühten. Zuerst hatte er sie für Staubteilchen gehalten und dann gedacht, es müsse an seinen Augen liegen. Doch beim letzten Ausatmen ... das waren eindeutig Funken gewesen. Gab es hier irgendwo radioaktive Strahlung? Warf diese Kreatur mit Uranstaub um sich? Waren etwa diese Patronen oder die Waffe der Kreatur radioaktiv?

Er hatte sich zum Handeln entschlossen, ohne Rücksicht auf die Folgen. Ja, da war wieder ein winziger Blitz, als verbrauchtes Atemgas aus der Maske in die Luft strömte.

»Du hast doch eine Schutzmaske!« brüllte Zzt. »Das Killer-Gas wird nicht in die Drohne zurückgeweht! Du brauchst bloß zu warten, bis sie aufsetzt!« Diese dämliche, hinterhältige Kreatur! Verdammter Terl!

»Wie steht's mit den anderen Menschen unten?« fragte Jonnie

Das verschlug Zzt einen Augenblick die Sprache. Was jemand anders widerfuhr, sollte irgendwelche Bedeutung für das haben, was man für sich selbst tat? Da kam er nicht mit ...

»Laß die Motoren in Ruhe!« kreischte Zzt.

Der Psychlo wurde hysterisch. Vielleicht würde er angreifen. Jonnie wartete, das Sturmgewehr in der Hand. Nein, Zzt hatte offenbar keine solchen Absichten. Also machte er sich besser wieder an die Arbeit. Er legte das Sturmgewehr beiseite und bückte sich, um die erste Schraubenmutter einmal ganz zu drehen. Dann richtete er sich auf und vergewisserte sich, daß Zzt sich ruhig verhielt.

Die fünfzig Pfund schwere Bodenplatte segelte mit der Geschwindigkeit einer Kanonenkugel durch die Luft, schlug gegen eine Gleitkufenstütze, prallte ab und landete krachend in Jonnies Hinterkopf.

Das Sturmgewehr flog ihm aus der Hand und hinaus in die Dunkelheit. Verbissen kämpfte er gegen die Bewußtlosigkeit an, tastete nach dem Revolver. Vor seinen Augen lag nichts als Finsternis – tiefschwarzes Dunkel ...

Teil XIV

1

Sie hatten das Camp!

Mit einem letzten Sturzflug hatte Glencannons schwer mitgenommene Maschine die Luftkühlungsanlage getroffen, so daß jetzt über die Atemgaspumpen die gesamten unterirdischen Bezirke des Camps mit Luft überflutet wurden.

Glencannon hatte den Flugkörper sicher aufgesetzt, obwohl Instrumentenbrett samt Funkgerät aus dem Hinterhalt zusammengeschossen worden waren. Er selber hatte jedoch keine Brandwunden davongetragen, die Funktionsschalter arbeiteten noch, und so konnte er den Flugkörper in die Senke zurückbringen.

Unter lautem Freudengeschrei hatten ihn die Schotten herausgezogen und ihm anerkennend auf den Rücken geklopft, bis sie der Pastor streng an Glencannons gebrochene Rippen erinnerte.

Ein paar verbliebene Heckenschützen wurden mit wenigen Sturmgewehrsalven unschädlich gemacht.

Der erste Dudelsackpfeifer hatte losgelegt, worauf der zweite und der Trommler ihre Waffen beiseite warfen und zu den Instrumenten griffen. Das Camp war erfüllt von Pfeiftönen und dumpfen Trommelschlägen.

Die letzten verbliebenen Psychlos stolperten aus den unterirdischen Stockwerken – mit erhobenen Pranken. Merkwürdigerweise entpuppten sie sich bald als hochqualifizierte Absolventen der verschiedenen Hochschulen der Company, nebst Assistentinnen. Atemmasken waren knapp geworden, da man die Vorräte an die ausrückenden Kampfgruppen ausgeteilt hatte. Doch Robert der Fuchs fand rasch heraus, daß diese zur Oberschicht zählenden Psychlos eigene Masken gehabt hatten. Etwa dreißig derart Privilegierte waren am Leben geblieben.

Hunderte von Psychlos hatten in den Feuergefechten den Tod gefunden und weitere Hunderte durch die einströmende Luft. Die Zählung ergab, daß sich in diesem Camp neunhundertsechsundsiebzig Psychlos befunden hatten.

Ker versuchte, sich durch einen leeren Schacht zu verkriechen, und wurde gefangengenommen.

Sie fanden die Ventile der Feuerlöschanlage und schlossen sie. Eine Gruppe sauste mit offenen Atemgasflaschen durchs Gelände, um nach radioaktiver Strahlung zu fahnden, und stellte fest, daß die Restbestände vom Wasser in unterirdische Abzugskanäle gespült worden waren. Das Terrain war relativ ungefährlich.

Die Schotten hatten Chrissie entdeckt, und die zuvor über sie umlaufenden Gerüchte wurden nun bestätigt, als sie dem Pastor half, verwundete Schotten in einem instand gesetzten Tieflader zu bergen. Die Begeisterung, die ihr allseits entgegengebracht wurde, überraschte sie etwas. Sie war es nicht gewohnt, als Berühmtheit behandelt zu werden. Und sie begriff auch nicht, daß sie für diese Männer eine Art Märchengestalt verkörperte, etwas, wonach sie sich alle sehnten. Wo immer sie auftauchte, ließen die Schotten alles stehen und liegen und kamen angelaufen, sahen sie mit glücklich leuchtenden Augen an und eilten dann wieder an die Arbeit. Der Krieg war immer noch im Gange, doch das hinderte sie nicht, ihrer Freude lautstark Ausdruck zu verleihen und die Dudelsäcke erklingen zu lassen. Und sie konnten jubeln vor Entzücken, daß ein so schönes Mädchen vor den Dämonen errettet worden war. Chrissie dagegen stürzte sich zwar in die Arbeit und pflegte die Verwundeten hingebungsvoll, vermochte aber trotzdem die quälende Angst, die sie verfolgte, kaum zu verbergen. Jonnie war nicht da, und irgendwie spürte sie, daß ihm Gefahr drohte.

Unter der Anleitung von Angus bemühten sich die Schotten, das Durcheinander zu beseitigen und die Gabelstapler wieder funktionstüchtig zu machen. Das riesige Tor zum Hangar war restlos blockiert durch Flugkörperwracks, so daß sie unmöglich starten konnten. Sie erklärten dem besorgten Robert, daß sie Stunden brauchten, um die Gabelstapler wieder flott zu bekommen und dann den Schrotthaufen wegzuschaffen.

Terl versuchte, ein letztes Täuschungsmanöver einzufädeln. Unter dem Vorwand, er habe ihm etwas Dringendes zu sagen, gelang es ihm, zu Robert dem Fuchs vorzudringen. Sie schleppten Terl an – fest mit Windenketten verschnürt und von vier stämmigen Schotten gehalten, während zwei andere Sturmgewehre auf ihn richteten.

Er teilte Robert dem Fuchs mit, er habe die Schlüssel für den Bordcomputer der Drohne und sei bereit, sie auszuhändigen, wenn man ihm dafür eine baldige Teleportation zurück nach Psychlo zusichere.

Robert der Fuchs erklärte sich einverstanden unter der Bedingung, daß Terl die Schlüssel tatsächlich beibringen könne. Daraufhin bat Terl um seine Stiefel.

Inzwischen hatte man eine weibliche Angestellte, die ihren Namen mit Chirk angab und eine Atemmaske trug, unter dem Bett in Terls ehemaligem Quartier entdeckt. Robert der Fuchs ging zu ihr. Man hatte sie zu einem schrottreif zerschossenen Grubentransporter geführt, dessen Scheinwerfer aber noch funktionierten und sie anstrahlten. Robert der Fuchs fragte sie, ob sie Terls Sekretärin sei, was sie prompt bejahte. Daraufhin teilte ihr Robert mit, er habe eine Nachricht für sie von Terl – sie solle die Schlüssel für den Bordcomputer der Drohne herausgeben.

Chirk hatte genügend Zeit zum Nachdenken gehabt, seitdem Zzt aus unerfindlichen Gründen mit der Drohne entschwunden war, und sich schließlich auch an die Schlüssel erinnert. Sie wurde sehr aufgebracht und ließ Terl ausrichten, er halte sie wohl für völlig unzuverlässig – er wisse doch genau, daß er ihr einen Satz Schlüssel gegeben habe mit dem Auftrag, sie in den Behälter für die Wiederaufbereitungsanlage zu werfen. Das lag Ewigkeiten zurück, und die Schlüssel waren längst dahin, wie sie erbittert bemerkte. Und falls Terl etwa versuchen wollte, ihre Personalakte bei der Company mit dem Eintrag zu versauen, sie habe Anweisungen nicht befolgt, könnte sie ihm auch einiges unterjubeln. Da war ja immerhin ein Versprechen, das was mit einer tollen Riesenvilla zu tun hatte. Chirk war wirklich stocksauer.

Robert der Fuchs ließ sich nun Terls Stiefel bringen, untersuchte sie und entdeckte eine falsche Sohle, unter der er einen sehr schmalen, kleinen Handfeuer-Killer herausholte.

Gleich darauf wurde Terl an einer hellerleuchteten Stelle vierfach angekettet und ein Wachposten aufgestellt, der ein Sturmgewehr auf ihn gerichtet hielt. Terl knurrte unentwegt vor sich hin – irgendwelche bissige Bemerkungen über die Weiblichkeit im allgemeinen und im besonderen ...

Im Camp herrschte ein wildes Durcheinander – es ging zu wie in einem Tollhaus. Hunderte von toten Psychlos lagen herum. Alles war triefend naß.

Die Chamco-Brüder hatten mit Vergnügen einen Vertrag abgeschlossen, der ihnen 15.000.- Galaktische Währungseinheiten im Jahr zusicherte und GW 500.- Zulage für jede wichtige Sonderleistung. Sie waren zwar etwas besorgt wegen eines möglichen Gegenangriffs von Psychlo, aber Geld war schließlich Geld. Gemeinsam mit einem schottischen Team bemühten sie sich, den Funkbetrieb wieder in Gang zu bekommen, doch es hatte nicht den Anschein, als würden sie demnächst GW 500.- einstreichen. Ein Großteil der Installationen war durchgefeuchtet, und den Umschlagterminal konnte man abschreiben. Kein einziger Flugkörper ließ sich ins Freie bringen, wo es möglich gewesen wäre, sein Funkgerät zu benutzen, und die Funkanlage in Glencannons Flugkörper war nur noch ein geschmolzener Metallklumpen.

Robert der Fuchs wanderte auf und ab, sein alter Umhang flatterte. Er beantwortete unumgängliche Fragen und gab die notwendigen Anweisungen. Aber in Gedanken war er weit fort.

Die zwölfstündige Funkstille war abgelaufen, und er hatte keine Verbindung auf der Planetenfrequenz. Keine Möglichkeit, den Flugkörpern, die Angriffe auf die entfernten Außenstationen durchgeführt hatten, Anweisung zu geben, nach der Drohne zu suchen. Und hier hatte er keine Flugkörper zur Verfügung, die er hätte losschicken können, und ebensowenig Piloten ...

Er ging hinüber zu einem Feld, auf dem rund zwanzig verwundete Schotten lagen. Sie wurden gepflegt vom Pastor, vom Lehrer und von vier alten Frauen. Und von Chrissie.

Roberts und Chrissies Augen trafen sich.

Robert der Fuchs fühlte sich miserabel.

Jonnie hatte recht gehabt. Es wäre sinnlos gewesen, so lange abzuwarten, bis die Flugkörper von den Außenstationen die Drohne angreifen konnten. Sie waren längst unterwegs, als sie abhob, und hatten keine Ahnung von dieser neuen Bedrohung. Und er konnte sie nicht einmal darüber informieren ...

Er hatte das unbestimmte Gefühl, daß Jonnie in Schwierigkeiten steckte.

Robert der Fuchs schüttelte kaum merklich den Kopf. Chrissie sah ihn unverwandt an, schluckte schwer und machte sich dann wieder an die Arbeit.

2

Zzt fühlte sich als Sieger.

Die Kreatur war verwundet, schwer verwundet. Es hätte besser laufen können. Durch das Rollen der Drohne war seine Treffsicherheit etwas beeinträchtigt worden, so daß die Platte nicht – wie beabsichtigt – den Schädel der Kreatur völlig gespalten, sondern erst eine Gleitkufenstütze des Flugkörpers und danach den Kopf des Menschendinges getroffen hatte.

Doch die Ergebnisse waren überaus zufriedenstellend. Ströme von rotem Blut hatten sich über alle Bodenplatten dort hinten ergossen.

Die Kreatur hatte eine neue kleine Waffe auf den Durchgang abgefeuert. Doch im Spiegel konnte Zzt deutlich erkennen, daß sie ohnmächtig wurde, kurz wieder zu sich kam und abermals die Besinnung verlor. Zzt hatte erwartet, daß die Ohnmacht lange genug anhalten würde, damit er vorstürzen und die Kreatur vollends erledigen konnte.

Es war jedoch nicht ganz nach Plan gegangen. Die Kreatur war zum rückwärtigen Ende der Drohne gekrochen, hatte Halt gemacht und einen Schuß abgefeuert, war weiter zurückgewichen, hatte wieder einen Schuß abgefeuert.

Dann hatte sie sich in einer Ladeluke im hinteren Frachtraum verkrochen. Die Luke war fast zu klein, aber das Menschending zwängte sich durch und verschwand.

Zzt wartete eine ganze Weile, ohne daß irgend etwas geschah. Schließlich kam er aus seinem Versteck hervor und schlich sich vorsichtig nach hinten, wobei er von einer Vertiefung zur nächsten Schutz suchte und immer wieder seinen Spiegel benutzte.

Mit ihm versuchte er auch, durch die Luke nach unten zu spähen. Doch es war viel zu dunkel da drin.

Er probierte es mit dem Leuchtstab. Nichts. Die Kreatur mußte sich irgendwo an der Seite verkrochen haben.

Zzt befestigte den Leuchtstab am Spiegel und schaute nach rechts. Er erhaschte einen flüchtigen Blick auf die Kreatur, und dann traf ein Geschoß den Leuchtstab samt Spiegel, so daß sie ihm aus der Pranke flogen. Ein Glück, daß er nicht versucht hatte, selber hinunterzulangen.

Er lauschte angestrengt. Die Drohne machte einen solchen Lärm, daß man Atemzüge unmöglich hören konnte.

Eine Weile rechnete er fest damit, daß die Kreatur auftauchen und schießen würde. Doch nichts dergleichen geschah. Daraus folgerte er schließlich, daß die Kreatur sich dort verkrochen hatte, um zu sterben. Blut gab es jedenfalls genug. Höchstwahrscheinlich war sie verblutet. Zzt strahlte vor Zufriedenheit.

Genug davon! Zzt fand es angezeigt, jetzt an die Arbeit zu gehen.

Er öffnete die Tür des Kampfflugkörpers, schaltete das Funkgerät ein und versuchte, Nup zu wecken. Der Trottel mußte doch da oben sein. Vermutlich fest eingepennt. Ungeduldig schaltete Zzt sämtliche Frequenzen ein. Das würde den Einfaltspinsel schon aufschrecken. Die Planetenfrequenz brachte aus dieser Entfernung erfahrungsgemäß auch die lahmsten Ohrknochen auf Touren.

»Nup, Sie Blödian! Wachen Sie auf!«

Nups Stimme fragte zurück: »Wer ist da? Wer spricht?«

»Hören Sie mal zu, Nup«, sagte Zzt, um Geduld bemüht. »Ich

weiß ja, daß Sie Schlaf brauchen. Ich weiß auch, daß man Ihnen auf der Bergbau-Akademie die Musterlösung für Probleme dieser Art nicht beigebracht hat. Aber ich fände es unter den gegebenen Umständen angezeigt, wenn Sie versuchen würden, sich kooperativ zu verhalten.«

»Zzt, sind Sie das?«

Was war das bloß für ein Idiot, bei dem waren aber sämtliche Schrauben locker! »Natürlich bin ich's – Zzt!«

»Und Sie sind da unten in der Drohne? Aha, hab ich mir doch gleich gedacht. Aber hat Sie Snit denn nicht rausgeflogen? Wenn Sie ...«

»Ruhe!« donnerte Zzt. »Ich erkläre Ihnen jetzt genau, was ich von Ihnen will. Sie heben ab und landen mit Ihrem Flugkörper genau über dieser Türöffnung. Bringen Sie ihn ganz dicht an die obere Kante, damit er den Wind abfängt.«

Nup wollte wissen, wovon er den Wind abfangen sollte.

Zzt klärte ihn höchst unwirsch auf. Nup, dessen Energiebatterien ja nur noch für zehn Minuten ausreichten, willigte schleunigst ein.

Zzt beabsichtigte, aus dem beschädigten Kampfflugkörper die Energiebatterien zu entwenden. Denn ihn durch diese Türöffnung hinauszusteuern, würde ein solches Geschick erfordern, daß er den Gedanken schleunigst verworfen hatte. Dann war ihm zum Glück eingefallen, daß er vielleicht ein paar Reservebatterien finden könnte.

Er kletterte auf den Sitz, begann, hinten nach Batterien zu wühlen. Ein ganzer Sack voll! Dutzende!

Doch er sah noch etwas anderes. Vor den Auslaßventilen seiner Atemmaske blitzte es auf! Auf dem Zeug hier lag radioaktiver Staub! Das war natürlich kaum verwunderlich, wenn in der Nähe radioaktive Geschosse abgefeuert wurden. Viel war es zwar nicht, aber trotzdem bekam Zzt es mit der Angst zu tun. Er schleuderte den Beutel mit Energiebatterien in den Durchgang und sprang mit einem Satz hinterher, um zu verhindern, daß alles nach draußen flog. Er hielt den Beutel auf Armeslänge von sich und schüttelte ihn. Dann hauchte er ihn mit Atemgas an. Kein Aufflammen. Sehr gut ...

Er öffnete beide Türen des Kampfflugkörpers. Zu nahe durfte er dem rückwärtigen Teil nicht kommen. Besser von nun an alles mit ausgestreckten Armen tun.

Er leuchtete das Gehäuse von Haupttriebwerk und Stabilisationsmotoren ab. Im rechten Stabilisierungsmotor entdeckte sein geschultes Auge einen Haarriß. Vielleicht würde er trotzdem funktionieren, vielleicht auch nicht. Der Aufprall hatte jedenfalls nicht ausgereicht. Er packte mit der Pranke ein Bündel darunterliegender Drähte, riß sie heraus, brachte sie durcheinander und legte sie zurück, ohne sie wieder anzuschließen, außer Sichtweite ... Ein Kampfflugkörper, der sich nicht stabilisieren ließ ... Gut.

Er kauerte sich hin und schaute nach unten zum Haupttriebwerk der Drohne. Aha, da lag ja sein Schraubenschlüssel. Und die Kreatur hatte die Inspektionsplatte nicht abgeschraubt. Gut. Er steckte den Schraubenschlüssel wieder in den Stiefel, wohin er gehörte.

Die Neigungsschwingung und das Rollen der Drohne änderten sich jetzt auffallend, nachdem Nup zu manövrieren begonnen hatte. Von der Neigungsschwingung merkte man nichts mehr, dafür hatte das Rollen erheblich zugenommen. Doch bei allem gab es auch gute Seiten. Die Drohne schützte nun die Türöffnung durch Gegensteuern vor dem Seitenwind.

Zzt angelte sich lässig das Mikrophon, wobei er sich in gebührendem Abstand vom Kampfflugkörper hielt. »Sind Sie in Startposition?« erkundigte er sich.

»Es brauchte ein paar Ansätze, aber ...«

»Na gut. Können Sie sehen, wo die Drahtseilleiter ist?«

Nup bemühte sich, ihm zu erklären, daß er als Abteilungsleiter und qualifizierter Pilot natürlich in der Lage sei ...

»Befestigen Sie Ihr Ende der Leiter an den Klemmen gegenüber dem Sitz. Lassen Sie das beschwerte Ende hier runter. Dann seilen Sie einen Förderkorb ab. Und danach ein Rettungsseil. Alles in die Türöffnung. Kapiert?«

Nup erwiderte, selbstverständlich habe er das begriffen, aber gab es denn Erz in der Drohne? Er verstehe nicht recht ...

»Energiebatterien! Ich schicke Ihnen Energiebatterien rauf!«

»Oh, das ist eine große Hilfe! Passen Sie denn auch?«

Zzt machte sich gar nicht erst die Mühe, darauf zu antworten. Natürlich paßten sie! Alle Energiebatterien für Flugkörper waren austauschbar. Die für Panzer bestimmten paßten nicht für Flugkörper. War das ein Quatschkopf, dieser Nup! Eine hirnrissige Null, und so was nannte sich Abteilungsleiter!

Das beschwerte Ende der Leiter bewegte sich schaukelnd abwärts, fiel auf die falsche Seite des Flugkörperhecks, das aus der Türöffnung herausragte, und wurde festgekeilt.

Zzt kam sich außerordentlich mutig vor, als er nach innen langte und die magnetischen Greifer löste, sobald die Drohne zur richtigen Seite rollte. Dann hievte er den Flugkörper mit wuchtigem Ruck, wie ihn nur ein Psychlo zustande brachte, in die gewünschte Position und setzte die magnetischen Greifer wieder in Gang. Gut, nun konnte er das Ende der Leiter richtig plazieren, es gab genügend Spielraum. Er verzurrte es in einer Bodenhalterung.

Beim Hinunterlassen des Rettungsseils gab es Schwierigkeiten, weil es in der Luftströmung ständig wegflatterte. Zzt erteilte Nup über Funk Anweisung, es wieder einzuholen. Zum Teufel damit, er brauchte es nicht!

Zzt holte aus dem Kampfflugkörper ein aufgerolltes Rettungsseil. Er überlegte angestrengt, wie er es benutzen sollte. Er befestigte es in dem dafür bestimmten Ring im Kampfflugkörper, doch die Vorstellung, hier angebunden zu sein, behagte ihm wenig. Gesetzt den Fall, der Flugkörper haftete nicht fest an den Bodenplatten, sondern bewegte sich irgendwie ... So ließ er das Rettungsseil liegen. Bloß kein unnötiges Risiko eingehen ...

»Förderkorb!« befahl er.

Da kam er schon. Er war schwer genug, um nicht von Windstößen erfaßt zu werden. Als Zzt den Beutel mit den Energiebatterien darin festband, merkte er, daß er den Inhalt nicht untersucht hatte. Vermutlich enthielt er auch Munition. Na ja, wer weiß, vielleicht konnten sie beides gebrauchen.

Sobald sie abflogen, würde er den Innenraum unter Feuer nehmen, den Kampfflugkörper in Trümmer schießen und dabei ganz auf Nummer Sicher gehen. Verdammte Kreatur. Verdammter Terl ...

Plötzlich fiel ihm ein, daß sie ja ziemlich hoch flogen. Er sollte vorsorglich den Düsentornister anschnallen. Sehr behutsam langte er hinein, um ihn zu holen. Es lagen zwei dort drinnen. Er nahm beide, warf den einen über Bord und legte den anderen an. Jetzt konnte die Kreatur nicht mehr abspringen. Aber die Kreatur war ja tot, kein Zweifel. Ein Glück! Verdammter Terl ...

»Sind Sie soweit?« erkundigte er sich über Funk.

Nup bejahte, wollte aber wissen, wo die Energiebatterien blieben.

Zzt veranlaßte ihn, den Förderkorb heraufzuziehen.

»Haben Sie ihn?« fragte er.

»Ja, ich versuche zu prüfen ... Ich will nur eben die leeren herausnehmen und mich vergewissern, daß die Größe ...«

»Einen Dreck werden Sie. Halten Sie sich bereit, die Leiter zu sichern. Ich habe es endgültig satt, in dieser verfluchten, mistigen Drohne zu hocken! Ich kümmere mich um die Energiebatterien, sobald ich oben bin. Und ich komme gleich, kapiert?«

Doch genau das tat er nicht, sondern zog nach einem Blick auf die Funkanlage den Schraubenschlüssel aus dem Stiefel und zertrümmerte sie damit in tausend Stücke. Natürlich hätte er sie auch sekundenschnell zerschießen können, aber Vorsicht war stets der beste Ratgeber.

Zzt umklammerte die Sprossen der Drahtseilleiter und begann den Aufstieg. Er schaute nach oben – kein kurzer Weg ... Der Mark 32 fing zwar die Windströmung ganz gut ab, doch es wehte immer noch recht kräftig. Er hielt inne, vergewisserte sich, daß seine Atemmaske fest saß und nicht weggerissen werden konnte, und kletterte die Leiter hinauf.

3

Jonnie lag auf den Querverstrebungen im Frachtraum der Drohne, in einem Alptraum befangen. Er befand sich wieder im Käfig, trug ein Halseisen, und ein Dämon drückte ihm den Hinterkopf ein. Er versuchte immer wieder, dem Dämon zu sagen, daß er ihn erschießen würde, wenn er nicht aufhörte, doch er bekam kein Wort heraus.

Unter Aufbietung aller Kräfte befreite er sich aus dem Alptraum. Was auf seinen Kopf einhämmerte, waren die mächtigen Motoren der Drohne. Er erkannte, wo er war. Nein, er trug kein Halseisen – das war die Abzugsleine des Revolvers; die schwere Waffe hing zwischen den Querverstrebungen herunter. Mühsam holte er sie heraus. Es war ziemlich dunkel hier. Er öffnete die Patronenkammer.

Nur noch ein Schuß...

Er suchte im Gurt nach Reservepatronen. Nichts. Der Handfeuer-Killer war auch weg...

Bevor er ohnmächtig wurde, hatte er das Verbandpäckchen aufgemacht und am Kopf und unter der Schutzmaske Wundpflaster aufgelegt. Das war alles, woran er sich erinnerte, nachdem er Zzt den Leuchtstab aus der Pranke geschossen hatte. Er sah ihn noch glühen, über einer Querverstrebung. Nein, das war doch kein Leuchtstab. Es lag etwa einen Meter entfernt, aber ihm erschien es wie zehn Meter. Was war das bloß?

Ein Mechanikerspiegel. Damit also hatte Zzt ihn beobachtet.

Wovon war er wach geworden? Wie lange war er bewußtlos gewesen? Sekunden? Minuten? Es fühlte sich an, als habe man ihm den Hinterkopf eingeschlagen, weich und schwammig. Schädelbruch? Oder war es nur eine Beule und blutdurchtränktes Haar?

Er hörte etwas scheppern. Laute Geräusche in der Umgebung des Kampfflugkörpers hatten ihn geweckt.

Plötzlich überkam ihn das drängende Gefühl, unbedingt etwas unternehmen zu müssen, ehe es zu spät war. Er spannte alle Kräfte an und schaffte es auch, den Spiegel zu holen. Vorsichtig ließ er sich an der Querverstrebung entlanggleiten und hielt den Spiegel in das Lukenloch.

Es war Zzt ...

Sein erster Impuls war, die Flucht nach vorn anzutreten und die letzte Patrone abzufeuern. Dann sah er das Ende der Leiter. Und der Förderkorb wurde heraufgezogen. Sie versorgten den Mark 32 mit neuen Energiebatterien!

Bei dem Gedanken, was sie mit dem Mark 32 im Camp anrichten konnten, wurde er wieder hellwach. Er wußte, was er tun mußte. Jetzt unmittelbar – abwarten!

Das war eben die schwierige, weil unberechenbare Seite. Er versank immer wieder in Bewußtlosigkeit, wie in einem dunklen, unergründlichen Meer. Zwar konnte er eine Zeitlang durchhalten, aber stets aufs neue in diesen Strudel gerissen werden ...

Zzt war am Funkgerät. Nein, er zertrümmerte die Anlage mit dem Schraubenschlüssel.

Jonnie sammelte sich, straffte die Muskeln, um durch das Lukenloch nach oben zu schnellen. Sorgfältig paßte er den geeigneten Augenblick ab, beobachtete alles genau im Spiegel. Zzt ging zur Leiter hinüber, begann hinaufzuklettern. Dann hielt er inne, unter der Türöffnung waren nur noch seine Beine zu sehen.

Vor Schmerz fast von Sinnen kam Jonnie aus der Ladeluke heraus. Auf den Bodenplatten lag ein Rettungsseil. Er packte es und zog daran. Es war in seinem Flugkörper befestigt. Rasch schlang er es sich um die Taille, sicherte es mit einer Schlinge.

Zzts Beine waren verschwunden.

Jonnie überprüfte den Revolver, um sicherzugehen, daß die letzte Patrone sich auch wirklich reibungslos abfeuern ließ.

Er zog sich auf die Leiter hinauf. Der Wind fegte sie von der Drohne weg ins Freie. Das untere Ende war hinter der Türöffnung befestigt, doch er befand sich jetzt draußen über der gähnenden Tiefe, durch das Heck seines Kampfflugkörpers vor der Windströmung geschützt. Er kletterte ein paar Sprossen hoch.

Jonnie konnte den Mark 32 deutlich sehen. Das Cockpit war erleuchtet, die Tür hielt Nup mit dem Fuß auf. Zzt hatte ein Drittel des Weges geschafft.

Einen flüchtigen Augenblick lang dachte Jonnie, er sei zu spät gekommen. Er meinte, Nup habe die Energiebatterien irgendwo außer Sichtweite verstaut. Doch nein – Nup hielt eine in der Pranke und untersuchte sie von vorn und hinten. Wegen der Seriennummern? Und auf dem Schoß hatte er den vollen Förderkorb!

Zzt brüllte etwas zu Nup herauf, er solle die Tür weiter aufmachen und das Kabel fester zurren. Dann kletterte er weiter. Die Leiter wurde zwar durch den Anstellwinkel des Mark 32 geschützt, dennoch rüttelte der Wind heftig an ihr. Er riß Zzts Jacke auf. Daraufhin schrie er wieder etwas wegen der Tür, doch seine Worte wurden vom Lärm der Drohne und vom Heulen des Windes übertönt.

Jonnie entsicherte den Revolver. Die Maske schützte seine Augen. Er hätte entweder Zzt oder Nup erschießen können, tat es jedoch nicht. Sorgfältig kalkulierte er Wind und Richthöhe ein. Die ohnehin hohe Mündungsgeschwindigkeit einer Smith and Wesson .457 Magnum wurde durch die in die Patronen eingebauten Sprengkapseln nochmals gesteigert. Deshalb mußte er alles genau berücksichtigen. Er hatte nur einen Schuß ...

Nup stieß die Tür weiter auf, so daß der Förderkorb auf seinem Schoß hervorragend sichtbar wurde. Dann bemerkte er Jonnie, stieß einen gellenden Schrei aus und zeigte auf ihn, worauf auch Zzt nach unten schaute.

Jonnie schoß!

Er versuchte, sich sofort danach wieder in die Drohne zurückzuziehen, war aber nicht schnell genug.

Energiebatterien und Munition, die für zwanzig Kampfflugkörper ausgereicht hätten, wurden in die Luft gejagt, und außerdem krachte die Explosion auch in die offenen Treibstoff- und Munitionsbehälter hinunter!

Die Detonation und die unmittelbar folgende Erschütterung trafen Jonnie wie ein Schlägel. Er wurde nach draußen in dunkle Leere geschleudert.

Das Rettungsseil hielt und schnappte ihn durch die Türöffnung zurück.

In dieser flüchtigen Sekunde sah er – wie auf einem Standfoto – Zzt brennend in den Raum hinausfliegen. Und er sah den Mark 32 wie einen Feuerball in die Luft emporschießen.

Jonnie schlug auf den Bodenplatten auf und war so weit hinten gelandet, daß er nicht mehr nach draußen rutschen konnte.

Die Detonation war zuviel für seinen Kopf gewesen, er hatte abermals das Bewußtsein verloren.

Bevor er wieder in den dunklen Wassern versank, fiel ihm ein dummer Satz ein. »Old Staffor hatte unrecht, ich bin eben doch keiner von den Superschlauen. Gerade eben habe ich mich um das einzige Ziel gebracht, das mit Peilstrahlen geortet werden kann.«

Die Drohne rollte jetzt nicht mehr, seitdem sie den Mark 32 losgeworden war.

Der Körper, der direkt hinter der Türöffnung auf dem eisigen Boden lag, rührte sich nicht.

Die tödliche Fracht näherte sich unbeirrt ihrem Ziel – in Schottland und den übrigen Teilen der Welt die Reste der Menschheit zu vernichten und damit das zu vollenden, was ihr vor tausend oder mehr Jahren nicht ganz gelungen war ...

4

Der kleine Junge sauste wie der Blitz durch die unterirdischen Verliese der Burg. Er war völlig durchweicht vom Regen, der draußen fiel. Seine Mütze saß schief. Seine Augen leuchteten vor Aufregung, denn es war eine dringende Botschaft, die er – nach einem Dauerlauf über vier Kilometer im Zwielicht der Morgendämmerung – überbringen sollte.

Vor sich erkannte er eine Tür, riß sie auf und stürmte laut rufend in den Raum: »Prinz Dunneldeen! Prinz Dunneldeen! Wacht auf! Aufwachen!«

Dunneldeen hatte sich gerade häuslich eingerichtet, sich in seine karierte Wolldecke eingewickelt, um in seinem Zimmer ein hübsches, gemütliches Nickerchen zu machen, zum ersten Mal seit geraumer Zeit.

Die Hände des kleinen Jungen zitterten vor Erregung, als er sich bemühte, das Rädchen zu drehen und aus dem Feuerstein Funken zu schlagen, damit er die gezogene Kerze anzünden konnte.

So nannte man ihn jetzt: »Prinz« Dunneldeen. Diese Anrede benutzten sie nur an Festtagen, oder wenn er jemandem einen Gefallen tun sollte. Sein Onkel, der Clanchef der Fearghus, war der letzte Stewart und berechtigt, als König tituliert zu werden, wovon er freilich nie Gebrauch machte.

Die Kerze brannte jetzt und erhellte den spärlich möblierten Raum mit den nackten Steinwänden. Sie zeigte den tropfnassen, aufgeregten schwarzäugigen Jungen – Bittie MacLeod.

»Euer Knappe Dwight ... Euer Knappe Dwight, der hat nämlich 'ne Botschaft geschickt ... Und die ist sehr wichtig, hat er gesagt!«

Aha, das war etwas anderes. Dunneldeen stand auf und griff zu seinen Sachen. »Knappe« ... Höchstwahrscheinlich hatte Dwight diese Bezeichnung benutzt, weil der Junge den Begriff »Copilot« nicht kannte und daher das Wort auch nicht behalten würde.

»Eure Diener sind schon dabei, ein Pferd zu satteln. Es ist ganz dringend ... das hat Euer Knappe gesagt!«

Dunneldeen schaute auf die Uhr. Das hieß, die Funkstille war beeendet, weiter nichts. Vermutlich gab es jetzt eine wahre Flut von Meldungen. Dunneldeen konnte sich gar nicht vorstellen, daß es bei den anderen Außenstationen nicht ebenfalls erfolgreich gelaufen sein könnte, desgleichen im Camp. Er zog wieder seine Fliegerkleidung an. Nur nichts überstürzen. Er ließ sich Zeit.

Was war das doch für eine ereignisreiche Nacht gewesen! Nach seinem und Dwights Plan wollten sie die Clanchefs zusammenrufen, um den Sieg zu feiern. Sie hatten ihre beiden Flugkörper vier Kilometer entfernt auf einem ebenen Platz aufgesetzt, um die Leute nicht zu erschrecken. Dann hatte er sich von einem verdutzten Bauern, den er kannte, ein Pferd geborgt und war losgeritten.

Er hatte seinen Onkel, den Clanchef der Fearghus, aus dem Bett geholt, und die Diener waren davongeeilt, um auf den Hügeln Feuer zu entzünden und die Clans zusammenzurufen, damit sie die guten Nachrichten gleich erfuhren. Die Außenstation in Cornwall gab es nicht mehr. Jetzt könnten sie ungehindert in ganz England umherstreifen!

Der Clanchef liebte seinen Neffen Dunneldeen sehr, der auch sein Erbe war. Ihm gefiel Dunneldeens Art. Ein echter Schotte. Er hatte hingerissen gelauscht, als Dunneldeen ihm eine ebenso knappe wie temperamentvolle Schilderung all ihrer Unternehmungen gab. Dunneldeen redete zwar ein bißchen unbedacht daher, aber der Clanchef hörte ihm trotzdem aufmerksam zu und enthielt sich – weise, abgeklärt und darauf bedacht, Dunneldeen nicht zu verletzen – aller Kritik. Er hatte Anweisung gegeben, die Leuchtfeuer zu entzünden. Er war auf seine maßvolle Weise erregt.

Dunneldeen hatte anschließend sein Mädchen aufgesucht. Auf die Frage, ob sie ihn heiraten wolle, hatte sie geantwortet: »O ja, Dunneldeen!«

Nachdem auch das zur Zufriedenheit geregelt war, hatte er sich daheim zu einem Nickerchen hingelegt.

Bittie schien sich krampfhaft an noch etwas erinnern zu wollen. Er hüpfte von einem nackten Fuß auf den anderen, verdrehte die Augen, rieb sich die Nase. Dann gab er offenbar seine Bemühungen auf. Dunneldeen war fast fertig angezogen.

Da fiel Bitties Blick auf das Schwert an der Wand. Ein Zweihänder, der in Schlachten und bei Zeremonien benutzt wurde. Ein echtes *claid heamh mōr*, wie es die Schotten nannten, anderthalb Meter lang, nicht nur ein einfacher Säbel mit Korbgriff. Bittie gestikulierte heftig, wollte Dunneldeen begreiflich machen, er solle die Waffe anlegen. Dunneldeen schüttelte den Kopf, bedeutete ihm – nein, diesmal nicht.

Als er sah, wie der eifrige Ausdruck in Bitties Augen erlosch, ließ sich Dunneldeen erweichen. Er nahm das Schwert von der Wand und gab es dem Jungen. »Na schön, aber du trägst es!« Bittie nahm das Schwert, das gut einen Kopf länger war als er, voll ehrfürchtiger Scheu und Freude entgegen und legte sich das Gehenk um den Hals.

Dunneldeen kontrollierte, ob er alles beisammen hatte, und verließ das Zimmer. In den Korridoren und Sälen der Burg wimmelte es von Dienern. Sie trugen Äxte im Gürtel und waren emsig beschäftigt, hunderterlei Vorbereitung für die Clan-Versammlung zu treffen. Dunneldeen hatte wirklich alles auf Trab gebracht. Niemand war informiert worden. Sie wußten alle nicht, was eigentlich los war. Gut, Dunneldeen war zurückgekehrt, und dann hatte es Anweisungen gehagelt. Einer erzählte, die Abbauanlage der Psychlos existiere nicht mehr. Fest stand nur, daß es eine Unmenge zu tun gab.

Die alte Ruine war unverändert geblieben, so daß sie von den seit Jahrhunderten darüber hinwegfliegenden Drohnen kaum beachtet wurde. Es hieß, hier sei früher die Residenz der schottischen Könige gewesen. Man hatte die Verliese ausgebaut, kurz – das Ganze war eine natürliche Festung.

Zwei Diener hatten Dunneldeens eigenes Pferd gesattelt, das ungeduldig tänzelte. Die beiden begrüßten ihn mit breitem Lächeln.

Er stieg auf, gab ihnen einen Wink, woraufhin sie den Jungen samt Schwert hinter ihn setzten.

Es regnete. Offenbar war ein Sturm aufgezogen. Als sie landeten, herrschte klares Wetter, aber jetzt war der Himmel wolkenverhangen.

Just in diesem Moment fiel Bittie MacLeod auch die restliche Botschaft wieder ein. »Euer Knappe hat noch was gesagt – was von Krabbeln«, teilte er Dunneldeens Rücken mit.

Der Junge hatte einen schauderhaften Akzent, nicht den eines gebildeten Schotten. »Was war das?« fragte Dunneldeen.

»Ich hab's vergessen, ich konnte mich nicht an das Wort erinnern«, entschuldigte sich der Junge. »Aber es hat sich so ähnlich wie krabbeln angehört.«

»Aufrappeln?« Das war das Codewort für Start wegen Notfall.

»Ja, das war's, das war's!«

Dunneldeen raste wie ein Pfeil dahin, und das Pferd legte die drei Kilometer im Rekordtempo zurück.

Mit einem Ruck hielten sie an der Hügelplatte. Dunneldeen blickte sich erregt um. Dort stand nur noch der Transportflugkörper. Er schwang sich vom Pferd und warf Bittie die Zügel zu. Er riß die Tür auf, war mit einem Satz im Flugkörper, griff zum Funkgerät.

Und dann setzte Dwight in der Nähe auf, woraufhin das Pferd heftig zu scheuen begann und den Jungen samt Schwert jedesmal mit hochriß.

Dunneldeen raste zu Dwight hinüber.

»Jetzt ist es verschwunden«, begrüßte ihn Dwight. Und begann, nun alles der Reihe nach zu berichten.

Vom Camp war nichts über Funk gekommen. Dwight hatte, wie vereinbart, getreulich Wache gehalten. Er hatte gewartet, ob die Funkstille durch irgendwelche Meldungen unterbrochen würde, und danach auf Berichte über den Ablauf der Operation oder auf weitere Anweisungen. Als die vorgesehene Frist verstrichen war, hatten die Piloten den Funkverkehr nicht wiederaufgenommen, weil sie weder vom Camp noch von Robert dem Fuchs etwas hörten.

Doch es hatte etwas anderes höchst Merkwürdiges gegeben. Dwight hatte ein Gespräch zwischen Psychlos auf der Planetenfrequenz abgehört, sehr laut und deutlich. Der Lautstärke nach dürfte es im Umkreis von etwa fünfzehnhundert Kilometern stattgefunden haben, vielleicht etwas weiter, schwer zu sagen.

»Was haben sie denn gesprochen?« wollte Dunneldeen wissen.

»Ich hab alles auf Band genommen«, entgegnete Dwight und ließ es abspielen. Es begann: »Nup, Sie Blödian! Wachen Sie auf!«

Er habe daraufhin sofort den Jungen zu Dunneldeen geschickt und sei anschließend gestartet. Ja, das Motorengeräusch war auf dem Band deutlich zu hören.

Es lief weiter ab.

»Drohne?« sagte Dunneldeen. »Zzt? Da gab's doch einen Transportchef namens Zzt.«

»Na ja, der war irgendwo unterwegs in einer Drohne«, antwortete Dwight. Er war so hoch aufgestiegen, wie er nur konnte. Ungefähr sechzigtausend Meter. Und er war so schnell geflogen wie nur irgend möglich. »Mir hat's fast Herz und Lunge zerrissen durch die Schwerkraft«, stellte er trocken fest.

Dann hörte er ausführliche Anweisungen auf Psychlo – ein Flugkörper, der auf einer Drohne aufgesetzt hatte, sollte abheben und vor einer Türöffnung erneut landen, so daß Zzt aus der Drohne herauskommen konnte.

»Eine so riesenhafte Drohne gibt es gar nicht«, erklärte Dunneldeen. »Meines Wissens jedenfalls nicht.«

Dwight hatte sämtliche verfügbaren Suchinstrumente eingeschaltet. Das aufgefangene Gespräch war aus Nordwesten gekommen. Er hatte schleunigst Kurs in diese Richtung genommen. Und er hatte das Ding auch auf dem Radarschirm gesehen. Ein ganz deutlicher Leuchtfleck, Geschwindigkeit vierhundertdreiundachtzig Stundenkilometer. Auf der Position herrschte klares Wetter, die Wolkendecke und Regenfront lagen noch vor dem Objekt.

Er spielte das Band weiter ab. Jemand namens Snit befand sich noch in der Drohne, der Grund wurde nicht erklärt. Das klang völlig verrückt, denn Drohnen wurden ja nicht von Piloten gesteuert. Aber wie konnte irgendwer irgend jemanden aus einer Drohne herausfliegen? Und dann bekam jemand Energiebatterien in einem Förderkorb aus der Drohne, und der andere Psychlo sagte, er werde jetzt die Drohne verlassen.

»Wieso sind Sie hier?« erkundigte sich Dunneldeen, zum Passagierflugkörper gewandt. »Warum haben Sie nicht angegriffen?«

»Es ist explodiert«, entgegnete Dwight. »Ich hab's mit meinen eigenen Augen gesehen! Ein toller Anblick – wie tausend Gewitter! Es ist abgestürzt, liegt vermutlich irgendwo im Meer. Ich hab die ganze Gegend abgetastet. Da war nur noch ein winziger Leuchtfleck, wahrscheinlich Wrackteile. Und dann war es ganz verschwunden. Auf keinem Radarschirm ist da draußen noch irgendwas zu sehen. Deshalb bin ich hierher zurückgeflogen.«

Dunneldeen spielte das Band noch einmal ab. Er überprüfte sämtliche Daten, die in den verschiedenen Such- und Meßgeräten registriert waren. Auch diese Informationen besagten das gleiche. Starke Hitze ... und dann – aus, verschwunden.

Dunneldeen blickte zum Himmel. »Steigen Sie besser wieder auf und machen Sie einen Erkundungsflug in der Richtung!«

»Da gibt's garantiert keinen Leuchtfleck«, wandte Dwight ein. »Und dann die hohe Wolkendecke. Das Ding flog ungefähr in fünfzehnhundert Meter Höhe, und da kann man mit bloßem Auge nichts sehen. Die Wolkendecke reicht bis mindestens dreitausend Meter. Und kein Leuchtfleck auf dem Schirm«, schloß Dwight.

Dunneldeen wandte sich um und schaute hinüber zur Burgruine, diesem uralten Gemäuer, das verlassen und öde im morgendlichen Regen und Nebel lag. Knapp vier Kilometer entfernt und nur verschwommen sichtbar, manchmal auch gar nicht mehr zu erkennen ...

Was hatte das Ganze zu bedeuten? War der Kampf auf dem Camp verloren? Was war das für eine Drohne? Und wieso war sie explodiert? Die Clanchefs versammelten sich, und er hatte heute alle Hände voll zu tun ...

5

Jonnie tauchte aus dunklen Tiefen voll quälender Schmerzen empor. Er versuchte, sich zurechtzufinden. Die Motoren der Drohne lärmten unerträglich, machten ihn fast taub. Seine Arme hingen in einer Spalte, die zwischen den Bodenplatten klaffte. Blut war über die Ärmel geronnen und getrocknet.

Schrecken durchfuhr ihn, als er plötzlich an Zzt dachte. Er tastete nach dem Revolver. Er war verschwunden, der Riemen bei der Explosion gerissen. Die Explosion! Zzt war ebenfalls verschwunden, und der Mark 32 desgleichen. Und damit alles, wodurch dieses uralte Monstrum auf einem Schirm zu orten wäre.

Mit erheblicher Anstrengung richtete er sich auf. Er war immer noch an das Rettungsseil gebunden. Es fiel ihm schwer, zusammenhängend zu denken, und er fragte sich leicht erstaunt, weshalb er denn bloß an diesem Seil hing. Sein Rücken schmerzte – nein, alles tat ihm weh, an seinem geschundenen Körper gab es keine einzige schmerzfreie Stelle. Allmählich wurde ihm bewußt, daß er ja vom Rettungsseil wieder nach innen gezogen worden war.

Es war unglaublich anstrengend zu denken, und dabei merkte er, daß es ihm immer schlechter ging – nicht besser. Ihm war speiübel. Hunger. Die Übelkeit mußte vom Hunger kommen.

Er rappelte sich auf die Knie hoch. Die Drohne rollte nicht mehr. Eine wahre Erleichterung! Er drehte sich um und erstarrte.

Durch die Türöffnung quollen helle Nebelschwaden herein. Ein Sturm. Er flog durch einen Sturm. Einen Augenblick ... Draußen war es hell. Tageslicht. Hellichter Tag ...

Wie lange war er ohnmächtig gewesen? Es mußten Stunden sein.

Er rutschte auf den Knien weiter nach vorn, weil er etwas gesehen zu haben meinte. Ließen die Gaskanister ihren tödlichen Inhalt hinabströmen? Er besaß keine Möglichkeit, das genau festzustellen. Lag Schottland bereits hinter ihnen? Hatte die Drohne ihr Teufelswerk zum Teil schon vollbracht?

Er schleppte sich bis zur Türöffnung und versuchte, im Unwetter den Stand der Sonne auszumachen. Unmöglich, durch diese dichte Wolkendecke hindurchzusehen. Er konnte seine Gedanken nicht beisammen halten; er erkannte, daß er wieder ein Mann aus den Bergen war. Es gab doch Kompasse an Bord. Er öffnete die Tür seines Kampfflugkörpers und entdeckte die Verwüstung, die Zzt angerichtet hatte. Die zertrümmerte Funkanlage nahm seine Aufmerksamkeit in Anspruch. Dann fiel ihm ein, daß es ihm ja eigentlich um die Kompasse gegangen war. Als er sich darüberbeugte, war ihm, als habe er mit dem Schlägel eins über den Kopf bekommen. Er langte nach der Kompresse am Hinterkopf. Sie war noch da. Nein, er wollte doch auf den Kompassen nachsehen ...

Er befand sich auf Kurs nach Südosten. Die Flugroute nach Schottland wäre so verlaufen. Ganz sicher konnte er allerdings nicht sein. Er ging zurück zur Türöffnung und versuchte, nach unten zu schauen. Er schwankte bedenklich und wäre um ein Haar hinausgefallen. Sehen konnte er nichts – nur Regen und Nebel.

Dann erinnerte er sich, daß es an der Unterseite der Drohne Auslaßöffnungen für das Gas gab. Mühsam kroch er zu der Stelle, an der er die Bodenplatte entfernt hatte, und schaute am Motorgehäuse vorbei nach unten. Stockdunkel – kein Schimmer von Tageslicht fiel hier herein.

Ihm war, als ersticke er unter der Schutzmaske. Ach ja, beim Aufwachen hatte er festgestellt, daß sie verrutscht war.

Natürlich! Die Drohne konnte bisher gar kein Gas abgeladen haben – sonst wäre er längst tot!

Gut, er war also nicht tot. Viel fehlte zwar nicht mehr daran, wenn er an seinen Kopf dachte, aber noch lebte er. Folglich hatte die Drohne bis jetzt kein Gas abgeladen ...

Seine Preßluftflasche war leer, das machte ihm zusätzlich zu schaffen. Er holte sich Nachschub und tauschte die leere Flasche aus. Danach fühlte er sich etwas frischer, weniger lethargisch. Er bekam sich wieder in die Gewalt – Schluß mit dem Herumtrödeln! Womit war er gerade beschäftigt gewesen, als er diesen Schlag – von wem und mit was auch immer – bekommen hatte?

Vielleicht hatte er gar nicht mehr viel Zeit!

Sein Eifer erlahmte, als er merkte, daß er den Schraubenschlüssel nicht mehr hatte. Er zwang sich zum Denken, er mußte diese gräßlichen Schmerzen einfach überwinden ... Er kletterte nach unten und überprüfte die Schraubenmuttern an der Inspektionsplatte. Sie waren gelockert, aber es würde eine Ewigkeit dauern, jede einzelne aufzudrehen – zu viele Gewinde!

Er stieg in den Flugkörper und stöberte dort herum, fand einen Beutel mit Sprengstoffen und leerte ihn. Sechs Haftminen, eine lange Rolle Zündschnur, ein paar Schachteln mit Sprengkapseln. Er suchte nach Zeitzündern. Nichts. Er inspizierte die Haftminen. Keine

Zeitzünder, nur Kontaktschalter, die sie bei heftiger Erschütterung hochgehen lassen würden. Keine Zündleitung.

Es kostete ungeheure Anstrengung zu denken, sich auf eine Sache zu konzentrieren. Was konnte er mit diesem Durcheinander anfangen? Direktschaltung? Glatter Selbstmord!

Er untersuchte seine eigene Gurttasche. Ein paar Feuersteine, Glasscherben ... aha, eine Rolle aus langen Lederriemen. Wenigstens konnte er die Schraubenmuttern lösen.

Ermutigt schaffte er es irgendwie, wieder nach unten zur Inspektionsplatte zu gelangen. Er knüpfte zunächst eine festsitzende Schlinge und wickelte dann den Riemen um die Schraubenmutter. Das verbliebene Ende verknüpfte er zu einer Schlaufe. Er straffte sich und zerrte mit einem heftigen Ruck daran. Die Schraubenmutter drehte sich, sprang ab und verschwand im Dunkel.

Bei dem Ruck wäre ihm zwar beinahe der Schädel zersprungen, trotzdem wiederholte er die Prozedur mit den restlichen drei Schraubenmuttern. Geschafft!

Mit einer weiteren Kraftanstrengung versuchte er, die Platte abzuheben. Er wollte sie beiseite legen, doch sie glitt ihm aus den behandschuhten Fingern und polterte in die unermeßliche Tiefe. Dieses Monstrum von einer Drohne konnte auch das mühelos schlucken!

Jetzt blickte er ins schwarze Innere des Gehäuses, in dem sich ein paar kleine Funken in Bogen bewegten. Daß man an einem laufenden Motor nicht arbeiten durfte, wußte er sehr wohl. Und anfassen sollte man ganz gewiß nichts. Das könnte glatt die Pranke kosten, hatte Ker gesagt.

Mühsam zog er sich wieder nach oben, holte aus dem Kampfflugkörper einen Reserveleuchtstab und betrachtete damit das Innere des Gehäuses.

Da ragten die Koordinatenspitzen zu Tausenden von der Innenhaut hinein, bildeten gleichmäßig Lichtbogen, während sie die räumliche Progression übertrugen. Eigentlich war dabei Elektrizität nicht im Spiel – es handelte sich vielmehr um bis zum Scheitelpunkt hochgetriebene kinetische Energie. Und dann bewirkten diese Punktkontakte eine Umwandlung in Raumkoordinaten in Form von absolutem Raum. Mit Elektrizität wurden lediglich hinter den Kontakten gelegene kleine Motoren in Gang gehalten, von denen es Tausende geben mußte. Und die konnten beschädigt werden. Dort drinnen war nichts durch Panzerung geschützt.

Das einfallende Licht erschien irgendwie seltsam – mal zuckte es auf, dann verschwand es wieder und so fort. Nun, durch eine Explosion ließen sich die Übertragungsmotoren und die Spitzen zertrümmern. Da mochte es flackern oder auch nicht. Ein kleiner Submotor war eben ein kleiner Submotor, weiter nichts. Und durch eine Explosion würden sie außer Betrieb gesetzt. Der Raumkonverter würde nicht mehr funktionieren, und das Ding wäre ohne Antriebskraft und – würde abstürzen. Daß die Stabilisationsmotoren allein die Energieversorgung dieses Ungetüms übernehmen könnten, hielt er für ausgeschlossen. Ja, sie würde abstürzen ...

Er wich zurück. Hätte er sich vorgebeugt, wäre ihm wieder schwarz vor Augen geworden. Er durfte nicht mehr ohnmächtig werden. Endgültig ... Er durfte nicht mehr das Bewußtsein verlieren.

Mit zusamengebissenen Zähnen schaffte er es, in seinen Kampfflugkörper zu klettern und etwas auszutüfteln. Er brauchte ja nichts weiter als irgend etwas für die Kontaktzündung. Was könnte er dazu nehmen?

Die Bordwaffen!

Er würde es so einrichten, daß er sie abfeuerte und gleichzeitig den Flugkörper rückwärts durch die Türöffnung hinauskatapultierte.

Eine Überprüfung der Funktionsschalter für die Bordwaffen ergab, daß sie nicht beschädigt waren. Die Konsole war intakt. Er inspizierte die Gehäuse von Haupt- und Stabilisationsmotoren. Lag da ein Drahtknäuel auf dem Boden? Doch als er sich bückte, um es näher zu betrachten, wurde ihm wieder schwarz vor Augen, und er richtete sich auf.

Die Zeit ... Er mußte sich unbedingt beeilen. Womöglich war er sogar schon zu spät dran und würde die Drohne in den Hügeln zum Absturz bringen, so daß sich das tödliche Gas überall ausbreiten konnte ...

Seine Übelkeit war nichts weiter als Hunger. Er nahm sich ein Stück getrocknetes Wildbret und zog die Maske ab. Doch das Kauen kostete Anstrengung – er fühlte sich noch schlechter.

Was trieb er eigentlich? Er mußte sich konzentrieren! Er war nicht nur fahrig im Denken, sondern auch in jeder seiner Handlugen.

Er nahm sich ein Rettungsseil vor und machte sich daran, die Minen damit aufzureihen. Sie hatten magnetische Aufsätze, mit deren Hilfe sie auf dem Rumpf eines Flugkörpers haftenblieben. Sein Plan war ursprünglich gewesen, sie so auf die Oberseite der Drohne abzuwerfen, daß sie einen Kreis bildeten und er sich ein Einstiegsloch sprengen konnte. Das hatte sich zwar als undurchführbar erwiesen, aber jetzt würde er sie wirkungsvoll einsetzen.

Eine Girlande. Als kleines Mädchen hatte Chrissie Blumenkränze gewunden und sie seinem Pony um den Hals gelegt. Sie ... schon wieder schweiften seine Gendanken ab. Er riß sich zusammen und arbeitete weiter.

Im Handbuch hatte er gelesen: »Beim Verpacken von Minen mit Kontaktzündung ist unbedingt darauf zu achten, daß der Zündkreis nicht durch Gewichtsbelastung geschlossen werden kann ...«

Auf einmal sah er die Gürtelschnalle der Psychlos vor sich, die Terl ihm so oft vor Augen geführt hatte. Die Gaswolken am Himmel ... Wie er diesen Anblick gehaßt hatte!

Eine Girlande ...

Die Minen waren jetzt am Rettungsseil aufgereiht. Dann schob er eine lange Zündschnur durch die Ösen der Haftplatten an der Unterseite der Minen.

Meter um Meter führte die Zündschnur an der Kontaktzündung der einzelnen Minen vorbei, parallel zum Rettungsseil an der Oberseite. Das alles fiel ihm so schwer, unsagbar schwer ... Er drohte schon wieder ohnmächtig zu werden.

Doch er konnte sich gerade noch zusammenreißen. Es gelang ihm, das lange Ende des Rettungsseils durch eine obere Lukenhalterung zu ziehen, was sich als Bremsfaktor auswirkte, als er die Minenkette über die Inspektionsöffnung brachte und vorsichtig in das Gehäuse herabließ, immer tiefer. Es ging glatt, denn zum Glück rollte die Drohne nicht, sonst wären die Minen womöglich durch die Pendelbewegung an der Innenwand des Gehäuses haftengeblieben. Vorsichtig, ganz vorsichtig ließ er sie in die Tiefe gleiten.

Plötzlich gab es einen Ruck. Die unterste Mine war auf den Boden im Gehäuse gestoßen. Gut.

Nein, so gut nun auch wieder nicht. Hörte sich das Motorengeräusch jetzt nicht anders an, höher, schriller? Oder war es nur wieder eine jener Sinnestäuschungen, wenn er neuerlich wie in einem dichten Nebelmeer umherirrte und zu versinken drohte? Veränderten die Minen etwas an der Raumstruktur im Innern, beeinträchtigten sie die Antriebskraft der Motoren? Er wußte es nicht. Aber für derartige Überlegungen war keine Zeit. Er befestigte das Rettungsseil an einem Pfosten.

Das lose Ende der Zündschnur warf er über die oberen Querverstrebungen. Wieder dieser stechende Schmerz im Kopf ... War es auch in Zielrichtung der Bordwaffen? Ja, das mußte stimmen.

Er nahm sich die Schachtel mit den Sprengkapseln vor.

Zunächst befestigte er eine an der Zündschnur direkt vor den Bordwaffen. Dann faßte er plötzlich den endgültigen Entschluß und tat das gleiche mit der ganzen Schachtel.

Er überprüfte sein Werk, bemühte sich angestrengt, alles noch einmal zu durchdenken. Wenn er die Bordwaffen abfeuerte, würde es eine Art Kettenreaktion geben – erst die Sprengkapseln, dann die

Zündschnur und zum Schluß die Minen. Ihm wurde klar, daß es klüger gewesen wäre, das Gehäuse mit der Inspektionsplatte zu verschließen. Er spähte hinunter, nahm den Leuchtstab zu Hilfe. War es überhaupt möglich, die Platte samt den dazugehörigen Schraubenmuttern hier herauszuholen?

Doch als der Lichtstrahl direkt auf den Deckel der Brennstoff-Einlaßöffnung fiel, dachte er nicht länger darüber nach.

Nein, es waren zwei Deckel. Falsch, fünf Röhren! Hier waren die Energiebatterien zu Hunderten eingefüllt, eine hinter der anderen. Eine Drohne wie diese mußte Unmengen von Energiebatterien brauchen, keine Frage.

Abermals wurde ihm ubel und schwarz vor Augen. Er durfte eben nicht den Kopf vorbeugen und nach unten blicken. Dann ging es einigermaßen ...

Ob sich die großen Deckel auf den Röhren wohl lösen würden? Normalerweise waren sie nur aufgeschraubt.

Mühsam langte er hinunter, drehte mit beiden Händen an einem der Deckel. Es ging ganz leicht.

Innerhalb einer Minute hatte er alle fünf Röhren aufgeschraubt und die Deckel in die dunklen Tiefen geworfen. Kurzfristig würde das der Drohne nichts anhaben, doch wenn die Sprengwirkung die offenen Röhren erreichte und die Energiebatterien erfaßte ... Kaum vorstellbar!

Er überprüfte nochmals alles.

Die Drohne setzte ihren Flug unbeirrt fort. Aber nicht mehr lange, dachte Jonnie erbittert.

6

Bis dahin hatte Jonnie noch keinen Gedanken daran verschwendet, was mit ihm geschehen würde. Er hatte das Gefühl, das sei eigentlich nebensächlich. Er wußte um seinen eingeschlagenen Schädel, um den enormen Blutverlust. Doch er sollte wenigstens sagen können, er habe *versucht*, sich zu retten. Aber wem? Er hatte keinen Funkkontakt. Die Drohne war wegen des Wellenneutralisators auf keinem Schirm zu erfassen. Und daß sie jemand in diesem Unwetter mit bloßem Auge sah, dafür bestand auch nicht die geringste Chance. Falls sein Flugkörper durch die Explosion ernstlich in Mitleidenschaft gezogen würde, gäbe es nur zwei Alternativen – entweder ins Meer oder – noch unangenehmer – auf einen Berghang abzustürzen.

Kampfflugkörper waren zwar recht gut gepanzert, doch die Bordwaffen in einem geschlossenen Raum abzufeuern, dazu die Minen, dazu die Energiebatterien der Drohne – das ergäbe schon eine Explosion von erheblichem Ausmaß ...

Seine Düsentornister waren verschwunden. Vergeblich stöberte er im Heck herum. Bloß nicht vorbeugen, dabei verlor er jedesmal die Besinnung. Ein kurzes Aufflackern von Hoffnung. Ein Rettungsfloß ... Er zog es heraus. Die Batterien für die automatische Aufblasvorrichtung waren leer. Doch da war ja eine kleine Handpumpe. Er begann sie zu betätigen. Das Ding war orangefarben, mit Flittergold übersprüht. Dann machte er sich klar, daß dieser Versuch sinnlos war. Wenn er das Rettungsfloß aufblies, bekam er es nicht mehr in den Flugkörper. Der Flugkörper würde sinken, das wußte er. Er wäre außerstande, das zu verhindern. Der Wind zerrte an dem halb aufgeblasenen Rettungsfloß. Ihm schwanden die Sinne, und die Sogwirkung riß ihm das Floß aus den Händen. Es segelte hinaus in den Sturm. Auf Nimmerwiedersehen. Das Ganze war reine Zeitverschwendung ...

Er kletterte in den Flugkörper. Da waren ein paar Decken. Schon zuvor beim ersten Aufprall hatte er sich verletzt, die Kartenmappe hatte den Stoß nicht abfangen können. Deshalb polsterte er Knie und Windschutzscheibe mit Decken ab.

Er hatte vergessen, nachzusehen, ob es hier drin irgendwelche lose herumliegenden Gegenstände gab. Das konnte tödlich sein. Er nahm die Decken wieder von den Knien und schaute sich im rückwärtigen Teil um. Da war massenhaft alles mögliche Zeug verstreut. Wenn der Flugkörper ruckartig nach hinten geschleudert worden wäre, hätte es jede Menge Projektile gegeben ...

Erschöpft stieg er aus und machte sich daran, die Sachen durch die Tür hinauszuschleudern. Einen Ladestreifen für die Sturmgewehre nach dem anderen. Eine Schaufel – was hatte die wohl hier zu suchen? Eine Haue. Krimskrams. Er legte die Drahtseilleiter und die Erznetz-Ausrüstung des Flugkörpers griffbereit. Den Beutel mit Eßvorräten und seinen eigenen verstaute er unter dem Sitz.

Er fühlte sich noch elender als zuvor, setzte sich wieder hinein und legte die Decken über die Knie. Die für Psychlos gemachten Sicherheitsgurte konnte er zweifach umschnallen und auch den Kopf damit abstützen, damit er nicht nach vorne schnellte.

Alles in Ordnung.

Er stellte die Funktionsschalter für die Bordwaffen auf »Sperrfeuer – maximal«, »Flamme« und »Feuerbereit«. Sie zielten auf die Schachtel mit den Sprengkapseln.

War die Drohne in Schräglage, oder wurde ihm nur wieder

schwindlig? Er konnte es in seinem benommenen Zustand nicht sagen. Er sah auf das Statoskop. Ja! Die Drohne war in Schräglage, die Tür hinter ihm hatte sich gesenkt. Etwas hatte die Koordinaten durcheinandergebracht. Die Magnetfelder der Haftminen?

Doch eins stand jedenfalls fest – die Türöffnung lag nicht mehr waagrecht hinter ihm, sondern nach unten geneigt. Und das bedeutete, daß er sich, sobald er abfeuerte, selbst ins Meer oder in die Berge katapultieren würde.

Er durfte nicht länger zögern.

Er löste die magnetischen Greifer. Der Flugkörper begann rückwärts zur Türöffnung hin zu rutschen.

Hastig drückte er die Starter. Der Flugkörper rutschte noch schneller rückwärts.

Er hieb mit der Faust auf den Knopf für die Bordwaffen.

Der Kampfflugkörper schoß mit voller Feuerkraft.

Doch was folgte, war weit mehr als ein Rückstoß.

Vor seinen Augen flammte der ganze Innenraum der Drohne auf – loderte und waberte in grellem Orange und Grün.

Der Kampfflugkörper wurde wie ein Projektil rückwärts hinauskatapultiert.

Ihm zersprang beinahe der Schädel bei dieser plötzlichen, heftigen Bewegung.

Er sah es noch, nahm es noch wahr. Die Drohne sah aus, wie er sich die alten Raketen vorstellte. Sie schoß nach oben, als sei die nächste Stufe gezündet worden.

Jonnie tastete nach dem Instrumentenbrett.

Er gab Koordinaten ein, um den Sturz nach hinten zu stoppen.

Ruckartig verlangsamte sich die Fallgeschwindigkeit.

Doch es geschah noch etwas – der rechte Stabilisationsmotor reagierte nicht ...

Langsam rollend begann der Flugkörper zu rotieren, immer schneller.

Der linke Stabilisationsmotor konnte ihn nicht allein halten.

Jonnie hämmerte wie rasend auf dem Instrumentenbrett herum.

Der Flugkörper torkelte jetzt radschlagend durch den Sturm ...

7

Jonnie kämpfte verzweifelt ... Ihm war sterbenselend zumute, in diesem defekten Flugkörper, Wind und Wetter preisgegeben. Irrte er sich – oder flaute der Sturm tatsächlich ein wenig ab?

Es machte ihm immer mehr Mühe, einen klaren Gedanken zu fassen. Vielleicht sollte er den linken Stabilisationsmotor abstellen? Ob dann der angeschlagene Flugkörper das unerträgliche Rollen einstellte? Er schaffte es. Dann fiel ihm ein, daß die Bordwaffen offenbar immer noch feuerten. Er zog die Decke weg, die ihm die Sicht versperrte, und reckte sich hoch, um den Schalter für die Bordwaffen zu erreichen. Und da sah er sie ...

Die Drohne!

Sie stürzte durch die Luft – fast direkt auf ihn zu. Aus der Türöffnung züngelten Flammen, und sie zog eine dicke Rauchfahne hinter sich her.

Wenn er nicht auswich, war der Zusammenstoß unvermeidlich ...

Seine Hände jagten über das Instrumentenbrett. Ja – der Flugkörper reagierte, er spürte es deutlich.

Die Drohne raste so nahe vorbei, daß die starke Luftströmung den Kampfflugkörper abermals ins Trudeln brachte.

Plötzlich schoß ein Geysir empor, eine sechzig Meter hohe Wassersäule.

Der Druck war so heftig, daß der Flugkörper aufs neue zu schlingern begann.

Wasser? Ja – Wasser!

Eine Welle der Erleichterung durchströmte ihn. Sie waren noch nicht über Schottland, sondern nach wie vor über dem Meer.

Wasser – der Flugkörper würde ins Wasser stürzen. Er wußte, daß es der Außendruck unmöglich machen würde, die Türen zu öffnen. Und schwimmen würde dieser Kampfflugkörper niemals – ausgeschlossen.

Er hieb mit der Faust auf die Knöpfe, mit denen sich die Fenster öffnen ließen, beide, links und rechts.

Er starrte auf die Konsole. Was konnte er tun, um den Absturz aufzuhalten?

Der Kampfflugkörper schlug krachend im Wasser auf.

Durch den Aufprall versank Jonnie wieder in tiefe Bewußtlosigkeit. Doch gleich darauf kam er zu sich, als ein Schwall Wasser – so eiskalt, wie er es noch nie erlebt hatte – durch die offenen Fenster hereinschwappte. Eisig kaltes Wasser – nein, es fühlte sich kälter als Eis an. Und es stürzte von allen Seiten auf ihn ein.

Er kämpfte mit dem riesigen, zehn Pfund schweren Auslöser für den Psychlo-Sicherheitsgurt. Alles schien sich in Zeitlupe abzuspielen. Er wickelte sich aus dem Gurt.

Das Wasser wurde dunkler. Offenbar versank der Kampfflugkörper sehr rasch. Oder wurde er neuerlich ohnmächtig?

Die Wucht der hereinpeitschenden Wassermassen ebbte ab. Wenigstens trudelt der Flugkörper nicht mehr, dachte er zerstreut.

Plötzlich hatte er eine Anwandlung von Energie. Er kniete sich auf den Sitz und zerrte eine schwimmende Wolldecke beiseite. Gleich darauf die jähe Erkenntnis – es hatte doch alles keinen Sinn ... Es gab weit und breit niemanden, der ihn retten würde ... Und in diesem eiskalten Wasser konnte er nicht überleben – unmöglich ...

Es war mehr eine Reflexbewegung denn eine bewußte Willenskundgebung, als er sich durch das Fenster zwängte und zur Oberfläche hinaufzuarbeiten begann. Die Preßlufttanks seiner Schutzmaske trugen ihn nach oben. Wasser drang in die Maske, wusch das angetrocknete Blut vom Sichtschutz. Das Meer wurde heller – ein immer helleres Grün.

Dann prasselten ihm Regentropfen auf den Kopf. Regen! Eine Wohltat ...

Er trieb auf dem Rücken. Die sturmgepeitschte See, der prasselnde Regen, heftiger Wellengang, ein wüstes Schauspiel ...

Die Kälte drang ihm bis ins Mark.

Während die Wogen unablässig über ihn hinwegrollten, glaubte er, eine Stimme zu hören. Wieder eine Sinnestäuschung ... Es hieß, daß Sterbende oft Engelsstimmen vernehmen, die sie zu sich rufen. Und er war an der Schwelle des Todes, das wußte er.

Noch eine Sinnestäuschung. Eine durch Wunschdenken entstandene Vision. Er sah, was er brennend gern sehen wollte, nicht, was wirklich da war ... Doch die Vision blieb – zwar durch die tosenden Wassermassen etwas verwischt, aber sie blieb, kein Zweifel.

Etwas schlug an die Schutzmaske. Ein Rettungsseil?

Das elektrisierte ihn förmlich. Vor ihm, etwa einen Meter entfernt – war das nicht Dunneldeen auf einer Drahtseilleiter? Dunneldeen ... die Wellen schlugen über ihm zusammen, gaben ihn wieder frei.

Jonnie fühlte, wie ihm jemand die Arme durch die Schlaufen des Rettungsseils steckte. Es straffte sich. Das Wasser floß ihm aus den Ohren, er konnte wieder hören. Ja – da war Dunneldeen ... Dunneldeen, wie er leibte und lebte, breit lächelnd, obwohl er bei dem hohen Wellengang immer wieder untergetaucht wurde.

»Kommen Sie, Junge«, sagte Dunneldeen. »Nur gut festhalten, dann ziehen wir Sie schon nach oben in den Flugkörper. Zum Schwimmen ist's wirklich ein bißchen zu kalt.«

Teil XV

1

Verwehte Erinnerungen, halb verborgen hinter einem dichten Schleier aus Dunkelheit und Schmerz ... Irgendwo im Grenzbereich zwischen Wissen und Vergessen: daß er sich in einem Flugkörper befand und daß es um eine Landung ging ... Und die Wahrnehmung, daß irgend jemand ihm löffelweise heiße Brühe reichte ... daß er auf einer Krankentrage lag, eingehüllt in Decken, auf die der Regen fiel ... daß da ein Raum mit steinernen Wänden war ... Gesichter ringsum ... Worte, Gespräche, nur geflüstert ... Und dann noch eine Krankentrage. Ein anderer Flugkörper. Schmerz, der in seinem Arm pochte. Er sank zurück in Dunkelheit. Er bildete sich ein, wieder in dieser riesigen Drohne zu sein. Er öffnete die Augen. Er sah Dunneldeens Gesicht. Er mußte noch im Meer treiben. Nein, doch nicht ... er spürte keine Kälte, es war warm ...

»Er kommt wieder zu sich«, sagte jemand leise. »Wir werden ihn bald operieren können.«

Er schlug die Augen auf. Er sah Stiefel. Und Kilts. Viele Stiefel und viele Kilts. Er lag irgendwo, und Männer standen zu beiden Seiten.

Ein Flugmotor? Er befand sich in einem Flugzeug.

Er wandte den Kopf ein wenig. Es schmerzte. Aber da war Dunneldeens Gesicht.

Jonnie sah, daß er auf einer Art von Tisch lag. In einem Flugkörper, in einem Personaltransporter. Links von ihm stand ein hochgewachsener grauhaariger Mann, der einen weißen Kittel trug. Rechts von ihm hatten sich viele von den älteren Schotten versammelt. Vier junge Schotten saßen auf einer Bank. Und hinter dem Doktor stand noch ein anderer Tisch, auf dem ein paar schimmernde Gegenstände lagen.

Dunneldeen saß neben ihm. Und da war ein Schlauch ... und es gab so etwas wie eine Pumpe ... und der Schlauch verband Dunneldeens Arm mit seinem Arm ...

»Was ist das?« fragte Jonnie flüsternd. Er deutete auf den Schlauch. Oder er versuchte es wenigstens.

»Wir machen eine Bluttransfusion«, antwortete Dunneldeen. Er hielt es für besser, seine Worte vorsichtig abzuwägen. Und irgendwie brachte er ein Lächeln zustande, obwohl er eigentlich sehr besorgt war und sich hundsmiserabel fühlte. Er versteckte alles hinter einer strahlenden Miene. »Junger Freund, Fortuna meint es wirklich gut mit Ihnen. Gerade jetzt nehmen Sie das königliche Blut der Stewarts in sich auf, und das heißt schon was, denn von nun an gehören Sie in direkter Linie zu den Anwärtern auf den Thron von Schottland, allerdings liegen Sie in der Rangfolge hinter mir, versteht sich!«

Der Doktor machte Dunneldeen ein beschwichtigendes Zeichen. Sie alle wußten, daß Jonnie möglicherweise sterben mußte und daß seine Genesungschance nicht einmal dreißig Prozent betrug, nicht bei diesen zwei schweren Schädelbrüchen, von den anderen Verletzungen und der Schockwirkung ganz zu schweigen. Sein Atem ging zu flach. Der Doktor hatte seine Erfahrungen. Kein Wunder in einem Land, in dem Schädelverletzungen an der Tagesordnung waren. Er hatte in dem unterirdischen Nothospital, in dem sie nun schon seit Jahrhunderten Operationen durchführten, manch einen dahinsterben sehen, dessen Widerstandskraft nur von viel leichteren Verletzungen beeinträchtigt war. Und als er jetzt herunterschaute auf diesen prächtigen jungen Burschen, lag unverkennbar Mitleid in seinem Blick.

»Das ist Dr. MacKendrick«, sagte Dunneldeen zu Jonnie. »Er wird Sie schon wieder zurechtflicken. Sie müssen's eben auch immer übertreiben, Jonnie. Die meisten wären schon mit einem Schädelbruch ganz gut bedient, aber Sie nicht, junger Freund. Sie haben's auf zwei gebracht!« Dunneldeen lächelte. »Aber Sie werden im Nu wieder auf den Beinen sein!« Er wünschte sich, an seine eigenen Worte glauben zu können. Jonnies Gesicht war vom Grau des Todes gezeichnet.

»Wenn Sie so dicht bei mir waren, wäre es vielleicht besser gewesen, ich hätte in meinem Flugkörper auf Sie gewartet«, flüsterte Jonnie mühsam.

Die älteren Schotten konnten es einfach nicht fassen, ein Raunen des Erstaunens ging durch ihre Reihen. Der Clanchef der Fearghus trat einen Schritt vor. »Nein, nein, MacTyler, das höllische Ding hat seine Bruchlandung kaum eine Meile nördlich von Cape Wrath gemacht! Es war schon beinahe über uns!«

»Wie habt ihr mich gefunden?« fragte Jonnie mit Flüsterstimme.

»Ganz einfach, junger Freund!« antwortete Dunneldeen. »Wenn Sie ein Signalfeuer entzünden, um die Clans zusammenzurufen, dann leisten Sie wirklich ganze Arbeit! Die Drohne stieg wie eine flammende Rakete ein paar tausend Meter hoch, als hätte sie ganz Schottland ausleuchten müssen! Daran lag's, daß wir Sie so rasch gefunden haben.«

Der Chef der Argylls knurrte ärgerlich vor sich hin. »Dunneldeen, dein Begleiter hat uns etwas ganz anderes erzählt. Er hat gesagt, euer Dingsbums habe ein kleines Objekt im Meer ausgemacht, und dann habt ihr den Flugkörper entdeckt und dann erst das Feuer gesehen.«

Dunneldeen nahm es gelassen hin. »So wie ich es geschildert habe, gibt's die bessere Geschichte ab, und so wird's der Historiker auch aufschreiben. Er entzündete hoch oben am Himmel ein Signalfeuer!«

Die anderen Clanchefs nickten eifrig. So sollte es aufgeschrieben werden.

»Was haben wir heute für einen Tag?« fragte Jonnie.

»Es ist der Tag 95.«

Jonnie fühlte sich verwirrt. Irgendwie fehlte ihm ein Tag. Oder zwei Tage? Wo war er die ganze Zeit über gewesen? Und wo war er jetzt? Und warum war er hier?

Der Doktor bemerkte Jonnies Grübeln. Er kannte das von früheren Fällen, bei denen es sich auch um Kopfverletzungen gehandelt hatte. Dieser junge Mann hatte die zeitliche Orientierung verloren. »Es lag daran, daß sie erst auf mich warten mußten«, sagte er zu Jonnie. »Ich war, als es geschah, gerade nicht in Aberdeen. Und dann mußten wir erst die Blutbestimmung durchführen und jemanden mit der gleichen Blutgruppe finden. Es tut mir leid, daß alles so lange gedauert hat. Andererseits, zuerst mußten wir den Schock bekämpfen und Sie wieder auf normale Körpertemperatur bringen.« Er schüttelte traurig den Kopf. »Ich hätte die ganze Zeit über bei Ihnen sein sollen. Aber sobald wir am Ziel angekommen sind, werde ich auch den anderen helfen.«

Das versetzte Jonnie etwas in Aufregung. »Sind denn viele Schotten verletzt worden? Wenn ihr schon einen Arzt hattet, dann hättet ihr nicht meinetwegen die anderen auf Hilfe warten lassen dürfen.«

»Nein, so ist das nicht«, beruhigte ihn der Clanchef der Camerons. »Schon vor zwei Tagen ist Dr. Allen hingeschickt worden. Er ist ein Spezialist für Verbrennungen.«

»Es sind einundzwanzig Verletzte, Sie schon mitgerechnet«, sagte Dunneldeen. »Nur zwei Tote. Die anderen sind alle leichte Fälle, sie werden sich erholen.«

»Wer sind die da?« Jonnies Stimme war fast nur ein Hauch.

Mit einer schwachen Handbewegung zeigte er, daß er die vier jungen Männer auf der Bank meinte.

Dunneldeen erklärte es ihm. »Nun, die vier sind Mitglieder der Föderation. Oder, um es genauer zu sagen: der Weltweiten Föderation für den Zusammenschluß der Menschheit. Der erste da, das ist einer von den MacDonalds, er hat Russisch gelernt. Der zweite gehört zu den Argylls, und er spricht jetzt Deutsch ...« Was Dunneldeen erzählte, war nicht der wahre Grund, warum die vier jungen Männer hier saßen. Man hatte sie hergeholt, weil sie auch dieselbe Blutgruppe hatten wie Jonnie und weil man sie in der Nähe haben wollte, falls noch weitere Transfusionen notwendig wurden.

»Und warum bin ich in einem Flugzeug?« fragte Jonnie.

Das war genau die Frage, die sie ihm nicht beantworten wollten. Der Doktor hatte ihnen eingeschärft, den jungen Mann auf keinen Fall zu beunruhigen. Sie waren mit dem Flugkörper unterwegs, um ihn in die weitläufige unterirdische Verteidigungsbasis in den Bergen zu bringen. Denn sie mußten in gewissem Grade mit einem Gegenangriff der Psychlos rechnen. Sie hatten nicht die geringste Ahnung, ob die Bomben, die sie auf den Planeten Psychlo geschickt hatten, wirksam gewesen waren oder versagt hatten. Von den Chamco-Brüdern hatten sie etwas über die Kraftfeldanlage erfahren, die beim Teleportations-Zentrum auf Psychlo als Abschirmung eingerichtet war. Und sie wußten – ebenfalls aus Äußerungen der Chamcos – daß der frühe Rückstoß als Anzeichen für eine wirksame Feldverdichtung gelten konnte. Die Chamco-Brüder waren es auch gewesen, die ihnen erzählt hatten, daß man mit ganz gewöhnlichem Salz das Killer-Gas völlig neutralisieren konnte. Und so hatte Angus Grubenventilatoren in die frühere Basis schaffen und Salz für die Luftfilter auftreiben lassen. Gerade jetzt war der Pastor dabei, dort in der Basis die Toten zu beerdigen. Und eine Gruppe eingeflogener Russen, die außerordentlich aufgeregt und beeindruckt waren, tat ihr Bestes, die alte Basis wieder in Ordnung zu bringen. Und sie alle hatten nur den einen Gedanken: Jonnie MacTyler durfte nirgendwo sein als dort in der Geborgenheit der unterirdischen Anlage.

Dunneldeen setzte schließlich zu einer Antwort auf Jonnies Frage an. »Meine Güte, warum sollten Sie nicht in einem Flugzeug sein? Wollen Sie etwa die Siegesfeier verpassen? Das können wir nicht zulassen.«

Ein Schotte, der Dwight vorn im Cockpit unterstützt hatte, kam nach hinten und flüsterte Dunneldeen etwas ins Ohr. Er hatte ein Mikrofon dabei und schleifte ein langes Kabel hinter sich her. Sie hatten es auf die Wellenlänge der Planeten-Rundspruch-Frequenz eingestellt.

Dunneldeen wandte sich an Jonnie. »Sie wollen Ihre Stimme hören, damit sie auch wirklich glauben können, daß Sie noch leben.«

»Wer?« fragte Jonnie.

»Alle. Die Menschen, wo sie auch sind. Sagen Sie irgend etwas. Sagen Sie, wie es Ihnen geht.« Dunneldeen hielt ihm das Mikrofon dicht an den Mund.

»Ich bin wohlauf«, flüsterte Jonnie. Und dann sagte ihm eine innere Stimme, daß er sich mehr anstrengen mußte. Er versuchte, lauter zu sprechen. »Mit mir ist alles in Ordnung.«

Dunneldeen gab dem Schotten das Mikrofon zurück, aber der blieb zögernd stehen, weil er nicht sicher war, ob die Botschaft überhaupt in den Äther hinausgegangen war. Dunneldeen gab ihm einen Wink, zu verschwinden.

»Ich höre die Geräusche von anderen Flugkörpern«, hauchte Jonnie.

Dunneldeen warf dem Doktor rasch einen Seitenblick zu, ihn um Erlaubnis zu bitten, und dann half er Jonnie, den Kopf seitwärts zu drehen. Jonnie schaute durch die Ausblickluken.

Er sah fünf Flugkörper, lang aufgereiht, in Staffelformation. Er wandte den Kopf zur anderen Seite. Und auch *dort* sah er fünf Flugkörper, ebenfalls zur Begleitstaffel formiert.

»Das ist Ihr Begleitschutz«, erklärte ihm Dunneldeen.

»Begleitschutz? Für *mich?*« fragte Jonnie. »Aber warum denn? Es haben doch alle geholfen.«

Der Clanchef der Fearghus sagte: »Tja, junger Freund, Sie sind eben der eine, auf den's ankommt. Sie sind unser Goldjunge!«

Der Doktor löste die Schlauchverbindung. Er fühlte Jonnie den Puls. Dann nickte er kurz und machte den anderen ein Zeichen, endlich Ruhe zu geben. Er hatte das alles schon viel zu lange geduldet. Die Maschine flog sehr ruhig, ohne starke Vibrationen. Der Schock des Patienten war überwunden. Ihm wäre es lieber gewesen, er hätte Jonnie bei sich im Nothospital behalten können, aber die anderen hätten es nie und nimmer geduldet, den jungen Mann dort zu lassen. Und nach allem, was er bis jetzt über Jonnie gehört hatte und was sicherlich nur ein ganz kleiner Teil dessen war, was man landauf, landab über den jungen Mann zu erzählen wußte ... Nun, er hatte Verständnis für ihre Ehrerbietung und für ihren grenzenlosen Respekt vor all dem, was er geleistet hatte.

»Trinken Sie das, es wird Ihnen guttun«, sagte der Doktor.

Sie hielten Jonnie einen Becher an den Mund. Es war Whisky, vermischt mit Bitterkräutern. Jonnie zwang sich, das Zeug herunterzuschlucken. Und nach kurzer Zeit klangen die Schmerzen ab, er hatte das Gefühl, sanft auf einer Woge dahinzugleiten.

Der Doktor beschwor alle durch eindringliche Gesten, jetzt völlig still zu sein. Das Instrument, das er in der Hand hielt, war ein Rundlochbohrer zur Aussägung eines kreisförmigen Knochenstücks aus dem Schädel. Drei Druckstellen wirkten auf Jonnies Hirnmasse ein, und es war dringend notwendig, diesen permanenten Druck zu lindern.

Dunneldeen verschwand nach vorn in das Cockpit, um Dwight zur Hand zu gehen. Er schaute nach links und rechts zu den Begleitflugkörpern, von denen die meisten nur einen Piloten hatten.

Diese Männer hatten die ihnen zugewiesenen Außenstationen der Psychlos zerschlagen, und als Dunneldeen dann über Funk eine starke Patrouille nach Nordschottland angefordert hatte, waren sie angebraust gekommen, als wäre der Teufel hinter ihnen her. Sie hätten alle längst auf ihrer Heimatpiste landen und sich eine Ruhepause gönnen sollen, aber davon wollte keiner etwas hören, nachdem sie erfahren hatten, was mit Jonnie passiert war. Sie waren mit einer schottischen Einsatzgruppe zur Psychlo-Station in Cornwall geflogen und hatten ein paar Psychlos niedergemacht, die dort noch herumstolperten, und dann hatten sie alle Flugkörper erbeutet, deren sie habhaft werden konnten. Und wer nicht auf der Stelle für einen dringenden Einsatz zurückgerufen worden war, hatte dort ausgeharrt und auf neue Nachrichten über Jonnie gewartet. Und nun gaben sie ihm Geleitschutz nach Hause.

»Sag ihnen lieber, daß es ihm gut geht«, schlug Dwight vor. »Sie löchern mich alle zwei, drei Minuten mit ihren Fragen. Und Robert der Fuchs will auch dauernd wissen, was es Neues gibt. Ich bräuchte geradezu jemanden, der sich nur ums Funkgerät kümmert.«

»Es geht ihm nicht gut«, sagte Dunneldeen leise. Und er schaute nach hinten, den schmalen Gang entlang, zum Rumpf der Maschine, wo der Doktor mit der Operation begonnen hatte.

Dwight warf Dunneldeen einen scheuen Blick zu. Standen dem jungen Prinzen Tränen in den Augen? Ihm selber war auch zum Weinen zumute.

2

Drei Tage lang hatte Jonnie im Koma gelegen.

Sie hatten ihn in die alte unterirdische Verteidigungsanlage in den Rocky Mountains gebracht, wo sofort die Salzfilter in das Belüftungssystem eingeschaltet werden konnten, falls sich irgendwann ein Gegenangriff vom Planeten Psychlo materialisieren sollte.

Das Lazarett war eine sehr ausgedehnte Anlage, überall weiß gefliest, und kaum eine der Kacheln war zerbrochen. Die Russen hatten alles tadellos in Schuß gebracht. Und die Toten, die dort halbzerfallen gelegen hatten, waren inzwischen vom Pastor beigesetzt worden.

Auch fünfzehn der verwundeten Schotten waren hier untergebracht, darunter Thor und Glencannon. Sie lagen in einem separaten Trakt des Hospitals, aber mitunter wurde einem ihre Anwesenheit unüberhörbar bewußt, besonders nachmittags, wenn der Spielmajor seine Dudelsackpfeifer zu einem Ständchen aufmarschieren ließ. Dr. Allen und Dr. MacKendrick hatten bereits fünf Patienten entlassen, die schon wieder so obenauf waren, daß sie es einfach nicht mehr aushielten, nur herumzuliegen und Däumchen zu drehen, während sich draußen große Dinge taten.

Chrissie, die sich ständig in Jonnies Nähe aufhielt und nicht von seinem Bettrand wich, stand auf, als Dr. MacKendrick und Angus MacTavish den Raum betraten. Sie schienen sich irgendwie in die Haare geraten zu sein, und Chrissie hoffte, sie würden bald wieder gehen. MacKendrick legte die Hand auf Jonnies Stirn, stand eine Weile so da und betrachtete Jonnies aschgraues, fahles Gesicht. Dann wandte er sich zu Angus um, und die Geste, die er machte, schien zu bedeuten: »Sehen Sie's nicht selber?« Jonnies Atem ging schwach.

Vor drei Tagen war Jonnie erwacht und hatte Chrissie flüsternd gebeten, irgend jemanden zu rufen. An der Tür stand ständig eine schottische Wache mit Sturmgewehr, um von vornherein die vielen, nein, die allzu vielen abzuschrecken, die kommen wollten, um Jonnie zu besuchen. Chrissie hatte den Wachposten hereingeholt und dann sehr beunruhigt miterlebt, daß Jonnie in das

Mikrofon, das der Posten ihm dicht vor die Lippen hielt, eine schier endlose Nachricht für Robert den Fuchs geflüstert hatte. Bei dieser Nachricht handelte es sich um eine Idee, die Jonnie gekommen war: Falls wieder so eine Drohne mit tödlichem Gas am Himmel auftauchte, konnten sie den Angriff vielleicht aufhalten, indem sie dreißig Aufklärungsdrohnen losschickten, die so programmiert waren, daß sie sich mit ihren magnetischen Gleitkufen auf dem feindlichen Luftfahrzeug festklammerten. Und wenn die Drohnen dann gleichzeitig mit voller Maschinenkraft auf entgegengesetzte Koordinaten geschaltet wurden, würde das Antriebsaggregat des vorprogrammierten Psychlo-Flugkörpers ausbrennen. Chrissie hatte zwar den Sinn der Nachricht nicht verstanden, konnte aber um so besser beurteilen, daß das alles Jonnie viel zu sehr anstrengte. Er war gleich danach wieder in tiefe Bewußtlosigkeit gefallen. Und als dann später der Posten noch einmal hereinkam, um Sir Roberts Dank zu übermitteln und zu melden, daß alles genauso ausgeführt werden würde, war sie zornig auf ihn losgegangen.

Jetzt, als Dr. MacKendrick und Angus hereingelassen wurden, stand wieder derselbe Mann auf Posten. Chrissie nahm sich vor, ein ernstes Wort mit ihm zu reden. MacKendrick durfte er hereinlassen, das war in Ordnung. Aber Angus – auf keinen Fall!

MacKendrick und Angus verließen den Raum, der Posten schloß die Tür hinter ihnen.

MacKendrick führte Angus nacheinander in verschiedene Seitenräume, er drängte ihn förmlich hinein. »Sehen Sie sich das an«, sagte er, »Maschinen, Maschinen und noch einmal Maschinen. Das ist einst ein erstklassig ausgestattetes Hospital gewesen. Diese großen Apparate da ... ich kenne sie aus alten Büchern ... wurden Röntgengeräte genannt. Die Fachwissenschaft hieß Radiologie.«

»Irgendwas mit Strahlung?« fragte Angus entsetzt. »Mann, doch nicht für Jonnie! Das Zeug ist doch dazu da, die Psychlos abzumurksen. Sie sind wohl nicht ganz dicht, Mann?«

»Das sind Geräte von unschätzbarem Wert, man kann damit ins Innere eines Körpers schauen und die Ursache eines Übels feststellen.«

»Immerhin sind es Maschinen, für die man Elektrizität braucht«, sagte Angus ärgerlich. »Und was glauben Sie wohl, warum wir hier unten Grubenlampen brennen haben?«

»Irgendwie *müssen* Sie es schaffen, daß ich die Geräte in Betrieb nehmen kann«, verlangte MacKendrick.

»Selbst wenn mir das gelänge ... Hier, bei der Maschine sehe ich doch schon, daß sie mit Röhren bestückt ist. Das Gas in diesen Röhren ist über tausend Jahre alt. Wir können das heute nicht mehr herstellen, und wenn wir es hätten, wüßten wir nicht, wie wir's in die Röhren bringen sollten. Ich sag ja, Sie verrennen sich in eine verrückte Idee!«

MacKendrick sah ihn fest an. »Irgend etwas übt ständig einen starken Druck auf seine Hirnmasse aus! Ich kann nicht einfach anfangen, mit dem Skalpell draufloszustochern. Ich kann mich nicht auf Vermutungen verlassen. Nicht, wenn es um Jonnie MacTyler geht! Die Leute würden mich in Stücke reißen!«

»Ach so, Sie wollen ihm in den Kopf schauen? Na schön, warum haben Sie das nicht gleich gesagt?« Angus brummelte etwas von Elektrizität und solchem Kram vor sich hin, während er loszog.

Er wandte sich an einen der Bereitschaftspiloten auf dem ehemaligen Helikopter-Flugfeld. Er brauche dringend einen Flug zum Camp, sagte er, und zwar rasch. Es gab nur sehr wenige Piloten, und denen wurde wirklich eine Menge aufgebürdet. Sie schwirrten in allen Winkeln der Welt herum. Sie hatten so eine Art internationale Fluggesellschaft aufgezogen und damit angefangen, von den kleinen Gruppen der Menschheit, die übriggeblieben waren, jede mindestens einmal in der Woche anzufliegen. Sie übernahmen den Lufttransport für die Koordinatoren der Weltweiten Föderation, für die Clanchefs und die Stammesältesten, und was ihnen auch an Aufträgen aufgebürdet wurde, sie erledigten es so rasch wie möglich. Inzwischen war die Ausbildung zusätzlicher Piloten angelaufen, aber bis jetzt hatten sie nur dreißig, die zwei im Hospital nicht mitgerechnet. Bei solchen Verhältnissen war es nicht verwunderlich, daß ein Allerweltsauftrag keine besondere Beachtung fand, nicht einmal wenn er von einem Schotten erteilt wurde, der zu den Veteranen der ersten Kämpfe zählte. Für Transportanforderungen von der unterirdischen Basis zum Camp standen normalerweise erdgebundene Fahrzeuge zur Verfügung.

Angus mußte dem Piloten sagen, daß es sich um Jonnie handelte, und da war das plötzlich etwas ganz anderes. Warum er das denn nicht gleich gesagt habe, fragte der Pilot, schubste ihn ins Flugzeug und versprach sogar, am Zielort zu warten.

In grimmiger Entschlossenheit marschierte Angus sogleich in den Teil des Camps, in dem sie die gefangenen Psychlos untergebracht hatten. In einem kleinen Teil des Gebäudetraktes, in dem früher die Schlafräume gelegen hatten, war die Atemgasanlage hergerichtet worden. Die Psychlos, die dort unter schwerer Bewachung gehalten wurden, gehörten alle zu der Sorte, die ihren alten Überzeugungen treu geblieben war. Ungefähr sechzig waren es jetzt. Zum Teil waren sie, nachdem sie die Waffen gestreckt hatten, von entlegenen Außenstationen hergebracht worden. Terl wurde allerdings getrennt von ihnen gefangengehalten.

Angus nahm sich eine Atemmaske, und die schottische Wache ließ ihn ein. Das Gefängnis war ein düsterer Ort, die Psychlos saßen verdrossen herum, manche sahen verzweifelt aus. Es war nicht ratsam, sich hier ohne den Schutz einer Geleitwache aufzuhalten. Die Gefangenen rechneten immer noch mit einem Gegenangriff von Psychlo, und sie zeigten daher wenig Neigung, sich den Menschen gegenüber kooperativ zu verhalten.

Der schottische Ingenieur fand Ker und rüttelte ihn aus seiner gedankenverlorenen Teilnahmslosigkeit auf. Er wollte von ihm wissen, ob es unter den Gruben- und Abbaugeräten der Psychlos irgendeines gäbe, mit dem man durch feste Gegenstände hindurchsehen könnte. Ker reagierte bloß mit einem Achselzucken. Angus sagte ihm, wofür das Gerät gebraucht wurde, und dann saß Ker eine Weile da, stierte vor sich hin und dachte nach. Plötzlich wollte er noch einmal wissen, wofür das Ding gebraucht würde, und Angus versicherte ihm, daß man es für Jonnie brauche. Ker saß da und drehte einen kleinen goldenen Ring zwischen den Klauen ... Und auf einmal sprang er auf und verlangte eine Atemmaske und eine Wache, die ihn begleiten sollte.

Ker ließ sich hinunter zu den Werkstätten bringen. In einem Lagerraum zog er schließlich unter allerlei Gerümpel eine merkwürdige Maschine heraus. Er erklärte Angus, daß es ein Gerät sei, mit dem man die innere Struktur von Mineralproben analysieren könne, zum Beispiel um verborgene Risse im kristallinen Aufbau von Metallen festzustellen. Er zeigte Angus, wie das Gerät bedient wurde. Man mußte die Röhre, von der die durchleuchtenden Strahlen ausgingen, unterhalb des Objekts anbringen, das untersucht werden sollte, und dann konnte man das Ergebnis oben auf einem kleinen Bildschirm ablesen. Es gab auch einen automatischen Kurvenschreiber, aus dessen Aufzeichnungen man erkennen konnte, ob und welche Metalle in Felsbrocken oder in Gemischen enthalten waren. Das Gerät arbeitete auf einer Wellenlänge, die Ker als »subprotone Feldausstrahlung« bezeichnete; diese wurde von einer zweiten, etwas tiefer angebrachten Röhre verstärkt, und dann floß die Strahlenwirkung durch die Gesteinsprobe, und man brauchte sich nur noch das Ergebnis auf dem Schirm anzusehen. Das Gerät war ein riesiger Apparat, natürlich, es war ja von und für Psychlos gebaut. Ker trug die Maschine für Angus zum Transporter, der immer noch auf dem Flugfeld wartete. Die Wache führte Ker ab, Angus machte sich auf den Rückweg zur unterirdischen Basis.

Sie erprobten das Gerät an einigen Katzen, die sie dort hielten, um der Rattenbrut Herr zu werden. Den Katzen schien die Behandlung in keiner Weise zu schaden. Auf dem Bildschirm sah man die Schädelstruktur ganz klar und deutlich. Für einen weiteren Versuch meldete sich einer der verwundeten Schotten freiwillig. Auch bei ihm zeigte die Behandlung keinerlei nachteilige Folgen, im Gegenteil, man fand sogar bei dieser Gelegenheit heraus, daß sich – noch von einer Verletzung beim Bergbau her – ein Steinsplitter in seiner Hand festgesetzt hatte.

Es war nachmittags, etwa vier Uhr, als sie anfingen, Jonnies Schädel zu untersuchen. Und eine halbe Stunde später hatten sie das dreidimensionale Bild als Ergebnis der Durchleuchtung und zusätzlich die exakten Aufzeichnungen des Kurvenschreibers.

Dr. MacKendrick wirkte wie erlöst, er zeigte beides Angus. »Ein Metallstück, sehen Sie es? Ein Splitter. Er sitzt genau unter einer der Stellen, an denen ich bereits die Bohrungen vorgenommen habe. Jetzt noch die übliche Vorbereitung, und dann hole ich das Ding mit dem Skalpell ziemlich schnell raus.«

»Ein Metallstück? Mit dem Skalpell?« rief Angus aus. »Und das bei Jonnie? Das werden Sie nicht tun! Sie werden es nicht wagen, ihn anzurühren! Warten Sie, ich komme gleich wieder zurück.«

Das Papierband mit den Kurvenaufzeichnungen flatterte wie ein Wimpel hinter ihm her, als er fünfzehn Minuten später bei den Chamco-Brüdern hereinstürmte. Die beiden arbeiteten in einem separaten Kuppelbau auf dem Camp, der mit Atemgas befüllt war; sie waren sehr fleißig bemüht, Robert den Fuchs beim allgemeinen Wiederaufbau zu unterstützen. Angus hielt ihnen die Aufzeichnungen unter die wulstigen Nasenknochen. »Um was für ein Metall handelt es sich hier?«

Die Chamcos studierten den Verlauf der Kurven. »Eisendaminit«, lautete die Antwort. »Eine sehr widerstandsfähige Legierung, die für Trägerkonstruktionen benutzt wird.«

»Magnetisch?« wollte Angus wissen, und sie bestätigten das.

Pünktlich um sechs traf Angus wieder im Hospital ein. Er brachte einen schweren Elektromagneten mit, den er gerade persönlich angefertigt und mit Handgriffen versehen hatte.

Angus zeigte MacKendrick, wie er mit dem Elektromagneten umgehen mußte, und der Doktor prüfte mit großer Sorgfalt, wie er den Splitter mit geringstmöglicher Verletzung des umgebenden

Gewebes herausholen könnte.

Ein paar Minuten später hielten sie das Ding in den Händen, es war ein ziemlich breiter Splitter. Sie hatten ihn mit Hilfe des Magneten herausgezogen.

Zu dieser Zeit wußten sie noch nicht, was ihnen die Chamco-Brüder später, nach genauerer Analyse, über das Metallstück sagen konnten: daß es nämlich aus den Längsverstrebungen in den Gleitkufen eines Flugkörpers stammte und daß man gerade dort, wo enormer Druck auf dem Material lastete, besonders widerstandsfähige, aber gleichzeitig auch extrem leichte Legierungen verwenden mußte. Jonnie selber war bisher nicht in der Lage gewesen, jemandem eine genaue Schilderung der Geschehnisse in der Drohne zu geben. Der Historiker hatte vergeblich versucht, ihn darüber auszufragen, sehr zu Chrissies Ärger, die sogar handgreiflich geworden war, um ihn hinauszubugsieren. So blieb es letzten Endes ein Geheimnis, wie das Splitterstück einer Gleitkufenstrebe sich in Jonnies Kopf gebohrt haben konnte.

Aber ganz egal, wie das Ding hineingekommen war und wie sie es schließlich wieder herausgeholt hatten, Chrissie war eine Riesenlast von der Seele genommen. Jonnies Fieber war rasch gesunken, sein Atem ging wieder regelmäßig und tief, und sein Gesicht nahm Farbe an.

Am nächsten Morgen erwachte er aus seiner Bewußtlosigkeit, er brachte, als er Chrissie und MacKendrick erkannte, ein kleines Lächeln zustande, und dann fiel er erschöpft in einen ruhigen, natürlichen Schlaf.

Auf der Planetenfrequenz knisterte der Rundfunk nur so vor Neuigkeiten! Jonnie, ihr Jonnie, war außer Gefahr!

Der Spielmajor ließ seine Dudelsackpfeifer und Trommler aufmarschieren und folgte im Paradeschritt dem Ausrufer, der mit lauter Stimme überall in den Arbeitsbereichen des Camps die Neuigkeit verkündete. Freudenfeuer loderten auf, sowohl hier in Colorado als auch in den entlegensten Winkeln der Welt. Ein Koordinator meldete aus den Anden, daß die Führer einiger Volksgruppen dort beschlossen hatten, diesen Tag zum festen jährlichen Feiertag zu erklären, und er fragte gleichzeitig an, ob sie mit einer Delegation anreisen dürften, um ihre Huldigung darzubringen. Auf einem Flugfeld in den Mondbergen in Afrika geriet ein Pilot in Bedrängnis: Eine jubelnde, ausgelassen feiernde Menschenmenge drängte sich um die Maschine, und die Koordinatoren und die Stammesführer hatten alle Hände voll zu tun, bis die Startbahn endlich wieder frei war. Die Funker im Camp mußten doppelte Schicht leisten, weil der Eingang von Funksprüchen sonst nicht mehr zu bewältigen gewesen wäre, seitdem die guten Nachrichten über Jonnies Befinden rings um die Erde gegangen waren.

Robert den Fuchs sah man nicht mehr anders als mit breitem, zufriedenem Grinsen, und das zeigte er jedem, dem er begegnete.

3

Als die Tage sich zu Wochen reihten, machte der Rat eine bestürzende Feststellung. Der Rat, das waren ursprünglich der Pastor, der Schulmeister, der Historiker und Robert der Fuchs gewesen, und inzwischen waren ein paar Clanchefs dazugekommen, die ihre Amtspflichten in Schottland Stellvertretern übertragen hatten. Dieser Rat war es also, der einmütig zu der Auffassung kam, daß Jonnie ... tja, sie wußten es nicht genauer zu sagen: daß er über irgend etwas brütete.

Freilich, er lächelte ihnen zu, wenn sie an sein Bett traten. Er antwortete, wenn sie mit ihm sprachen. Aber irgendwo tief in seinen Augen glaubten sie Teilnahmslosigkeit und Trübsinn zu erkennen.

Chrissie tat alles, um diese Besuche auf ein Mindestmaß zu beschränken. Und wenn die Ratsmitglieder schon kamen, dann achtete Chrissie streng darauf, daß sie nicht zu lange blieben.

In der einstigen Kadettenakademie der Luftwaffe waren einige Russen und Schweden damit beschäftigt, weitere Teile der Gebäude so wiederherzurichten, daß sie für die dringliche Ausbildung neuer Piloten benutzt werden konnten. Außerdem hatte der Rat seinen ständigen Tagungsort in der Akademie, solange das frühere Kapitol in Denver nicht wiederaufgebaut war. Auch die Schlafquartiere für die Ratsmitglieder befanden sich dort; eine recht praktische Lösung, weil man von der Akademie aus sowohl die ehemalige Psychlo-Außenstation wie auch die unterirdische Militärbasis rasch erreichen konnte.

Bei einem dieser Ratstreffen marschierte Robert der Fuchs erregt auf und ab. Sein Kilt flatterte bei jeder Kehrtwendung wie eine Fahne. Das Breitschwert schlug ihm wieder und wieder gegen die Stühle, an denen er vorbeiging. Er trug das Schwert – zusammen mit einer Smith and Wesson – in einem schmucken alten Offizierskoppel, das er irgendwo in der Basis gefunden hatte. »Irgendwas macht ihm innerlich zu schaffen«, sagte er. »Er ist einfach nicht mehr der alte Jonnie!«

»Ob er vielleicht denkt, daß wir etwas falsch machen?« vermutete der Clanchef der Fearghus.

»Nein, nein, darum geht es nicht«, antwortete Robert der Fuchs. »Er neigt ganz und gar nicht dazu, irgend jemanden zu kritisieren. Es ist einfach so ... irgend etwas bedrückt ihn.«

Der Pastor räusperte sich. »Vielleicht hat es etwas damit zu tun, daß seine körperliche Beweglichkeit eingeschränkt ist. Er hat Schwierigkeiten, den rechten Arm zu bewegen. Und er kann immer noch nicht laufen. Man darf nicht vergessen, daß er stets daran gewöhnt war, besonders wendig und tatkräftig zu sein. Und dann ... der gute Junge hat eine schwere Zeit hinter sich, verwundet, ganz auf sich allein gestellt ... Oder denken Sie nur an die Zeit davor: gefangen in einem Käfig. Ich frage mich mitunter, wie er damit fertig geworden ist. Sie alle erwarten ein wenig zuviel von ihm, und Sie erwarten es zu früh. Er ist ein tapferer Mann, und ich glaube fest daran, daß er ...«

»Vielleicht macht er sich Sorgen wegen der Möglichkeit eines Gegenangriffs von Psychlo?« unterbrach ihn der Clanchef der Argyll.

»Irgendwie müssen wir ihm Mut zusprechen«, sagte der Clanchef der Fearghus. »Der Himmel weiß, wieviel Mühe wir uns geben, mit all den Problemen unseres Planeten fertig zu werden.«

Tatsächlich, damit hatte er recht. Diejenigen Schotten, die Jonnie nicht mit nach Amerika genommen hatte, hatten die Initiative zur Gründung der Weltweiten Föderation für den Zusammenschluß der Menschheit ergriffen. Ungefähr zweihundert junge Männer, unterstützt von fünfzig Angehörigen der älteren Generation, widmeten sich dieser Aufgabe und hatten gute Arbeit geleistet. Sie waren zu zwei gefahrvollen Streifzügen aufgebrochen, von denen sie einer in eine frühere Universität namens Oxford geführt hatte – und ein anderer in eine ganz ähnliche Ruinenstadt, die in alten Zeiten Cambridge geheißen hatte. Sie waren mit reicher Ausbeute zurückgekommen, mit zahlreichen Lehrbüchern fremder Sprachen und mit einem ganzen Berg von Materialien über fremde Länder. Sie hatten herausgefunden, wo es möglicherweise noch vereinzelte Gruppen von Menschen geben konnte, und sie hatten Studienausschüsse gebildet – für jede Sprache, die vermutlich irgendwo auf der Welt noch gesprochen wurde. Ihre Auslese hatte sich als weitgehend richtig erwiesen, und die Männer waren mit Recht stolz auf ihre fleißigen, gründlichen Studien. Sie nannten sich »Koordinatoren«, und überall auf der Welt, wo

Restgruppen aufgefunden wurden, leisteten sie mit ihrer Arbeit einen gar nicht hoch genug einzuschätzenden Beitrag für den Fortbestand und die Weiterentwicklung der Menschheit.

Nach gegenwärtigem Erkenntnisstand mußten es annähernd fünfunddreißigtausend Menschen sein, die auf der Erde überlebt hatten, eine wahrhaft erstaunliche Anzahl, nach Meinung des Rates bei weitem zu viele, um sie alle je in einer einzigen Stadt unterbringen zu können. Die meisten Gruppen hatten nur deswegen überlebt, weil sie ins Gebirge ausgewichen waren, in natürliche Bergfestungen, wo ihre Vorfahren Bergbau getrieben hatten, so wie in den Rockie Mountains. Ein paar Gruppen gab es im ewigen Eis des Nordens, einer Gegend, für die die Psychlos kein Interesse gezeigt hatten. Und dann gab es noch ein paar nomadisierende Gruppen, die den Psychlos ganz einfach nie aufgefallen waren.

Der Rat hielt es für seine Pflicht, den inneren Zusammenhalt in jedem Stamm, das regionale Brauchtum und die gewachsene hierarchische Ordnung zu bewahren, die so erhaltene Eigenständigkeit jedoch in ein übergeordnetes Clan-System zu bringen, indem jeder Führer eines Stammes zum Clanchef ernannt wurde. Die Koordinatoren hatten die Aufgabe, die Verbindung zwischen den einzelnen Gruppen aufrechtzuerhalten und für den Nachrichtenaustausch zu sorgen; sie erledigten das mit Erfolg und standen in hohem Ansehen.

Die vielbeschäftigten Piloten mußten Clanchefs transportieren und Leute, die einen Besuch abstatten wollten, und überhaupt jeden, der an Bord kam. Das wurde auf denkbar einfache Weise abgewickelt: War der Andrang zu stark, so bat man die Reisewilligen einfach, bis zur nächsten Woche zu warten, und sie gaben sich damit zufrieden.

Eine weltweite Entwicklung, die wirklich auf übergreifender Organisation beruht hätte, gab es allerdings nicht. Mancherorts fehlte es an einer starken, zielorientierten Führung. In einigen Stämmen konnte jeder lesen und schreiben, in anderen war die geistige Bildung verkümmert. Die meisten Restgruppen waren arm, halb verhungert und arg heruntergekommen.

Ihre gemeinsame Hoffnung gründete sich auf die eine, die schier unglaubliche Tatsache, daß sie endlich – nach über tausend Jahren im Joch der Psychlos – frei waren, auch wenn es vielleicht nur eine vorübergehende Freiheit sein sollte. Einst hatten sie nur scheu aus ihren Bergverstecken hinuntergeschaut auf die Ruinen von Städten, die sie nicht zu betreten wagten. Vor ihren Augen hatten fruchtbare Ebenen gelegen, von riesigen Viehherden bevölkert, aber für sie war das ein unerreichbares Paradies gewesen. Sie hatten keine Hoffnung mehr gehabt, keinen Funken Hoffnung für die Spezies Mensch, deren Schicksal besiegelt schien. Und dann waren plötzlich mit Luftfahrzeugen *Menschen* zu ihnen gekommen, Menschen, die ihre Sprache beherrschten, die ihnen von großartigen Leistungen erzählten, von Schritten, die vielleicht in die Freiheit führten ... Und diese Menschen hatten ihnen neue Hoffnung gebracht und etwas wie ein Gefühl des Stolzes in ihnen erweckt.

Sie respektierten die Tatsache, daß es einen gemeinsamen Rat gab. Sie flogen zu dessen Sitz, oder wenn ihnen das nicht möglich war, suchten sie Verbindung zum Rat mit Hilfe der Funkgeräte, die nun überall standen, in den Bergen und in den einfachen Hütten.

Eine Frage war es, die sie vor allem bewegte: ob dieser Jonnie MacTyler, von dem ihnen die Koordinatoren erzählt hatten, auch ein Mitglied des Rates wäre? Man bestätigte es ihnen, und sie waren zufrieden. Wenn es so war, schien ihnen alles bestens geregelt.

Der Rat wußte indessen, daß ihm Jonnie zur Zeit nicht als Mitglied zur Verfügung stehen konnte. Und für die Männer des Rates war dies eine Tatsache, die sie nicht nur wegen der politischen Bedeutung, sondern auch wegen ihrer ganz persönlichen Verbundenheit zu Jonnie mit tiefer Sorge erfüllte.

Überall auf der Welt gab es dauernd Veränderungen oder Ereignisse, von denen der Rat nichts oder nur zufällig erfuhr. Überall schienen sich die Restgruppen der Menschheit in Bewegung zu setzen.

Da waren zum Beispiel vor kurzem Südamerikaner, verwegene Gestalten in weitgeschnittenen Hosen, mit flachen Lederhüten, aus einem Flugkörper gestiegen ... Die Burschen konnten das Lasso schwingen und mit Pferden umgehen, fast so gut, wie Jonnie das früher getan hatte ... Also, sie hatten eines schönen Tages auf dem Flugfeld gestanden (übrigens hatten sie ihre Frauen mitgebracht – und natürlich die Lassos und die Sättel) und durch ihren Koordinator, einen spanisch sprechenden Schotten, erklären lassen, daß sie »Llaneros« oder »Gauchos« wären und eine Menge von Viehzucht verstünden und es nun mal mit den wilden Rindern versuchen wollten. Und überhaupt, sagten sie, würden sie sich in Zukunft um die riesigen Herden von Wildrindern kümmern und dafür sorgen, daß jedermann im Camp und in der Basis genug zu essen hätte.

Ein andermal waren zwei Burschen aus den italienischen Alpen erschienen, hatten sich kurzerhand mit den alten Frauen geeinigt und von Stund an die Kontrolle über die Verpflegungsstelle übernommen. Fünf Deutschschweizer waren aufgetaucht und hatten in Denver eine kleine Werkstatt aufgemacht, in der Messer und Werkzeuge repariert wurden; man brauchte ihnen das Zeug nur zu bringen, sie putzten es blank, setzten es instand und lieferten es zurück. Es dauerte nicht lange, da mußte ein regelrechter Linienverkehr mit Frachtflugkörpern eingerichtet werden, und sogar der war bald Wochen im voraus ausgebucht. Drei Basken waren auf einmal da, sie wollten einfach nur Schuhe herstellen. Leider hatten die Koordinatoren in ihr Ausbildungsprogramm die baskische Sprache nicht mit aufgenommen. Aber die Schuhmacher kümmerte das wenig, sie lernten eifrig Englisch und Psychlo, und im übrigen taten sie, was sie sich vorgenommen hatten: nämlich Schuhe zu fertigen, und zwar aus dem Leder, mit dem die Südamerikaner sie großzügig versorgten. Und so kamen immer neue und immer mehr Einwanderer, aus allen Teilen der Welt.

Jeder wollte irgend etwas beitragen, damit es wieder vorwärtsging. Jeder wollte einfach ein bißchen mithelfen.

»Die Dinge entgleiten unserer Kontrolle!« beklagte sich Robert der Fuchs eines Tages bei einem Besuch im Hospital.

Jonnie lächelte nur und fragte: »Muß es denn eine Kontrolle geben?«

Anfangs war die größte Sorge des Historikers gewesen, daß er nicht wußte, wie er Jonnies viel zu bruchstückhaften Bericht über die Ereignisse mit der Drohne für die Nachwelt aufzeichnen sollte. Jetzt hatte der gute Mann ganz andere Probleme: Er ertrank geradezu in einer Flut von Stammesberichten aus den letzten tausend Jahren und mehr. Die Koordinatoren schickten ihm dauernd neues Material, und er kam nicht einmal dazu, es zu sichten und zu ordnen. Ein paar ernstblickende Chinesen, die an irgendeinem Zufluchtsort in den Bergen überlebt hatten, waren inzwischen zu ihm gestoßen und lernten mit wahrem Feuereifer Englisch, aber bis jetzt waren sie dem Historiker eben noch keine große Hilfe.

Zuerst hatte es so ausgesehen, als wären die Sprachbarrieren unüberwindbar. Doch bald stellte sich heraus, daß künftig jeder Gebildete drei Sprachen beherrschen mußte: Psychlo – für alles, was mit technischen Dingen zusammenhing; Englisch – als Amtssprache und für den Bereich der Künste und Geisteswissenschaften; und schließlich noch die eigene Muttersprache (sofern das nicht gerade Englisch war). Die Piloten schwatzten untereinander sowieso nur Psychlo, denn das war nun mal die Sprache, die sie täglich in den Cockpits, auf allen Ausrüstungsgegenständen und in den technischen Handbüchern vor Augen hatten und in der sie ihre Navigationsanweisungen erhielten ... kurzum, an die sie gewöhnt waren.

Zunächst hatte sich erheblicher Widerstand dagegen erhoben, ausgerechnet die Sprache der verhaßten Psychlos zu benutzen. Aber dann hatte der Historiker herausgefunden, daß es ursprünglich niemals eine Sprache namens Psychlo gegeben hatte, sondern daß es sich dabei um ein Gemisch aus Lehnwörtern und technischen Begriffen von anderen Bewohnern des Universums handelte. Das hörten die Leute gern; es förderte ihre Bereitschaft, die Sprache zu lernen. Aber sie nannten sie jetzt nicht mehr »Psychlo«, sondern »Techno«.

Der Pastor hatte wieder ganz andere Probleme: Er sah sich mit ungefähr vierzig verschiedenen Religionen konfrontiert. Eines war ihnen allen gemeinsam: die Überlieferung von der gewaltsamen Eroberung der Erde vor tausend oder mehr Jahren. Aber im übrigen lagen Welten zwischen den verschiedenen Glaubensrichtungen.

Hexenmeister, Medizinmänner, Götzenpriester rannten ihm die Tür ein. Er war sich der Tatsache wohl bewußt, daß über Meinungsverschiedenheiten in Glaubensfragen sogar Kriege entstehen konnten, und hütete sich, irgendeinen von denen, die zu ihm kamen, bekehren zu wollen. Er wollte Brüderlichkeit und Frieden.

Er erklärte ihnen, daß die Menschen, weil sie eben nicht einig und ständig in Kriege verstrickt gewesen waren, nur zögernde Fortschritte in ihrer gemeinsamen kulturellen und zivilisatorischen Entwicklung gemacht hatten und dadurch zur leichten Beute für außerirdische Invasoren geworden waren. Und sie teilten alle seine Meinung: Es durfte nie wieder soweit kommen, daß der Mensch des Menschen Feind war.

Die alten Sagen und Überlieferungen ... nun gut, sie wußten jetzt, wie es in Wahrheit gewesen war. Es fiel ihnen nicht schwer, gedanklich von den Mythen Abschied zu nehmen. Aber sobald es zu der Frage kam, welche Götter des Himmels man verehren und welche Geister der Unterwelt man fürchten sollte ... tja, da war es mit der Einigkeit nicht mehr weit her.

Für den Augenblick hatte der Pastor das Problem gelöst: Er verzichtete einfach auf jede Einmischung in Glaubensfragen. Damit war es allerdings nicht getan. Denn was sollte er antworten, als sie ihn schließlich fragten, zu welcher Religion sich Jonnie MacTyler bekannte? Nun, beschied sie der Pastor, was Jonnie betraf ... eigentlich gehörte er gar keiner Religionsgemeinschaft an. Er war eben *Jonnie MacTyler*. Und von Stund an wurde Jonnie selber für alle ein Teil dessen, woran sie glaubten. Und dabei blieb es.

Das alles ereignete sich zu derselben Zeit, als Jonnie noch schwach und blaß darniederlag und als es jeden Tag viel guten Zuredens durch Chrissie und MacKendrick bedurfte, um ihn zu zaghaften Gehversuchen und zum Gebrauch seines rechten Armes zu ermutigen. Und als dann der Pastor kam und ihm erzählen wollte, er sei auf dem besten Wege, Einzug in die Tempel von etwa vierzig Glaubensrichtungen zu halten, reagierte Jonnie nicht einmal darauf. Er lag nur still da, und in seinen Augen war kaum irgendein Zeichen von Anteilnahme zu erkennen.

Es war eine schwere, bedrückende Zeit für den Rat.

4

Er lag im Halbschlaf im Bett, zu nichts mochte er sich aufraffen.

Das ganze Geheimnis, das hinter Jonnies Lethargie steckte, war das Gefühl, versagt zu haben. Vielleicht waren die Bomben gar nicht auf Psychlo angekommen. Vielleicht war der Friede, der den Menschen jetzt beschieden war, nur ein trügerisches Zwischenspiel. Konnte es nicht bald wieder geschehen, daß dieser wunderschöne Planet in all seiner Weite dem Menschen gar nicht mehr gehörte?

Und selbst wenn die Bomben ihre Wirkung getan haben sollten und von Psychlo keine Bedrohung mehr ausging, dann gab es, wie Jonnie wußte, trotzdem noch andere Außerirdische im Universum, Kreaturen, die genauso grausam und erbarmungslos waren wie die Psychlos. Und wie sollten die Menschen sich und ihre Erde gegen all diese Monster verteidigen?

Mit dieser sorgenvollen Frage wachte er morgens auf, und sie verfolgte ihn bis spät in die Nacht, bis in den Schlaf. Die Menschen schienen jetzt so glücklich zu sein, sie gaben sich solche Mühe, sie lebten so deutlich in dem Gefühl, daß ihnen das Leben neu geschenkt war. Wie grausam mußte es sein, wie hart mußte es alle treffen, wenn sich herausstellen sollte, daß das alles nur ein kurzes Intermezzo gewesen war!

Auf diesen Morgen würde auch wieder nur ein Tag wie jeder andere folgen. Er stand auf, der Russe, der sich um sein Wohlergehen kümmerte, brachte ihm das Frühstück und half anschließend Chrissie dabei, das Zimmer aufzuräumen. MacKendrick kam, ließ ihn Armbewegungen üben und redete ihm gut zu, wieder ein paar Gehversuche zu machen. Er erzählte ihm Gott weiß was für tröstliche Geschichten: daß alles in Ordnung wäre und bestimmt keine körperliche Beeinträchtigung vorläge und alles nur von seinem guten Willen abhinge. Und dann kamen Sir Robert oder der Pastor, und während sie dasaßen, merkte man ihnen an, wie unbehaglich ihnen zumute war, und nach einer Weile wurde es Chrissie zu dumm, und sie scheuchte sie hinaus. Ein langweiliger Tag voller Nichtigkeiten. Ja, so ein Tag würde es werden. Und irgendwann würde er eben zu Ende gehen.

Der Gedanke daran, daß alles vielleicht letztlich scheitern würde, bedrückte ihn. Klarer als andere konnte er sich vorstellen, was bei einem Gegenangriff der Psychlos geschehen würde und wie furchtbar es wäre, wenn der Anfang ihres Bemühens zugleich schon das Ende aller Hoffnungen bedeutete. Er empfand Schuldgefühle, sooft er auf einem Gesicht ein glückliches Lächeln entdeckte, denn wie bald schon konnte alles, was sie gerade erst aufbauen wollten, erneut in Trümmer fallen.

Er hatte dem Historiker, Dr. MacDermott, einen farblosen Bericht über die Ereignisse bei der Zerstörung der Gasdrohne gegeben und war immer wieder auf die Frage zurückgekommen, was noch möglich und was nicht mehr möglich wäre, wenn wieder so ein ferngelenkter Flugkörper mit Killer-Gas auftauchte. MacDermott witterte, daß es sich lohnen würde, genauere Details über den Ablauf dieser Aktion zu erfahren ... Aber da war Chrissie dazwischengefahren und hatte den Historiker hinausgejagt.

Chrissie hatte gerade Jonnie das Gesicht gewaschen; er saß in einem Rollwagen ... Da fiel ihm auf einmal auf, daß der Russe sich irgendwie merkwürdig benahm. Nicht etwa, daß Jonnie dadurch beunruhigt gewesen wäre, denn draußen auf dem Flur hielten sich ständig ein paar schottische Posten auf, die ihn vor ungebetenen Besuchern und vor allen möglichen Störungen bewahren sollten. Seinen anfänglichen Protest gegen diese Sicherheitsmaßnahmen hatte er bald aufgegeben, weil er merkte, daß er durch seinen Widerspruch alle nur um so mehr aufregte. Aber dieser Russe ...

Als er sich das erste Mal zum persönlichen Dienst bei Jonnie meldete, hatte er ein geschwollenes blaues Auge gehabt, dabei aber so breit gegrinst, als hätte er gerade die bedeutendste Schlacht seines Lebens gewonnen. Auf Jonnies erstaunte Frage hatte Chrissie erzählt, daß es zu den Gepflogenheiten der Russen in der Basis gehörte, ihre Fäuste darüber entscheiden zu lassen, wer Jonnie bedienen dürfe. Jonnie hatte den Eindruck gehabt, daß dieser Bursche bei jedem Faustkampf Sieger bleiben könnte: Er war so groß wie Jonnie, stämmig, seine Augen verrieten, daß auch ein paar Tropfen asiatischen Bluts in seinen Adern fließen mochten, er trug weitgeschnittene, ausgebeulte Hosen und eine weiße Tunika. Mit dem gezwirbelten schwarzen Schnurrbart, der links und rechts von den wulstigen Nasenlöchern quer nach außen ragte, war er schon eine imposante Erscheinung. Übrigens hieß er, wie hätte es auch anders sein können, Iwan.

Zwei Wochen hatte Jonnie ihn nicht gesehen, andere Russen hatten ihn vertreten. Und heute war er nun plötzlich wieder da. Nachdem er das Frühstück hingestellt hatte, trat er ein paar Schritte zurück und nahm die strammste Habtachtstellung ein, die Jonnie je gesehen hatte.

Ein Koordinator kam zur Tür hereingeschlüpft, wobei der schottische Wachposten düster die Stirn runzelte und im Stillen beschloß, sofort jemanden loszuschicken und Sir Robert holen zu lassen.

Jonnie sah den Russen fragend an.

Der Russe verneigte sich tief, stand sofort wieder stramm und fragte, den Blick immer starr geradeaus gerichtet: »Wie ist Ihrrr werrrtes Befinden, Jonnie Tylerrr, Sirrr?« Sein Akzent war grauenhaft, aber die Frage war schon alles, was er vorzubringen hatte.

Jonnie kaute weiter an seinem Haferbrei. »Danke, wie geht es Ihnen selber?« fragte er mümmelnd zurück.

Der Russe stand stumm wie ein Klotz. Dann verdrehte er komisch die Augäpfel und warf dem schottischen Koordinator einen flehentlichen Blick zu.

»Mehr Englisch kann er nicht, Sir«, sagte der Koordinator. »Aber er möchte Ihnen etwas mitteilen. Und er hat auch ein Geschenk für Sie.«

Chrissie, die gerade mit dem Besen hantierte, schien das alles sehr ungehörig zu finden. Sie sah zornig wie eine Furie aus, und da sie das Haar mit einem rehledernen Band hochgebunden hatte, verdeckte keine einzige kornblonde Strähne ihre blitzenden Augen. Es stand zu befürchten, daß sie im nächsten Augenblick mit dem Besen auf die beiden losgehen würde. Jonnie gab ihr einen Wink, sie solle sich beruhigen. Sein Interesse an dem, was der Russe ihm sagen wollte, war erwacht. Der Mann sah aus, als könnte er es gar nicht mehr abwarten, seine Neuigkeiten loszuwerden.

Eine wahre Flut von russischen Wörtern prasselte hervor; der Koordinator hörte sorgfältig zu und begann schließlich zu übersetzen:

»Er sagt, daß er Colonel Iwan Smolensk ist und aus dem Hindukusch kommt, das liegt im Himalaja. Zu seiner Abstammung erklärt er, daß es da irgendwann eine Einheit der Roten Armee gegeben hat, die von den übrigen Verbänden abgeschnitten wurde und deren Angehörige sich im Lauf der Zeit durch Heirat mit den Einheimischen vermischt haben. Außer seiner Gruppe gibt es noch ungefähr zehn weitere im Himalaja; zum Teil sprechen sie Russisch, zum Teil einen afghanischen Dialekt. Es sind eigentlich keine Armeeverbände. Wenn man ihn ›Colonel‹ nennt, dann bedeutet das so viel wie ›Vater‹. Im Grunde sind es Kosaken.«

Der Russe hatte wohl den Eindruck, das alles dauere viel zu lange und der Koordinator übersetze Dinge, die er selber gar nicht gesagt hatte. Also ratterte er seine nächste Strophe herunter, so geschwind, daß der Koordinator erst noch ein paar Rückfragen hatte, bevor er sich Jonnie zuwenden konnte.

Chrissie fuhr zornblitzend dazwischen. »Ich finde, das entspricht alles nicht den Spielregeln, die man in einem Krankenzimmer beachten sollte!« fauchte sie den armen Koordinator an, der sowieso ein bißchen Angst vor ihr hatte und erst nach Jonnies ausdrücklicher Ermunterung wagte, mit der Übersetzung fortzufahren.

»Also, die Sache scheint so zu sein ... Als sie merkten, daß die schreckliche Psychlo-Herrschaft zu Ende war und man sich wieder frei bewegen konnte ... Es gibt dort offenbar unendlich weite Steppen ... Also, da zog eine ihrer Sippen ... So nennen sie dort die Großfamilien ... Kurz und gut, diese Sippe machte sich auf zu einem langen Ritt bis zum Ural. Und von dort aus haben sie ihm über Funk ... Es sieht so aus, als ob heutzutage jeder ein Funkgerät hätte, nicht wahr? Also, sie haben ihm über Funk eine interessante Neuigkeit mitgeteilt. Unser örtlicher Koordinator hatte ihnen nämlich von der hiesigen Basis erzählt, und irgendwie hat das die Sippe auf die Idee gebracht, daß es dort vielleicht auch eine russische Basis geben könnte.«

»Und?« fragte Jonnie.

»Tja ...«, fuhr der Koordinator fort, »sie hatten recht. Sie haben es Iwan über Funk mitgeteilt, und er ist gleich losgeflogen ... Heutzutage kann ja jeder irgendwo ins Flugzeug steigen, die Maschinen fliegen einmal wöchentlich jeden Stamm an ... Und dann ist er auf eines der schnellen Pferde gestiegen und wie der Wind, sagt er, wie der Wind ist er losgeritten, weil er die Basis mit eigenen Augen sehen wollte. Ja, und jetzt ist er gerade zurückgekommen und wollte Ihnen davon berichten.«

»Er sollte lieber dem Rat Bericht erstatten!« schimpfte

Chrissie. »Jonnie ist noch nicht in der Verfassung, hier eine längere Audienz abzuhalten. So nennt man das doch wohl, oder?«

Der Russe fuhr ungerührt fort, seinen Bericht herunterzubeten. Der Koordinator war nicht aus so hartem Holz; er wollte keinen Ärger mit Chrissie haben, denn sie war nicht nur ein ziemlich prominentes, sondern außerdem ein bildhübsches Mädchen; also machte er sich nur sehr zaghaft und schüchtern an die Übersetzung.

»Wie gesagt, es gibt dort eine Basis, ungefähr so groß wie diese hier und ebenso voll von Atomwaffen und allem möglichen Kriegsgerät und auch mit vielen Toten.«

Jonnie konnte ein gewisses Interesse nicht verhehlen. Diese Basis nahe dem Ural konnte im Falle eines Gegenangriffs als Zufluchtsort dienen. »Gut, sagen Sie ihm, das sei eine wichtige Nachricht, und ich empfehle, daß man die Basis wieder zur Benutzung herrichtet.«

Der Koordinator und der Russe wechselten ein paar Worte. Und dann ging es auf einmal los! Ein Wortschwall wie ein Feuerwerk! Der Russe ratterte drauflos, daß die Wände wackelten!

Das war der Augenblick, in dem Robert der Fuchs hereinkam: kurzatmig, weil er sich so beeilt hatte, und außerordentlich mißgelaunt, nicht nur, weil jemand wagte, Jonnie zu stören, sondern auch, weil diese Berichterstattung eine glatte Umgehung des vorgeschriebenen Weges über den Ältestenrat darstellte. Aber als er sah, daß Jonnie sich offensichtlich interessiert zeigte (nicht gerade leidenschaftlich interessiert, aber immerhin mehr, als es in letzter Zeit je der Fall gewesen war), schluckte er seinen Ärger herunter, lehnte sich an die Wand und machte dem Koordinator ein Zeichen, fortzufahren.

Der Koordinator war ein Nervenbündel. Durch seine Tätigkeit war er daran gewöhnt, mit Stammeshäuptlingen und angesehenen Leuten aus aller Welt umzugehen, aber hier war ihm doch ein bißchen viel Prominenz auf einmal versammelt. Allein die Tatsache, Jonnie gegenüberzustehen war geradezu überwältigend! Andererseits war da dieser Colonel Iwan, dessen grimmige Miene nichts Gutes ahnen ließ und der ihm womöglich gleich einen Tritt versetzen würde. Also übersetzte er lieber.

»Er sagt, genau das wäre es gewesen, was der Menschheit den Untergang gebracht hätte. Die tapfere Rote Armee, sagt er, stets in Kampfbereitschaft gegen kapitalistische Hetze und imperialistische Kriegstreiber ... Verzeihung, Sir, er redet eben daher, wie er's kennt, es steckt keine politische Absicht dahinter ... Also, er sagt, die Armeen der Supermächte hätten sich immer nur belauert und sich eben nicht gegenseitig beigestanden, als die Invasoren auf der Erde landeten. Stammesfehden werde es zwar immer geben, sagt er, aber internationale Kriege zwischen Völkern dieser Erde müßten im Interesse der Menschheit geächtet werden. Er ist für den Gedanken einer Völkergemeinschaft, sagt er. Es dürfe nie wieder so sein, daß die Menschen gegeneinander die Waffen erheben, statt sich Schulter an Schulter zusammenzuschließen. Er ist von dieser Idee leidenschaftlich beseelt, Sir, und er sagt, so wie er dächten alle russischen Stämme.«

Jonnie schob das Tablett weg, und der Russe, der sich bei dieser Gelegenheit an seine eigentlichen Pflichten erinnerte, nahm es rasch an sich. Aber das hinderte ihn keineswegs daran, gleichzeitig wieder einen neuen Wortschwall loszulassen.

Der Koordinator hielt Jonnie ein paar Papiere hin. »Die Leute können dort noch lesen und schreiben, Sir, und er und ein paar von den Führern der Sippen haben hier Papiere zusammengestellt ... wenn Sie verzeihen wollen, die Bogen sehen nicht gerade schön aus, die müssen sie wohl in der alten Basis gefunden haben, sie selber haben ja kaum noch Papier ... Also, sie haben da was aufgeschrieben, und sie bitten um Ihre Zustimmung.«

Jonnie sah müde aus, er schaute zu Robert dem Fuchs hinüber. »Das ist eine Sache für den Rat. Die Stammesführer aus dem Himalaja sind doch auch Ratsmitglieder.«

Der Russe schien zu erraten, was Jonnie sagte, und ließ eine weitere Ladung Russisch hervorprasseln.

»Er lehnt das entschieden ab«, übersetzte der Koordinator. »Der Rat tagt hier auf diesem Kontinent, und die Basis ist drüben auf einem anderen Kontinent. Er sagt, da drüben gäbe es unterirdische Abschußrampen für Nuklearwaffen, die auf diesen Kontinent zielen, und das sei nun schon seit tausend Jahren so. Und er möchte nicht, daß Ihnen irgend etwas zustößt, Sir. Daher wünscht er, daß eine Truppe aus Südamerikanern und Männern von Alaska ... Nordamerikaner gibt es ja kaum noch, das weiß er ... also, daß so eine Truppe die Basis da drüben in Ihrem Auftrag besetzt. Er sagt, wenn die Russen die hiesige Basis besetzen, dann kommen sie bestimmt nicht auf den Gedanken, das Feuer auf Rußland zu eröffnen. Und wenn Leute von diesem Kontinent die Basis da drüben besetzen, dann werden sie ja wohl nicht hierher feuern. Sie haben das in Rußland komplett ausgearbeitet. Sir Jonnie, es steht alles hier drin. Wenn Sie den Plan gutheißen und hier unten abzeichnen wollen ...«

Robert der Fuchs beobachtete Jonnie aufmerksam. Zum ersten Mal zeigte Jonnie sich interessiert an einer Frage, die ihm vorgetragen wurde. Wegen des Rates machte Robert sich keine großen Sorgen, man würde dort wahrscheinlich nichts dagegen haben. Und so nickte er, als Jonnie ihn fragend ansah. Jonnie nahm den Federhalter und schrieb seine Initialen auf das Papier.

Dem Russen schien ein Stein vom Herzen zu fallen. Dann schwadronierte er, an den Koordinator gewandt, wieder drauflos, und der ließ Jonnie wissen: »Jetzt möchte er Ihnen noch ein Geschenk überreichen.«

Iwan stellte das Tablett ab, langte in die Tasche seiner Tunika und zog ein goldglänzendes Ding heraus: wie eine Münze geformt, in deren Mitte ein roter Stern prangte; dazu zwei Reversabzeichen aus alter Goldlitze. Er hielt beides hin, und man sah ihm an, wie sehr er sich wünschte, daß Jonnie das Geschenk annähme.

Der Koordinator erklärte: »Diese Mützenkokarde und die Reversabzeichen haben sie bei dem Marschall der Roten Armee gefunden, der das Kommando über die unterirdische Basis führte. Iwan läßt Sie wissen, daß beides jetzt Ihnen gehört. Und er möchte, daß Sie wissen: *Sie* haben von jetzt an das Kommando über *beide* unterirdische Basen, über die hiesige und über die dort drüben.«

Die Andeutung eines Lächelns von Jonnie genügte, und schon küßte ihn der Russe auf beide Wangen. Dann stürmte er Hals über Kopf aus dem Zimmer.

Robert der Fuchs nahm die Papiere an sich. Chrissie verstaute die Geschenke in Jonnies Rehledertasche.

»Wenn sich das, was wir eben erlebt haben, vor ungefähr tausend Jahren ereignet hätte, dann wäre vielleicht manches ganz anders gekommen«, sagte Robert der Fuchs. Chrissie stand schon drängelnd hinter ihm und versuchte, ihn hinauszubugsieren, weil Jonnie so müde aussah. »Der Rat wird sich mit diesen Papieren beschäftigen und sich um alles kümmern. Vielleicht lagert in dieser Basis Material, das wir gut gebrauchen können.«

»Kümmert euch vor allem darum, daß die Basis wieder hergerichtet und mit Filtern versehen wird«, bat Jonnie. »Das könnte wichtig werden für die Leute, falls wieder ferngelenkte Flugkörper mit Killer-Gas auftauchen.«

Als später Dr. MacKendrick erschien, Jonnie Armbewegungen üben ließ und seine Gehversuche überwachte, kam er, durchaus zufrieden, zu dem Urteil, Jonnie habe Fortschritte gemacht.

»Längst nicht so große Fortschritte, wie ich eigentlich hätte machen müssen«, widersprach Jonnie. »Ich fürchte, ich bin die ganze Zeit über nicht so superklug gewesen, wie manche Leute meinen.«

Über den Autor

L. Ron Hubbards bemerkenswerte Schriftstellerkarriere erstreckte sich über mehr als 50 Jahre, in denen er intensive literarische Leistungen erbrachte und kreativen Einfluß ausübte.

Obwohl er in erster Linie Schriftsteller war, prägten ihn seine Erfahrungen und Reisen in alle Winkel der Erde auf umfassende und mannigfaltige Weise. Sein unstillbarer Wissensdurst und die persönliche Überzeugung, dass man sein Leben mit einer professionellen Einstellung führen sollte, waren der Grund für seine außerordentlichen Leistungen. Er war gleichzeitig ein Entdecker, Ethnologe, Kapitän und Pilot, Filmproduzent und Fotograf, Philosoph und Pädagoge, Komponist und Musiker.

Er wuchs im rauhen Grenzland Montanas auf, wo er im Alter von sechs Jahren sein erstes Wildpferd einritt und Blutsbruder eines Medizinmannes der Schwarzfußindianer wurde. 1927 reiste er, kaum 16 Jahre, in das entlegene Asien. Um seinen Abenteuerdrang zu befriedigen und sein zunehmendes Wissen über andere Kulturen zu erweitern, verließ er im darauf folgenden Jahr die Schule und ging zurück in den Orient. Unterwegs arbeitete er als Superkargo und Steuermann an Bord eines Handelsschiffes, das entlang der Küsten zwischen Japan und Java verkehrte. So lernte er das alte Shanghai, Peking und das westliche Gebirge zu einer Zeit kennen, als nur wenige Personen aus dem Abendland China betreten konnten. Er reiste bereits als Jugendlicher, ohne den heute üblichen Personen-Flugverkehr, über eine viertel Million Meilen zu Wasser und zu Lande.

Im August 1929 kehrte er in die Vereinigten Staaten zurück, um seine offizielle Bildung abzuschließen. Er schrieb sich auf der George Washington University in Washington, D.C. ein, wo er Ingenieurwesen studierte und eines der ersten Seminare über Atom- und Molekularphysik belegte. Neben seinen Studien war er als Präsident der Engineering Society und des Flieger-Clubs tätig und schrieb Artikel, Erzählungen und Stücke für die Universitätszeitung. Zur selben Zeit vollführte er Kunstflüge im Mittleren Westen Amerikas und betätigte sich als nationaler Korrespondent und Fotograf für das Magazin *Sportsman Pilot*, der angesehensten Veröffentlichung der Luftfahrt zu jener Zeit.

1932 wählte er wieder die Welt zum Lehrmeister und leitete zwei eigenständige Expeditionen – die karibische Filmexpedition an Bord eines der letzten amerikanischen Viermaster-Handelsschiffe und eine Westindische Mineralogische Expedition, die er 1933 mit der ersten mineralogischen Vermessung von Puerto Rico vollendete. Seine daraus resultierenden entdeckerischen Beiträge brachten ihm die Mitgliedschaft im berühmten Explorers Club ein, dessen begehrte Flagge er danach auf zwei weiteren Forschungs- und Entdeckungsreisen führte. Als Kapitän mit der Lizenz, Schiffe auf allen Meeren zu führen, pflegte er seine lebenslange Liebe zur See, die sich in der Vielzahl der Schiffe widerspiegelt, deren Kapitän er war und in dem Können, das er seinen Schiffsbesatzungen vermittelte. Er machte sich auch als Offizier der US-amerikanischen Marine im Zweiten Weltkrieg verdient.

All das und vieles mehr floß in sein Schreiben ein und gab seinen Geschichten eine unwiderstehliche Authentizität, die Leser der ganzen Welt ansprach. Seine Karriere als Profi begann 1934 mit der Veröffentlichung von „Der Grüne Gott" in der Zeitschrift *Thrilling Adventures.* Es handelte sich um die Geschichte eines Nachrichtenoffiziers der amerikanischen Marine, der kurz vor dem Beginn des chinesischen Kommunismus vor einem Rätsel steht. Hubbard machte sich aufgrund seiner ausgiebigen Kenntnis der Welt und der Menschen sowie seiner Fähigkeit, in jedem Stil und Genre zu schreiben, schnell als Schriftsteller einen Namen. Er schrieb Abenteuerromane voller Action, Western, Krimis, spannungsgeladene Geschichten. Der Respekt unter seinen Kollegen war so groß, daß er im Alter von nur 25 Jahren zum Präsident des New Yorker Verbandes der American Fiction Guild gewählt wurde.

Neben seiner Laufbahn als führender Romanschriftsteller arbeitete er als erfolgreicher Drehbuchautor in Hollywood, wo er 1938 für Columbia Pictures die Originalstory und das Drehbuch der 15 Folgen umfassenden Serienproduktion *Das Geheimnis der Schatzinsel* schrieb. Hubbard arbeitete auch an anderen Filmen für Columbia, darunter *Der geheimnisvolle Pilot, Die Abenteuer des Wild Bill Hickock* und *Die Spinne kehrt zurück.* Alles in allem arbeitete er an mehr als einem Dutzend Filmen für Columbia, Universal und andere größere Studios – als Drehbuchautor, Verfasser von Stories und Drehbuchberater.

1938 wandte sich das ehrwürdige New Yorker Verlagshaus Street & Smith, Herausgeber von *Astounding Science Fiction* an ihn, in dem Wunsch, von L. Ron Hubbards gutem Leserimage zu profitieren. Um mehr Leser für dieses aufstrebende Genre zu gewinnen, bot Street & Smith an, alle Science Fiction-Texte die Hubbard schrieb, zu kaufen. Als dieser einwandte, daß er keine Aneinanderreihung von Beiträgen über moderne Technik schrieb, sondern über Menschen, sagte man ihm, daß sei genau das, was gewünscht sei. Hubbard veränderte von da an für alle Zukunft das Image der Science Fiction.

Der nachhaltige Einfluß seiner Romane und Erzählungen auf die Science Fiction, Fantasy und auf das Horror-Genre veränderte diese. Es ist das unwiderstehliche Element des Menschlichen, das L. Ron Hubbard ursprünglich in diese Genres einbrachte, welches auch heute noch die Grundlage für wachsende internationale Popularität schafft.

L. Ron Hubbard gewährte dem Leser stets Einblicke in die Gedanken und Emotionen von Charakteren, welche die Erfahrung des Lesens drastisch intensivierte, ohne das Tempo der Geschichte zu verringern – ein Niveaus des Schreibens, das selten jemand erreicht.

Unter den am meisten geschätzten Beispielen seiner einflußreichen Werke befinden sich drei Geschichten, die er alle innerhalb eines einzigen, außerordentlich kreativen Jahres (1940) veröffentlichte: FINAL BLACKOUT (Endgültiger Blackout), mit seiner grausamen, durchaus vorstellbaren zukünftigen Welt unaufhörlichen Krieges und äußerster Courage, welches Robert Heinlein als „eines der perfektesten Stücke der Science Fiction, die je geschrieben wurde“, bezeichnete; der geniale Fantasy-Abenteurroman, TYPEWRITER IN THE SKY (Schreibmaschine am Himmel), der von Clive Cussler folgendermaßen charakterisiert wurde: „eine Abenteuergeschichte, die in dem großartigen Stil geschrieben ist, in dem Abenteuer geschrieben sein sollten“; DAS GRAUEN, der Prototyp eines Romans von packender psychologischer Spannung und Horror inmitten des gewöhnlichen Alltags, den Schriftsteller wie Stephen King und Ray Bradbury aufmerksam studiert haben.

Hubbards Arbeit von 1938 bis 1950 auf diesem Gebiet setzte Trends und half, die Reichweite und die Vorstellungsgrenzen der Science Fiction und Fantasy auszudehnen. Außerdem etablierte sie ihn unwiderruflich als einen der Begründer des sogenannten Goldenen Zeitalters dieses Genres.

1980 kehrte Hubbard zur erzählenden Literatur zurück, indem er mit seinem über 800 Seiten umfassenden Science Fiction-Epos BATTLEFIELD EARTH – KAMPF UM DIE ERDE sein 50. Jubiläum als professioneller Schriftsteller feierte. Dabei handelt es sich um den Science Fiction-Roman der bislang geschrieben wurde. Dieses Buch platzierte sich auf den internationalen Bestsellerlisten, wo es seitdem immer wieder auftauchte.

Die MISSION ERDE-Dekalogie wurde genauso anerkannt, als sie den Cosmos 2000-Preis von französischen Lesern gewann und den begehrten Nova-Science-fiction-Preis vom nationalen italienischen Kommittee für Science Fiction und Fantasy. Von diesem Werk wurden mehr als fünf Millionen Exemplare in sechs Sprachen verkauft, und jedes einzelne der 10 Bände wurde ein internationaler Bestseller, sobald es veröffentlicht wurde. Ganz nebenbei konnte L. Ron Hubbard 21 aufeinander folgende internationale Bestseller verbuchen.

Das erste der Originaldrehbücher von L. Ron Hubbard, AI! PEDRITO! WHEN INTELLIGENCE GOES WRONG (Ai! Pedrito! Wenn der

Nachrichtendienst schief geht), wurde von Kevin J. Anderson in Romanform gebracht und 1998 veröffentlicht. Es erschien umgehend auf der *New York Times* Bestsellerliste. Dem folgte 1999 die Veröffentlichung von A VERY STRANGE TRIP (Eine sehr seltsame Reise), einer Original-Story L. Ron Hubbards über Abenteuer auf Reisen durch die Zeit. Sie wurde von Dave Wolverton in einen Roman umgearbeitet und erschien ebenfalls auf der *New York Times* Bestsellerliste.

L. Ron Hubbards literarische Produktion beinhaltete insgesamt mehr als 260 veröffentlichte Romane, Kurzromane, Kurzgeschichten und Drehbücher in jedem bedeutenden Genre.

Zur weiteren Information über L. Ron Hubbard und seine vielen anerkannten Werke der erzählenden Literatur besuchen Sie die literarischen Internetsites über L. Ron Hubbard: http://www.authorservicesinc.com und www.battlefieldearth.com.

„ICH FREUE MICH IMMER, VON MEINEN LESERN ZU HÖREN.“

L. Ron Hubbard

Das waren die Worte L. Ron Hubbards, der immer sehr daran interessiert war, von seinen Freunden und Lesern zu hören. Er nahm es besonders wichtig, mit jedermann die Kommunikation aufrechtzuerhalten, mit dem er während seiner fünfzigjährigen Karriere als professioneller Schriftsteller in Kontakt kam und er hatte Tausende von Fans und Freunden auf der ganzen Welt, mit denen er korrespondierte.

Die Verleger der literarischen Werke L. Ron Hubbards wünschen, diese Tradition fortzusetzen, und freuen sich über Briefe und Kommentare von Ihnen, seinen Lesern, ob seit langer Zeit oder erst seit kurzem.

Zusätzlich werden die Verleger Ihnen mit Vergnügen über alles, was Sie von L. Ron Hubbard wissen möchten, Informationen zukommen lassen – sein außergewöhnliches Leben und seine Leistungen und die riesige Menge an Büchern, die er geschrieben hat.

Jedem Brief, der an den Direktor für Angelegenheiten des Schriftstellers geschickt wird, wird sofortige und ungeteilte Aufmerksamkeit geschenkt.

NEW ERA Publications Deutschland GmbH
Hittfelder Kirchweg 5a
D-21220 Seevetal-Maschen